Von Kai Meyer sind folgende BASTEI LÜBBE TASCHENBÜCHER erschienen:

14842-8 Die Geisterseher
15067-8 Die Winterprinzessin
15265-4 Der Rattenzauber

Über den Autor:

Kai Meyer, Jahrgang 1969, ist der Autor der Bestseller »Die fließende Königin«, »Die Alchimistin« und »Das Buch von Eden«. Er studierte Film und Theater, arbeitete als Journalist und widmet sich seit 1995 ganz dem Schreiben von Büchern. Seinen ersten Roman veröffentlichte er im Alter von 24 Jahren, inzwischen werden seine Werke in vierzehn Sprachen übersetzt. Kai Meyer lebt mit seiner Familie am Rande der Eifel. Besuchen Sie seine Homepage unter: www.kaimeyer.com

KAI MEYER
LORELEY

HISTORISCHER ROMAN

BASTEI LÜBBE TASCHENBUCH
Band 15 334

1. Auflage: Juni 2005

Bastei Lübbe Taschenbücher in der
Verlagsgruppe Lübbe

© 1998 by Kai Meyer
Deutsche Erstausgabe 1998 im Marion v. Schröder Verlag
Diese Neuausgabe erscheint in der Verlagsgruppe Lübbe, Bergisch Gladbach,
in Zusammenarbeit mit der Michael Meller Literary Agency, München
Umschlaggestaltung: Bianca Sebastian
Titelbild: Bildagentur
Satz: hanseatenSatz-bremen, Bremen
Druck und Verarbeitung: GGP Media GmbH, Pößneck
Printed in Germany
ISBN 3-404-15334-0

Sie finden uns im Internet unter
www.luebbe.de

ERSTER TEIL

Der Faden im Labyrinth

Prolog

Anno Domini 1319

Frage sie, welche Sprache der Mond spricht. Oder warum Gottes Wort Leben erschafft, aber deinem keiner zuhört. Frage sie, ob die Welt wirklich eine Scheibe ist oder vielleicht nur eine Münze, die jemand zum Spaß in die Luft geworfen hat; frage sie, was geschehen wird, wenn der Kopf oben und die Menschen unten landen. Frage sie dies und all die anderen Dinge, die du wirklich wissen willst.

Sie werden dir keine Antwort geben. Denn sie wissen es nicht.

Sie nennen sich erwachsen, dachte das Mädchen Ailis, aber sie wissen nichts. Rein gar nichts.

Ailis saß mit angezogenen Knien auf einem Findling und beobachtete eine Ameise, die mit einer Last, größer als sie selbst, über das poröse Gestein balancierte. Ein Erwachsener, überlegte sie, hätte das kleine Tier wohl zerdrückt, so wie sie alles zerdrückten, das sie nicht verstanden.

Und niemanden, dachte Ailis finster, verstehen sie weniger als mich. Weil sie erst vierzehn war, glaubte sie wirklich daran.

Hinter ihr erhob sich der Wald wie eine Heerschar von Wächtern, starr und düster und flüsternd im Wind. Wie die Wachtposten am Burgtor verstummten auch die Bäume, sobald man sich nach ihnen umschaute. Sie blieben mit ihren Gedanken unter sich, sie drängten sie niemandem auf, und so sollte es, zum Teufel nochmal, jedermann machen! Ganz besonders Väter, die nichts von dem begriffen, was in den Köpfen ihrer Töchter vorging.

Ailis' Vater hatte vor Sonnenaufgang die Tür ihrer Kammer im Weiberhaus der Burg aufgestoßen. Er hatte an ihren Schultern gerüttelt und verlangt, dass sie aufstünde. Gefälligst aufstünde. Als ob ihr das nicht bereits klar gewesen wäre, als sie seine Schritte im Treppenhaus gehört hatte. Ailis hörte mehr als jeder andere, ihr Gehör war das beste dies- und jenseits des Rheins, daran zweifelte keiner. Sogar der Graf, der in letzter Zeit wahrlich andere Sorgen hatte, gestand ihr das zu. Ailis fand allerdings, dass dies eher eine Last denn ein Segen war. Ihr Vater aber, der Leibjäger des Grafen, war stolz auf das Talent seiner Tochter – immerhin ein Gefühl, das er für sie aufbrachte.

Du tust ihm unrecht, ihm und auch deiner Mutter, hätte wohl ein Erwachsener gesagt, wenn Ailis ihm davon erzählt hätte. Aber sie sprach nie darüber, und ganz gewiss nicht mit jemandem, der älter war als sie; deshalb blieb sie von all diesem Unsinn verschont. Du tust ihm unrecht. Liebe Güte! Wen kümmerte es denn, wenn ihr Unrecht widerfuhr?

Ihr Vater hatte sie geweckt, damit sie an einer Treibjagd teilnahm, und das, obwohl er wusste, wie sehr sie die Jagd verabscheute. Noch vor Tagesanbruch war der Tross aufgebrochen, hatte mit der Fähre ans andere Rheinufer übergesetzt und sich dort zu Fuß ins Dickicht geschlagen. Ailis' Gehör sollte den Männern helfen, die Richtung zu bestimmen, in die ihre Beute floh. Es war erst Ailis' zweite Jagd, die erste lag mehrere Jahre zurück. Damals hatte ihr Vater ihren Wunsch respektiert, sie fortan nicht mehr am Töten von Tieren zu beteiligen. Weshalb er dieses Abkommen gerade heute gebrochen hatte, wusste sie nicht. Es hatte keine Erklärungen gegeben, nur stumme Gesichter im Mondschein und Blicke wie das Schimmern eines gefrorenen Wintersees. Bereits kurz nach dem Aufbruch hatte niemand mehr ein Wort gesprochen. Die fünf Männer an der Seite des Grafen schienen zu wissen, was von ihnen erwartet wurde. Ailis fühlte sich in ihrer Mitte fremd und unwillkommen, und zum ersten Mal seit langem kam sie sich wieder wie ein Kind vor. Sie wollte nicht hier sein, wollte nicht zusehen, wie Tiere getötet, gehäutet und ausgenommen wurden.

Aber niemand scherte sich um das, was sie wollte. »Spitz die Ohren«, hatte ihr Vater gesagt. Und das hatte sie getan. Eine Weile lang. Dann war sie fortgelaufen, hinauf auf den Berg, zu diesem Findling, von dem aus sie nun hinab auf den Rhein schaute.

In der Ferne hörte sie gelegentlich die Jäger durch Unterholz und Buschwerk brechen, sie vernahm Flüche, einmal sogar den Ruf »Da ist es!«

Das Ende der Jagd stand kurz bevor, auch ohne Ailis' Hilfe. Die Aussicht auf die Schläge ihres Vaters änderte nicht das Geringste an ihrer Überzeugung, dass sie die richtige Entscheidung getroffen hatte; richtig, weil es allein ihre Entscheidung war. Ihr Vater hatte kein Recht, über sie zu verfügen wie über einen seiner Jagdhunde.

Überhaupt, warum nahmen an dieser Jagd keine Hunde teil? Der Gedanke kam ihr jetzt zum ersten Mal. Das alles hatte sie offenbar weit mehr durcheinander gebracht als sie es sich bislang eingestanden hatte.

Und dann, bevor sie weiter darüber nachdenken konnte, regte sich etwas in ihrem Rücken, und eine Stimme flüsterte: »Hilf mir.«

Als Ailis erschrocken auf die Füße sprang und herumfuhr, entdeckte sie am Waldrand ein kleines Mädchen. Es war strohblond, fast weißhaarig, und es konnte kaum älter als fünf Jahre sein. Es trug ein zerrissenes Kleid, so schmutzig und ausgefranst, dass nicht mehr auszumachen war, ob es einmal schön oder schlicht, wertvoll oder armselig gewesen war.

»Wer bist du?«, fragte Ailis und horchte in den Wald. Das Mädchen schien allein zu sein.

»Ich habe Angst«, sagte die Kleine.

»Ist niemand bei dir?«

»Nein.«

»Wie heißt du?«

Das Mädchen runzelte die Stirn, als sei dies eine Frage, auf die es keine einfache Antwort gab. »Ich bin ... nur ein Kind«, sagte es schließlich, als sei das Erklärung genug.

Ailis fand die Erwiderung der Kleinen sonderbar, gewiss, doch zugleich hatte sie Mitleid mit ihr. Vielleicht war sie von zu Hause fortgelaufen, wie Ailis selbst es oft genug tun wollte – tun würde, irgendwann –, und natürlich brauchte das Mädchen Hilfe, das war nicht zu übersehen.

Ailis stand immer noch am Findling, hinter sich die weite Aussicht über das Rheintal. Vom Waldrand und dem Mädchen trennten sie nur wenige Schritte. Das Einzige, was sie davon abhielt, auf die Kleine zuzugehen und ihr schmutziges Gesicht in näheren Augenschein zu nehmen, war der schlechte Geruch, der von ihr ausging. Kein Wunder, wahrscheinlich irrte sie schon seit Tagen allein durch die Wälder.

Das Mädchen streckte eine Hand nach ihr aus. »Hilfst du mir?«, fragte es.

»Sicher.« Ailis machte einen Schritt nach vorne. »Was ist passiert? Wo sind deine Eltern? Jemand sollte dich waschen.« Lieber Himmel, jetzt redete sie schon wie ihre eigene Mutter. Insgeheim aber war sie ein wenig stolz darauf. Sie war eben doch kein Kind mehr, mochte ihr Vater auch noch so oft versuchen, ihr das einzureden.

Das weißblonde Haar der Kleinen unterschied sich kaum von Ailis' eigenem. Es war lang, glatt und unordentlich. Seltsamerweise schien es nicht ganz so schmutzig zu sein wie der übrige Körper des Mädchens.

»Waschen«, wiederholte die Kleine Ailis' letztes Wort, als gelte es, sorgfältig darüber nachzudenken. »Sauber sein ist gut. Ich bin dreckig. Aber sauber sein ist gut. Machst du mich sauber?«

Ailis zögerte. War das Mädchen nicht richtig im Kopf? Ach was, dachte sie, die Kleine ist nur verwirrt. Und wer konnte ihr das verübeln, bei dem, was sie augenscheinlich durchgemacht hatte?

Ailis tat noch einen Schritt auf das Mädchen zu. Der Geruch war schlimm, aber allmählich gewöhnte sie sich daran. Ein zaghaftes Lächeln erschien auf dem Gesicht der Kleinen, die Schmutzkruste um ihre Mundwinkel splitterte, zerstob. Ailis lächelte zurück und streckte den Arm aus, um das Haar des Mädchens zu berühren.

Im selben Moment ertönte jenseits der äußeren Bäume ein Brüllen. Dann schienen die Schatten selbst Gestalt anzunehmen, unförmig auf Ailis und das Mädchen zuzuflattern wie riesige, flügellahme Vögel.

Doch das, was auf sie zukam, war kein Vogel und auch kein Schatten. Es war ein Netz, dessen Ränder mit Steinen beschwert waren. Einer davon streifte Ailis' Stirn, sie taumelte mit einem Keuchen zurück, prallte gegen den Findling. Einen Moment lang trübte sich ihr Blick. Wie durch Wasser sah sie, wie sich das Netz um das Mädchen schloss, eine Faust aus Knoten und Hanf. Die Kleine fiel zu Boden und im gleichen Augenblick stürzten von hinten zwei Gestalten aus dem Wald, packten die Ränder des Netzes und zerrten daran. Als Ailis wieder klar sehen konnte, erkannte sie, dass eine der Gestalten ihr Vater war. Er und der andere Mann zogen das strampelnde Kind im Netz zwischen die Bäume, zurück in den Wald. Ailis sprang auf, lief taumelnd hinterher.

»Was tut ihr denn da?«, brüllte sie die beiden Männer fassungslos an.

Nicht ihr Vater, sondern der andere Jäger rief schnaufend: »Sei still, Kind! Lauf runter zum Ufer und warte, bis wir zurück zur Fähre kommen.«

Sie dachte nicht im Traum daran zu gehorchen. »Vater«, rief sie, ohne den anderen Kerl zu beachten, »ihr tut ihr doch weh!«

Tatsächlich schleiften die Männer das hilflose Kind im Netz über den Waldboden, ungeachtet aller Steine, Wurzeln und Äste in ihrem Weg. Die Gegenwehr des Mädchens war ungebrochen, es zog und zerrte an den Seilen, riss den Mund zu verzweifelten Schreien auf, doch kein Ton drang über seine Lippen, als würde seine Stimme von irgendetwas verschluckt. Ailis bemerkte, dass die Stränge des Netzes mit goldenen Fäden durchwirkt waren. Die Steine, die es beschwerten, waren in der gleichen Farbe mit seltsamen Mustern bemalt – Runen! Aber sie sahen nicht wie andere Schriftzeichen aus, die Ailis bisher gesehen hatte. Feenrunen, dachte sie und wusste selbst nicht recht, wie sie darauf kam. Es schien fast, als sei das Netz nicht von Menschenhänden geknüpft worden.

Entsetzliche Angst packte sie – vor ihrem Vater und vor den anderen Männern. Mit einem Mal waren sie wie Fremde. Wegelagerer, vielleicht Räuber und Mörder. Ailis und das Mädchen waren ihnen vollkommen ausgeliefert.

Nach und nach traten auch die übrigen Jäger aus dem

Wald, zuletzt Graf Wilhelm persönlich. Er betrachtete das strampelnde Bündel am Boden ohne eine Spur von Mitgefühl.

»Herr Graf«, flehte Ailis ihn an, »tut doch etwas!«

Er aber schüttelte nur unmerklich den Kopf, wechselte einen besorgten Blick mit Ailis' Vater, dann eilte er mit weiten Schritten an die Spitze der schrecklichen Jagdgesellschaft und ging voraus.

Ailis schloss bis zum Netz auf und wollte danach greifen, doch einer der Männer hielt sie zurück und versetzte ihr eine schallende Ohrfeige. Niemand nahm Anstoß daran, am wenigsten Ailis' Vater. Er schien den Vorfall nicht einmal bemerkt zu haben.

Der Schmerz in ihrer Wange war nebensächlich. Es war nicht der Schlag, der ihr die Hoffnung nahm. Vielmehr zeigte ihr die Gleichgültigkeit all dieser Männer nur zu deutlich, dass das kleine Mädchen verloren war. Was immer sie mit dem Kind anstellen wollten, sie würden es tun. Keiner konnte sie aufhalten, und ganz gewiss nicht Ailis, selbst noch ein Kind. Hilflos stolperte sie hinter den Männern her.

Bald erkannte sie, wohin ihr Weg sie führen würde: hinauf zum Lurlinberg, einem steilen Felsen hoch über dem Rhein. Dort oben, an seiner äußeren Spitze, befanden sich die Ruinen einer vorzeitlichen Wehranlage, kantige Mauerreste und Gräben im Gestein, zwischen denen Gras und Nesseln wuchsen. Burg Rheinfels, Ailis' Zuhause, lag nur wenige Bogenschussweiten entfernt, jenseits der Biegung auf der anderen Seite des silbernen Stroms. Einen Atemzug lang überlegte Ailis, ob sie noch einmal um Hilfe rufen sollte, um den Fährmann oder jemanden am gegenüberliegenden Ufer zu alarmieren, doch dann fand sie den Gedanken lächerlich. Der Mann, gegen den sie sich wenden wollte, war Graf Wilhelm von Katzenelnbogen, der Onkel ihrer besten Freundin und, soweit sie dies bisher hatte beurteilen können, ein kluger, weitsichtiger Herrscher. Was aber in dieser Nacht geschah, stellte alles auf den Kopf, was sie bislang geglaubt hatte.

Die Männer blieben kurz vor der Felskante stehen, hinter der das Schiefergestein des Lurlinberges über hundert Schritte tief zum Rhein abfiel. Sie standen rund um ein Loch im Boden, vielleicht ein alter Brunnen, in dessen Tiefe ungewisse Schwärze herrschte. Das kleine Mädchen kreischte noch einmal auf, ohne dass ein Laut durch das Netz drang, dann zerrten die Jäger es über die Brunnenkante. Polternd verschwand der zarte Körper mitsamt dem Netz im Dunkel, der hellblonde Schopf wurde von der Finsternis verschluckt.

Ailis stand da wie versteinert. Die Männer traten geschwind auseinander, zwei von ihnen zogen ein mächtiges Gitter über die Brunnenöffnung. Beim Aufbruch von Burg Rheinfels hatte es auf einem Karren gelegen, der mit ihnen zum anderen Ufer übergewechselt war. Ailis sah das Gefährt jetzt zwischen den Ruinen stehen. Die beiden Lastpferde im Geschirr grasten friedlich am Fuß einiger Mauerreste.

Das Gitter wurde mit Ketten und einem Vorhängeschloss an Ringen im Fels verankert, bis es den Brunnen fest verschloss. Es war das scheußlichste Stück Schmiedearbeit, das Ailis je gesehen hatte: Ober- und Unterseite waren mit armlangen, scharf geschliffenen Stahldornen versehen, die wirr in alle Richtungen abstanden. Von unten war es völlig unmöglich, danach zu greifen, ohne sich zu verletzen. Selbst von oben musste man ungemein vorsichtig sein, wollte man einen Blick in den Brunnenschacht werfen. Ein unüberlegter

Schritt, ein Stolpern vielleicht, und man würde unweigerlich von den furchtbaren Spitzen aufgespießt.

Der Graf trat auf Ailis zu. Sie wollte zurückweichen, doch er packte sie fest an den Schultern. Sie hatte entsetzliche Angst vor ihm und seinen Männern und es machte längst keinen Unterschied mehr, dass ihr Vater einer von ihnen war. Sie hatten ein wehrloses kleines Kind getötet und sie würden, wenn es nötig war, das gleiche mit ihr tun.

»Es war ein Fehler, dich mitzunehmen«, sagte der Graf und blickte ihr starr in die Augen. »Du bist fortgelaufen und warst uns keine Hilfe. Wir haben es auch ohne dich geschafft. Aber nun, da du einmal hier bist, sollst du einen Schwur ablegen. Hast du das verstanden, Ailis?«

Sie nickte zögernd und fühlte sich dabei wie gelähmt. Ihre Muskeln schienen ihr kaum noch zu gehorchen.

»Du wirst schwören«, fuhr Graf Wilhelm fort, »dass du nie ein Wort über das verlieren wirst, was du heute mitangesehen hast. Du wirst vergessen, dass du mit uns hier oben warst.«

»Das kann ich nicht«, wagte sie leisen Widerspruch.

Ihr Vater trat vor und holte zu einem Schlag aus, doch der Graf hielt ihn mit einem knappen Wink zurück.

»Ailis«, sagte er eindringlich, »nichts von all dem ist wirklich geschehen. Du wirst niemals, niemals darüber sprechen. Mit keiner Menschenseele. Es wird keine Erklärungen geben, keine Zweifel, nicht einmal schlechte Träume. Sobald wir wieder in der Burg sind, wird jeder von uns abstreiten, dass wir je etwas anderes als Rotwild gejagt haben. Schwörst du das bei Gott, dem Herrn?«

In den letzten Worten des Grafen lagen großer Ernst und eine unausgesprochene Drohung, sodass Ailis abermals nickte und schwieg.

»Wir werden jetzt umkehren«, sagte der Graf. »Kein Wort, keine Silbe, kein Gedanke mehr an all das. Verstanden?«

»Ja«, flüsterte Ailis, »verstanden.«

Und in jenem Moment glaubte sie wirklich, dass sie sich daran halten würde.

1. Kapitel

Ein Jahr später

Von den Zinnen aus schien es, als läge Burg Rheinfels im Halbschlaf. Dichter Nebel dämpfte alle Laute. Kein gleichmäßiger grauer Dunst, sondern scharf umgrenzte Wolken, deren Ränder sich verschoben, verschmolzen und wieder auseinander trieben und dabei eine Vielzahl geisterhafte Formen bildeten.

Fee, die Nichte des Grafen Wilhelm von Katzenelnbogen, stand auf einem der Wehrgänge und blickte zum Rhein hinab. Sie konnte den Fluss im Nebel nicht erkennen, hörte aber, wenn sie aufmerksam lauschte, das Rauschen seiner Strömung. Die wenigsten machten sich die Mühe, einfach nur zuzuhören, dem Raunen der Wälder, dem Flüstern des Windes in den Treppenschächten der Burgtürme oder aber dem Lied des uralten Stroms am Fuß der Felsen. Fee hatte das Zuhören selbst erst erlernen müssen, vor ein paar Jahren, als sie alt genug war, seine Faszination zu begreifen. Ailis hatte es ihr beigebracht. Aber Fee dachte nicht mehr oft an Ailis; wenigstens gestand sie es sich nicht ein.

Burg Rheinfels thronte über dem Westufer des Stroms, hoch über den Dächern des Dorfes, das eingezwängt zwischen den Hängen des Burgberges und der Uferböschung lag. Manchmal ging Fee mit einer ihrer Kammerzofen dort hinunter, sah den Bauern beim Kühemelken zu oder beobachtete, wie die Weinernte aus den Bergen gekeltert wurde.

Nicht, dass ihr all das wirklich etwas bedeutete. Sie war fünfzehn und begann allmählich, von einem Leben am Königshof zu träumen, von prachtvollen Festen, von herrlichen Kleidern und Rittern in strahlender Kriegsmontur. Ihr Onkel hatte ihr versprochen, dass er sie bald dorthin schicken würde, damit man ihr den letzten Schliff zur Edeldame gab. Gewiss, Burg Rheinfels war eine mächtige Festung und ihr Onkel, der Graf, ein Mann von großem Einfluss. Und doch besaß das tägliche Leben hier kaum etwas von dem Glanz, den Fee sich erträumte, wenn sie Geschichten von Banketten und Tanz im Thronsaal König Ludwigs hörte.

Ihre Eltern hatte sie nie kennen gelernt. Ihre Mutter war bei Fees Geburt gestorben, ihr Vater bald darauf fortgegangen. Niemand wusste, wohin. Fee hatte ihr Leben unter der Obhut des Grafen und seiner Frau verbracht. Die beiden hatten selbst keine Kinder, und so behandelten sie Fee wie ihre eigene Tochter. Wenn ihr Onkel versprach, sie in naher Zukunft zum Königshof zu schicken, dann glaubte sie ihm. Er war immer aufrichtig und gut zu ihr gewesen.

»Fräulein Fee!«, rief eine Stimme, und bald darauf löste sich eine Gestalt in wehendem Kleid aus den Dunstwolken. Der enge Wehrgang, eben noch der einsame Bug eines Schiffes, das Fee ihren Träumen ein Stück näher brachte, gerann wieder zu massivem Stein, fest verwurzelt in der grauen Wirklichkeit der Burg.

Amrei, Fees Lieblingszofe, trat neben sie und folgte ihrem Blick in den Nebel. »Da gibt es doch überhaupt nichts zu sehen«, stellte sie fest und runzelte die Stirn.

Du sprödes Ding, dachte Fee, teils belustigt, teils mitleidig. Manchmal fühlte sie sich, als wäre sie die einzige hier, die über einen Funken Vorstellungskraft verfügte. »Ich dachte, ich hätte Pferde gehört, die den Berg heraufkommen.«

»Pferde?«, entfuhr es Amrei, und ein Leuchten glomm in ihrem Blick. »Ihr meint, Ritter?« Angestrengt starrte sie in die Tiefe, beugte sich sogar zwischen den Zinnen vor, um zum Fuß der Mauer hinabzublicken. Schließlich aber zog sie den Kopf enttäuscht zurück. »Ich kann nichts erkennen.«

Einen Moment lang überlegte Fee, ob es sinnvoll wäre, Amrei auf den Unterschied zwischen Hören und Sehen hinzuweisen, doch dann ließ sie es bleiben. Zumal sie es vorzog, ihren Schwindel von den Pferdehufen im Nebel nicht noch weiter zu vertiefen. Es geschah ihr ohnehin viel zu oft, dass sie sich in irgendwelchen Notlügen verlor, bis sie schließlich nicht mehr zurückkonnte und die eine Lüge mit weiteren untermauern musste. Sie wusste, das dies einer ihrer Fehler war. Sie log nicht böswillig, oft nicht einmal bewusst; meist waren es lediglich kleine Schwindeleien, die sie aus der Not heraus zu handfesten Lügenmärchen ausbaute. Sie war nicht stolz darauf, aber sie hatte es längst als Teil ihrer Natur akzeptiert.

»Hast du mich gesucht?«, fragte sie.

Die Zofe nickte und zupfte die Stoffhaube zurecht, die ihr dunkles Haar verbarg. »Ihr wart nicht in Eurer Kammer und auch nicht in der Küche oder im Saal bei den anderen Damen. Ich habe mir Sorgen gemacht.«

»Aber wo sollte ich denn schon sein?«, seufzte Fee. »Du bist nicht viel älter als ich und führst dich auf wie eine alte Jungfer, Amrei.«

Die Zofe kicherte verhalten. »Und solange die Ritter, die Ihr im Nebel hört, nur Eurer Einbildung entspringen, werde ich wohl oder übel eine Jungfer bleiben. Ihr könnt nicht erwarten, dass ich mich mit einem dieser Lausebengel, die sich Knappen schimpfen, zusammentue.«

»Aber sie mögen dich«, sagte Fee. »Du solltest sehen, wie sie sich nach dir umschauen, wenn du über den Hof gehst.«

Amreis Blick war traurig, doch zugleich glomm in ihren Augen ein vager Hoffnungsschimmer. »Ihr wollt mir nur schmeicheln, Fräulein.«

Das wollte Fee tatsächlich, und damit war es wieder einmal soweit: Eine kleine, höfliche Flunkerei, und schon war sie gezwungen weiterzuschwindeln. Alles andere hätte Amrei zu Tode beleidigt. So ersann sie auf die Schnelle eine Geschichte über einen der Knappen, den sie zufällig belauscht hatte, als er einem anderen seine Liebe zu Amrei offenbarte; heimlich, verstand sich, hinter einem Busch versteckt. Und, genau besehen, war es gar keine Lüge. Fee hatte dieses Gespräch tatsächlich mitangehört – mit dem feinen Unterschied allerdings, dass die Liebe des Jungen ihr selbst und nicht der Zofe galt. Aber was bedeutete schon eine so kleine Abweichung von der Wahrheit?

Amrei war mit einem Mal ganz begierig darauf, mehr über den liebestollen Knappen zu erfahren, und bald kam Fee derart in Bedrängnis, dass sie eilig ein neues Ende der Episode erdichtete. Darin erzählte der Junge – von dem sie vorgab, ihn hinter dem Gebüsch nicht erkannt zu haben – seinem Gefährten, er wolle sich seiner geliebten Amrei schon bald erklären. Damit musste sich die aufgeregte Zofe notgedrungen zufrieden geben, und während sie gemeinsam die Treppe zum Hof hinabstiegen, dachte Fee reumütig, dass sie der armen Amrei mit ihrer Flunkerei soeben wohl ein paar schlaflose Nächte beschert hatte.

Fee trug keine Haube wie die Zofe, obgleich es sich für eine junge Dame ihres Alters geziemt hätte. Statt ihr hellblondes Haar hochzustecken und unter feinen Stoffen zu verbergen, ließ sie es offen über ihren Rücken fallen. Lediglich zwei dünne Zöpfe hatte sie aus der Haarflut herausgelöst und um ihre Stirn gelegt wie einen Frühlingskranz. Genau genommen war nicht sie selbst das gewesen, sondern Amrei, denn die Zofe vermochte wundervolle Dinge aus Haar zu formen – um so verwunderlicher, dass sie es nicht mit ihrem eigenen tat.

Sie überquerten den verwinkelten Burghof, verfolgt von manchem Männerblick. In der Mitte des Hofes wuchs eine hohe Linde, deren Same vom Erbauer der Burg vor siebzig Jahren von einem Kreuzzug mit in die Heimat gebracht worden war. Um sie herum saßen einige Frauen und nähten, andere füllten am Brunnen Krüge und Eimer. Ein halbes Dutzend Knappen wurde in einer abgelegenen Ecke im Kampf mit Stock und Beil unterrichtet, während Erland, der Burgschmied, vor der Tür seiner Werkstatt stand und den Hinterlauf eines Pferdes begutachtete; es hatte sich beim Ausritt einen Stein oder Metallsplitter in den Huf getreten. Von dem Nebel war hier unten kaum etwas zu bemerken, ohnehin hing meist eine dünne Rauchglocke über dem Hof, gespeist von Erlands Schmiedefeuer und dem großen Flammenherd in der Küche. Auch deren großes Doppeltor stand offen und erlaubte den Blick ins Innere, wo schwitzende Köchinnen mit Kesseln und Spießen, mit Mörsern, Messern und Formen für Gebäck hantierten. Der Duft von Gebratenem vermischte sich mit dem Geruch der nahen Stallungen.

Fees Fuß stieß gegen etwas, das auf dem strohbedeckten Boden lag, ein winziger Gegenstand aus Metall. Sie bückte sich, um das Ding genauer zu betrachten, und erkannte, dass es ein langer Stahlnagel war, wie Erland sie häufig verwendete. Sie überlegte noch, ob sie ihn aufheben und zum Schmied hinüberbringen sollte, als ihr jemand zuvorkam. Blitzschnell schoss eine schmale Hand vor, legte sich über den Nagel und riss ihn vom Boden.

Als Fee aufschaute, stand Ailis vor ihr und hatte die Hand um den Nagel zur Faust geballt.

»Keine Angst«, sagte Fee, »ich wollte ihn nicht stehlen.«

Ailis verzog die Mundwinkel, doch es sah nicht aus wie ein Lächeln. »Weshalb sollte ein edles Fräulein wie du das tun?«

Amrei besann sich derweil ihrer Pflichten als Fees Zofe und trat zwischen die beiden Mädchen. Sie stützte entschlossen die Arme in die Hüften und blickte Ailis wutentbrannt an. »Du solltest ein wenig mehr Respekt vor der Tochter des Grafen zeigen, Mädchen.«

Ailis schenkte Amrei keine Beachtung, trat nur einen Schritt zur Seite, bis sie über die Schulter der Zofe hinweg in Fees Augen schauen konnte. »Ich wusste gar nicht, dass du neuerdings seine Tochter bist. Aber um so erfreuter wird Erland sein, wenn er hört, wie besorgt du um seinen Nagel warst.«

»Ailis ...«, begann Fee, brach dann aber ab. Die Zeiten, in denen sie als beste Freundinnen die Burg und deren Umgebung erkundet hatten, lagen zu lange zurück. Damals waren sie unzertrennlich gewesen. Erst seit jener sonderbaren Veränderung, die mit Ailis vorgegangen war, hatte sich ihr Verhältnis abgekühlt, um schließlich in offener Abneigung zu erstarren. Damals hatte Ailis sich ihr langes blondes Haar bis auf Fingerbreite abgeschnitten und es seither nicht mehr wachsen lassen. Die harte Arbeit als Erlands Lehrmädchen hatte ein Übriges getan, dass sie mehr und mehr wie ein Junge erschien. Fremde Edelleute hatten sie des Öfteren für einen Knappen gehalten und ihr ihre Pferde anvertraut, eine Aufgabe, der Ailis stets sorgsam nachgekommen war. Die Zofen tuschelten, dass Ailis alles liebte, das sie nach Stall und

Schmutz stinken ließ; vor allem, seit ihre Eltern fort waren und Erland der einzige war, der sich um sie kümmerte. Der Schmied war selbst kein glänzendes Vorbild für Sauberkeit und Ordnung.

Ailis' und Fees Blicke kreuzten sich noch einige Atemzüge länger, ohne dass eine der beiden ein weiteres Wort sprach. Dann wandte Ailis sich ab, ging mit schnellen, aber keineswegs überhasteten Schritten über den Hof und trat an Erland und dem Pferd vorbei in die Schmiede.

»Man sollte sich bei Eurem Onkel über sie beschweren«, fauchte Amrei zornig, doch Fee schüttelte sanft den Kopf.

»Du wirst deinen Mund halten.«

Amrei starrte sie erschrocken an, aus großen, ungläubigen Augen. »Aber ...«

»Kein Aber«, sagte Fee beharrlich. »Kein Gerede hinter vorgehaltener Hand über sie, ist das klar?«

Amrei setzte erbost ihre förmlichste Miene auf. »Natürlich, Fräulein. Ganz, wie Ihr wünscht.«

Was weißt du schon von Wünschen, dachte Fee traurig und schaute Amrei nach, als sie mit gestrafften Schultern und erhobenem Kopf zum Haupthaus stolzierte.

Fee drehte sich um und sah zum Tor der Schmiede. Ailis kam gerade wieder heraus und reichte Erland eine eiserne Zange. Das Mädchen mit dem hellen Stoppelhaar erwiderte Fees Blick nicht, obwohl sie spüren musste, dass sie beobachtet wurde.

Das Pferd wieherte schrill, als Erland die Zange ansetzte.

Ailis zog sich ins Innere der Schmiede zurück wie ein Tier, das in den Schutz seiner Höhle flüchtet – Erland hatte diesen Vergleich einmal gewählt. Er hatte wenig Verständnis, dass sie jedes Mal fortlief, wenn er sich einem der Pferde widmete. Sie ertrug es nicht, die Tiere leiden zu sehen, und nicht einmal Erlands berechtigter Einwand, dass er ihnen schließlich helfe und sie von ihrem Leiden erlöse, vermochte sie umzustimmen. Ailis war ihm in allem eine große Hilfe – gewiss weit mehr, als er zu Anfang für möglich gehalten hatte –, doch die Arbeit an den Hufen war ihr zuwider. Sie liebte Tiere viel zu sehr, als dass sie ihren Schmerz hätte ertragen können und Erland hatte gelernt, Ailis' Eigensinn zu akzeptieren.

Immerhin fragte sie ihn im Gegenzug nicht nach dem Gitter, das innen über dem Eingang der Schmiede hing. Es war rund und maß etwa zwei Schritte im Durchmesser. Erland hatte es mit Hilfe einiger Haken an der Mauer befestigt – als Glücksbringer, wie er einmal gemurmelt hatte, als er bemerkte, dass Ailis das Gitter immerzu anstarrte. Das Ungewöhnliche war, dass etwas die Mitte des Stahlgeflechts zerrissen und aufgebogen hatte, als wären es Streben aus weichen Weidenzweigen. Die Öffnung war groß genug, dass ein Mensch mit schmalen Schultern hätte hindurchsteigen können. Eine Frau vielleicht. Oder ein Kind.

Aber Ailis sprach nicht über das Gitter. Sie sprach überhaupt nicht viel. Das war eine der Eigenschaften, die Erland an ihr schätzte. Er war kein Mann großer Worte, und er konnte keinen Gesellen gebrauchen, der ihn mit Gerede von der Arbeit abhielt.

Der Schmied war groß, größer noch als der hoch gewachsene Graf Wilhelm, und seine Schultern waren so breit, dass die ganze Schmiede im Dunkeln lag, wenn er im Eingang stand. Sein langes, dunkelbraunes Haar hatte er am Hinterkopf zu einem Pferdeschwanz zusammengefasst, bei Tag wie auch bei Nacht. Ailis hatte noch nie erlebt, dass er die

Haare offen trug, und sie nahm an, dass Erland auf das Lederband in seinem Nacken ebenso gut hätte verzichten können, so verfilzt waren die Strähnen an dieser Stelle. Er trug lederne Hosen und eine Schürze, für die wahrscheinlich eine ganze Kuh ihr Leben gelassen hatte. Soweit Ailis wusste, waren dies seine einzigen Kleidungsstücke, abgesehen von einer Fellweste für den Winter. Da Erland an jedem Tag der Woche in seiner Schmiede stand, kam er gar nicht erst in die Verlegenheit, sich für einen anderen Anlass kleiden zu müssen. Er war eben Erland, und jeder wusste, welche Art von Mensch sich dahinter verbarg. Er galt als Sonderling, beinahe so sehr wie Ailis, und wahrscheinlich war das der Grund, weshalb sie zueinander gefunden hatten. Sie lernte von ihm die Schmiedekunst und machte alle Besorgungen, nahm die Zahlungen für seine Dienste entgegen und führte eine Liste über das, was er einnahm und das wenige, das er ausgab. Sie war damals sehr erstaunt gewesen, als sie festgestellt hatte, dass der mürrische Schmied ein reicher Mann war.

Sie reinigte das Werkzeug, bis Erland den Dorn aus dem Huf des Pferdes entfernt hatte, dann lief sie hinaus und ließ sich vom Besitzer des Tieres eine Münze auszahlen. Erland vertraute ihr blind und sie war nur ein einziges Mal in Versuchung gekommen, dieses Vertrauen zu missbrauchen. Am Tag, als ihre Eltern davongezogen waren und sie allein in Erlands Obhut gelassen hatten, da hatte sie mit dem Gedanken gespielt, einige Münzen des Schmiedes und ein Pferd zu stehlen und damit von hier zu verschwinden. Irgendwohin, wo der Schatten des Lurlinberges nicht jeden ihrer Tage bestimmte.

Aber Ailis war geblieben, und sie hatte festgestellt, dass die Lage erträglicher wurde, nachdem ihr Vater fort war. Manchmal sehnte sie sich heimlich nach den beiläufigen Berührungen ihrer Mutter, nach dem verstohlenen Lächeln, das sie ihr manchmal zugeworfen hatte, wenn ihr Vater nicht hinsah. Die beiden lebten jetzt einen halben Tagesritt entfernt, hinter den Wäldern auf der anderen Seite des Rheins. Graf Wilhelm ließ dort eine zweite Festung errichten, Burg Reichenberg, und Ailis' Vater war als oberster Jäger für die Versorgung der Arbeiter verantwortlich. Neun Monde lag die Abreise der beiden nun schon zurück und seither hatte Ailis ihre Eltern weder gesehen noch von ihnen gehört. Nicht einmal einen Gruß hatten sie ihr von einem der Boten übermitteln lassen, die Tag für Tag zwischen den Burgen pendelten.

Nachdem sie die Münze des Pferdebesitzers in Erlands Truhe gelegt hatte, sah sie zu, wie der Schmied seinen Hammer mit aller Kraft auf eine halbfertige Schwertklinge krachen ließ. Der Stahl hatte die ganze Zeit über in der Esse gelegen und glühte jetzt, als hätte der Schmied einen wahrhaftigen Blitz vom Himmel gepflückt.

»Niemals lassen sie einen in Ruhe seine Arbeit tun«, knurrte Erland, ohne den Blick von dem leuchtenden Stahl zu nehmen. »Andauernd kommen sie« – der Hammer donnerte herab – »und drängen einem Arbeiten auf, die jeder Bettler« – noch ein Schlag – »am Wegesrand verrichten könnte. Und so jemand nennt sich Ritter des Königs!« Sein letzter Hieb mit dem Hammer war zugleich sein kräftigster, und Ailis war einen Moment lang überzeugt, dass der Amboss bersten würde. Das Geräusch war schrill und scheppernd und bohrte sich wie Pfeilspitzen in ihre überempfindlichen Ohren. Noch eine ganze Weile lang hallte ein hohes Pfeifen in ihrem Schädel nach, und als es schließlich schwand, wurde es von einem anderen Laut abgelöst, der ebenso wenig hierher gehörte. Von Musik.

»Brauchst du mich im Augenblick?«, fragte sie den

Schmied. Sie wartete, bis er schweigend den Kopf schüttelte, dann lief sie hinaus ins Freie.

In unregelmäßigen Abständen kamen Spielleute auf die Burg, um die Bewohner mit Gesang und Gaukelei zu unterhalten. Was jetzt ertönte, war zweifellos eine Sackpfeife, laut genug, dass sich allmählich auch andere Menschen auf dem Hof zum Tor umwandten und neugierig beobachteten, wer sich dort näherte.

Der Mann war höher gewachsen als die kräftigen Wachtposten, die ihn soeben hatten passieren lassen, aber von einer stattlichen Erscheinung konnte dennoch keine Rede sein. Er war dürr wie der leibhaftige Tod, mit langen Armen und Beinen wie ein Grashüpfer. Sein Gesicht lag im Schatten einer bunten Mütze, doch die Kinnpartie, die darunter hervorschaute, war spitz wie eine Messerklinge. Er lachte, was einigermaßen seltsam aussah; er war der erste Erwachsene, dem Ailis begegnete, der makellose Zähne besaß, weiß und ebenmäßig gewachsen. Der wundersame Kerl trug Kleidung aus roter und grüner Seide, die ihn deutlich von manch anderem armen Schlucker mit einer schönen Stimme unterschied.

Ein Raunen ging durch die Reihen der Männer und Frauen im Hof, und schon eilte ein Wachmann ins Haupthaus, um Graf und Gräfin von der Ankunft des Gecken in Kenntnis zu setzen.

Ailis kannte ihn. Der Spielmann kam nicht zum ersten Mal auf Burg Rheinfels. Wie sein wahrer Name lautete, wusste sie nicht, wohl aber, dass jedermann ihn den Langen Jammrich nannte. Jammrich, weil er es wie kein anderer verstand, seine Stimme schlagartig von den tiefsten in die höchsten Töne emporzuschrauben.

Während sich aus vielen Fenstern der Burgbauten Köpfe

reckten, um den Neuankömmling zu betrachten, bezog der Lange Jammrich breitbeinig Stellung unter der alten Linde im Hof. Ohne ein Wort der Ankündigung oder Begrüßung begann er zu spielen. Eine leise, beinahe zaghafte Melodie ertönte, die innerhalb weniger Augenblicke jedermann in ihren Bann zog. Als der Lange Jammrich sicher war, dass alle sein Spiel verfolgten, wurden die Klänge schneller, wilder, turbulenter. Mit einem Nicken ließ er seine Mütze vom Kopf gleiten; sie kam mit der Spitze am Boden auf, wo sie liegen blieb, weit offen für Gaben aller Art.

Die Menschen im Hof ließen endgültig von ihren Arbeiten ab und näherten sich dem Spielmann. Sogar Erland trat in die Tür seiner Schmiede und blickte stirnrunzelnd ins Freie. Das Doppeltor des Haupthauses wurde geöffnet und heraus traten Graf Wilhelm und seine Frau, gefolgt von Fee und einigen Edeldamen und Dienern. Alle lauschten dem Spiel des Langen Jammrich, manch einer wog sich gedankenverloren im Rhythmus der Melodie. Bald schon war die Mütze des Musikanten unter Silberlingen und anderen Geschenken begraben. Kräuterbeutel, süßes Gebäck, sogar ein lederner Weinschlauch häuften sich vor den wippenden Füßen des Spielmanns.

Mit Ailis geschah derweil etwas Sonderbares: Es war, als würden ihre feinen Ohren etwas aus der Musik des Langen Jammrich herausfiltern, eine zweite, leisere Melodie unter der wildbewegten Oberfläche seines Spiels. Vordergründig blies er auf seiner Sackpfeife einen exotischen Tanz, ein heißblütiges Klangspektakulum, bei dem sonst die jungen Mädchen und Knechte in den Schänken umeinander wirbelten. Doch jenseits dieser vergnügten Schelmenmelodie war noch etwas anderes, etwas, das niemand außer Ailis wahrnahm. Es war ein Gefühl, als hätte sie sich versehentlich in den Traum eines Fremden verirrt, dem wahren Leben verwandt und doch unendlich anders. Die Umgebung verlor an Tiefe, wurde flach wie die gemalte Kulisse eines Gaukelspiels. Sogar die Bewegungen der Menschen wirkten mit einem Mal falsch, das hölzerne Gezappel von Handpuppen. Die Burg und ihre Bewohner verschwammen, entfernten sich. Ailis hatte das Gefühl, als würde die Melodie des Spielmanns zu einem Wegweiser in Regionen jenseits der Wirklichkeit, zum rettenden Faden im Labyrinth der Beliebigkeiten.

Dann, auf einen Schlag, brach die Musik des Langen Jammrich ab, die Konturen der Menschen und Gebäude wölbten sich Ailis von neuem entgegen und sie fand zurück in ihre vertraute Welt. Alles war wieder wie vorher, und doch schien ihr, als hätte die Umgebung eine hauchfeine Schicht ihrer Farbigkeit verloren – als wäre sie angesichts dessen, was dahinter lag, ein wenig bleicher, unbedeutender geworden.

Ailis starrte den Langen Jammrich eindringlich an, weniger ängstlich als voller Neugier. Sie fürchtete sich vor dem, was sie gerade erlebt hatte, doch viel größer noch war ihr Verlangen, mehr darüber zu erfahren, zu begreifen, wie der Spielmann es vollbracht hatte, ihr diesen Blick nach – wohin eigentlich? – zu ermöglichen.

Während der Darbietung des mysteriösen Musikanten musste mehr Zeit verstrichen sein als Ailis angenommen hatte, denn der Gabenberg vor seinen Füßen war zu beträchtlicher Höhe angewachsen. Zudem hatte, wie sich jetzt herausstellte, der Graf befohlen, einen gewissen Gastwirt aus dem Dorf herbeizuholen, der dem Langen Jammrich einen beträchtlichen Münzbetrag schuldig war. Aus dem Gerede der Umstehenden erfuhr Ailis, dass der Musikant bei seinem letzten Besuch in dieser Gegend im Schankraum des Wirtes aufgespielt hatte, von dem Geizkragen jedoch um seine Bezahlung geprellt worden war.

Nun galten im ganzen Land für fahrende Spielleute andere Gesetze als für gewöhnliche Bürger, meist wurde ihnen rundheraus jedes Recht auf Genugtuung abgesprochen. Graf Wilhelm aber schien es mit dem Langen Jammrich gut zu meinen; er hatte in den Gesetzbüchern des Königs nachgeschlagen und entdeckt, dass es für solch einen Fall eine festgeschriebene Regel gab. Zwar konnte man den Wirt von Rechts wegen nicht zwingen, einem dahergelaufenen Spielmann Geld auszuzahlen – »Wo kämen wir denn auch hin!«, bemerkte einer der Zuschauer –, doch für eine derart verzwickte Lage hatte König Ludwig in seiner Weisheit eine ganz besondere Möglichkeit der Buße ersonnen. Und so war der Lange Jammrich zurückgekehrt, um sein Recht einzufordern und den betrügerischen Wirt mit des Grafen Absolution zu bestrafen.

Es traf sich gut, dass der Nebel über Burg Rheinfels schon vor geraumer Weile aufgerissen war und einige Sonnenstrahlen ihren Weg über die Zinnen hinab in den Haupthof fanden. Die Schaulustigen wichen zur Seite, als der weinerliche Gastwirt dem Grafen vorgeführt wurde und dieser ihm seine Bestrafung verkündete. Der Wirt beklagte lautstark die Schande, die ihm von der Hand eines streunenden Gauklers widerfahren sollte, und so sah sich Graf Wilhelm bemüßigt, obendrein eine Münzstrafe auszusprechen, zahlbar an den gräflichen Schatzmeister.

Zwei Wächter führten den Wirt so lange im Hof umher, bis sie eine Stelle gefunden hatten, von der aus der Schatten des Mannes scharf umrissen auf die Mauer neben dem Küchentor fiel. Unter dem Gelächter der Umstehenden wurde ein Hocker herbeigebracht und vor der Wand aufgestellt. Der Lange Jammrich erhielt ein Schwert und stieg mit geckenhafter Gebärde, stets auf Beifall und Hochrufe bedacht, auf den Schemel. Dort beäugte er prüfend den riesigen Schatten des Wirtes und gab den beiden Wächtern mit einem Wink zu verstehen, dass ihr Gefangener sich vornüber beugen sollte. Schließlich schaute er noch einmal zum Himmel empor, versicherte sich, dass die Sonne kräftig genug schien, dann hob er mit gewichtiger Geste das Schwert, packte es mit beiden Händen, holte aus und ließ es mit aller Macht auf den Hals des Schattens krachen. Funken sprühten, als Stahl auf Stein schlug. Zugleich hob unter den Zuschauern tosender Jubel an. Jammrich verbeugte sich grinsend, als hätte er soeben ein besonderes Bravourstück vollbracht, stieg vom Hocker, verneigte sich noch einmal vor dem Grafen und seiner Gattin, dann nickte er den Wächtern zu. Jene ließen den beschämten Gastwirt laufen, der unter viel Spott und Hohn der Burgleute über den Hof eilte und wortlos durch das Tor verschwand.

Ailis hatte schon früher von Schattenköpfungen gehört, wie das königliche Recht sie Spielleuten und Gauklern zugestand; mitangesehen aber hatte sie noch keine. Sie war nicht sonderlich beeindruckt von dem lächerlichen Schauspiel. Vielmehr fragte sie sich, wie viel Narretei sich die Menschen noch einfallen lassen würden, um die Ödnis ihres Daseins zu bereichern.

»Jammrich!«, rief da der Graf und übertönte den Lärm der Menge. »Ich wünsche dich umgehend im Burgsaal zu sehen.«

»Zu Euren Diensten, Herr«, erwiderte der Spielmann lautstark, als gelte es, eine Botschaft zu verkünden. »Was kann ich für Euch tun?«

»Später«, sagte der Graf gedämpft. »Wir wollen drinnen darüber reden.«

Jammrich verbeugte sich abermals, dann fiel sein Blick auf Fee. »Wird Euer bezauberndes Mündel mit dabei sein, Herr?«, fragte er mit neckischem Grinsen und so deutlich, dass jedermann es hören musste. »Ich will mich der schönsten Verse aus dem Orient entsinnen, um vor so viel Liebreiz zu bestehen.«

Ein Knecht rief vergnügt aus der Menge: »Das gleiche hast du zum Weib des Wirtes gesagt, du Lump! Hat er nicht deshalb die Bezahlung verweigert, weil seine Frau beim Klang deiner Lieder vor Scham die Humpen fallen ließ?«

Sogleich tobte ausgelassenes Gelächter über den Burghof. Ailis sah nicht ohne Genugtuung, dass Fee puterrot wurde.

Der Graf lächelte, aber es wirkte gezwungen, keineswegs belustigt. »Komm, Spielmann! Sei Gast in meinem Haus und höre, was ich dir zu sagen habe.« Damit drehte er sich um und ging. Seine Frau und Fee folgten ihm geschwind. Zwei Wächter warteten, bis der Lange Jammrich seinen Lohn vom Fuß der Eiche aufgesammelt und in einem Sack verstaut hatte, dann nahmen sie ihn höflich, aber bestimmt in ihre Mitte und traten mit ihm ins Haupthaus. Im Türrahmen drehte der Spielmann sich noch einmal um und winkte der Menge ausgelassen zu. Ein paar Knechte ließen ihn stürmisch hochleben, und als sie sich wieder ihrer Arbeit zuwandten, pfiffen sie fröhlich die Melodie seines Spiels.

Der Graf bat den Spielmann in den Rittersaal, während die Wächter, aber auch Fee und die Gräfin, zurückbleiben mussten. Was immer er mit dem Langen Jammrich zu bereden hatte, musste für ihn von äußerster Wichtigkeit sein. Fee zog sich unter dem Vorwand zurück, sie wolle sich in ihrer Kammer einer Näharbeit widmen.

Oben, im ersten Stock des Gebäudes, eilte sie auf Zehenspitzen in eines der Gästezimmer, das genau über dem Rittersaal lag. Schon seit Jahren wusste sie, dass sich unter einem der Betten ein kleines Loch im Boden befand, von dem aus man geradewegs auf die Tafel im Zentrum des Saales blicken konnte. Ein neugieriger Besucher musste die Öffnung einst geschaffen haben, und sie war bis heute keinem der Erwachsenen aufgefallen. Nur Fee und Ailis kannten sie. Sie waren vor Jahren beim Versteckspiel darauf gestoßen, als eine von ihnen sich unter dem Bett verkrochen hatte.

Die Decke des Saales bestand aus hölzernem Sparrenwerk. Die Balken waren mit Wappen und feiner Schnitzerei, mit christlichen Sprüchen, Jahreszahlen und Heiligenfiguren verziert. Von hier oben konnte Fee nichts davon erkennen, doch sie kannte die meisten Inschriften auswendig und hätte jedes der Wappen aus dem Kopf aufzeichnen können. Während der Mahlzeiten mit ihrer Tante verbrachte sie viel Zeit damit, an die Decke zu starren. Nur wenn die Zeit ihres Onkels es gestattete, dass er sich zu ihnen gesellte, verliefen die Tischgespräche weniger trostlos. Genau genommen gab es überhaupt nur dann Gespräche, wenn ihr Onkel anwesend war. Fee und die Gräfin hatten sich selten mehr zu sagen als das Tischgebet.

Die lange Tafel stand auf einem Boden aus gestampftem, mit Schafhaaren verhärtetem Lehm. Graf Wilhelm nahm Platz und forderte den Langen Jammrich auf, es ihm gleichzutun. Bald darauf saßen sie sich an den äußeren Enden der Tafel gegenüber. Von ihrem Aussichtspunkt unter dem Gästebett hatte Fee sie gerade noch im Blickfeld, den einen am rechten, den anderen am linken Rand des Gucklochs.

»Lass mich gleich zur Sache kommen. Spielmann«, begann der Graf, nachdem Jammrich seine Sackpfeife auf dem Tisch abgelegt hatte. Das Instrument erhob sich zwischen den Männern wie ein unförmiges Tier, aus dem die Pfeifenrohre wie Knochenfortsätze hervorragten.

»Ich weiß deine Kunst zu schätzen«, fuhr Graf Wilhelm fort, »jeder hier hält dich für einen großen Musikanten.«

»Ihr schmeichelt mir, Herr«, sagte der Lange Jammrich, klang aber keineswegs beeindruckt. Fee hatte das Gefühl, als brenne der Spielmann darauf, endlich den eigentlichen Grund seines Hierseins zu erfahren. Er wäre nicht der Erste seiner Zunft gewesen, der sich unvermittelt im Kerker irgendeines Landesherren wiedergefunden hätte. Wahrscheinlich überlegte er fieberhaft, ob es etwas gab, das der Graf ihm zur Last legen konnte, und er schien nicht ernsthaft mit einem erfreulichen Fortgang des Gesprächs zu rechnen.

»Deine Kunst wird überall gerühmt, Spielmann. Ich habe an vielen Orten von dir reden hören. Und wenn auch so manches Mal Unmut über einen deiner ... nun, Streiche darin mitschwang, äußerten sich die meisten doch höchst angetan über dein Talent.«

»Seid versichert, Herr«, sagte der Lange Jammrich, »wer Schlechtes über mich zu erzählen hat, der hat verdient, was ihm widerfahren ist.«

Fee wunderte sich. Wenn der Graf dem Spielmann tatsächlich einen Handel vorschlagen wollte, warum tat er es dann nicht ohne all den Honig, den er dem Langen Jammrich ums Maul schmierte? Wilhelm von Katzenelnbogen war ein mächtiger Mann, sein Einfluss reichte bis zum Thron, und doch verhielt er sich dieser ungebildeten, sittenlosen Vogelscheuche gegenüber wie ein Bittsteller. Was immer ihr Onkel vorhatte, ihm musste wahrlich eine Menge daran liegen.

»Ich will dir ein Angebot unterbreiten, Spielmann«, sagte der Graf und machte eine Pause, um seinen Worten mehr Gewicht zu verleihen. Doch falls er erwartet hatte, dass der Lange Jammrich ihn mit neugierigen Fragen bedrängen würde, so sah er sich getäuscht. Der Musikant saß gelassen am Ende der Tafel und runzelte nicht einmal die Stirn.

»Ihr Spielleute liegt oft im Streit mit Soldaten, Bürgermeistern und –«

»Mit Männern wie Euch«, führte Jammrich den Satz zu Ende. »Mit Verlaub, Herr.«

Der Graf schenkte ihm ein dünnes Lächeln. »Mit Männern wie mir, in der Tat. Aber das könnte für dich ein Ende haben. Niemand würde dir mehr etwas anhaben können.«

Der Lange Jammrich hob eine Augenbraue. »Ihr bietet mir einen Freibrief an?«

»Mit dem Siegel meines Hauses. Mein Name ist nicht unbedeutend. Dem Leibmusikanten eines Grafen von Katzenelnbogen würden alle Türen offen stehen, meinst du nicht auch?«

»Einem ... Leibmusikanten?« Der Spielmann räusperte sich. Fee sah ihm an, dass er sich trotz des verlockenden Angebots keineswegs wohl in seiner Haut fühlte. »Nun, Herr, wie stellt Ihr Euch das vor?«

»Das weißt du sehr wohl, denke ich«, entgegnete der Graf und beugte sich vor, bis sein breiter Brustkorb seine verschränkten Hände auf der Tischkante berührte. »Es ist nicht ungewöhnlich für einen Spielmann, sich an ein bestimmtes Haus zu binden. Und ganz gewiss nicht ehrenrührig, wenn es das ist, was du befürchtest. Auch würde ein solches Abkommen deine Freiheiten nicht einschränken, du könntest weiterhin gehen, wohin du willst.«

»Zu bestimmten Zeiten im Jahr, nicht wahr, Herr? So lauten doch derlei Abkommen. Einige Monde im Jahr zieht der Spielmann durch die Lande und kündet vom Ruhm und der Tapferkeit seines Herrn, und während des Rests sitzt er daheim am Feuer und reimt neue Heldengesänge, in denen sein Meister es mit Drachen und Muselmanen aufnimmt.«

Der Graf lächelte erneut, nun ein wenig unsicher geworden über die harsche Reaktion des Spielmanns. »Sicher könnte man es freundlicher ausdrücken, aber das ist der Handel, ja.«

Der Lange Jammrich holte tief Luft, als wolle er Zeit gewinnen, um nach den richtigen Worten zu suchen. »Ihr ehrt mich sehr durch Euer Angebot, Herr Graf. Es erfüllt mich mit Stolz, dass gerade ich von Euch erwählt wurde –«

»Es heißt, Ihr seid der Beste«, unterbrach ihn den Graf, und es gelang ihm, die lobenden Worte wie eine Drohung klingen zu lassen.

Auch der Spielmann hatte den gefährlichen Wechsel im Tonfall seines Gegenübers bemerkt. Seine Wortwahl wurde noch förmlicher. »Gerne würde ich Euch die Hand reichen, um den Handel zu besiegeln, und, glaubt mir, in so mancher Winternacht habe ich mir ein warmes Feuer und ein Dach über dem Kopf mehr gewünscht als den Seelenfrieden meiner Mutter.«

»Aber?«, fragte Graf Wilhelm.

»Ich kann Euer Angebot nicht annehmen, Herr.«

Die Augen des Grafen verengten sich lauernd. »Natürlich bedauerst du diese Entscheidung zutiefst, nicht wahr? Du willst nämlich nicht undankbar sein. Ist es nicht so?«

»Herr«, sagte der Lange Jammrich eilig, »wenn es scheint, als wüsste ich Eure Großzügigkeit nicht zu würdigen, so bitte ich Euch um Verzeihung. Aber ich bin für Aufgaben, wie Ihr sie mir zugedacht habt, nicht geschaffen.«

Von ihrem Versteck aus schaute Fee verwirrt von einem der Männer zum anderen. Weder hatte sie erwartet, dass der Lange Jammrich ein so verlockendes Angebot ausschlagen würde, noch hatte sie damit gerechnet, ihren Onkel darüber so zornig zu sehen. Sie selbst war froh, dass der Spielmann nicht darauf einging – sein lockeres Mundwerk war ihr zuwider, und ihn Tag für Tag um sich zu haben war ein schrecklicher Gedanke. Sie hatte ihm seine freche Zudringlichkeit im Hof noch lange nicht verziehen. Aber warum, um alles in der Welt, blickte ihr Onkel drein, als würde er dem Langen Jammrich jeden Augenblick den Kopf abschlagen lassen?

»Ich habe vielleicht zu große Hoffnungen in dich gesetzt, Spielmann«, sagte der Graf, um seine Beherrschung bemüht. »Du enttäuschst mich.«

»Das tut mir Leid, Herr. Aber ich wäre Euch kein guter Diener. Es liegt mir nicht, anderen Heldentaten auf den Leib zu schreiben.«

»Spott dagegen läuft dir recht gut von der Feder, wie ich hörte.«

Fee hatte das ungute Gefühl, dass dieses Gespräch ein schlimmes Ende nehmen würde. Schlimm für den Langen Jammrich, ohne Zweifel, aber verheerend auch für die Laune ihres Onkels. Sie liebte ihn und war ihm dankbar für alles, was er seit dem Verschwinden ihres Vaters für sie getan hatte, aber sie wusste auch, dass er im Zorn unberechenbar sein konnte. Das geschah selten, doch wenn es erst soweit war – nun, Burg Rheinfels würde in den nächsten Tagen kein Ort des Frohsinns sein. Der Graf verabscheute es, zurückgewiesen zu werden, auch dann, wenn der Schuldige ein alberner Bänkelsänger war. Fee vermutete, dass ihr Onkel schon sehr lange mit dem Gedanken gespielt hatte, einen Leibmusikanten zu beschäftigen – es gehörte dieser Tage unter den Edelleuten zum guten Ton –, und der Lange Jammrich musste es ihm besonders angetan haben. Wer weiß, dachte Fee, vielleicht hat er schon vor anderen mit ihm geprahlt. Das wäre in der Tat ärgerlich für ihn und seinen Ruf.

»Ich bin gewiss manches Mal ein Spötter gewesen«, sagte der Lange Jammrich vorsichtig. »Mag sein, dass ich das eine oder andere Mal über die Stränge geschlagen habe. Aber ich war in meiner Kunst immer ehrlich und habe das getan und gesagt, was ich für richtig hielt. Und daher glaubt mir, Herr, ich wäre kein guter Chronist Eures Heldenmutes.«

Der Graf sprang auf, bar jeder Zurückhaltung. »Was willst du damit sagen?«

»Nichts, Herr. Ich –«

»Du Hundsfott!«

Der Lange Jammrich war sichtlich bemüht, keine Furcht zu zeigen. Bei jedem anderen mochte das ein guter Plan sein, dachte Fee, doch ihren Onkel würde er damit nur noch wütender machen. Sie mochte den Spielmann nicht, doch sie wünschte ihn auch nicht an den Pranger. Die Grausamkeit eines Herrschenden, sogar dann, wenn sie vonnöten sein mochte, verursachte ihr Ekel und Abscheu.

»Euer Mut und Eure Tapferkeit sind unbestritten, Herr Graf«, sagte der Lange Jammrich. Seine Hände krallten sich um die hölzernen Armlehnen seines Stuhls. »Aber Ihr würdet mit der Zeit weit mehr von mir verlangen, als nur Eure Verdienste um Bauern und Fischer oder den einen oder anderen Zweikampf zu besingen. Ihr würdet mir verbieten, die Hungersnot zu erwähnen, die in den vergangenen Jahren Eure Ländereien heimgesucht hat. Ihr würdet darauf bestehen, Eure Familie und Besitzungen als noch bedeutsamer und herrlicher darzustellen als sie es ohnehin schon sind. Und dann würde der Tag kommen, an dem Ihr verlangt, neue Geschichten um Euch und Euer Schaffen zu erspinnen. Bitte, widersprecht nicht, Herr. Der Tag würde kommen. Nicht morgen, nicht nächste Woche, aber vielleicht schon in einem Jahr. Euer Angebot ist nicht das erste dieser Art, das man mir gemacht hat, und einmal, vor Jahren, beging ich den Fehler, der Verlockung nachzugeben. Alles geschah, wie ich es Euch geschildert habe. Die Häscher des hohen Herrn, den ich damals Hals über Kopf verlassen musste, suchen heute noch nach mir. Daher, Herr, bitte ich Euch untertänigst um Verständnis, dass ich mich nicht noch einmal auf so etwas einlassen mag.«

Der Graf stand da, mit beiden Händen auf die Tischkante gestützt, und starrte den Spielmann an. Seine Stirn lag in Falten, seine Augenbrauen berührten sich an der Nasenwurzel. Aber er sagte nichts, schien vielmehr nachzudenken über die Rede des Gauklers. Fee wagte kaum zu atmen, während sie die Entscheidung ihres Onkels erwartete.

Vor der Gästekammer, draußen auf dem Flur, ging jemand mit polternden Schritten vorüber; vom Hof her erklang das Getrappel von Hufen, wahrscheinlich kehrten die Jäger mit ihrer Beute aus den Wäldern zurück; der Backmeister schrie seinen Gesellen an, weil er herausgefunden hatte, dass der Junge eine Hand voll Mehl für die Wangen seines Liebchens abgezweigt hatte. All das nahm Fee mit überspitzter Aufmerksamkeit wahr und sie hoffte, dass der Lärm auch die beiden Männer im Rittersaal auf andere Gedanken bringen würde.

»Geh jetzt«, sagte ihr Onkel schließlich mit einer Ruhe, die so gezwungen wie gefährlich wirkte. Sogleich sprang der Lange Jammrich vom Stuhl, als hätte er die ganze Zeit nur auf diese beiden erlösenden Worte gewartet. »Geh«, sagte der Graf noch einmal, »und kehre nie mehr zurück. Ich will dich auf meinen Ländereien nicht mehr sehen. Hast du das verstanden, Spielmann?«

Der Lange Jammrich verbeugte sich tief. »Ihr seid ein Mann von großer Weisheit, Herr.«

»Nicht groß genug, um sie zu besingen, wie mir scheint.«

Fee war es, als sähe sie in den Augen des Langen Jammrich etwas aufblitzen, ein spöttisches Funkeln, scharf wie ein Kristallsplitter. Ihr Onkel bemerkte es nicht, und das war fraglos gut so.

Der Spielmann wandte sich um und ging zur Tür. Dabei verschwand er aus Fees Blickfeld. »Ihr sollt mich nicht wiedersehen, Herr, ganz wie Ihr es wünscht«, hörte sie ihn sagen. Dann wurde die Tür des Rittersaals geöffnet und leise wieder geschlossen.

Ihr Onkel legte eine Hand auf die Löwenkopfverzierung an seiner Stuhllehne. »Diener!«, rief er laut. Augenblicke später eilte durch eine Seitentür einer der Dienstboten herbei. »Geh zu den Wachen am Tor«, befahl der Graf. »Sie sollen den Spielmann ziehen lassen. Doch wenn er ihnen noch einmal unter die Augen tritt, ist er des Todes.« Der Diener zog sich mit einer Verbeugung zurück.

Fee versuchte, sich so leise wie möglich unter dem Bett hervorzuschieben. Dabei stieß sie mit dem Fuß gegen einen der Bettpfosten, und das ganze schwere Möbelstück wurde um einige Fingerbreit verrückt. Das Schaben drang durch die Holzdecke hinab in den Rittersaal. Fee wusste, dass ihr Onkel jetzt nach oben blickte, vielleicht noch ganz in Gedanken an den unverschämten Gaukler, vielleicht aber auch in der Gewissheit, dass er belauscht worden war.

Falls er heraufkam, um nach Spuren zu suchen, wollte sie so weit wie möglich fort sein, in einem anderen Teil der

Festung, am besten oben auf den Zinnen. So schnell sie nur konnte rannte sie hinaus auf einen Wehrgang, dann die Treppe des höchsten Turmes hinauf. Erst als sie oben ankam, bemerkte sie, dass es begonnen hatte zu regnen.

Ailis hatte sich vor dem Regen im Torbogen der Schmiede untergestellt. In feinen Rauch gehüllt sah sie, wie der Spielmann das Haupthaus verließ, seine Ausbeute und die Sackpfeife geschultert. Noch auf halber Strecke über den Hof wurde er von einem Diener des Grafen überholt. Der Mann eilte zu den Wachtposten am Tor, redete auf sie ein und gestikulierte wild in die Richtung des Langen Jammrich. Der Gaukler zögerte kaum merklich, ging dann aber schnurstracks weiter. Ailis erkannte auf einen Blick, dass für ihn nicht alles zum Besten stand. Die Regentropfen, die wie funkelndes Geschmeide von seiner Mütze perlten, erhöhten den elenden Eindruck, den er auf die wenigen Zeugen seines Abschieds machte. Ailis war sonst nicht allzu sehr um das Schicksal anderer bekümmert, und doch hätte sie jetzt einiges gegeben, um zu erfahren, was im Saal des Grafen vorgefallen war.

Die Wachleute ließen den Spielmann passieren, nur einer rief ihm etwas hinterher, das Ailis über den prasselnden Regen hinweg nicht verstehen konnte. Sie schaute sich zu Erland um, der immer noch all seine Aufmerksamkeit auf die Bearbeitung der Schwertklinge richtete; noch immer hatte er keine neuen Aufgaben für sein Lehrmädchen. Das Werkzeug hatte sie am Morgen geputzt und gewissenhaft für ihn zurechtgelegt. Es war genug Kohle im Feuer und falls er noch mehr benötigte, so stand ein offener Sack in Reichweite seiner riesigen Pranken. Erst gestern Abend hatte Ailis die ganze Werkstatt ausgefegt und sogar die Scharniere am Eingang gefettet. Die Münzen waren gezählt, ihr Wert in eine Papierrolle eingetragen. So wie es aussah, war Ailis im Augenblick tatsächlich überflüssig.

Sie lief hinaus in den Regen und überquerte den Hof. Sogar das Laubdach der Linde war in kürzester Zeit von dem Regen durchdrungen worden und bot keinen Schutz mehr vor der Nässe. Die Näherinnen, die sich eben noch unter dem Baum versammelt hatten, waren längst in einem der Häuser verschwunden.

Ailis erreichte das Tor und eilte an den Wachtposten vorüber. Die Männer blickten ihr misstrauisch nach; nicht, weil es sie wunderte, dass das Mädchen im Regen die Burg verließ – sie waren weit Wunderlicheres von ihr gewohnt –, sondern vielmehr, weil jedermann Ailis misstraute. Seit ihrer Wandlung von der aufgeweckten Spielgefährtin des Grafenmündels zur mürrischen, schweigsamen Gesellin wurde sie mit so manchem zweifelnden Blick bedacht.

Dennoch ließen die Wachen sie ohne Anruf ziehen. Im Grunde war Ailis ihnen gleichgültig. Falls sie mit Fieber und Schnupfen aus dem Regen heimkehrte, nun, dann trug sie eben selbst die Schuld daran.

Eine halbe Bogenschussweite vom Tor entfernt gabelte sich der Weg. Der Hauptpfad führte entlang einer Böschung zum Dorf am Ufer hinab, während eine grasüberwucherte Abzweigung nach wenigen Schritten ins Dickicht des Waldes eintauchte. Ailis hatte von weitem beobachtet, dass der Lange Jammrich den Weg zum Wald gewählt hatte. Mittlerweile war er im Unterholz nicht mehr zu sehen.

Sie zögerte nicht, ihm zu folgen. Mochten die Wächter am Tor von ihr denken, was sie wollten, darum scherte sie sich schon lange nicht mehr. Irgendetwas in ihrem Inneren, vielleicht eine geheime Stimme, vielleicht nur ihr Gefühl, sagte ihr, dass es wichtig war, dem Spielmann nachzugehen.

Der Regen erfüllte den Wald mit ohrenbetäubendem Prasseln und Rauschen, als kämpfte sich ein Schwarm Fledermäuse durch das dunkle Blätterdach. Ailis war völlig durchnässt, und allmählich begann sie zu frieren. Dennoch war in ihr eine Wärme, die alle äußeren Unannehmlichkeiten vertrieb: Die Aufregung schützte sie besser vor der Kälte als jeder Fellumhang. Sie wusste selbst nicht, was sie erreichen wollte, indem sie dem Spielmann folgte. Seiner Miene und den Umständen seines Abschieds nach würde er gewiss wenig Geduld für ein Mädchen aufbringen, das hinter ihm herlief, als hinge sein Leben davon ab.

Doch mit jedem Zweifel, der ihr während des Weges durch den Wald kam, stieg auch ein Teil der Erinnerung an Jammrichs geheime Melodie in ihr auf, an jenen Blick auf die wahre Natur der Welt, darauf, dass alles, was sie Zuhause nannte, nichts war als eine Schwelle zu einer anderen, unbekannten Wirklichkeit. Sie fragte sich, ob sie verrückt geworden oder zumindest auf dem besten Wege dorthin war, denn augenscheinlich hatte niemand sonst im Burghof gesehen, was sie gesehen hatte; doch letztlich fasste sie so viel Vertrauen zu sich selbst, dass sie ihren Empfindungen Glauben schenkte. Da war etwas gewesen, und nur der Lange Jammrich konnte es ihr erklären.

Keuchend folgte sie dem Pfad, der von den Hufen der Jägerpferde aufgewühlt war und sich im Regen in eine einzige Schlammbahn verwandelte. Immer wieder rutschte sie aus und konnte sich nur mit Mühe auf den Beinen halten, einmal gar bewahrte sie nur der blitzschnelle Griff nach einem tief hängenden Zweig davor, das Gleichgewicht zu verlieren.

Plötzlich schoss etwas hinter einem Baumstamm hervor,

gleich neben dem Pfad. Ailis bemerkte es, konnte aber nicht mehr rechtzeitig anhalten. Es war ein Bein, vorgestreckt zu dem einzigen Zweck, sie zu Fall zu bringen. Sie verhakte sich mit dem rechten Fuß darin, wurde von ihrem eigenen Schwung aus dem Gleichgewicht gerissen, taumelte zwei Schritt weit nach vorne und sank der Länge nach in den aufgeweichten Morast. Sie biss sich auf die Zunge, was vielleicht das Schlimmste von allem war, und der braunschwarze Schlamm bedeckte sie von oben bis unten.

Als sie sich wieder aufrappelte, war sie schmutzig vom Scheitel bis zur Sohle, stank erbärmlich nach aufgeweichten Pferdeäpfeln und fühlte sich erniedrigt wie selten zuvor in ihrem Leben. Sie drehte sich um, triefend vor dickflüssigem Morast, und schaute zurück mit einem Blick, der töten sollte.

Der Lange Jammrich stand im Regen und hielt sich den Bauch vor Lachen. Sein Beutel und die Sackpfeife lagen im Schatten einer mannshohen umgestürzten Baumwurzel, die beides wie eine Höhlendecke vor der Nässe schützte.

Der Spielmann hatte die Augen zusammengekniffen, krümmte sich vornüber und kreischte vor Lachen wie ein exotischer Vogel, während sich die Freudentränen auf seinen Wangen mit dem Regen vermischten. »Du solltest dich sehen«, brachte er stockend hervor.

Genug ist genug, dachte Ailis empört. Andere Welt hin oder her, aber das hier hatte sie nicht nötig. Sich von einer kunterbunten Vogelscheuche auslachen zu lassen war keineswegs, was sie sich von dieser Begegnung erhofft hatte. Sie hatte damit gerechnet, dass er sie anschreien, vielleicht gar vor Wut auf sie losgehen würde; sich aber von ihm lächerlich machen zu lassen, das war zu viel. Wahrscheinlich hatte sie der ganzen Sache ohnehin zu viel Wert beigemessen. Musik spielen konnten viele, manch einer sicher noch besser als dieser Witz von einem Kerl. Mit ihrem scharfen Gehör würde es ihr schon gelingen, auch im Spiel anderer das wiederzufinden, was sie in Jammrichs Melodie entdeckt hatte.

Mit erhobenem Haupt und ohne ein Wort drängte sie sich an dem Spielmann vorbei. Voller Genugtuung bemerkte sie, dass die Berührung eine dicke Schlammspur auf seiner Kleidung hinterließ. Sein Lachen verebbte allmählich, aber sie beachtete ihn nicht weiter.

Sie hatte bereits ein Dutzend Schritte auf ihrem Weg Richtung Burg zurückgelegt, als der Spielmann ihr mit heiserer Stimme nachrief. »Verrätst du mir wenigstens, was du von mir wolltest?«

»Du musst dich irren, Possenreißer«, gab sie zurück, ohne sich umzudrehen, »von dir wollte ich gewiss nichts.«

»Dann nimmst du also häufiger ein Schlammbad hier im Wald?«

»Es gehört zu meiner wöchentlichen Leibespflege, allerdings.« Sie ging noch ein wenig weiter, dann dämmerte ihr, dass es in seinen Augen aussehen musste, als liefe sie vor ihm davon. Mit einem scharfen Durchatmen blieb sie stehen und drehte sich um.

»Ich will mit dir reden«, sagte sie fest. »Über die Musik.«

Jammrich verzog das regennasse Gesicht. »Das wollte auch der Graf. Suchst du jemanden, der ein paar hübsche Reime auf deine Tapferkeit verfasst?«

Ailis schüttelte heftig den Kopf. Tropfen flogen von ihrem Stoppelhaar in alle Richtungen. »Ich meine nicht solche Musik.« Und in Ermangelung einer besseren Beschreibung sagte sie: »Es geht mir um die Musik hinter der Musik. Die, die nicht jeder hören kann.«

Sie fürchtete, dass das alles für den Spielmann wie schreckliches Gestammel klingen musste. Um so überraschter war sie, als aller Hohn aus seinen Zügen verschwand und an seine Stelle erst Zweifel, dann tiefer Ernst traten. Der Lange Jammrich holte weit mit seinem triefnassen Arm aus und deutete galant auf die trockene Wurzelhöhle.

»Tritt ein«, sagte er, »und sei mein Gast.«

2. Kapitel

Du hast sie also gehört«, stellte der Lange Jammrich fest. »Zumindest behauptest du das.«

»Mehr als das«, sagte Ailis. »Ich habe gesehen, wie sich alles verändert hat. Da war etwas, irgendetwas, als hätte ich durch die Menschen und Mauern hindurchschauen können.«

Der Spielmann schmunzelte. Aus der Nähe sah er viel jünger aus, Ailis schätzte ihn auf weniger als dreißig Jahre. Sein schmales, ausgezehrtes Gesicht gab wenig Aufschluss über sein wahres Alter, es waren vielmehr seine Augen, die seine Jugend verrieten. Sie wirkten aufgeweckt und klug, schauten geschwind hierhin und dorthin und hatten die Farbe von Met, ein dunkles Gelb, fast golden. Ailis hatte nie zuvor solche Augen gesehen. Gemeinsam mit seinen weißen, ebenmäßigen Zähnen gaben sie ihm etwas Überirdisches, das in krassem Gegensatz zu seinen eingefallenen Zügen stand. Sie saßen unter dem verschlungenen Dach der Baumwurzel enger beieinander, als Ailis lieb war, doch mehr Platz blieb ihnen nicht. Ihr Blick wurde immer wieder vom ledrigen Balg der Sackpfeife angezogen, ihr war fast, als pulsiere er unmerklich, wie ein lebendes, atmendes Organ, das aus einem riesenhaften Leib herausgeschnitten worden war. Ob sie ihm mit etwas Übung ebensolche Klänge entlocken könnte, wie Jammrich es tat?

»Ist dir so etwas schon einmal passiert?«, fragte der Spielmann.

Ailis schüttelte den Kopf. »Heute zum ersten Mal.«

»Vielleicht hast du dich getäuscht. Hast dir alles nur eingebildet.«

Sie legte die Stirn in Falten und musterte ihn prüfend. »Wir säßen nicht beieinander, wenn es so wäre.«

Der Lange Jammrich lehnte sich zurück und legte einen Arm über den Sack mit seiner Ausbeute vom Burghof. Er grinste, was erneut einen verblüffenden Gegensatz in sein Gesicht zauberte: Seine Zähne blitzten wie weißglühender Stahl, während sich die Lederhaut seiner Wangen wie der Schädel einer zischenden Eidechse verzog. Ailis fürchtete sich nicht wirklich vor ihm, aber ihr war auch nicht wohl in seiner Nähe.

»Kein Mensch kann die geheimen Melodien hören, wenn er es nicht gelernt hat«, sagte der Lange Jammrich. »Und nun, Mädchen, rück raus mit der Sprache: Wer hat dir davon erzählt?«

Ailis spannte sich. Jammrich glaubte ihr kein Wort. Er dachte wirklich, sie hätte jemanden darüber reden hören. Sie war es gewohnt, dass Erwachsene sie nicht ernst nahmen, aber aus irgendeinem Grund hatte sie angenommen, Jammrich wäre anders. Er schien ziemlich verrückt zu sein, und das Gleiche wurde auch von ihr behauptet; sie hatte gehofft, dass sie das verbinden würde. Eine trügerische Hoffnung.

»Niemand hat mir davon erzählt!«, fuhr sie ihn empört an. »Und wenn ich es mir recht überlege, brauche ich keinen dahergelaufenen Spielmann, um mir Dinge erklären zu lassen, die ich auch von anderen erfahren kann.« Mit diesen Worten stand sie auf, in der heimlichen Hoffnung, dass er sie zurückrufen würde.

»Das bezweifle ich«, sagte er, ohne sie aufzuhalten. »Nur Spielleute kennen die geheime Melodie, und auch unter ihnen nur wenige. Jene, die hören können.«

Ailis verfluchte sich selbst und sank zurück in den Schutz der Wurzel. »Ich kann hören, besser als jeder andere. Man sagt, ich habe die besten Ohren im ganzen Königreich.« Das war maßlos übertrieben, aber im Kern zumindest kam es der Wahrheit nahe.

Jammrich grinste schon wieder – dann beugte er sich blitzschnell zu Ailis herüber und kreischte ihr völlig unvermittelt einen schrillen Laut ins Ohr. Vor Schreck schrie Ailis auf, taumelte wie betäubt auf die Füße und sprang hinaus in den Regen.

»Was soll das?«, brüllte sie ihn aufgebracht an. »Hast du den Verstand verloren?« Sturzbäche vom Himmel klatschten in ihr Gesicht, Tropfen verschleierten ihren Blick, doch sie kümmerte sich nicht darum. Jammrich war wahnsinnig, daran hatte sie jetzt gar keinen Zweifel mehr. Sie würde sich hüten, noch einmal so nah an ihn heranzugehen. Lieber wollte sie sich im Regen den Tod holen.

Der Spielmann schlug beide Fäuste vor den Mund und kicherte wie ein kleines Kind, dem ein besonders gerissener Streich gelungen war. »Du kannst hören, in der Tat«, stellte er schließlich fest, und Ailis hatte mehr und mehr den Eindruck, dass er sich über sie lustig machte. »Aber hörst du auch die Dinge, die hinter den Liedern und Klängen liegen? Jeder kann das von sich behaupten. Aber, sag mir, hörst du sie wirklich?«

Ailis' Gedanken überschlugen sich. War das eine List? Stellte Jammrich sie auf die Probe? Sie versuchte verzweifelt, sich den hohen Schrei, den er ausgestoßen hatte, noch einmal ins Gedächtnis zu rufen. Lag auch dahinter eine verborgene

Botschaft, so wie hinter seiner Melodie im Burghof? Doch so sehr sie auch in ihrer Erinnerung forschte, da war nichts außer einem Kreischen, laut und schrill und ziemlich verrückt.

»War da etwas in dem Schrei?«, fragte sie schließlich als Eingeständnis ihrer Niederlage. »Falls ja, habe ich nichts gehört.«

Jammrich lachte laut auf. »Da war nichts. Nur ein Schrei. Keine Geheimnisse, keine Rätsel. Ich muss dich enttäuschen.«

Sie starrte ihn finster an. »Du wolltest mich reinlegen! Du wolltest, dass ich lüge!«

Der Lange Jammrich knetete sein Kinn mit Daumen und Zeigefinger. »Nehmen wir einmal an, du hättest im Burghof wirklich mehr gehört als alle anderen. Was erwartest du jetzt von mir? Was soll ich tun?«

»Also hatte ich doch recht!«

»Manchmal ist es besser, wenn man unrecht hat. Das kann ein guter Schutz sein.«

»Wovor?«, fragte sie argwöhnisch und um ein kühles Lächeln bemüht. »Vor dir?«

»Ach was!« Er winkte ab und holte weit mit beiden Händen aus, als wollte er Ailis umarmen. »Vor dem, was jenseits unserer Wirklichkeit liegt. Vor Dingen, die den Menschen unbegreiflich sind. Vor Wesen, die anders sind als wir. Vor Reichen, die nicht für unsereins geschaffen wurden.« Er zögerte und runzelte die Stirn. »Klingt das eindrucksvoll genug? Nicht wirklich, fürchte ich.«

Ailis erinnerte sich an den Vorfall auf dem Lurlinberg und schüttelte unmerklich den Kopf. »Glaube ja nicht, dass du mich so einfach erstaunen kannst, Spielmann. Dazu gehört mehr als ein paar Ammenmärchen. Mein Teil an Unbegreiflichem habe ich längst erlebt.«

»Erzähl mir davon«, verlangte er.

Bis heute hatte Ailis sich an den Schwur, den der Graf ihr abgefordert hatte, gehalten. Nicht einmal Fee wusste, was damals geschehen war. Ailis hatte ihr misstraut – immerhin war der Graf Fees Oheim –, und ihr Misstrauen war der erste Riss in ihrer Freundschaft gewesen, das erste Anzeichen der Kluft, die heute zwischen ihnen lag. Längst taten Ailis ihre Zweifel an Fees Verschwiegenheit leid; sie hatte ihr Unrecht getan, davon war sie insgeheim überzeugt, aber es war zu spät, um einen so schweren Fehler wieder gutzumachen.

Sie betrachtete den Spielmann noch einmal von oben bis unten, seine dürren, spinnenhaften Glieder, sein Gesicht eines Hungerleiders, das die Augen und den Mund eines Prinzen barg. Sie wurde nicht schlau aus ihm und es wäre töricht gewesen, ihm ein Vertrauen zu schenken, das sie ihrer engsten Freundin verweigert hatte.

Trotzdem war da etwas in der Art, wie er sprach, in seinem scheinbaren Irrsinn, der nur der Schlüssel zu etwas anderem zu sein schien, einem Verständnis für Dinge, die niemand begreifen konnte, der nicht irre war. Sie fühlte eine eigenartige Verwandtschaft zu ihm und seiner unsteten Art, zu seinem verrückten Blick und der dreisten Überheblichkeit in seinen Worten.

Und dann hörte sie auf, darüber nachzudenken und tat einfach, was ihr Gefühl ihr gebot: Sie erzählte ihm alles.

Im Wald, im Regen, offenbarte sie einem vollkommen Fremden ihr größtes Geheimnis, und sie verschwieg keine Einzelheit. Sie berichtete von der Jagd nach dem Mädchen und davon, dass es in dem alten Brunnenschacht auf der Felsspitze des Lurlinberges eingekerkert worden war, davon, dass der Graf und seine Männer, ja sogar ihr eigener Vater, ihr mit Strafe gedroht hatten, wenn sie auch nur ein einziges

Wort darüber verlieren würde, davon, dass ihr ganzes Leben sich nach diesem Ereignis in einen Scherbenhaufen verwandelt hatte.

Der Lange Jammrich hörte schweigend und aufmerksam zu, gelegentlich hob er eine Braue, rümpfte die Nase oder ließ seine Mundwinkel zucken, doch ansonsten sagte er nichts. So lange, bis Ailis ihre Schilderung beendet hatte und sich erschöpft neben ihm unter die Wurzel fallen ließ. Dann erst wandte er langsam den Kopf und betrachtete sie lange von der Seite, schien ihr Profil zu studieren wie eine unbekannte, wundersame Pflanze.

»Das ist seltsam«, sagte er leise.

Sie erwiderte seinen Blick, plötzlich zu müde, um wirklich empört zu sein. »Das ist alles, was dir dazu einfällt?«

»Nein, nein. Ich meine, es ist seltsam, dass sie dich nicht getötet haben.«

»Mein Vater war bei ihnen«, sagte sie ohne Überzeugung.

»Und wenn du die Tochter des Grafen persönlich wärest – er hätte dich töten müssen«, sagte Jammrich beharrlich. »Dich und alle Männer, die bei ihm waren.«

Ailis starrte ihn verwundert an. »Was weißt du über diese Sache, Spielmann?«

Der Lange Jammrich atmete tief durch, dann erhob er sich. Ailis blickte fassungslos zu ihm auf. »Was tust du?«, fragte sie entgeistert.

»Ich ziehe weiter«, sagte er. »Was sonst? Wenn die Männer des Grafen mich hier finden, werden sie mich erschlagen.«

»Aber du weißt etwas!«, rief sie wütend und sprang gleichfalls auf die Füße. »Du musst mir die Wahrheit sagen!«

»Mädchen«, sagte er, und Ailis fiel auf, dass er sie nicht einmal nach ihrem Namen gefragt hatte. »Es mag nicht sonderlich einfallsreich sein, aber glaub mir das eine: Viele Dinge sind nicht das, was sie scheinen. Ein Graf mag wie ein Graf aussehen, aber vielleicht ist er viel mehr als das. Ein kleines Mädchen mag wie ein Kind erscheinen, aber ist es das wirklich? Und ein Brunnen – nun, darin mag sich vielerlei verbergen.«

»Und was ist mit einem Spielmann?«, fragte Ailis bitter. »Ist er immer nur das, was er zu sein vorgibt?«

»Vielleicht nicht«, meinte Jammrich mit schiefem Lächeln. Er trat auf sie zu und tätschelte ihre regennasse Wange. »Gib auf dich acht, Mädchen. Hüte dich vor dem Lurlinberg und seinem Echo. Besonders vor dem Echo. Und ganz gleich, wie sehr man dich locken mag, halte dich fern von Faerie.«

»Was ist das – Faerie?«

»Wenn du es nicht weißt, um so besser. Vergiss am besten, je davon gehört zu haben.«

»Jammrich!« Sie hielt ihn an der Schulter zurück, als er sich abwenden und mit seinen Schätzen und der Sackpfeife im Wald verschwinden wollte. »Nimm mich mit! Wohin du auch immer gehen magst, lass mich mit dir gehen.«

Sie hatte erwartet, dass er sie auslachen, sie verspotten würde. Doch stattdessen sagte er mit großem Ernst: »Das kann ich nicht tun, selbst dann nicht, wenn du wirklich eine derjenigen bist, die hören können. Es ist zu gefährlich.«

»Unsinn! Niemand wird mir eine Träne nachweinen, niemand wird nach mir suchen. Man würde uns nicht verfolgen.« Nicht einmal Erland, dachte sie. Er war viel zu sehr mit all den wunderlichen Sorgen beschäftigt, die ihm im Kopf umhergingen, Tag für Tag, Jahr für Jahr.

»Ich fürchte keine Verfolger, Mädchen.« Jammrich befestigte den prallen Beutel mit Hilfe eines Schulterriemens auf seinem Rücken, dann nahm er die Sackpfeife in beide Hände. »Darum geht es nicht. Es gibt andere Gründe.«

»Feigling!«, brüllte sie ihn an. Plötzlich trieb ihr die Verzweiflung Tränen in die Augen. Sie war noch nie so nah daran gewesen, der Burg und ihrer Vergangenheit endgültig den Rücken zu kehren. Sie wollte fortgehen, wollte von Jammrich lernen, wollte –

»Du bringst Unglück«, sagte er. »Ich kann es spüren. Das, was du erzählt hast, bestätigt es nur. Du bringst einem Mann wie mir Unglück. Jedem Mann. Und jeder Frau.«

Damit drehte er sich endgültig um und ging davon, den schlammigen Pfad entlang, tiefer in den Wald. Ailis folgte ihm einige Schritte, bis er mit einem Mal begann, ein Lied auf seiner Sackpfeife zu spielen, so fremdartig und wunderbar, dass Ailis einen Augenblick brauchte, ehe sie die Wahrheit begriff. Es war eine Fortführung jener Melodie, die sie im Burghof unter dem Mantel seiner Tanzlieder entdeckt hatte. Mit dem Unterschied, dass er sie jetzt klar und deutlich spielte. Was immer es war, das er damit freisetzte oder herbeirief, er tat es unverhohlen und mit voller Absicht. So, als hätte er es plötzlich sehr eilig. Als gäbe es etwas, dem er mit Hilfe der Musik entkommen wollte.

Er verschwand jenseits der Regenvorhänge, und erneut begann sich vor Ailis' Augen das Gefüge der Welt zu verziehen und zu drehen, wie ein nasses Wams, aus dem man die Feuchtigkeit herauswringt. Nur dass hier nicht Wasser entwich, sondern der Lug und Trug dessen, was sie bisher für die Wirklichkeit gehalten hatte. Was zurückblieb, war die gleiche farblose Hülle wie im Burghof, nur um ein Vielfaches schaler, öder, hässlicher. Und zugleich spürte sie, dass sich irgendwo etwas öffnete, wie ein Tor oder ein Fenster, und etwas streifte sie wie ein Windstoß, floss an ihr vorüber, bündelte sich in ihrem Rücken und drückte sie nach vorn. Etwas hatte sie gepackt und zog sie in die Richtung, in der Jammrich verschwunden war, und Ailis vergaß vor Schreck, dass es doch genau das gewesen war, was sie gewollt hatte. Sie stemmte sich mit den Füßen dagegen, griff mit den Fingern nach leerer Luft, schlug um sich, öffnete den Mund, um zu schreien –

Und abermals verstummte die Melodie. Die unsichtbare Faust um ihren Körper verdampfte. Ailis stolperte und fiel zum zweiten Mal in den Schlamm. Sie fing sich mit den Händen ab, schaute dem Langen Jammrich nach und sah nichts als Regen und Wald – die Welt, wie Ailis sie immer gekannt hatte.

Der Spielmann war fort, und nichts anderes hatte sie erwartet.

Noch am gleichen Tag stahl Ailis eine Münze aus Erlands Kiste. Sie schämte sich dafür, und als sie den Deckel lautlos wieder verriegelte, war ihr, als hätte sie damit auch den Rückweg in ihr altes Leben verschlossen. Sie betrog den einzigen Menschen, der gut zu ihr war. Sie verabscheute sich dafür, aber sie wusste auch, dass es die einzige Möglichkeit war, ihr Ziel zu erreichen. Wenn sie heute nicht tat, was sie sich vorgenommen hatte, dann würde sie es niemals tun.

Es war bereits spät am Nachmittag, als sie hinaus auf den Burghof eilte und durch das bewachte Haupttor lief. Ihre Zweifel unterdrückte sie ebenso wie ihr schlechtes Gewissen. Sie wollte endlich die Wahrheit herausfinden. Oder wenigstens jenen Teil davon, der bereit war, sich ihr zu offenbaren.

Es regnete immer noch ununterbrochen, doch über den

Bergkuppen war die Wolkendecke aufgerissen und gestattete der Sonne, Abschied zu nehmen. Der rotgelbe Glutball stand eine Handbreit über den Baumwipfeln und verwandelte den Weg zum Dorf in einen Strom aus flüssigem Gold. Tatsächlich ergoss sich zwischen den erhöhten Wegrändern ein Sturzbach aus Regenwasser talwärts, an manchen Stellen so hoch wie Ailis' Knöchel. Immer wieder lief sie Gefahr auszurutschen, doch schließlich kam sie wohlbehalten unten an. Sie eilte zwischen den Häusern hindurch zum Ufer und von dort aus zur Anlegestelle der Fähre.

Der Fährmann war ein junger Kerl, der den Posten erst vor wenigen Monden von seinem Großvater übernommen hatte. Der Graf hatte angeordnet, dass zu jeder Tages- und Nachtzeit jemand bereitstehen musste, um Reisenden den Übergang zu ermöglichen. Sogar bei schlechtem Wetter harrte der Fährmann in einem hölzernen Unterstand aus, frierend über ein Feuer gebeugt und wahrscheinlich mit allerlei Flüchen auf den Herrn Grafen im Sinn. Er erschrak, als Ailis aus dem Regen trat und ihm mit ausgestreckter Hand die Münze entgegenhielt. »Bring' mich zur anderen Seite«, verlangte sie kühl.

Der junge Mann musterte sie argwöhnisch, ließ sich dann aber von dem Lohn in ihrer Hand überzeugen. Wenig später schon befanden sie sich auf dem Fluss und glitten über die regengepeitschte Oberfläche dem Ostufer des Rheins entgegen. Ein Stück weiter südlich, genau am Fuß des Lurlinberges, schlug der Fluss einen scharfen Haken. Die Stromschnellen, die dort tobten, galten als die gefährlichsten weit und breit. Die meisten Boote und Flöße, die ihre Waren den Strom hinabbrachten, wurden kurz vorher entladen. Karren kutschierten die Fracht auf dem Landweg zur anderen Seite des Berges, wo sie erneut auf die Schiffe geschafft wurde

– vorausgesetzt, sie hatten die Stromschnellen und Strudel unbeschadet bewältigt. Nicht selten wurden unvorsichtige Flößer und Bootsleute in die Tiefe gerissen und tauchten nie wieder auf. »Die Flussjungfern holen sie«, erzählten sich die Alten, und kaum einer stellte die Geschichten infrage.

Nachdem die Fähre die andere Seite erreicht hatte, bat Ailis den jungen Mann, hier auf sie zu warten. Ihm solle es recht sein, meinte er gleichgültig; bei diesem Wetter würden seine Dienste wohl weder an diesem noch am gegenüberliegenden Ufer benötigt. Damit zog er sich in einen zweiten Unterstand zurück, der dem auf der Westseite aufs Brett genau glich.

Ailis ließ den Jungen zurück, kletterte durch Weinberge und Laubhaine, bis sich der Kamm des Lurlinberges über ihr aus dem Regendämmer schälte. Die untergehende Sonne beschien seine Kante entlang einer hauchdünnen Linie, darüber stand ein mächtiger Regenbogen. Doch nicht einmal dieser Anblick vermochte Ailis' Stimmung zu heben.

Der Lurlinberg hatte die Form eines umgedrehten Schiffsrumpfes, ähnlich wie die Ruderboote, welche die Fischer abends an Land zogen und kopfüber ins Ufergras legten, damit sich kein Regen darin fing. Das Bergplateau wirkte aus der Ferne vollkommen eben. Seine westlichste Spitze thronte hoch über der Flusskehre und den Stromschnellen. Dort, gleich oberhalb einer steilen Felsenböschung, mehr als sechzig Mannslängen hoch, hatte einst die Wehranlage gestanden, in deren Ruinen der Graf und seine Männer das Mädchen eingesperrt hatten.

Ailis brauchte länger als sie erwartet hatte, um dorthin zu gelangen. Der Regen hatte die Hänge aufgeweicht, an vielen Stellen ergossen sich breite Rinnsale in die Tiefe. Schließlich aber kam sie oben an, und wenig später sah sie vor sich im

Abenddunkel die Mauerreste der uralten Festung. Wer sie einst erbaut hatte, war längst vergessen, geblieben waren nur einige Steinreihen und verfallene Fundamente.

Die Wolken hingen schwer und müde über den Ruinen. Aus dem Abgrund drang das Gurgeln und Tosen der Flusskehre herauf wie das bedrohliche Brummen eines heranjagenden Bienenschwarms. Ailis fröstelte beim Anblick dieses verlassenen, beinahe vergessenen Ortes. Die sonderbare Stimmung übertrug sich auch auf das, was ihr eben noch vertraut gewesen war: das andere Ufer und die Wälder und Wiesen nahe Burg Rheinfels, die von hier aus fremd und unnahbar erschienen. Noch stand ein schmaler Sonnenstreif darüber, blutrot und vom Regen eingenebelt. Der letzte Hauch dieser Glut reichte über den Rhein hinweg bis zu den überwucherten Steinen und Gruben der Wehranlage, ließ Pfützen und sogar den fallenden Niederschlag erglühen, sodass es aussah, als regneten die Sterne selbst vom Himmel. Krumme Baumstämme mit knotigen Zweigen erhoben sich als schwarze Silhouetten vor dem Rot des Abends, verästelte Risse, die sich im Panorama des vergehenden Tages auftaten, um dahinter die anrückende Nacht zu offenbaren.

Gut hundertfünfzig Schritte vor der steilen Zungenspitze des Lurlinberges verrieten Form und Streuung der Mauerreste, dass hier einst ein kleines Dorf gestanden hatte. Jenseits davon, nach etwa hundert Schritten, stieg das Gelände leicht an und bildete einen kleinen Wall, der von Norden nach Süden quer über das Bergplateau verlief. Darauf musste einst eine Verteidigungsmauer gestanden haben, von der nichts geblieben war bis auf einige Steinzeilen, unregelmäßig und zerklüftet wie ein Greisengebiss. Dahinter hatte sich der eigentliche Kern der Anlage befunden, wohl eine

Art Fluchtburg, denn hier lagen die gemauerten Fundamente besonders eng beieinander; zudem bot sich hier an klaren Tagen ein hervorragender Blick über das Rheintal, sodass die Wachtposten mögliche Feinde schon von weitem hatten erkennen können. Nesseln, Dornenranken und hohes Gras gediehen prächtig zwischen den flachen Ruinen, durchsetzt von Graslilien und Lorbeergewächsen. Im strömenden Regen funkelten die Blätter der Pflanzen wie schwarzes Glas, filigrane Gebilde, die das ferne Abendrot in Blut tauchte.

Die Ereignisse von damals stiegen mit aller Macht aus Ailis' Erinnerung empor. Bei jedem Schritt bekämpfte sie den Drang, sich nach Verfolgern umzusehen. Zwei- oder dreimal schaute sie sich tatsächlich um, überzeugt, heißen Atem in ihrem Nacken zu spüren. Doch sie war weit und breit das einzige lebende Wesen. Die Mauerreste waren mit weißem Vogelkot übersät. Die Tiere hatten vor der Sintflut vom Himmel in den nahen Wäldern Schutz gesucht. Kein Pfeifen erklang, kein Flügelschlag, nur das Prasseln des Regens und das dumpfe Brodeln der Stromschnellen.

Es dauerte nicht lange, bis Ailis den Brunnen vor sich sah. Nichts hatte sich verändert. Das runde Gitter war fest im Boden über der Öffnung verankert, die widerlichen Stahlspitzen stachen in alle Richtungen wie eine riesenhafte Dornenkrone. Erland musste nach genauen Plänen des Grafen gearbeitet haben. Der Schmied selbst, dessen war Ailis sicher, hätte eine so gemeine Konstruktion nie ersinnen können. Gewiss, er schuf Schwerter, Dolche und Pfeilspitzen; Stacheln aber, um kleine Mädchen daran aufzuspießen, widersprachen seiner sanften Art.

Ein Wind erhob sich, brauste aus der Tiefe des Flusstales herauf und trieb den Regen einige Augenblicke lang geradewegs in Ailis' Gesicht. Ganz in der Nähe entdeckte sie einen Quell, der zwischen den Felsen hervor in einen kleinen Tümpel sprudelte. Warum, um alles in der Welt, hatten die Erbauer dieser Anlage einen Brunnenschacht in den Fels getrieben, wenn sich nur wenige Schritte entfernt eine Quelle befand? Wie vieles andere ergab auch das keinen Sinn. Warum hatte man die Festung verfallen lassen, wo doch ihre Lage günstiger kaum sein konnte? Weshalb wurde davor gewarnt, hier heraufzusteigen? Und wer war auf den Einfall gekommen, ein kleines Mädchen hier oben einzukerkern?

Ailis' Bewegungen wurden immer vorsichtiger, zurückhaltender. Ihre Scheu vor dem furchtbaren Stachelgitter und dem schwarzen Schlund, der darunter gähnte, wurde mit jedem Schritt stärker. Sie spürte, dass sie nicht hier sein sollte, fühlte, dass es falsch war, diesen Ort ein zweites Mal aufzusuchen. Noch drei Schritte, dann würde sie in die Reichweite der messerscharfen Stahldornen treten. Das furchtbare Schmiedewerk erinnerte sie an die Beine einer Spinne, die tot auf ihrem Rücken lag.

Reiß dich zusammen!, ermahnte sie sich. Du führst dich auf wie ein Kind. Was soll schon passieren? Wenn du nicht hineinläufst, können dir die Spitzen nichts anhaben. Und das kleine Mädchen muss seit vielen Monden tot sein, verhungert oder erfroren.

»Willkommen«, sagte eine sanfte, helle Stimme aus der Dunkelheit des Brunnenschachtes.

Ailis blieb stehen. Vielleicht hatte sie sich getäuscht. Wind und Regen mochten ihr etwas vorgaukeln. Die Wachtposten auf den Türmen sprachen manchmal davon, dass der Wind ihnen Worte zuflüsterte, Aufforderungen, sich über die Zinnen in die Tiefe zu stürzen.

»Es ist schön, dass du hier bist«, sagte die Stimme. Es gab keinen Zweifel, dass sie einem Kind gehörte. Einem Mädchen. »Ich dachte schon, du würdest überhaupt nicht mehr kommen.«

Ailis wagte sich noch weiter vor, bis ihre Knie fast gegen die äußeren Stacheln stießen. Wenn sie sich ein wenig weiter vorbeugte, würde sie durch das Gewirr der Stahlstreben hinab in den Brunnen blicken können. Nur ein wenig weiter vorbeugen.

»Vorsicht«, sagte die Stimme eilig. »Sonst tust du dir weh.«

Ailis schrak zurück, als hätte jemand sie aus einem Albtraum geweckt. Sie war drauf und dran gewesen, sich über die tödlichen Spitzen zu beugen. Die Warnung des Mädchens hatte ihr wahrscheinlich das Leben gerettet.

Was war nur los mit ihr? Sie war doch sonst nicht so leichtsinnig.

»Du musst nur um das Gitter herumgehen«, raunte das Mädchen aus der Finsternis herauf, »dann kannst du mich sehen.«

Ailis machte einige Schritte entlang der mörderischen Spitzen, bis sie auf der anderen Seite des Brunnenrandes stand. Sie befand sich jetzt auf der äußersten Spitze des Lurlinberges, drei Mannslängen hinter ihr klaffte der Abgrund des Rheintals. Ihre Kleidung war von der Nässe so schwer geworden, dass es dem Wind nicht mehr gelang, sie zu zerzausen. Der Stoff ihres Wams' klebte kalt an ihrem Körper und in einem Augenblick, der nicht so ernst wie dieser gewesen wäre, hätte sie wohl niesen müssen.

Das Mädchen sah genauso aus wie vor einem Jahr, als es sie am Waldrand um Hilfe angefleht hatte. Es trug dieselben Lumpen und sein hübsches Gesicht war ebenso schmutzig, obgleich der Regen ein paar weiße Bahnen hineingewaschen hatte. Das lange weißblonde Haar klebte klatschnass an Kopf und Schultern, und seine Augen waren gerötet, als hätte es erst vor kurzem geweint. Ailis musste zweimal hinsehen, um zu erkennen, dass das Mädchen auf einem Felsvorsprung in der Brunnenwand saß, zu schmal für einen Erwachsenen, aber für die Kleine breit genug. Das Mädchen ließ seine dünnen Beinchen frei über dem schwarzen Schacht baumeln. Ailis sah, dass es nur noch einen Schuh trug, eigentlich nur ein grober Lederwickel; den anderen hatte es verloren.

»Du bist noch hier«, stellte Ailis fest und kam sich dabei ziemlich unbeholfen vor.

»Wie du siehst«, gab das Mädchen zurück und sah dabei fast ein wenig fassungslos aus. »Wohin hätte ich denn auch gehen sollen?«

Du hättest sterben sollen, dachte Ailis, aber sie sagte nur: »Du hast Recht. Es tut mir Leid.«

Das Mädchen nickte übertrieben, eine Kindergeste. »Natürlich habe ich recht. Ich kenne mich ziemlich gut aus hier unten. Es gibt nichts, wo man hingehen könnte. Außer vielleicht zum Teufel.« Und sie kicherte, dass es Ailis eiskalt den Rücken herablief.

»Würdest du mir einen Gefallen tun?«, fuhr das Mädchen fort. »Das wäre wirklich sehr nett von dir.«

»Was für einen Gefallen?«

»Mir ist kalt, und ich bin nass«, sagte das Mädchen. »Könntest du wohl versuchen, das Gitter aufzumachen?«

Der Graf hatte Ailis verboten, über das, was sie mitangesehen hatte, zu sprechen. Aber hatte er ihr auch untersagt, das Gitter zu öffnen? Nein. Im Grunde sprach also nichts dagegen. Abgesehen davon, dass sie sich bei dem Versuch möglicherweise auf einer der Spitzen aufspießen würde wie ein Insekt im Stachelpelz eines Igels. Und abgesehen davon, dass sie nicht sicher war, ob sie das Gitter überhaupt öffnen wollte.

Denn sie hatte, trotz des seltsamen Zustands, in dem sie sich befand, entsetzliche Angst. Wovor, hätte sie nicht zu sagen vermocht. Gewiss nicht vor einem kleinen Mädchen, kaum halb so groß wie sie selbst.

Die Kleine bemerkte, dass Ailis zögerte, und zeigte mit ausgestrecktem Finger durch das Gewirr der Gitterstreben. »Versuch's mal da vorne. Dort stehen die Spitzen nicht ganz so eng beieinander.«

Ailis tat widerwillig, was das Mädchen verlangte und beugte sich vorsichtig vor, um die Stelle zu betrachten. Was sie dort sah, ließ sie insgeheim aufatmen. »Da ist ein Schloss«, sagte sie zu dem Mädchen. »Ein großes Vorhängeschloss. Schwierig zu bauen. Ich habe einmal gesehen, wie unser Schmied eines gemacht hat. Ich bin sein Lehrmädchen, weißt du? Ich meine, von außen sieht es einfach aus, aber das täuscht.«

»Ja, ja«, sagte das Mädchen mit einer Spur von Ungeduld. »Du hast wohl nicht zufällig den Schlüssel dabei?«

Ailis schüttelte den Kopf. »Woher sollte ich den haben?«

»Immerhin gehst du beim Schmied in die Lehre. Das hast du doch gerade gesagt, oder?«

»Aber ich weiß nichts von einem Schlüssel. Ich weiß nicht einmal, ob Erland dieses Schloss gebaut hat.«

»Wer sonst, du Dummkopf?«, sagte die Kleine und runzelte unter ihren nassen Haarsträhnen die Stirn.

Sie spricht nicht wie ein kleines Mädchen, überlegte Ailis verwundert. Sie tut so, als sei ich das Kind, nicht sie.

Einen kurzen, boshaften Augenblick lang dachte sie, dass

es dem Mädchen vielleicht ganz recht geschah, hier oben eingesperrt zu sein. Doch das Gefühl schwand so unvermittelt, wie es gekommen war.

Ailis lief einmal im Kreis um das Gitter, betrachtete die Bolzen und Ketten, die es am Boden hielten. Nicht einmal ein Pferdegespann würde in der Lage sein, die Verankerungen herauszureißen. Es sah in der Tat aus, als könnte allein der passende Schlüssel das Mädchen befreien.

»Könntest du nicht danach suchen?«, fragte die Kleine mit großen Augen. »Vielleicht hat der Schmied den Schlüssel irgendwo in seiner Werkstatt versteckt.«

»Er würde mir nicht erlauben, ihn zu nehmen.«

»Du könntest ihn dir ausleihen und später wieder zurücklegen. Er würde es bestimmt nicht merken.«

Ailis' Miene verhärtete sich. »Du meinst, stehlen?«

»Warum nicht?«

»Ich würde Erland niemals bestehlen.«

»Aber das hast du doch schon getan.« Die Kleine strahlte sie aus der Dunkelheit an. »Die Münze für den Fährmann, du erinnerst dich?«

»Woher –«

»Ich weiß vieles. Ich könnte dich daran teilhaben lassen, wenn ich frei wäre.«

Ailis schloss die Augen und legte ihren Kopf in den Nacken. Eiskalt peitschte ihr der Regen ins Gesicht, brachte sie ein wenig zur Besinnung. Was immer das Mädchen mit ihr tat – sie hatte Angst davor. Es war fast, als zöge jemand an unsichtbaren Fäden in ihrem Kopf. Ailis lehnte sich dagegen auf – und vergaß schon im nächsten Augenblick, gegen was sie sich überhaupt auflehnen wollte.

Sie ging auf dem Fels in die Knie, bückte sich unter einer schräg stehenden Stahlspitze hindurch und führte das Gesicht bis auf Handbreite an das Vorhängeschloss heran. In dem eisernen Bügel vereinigten sich mehrere Ketten und Metallösen, ein kompliziertes Wirrwarr, das auf geheimnisvolle Weise die gesamte Gitterkonstruktion zusammenhielt. Es schien Ailis immer unwahrscheinlicher, dass Erland diesen Mechanismus entworfen hatte. Noch nie hatte sie etwas gesehen, das dem hier auch nur ähnlich war. Andererseits zeigten gewisse handwerkliche Kniffe eindeutig die Handschrift ihres Lehrmeisters.

»Stiehl den Schlüssel«, verlangte das Mädchen noch einmal. Seine Wangen schienen leicht zu beben, aber vielleicht war das nur eine Täuschung. Hinter den Bergen am Westufer ging die Sonne endgültig unter und das karmesinrote Licht verblasste. Bald würde auch die fahle Dämmerung schwinden, fortgeschwemmt vom endlosen Regen.

»Ich kann das nicht tun.« Ailis richtete sich auf.

»Stiehl ihn.«

»Wie kannst du das von mir verlangen?«

Das Mädchen schnitt ihr eine Grimasse. »Wie konntest du mit ansehen, wie man mich hier unten eingesperrt hat?«

Ailis wurde wütend. »Was hätte ich denn deiner Meinung nach tun sollen?«

»Du hättest allen davon erzählen können. Irgendwer hätte schon einen Weg gefunden, mich hier rauszuholen.«

»Wie denn, ohne den Schlüssel?«

»Irgendjemand hätte den Mut gehabt, ihn zu stehlen.«

»Das bezweifle ich.«

Der Blick des Mädchens wurde so stechend wie die Stahlspitzen. »Stiehl ihn, Ailis! Es hat dir die ganze Zeit über keine Ruhe gelassen. Warum also zögerst du jetzt?«

»Ich habe Erland einmal bestohlen und mir geschworen, es nie wieder zu tun.«

»Narretei!«, zischte die Kleine. »Führ dich nicht auf wie ein Kind.«

Es war seltsam, sich das aus dem Mund dieses Mädchens sagen zu lassen, aber Ailis war zu müde und zu abgekämpft, um sich dagegen zu wehren. Irgendetwas entzog ihr die Kraft, die dazu nötig gewesen wäre.

»Stiehl ihn«, wiederholte das Mädchen mit Nachdruck. »Du kannst es tun. Es liegt in deiner Macht.«

»Warum hat man dich überhaupt hier eingesperrt?« Ailis konnte selbst kaum glauben, dass sie die Frage doch noch zu Stande brachte. Triumphierend setzte sie hinzu: »Vielleicht hast du es ja verdient.«

Das kleine Mädchen fletschte die Zähne. »Ich könnte dein Herz essen.«

»Dafür müsstest du dich erst durch das Gitter beißen.« Ihr eigener Wille kehrte allmählich zurück, Schritt für Schritt, ganz langsam. Die Nebel in ihrem Kopf rissen auseinander.

»Ailis!« Die Augen der Kleinen waren schwarz wie Kohlestücke. »Stiehl ihn!«

»Wenn jemand herausfindet, dass ich es war, würde man mich zu dir in dieses Loch werfen. Damit wäre keinem geholfen.«

»Du musst geschickt sein. Du musst sein wie die Nacht, still und kühl und dunkel, damit niemand dich erkennt.«

»Ich bin nicht geschickt. Erland sagt, ich hätte zehn Daumen.«

»Ich töte ihn für dich, wenn du willst. Aber erst muss ich hier raus.«

»Nein!« Ihre Empörung fühlte sich an wie ein schmerzhafter Schlag vor die Brust. Erland töten? Was, zum Teufel, geschah hier? Sie versuchte verzweifelt, sich zusammenzureißen, doch mit jedem pulsierenden Schub aus Wut und Zorn, der in ihr aufstieg, verdichtete sich wieder der Schleier in ihrem Kopf.

»Stiehl – den – Schlüssel!«, kam es betont aus dem Mund der Kleinen. Sie hatte sehr rote Lippen, fand Ailis. Sehr rot, sehr schön.

»Ich würde dir gerne einen Kuss geben«, sagte Ailis benommen. Sie träumte, musste träumen.

Das Mädchen nickte verständnisvoll. »So oft, wie du magst. Aber hol mich hier heraus.«

»Ich kann nicht.«

Rote Lippen, zu einem kindlichen Lächeln verzogen. »Du willst mich küssen? Du magst mich, nicht wahr? Weil ich das Leben bin. Du magst das Leben, oder? Du liebst das Leben, und du liebst mich. Du darfst mich immer, immer, immer lieben.« Rote Lippen, leicht geöffnet, dahinter glänzend weiße Zähne. Kinderzähne. Milchzähne. »Stiehl den Schlüssel, Ailis!«

Doch Ailis sagte: »Nein.«

Dann lief sie los, um das Gitter herum, über das dunkle Bergplateau, ganz allein im Regen.

Niemand hielt sie auf.

3. Kapitel

Vier Tage nach der Begegnung auf dem Berg entdeckte Ailis den Schlüssel. Sie war nicht ganz sicher, ob es wirklich der richtige war. Er war groß, länger als ihre Hand, mit einem Metallbart, der sonderbare, geschwungene Zacken aufwies. Sie sahen aus wie halbierte Runen und Ailis fragte sich, ob die anderen Hälften wohl im Inneren des Schlosses verborgen waren, sodass sie sich beim Einstecken und Umdrehen des Schlüssels zu einem kompletten Satz von Zeichen zusammenfügten, einem magischen Wort, einem Zauberspruch.

Der Schlüssel lag in einer hölzernen Schachtel, die versteckt auf einem der oberen Dachbalken der Schmiede stand. Ailis war nur durch Zufall auf die kleine Kiste gestoßen, als sich ein Vogel durch das offene Tor in die Werkstatt verirrt hatte und sie versucht hatte, ihn hinauszujagen. Sie war hinauf in das Gewirr der Balken geklettert und hätte die Schachtel dabei versehentlich fast in die Tiefe gestoßen. Ailis hatte sich versichert, dass der Schmied gerade nicht hinsah, dann hatte sie den Deckel geöffnet.

Der Schlüssel ruhte nicht auf einem Brokatkissen, wie sie beinahe erwartet hatte, sondern war achtlos in die leere Kiste geworfen worden, so als sei Erland froh gewesen, ihn aus der Hand zu geben. Ailis widerstand der Versuchung, ihn herauszunehmen, klappte stattdessen den Deckel wieder zu, stellte die Schachtel sorgfältig an ihren von Staub umrahmten Platz auf dem Balken zurück und setzte die Jagd nach dem Vogel fort.

Am Abend aber spürte sie in sich ein seltsames Ziehen, fast wie ein starkes Hungergefühl, nur dass es nicht allein in ihrem Bauch, sondern auch in ihrer Brust und, seltsamer noch, in ihrem Kopf rumorte. Sie wusste sofort, woran es lag, und sie kannte das einzige Heilmittel. Ihr war, als könnte sie die Fäden sehen, die sich aus ihrer Stirn bis zu den Fingerspitzen des Mädchens auf dem Lurlinberg spannten.

Ailis' Kammer im Weiberhaus der Burg war klein, kaum groß genug für ihr Bett und die Kleiderkiste. Sie lebte hier, so lange sie sich erinnern konnte. Ihre Eltern hatten ein Zimmer in einem der Nebengebäude des Haupthauses bewohnt, und Ailis hatte von klein an getrennt von ihnen geschlafen. Sie war immer Fees engste Freundin gewesen und das war wohl der Grund gewesen, weshalb man ihr eine Kammer in unmittelbarer Nähe des Grafenmündels zugestanden hatte. Sie und Fee waren wie Schwestern behandelt worden und Vergünstigungen wie die eines eigenen Gemachs hatte es viele gegeben. So hatte Ailis an Feiertagen nicht mit den Bediensteten und ihren Eltern essen müssen, sondern war an die Tafel des Grafen, an Fees Seite, geladen worden; ihr Vater hatte ihr das nie verzeihen können.

Allerdings hatten die Bevorzugungen mit dem Streit zwischen ihr und Fee schlagartig ein Ende genommen, allein das eigene Zimmer war Ailis geblieben. Sie wunderte sich, dass man sie nicht längst hinausgeworfen hatte. Manchmal vermutete sie, dass Fees Fürsprache dafür verantwortlich war, aber meist verwarf sie diesen Gedanken geschwind. Sie gestand sich ungern ein, dass die ehemalige Freundin sich während ihres ganzen Zwists stets anständiger verhalten hatte als sie selbst. Ailis hasste es, ihre eigenen Fehler einzugestehen, und lieber sah sie hastig darüber hinweg. Sie fand, das machte das Leben erträglicher.

An jenem Abend nun schlüpfte sie aus ihrer Kammer, huschte über die Flure und Treppen des Weiberhauses und eilte über den Burghof zur Schmiede. Erland schlief in einem Gelass an der Rückseite seiner Werkstatt, hinter einem schweren Vorhang. Diebe fürchteten seine mächtigen Fäuste, und so verzichtete er darauf, des Nachts die Tür zu verriegeln. Ailis dagegen hatte keine Angst vor Erlands Schlägen; vielmehr ängstigte sie der Gedanke an die Enttäuschung im Gesicht des Schmiedes, falls er bemerken würde, weshalb sie hergekommen war.

So leise sie konnte drückte sie den Eingang einen Spaltbreit auf und schob sich ins Innere der Werkstatt. Sie hatte gehofft, Erland hinter dem Vorhang schnarchen zu hören, doch der Schlaf des Schmiedes war ruhig und lautlos. Auch konnte sie ihn nicht sehen, und die Vorstellung, dass er aufrecht hinter dem Vorhang stand und auf jeden ihrer Schritte lauschte, hätte sie beinahe in die Flucht geschlagen. Dann aber spürte sie wieder den Ruf des kleinen Mädchens – sie glaubte ihn jetzt tatsächlich zu hören, wie fernen, säuselnden Gesang –, und sie wusste, dass sie nicht mehr zurück konnte.

Von einem der Tische aus packte sie die Kante eines tiefen Deckenbalkens, zog sich mühsam hinauf, kletterte weiter. Augenblicke später kauerte sie vor der Schachtel und legte zaghaft beide Hände an den Deckel. Zwei Mannslängen unter ihr schimmerte noch ein Rest Glut in der Esse, ein rotes Funkeln und Blitzen inmitten der Dunkelheit, wie ein Einstieg zur Hölle. Der Rauch des Feuers, das den Tag über dort unten gebrannt hatte, hing immer noch in der Luft, geisterhafte Schwaden, die sich unter dem Dach verfangen hatten. Auf den Balken hatte sich Ruß abgelagert und hinterließ schwarze Spuren an Ailis' Händen und Kleidung, als hätten sich die Schatten wie Sühnemale in ihren Leib gebrannt; falls Erland sie später am Boden erwischen würde, würde er sofort wissen, wo sie sich herumgetrieben hatte. Es würde schwer sein, dann noch eine vernünftige Erklärung zu finden.

Vorsichtig hoben ihre Finger den Deckel der Schachtel. Der Schlüssel lag unversehrt in der Finsternis. Ailis konnte ihn kaum erkennen, so dunkel war es hier oben. Zögernd tastete sie danach. Er fühlte sich kühl an.

Ein scharfes Rascheln ertönte. Ailis wagte nicht, den Kopf zu senken, rollte nur mit den Augen, um einen Blick auf Erlands Gelass zu erhaschen. Scharrend glitt der Vorhang auf seiner Holzstange zur Seite. Erlands Hand schälte sich aus den Schatten, sein Arm, dann der ganze Mann. Er trat in die Werkstatt, ging an der flirrenden Esse vorbei und blieb vor einem Holzkübel mit klarem Wasser stehen. Er beugte sich vor, tauchte sein Gesicht unter die Oberfläche. Einige zähe Augenblicke lang blieb er unter Wasser. Dann riss der Schmied seinen Schädel zurück, gefolgt von einem Schweif glitzernder Wassertropfen. Er rieb sich durch die Augen, trank dann noch einen Schluck und schleppte sich mit müden Schritten zurück zum Vorhang.

Bevor er aber hindurchtreten konnte, zögerte er plötzlich. Ailis dachte, sie müsste auf der Stelle zu Eis gefrieren. Doch Erland schaute nicht zu ihr empor, blickte vielmehr hinüber zur Tür. Und Ailis begriff schlagartig, welchen Fehler sie gemacht hatte: Der Türflügel stand immer noch einen Spaltbreit offen, sie hatte nicht daran gedacht, ihn hinter sich zuzuziehen. Erland ging zum Eingang, jetzt deutlich schneller, und schaute hinaus. Ailis konnte ihr Glück kaum fassen, als er auf dem Hof tatsächlich etwas Verdächtiges entdeckte, denn er trat jetzt ins Freie, rief irgendetwas Unverständliches und verschwand aus ihrem Blickfeld.

Ailis vergaß den Schlüssel, ließ ihn liegen. Vergaß das Mädchen im Brunnen und sogar das Ziehen und Stechen hinter ihren Augen. Und beinahe hätte sie sogar vergessen, den Deckel der Schachtel zu schließen. Im letzten Moment fiel er ihr wieder ein, sie klappte ihn zu und ließ sich von dem Balken auf einen anderen herab, kletterte blitzschnell daran entlang zur Wand und sprang in die Tiefe. Diesmal nutzte sie nicht den Tisch, um die Höhe zu verkürzen. Sie hatte viel zu viel Angst, das Poltern des wackligen Möbelstücks könnte Erland alarmieren. Geschwind schlich sie zur Tür, die jetzt weit geöffnet war. Sie schaute hinaus auf den Burghof, konnte niemanden erkennen. Auch Erland war nirgends zu sehen, was ihre Furcht noch steigerte. Stand er im Schatten der Linde und wartete, bis sie herauskam? Lauerte er ihr im dunklen Eingang des Weiberhauses auf? Würde sie von hinten eine Hand packen, wenn sie ins Freie trat, aus irgendeinem Winkel, den sie von hier aus nicht einsehen konnte?

Alles Zaudern und Zögern half ihr nicht weiter. Mit angehaltenem Atem sprang sie hinaus in die Nacht, hastete über den Hof, sah im Vorbeilaufen die Wachtposten außerhalb des Burgtors frierend um ein Feuer geschart, sah auch Erland, der bei ihnen stand und eine strampelnde Katze am Packfell hielt. Ailis riss die Tür des Weiberhauses auf, presste sich in die Sicherheit der Mauern, stand da mit geschlossenen Augen, um Atem ringend, die Knie so weich wie frisch gegerbtes Leder.

Auch später noch, in ihrer Kammer, brauchte sie lange, ehe sie wieder ruhig Luft holen konnte, endlich von der

Angst befreit, sich mit jedem Atemzug zu verraten. Das Ziehen in ihrem Schädel war verschwunden, als hätte das Mädchen vom Lurlinberg eingesehen, dass es heute Nacht keinen zweiten Versuch geben würde, den Schlüssel an sich zu bringen.

Es dauerte bis in die frühen Morgenstunden, bis Ailis endlich Schlaf fand, und als bald darauf die Hähne in den Hühnerställen krähten, kam es ihr vor, als hätte man ihren Körper die Nacht über mit einem Knüppel bearbeitet. Jedes Glied tat ihr weh, ihre Muskeln schmerzten und sie hatte Mühe, die Augen offen zu halten. Sie kämpfte sich unter ihrer Decke hervor, zog sich an, wusch sich flüchtig an einer Schüssel im Flur und ging hinüber zur Schmiede, um ihren morgendlichen Dienst anzutreten. Eine bleischwere Gleichgültigkeit hatte sich ihrer bemächtigt. Falls Erland irgendwelche Spuren entdeckt haben sollte, die auf ihren nächtlichen Besuch hinwiesen, nun, dann sollte es eben so sein. Im Augenblick war ihr selbst das egal.

Der Schmied stand bereits an seiner Esse und hämmerte ein Stück Eisen zum Blatt einer Egge. Mit erhobenem Hammer schaute er auf, als Ailis eintrat.

»Guten Morgen«, brummte er. »Ausgeschlafen?«

»Sicher. Guten Morgen.« Sie behielt ihn bei jeder Bewegung im Blick, sein Gesicht, seine Augen. Sie wartete auf irgendwelche Anzeichen dafür, dass er wusste, was sie getan hatte. Doch Erland wandte sich wieder seinem Feuer und dem glühenden Eisen zu und ließ den Hammer kraftvoll herabsausen. Das helle Scheppern riss Ailis endgültig aus ihrem morgendlichen Halbschlaf.

Sie machte sich daran, ihre täglichen Pflichten in der Schmiede zu erledigen: Saubermachen, Werkzeuge reinigen und sortieren, Kohle schaufeln, Brennholz stapeln und das alte Wasser aus dem Bottich durch frisches vom Burgbrunnen ersetzen. Die ganze Zeit über lag ihr das schlechte Gewissen wie eine klamme Hand im Nacken, und schließlich wurde ihr klar, dass der Tag nicht zu Ende gehen durfte, ohne dass sie mit Erland über alles gesprochen hatte. Nicht, dass es sie allzu sehr drängte, ihren nächtlichen Besuch einzugestehen – nein, diese Episode würde sie stillschweigend übergehen –, doch sie wollte endlich erfahren, was es mit dem Lurlinberg und dem gefangenen Mädchen auf sich hatte. Dass sie von dem Schlüssel im Dachgebälk wusste, wollte sie nicht erwähnen.

Die Gelegenheit kam, als Erland am Nachmittag eine kurze Ruhepause einlegte und Ailis aufforderte, sich zu ihm zu setzen. Er schenkte ihnen beiden einen Becher Met ein und bot ihr aus einem Beutel süßes Backwerk an, mit dem eine der Köchinnen eine Gefälligkeit beglichen hatte. Ailis aß ein Stück von dem Gebäck, wenn auch nur, um Erland nicht zu enttäuschen.

»Du hast müde ausgesehen, heut morgen«, sagte er. »Du bist doch nicht krank?«

Sie verneinte geschwind, damit er sie nicht in ihre Kammer schickte und sie mit ihren Sorgen allein ließ. »Ich habe nur schlecht geschlafen.«

Erland nickte, als wüsste er genau, was vorgefallen war. »Die verdammten Katzen! Sie haben die ganze Nacht herumgeschrien und sich auf dem Hof gebalgt. Ich habe eigenhändig zwei aus dem Tor befördert und den Wachen gesagt, wenn sie sie nochmal hineinlassen, schlage ich ihnen den Schädel ein.«

»Den Katzen?«

»Den Wachen!« Er lachte, ein tiefer, brummiger Laut, der Gemütlichkeit verhieß.

Ailis lächelte verhalten. Sie wusste, dass Erland Katzen gern hatte. Vor allem, weil sie nicht herumkläfften wie Hunde und ihren eigenen Kopf besaßen. Dass ausgerechnet eine Katze seinen Schlaf gestört hatte, musste ihn schwer getroffen haben.

Sie hatte den ganzen Tag lang überlegt, wie sie das Gespräch am geschicktesten in jene Richtung lenken konnte, die ihr auf dem Herzen lag. Jetzt aber verwarf sie all ihre vorgefertigten Reden und sagte einfach: »Ich war gestern auf dem Lurlinberg.«

Erland hob eine Braue, ließ sich ansonsten aber nichts anmerken. »Und?«, fragte er und setzte den Messbecher ab.

Ailis' Blick geisterte durch die Werkstatt und blieb schließlich an dem zerfetzten Gitter über der Tür hängen. Es war viel feiner gearbeitet als jenes, das ihm nachgefolgt war, auch fehlten die mörderischen Stacheln. Wer immer es entworfen hatte, er hatte nach dem Ausbruch des Mädchens vor einem Jahr dazugelernt. Ailis hatte immer noch Mühe, sich vorzustellen, dass die Kleine die stählernen Streben mit ihren winzigen Händen zerrissen und auseinander gebogen haben sollte. Wenn aber nicht sie selbst es gewesen war, bedeutete das, dass sie Hilfe von außen gehabt hatte, von jemandem, der noch ganz in der Nähe gewesen war, als das Mädchen abermals eingefangen und eingesperrt worden war. Doch wenn es diesen Jemand wirklich gab, hätte er ihm dann nicht auch gegen die Männer des Grafen beigestanden? Wie so vieles widersprach auch das jeder Vernunft.

Als Erland bemerkte, dass Ailis zum Gitter aufschaute und mit ihrer Antwort zögerte, fragte er betont fröhlich: »Warst du oben in den Ruinen? Ein ganz schön wildes Stück Land. Es gab mal einen Bauern, der beim Grafen um ein Lehen auf dem Lurlinberg gebeten hat. Graf Wilhelm bot ihm an, zuerst eine Nacht dort oben zu verbringen, ganz allein. Falls er am nächsten Morgen unbeschadet herunterkommen und immer noch Gefallen an dem Berg haben sollte, wollte der Graf ihm einen Teil der Abgaben erlassen. Und weißt du was? Der Bauer kletterte guter Dinge hinauf, die Nacht kam – und er wurde niemals wieder gesehen. Soldaten fanden seine Decken und seine Feuerstelle, doch der Mann selbst blieb verschwunden. Es heißt, er sei von dort oben in den Fluss gesprungen, als ihm die Geister des Berges um Mitternacht einen Besuch abstatteten.« Der Schmied grölte vor Lachen und schenkte sich Met nach. »Weißt du, man erzählt sich viel über diese Gegend, aber –«

»Erland«, unterbrach Ailis ihn ernst, »ich habe den Brunnen gesehen. Und das Gitter. Und das, was es dort oben festhält.«

Der Schmied setzte seinen Becher ab. Aller Frohsinn war auf einen Schlag aus seiner Miene gewichen, und doch wirkte er nicht zornig. Er nahm Ailis rechte Hand in seine Pranken und hielt sie fest. »Du hast doch nicht etwa Stimmen gehört?«

Sie blickte in seine traurigen Augen und beschloss, aufrichtig zu sein. »Ich habe eine Stimme gehört. Und ich habe jemanden gesehen, unten im Brunnen.«

»Die Stimme kam aus dem Brunnen?«

»Erland, sei bitte ehrlich zu mir und mach dich nicht über mich lustig.«

»Ich kann dir sagen, was du gehört hast«, entgegnete er, ohne auf ihre letzten Worte einzugehen. »Es war das Echo, und zwar das deiner eigenen Stimme. Du hast in den Brunnen hineingesprochen und der Schacht hat es zurückgeworfen. Es gibt weit und breit kein Echo wie das auf dem Lurlinberg.

Wenn du von dort oben ins Tal hinab rufst, hallen deine Worte über ein Dutzend Mal von den Bergen wider. Glaub mir, was du gehört hast, ist nicht weiter ungewöhnlich.«

Obwohl auch der Lange Jammrich sie vor dem Echo des Lurlinberges gewarnt hatte, schüttelte Ailis niedergeschlagen den Kopf. »Das ist lächerlich, und das weißt du. Ich habe das kleine Mädchen im Brunnen gesehen, eingesperrt hinter dem Gitter, das du geschmiedet hast, Erland. Hör bitte auf, mich anzulügen.«

Wenn sie ihm je einen Grund gegeben hatte, wütend auf sie zu sein, so übertraf dieser Moment gewiss alle anderen. Sie hatte ihren Lehrherrn der Lüge bezichtigt. Jeder andere hätte sie auspeitschen und davonjagen lassen.

Doch Erland zuckte nicht einmal, als sie die Worte aussprach. Stattdessen sagte er sehr ruhig: »Ich kann dir nicht mehr sagen als das, was ich weiß. Und ich schwöre dir, ich lüge dich nicht an. Was du gehört hast, war nur das Echo. Das Echo vom Lurlinberg.«

Er stand auf und trat zurück an seine Esse, um mit der Arbeit fortzufahren. Dort drehte er sich noch einmal um und deutete mit ausgestrecktem Arm auf das Gitter über der Tür. »Der Brunnen auf dem Berg ist vergiftet«, sagte er. »Er wurde schon vor Jahren verschlossen. Irgendwer hat das Gitter zerstört, und daraufhin gab man mir den Auftrag, ein neues anzufertigen. Die Pläne dazu bekam ich vom Grafen. Das alte Gitter hängt dort oben, um mich daran zu erinnern, dass es wichtig ist, immer nur die beste Arbeit zu leisten – selbst wenn es um so etwas einfaches geht wie ein Gitter für einen giftigen Brunnen.« Damit griff er nach dem Hammer, nahm das glühende Eggenblatt aus dem Feuer und schlug mehrfach mit aller Kraft darauf ein.

Die Schläge schmerzten in Ailis empfindlichen Ohren,

aber mehr noch schmerzte sie die Gewissheit, dass es nun überhaupt niemanden mehr gab, dem sie vertrauen konnte.

Fee stand am Fenster und bürstete ihr langes Haar. Sie blickte hinab in den Burghof und sah Ailis zu, wie sie hölzerne Wassereimer vom Brunnen zur Schmiede trug, einen nach dem anderen. Sie wirkte angespannt und müde, Ringe lagen unter ihren Augen, so dunkel, dass Fee sie selbst von hier oben aus erkennen konnte.

Es tat Fee Leid, was zwischen ihnen geschehen war. Es verging kaum ein Tag, an dem sie Ailis' Gesellschaft nicht vermisste. Doch das Mädchen dort unten im Hof war nicht mehr dasselbe, mit dem Fee einst gespielt und gescherzt hatte. Die neue Ailis mit ihrem kurz geschorenen Haar hatte wenig mit der alten gemein. Sie lachte nicht mehr und kümmerte sich nicht um das, was man hinter ihrem Rücken über sie munkelte. Dass sie undankbar sei, war noch das Freundlichste, was viele über sie zu sagen hatten. Manches gehörte fraglos ins Reich der Erfindung, etwa die gehässigen Gerüchte, dass sie ihre Mutter geschlagen habe; Fee kannte sie besser, als dass sie solchem Gerede Glauben geschenkt hätte. Ailis galt als verschlossen und eigenbrötlerisch, als jemand, der sich für etwas Besseres hielt als alle anderen. Dabei konnte davon doch spätestens seit dem Tag, an dem sie sich von Fee losgesagt hatte, keine Rede mehr sein.

Früher, als Ailis ihr blondes Haar noch so lang getragen hatte wie Fee, hatten Gäste auf der Burg die beiden oft für Zwillinge gehalten, so groß war ihre Ähnlichkeit gewesen. Tatsächlich sah Fee, wenn sie sich ihrer frühesten Kindheit entsann, in Ailis eine gleichaltrige Schwester. Ailis war immer um sie gewesen, so lange sie sich erinnern konnte. Der

Gedanke, dass sie diese Schwester verloren hatte – ganz gleich ob blutsverwandt oder nicht –, tat ihr immer noch weh.

Auch von der Ähnlichkeit der beiden war nur wenig geblieben. Während Fee immer noch das zarte, zerbrechliche Edelfräulein war, der Traum aller Knappen, die hofften, einmal als Ritter eine Prinzessin freien zu dürfen, hatte Ailis sich in den letzten Monden zu einer drahtigen jungen Frau entwickelt. Ihre Arme und Beine waren muskulöser als die der meisten Frauen auf Burg Rheinfels, ihre Züge härter, beinahe unterkühlt. Fee war überzeugt, dass Ailis einmal eine sehr schöne Frau werden würde, auf eine herbe, bestimmende Art, während sie selbst immer das zierliche Burgfräulein bleiben würde, der Schmuck aller Rittersäle und Königsbankette. Oft genug hasste sie sich selbst für ihr puppenhaftes Äußeres, und in solchen Momenten spürte sie Neid auf Ailis.

Aber was würden die Leute wohl sagen, würde Fee den Wunsch äußern, harte Arbeit zu leisten, wie Ailis sie in der Werkstatt des Schmiedes tat? Ihr Onkel würde sie auslachen, ihre Tante erbost den Kopf schütteln, und dann würde man sie nur noch eiliger von hier fort in die Seidenkissen des Königshauses treiben. Und wenn Fee sich selbst gegenüber ehrlich war, musste sie sich eingestehen, dass sie für Aufgaben wie jene, die Ailis zu bewältigen hatte, nicht geschaffen war. Sie würde nach spätestens zwei Tagen alles von sich werfen, in ihre Gemächer fliehen und sich auf ihren Decken aus Orientstoffen die Augen ausheulen. Sie war eben anders als Ailis, und vielleicht war es ganz gut, dass das vergangene Jahr diese Unterschiede so deutlich ans Licht gebracht hatte. Auch Fee musste allmählich lernen, mit sich selbst zu leben.

Fees Schlafgemach war nach dem der Gräfin das größte und schönste im ganzen Weiberhaus. Es gab einen hohen Schrank aus Eichenholz, dessen Türen Fee selbst mit einem Pflanzenmuster bemalt hatte, einem Efeu, besetzt mit fantastischen Blüten in Form von Tierköpfen. Auf derlei verstand sie sich recht gut, wie auch auf Stickereien und das Entwerfen prächtiger Kleider. Womit sonst sollte sie sich auch die Zeit vertreiben? Neben der Tür stand eine Truhe mit gewölbtem Deckel, der Fußboden war mit Teppichen aus dem Heiligen Land bedeckt. Fees Bett war von hellen Gardinen umgeben, halb durchsichtig. An seinem Fußende stand eine gepolsterte Bank, auf der Fee sich von ihren Zofen entkleiden ließ. Die Dienerinnen bestreuten das Bett im Frühjahr und Sommer mit Blüten, die einen herrlichen Duft verbreiteten. Zudem besaß sie ein kunstvolles Heiligenbild auf einem kleinen Altar, vor dem sie auf Wunsch ihres Onkels jeden Morgen und Abend ein Gebet sprach, außerdem eine stattliche Sammlung verzierter Kästchen, in denen sie allerlei Geschmeide, aber auch Farben, Nähzeug und ein paar geheime Dinge aufbewahrte. Gleich am Fenster saß ein Kanarienvogel in einem Käfig, aufgeplustert und verschlafen.

Es klopfte an der Tür. Fee legte ihre Bürste beiseite und wandte sich vom Fenster ab. Ehe sie etwas sagen konnte, wurde die Tür bereits geöffnet und ihre Tante trat ein. Die Gräfin war in ihrer Jugend eine schöne Frau gewesen, doch in den letzten Jahren war ihr Gesicht vorzeitig gealtert. Noch immer wandte sie viel Zeit für ihre Leibespflege auf, und ihr rabenschwarzes Haar war säuberlich hochgesteckt und mit goldenen Spangen geschmückt. Ihr rotes Kleid schwebte wolkig über dem Boden, als würden ihre Füße kaum die Dielen berühren.

»Ja, bitte?«, fragte Fee betont kühl und unterstrich damit ihren Zorn über das ungebetene Eindringen ihrer Tante.

»Ich muss mit dir reden«, sagte die Gräfin. »Dein Onkel ist sehr ungehalten.«

»Worüber?« Fee war plötzlich unwohl zu Mute. Sie war daran gewöhnt, dass ihre Tante sie für etwas rügte, doch wenn sogar der Graf erzürnt war, verhieß das nichts Gutes. Sie ahnte bereits, um was es ging.

»Man hat dich gesehen, als du das Zimmer über dem Rittersaal verlassen hast«, sagte die Gräfin und blickte sie scharf aus ihren hellgrünen Augen an. Fee hatte sie oft um diese Farbe beneidet. »Was hattest du dort zu suchen?«

»Mir war nicht bewusst, dass es der Nichte des Grafen verboten ist, gewisse Zimmer zu betreten«, gab sie zurück und hoffte, dass die Schärfe in ihrer Stimme überzeugend klang.

Die Gräfin verzog einen Mundwinkel zu einem schiefen Lächeln. »Wir wissen doch beide, was du in dem Zimmer getan hast, nicht wahr?«

»Sag es mir.«

»Sei nicht unverschämt, junge Dame.«

»Junge Dame!«, wiederholte Fee verächtlich, steckte einen Finger durch das Gitter des Vogelkäfigs und kraulte dem zahmen Tierchen die Brust.

»Du hast gelauscht«, sagte die Gräfin, »durch ein Loch im Boden.«

Fee riss den Kopf herum. Ihr langes Haar flog gegen das Käfiggitter. »Warum lässt du mich nicht einfach in Ruhe, Tante? Kümmere dich um all die sonderbaren Dinge, die du in deiner Kemenate treibst, aber lass mich in Frieden. Sprich mit deinen Elfen und Geistern und Kobolden, aber bilde dir nicht ein, du müsstest dich einmal am Tag als meine Mutter aufspielen. Denn das bist du nicht!«

Die Gräfin trat bis auf Armlänge an sie heran. Es war erstaunlich, wie viel Kälte sie in das eindringliche Grün ihrer Augen zu legen vermochte. »Du machst es dir sehr einfach, mein Kind. Ich bin nicht deine Mutter, und vielleicht habe ich mir nie große Mühe gegeben, dir eine zu sein. Aber du kannst nicht jeden deiner Fehler damit entschuldigen, dass deine wahre Mutter tot und dein Vater davongelaufen ist. Meinst du nicht, es ist an der Zeit, selbst ein wenig Verantwortung für dein Handeln zu übernehmen?«

Die Worte trafen Fee weit mehr, als sie zugeben wollte, und sie bemühte sich, ihre Gefühle zu verbergen. Trotzdem sah sie der Gräfin an, dass sie ihr jede Empfindung vom Gesicht ablas. Auf der Stelle drehte sie sich um und brachte einige Schritte Abstand zwischen sich und ihre Tante. »Ich habe nicht gelauscht«, sagte sie leise und drehte der Gräfin den Rücken zu. »Wer immer das behauptet hat, ist ein Lügner.«

Ihre Tante trat neben sie und hielt ihr einen Stofffetzen vors Gesicht. »Dann muss er wohl auch das hier von deinem Kleid abgerissen haben.«

Es war ein fingerlanges Stück vom Saum jenes Gewandes, das sie vor vier Tagen getragen hatte. Fee hatte bereits bemerkt, dass es herausgerissen war, doch als sie noch einmal in das Gästezimmer geeilt war, hatte sie es nirgends entdecken können.

»Woher hast du das?«

»Es klemmte unter einem der Bettpfosten«, sagte die Gräfin und drehte den Fetzen geschickt zwischen ihren langen Fingern. »Ich habe es selbst herausgezogen.«

»Und?«, fragte Fee und gestand sich ihre Niederlage ein. »Was hast du nun vor?«

Etwas Seltsames geschah im Gesicht der Gräfin. Die eisige Abneigung verschwand aus ihrem Blick und an ihre Stelle trat etwas, das Sanftmut verblüffend nahe kam. »Dein Onkel weiß nichts davon, und dabei wird es bleiben. Er hat nur gehört, was einer der Diener ihm erzählt hat, aber es gibt keinen Beweis außer diesem hier.« Damit ergriff sie Fees Hand, öffnete ihre Finger und legte den Stofffetzen hinein. »Da hast du ihn. Wirf ihn in den Kamin.«

Fee blickte verwundert von ihrer Hand ins Gesicht der Gräfin. »Warum tust du das?«

Ihre Tante lächelte vage. »Es wird Zeit für dich, erwachsen zu werden, Fee. Ich habe beschlossen, dich dementsprechend zu behandeln.« Sie drehte sich um und ging zur Tür. Von dort aus schaute sie noch einmal zurück. »Dein Onkel hat die Angelegenheit wahrscheinlich längst vergessen. Er ist ohnehin die nächsten beiden Tage nicht auf der Burg. Danach wird er anderes im Kopf haben als die Kinderstreiche seiner Nichte. Und, Fee – das Loch im Boden wurde verschlossen, du kannst dir die Mühe sparen nachzusehen.«

Die Gräfin verließ das Zimmer und schloss leise die Tür hinter sich. Fee starrte ihr sprachlos hinterher, selbst dann noch, als es nichts mehr zu sehen gab außer dem Holz des Türflügels. Was immer ihre Tante mit diesem Auftritt bezweckt hatte, eines zumindest war ihr gründlich gelungen: Fee war verwirrt.

Der Fetzen in ihrer Hand fühlte sich so heiß an, als würde er jeden Moment in Flammen aufgehen.

Drei Wochen später verzogen sich die Regenwolken und die Alten prophezeiten, dass das schöne Wetter keinesfalls kürzer als vier Tage und Nächte anhalten werde. Daraufhin kam dem Grafen der Einfall, gemeinsam mit seiner Familie und anderen ausgewählten Burgbewohnern den Fluss zu überqueren und die Fortschritte beim Bau seiner neuen Feste, Burg Reichenberg, zu begutachten. Er warnte alle, man möge sich nicht zu viel davon versprechen, da bislang erst die Fundamente und einige wenige Mauern errichtet seien. Seine Frau und Fee aber, die beide den Ort noch nicht mit eigenen Augen gesehen hatten, bestärkten ihn in seinem Entschluss, und so wurden im Morgengrauen eines Tages, der klar und sonnig zu werden versprach, im Burghof die Pferde gesattelt. Für die beiden edlen Damen wurde eine Kutsche bereitgestellt. Zwei Dutzend Wachen sollten den Tross beschützen, daneben nahmen zwei Ritter, Freunde des Grafen von benachbarten Ländereien, an dem Ausflug teil.

Zu ihrer Überraschung hatte man auch Ailis angewiesen, sich für die Reise bereit zu machen. Sie vermutete, dass abermals Fee ihre Finger im Spiel hatte, war aber nicht vollkommen sicher. Wieder zog sie es vor, sich nicht mit allzu langer Grübelei darüber abzugeben. Wenn es gewünscht war, würde sie an dem zweitägigen Ausritt teilnehmen. Es war eine hübsche Abwechslung von ihrer täglichen Arbeit in Erlands Schmiede und es würde sie vielleicht auf andere Gedanken bringen. Die Vorstellung, den Lurlinberg hinter sich zu lassen, bestärkte ihre Hoffnung, das Mädchen im Brunnen schon bald aus ihrem Kopf vertrieben zu haben. In der Tat hatte sie seit der Nacht in der Schmiede keine Anzeichen einer Beeinflussung mehr gespürt, und fast war sie gewillt, Erlands Erklärungen Glauben zu schenken.

Noch ehe die Sonne über den Bergen erschien, war der Trupp bereit zum Aufbruch. In einer langen Kette schlängelten sich die Berittenen aus dem Burgtor, den Hang hinab zum Flussufer. Das Übersetzen mit der Fähre nahm einige Zeit in Anspruch, da immer nur ein Teil der Pferde und ihrer Reiter auf dem Boot Platz fand.

Ailis war unter den letzten, die das östliche Ufer erreichten. Während der Überfahrt hatte sie bemerkt, dass Fee zwischen den Vorhängen der Kutsche hervorgeschaut und die Fähre, auf der Ailis sich befand, beobachtet hatte.

Sie konnten einfach nicht voneinander lassen, blickten einander hinterher, wenn sie glaubten, die andere würde es nicht bemerken, und verschwendeten viel zu viele Gedanken an die Vergangenheit. Ailis war sicher, dass es Fee ebenso erging wie ihr selbst, und sie wusste nicht recht, ob sie das beunruhigen sollte oder nicht.

Während des Ritts blieb Ailis die meiste Zeit über an der Seite des alten Arnulf, einem betagten Knecht, dem der Graf die Aufsicht über die Ställe anvertraut hatte. Arnulf machte anfangs keinen großen Hehl daraus, dass er wenig Wert auf Ailis' Begleitung legte, verstrickte sie dann aber doch das eine oder andere Mal in kurze Gespräche. Ailis war recht froh darüber; nicht, weil ihr viel an Arnulf und seinen Ansichten lag, sondern weil ihr die Unterhaltung mit ihm immerhin die Zeit vertrieb. Sie war das lange Reiten nicht mehr gewohnt und bald taten ihr das Hinterteil und der Rücken weh. Das Geschwätz des Pferdeknechts lenkte sie zudem von den Vorwürfen ab, die sie sich selbst machte: Sie hatten noch nicht einmal die Kuppen der vorderen Uferberge überquert und schon fühlte sich ihr Körper an wie der einer alten Frau. Fast neidete sie Fee den weichen Sitz in der Kutsche, und dieser Neid, gegen den sie nichts tun konnte, legte sich wie ein Schatten auf ihr Gemüt. Sie wünschte sich, sie wäre daheim bei Erland geblieben, im Schutz der Schmiede und ihrer engen Kammer im Weiberhaus, weder dem schwankenden Pferd noch ihren Gefühlen für Fee derart hilflos ausgeliefert.

Der Graf hatte sich sogar herabgelassen, ihr eine Begründung für seine Einladung zu geben: Ailis sollte die Möglichkeit nutzen, um ihre Eltern wiederzusehen, die in den Zelten um Burg Reichenberg lebten. Sie bezweifelte, dass ihre Mutter oder gar ihr Vater diesen Wunsch geäußert hatten, und war gespannt, was für Gesichter die beiden machen würden, wenn sie ihr zum ersten Mal seit neun Monden wieder gegenüberstehen würden. Ailis selbst spürte nicht einmal einen Hauch von Vorfreude auf das Wiedersehen. Sie befürchtete, dass es nur den traurigen Höhepunkt einer ganzen Reihe von Missverständnissen bilden würde.

Es war geplant gewesen, dass man gegen Mittag die unfertige Burg erreichen würde, doch schon während des Vormittags war abzusehen, dass sich die Ankunft verzögerte. Der Trupp hatte kaum den Kamm der Uferberge überschritten, als eines der Pferde auf dem abschüssigen Weg ins Rutschen geriet und mehrere andere mit sich zu Boden riss. Keiner der Reiter nahm ernsthaften Schaden, doch zwei Pferde brachen sich die Vorderläufe und erhielten den Gnadenstreich mit dem Schwert. Wenig später zerbrach ein Rad der Kutsche, und nun kam die Reise gar für längere Zeit zum Erliegen, denn es dauerte eine Weile, ehe der Schaden behoben war.

Die Sonne hatte längst den höchsten Punkt ihrer Bahn überschritten, als plötzlich eine große Anzahl Männer dem Tross den Weg verstellte.

»Räuber!«, rief jemand, »Wegelagerer!« ein anderer, doch nachdem alle Schwerter blank gezogen und die Lanzen in Anschlag gebracht worden waren, stellte sich heraus, dass es nur einige Bauern waren, die um ein Wort mit dem Herrn Grafen baten. Jeder sah, wie unwillig der Lehnsherr dem Wunsch des Pöbels nachkam, doch mit der großmütigen Entscheidung, sich dennoch darauf einzulassen, verschaffte er sich einigen Respekt.

Ailis lenkte ihr Pferd näher an die Spitze des Zuges, um mitanhören zu können, was gesprochen wurde. Der Anfang der Unterhaltung ging im Klappern der Hufe unter und die Männer hatten bereits eine Weile auf den Grafen eingeredet, ehe Ailis verstand, um was es ging.

»Unsere Familien hungern«, sagte der Wortführer der Bauern, ein kräftiger, hoch gewachsener Mann mit einem Vollbart, der ihm bis zur Brust reichte. Er stützte sich auf einen langen Stock. »Immer mehr Männer und Frauen kehren ihren Dörfern den Rücken und lassen ihre Blagen zurück. Sie fliehen, Herr Graf, und sie flüchten nicht nur vor dem Hunger, sondern vor Euch und Euren Entscheidungen.«

Das waren ehrliche Worte, vielleicht ein wenig zu ehrlich, fand Ailis. Es hatte in den vergangenen Jahren eine ganze Reihe von Hungersnöten gegeben, einige, die mehrere Monde, einmal sogar den ganzen Winter und das Frühjahr angehalten hatten. Von Erland hatte Ailis gehört, dass viele Bauern und Holzfäller, die ein Lehen derer von Katzenelnbogen bewohnten, dem Grafen die Schuld an ihrem Elend gaben. Gewiss, er hatte die Abgaben erhöht, aber das war noch nicht das Schlimmste. Vielmehr hatte er große Waldgebiete und Felder einzäunen und bewachen lassen, Ländereien, die zuvor jedermann zugänglich gewesen waren, der darauf eine Sau oder Kuh halten wollte. Manche Böden waren mager geworden und es gab einen allgemeinen Mangel an Mist, um die Äcker zu düngen – ein unheilvoller Kreislauf, denn das Vieh war überhaupt erst abgeschafft worden, um Platz für Getreide und Rüben zu schaffen. Doch ohne den Mist der Tiere gedieh mancher Anbau nur kläglich und die Bauern schoben die Schuld daran auf ihren Lehnsherrn. Hätte der Graf gewisse Gebiete nicht für sich allein beansprucht, hätte es genug Platz für die Viehzucht und den Ackerbau der einfachen Leute gegeben.

Hinzu kam der umstrittene Bau der Burg Reichenberg. Keinem Bauern, der daheim seine Kinder hungern sah, gefiel die Vorstellung, dass seine Abgaben dem Moloch eines weiteren Burgbaus zugeführt wurden. Warum genügte dem Herrn von Katzenelnbogen nicht Burg Rheinfels? Warum musste ein noch größeres, prachtvolleres Anwesen errichtet werden, wenn im umliegenden Land den Menschen die Mägen knurrten? Zudem waren nicht wenige von ihren Feldern abgezogen und für die Bauarbeiten zwangsverdingt worden – zwar wurden sie dafür entlohnt, doch wer kümmerte sich derweil um ihre Äcker?

Der Graf konnte die Männer, die dem Tross den Weg versperrten, nicht überzeugen, und so schritten letztlich doch die Wachen ein und vertrieben die Aufrührer mit der Androhung von Gewalt. Ailis sah, wie ihnen die Blicke der Männer am Wegesrand folgten – gerötete Augen voller Hass und Verbitterung – und sie fühlte sich unwohl als Teil der gräflichen Reisegesellschaft. Zugleich aber begriff sie, welch großes Privileg sie genoss, auf Burg Rheinfels leben zu dürfen, und ihre Ansichten über den Wert dieser Gunst änderten sich allmählich. In Zukunft würde sie vielleicht nicht mehr gar so leichtfertig damit prahlen, irgendwann von hier fortzulaufen.

»Und wer trägt die Schuld an dem ganzen Ungemach?«, brummte Arnulf neben ihr und schüttelte mürrisch den Kopf.

Ailis verstand nicht, was er meinte. »Wer denn?«

»Na, König Ludwig natürlich«, entgegnete der alte Pferdeknecht mit gesenkter Stimme, damit niemand sonst ihn hörte. »Hat sich vom Grafen Geld geliehen, viel Geld. Und nich' nur von unserem Herrn, sondern von Edelleuten im ganzen Land.«

»Und?«

»Er kann's nich' zurückzahlen.« Arnulf machte mit der Hand eine weit ausholende Geste, als wollte er damit ausdrücken, dass die Ränke der Mächtigen vor ihm ausgebreitet lagen wie ein offenes Buch. »Ich kenn mich aus, kannste mir glauben, Kleine. Der König hat sich all das schöne Geld geliehen, viel, viel Geld, und als er gemerkt hat, dass er seine Schuld nich' begleichen kann, hat er neue Münzen prägen lassen und damit das alte Geld wertlos gemacht. Plötzlich war das, was er sich geliehen hat, kaum noch was wert und das hat er dann mit seinen frischen Münzen zurückgezahlt. Alle haben Verluste gemacht, und was für Verluste, sag ich dir! Hätt man sich fünf Burgen von bauen können! Ehrlich, is' wirklich wahr, Kleines, ich hab's im Wirtshaus gehört. Da war ein kluger Mann, ein Edelmann, glaub ich, der wusste über alles Bescheid. Na ja, und ziemlich betrunken war er auch.«

Arnulf stieß ein meckerndes Kichern aus und fuhr fort, über den König und seine Betrügereien zu schimpfen, aber Ailis hörte ihm nicht mehr zu. Ihre Gedanken waren längst ganz woanders, auf Burg Reichenberg, bei ihren Eltern, aber auch bei Fee. Ganz besonders bei Fee. Immer wieder warf sie verstohlene Blicke zur Kutsche, und manchmal gelang es ihr, zwischen den schaukelnden Vorhängen einen Blick auf Fees Gesicht zu erhaschen. Sie war hübsch, trotz der anstrengenden Reise, viel hübscher als Ailis selbst. An manchen Tagen wünschte Ailis sich ein so zartes, ebenmäßiges Gesicht wie das Antlitz von Fee. Manchmal sehnte sie sich heimlich danach, es zu berühren, um sich dabei vorzustellen, es sei ihr eigenes.

Endlich erschien vor ihnen der Fels, auf dem sich die ersten Mauern der neuen Burg erhoben wie die Ruinen einer längst gefallenen Festung. Sie erinnerten Ailis schmerzlich an die alte Wehranlage auf dem Lurlinberg und ein Schauder rann ihr über den Rücken. Doch all ihre finsteren Gedanken wurden in den Hintergrund gedrängt, als sie sah, welch freundlichen Empfang man dem Grafen und seinen Begleitern entbot.

Ein Großteil der Männer hatte von der Arbeit abgelassen, als die Wächter das Nahen des Trosses angekündigt hatten. Viele hatten sich trotz der Kühle des Tages die Hemden ausgezogen und schwenkten sie nun rechts und links des Weges wie Fahnen. Jemand sang ein Lied und eine Vielzahl rauer Kehlen stimmte mit ein. Steinmetze und Hüttenknechte, Maurer, Tischler und Gräber, sie alle hatten sich am Fuß des Burgberges versammelt, unabhängig ihrer Rangordnung auf der Baustelle, um dem Grafen und seiner Familie Ehre zu erweisen.

Je länger Ailis aber das farbenfrohe Treiben beobachtete und je näher sie dem Menschenauflauf kam, desto deutlicher sah sie den Unmut in vielen Gesichtern. Es bestand kein Zweifel, dass die Arbeiter von den Baumeistern angewiesen worden waren, Freude zu heucheln. Tatsächlich offenbarte sich auch hier, dass der Graf seit den Umzäunungen und Hungersnöten an Beliebtheit verloren hatte. Auch er selbst musste das bemerken, denn er hielt nicht an, um die freundlichen Gesten zu erwidern, sondern ritt schnurstracks zwischen den Reihen hindurch und würdigte die widerwillig jubelnden Männer keines Blickes. Fee und die Gräfin ließen sich ebenfalls nicht hinter den Vorhängen der Kutsche blicken, und so gab es nur wenige – jene, denen die Begrüßung am wenigsten galt, unter ihnen Arnulf –, die den Arbeitern huldvoll zuwinkten.

Der Tross endete an einem steilen Weg, zerfurcht von Karrenrädern und Hufspuren, der zur Baustelle auf der Bergspitze führte. Die Zelte der Arbeiter, braune, im Wind flatternde Ungetüme aus gefettetem Leder, standen weit verteilt am Hang, die meisten auf terrassenförmigen Erdwällen, die man nur für diesen Zweck aufgeworfen hatte. Hier und da waren auch Frauen im Lager zu sehen und aus einem Zelt hörte Ailis deutlich das Schreien eines kleinen Kindes.

Einer der Baumeister führte die gräfliche Reisegesellschaft über das Gelände der Baustelle. Der Graf behielt Recht, es gab in der Tat noch nicht viel zu sehen. Viel mehr als die verschachtelten Fundamente und die gerade erst ausgemauerten, noch unter freiem Himmel liegenden Kellergewölbe faszinierte Ailis die Aussicht über die umliegenden Wälder und Hügel. Am kalten, klaren Herbsthimmel drehten Greifvögel ihre Kreise, einer stieß unweit der Burg auf eine kleine Wiese herab und packte etwas, klein und braun und voller Panik; es strampelte verzweifelt, als der Vogel es mit sich davontrug. Eine Brise sträubte das hohe, trockene Gras, das von den gegenüberliegenden Hängen als grüne Woge hinab in die schattigen Täler floss. Ailis verstand, weshalb der Graf gerade diesen Berg als Standort seiner neuen Feste ausgewählt hatte. Neben dem strategischen Wert, den das Gelände besaß, musste die Schönheit der Umgebung jedermann gleich ins Auge springen. Auch Ailis vermochte sich vorzustellen, sich hier wohl zu fühlen, selbst wenn der Bau noch viele Jahre in Anspruch nehmen würde. Einmal mehr fragte sie sich, für wen Graf Wilhelm all diese Anstrengungen eigentlich unternahm. Er hatte keine eigenen Kinder, und ob Fee ihm je Stammhalter schenken würde, war noch lange nicht entschieden.

Als die Besucher nach der Führung den Berg hinab zum

Hauptlagerplatz der Arbeiter wanderten, bemerkte Ailis schon von weitem, dass sie erwartet wurde. Ihre Mutter stand neben einer der vielen Feuerstellen und hielt Ausschau nach ihr; sie beschirmte die Augen mit ihrer rechten Hand und hielt in der linken ein halb gerupftes Huhn. Zu ihren Füßen wurde ein Haufen graubrauner Federn vom Wind aufgewirbelt und in alle Richtungen verstreut.

Ailis eilte auf sie zu und umarmte sie, noch bevor sie einander in die Augen blicken konnten. Am liebsten hätte sie diese Umarmung ewig aufrechterhalten, nur damit sich ihre Blicke nicht trafen, denn davor hatte sie die meiste Angst, selbst jetzt noch, da sie den warmen Atem ihrer Mutter an ihrem Hals spürte.

Sie wird sagen: Du bist groß geworden, dachte Ailis. Oder: Du siehst schon so erwachsen aus. Etwas in dieser Art.

Die Stimme ihrer Mutter klang gütig, besorgt, nicht vorwurfsvoll, als sie ihr ins Ohr raunte: »Du hast dein Haar ja immer noch nicht wachsen lassen. Dein Vater wird wütend sein, wenn er das sieht.«

Ailis ließ sie schlagartig los und trat einen Schritt zurück. Die Augen ihrer Mutter glänzten, aber plötzlich spürte sie in sich nicht mehr die Kraft, auf die Tränen anderer Rücksicht zu nehmen. Sie setzte zu einer heftigen Erwiderung an, als ihr eine scharfe Stimme zuvorkam.

»Ist es schon soweit? Wirst du deine Mutter jetzt wieder schlagen, Ailis?«

Sie wirbelte herum. Ihr Vater war herangekommen, ohne dass sie ihn bemerkt hatte. Er stand in seiner grünbraunen Jägerkleidung vor ihr, irgendwie kleiner, als sie ihn in Erinnerung gehabt hatte, und auch sein Haar sah lichter aus, als hätten sie sich Jahre nicht gesehen. Alterten Menschen vielleicht schneller, wenn man nicht hinsah?

Ailis' Vater war immer ein schlanker, stattlicher Mann gewesen, mit kräftigen Oberarmen und muskulösen Schenkeln. Im Grunde hatte sich daran nichts geändert, und doch wirkte er jetzt in Ailis' Augen weniger eindrucksvoll als früher, nicht mehr so bedrohlich. Eher schwächer, fast verletzlich. Hatte ihre Wahrnehmung ihr jahrelang einen Streich gespielt? Nein, dachte sie, das machte die Trennung. Ob ihre Mutter es nun aussprach oder nicht, aber sie war erwachsen geworden.

So versunken war Ailis für einen Moment in seine Betrachtung, dass ihr erst mit einiger Verzögerung klar wurde, was er gesagt hatte. Wirst du sie wieder schlagen, Ailis? Eines also hatte er nicht verlernt: Er vergaß keine alten Wunden, und er wusste, wie man einen Vorteil nutzte. Das zumindest stimmte mit dem Mann aus ihrer Erinnerung überein.

»Ich schlage niemanden, Vater«, sagte sie betont, und wusste im gleichen Augenblick, dass es ein Fehler war. Sie hätte nicht darauf eingehen, ihm keine Angriffsfläche bieten sollen.

»Das ist schön«, sagte er betont freundlich. »Vor allem für deine Mutter.« Und dann drehte er genüsslich das Messer in der Wunde herum und fügte hinzu: »Wenn sie sich die Arme noch einmal bricht, wäre sie ja auch zu nichts mehr nütze, nicht wahr?« Das war eine deutliche Drohung an sein Weib, jetzt nur ja nicht die Seiten zu wechseln.

Ailis' Mutter ließ sich auf einen Rübensack fallen und zupfte fügsam an den Federn des Huhns. Sie wagte nicht, noch einmal zu ihrer Tochter aufzuschauen.

Ailis fühlte sich, als wäre etwas in ihr in Stücke gebrochen. Sie spürte, dass ihre Beine bebten und ihre Finger zitterten. Ein Gefühl, als würden ihre Wangenknochen unter der Haut umherhüpfen, kroch über ihr Gesicht, eine Maske aus Zorn und Verbitterung. Und aus offenem Hass.

Ja, sie hasste ihn, und sie war drauf und dran, es ihm zu sagen – nicht zum ersten Mal –, als ihr klar wurde, dass er darauf nur wartete. Wartete, dass sie ihm einen Grund gab, sie vor allen anderen zu verstoßen.

Oh, Fee, dachte Ailis, was hast du nur angerichtet, als du mich an dieser Reise hast teilnehmen lassen! Aber die Zeiten, in denen sie ihrer Freundin die Schuld an allem geben konnte, waren endgültig vorbei. Fee war nicht das, was sie in den letzten Monden in ihr gesehen hatte, das begriff Ailis in diesem Augenblick mit völliger Klarheit. Die Ursachen lagen zum größten Teil in ihr selbst, doch der wahre und einzige Ursprung all dessen stand vor ihr, lächelnd, aber mit Augen aus erkalteter Asche.

»Warum bist du gekommen?«, fragte er. »Hast du nicht schon genug Schaden angerichtet?«

Ailis bemerkte, dass mehrere Frauen und Arbeiter sie verstohlen beobachteten. Aber es war ihr gleichgültig, was andere über sie dachten.

»Vielleicht habe ich die Gewissheit gebraucht, dass sich wirklich nichts geändert hat«, sagte sie kühl und hatte plötzlich Angst, ins Stottern zu geraten. Sie fürchtete, dass ihr Gesicht rot anlaufen würde und sie vor ihrem Vater wie ein dummes Kind dastünde. Nichts war erbärmlicher als Überlegenheit, die sich als schlechte Maskerade entpuppt. »Ich wollte meine Mutter wiedersehen«, fügte sie hinzu und blickte auf die erschöpfte Frau herab, die neben ihr auf dem Rübensack saß. »Aber ich sehe, dass du ihren Willen endgültig gebrochen hast, Vater. Das muss ein großer Triumph für dich gewesen sein. Was hast du getan? Einen Krug Bier darauf getrunken? Oder zwei oder drei?«

Ihr Vater war kein Trinker, und der Versuch, ihn als solchen hinzustellen, war mehr als kindisch. Es hatte nicht einmal in ihrer Absicht gelegen. Es war einfach aus ihr herausgesprudelt.

Die Worte hatten ihn dennoch getroffen, das sah sie ihm an. Früher hatte sie ihn nicht so leicht durchschauen können. Immerhin etwas, das sie dazugelernt hatte. Vielleicht hätte sie es erwähnen sollen; vielleicht hätte ihn das stolz gemacht.

»Deine Mutter hat immer noch Schmerzen in ihren Armen, wenn das Wetter schlecht ist«, sagte er.

»Ist das alles, was dir einfällt?«, fragte sie. »Immer wieder die gleichen Vorwürfe, die gleichen Sticheleien?« Er wusste doch, dass es ein Unfall gewesen war. Er wusste es doch.

Aber wusste sie selbst es denn auch? Sicher, man hätte es einen Unfall nennen können und es wäre keine Lüge gewesen, aber tief in ihrem Herzen verbarg sich die Gewissheit, dass alles ganz anders gewesen war. Kein Unfall. Ihre Schuld, ihre ganz allein.

»Du hättest nicht kommen sollen.« Seine Stimme klang plötzlich müde. »Wir wollen dich hier nicht haben, Ailis. Geh dorthin zurück, woher du gekommen bist. Ich wünsche dir alles Gute in deinem weiteren Leben.« Er wandte sich ab und ging davon. »Viel Glück«, murmelte er noch einmal, scheinbar zu sich selbst, dann war er zwischen den Zelten verschwunden.

Ailis' Mutter saß immer noch da und rupfte das Huhn, aber ihre Bewegungen waren schneller, abgehackter geworden. Als Ailis vor ihr in die Hocke ging, sah sie, dass sie weinte. Und plötzlich tat ihr das, was sie gesagt hatte, unendlich leid. Sie hatte um Vergebung bitten wollen – zumindest irgendwo tief in ihrem Inneren hatte sie das wirklich gewollt –, doch stattdessen hatte sie alles nur noch schlimmer gemacht. Welches Recht hatte sie, diese Frau zu verurteilen? Ihre Mutter zu verurteilen? Und nicht sich selbst, sondern ihrem Vater dafür die Schuld zu geben?

Es war vor elf Monden gewesen, eine oder zwei Wochen nach dem Vorfall auf dem Lurlinberg. Seit der Jagd auf das kleine Mädchen und dem Schwur, den sie dem Grafen hatte leisten müssen, hatte Ailis sich verändert. Sie war abwechselnd verzagt und reizbar gewesen und es hatte zahlreiche Beschwerden von Burgbewohnern gegeben, die behauptet hatten, Ailis habe sie beleidigt.

Nachts konnte sie nicht schlafen, weil Albträume sie plagten, in denen sie selbst das Opfer der Jäger war. Sie wurde von ihnen in den Schacht gestoßen, und es war ihr Vater, der das Gitter vor die Öffnung zerrte. Dann erwachte sie schreiend in der Finsternis, von Panik geschüttelt, doch ihre Mutter schlief in einem anderen Teil der Burg und konnte sie nicht trösten; sie wusste ja auch nicht, was vorgefallen war, und hätte Ailis ihr die Wahrheit gesagt, so hätte ihr Vater sie doch nur der Lüge bezichtigt.

Im Schatten, in den Wolken und einmal sogar im Dunkel des Burgbrunnens sah Ailis das Gesicht des Mädchens, wie es sie um Hilfe bat, wie es flehte und mit den Händen nach ihr griff. Die Bilder in ihrem Kopf nahmen mit jedem Tag an Kraft und Grausamkeit zu, und irgendwann begann Ailis, die Züge des Mädchens auch auf den Gesichtern anderer Menschen zu sehen, erst auf dem ihres Vaters, dann auch auf dem ihrer Mutter.

Es gab Streit, mehr noch als zuvor, und bei einer dieser Auseinandersetzungen hörte Ailis das Mädchen weinen, verzweifelt und voller Qual, und sie wollte ihrer Mutter erklären, was geschehen war, doch ihr Vater kam dazu und schlug auf Ailis ein, woraufhin sie einen Stock packte und sich zur Wehr setzte. Ihre Mutter ging dazwischen – zum ersten Mal in all den Jahren –, und Ailis schlug trotzdem zu, traf ihre Mutter an der Schulter, nicht schlimm genug, um sie zu verletzen, aber doch kräftig genug, dass ihre Mutter zurückwich und rückwärts einige Stufen hinabstolperte und dabei derart unglücklich stürzte, dass sie sich beide Handgelenke brach und wochenlang vor Schmerzen kaum sprechen, geschweige denn arbeiten konnte.

Jetzt, fast ein Jahr später, kauerte Ailis vor ihrer weinenden Mutter, die sich an das gerupfte Huhn klammerte, als könnte es all ihre Sorgen und Nöte auf einen Schlag von ihr nehmen. Ailis begriff, dass ihre Mutter sich schrecklich einsam fühlen musste, allein gelassen von ihrem Mann und von ihrer einzigen Tochter verachtet. Ailis wollte etwas sagen, irgendetwas, aber die Worte kamen nicht über ihre Lippen, als fürchtete sie, alles nur noch schlimmer zu machen. Ihr Mund war trocken, ihre Zunge wie gelähmt. Sie hockte da, vor dieser Frau, die ihr fremd war, und fühlte sich so elend wie nie zuvor. Sie wollte so vieles anders machen, wenn man sie nur ließe. Aber sie wusste auch, dass man solch eine Möglichkeit höchstens einmal im Leben bekam, und sie hatte diese Möglichkeit gerade verstreichen lassen.

»Geh jetzt«, sagte ihre Mutter leise.

»Ich –«

»Nein«, sagte sie. »Geh, bitte.« Und einen Moment später setzte sie hinzu: »Und tu, was dein Vater gesagt hat – komm nicht mehr her. Es hat keinen Sinn.«

Tränen liefen über Ailis' Wangen, sie schmeckte den salzigen Geschmack in ihren Mundwinkeln und wünschte sich verzweifelt, einmal, nur einmal, würden Tränen irgendetwas ändern. Als sie schließlich aufstand, brachte sie nicht einmal ein Wort des Abschieds zu Stande. Sie beugte sich vor, umarmte ihre Mutter, drückte sie fest und liebevoll an sich, zum letzten Mal, fürchtete sie, zum letzten Mal, dann warf sie sich herum und lief davon. Lief den Hang hinab, abseits des Weges, abseits der übrigen Menschen, die ihr verwundert nachschauten, bis sie das Tal erreichte, das sie von oben gesehen hatte.

Wogende Wiesen, viel zu grün, viel zu schön für solch einen Augenblick. Hohe, schlanke Tannen am Waldrand und ein winziges Rinnsal, das sich glucksend durch die Landschaft schlängelte, vielleicht dem Rhein entgegen, vielleicht irgendeinem See, der es schluckte und für immer zum Schweigen brachte.

Hier sank sie auf die Knie, am Ufer des Bächleins, betrachtete die weißen Kiesel unter der Oberfläche, den Kopf und den Oberkörper vorgebeugt wie eine Büßerin vor dem Altar ihrer Heiligen.

Und hier war es, wo Fee sie schließlich fand, sich zu ihr setzte und ihren Kopf in ihrem Schoß bettete, ihr Haar streichelte und ihr die Tränen vom Gesicht küsste wie die Mutter ihrem Kind oder die Liebende ihrem Geliebten.

4. Kapitel

Zwei Monde darauf jährte sich Fees Geburtstag zum sechzehnten Mal, und Ailis würde den ihren nur fünf Tage später begehen. Sie feierten gemeinsam, draußen in den Wäldern, auf der Kante eines Steilhangs, von der aus sie weit über das Rheintal blicken konnten, über die Weinberge, den Fluss und die Türme der Burg. Sie ließen die Beine von den Felsen baumeln, tranken Met, den Fee aus der Küche gestohlen hatte, und sahen einer Wolke zu, die sich federweiß vom Blau des Winterhimmels abhob und beständig ihre Form wechselte. Sie scherzten und lachten und waren bald weit angetrunkener, als es jungen Damen ihres Alters geziemte. Sie begannen vergnügt, einander Rätsel aufzugeben, und nachdem sie die unanständigen hinter sich gelassen hatten, waren sie bei den kindischen angelangt.

»Was ist das?«, fragte Fee. »Ein gefräßiges Maul, ein feuriger Bauch, ein steinerner Darm, das macht uns warm.«

»Einfach«, meinte Ailis. »Ein Herd.«

»Mach's besser.«

Ailis überlegte. »Es liegt darnieder wie gebrochen, hat hundert Glieder und keine Knochen.«

Fee trank grübelnd einen Schluck Met – und spuckte ihn in weitem Bogen in die Tiefe, als ihr plötzlich die Lösung einfiel. »Eine Kette!«

Beide sahen lachend den goldenen Tropfen nach, die glitzernd im Abgrund verschwanden.

»Lass uns zurückgehen«, sagte Fee schließlich. »Es wird bald Abend.«

Ailis kicherte und ließ die Beine über der Felskante vor und zurück schwingen. »Mir ist schwindelig. Wenn ich jetzt aufstehen muss, falle ich runter.«

»Unsinn. Sieh her.« Fee zog sich mit beiden Armen ein Stück nach hinten, fort vom Abgrund, dann stand sie auf. »Nun komm schon. Sonst werden sie uns noch suchen.«

Ailis grinste. »Besser, sie finden dich nicht mit dem Messkrug in der Hand.« Sie zog eine Grimasse. »Wie unziemlich«, imitierte sie die Stimme von Fees Leibzofe Amrei, was ihr nicht einmal schlecht gelang. Dann kroch sie mit einem Seufzen rückwärts und erhob sich.

»Sieht nach Schnee aus«, sagte sie und deutete zum Himmel. Über ihnen war er noch immer leuchtend blau, doch von Osten her wälzten sich gigantische Wolkenballen über die Berge, hellgrau und so tief hängend, dass sie bald die oberen Felskuppen verhüllen würden. Der Lurlinberg erhob sich scharf umrissen vor dem Massiv der Uferhänge, mit etwas Mühe konnte man sogar die Silhouetten der Ruinen ausmachen. Der Fels sah aus wie ein knöcherner Unterkiefer, aus dem vereinzelte Zahnstümpfe ragten. An seinem Fuß wirbelten die Wassermassen des Rheins um die Flusskehre, weiße Gischt brach sich an unsichtbaren Felsnasen unter der Oberfläche.

Zum ersten Mal seit Wochen spürte Ailis wieder das Ziehen.

Erst war es nur der impulsive Wunsch, noch einmal dort hinaufzusteigen, gegen ihr besseres Wissen, gegen ihre Überzeugung, dass dort oben etwas Schlimmeres als Schmerz, etwas Schlimmeres gar als der Tod auf sie warten mochte. Doch aus dem Wunsch wurde ein sonderbares Gefühl unerfüllter Verpflichtung, so als gäbe es etwas, das sie längst hätte tun müssen und schon viel zu lange vor sich hergeschoben hatte. Der Ansturm fremder Empfindungen gipfelte in dem brennenden Begehren, noch einmal von dort oben über den Strom zu schauen, das Kribbeln der Winde hoch auf dem Lurlinberg zu spüren, mit den Fingerspitzen über das samtige Moos der Ruinen zu streichen, über die brüchigen Mauern zu steigen und das kühle Gestein des Berges unter den Füßen zu fühlen, so alt, so rätselhaft, so unendlich tief in der Welt verwurzelt.

Auch Fee blickte über das Tal und den Fluss hinweg auf die gegenüberliegenden Hänge. Unter dem aufgewühlten Himmel sah es aus, als flüchteten die Berge vor der näher rückenden Schneefront. Wie riesenhafte Nacktschnecken schienen sie sich auf die beiden Mädchen zuzuschieben, Giganten aus Tonschiefer, Erde und Lehm.

Ailis hörte wieder das Singen, fühlte es als dumpfes Vibrieren ihrer Sinne, ein Beben, das ihren ganzen Körper erfüllte. Es war das alte Ziehen, doch zugleich war es viel mehr als das: heller, kindlicher Gesang, und darin eine versteckte Melodie wie beim Spiel des Langen Jammrich. Und trotzdem klang sie gänzlich anders. Älter, mächtiger. Und irgendwie verschlagen.

Sie musste gehorchen. Wusste, dass sie gehorchen würde. Nur Fee musste sie dazu irgendwie loswerden.

»Ich laufe nochmal runter ins Dorf«, sagte Ailis und fragte sich, ob das ihr eigener Einfall war oder ob jemand anders ihr die Worte eingegeben hatte. Seltsamerweise beunruhigte sie dieser Gedanke nicht halb so sehr, wie er es eigentlich hätte tun sollen.

»Was willst du denn da?«, fragte Fee verblüfft und schaute sich zu ihr um. Sie erschrak sichtlich, als sie sah, wie bleich Ailis geworden war. »Geht's dir auch gut?«

»Ja, sicher.«

»Du siehst aber nicht so aus.«

»Das liegt am vielen Met.«

Fee war anzusehen, dass diese Antwort sie nicht zufrieden stellte, doch im Augenblick bohrte sie nicht weiter. Der Wetterwechsel, der sich jenseits des Rheins ankündigte, gefiel ihr nicht. Sie verabscheute Kälte. Zwar trugen Ailis und sie gefütterte Kleidung, und noch war kein Schnee gefallen, doch die Ankündigung des hereinbrechenden Winters bereitete ihr Unbehagen. Sie wollte nach Hause, konnte es kaum noch erwarten, sich vor einem knisternden Kaminfeuer unter einem Schafsfell zu verkriechen. Vielleicht hatte Ailis ja Recht, sie hatten wirklich zu viel getrunken.

Gemeinsam machten sie sich auf den Weg. Sie mussten ein Stück durch den Wald gehen, um an den Kreuzweg zu gelangen, an dem es links zur Burg und rechts hinab ins Dorf ging.

Ailis hatte es jetzt sehr eilig, doch trotz ihrer inneren Zerrissenheit erkannte sie die Notwendigkeit, Fee eine Erklärung zu geben. »Einer der Fischer schuldet Erland den Preis für einen Dolch. Ich habe ihm versprochen, ins Dorf zu gehen und den Kerl daran zu erinnern.«

»Hat das nicht bis morgen Zeit?«, fragte Fee verwundert.

»Ich sag doch, ich hab's ihm versprochen.«

Fee zuckte mit den Schultern. »Dann beeil dich. Die Wolken dort drüben sehen nicht freundlich aus.«

»Sicher.«

Ailis ließ Fee am Kreuzweg stehen und rannte den Hang hinunter zum Dorf. Sie hatte Glück: Der Fährmann wollte gerade ablegen, um ein paar Bauern von der anderen Seite rechtzeitig vor dem Unwetter nach Hause zu bringen. Niemand hatte etwas dagegen, dass Ailis mit auf die Fähre kletterte.

Am anderen Ufer lief sie den Hang hinauf und erreichte atemlos das verlassene Plateau des Lurlinberges. Es war still hier oben, als hätte sich bereits unbemerkt eine unsichtbare Schneedecke über die Landschaft gelegt, die jedes Geräusch ins Gegenteil verkehrte, in verschiedene Abstufungen von Schweigen. Dort, wo die Natur am lautesten hätte sein müssen, zwischen den Ruinen am Ende der Felszunge, wo die Stromschnellen nah und die Windstöße beißend waren, schien die Stille noch vollkommener zu sein als anderswo. Etwas schien jeden Laut aufzusaugen, und es dauerte eine Weile, ehe Ailis begriff, dass die Ruhe in Wahrheit gar keine war. Es war der Gesang des Mädchens, der alles andere zum Schweigen brachte, so fremdartig, dass Ailis ihn nicht mehr als Folge von Tönen wahrnahm, nicht als etwas, das man hören, sondern nur fühlen konnte. Es kam ihr vor, als hätte der Gesang eine neue Sinneswahrnehmung in ihr geweckt, nicht Hören oder Sehen oder Fühlen oder Schmecken, vielmehr etwas, für das es noch kein Wort gab, etwas, das einzig auf den Lockruf des Mädchens ansprach.

Die Erkenntnis hätte sie ängstigen müssen, doch das tat sie nicht. Beinahe fühlte Ailis Freude darüber, in sich etwas entdeckt zu haben, das all die Jahre ihres Lebens über brachgelegen hatte.

Das Mädchen im Brunnen sah heute besser aus als bei Ailis' letztem Besuch. Sein hübsches Gesicht war sauber, und auch sein Kleidchen wirkte, obgleich zerrissen, wie frisch gewaschen. Sogar sein Haar war weniger strähnig, als wäre es eben erst gebürstet worden. Das Mädchen sah aus wie eine kleine Prinzessin, fand Ailis. Nur der goldene Stirnreif fehlte.

Wie damals kauerte die Kleine auf dem Felsvorsprung unter den Gitterstacheln und schaukelte mit den Beinen über der bodenlosen Schwärze des Schachtes.

»Sei gegrüßt«, sagte sie, als Ailis an das Gitter trat.

Ailis starrte sie verwundert an. Plötzlich kam ihr der Gedanke an Lockgesänge und überirdische Melodien albern vor. »Warst du das?«, fragte sie, obwohl sie die Antwort kannte. »Hast du eben gesungen?«

»Schön, nicht wahr? Ich kann gut singen.«

»Das war mehr als nur schöner Gesang. Da war noch etwas anderes ...«

»Die Musik hinter der Musik«, sagte das Mädchen ernsthaft und nickte. »Das meinst du doch, oder? Die geheime Melodie in der Melodie.«

Das waren die gleichen Worte, die der Lange Jammrich benutzt hatte. Oder nein, dachte Ailis erschüttert: Sie selbst hatte sie benutzt!

»Weißt du, was ich denke?«, fragte sie das Mädchen.

»Jetzt, in diesem Moment?«

Ailis nickte stumm.

»Du denkst, dass ich vielleicht deine Gedanken lesen könnte.« Die Kleine kicherte, als hätte sie einen vortrefflichen Scherz gemacht.

»Was noch?«, fragte Ailis.

»Ach, hör auf«, meinte das Mädchen ein wenig ungehalten. »Das ist einfach, jeder könnte dir das von der Nasenspitze ablesen. Du weißt nämlich gar nicht genau, was du denken sollst. Stimmt's?«

»Vielleicht.«

»Verwirre ich dich?«

»Kann schon sein.«

»Bist du glücklich?«

Ailis legte die Stirn in Falten. »Worüber?«

»Dass du hier bist, bei mir.«

»Ja, ich glaube schon.«

»Das ist schön.«

»Warum hast du mich gerufen?« Ailis befürchtete, dass das Mädchen sie jetzt erneut nach dem Schlüssel fragen würde.

»Mir war langweilig«, sagte die Kleine und schüttelte ihre langen blonden Haare über dem Abgrund aus, als erwartete sie, Goldmünzen könnten herausfallen. Dann, als sie wieder aufblickte, fragte sie: »Tust du mir einen Gefallen?«

Der Schlüssel, dachte Ailis noch einmal. Sie schämte sich jetzt ein wenig, dass ihr Versuch, ihn zu stehlen, misslungen war.

Das Mädchen aber sagte: »Berühre bitte eine der Spitzen am Gitter.«

»Warum soll ich das tun?«

»Ich will, dass du weißt, wie ich mich fühle, mit diesen Stacheln dort oben zwischen mir und dem Himmel, Tag für Tag für Tag.« Die Kleine klang jetzt sehr traurig, und doch weinte sie nicht, wie andere Kinder es vielleicht getan hätten.

Ailis starrte die stählernen Dornen an, keiner kürzer als ihr Unterschenkel, manche mehr als doppelt so lang. Die Enden waren spitz wie Nadeln.

»Bitte«, sagte das Mädchen noch einmal.

Ailis streckte zögernd den Arm aus. Eine Handbreite, bevor ihr Zeigefinger das Metall berührte, verharrte sie noch einmal. »Warum bist du so sauber?«, fragte sie.

Das Mädchen blinzelte einen Augenblick lang irritiert. »Sauber?«

»Dein Gesicht, dein Kleid. Sogar dein Haar. Beim letzten Mal warst du viel schmutziger.«

Der Blick der Kleinen wurde finster. »Es hat geregnet. Wochenlang. Vielleicht ist dir das aufgefallen.«

Oh, dachte Ailis benommen, das war dumm gewesen. Jetzt war das Mädchen beleidigt. Zugleich aber fragte sie sich, ob nicht die Kleine selbst ihr die Frage eingegeben hatte, damit sie sich schuldig fühlte.

Sie gab ihren Widerstand auf und berührte unendlich sachte die Spitze eines langen Stahldorns. Als sie die Hand zurückzog, glänzte am Ende ihres Zeigefingers ein winziger Blutstropfen. Es tat nicht weh, nicht einmal den Einstich hatte sie gespürt. Und doch hatte der Stachel ihre Haut verletzt. In der Schmiede war es Ailis' Aufgabe, Erlands neue Klingen zu schleifen, doch nie zuvor hatte sie etwas so Scharfes gesehen.

»Du blutest«, stellte das Mädchen fest, aber es lag keine Sorge in seiner Stimme. Erst recht kein Schuldgefühl.

Ailis führte den Finger an die Lippen, saugte daran. Plötzlich fiel ihr ein, dass die Spitzen vergiftet sein könnten.

Dann ist es ohnehin zu spät, dachte sie resigniert.

»Du blutest«, sagte das Mädchen noch einmal, jetzt in einem beschwörenden Flüsterton. Seine Augen hatten sich verengt. Es legte den Kopf leicht in den Nacken, atmete dabei scharf durch die Nase ein und aus. So, als nähme es Witterung auf.

Ailis nahm den Finger vom Mund und zog eine Grimasse. »Ja, sieht ganz so aus«, knurrte sie verdrossen.

Der Hauch eines Lächelns flirrte über die Züge des Mädchens; es hätte ebenso der Schatten einer Wolke sein können. »Ich meine nicht den Finger«, zischte es kaum hörbar.

Ailis legte den Kopf schräg. »Was hast du gesagt?«

»Nicht der Finger.« Die Pupillen der Kleinen hatten sich

unter ihre Lider geschoben, geädertes Weiß füllte ihre Augen aus. Ihre schmale Brust hob und senkte sich bebend.

»Ich verstehe nicht«, stammelte Ailis.

»Du verstehst sehr gut. Du blutest. Zwischen deinen Beinen.«

Instinktiv blickte Ailis an sich hinunter. Auf ihrer ledernen Reithose war kein Fleck zu sehen.

»Jede Frau blutet da unten«, verteidigte sie sich. Das war alles, was sie darüber wusste. Man sprach nicht darüber. Man stand diese Sache einfach durch wie so viele andere.

»Ich nicht«, sagte das Mädchen.

»Du bist zu klein.«

»Zeig es mir!«

»Wie bitte?«

»Ich will es sehen. Zeig mir, wie du blutest. Zeig es mir jetzt!«

Etwas geschah. Etwas änderte sich. Zuerst nur das Licht. Die Schneewolken hatten den Lurlinberg erreicht und schoben sich über ihn hinweg, doch noch war die Luft trocken, schien zu knistern wie vor einem Gewitter. Die sinkende Sonne war hinter den Wolken verschwunden. Die Nacht kam früh, legte sich wie schwarzer Rauch über das Land.

Aber es waren nicht nur der Himmel und das Licht, die sich veränderten. Es war etwas in der Stimme des Mädchens, so, als verberge sich hinter jedem Wort noch ein zweites. Fremde, wütende Worte, mysteriös und mächtig.

Ailis öffnete ihren Gürtel. Er fiel lautlos zu Boden. Dann zog sie ihre Schuhe aus. Sanft streiften die Hosenbeine ihre Haut, als sie langsam an ihren Schenkeln herabglitten. Das gefaltete Tüchlein, das sie am Morgen zwischen ihre Beine gepresst hatte, war dunkel durchtränkt, fast schwarz; es glitt mit ihrer Kleidung zu Boden. Zuletzt stieg sie aus der zerknüllten

Hose und machte einen kleinen Schritt zur Seite. Ihre nackten Beine überzogen sich mit einer Gänsehaut, doch sie spürte die Kälte nicht. Ihr war heiß, so als hätte sie Fieber.

»Komm näher«, flüsterte das Mädchen. Es klang, als sprächen mehr als nur eine Stimme aus ihr, fast wie ein Choral in weiter Ferne.

Ailis trat auf das Gitter zu, so nah, wie es gerade noch möglich war, ohne dass die Spitzen ihre Schenkel ritzten. Doch selbst das war ihr im Augenblick gleichgültig. Sie empfand nichts dabei, keine Furcht, keine Scham, keine Verwunderung.

Ein langer Stahldorn wies auf den Haarflaum zwischen ihren Beinen.

»Noch ein wenig näher«, raunte ihr das Mädchen zu.

»Nein«, widersprach Ailis schwach. »Du kannst es auch so sehen.«

»Dann zeig es mir ganz. Öffne deine Beine.«

Ailis befolgte den Befehl.

Das Mädchen schloss einen Moment lang die Augen, und als es sie wieder öffnete, waren seine Pupillen zurückgekehrt. Sie waren sehr dunkel und so tief wie der Schacht.

»Näher!«, raunte es erneut.

Ailis zögerte. »Nein«, kam es über ihre Lippen, sehr leise, sehr unentschlossen.

In der Finsternis regte sich das Mädchen, tat etwas mit seinem Kleid, mit seinen Beinen.

»Ich blute nicht«, sagte es noch einmal, und maßloses Erstaunen lag in seiner Stimme.

Die Stahlspitze zeigte auf Ailis' Unterleib wie ein anklagend ausgestreckter Zeigefinger.

Das Mädchen blickte wieder zu ihr auf. »Ich bin nicht wie du.«

»Nein«, sagte Ailis benommen.

»Begreifst du, was das bedeutet?« Ein helles Flirren blitzte in den Augen der Kleinen, wie der Schimmer eines fernen Gewitters am Horizont.

Ailis begriff gar nichts. Sie hatte das Gefühl, als würde alles, was sie selbst ausmachte – ihre Gedanken, Gefühle, ihre Seele – wie Rauch aus ihrem Körper wehen. Als zwänge sie etwas, aus sich selbst zu flüchten und den leeren, nackten Körper auf dem Bergplateau zurückzulassen.

Das kleine Mädchen warf den Kopf zurück und lachte. Die hellen Laute vibrierten zwischen den Berghängen.

Ailis blickte an sich hinab, starrte wie gebannt auf die stählerne Spitze. Nur eine Fingerbreite trennte den Dorn noch von ihrem Fleisch, und die Gewissheit, wie nah ihr der Schmerz, der Tod vielleicht, war, jagte einen warmen Kitzel durch ihren Leib.

Das Mädchen im Schacht begann wieder zu singen.

Fee nahm ein heißes Bad, als eine Zimmermagd überraschend den Besucher ankündigte. Er sei soeben eingetroffen und werde von Fees Onkel im Rittersaal empfangen. Der Graf habe ausdrücklich ihr Erscheinen gewünscht.

Amrei ließ den Eimer sinken, aus dem sie gerade dampfendes Wasser in die hölzerne Wanne nachgegossen hatte. Die Bewegungen der Zofe wurden fahrig, ihre Stimme wanderte eine Tonlage höher.

»Warum bist du so aufgeregt?«, fragte Fee verwundert.

»Aber, Fräulein, Ihr habt es doch gehört – Ritter Baan ist eingetroffen.« Sie rang mit den Händen. »Liebe Güte, Ritter Baan!«

»Und?«

»Kennt Ihr ihn denn nicht mehr?«

Fee erhob sich. Das Wasser floss in glitzernden Strömen von ihrem Körper. Das flackernde Kaminfeuer tauchte sie in goldene Glut. Sie hatte eine Gänsehaut. Amrei sprang an ihre Seite und begann, sie mit einem weichen Tuch trockenzureiben.

»Natürlich kenne ich ihn«, sagte Fee und zog ihre langen Haare durch Daumen und Zeigefinger, um das Wasser herauszupressen. Sie konnte Amreis Begeisterung nicht nachvollziehen, außerdem machte sie sich Sorgen um Ailis. Das Wetter wurde schlechter und schlechter.

»Baan war dreizehn Jahre alt, als ich ihn zum letzten Mal gesehen habe«, sagte sie, »und seine Lieblingsbeschäftigung war es, den Mägden auf dem Hof die Röcke hochzuziehen.«

»Aber das ist sieben Jahre her!«, empörte sich Amrei. »Ach, wenn Ihr wüsstet, was über ihn erzählt wird! Wie groß und schön er ist, wie tapfer im Kampf und wie –«

»Oh, Amrei, bitte!«, unterbrach Fee sie und verdrehte die Augen.

»Aber das ist es, was man über ihn erzählt«, meinte die Zofe beharrlich. »Das prächtigste Mannsbild dies- und jenseits des Stroms soll er sein. Gunthild und Guntlind aus der Küche haben ihn gesehen, sagen sie, und sie haben sogar mit ihm gesprochen!«

»Sagen sie das, ja?«

»Allerdings.« Amrei hatte vor Verliebtheit in das Hirngespinst ihrer Freundinnen riesengroße Augen bekommen.

»Dann sag mir doch, wo Gunthild und Guntlind – Himmel, ausgerechnet diese beiden! – ihm begegnet sein wollen.«

»Im Wald, beim Holz sammeln.«

»Gewiss. Und warum sollte Ritter Baan, dessen Ländereien mehr als drei Tagesritte entfernt von hier liegen, in unserem Wald zwei Küchenmägden beim Holz sammeln zusehen?« Fee grinste plötzlich. »Wenn ich's genau bedenke, könnte er ihnen wieder einmal unter die Röcke geschaut haben, als sie sich bückten.«

Amrei starrte sie erst sprachlos vor Verblüffung an, dann legte sie schmollend die Stirn in Falten. »Ach, Ihr habt ja keine Träume mehr, Fräulein.«

»Mehr als du glaubst.«

»Das erzählt einer anderen! Wer nicht von Baan träumt, der träumt von gar keinem Mann.«

Fee seufzte und stieg aus der Wanne, das Tuch fest um die Schultern gezogen. »Weißt du, ob Ailis mittlerweile zurückgekehrt ist?«, fragte sie, während Amrei sie ankleidete.

»Ailis!«, fauchte Amrei verächtlich. »Immer habt Ihr nur dieses Weibsbild im Kopf.«

»Ich weiß, dass du sie nicht magst. Trotzdem – ist sie zurück oder nicht?«

»Sie ist Eurer nicht würdig.«

»Amrei«, ermahnte Fee sie mit Nachdruck.

Die Zofe hob die Schultern und stöhnte. »Während Eures Bades habt Ihr mich zweimal hinab zum Tor gesandt, um nach ihr zu sehen. Beide Male keine Spur von ihr. Glaubt Ihr, dass ich durch die Wände sehen kann, um zu wissen, ob sich daran etwas geändert hat?«

Fee schüttelte Amreis Hände unmutig ab. »Lass nur, ich kann mich allein anziehen. Geh nochmal runter und frag die Wachen nach ihr.«

Es war der Zofe anzusehen, wie sehr ihr dieser Auftrag missfiel, aber sie gehorchte und verließ das Gemach.

Als sie nach einer Weile zurückkehrte, war Fee bereits angekleidet und bürstete sich das nasse Haar.

»Keiner hat sie gesehen«, sagte sie atemlos.

Die Sorge schnürte Fees Magen zusammen, aber sie gab sich Mühe, es sich nicht anmerken zu lassen.

»Wie ist das Wetter?«

»Es stürmt«, sagte Amrei. »Und es ist kalt, bitterkalt.«

»Schneit es schon?«

»Noch nicht. Aber es kann jeden Moment anfangen. Die Wolken –«

Wieder wurde sie von Fee unterbrochen: »Was sagt Erland?«

»Erland? Sollte ich den denn auch fragen?«

»Oh Amrei ...«

Die Zofe keuchte auf, dann fuhr sie trotzig herum und machte sich erneut auf den Weg.

Bald darauf klapperten Amreis Schritte zum vierten Mal über den Gang vor der Tür. »Er weiß von nichts«, stöhnte sie, als sie hereinkam. »Wenigstens hat er das gesagt. Eigentlich hat er nur vor sich hingeknurrt.«

Fee starrte sie alarmiert an. »Er weiß nichts von der Botschaft, die Ailis überbringen sollte?«

»Nein. Sie wird gelogen haben. Mich wundert's nicht. Aber Ihr müsst ja immer auf der Seite sein von dieser ... dieser ...«

»Schon gut, Amrei. Du kannst gehen.«

»Soll ich Euch denn nicht das Haar richten?«, fragte sie verwundert.

»Nicht nötig.«

»Aber Ritter Baan –«

»Ritter Baan wird so mit mir vorlieb nehmen müssen wie ich es für richtig halte.«

»Eure Tante wird mich bestrafen.«

»Das wird sie nicht.«

Amrei blinzelte misstrauisch. »Aber Ihr werdet doch in den Rittersaal gehen, oder?«

»Natürlich.«

»Irgendetwas sagt mir, dass Ihr schwindelt, Fräulein.«

»Die Nichte eines Grafen schwindelt nicht.«

»Nicht oft«, schränkte Amrei ein. »Euer Onkel wird sehr wütend sein, wenn Ihr seinem Wunsch nicht Folge leistet.«

»Ja, ja.« Fee hatte sich bereits abgewandt und ging zum Fenster. Als sie es öffnete, schlug ihr ein eisiger Windstoß entgegen.

»Euer Haar ist noch nass, Fräulein. Ihr werdet Euch –«

»Ich werde mich vergessen, wenn du nicht bald verschwindest, Amrei, sonst gar nichts.«

»Wie Ihr wünscht.« Amrei wandte sich erbost ab und verließ mit einem Stirnrunzeln den Raum.

Fee stand am offenen Fenster und blickte hinaus auf den Burghof. Jenseits der Zinnen sah sie die Berge auf der anderen Seite des Flusses. Einige der höheren waren bereits in dichtem Schneetreiben versunken. Dunkles Grau hatte den gesamten Himmel überzogen, vereinzelte Flocken trieben auf dem Wind bis ans Fenster. Jeden Augenblick mochte der Winter über Burg Rheinfels hereinbrechen.

Ailis, wo steckst du nur?, dachte Fee. Und warum hast du mich angelogen?

Dabei durfte doch gerade Fee sich nicht über Lügen beschweren. Was immer Ailis bewogen hatte, die Unwahrheit zu sagen, musste wichtig sein. Fee verzieh ihr den Schwindel und traf eine Entscheidung.

Wenig später verließ eine einsame Reiterin die Burg, dick

vermummt zum Schutz vor der Kälte und den Blicken der Wachen am Tor.

Der Lockgesang des Mädchens entfaltete seine Wirkung in sanften, schwermütigen Schuhen. Es begann mit einem Summen, so leise, dass selbst Ailis' empfindliche Ohren eine Weile brauchten, ehe sie es vom Rauschen der Winterwinde unterscheiden konnte. Dann wechselten die Töne allmählich zu einem hellen Säuseln. Es mochte bereits aus Worten bestehen, doch falls dem so war, so waren es Worte, die nicht für das menschliche Gehör oder den menschlichen Verstand geschaffen waren. Denn mochten sie auch ihre Wirkung im Kopf des Opfers entfalten, so war es doch unmöglich, ihre wahre Bedeutung zu erahnen. Zuletzt aber, als höchste Steigerung des Gesangs, stimmte das Mädchen erkennbare Verse an, eine traurig klingende Reihe verschmolzener Silben, scheinbar sinnlos und doch ergreifend melodiös.

Die Töne quollen aus dem Schacht, fächerten weit über den Lurlinberg. Und doch war es nicht länger Ailis, der sie galten. Sie fühlte keinen Zwang mehr, sich dem Stahldorn zu nähern, hörte keinen geheimen Befehl, verspürte kein Schuldgefühl für ihren Widerstand.

Ein kleiner Vogel flatterte aus dem Schneetreiben heran, selbst so grau wie die Wolkenwand, ein Sperling, den der Wind auf und ab trieb, durchgeschüttelt wie ein Stück Treibholz im Schaum einer Stromschnelle. Das Tierchen kämpfte tapfer gegen die Wintergewalten an, kam taumelnd immer näher.

Das Mädchen sang lauter, lockender.

Ailis stolperte zurück. Es war ein Gefühl, als hätte die unsichtbare Pranke, die sie die ganze Zeit umklammert hatte, sie plötzlich losgelassen.

Der Sperling drehte einen unruhigen Kreis über dem Schacht, dann schwang er sich plötzlich abwärts, raste flügelschlagend auf das Gitter zu – und spießte sich vor Ailis' Augen auf einer Stahlspitze auf. Mit solcher Wucht stürzte er in den Tod, dass sein winziger Körper erst in der Mitte des Dorns stecken blieb und eine glitzernde Spur aus blutverschmierten Federn auf dem Stahl zurückließ. Seine Flügel schlugen weiterhin vor und zurück, und erst nach einem Augenblick wurde Ailis klar, dass es der Wind war, der sie bewegte. Tränen schossen ihr in die Augen, während sie panisch Hose und Schuhe überstreifte.

Der Gesang des Mädchens verstummte.

»Warum hast du das getan?«, presste Ailis hervor.

Das Mädchen gab keine Antwort, starrte sie nur aus der Tiefe seiner dunklen Augen an.

Das Blut des Vogels lief an der Spitze hinab und tropfte vom Gitter in die Tiefe. Rote Sterne erblühten auf dem weißen Gesicht des Mädchens, als die Blutperlen auf seiner Haut zersprangen.

»Warum?«, fragte Ailis noch einmal, doch da wusste sie schon, dass sie keine Antwort erhalten würde. Nicht heute.

Sie streckte beide Hände nach dem toten Vogel aus und zog ihn sanft von dem scheußlichen Dorn. Das Loch in seinem Leib war fast so groß wie das ganze Tier, nicht viel hätte gefehlt und der Stahl hätte den Sperling völlig zerrissen.

Mit verschleiertem Blick umrundete Ailis den Schacht, rannte durch die Ruinen der alten Festung und dann den Hang hinab zum Ufer. Unterwegs brach der Schneesturm über sie herein, sie rutschte und schlitterte, doch in ihren Händen schützte sie den Leichnam des Sperlings, als sei er das Wichtigste, das sie je besessen hatte. Die Sicht reichte jetzt nur noch wenige Schritte weit, so dicht fiel der Schnee. An jedem anderen Tag wäre sie stehen geblieben und hätte verträumt nach oben geschaut, den federleichten Flocken entgegen, diesem Meer aus dunklen Sternen am Himmel. Jetzt aber lief sie ohne anzuhalten weiter. Zuletzt war es mehr Stolpern als Laufen, ein Taumeln und Stürzen und Weiterschleppen, und dennoch setzte sie ihren Weg fort, dem Ufer entgegen, dem Fluss und der Fähre.

Doch als sie unten ankam, fand sie die Anlegestelle verlassen vor. Die Fähre war fort.

Fee legte alle Befehlsgewalt in ihre Stimme, als sie den Fährmann aus seinem Schlummer riss. Erst war er ungehalten, doch dann erkannte er, wer vor ihm stand und vergaß jeden Gedanken an Widerspruch.

Sie hatte im Dorf nach Ailis gefragt, doch niemand wollte sie gesehen haben. Fee hatte keinerlei Vorstellung, was ihre Freundin auf der anderen Rheinseite suchen könnte, doch sie wollte keine Möglichkeit auslassen, und so fragte sie den Fährmann herrisch, ob er Ailis hinübergebracht habe. Erst schien er verneinen zu wollen, besann sich aber dann eines Besseren. Ja, sagte er, er habe ein Mädchen zum anderen Ufer gebracht, doch was es dort gewollt habe, wisse er nicht. Schließlich gab er sogar zu, dass Ailis ihm aufgetragen habe, auf sie zu warten. Ihm sei aber nach einer Weile die Zeit zu lang geworden, und da sei er umgekehrt; schließlich habe im Dorf weitere Kundschaft auf ihn gewartet. Das Letzte war eine Lüge, so dreist wie durchschaubar, und Fee warnte ihn, dass ihr Onkel von seinem Fehltritt erfahren würde, falls er nicht augenblicklich täte, was sie von ihm verlange.

Bald darauf standen beide auf der Fähre, bereit zum Ablegen. Der Schnee fiel in weißen Vorhängen vom Himmel. Fee hatte Mühe, die Augen offen zu halten, und dem Fährmann war sichtlich unwohl bei der Vorstellung, in diesem Wetter auf den Fluss hinauszufahren. Bevor er die Leinen löste, sprach er seine Bedenken aus, aber Fee wies ihn derart scharf zurecht, dass sie sich über sich selbst wunderte. Fortan wagte der junge Mann keinen Widerspruch mehr.

Die Strömung war schnell, aber nicht reißend genug, um die Überfahrt zum tollkühnen Wagnis zu machen. Fee sah zu, wie die Schneeflocken die Wasseroberfläche trafen und fortgerissen wurden. Der breite Strom jagte ihr seit jeher Angst ein. Sie hatte sich oft gefragt, was er wohl unter seinen dunklen Wogen verbarg. Alt waren die Geschichten von Flussweibern und Wassermännern, von unermesslichen Schätzen in der Tiefe und von grauenvollen Bestien, die in sternlosen Nächten ans Ufer krochen und ihre Opfer unter den Fischern und Wäscherinnen suchten.

Als sich das andere Ufer endlich aus den Schneemassen schälte, lief die Fähre schon fast auf Grund. Die Sicht war noch schlechter geworden und Fee hatte ihren Kapuzenumhang so fest um ihren Körper gezerrt, dass sie das Gefühl hatte, kaum noch atmen zu können. Falls sie Ailis wirklich fand, war diese ihr mehr als eine einfache Erklärung schuldig. Vorausgesetzt, sie wollte überhaupt gefunden werden.

Die Fähre hatte kaum angelegt, als der junge Mann Fee etwas zurief und auf seinen Unterstand deutete, nur wenige Schritte vom Wasser entfernt. Eine Gestalt kauerte mit angezogenen Knien im Dunkeln.

»Ailis!«, rief Fee. Die Gestalt bewegte sich, langsam, wie eingefroren, so als müsste sie erst einen Eispanzer rund um ihren Körper zerbrechen.

Fee lief ihr entgegen, und als sie näher kam, sah sie, dass ihre Freundin ihr mit verschränkten Fingern beide Hände entgegenstreckte; es sah aus, als betete sie. Sie schien Handschuhe zu tragen, erst braun, dann dunkelrot, und schließlich waren es keine Handschuhe mehr, sondern Krusten aus getrocknetem Blut.

Ailis öffnete das Nest, das sie mit ihren Händen geformt hatte, und zeigte, was sie darin trug. Zeigte es, ließ es in den frischen Schnee fallen, wo es rot und leblos liegen blieb.

Fee stellte keine Fragen. Schweigend legte sie ihren Arm um Ailis' Schultern und führte sie zur Fähre.

5. Kapitel

Fee wusste, was sie erwartete, als sie den Rittersaal betrat. Ihr Herzschlag raste, sie hatte immer noch Bauchschmerzen, und sie fürchtete, dass beides sich erst legen würde, wenn sie erfahren hatte, was mit Ailis geschehen war. Aber Ailis hatte kaum ein Wort gesprochen und war gleich in ihrer Kammer verschwunden, und so musste Fee sich wohl oder übel zuerst dem Zorn ihres Onkels über ihre Abwesenheit bei Tisch stellen. Doch eingedenk dessen, was hinter ihr lag, vermochte sie die Vorstellung gräflicher Wutausbrüche und Strafen kaum zu beeindrucken – wenigstens so lange beides nur vage Vorahnungen waren.

Ihrem Onkel und ihrer Tante nun aber tatsächlich gegenüberzutreten war eine ganz andere Sache. Die beiden saßen schweigend an der Tafel und blickten auf, als Fee eintrat. Das Essen war längst abgeräumt, nur zwei Weinkelche standen noch vor den beiden auf dem Tisch. Die Diener hatten Ritter Baan ins Badehaus geführt, damit er sich dort von den Anstrengungen der Reise erholen könne, und so war Fee allein mit ihren Stiefeltern. Es gab also keinen Grund für den Grafen, seinen Zorn zu zügeln.

Fee ließ den Sermon ihres Onkels mit gesenktem Haupt über sich ergehen und tat betreten. In Wahrheit aber hörte sie kaum, was er sagte; ihre Gedanken waren bei Ailis. Immer wieder sah Fee sie allein und frierend am Ufer sitzen, den zerfetzten Sperling in Händen. Hatte Ailis das tote Tier wirklich im Schnee gefunden? Dabei hätte sie sich doch schwerlich derart mit Blut besudeln können! Und warum hatte sie den Vogel überhaupt vom Boden aufgehoben?

Ihr Onkel redete und redete, während die Gräfin stumm daneben saß und ihre Nichte eingehend musterte. Fee wusste, dass dem Grafen nichts Außergewöhnliches an ihr auffallen würde, dafür war er viel zu sehr Mann. Ihre Tante aber hatte gewiss längst bemerkt, dass ihr Haar zerzaust und ihr Kleid am Saum durchnässt war. Sie sah, wie bleich und durchgefroren Fees Finger waren und dass ihre Wangen von der plötzlichen Wärme des Kaminfeuers glühten.

Sie weiß, dass ich draußen war, dachte Fee erstaunt, sie weiß es und verliert doch kein Wort darüber.

Fee nickte bedächtig, wenn sie annahm, dass ihr Onkel das von ihr erwartete, und sie schüttelte den Kopf, wenn es angemessen schien. Lass ihn reden, dachte sie, er wird schon wieder aufhören.

Dann aber, als er allmählich zum Schluss seiner Predigt kam, sagte ihr Onkel etwas, das jeden anderen Gedanken schlagartig aus ihrem Kopf fegte:

»Du wirst heute Nacht das Bett mit Ritter Baan teilen.«

»Ich werde was?«, rief sie aus, empört, schockiert – vor allem aber ungläubig. Das war nicht sein Ernst!

»Du wirst mit ihm das Bett teilen, wie es das Gesetz der Gastfreundschaft gebietet«, sagte der Graf ungerührt. »Du bist alt genug dazu, und es ist an der Zeit, dass auch du lernst, wie man sich Freunden gegenüber zu verhalten hat.« Er zuckte die Schultern, hob dann den Weinkelch. »Baan ist ein Mann von Ehre. Du solltest dir keine Sorgen machen.«

Damit war das Gespräch für ihn beendet.

Fee starrte Hilfe suchend ihre Tante an, doch auf dem Gesicht der Gräfin spiegelte sich keiner ihrer Gedanken. Ihre Mundwinkel schienen leicht zu zucken, aber selbst das mochte eine Täuschung des flackernden Lichts vom Kamin sein.

Dann begriff Fee, was ihre Tante gemeint hatte, als sie sagte, sie wolle Fee fortan wie eine Erwachsene behandeln. Natürlich! Das alles war ihre Idee gewesen. Ihre Idee ganz allein!

Die Sitte, nach der die älteste Tochter verpflichtet war, mit den Gästen des Hauses das Bett zu teilen, war uralt und wurde von Generation zu Generation weitergegeben. Das Mädchen durfte dabei weder berührt noch allzu begehrlich angesehen werden; es sollte dem Gast nur Gesellschaft leisten und mit seiner Nähe sein Lager wärmen. Es war üblich, dass der Gast vorab einen Eid leistete, die guten Sitten zu wahren. Ritter legten gar ihr blankes Schwert zwischen sich und ihre Bettgenossin.

All das vermochte nichts an Fees Unwillen zu ändern. Sie hatte gehörige Zweifel, dass der wildfremde Ritter es mit der Enthaltsamkeit so genau nehmen würde, wie es von ihm erwartet wurde. Allzugut war ihr noch das Bild des Jungen im Kopf, der ihr über den Hof nachlief und ihr lachend aufs Hinterteil schlug.

»Wie könnt ihr das von mir verlangen!«, empörte sie sich und gab ihre Demut endgültig auf. »Ich kenne diesen Baan kaum. Ich meine, nicht einmal ihr kennt ihn wirklich! Wie kann ich da.«

»Fee!«, wurde sie scharf von ihrem Onkel unterbrochen. »Baan ist der Sohn meines ältesten und besten Freundes. Er ist ein Mann von Ehre, daran gibt es nicht den leisesten Zweifel.«

»Dein ältester und bester Freund ist seit Jahren tot. Du weißt doch gar nicht, wie sich sein Sohn seither –«

Abermals wurde ihr das Wort abgeschnitten. »Heilmar von Falkenhagen ist tot, gewiss.« Der Graf erhob sich und stützte sich mit geballten Fäusten auf die Tischkante. »Aber die Freundschaft zu ihm ist mir auch nach seinem Tode heilig, und ich habe sie an seinen Sohn weitergegeben. Baan ist ein hervorragender Kämpfer, ein guter Christ und ein Vorbild an Anstand und Würde. Ich werde nicht zulassen, dass du ihn unter meinem Dach beleidigst!« Er deutete mit ausgestrecktem Arm zur Tür. »Und nun geh! Kleide dich in dein schönstes Nachtgewand und sei ihm eine Gesellschafterin, die meines Hauses würdig ist.«

Darauf gab es nichts zu erwidern. Ihr Onkel würde keinen weiteren Widerspruch dulden. Einen Moment lang überlegte sie noch, ob sie irgendeinen Grund erfinden sollte, der es ihr unmöglich machte, Baans Bett zu teilen – Blutungen vielleicht oder ein widerwärtiger Ausschlag im Schritt. Doch in so gereizter Stimmung war ihr Onkel in der Lage, an Ort und Stelle den Beweis dafür zu fordern, und diese Blöße wollte sie sich nicht geben, um nichts in der Welt.

Sie mochte die Dinge drehen und wenden wie sie wollte – es war wohl an der Zeit, sich ihre Unterlegenheit einzugestehen.

Der Wind heulte im Kamin des Gästezimmers wie ein beleidigtes Kind, und irgendwie, fand Fee, gab das ganz gut ihre eigene Stimmung wieder. Die kniehohen Flammen knisterten und verbreiteten einen angenehmen Duft nach exotischen Kräutern. Die Dienerinnen mussten, gewiss auf Anweisung der Gräfin, etwas ins Feuer gestreut haben. Irgendein Kraut, das die männlichen Säfte in Wallung brachte, vermutete Fee naserümpfend.

Dies war keineswegs die einzige Gemeinheit, die sie ihrer Tante an diesem Abend unterstellte, obwohl sie insgeheim sehr wohl wusste, dass nicht ein Bruchteil davon der Wahrheit entsprach.

Es war nun einmal Fees Pflicht, die alten Sitten zu achten, daran gab es keinen Zweifel, und wenn die Gesetze der Gastfreundschaft ihr eine Nacht in Baans Zimmer auferlegten, nun, dann musste sie wohl gehorchen. Der Gräfin war es vor vielen Jahren gewiss ganz ähnlich ergangen, und wahrscheinlich hatte sie sich mit dem gleichen Widerwillen gefügt, den Fee empfand.

Doch eine tückische Stimme in ihrem Hinterkopf ließ nicht locker: Die Hexe wird den Erstbesten verführt haben, der zu ihr ins Bett stieg, ja, das passt zu ihr!

Aber natürlich war das Unsinn. Fee überprüfte zum dritten Mal die Glut in der Bettpfanne und wünschte sich dabei, dass Baan sich daran die Finger und manch anderes edle Körperteil verbrennen würde. Bislang hatte sich der Ritter nicht blicken lassen, Fee war ganz allein im Zimmer. Er musste noch im Badehaus sein, wo die Diener des Grafen sich seiner annahmen. Gut, immerhin würde er nicht nach Pferden und Männerschweiß stinken!

Fee lief im Zimmer auf und ab, aufgeregter als sie es wahrhaben wollte, schaute mal aus dem Fenster in die Nacht und dann wieder in das flackernde Kaminfeuer. Nur die Nähe der Tür mied sie; sie wollte nicht, dass Baan plötzlich hereinkam und annahm, sie hätte am Eingang auf ihn gewartet, sich gar nach seiner ritterlichen Anwesenheit verzehrt.

Wie ihr Onkel es gewünscht hatte, war Fee in ihr feinstes Nachtgewand gekleidet. Es war aus edlem Stoff, schneeweiß wie die Landschaft draußen vor dem Fenster, und mit goldfarbenen Stickereien abgesetzt. Sie hatte einen dunkelgrünen

Umhang darüber geworfen und ihr Haar mit einer langen Nadel hochgesteckt; sie mochte ihr zur Verteidigung dienen, falls der Ritter Zweifel an ihrer Keuschheit hatte. Fee war barfuß, aber der Saum des Gewandes schleifte über den Boden und verhinderte jeglichen Blick auf nackte Haut.

Geraume Zeit verging, ehe die Tür aufsprang und Ritter Baan von Falkenhagen ins Zimmer trat. Fee hatte keine Schritte auf dem Gang gehört. Sie schob es – widerwillig – auf ihre Aufregung.

»Oh, verzeiht«, entfuhr es ihm, als er sie bemerkte. »Ich wusste nicht, dass Ihr schon wartet. Ich hätte sonst angeklopft, dessen seid versichert. Ihr seid Fee, die Tochter des Grafen, nicht wahr?«

»Seine Nichte«, sagte Fee, und ihre Stimme klang nicht halb so hart und widerborstig, wie sie es sich vorgenommen hatte.

Das prächtigste Mannsbild dies- und jenseits des Stroms, hatte Amrei sich erträumt, doch damit hatte sie dem jungen Mann im Türrahmen ein wenig zu viel der Ehre zukommen lassen. Wiewohl, so viel musste Fee sich schmollend eingestehen, er war, wenn auch kein Ausbund an Schönheit und herrlichem Wuchs, durchaus ansehnlich.

Der dreiste Junge, den sie in Erinnerung hatte, war klein und zierlich gewesen. Seine dreizehn Jahre hatte man ihm damals kaum angesehen, er hatte jünger gewirkt – zumindest in den Augen der neunjährigen Fee.

Doch mit dem Bild in ihrem Kopf hatte der heutige Baan nur noch wenig gemein, allein sein dunkles, leicht gewelltes Haar reichte ihm wie damals bis über die Schultern. Er war hoch gewachsen, mindestens so groß wie ihr Onkel, und die bloßen Waden, die unter seinem knielangen Hemdrock hervorschauten, waren stark und ließen auf einen schnellen

Läufer schließen. Die Ärmel seines Gewandes reichten bis zum Ellbogen, breite Lederreife umschlossen seine Unterarme. Kinn und Wangen waren glatt, doch ein dunkler Schatten verriet seinen kräftigen Bartwuchs. Fee war – abermals gegen ihren Willen – fast ein wenig froh, dass er rasiert war. Sie mochte keine Bärte, und es ekelte sie vor den Kerlen, denen beim Bankett Essen und Bier in den Barthaaren klebten.

Baan hatte Augen von einem so hellen Braun, dass sie fast golden wirkten. Sie wunderte sich, dass ihr diese Augen nicht schon damals aufgefallen waren, gewiss hätte sie sich daran erinnert.

Er schloss die Tür – er verzichtete darauf, den Riegel vorzuschieben, wie sie sehr wohl bemerkte – und trat zum Kaminfeuer. »Verzeiht, aber ich muss mich einen Augenblick aufwärmen«, sagte er und wandte ihr den Rücken zu.

»So war Euer Bad wohl nicht heiß genug?«, fragte sie unschuldig.

»Das Wasser schon. Doch der Weg vom Badehaus hierher war weiter, als ich vermutet hatte. Und, vielleicht habt Ihr es ja bemerkt, es schneit. Ziemlich heftig sogar.«

Sie wünschte sich, in sein Gesicht sehen zu können, um sicher zu sein, dass er sich nicht über sie lustig machte. Nein, dachte sie, das würde er nicht wagen.

Er aber sagte: »Natürlich ist das Wetter nicht halb so eisig wie Euer Stolz, edles Fräulein.«

»Was gibt Euch das Recht, über meinen Stolz zu urteilen, Ritter?«, fragte sie gefasst.

»Glaubt Ihr, ich würde mich Eurer nicht erinnern?« Er lachte, immer noch mit dem Rücken zu ihr, und streckte seine Arme, bis die Gelenke knackten. »Denkt Ihr, ich hätte das kleine Mädchen vergessen, das zum Grafen lief und ihm vorschwindelte, ich würde auf dem Burghof den Mägden die Röcke hochziehen?«

»Ich –«

Er drehte sich um und zeigte ein spitzbübisches Grinsen. »Und glaubt Ihr, ich hätte den Grund dafür vergessen? Ihr wolltet, dass ich Euch einen Kuss gebe – Euch und Eurer Freundin –, und als ich mich weigerte, habt Ihr diese Lüge über mich verbreitet. Mein Vater hat mir damals eine Tracht Prügel verabreicht, die mich tagelang nicht sitzen ließ.«

Fee schluckte schwer. »Ihr habt versucht, mich über's Knie zu legen.«

»Erst danach. Und selbst da habt ihr noch gebettelt, ich möge Euch lieber küssen.«

Fee hatte das Gefühl, als müsste sie vor Scham tot niedersinken. Dann aber hätte er wahrscheinlich versucht, sie aufzufangen, und diese Schmach wäre nun wirklich zu viel gewesen. Aber, durchfuhr es sie, sie wäre dann ja ohnehin tot – also kam es darauf nun auch nicht mehr an. Ja, dachte sie trotzig, sterben wäre in diesem Moment wirklich ein guter Ausweg.

Doch so gnädig war das Schicksal nicht. Stattdessen musste sie noch immer sein freches Grinsen ertragen. Schlimmer noch: Sie würde eine ganze Nacht lang mit ihm in ein und demselben Bett liegen müssen! Und gewiss würde er die ganze Zeit von nichts anderem reden als von kreischenden kleinen Mädchen mit gespitzten Kussmündern, die einen schüchternen Jungen durch die Flure der Burg gejagt hatten.

Sie verlegte sich auf das einzige, das ihr jetzt noch helfen mochte, das Schlachtfeld einigermaßen aufrecht zu verlassen – auf Spott.

»Dann seid Ihr also hier, um endlich Rache zu nehmen«,

bemerkte sie spitz und hoffte, dass sie nicht annähernd so rot war, wie sie befürchtete. »Wo habt Ihr Euer Schwert, Ritter Baan?«

Er lächelte noch immer, fing einen Moment lang ihren Blick mit seinen goldfarbenen Augen ein, dann trat er um sie herum und ging zum Fenster. Darunter lag auf einem Truhendeckel sein Rüstzeug; die Diener mussten es dorthin gelegt haben, nachdem sie ihn im Badehaus entkleidet hatten. Baan ergriff sein Schwert und zog es mit einem schneidenden Geräusch aus der Scheide.

»Mein Schwert ist hier, Fräulein.« Damit trat er ans Bett, schlug die Decke zurück und legte die Klinge in die Mitte, sodass die Spitze zum Fußende wies. »Ich denke, das ist auch in Eurem Sinne.« Wieder dieses dreiste Grinsen. »In meinem ist es ganz gewiss – schließlich will ich nicht, dass Ihr morgen früh erzählt, ich hätte Euren Rock hochgezogen.«

Sie spürte, dass ihre Knie bebten, und hasste sich dafür. »Dann habt Ihr mich also nur wegen dieses kindischen ... Irrtums in Erinnerung behalten?«

»Wäret Ihr damals schon die Schönheit gewesen, die Ihr heute seid, hätte ich gewiss noch den einen oder anderen Grund mehr gehabt.«

»Auch Ihr habt Euch verändert. Schüchtern seid Ihr gewiss nicht mehr.«

Er zuckte die Achseln. »Täuscht Euch nicht«, sagte er und trug die heiße Bettpfanne an ihr vorüber zum Kamin. »Ihr seid die erste Frau, die mit mir das Bett teilt.«

»Dann wollen wir es doch kurz und schmerzlos hinter uns bringen, nicht wahr?«

»Schmerzlos ... ja, natürlich. Gebt nur acht, dass Ihr Euch im Schlaf nicht an der Schwertklinge schneidet – oder an Eurer scharfen Zunge. Der Blutfleck könnte die Dienerschaft zu falschen Schlüssen verleiten.«

Sie spürte, dass sie erneut errötete, und wünschte sich, sie könnte endlich zu Bett gehen und sich die Decke über den Kopf ziehen.

Baan beobachtete sie aufmerksam. Einen Augenblick, bevor sein Starren unhöflich geworden wäre, wandte er sich mit unmerklichem Lächeln ab und hantierte an der Schnürung seiner Lederreife. Trotz ihres Umhangs und des Nachtgewands fühlte sich Fee seltsam nackt und ausgeliefert. Sie hatte keine Angst mehr, dass er sich im Dunkeln an ihr vergehen könnte, doch die Vorstellung, ihn in der Finsternis so nahe bei sich zu wissen, seinen Atem zu hören, gleich neben ihrem Ohr, und, am schlimmsten von allem, die Befürchtung, sie selbst könnte im Schlaf die Hand nach ihm ausstrecken und die stählerne Grenze des Schwertes missachten, machten ihr zu schaffen. Himmelherrgott, jeder Mensch bewegte sich im Schlaf! Was, wenn sie versehentlich zu ihm hinüberrollte? Ihn berührte, am Arm, am Bein oder – davor mochte Gott sie bewahren! – an einer Stelle, an der es sich weit weniger geziemte?

Dann fand sie die Lösung: Sie würde es genauso machen wie damals und alle Schuld auf ihn schieben.

Die Schwierigkeit war, dass sie keine neun und er keine dreizehn mehr war. Ganz gleich, was sie behaupten würde – sie wäre in den Augen aller entehrt und er sein Leben lang gedemütigt. Der Schaden würde sie beide gleichermaßen treffen. Außerdem wollte sie so weit nun auch wieder nicht gehen.

Verflucht sollten ihre Stiefeltern sein, sie in diese Lage gebracht zu haben!

Baan machte es sich im Bett bequem und klopfte sein Kissen zurecht. Dann legte er sich im Sitzen die Decke bis über die Lenden und streifte seinen Hemdrock ab. Sein nackter Oberkörper schimmerte im Feuerschein.

»Ihr wollt so schlafen?«, fragte sie entsetzt.

Er legte sich hin, zog sich die Decke bis über die Schultern und drehte sich mit dem Rücken zum Schwert in der Bettmitte. »Was meint Ihr?«, fragte er mit Unschuldmiene.

»Ohne Gewand!«, empörte sie sich.

»Ich verlange doch nicht, dass Ihr es genauso macht.« Er schloss die Augen. »Außerdem bin ich müde von der Reise. Ich wäre Euch also dankbar, wenn Ihr nun ins Bett kommen würdet.«

Fee blieb ungerührt am Fußende stehen. »Mein Onkel sagte, Ihr seid ein Mann von Anstand.«

Er drehte sich seufzend zu ihr um und sah sie an. »Was habe ich denn getan, um Eure Empfindsamkeit zu verletzen? Seht!« Er hob beide Hände. »Ich habe Euren Rocksaum nicht einmal berührt.«

»Ich kann unmöglich mit einem nackten Mann im selben Bett schlafen.«

»Ihr sagt es selbst – schlafen! Was ist so verwerflich daran?«

»Das wisst Ihr sehr genau.«

Er seufzte noch einmal. »Um des lieben Friedens willen: Würde es Euch also beruhigen, wenn ich mir wieder etwas überziehe?«

»Das würde es allerdings.«

Er warf die Decke zurück und sprang auf – splitternackt und vom Feuer in Bronze getaucht. Fee stand da wie angewurzelt, während Baan sich abermals den Hemdrock überzog. Dann sank er zurück ins Bett und zog die Decke hoch.

»Ihr habt nicht weggeschaut«, bemerkte er spitz.

Fee schnappte nach Luft. »Bitte?«

»Ihr habt nicht in die andere Richtung geschaut. Ihr habt mich angesehen.«

»Was fraglos in Eurem Sinne war.«

Er lachte leise. »Kommt Ihr nun ins Bett, oder wollt Ihr die ganze Nacht dort stehen bleiben? Es dürfte empfindlich kalt werden, wenn das Feuer herunterbrennt.«

»Wenn Ihr mir versprecht, von Euren kindischen Scherzen abzulassen.«

»Was immer Ihr damit meinen mögt – ich verspreche es. Zufrieden?«

»Nein.« Sie legte ihren Umhang ab, nicht verschüchtert, sondern mit einer Bewegung, von der sie hoffte, dass sie beherrscht und einer Edeldame angemessen wirkte. »Aber habe ich denn eine andere Wahl?«

»Der Boden ist groß und leer«, sagte er. »Ihr könnt immer noch dort unten schlafen.«

»Und erfrieren, damit Ihr mich am Morgen warmreiben könnt? Das würde Euch so gefallen.« Sie hob die Decke und schlüpfte darunter, nicht zu hastig, damit es nicht wie eine Flucht vor seinen Blicken aussah.

Das Bett hätte selbst mehr als zwei Schläfern ausreichend Platz geboten. Es wurde von einem Baldachin aus grünem Stoff überdacht, in dessen Unterseite das Wappen derer von Katzenelnbogen eingenäht war. Fee und Baan lagen auf einer mit Federn gefüllten Unterlage, die mit einer gesteppten Seidendecke und Leinentüchern bespannt war. Ihre Zudecke war aus mehreren Wollschichten gewirkt. Sie hielt wärmer, als es Fee in diesem Augenblick lieb war. Ihr ganzer Körper schien vor Aufregung zu kochen.

Baan blies die Kerzen an seiner Seite des Bettes aus, legte sich auf den Rücken und verschränkte die Hände unterm Hinterkopf. Er schaute seitlich zu Fee herüber. »Euer Haar«, sagte er.

»Was ist damit?«

»Es ist hochgesteckt.«

»Und?«

»Wenn Ihr es nicht öffnet, werdet Ihr Euch im Schlaf an der Nadel verletzen. Dabei war sie doch eigentlich für mich bestimmt, oder?«

Sie verzog abfällig das Gesicht. »Wie kommt Ihr nur darauf?«

»Macht, was Ihr wollt. Aber denkt an den Blutfleck, wenn Ihr Euch stecht. Die Diener –«

»Ja, das sagtet Ihr schon.« Ungehalten zog sie die lange Nadel aus ihrem Haar und schüttelte es wie einen blonden Fächer über das Kopfkissen.

»Seltsam«, sagte Baan unvermittelt.

»Was ist seltsam?«

»Dass ein so scheußliches Ding wie diese Nadel im Dienste der Schönheit steht.«

»Oh«, machte sie sarkastisch, »Ihr seid ein Philosoph.«

Er lachte leise. »Ein wenig.«

»Klug, anmutig, tapfer – Ihr müsst dort, wo Ihr herkommt, der Schwarm aller Frauen sein.«

»Dort, wo ich herkomme, gibt es nichts als Wälder, Seen und Schafe. Haus Falkenhagen liegt abseits aller Straßen.«

»So seid Ihr gewiss der Schwarm aller Bäuerinnen und Schäferweiber.«

»Macht Euch nur lustig.«

Sie kicherte verhalten. »Was führt Euch überhaupt hierher?«

»Männerangelegenheiten.«

»Ah«, säuselte sie gedehnt. »Ihr versteht es, einer Frau zu gefallen.«

»Tut mir Leid«, sagte er, und zum ersten Mal schien er etwas völlig ernst und aufrichtig zu meinen. »Das war dumm. Nehmt Ihr meine Entschuldigung an?«

»Ich werde darüber nachdenken.«

»Ihr seid zu gütig.«

Sie verschränkte lächelnd ihre Hände auf dem Bauch und stieß dabei mit dem Ellbogen an die eiskalte Klinge des Schwertes. Erschrocken zuckte sie zurück. »Ich werde Euch verzeihen, wenn Ihr mir den Grund Eures Besuchs verratet.«

»Er würde Euch nur aufregen. Lasst uns bis morgen damit warten.«

»Überschätzt nicht Eure Wichtigkeit, Ritter Baan.«

Wieder drehte er den Kopf zur Seite und sah sie an. Sein Gesicht lag fast im Dunkeln, der Schein des Kaminfeuers reichte nicht soweit herauf.

»Ich wollte Euch kennen lernen«, sagte er leise.

»Aber Ihr kanntet mich doch schon.«

»Ich kannte nur ein ungezogenes kleines Mädchen. Ich konnte mich kaum an Euer Gesicht erinnern oder an Euer Lächeln.« Er machte eine kurze Pause. »Nun, wenn ich ehrlich bin, weiß ich noch, wie es sich anfühlte, Euch das Hinterteil zu versohlen, aber –«

»Ihr bittet mich um Verzeihung«, unterbrach sie ihn hastig, »gewährt Eurerseits aber keine. Das ist nicht gerecht.«

»Dann leiste ich hiermit den Schwur, Euer bezauberndes Hinterteil kein weiteres Mal zu erwähnen.« Er räusperte sich und grinste im Dunkeln. »Geschweige denn, darauf herumzuklopfen.«

»Dafür bin ich Euch ewig dankbar.«

»Oh, das solltet Ihr.«

»Ihr überschätzt Euch schon wieder.«

»Mag sein, mag auch nicht sein«, sagte er geheimnisvoll.

»Wie meint Ihr das nun wieder?«

»Ich sagte doch, ich kam, um Euch kennen zu lernen.«

»Und?«

»Ich erwäge, um Eure Hand anzuhalten.«

Sie fuhr im Bett auf wie der gespannte Schleuderarm eines Katapults. »Ihr erwägt, um meine ... ich meine, um meine ... meine –« Sie verhedderte sich dermaßen, dass sie es vorzog, den Rest unausgesprochen zu lassen.

Er schaute seelenruhig zu ihr auf. »Darf ich daraus schließen, dass Ihr eher wenig von diesem Vorschlag haltet?«

»Ihr müsst nicht bei Verstand sein!«

»Wie schmeichelhaft.«

»Ihr seid ein Rüpel. Ein fremder Rüpel noch dazu. Was sollte mich dazu bewegen können, Euch –«

»Euer Onkel, fürchte ich. Ich wollte ihn um Eure Hand bitten, nicht Euch. Mir schien, das sei der übliche Weg. Aber wenn ich mich getäuscht habe, bitte, sagt mir, wie ich es Eurer Ansicht nach besser machen sollte.«

»Ihr macht Euch wieder einmal über mich lustig!«

»Mitnichten.«

»Mein Onkel will mich nicht verheiraten«, entgegnete sie bestimmt. Aber war das auch wirklich die Wahrheit? Vielleicht war er ganz froh, wenn er nicht mehr für sie sorgen musste. Und erst ihre Tante! Wie eine Erwachsene behandeln – von wegen! Es gab nichts, das nicht über Fees Kopf hinweg entschieden wurde. Warum sollten die beiden da bei ihrer Vermählung eine Ausnahme machen?

Baan sagte nichts, sah sie nur an.

Ihre Überraschung und Wut wichen leiser Verzweiflung. »Habt Ihr etwa schon mit ihm darüber gesprochen?«

»Ich wollte erst mit Euch reden. Und, wie gesagt, Euch kennen lernen. Ich will keine Frau, die ich im Sattel festbinden muss, um sie an meiner Seite zu halten.«

Konnte das wahr sein? Lag ihm wirklich an dem, was sie dachte? So sehr die Erkenntnis schmerzte: Das war mehr, als sie erwarten durfte. Vielleicht hatte sie den jungen Ritter falsch eingeschätzt.

Sicher, höhnte ihre innere Stimme, und wenn du dummes Huhn ihn weiter so anstarrst, kannst du sein Angebot auch gleich annehmen!

»Ihr meint«, fragte sie unsicher, »Ihr würdet meinen Wunsch in dieser Sache respektieren?«

Er lächelte erneut, und diesmal kam es ihr wärmer, freundlicher vor, nicht mehr überheblich. »Sagt nein, und ich werde weder Euch noch Euren Onkel jemals wieder mit meinem Anliegen behelligen.«

Es wäre sehr leicht gewesen zu tun, was er vorschlug. Tatsächlich lag es ihr auf der Zunge, ihn abzuweisen. Und warum auch nicht? Es hätte sie auf einen Schlag all ihrer Sorgen enthoben.

Aller Sorgen? Nein, bestimmt nicht. Sie war im heiratsfähigen Alter, daran war nichts zu ändern. Es war nur eine Frage der Zeit, bis der nächste Edelmann auf Brautschau die Burg beehrte, und die Wahrscheinlichkeit war groß, dass er nicht den Mut aufbringen würde, Fee nach ihrer Meinung zu fragen. Baans Vorgehen war ungewöhnlich, und sie war ihm – erst insgeheim, dann aber immer offener – dankbar dafür.

Wiewohl, ein Jawort aus Dankbarkeit? Niemals. Fast war sie geneigt, ihren nächsten Schritt von den oberflächlichsten Erwägungen abhängig zu machen: Baan war groß, recht hübsch anzusehen, ein Mann mit Verstand und Vermögen.

In Zukunft mochte sie es schlimmer treffen. Schon der nächste Anwärter konnte fett, dumm und alt sein, und Fee wusste genau, dass für ihren Onkel und seine Entscheidung derlei Äußerlichkeiten von minderer Bedeutung waren.

Warum also nicht Baan?

Und doch – sie fühlte sich nicht bereit dazu, irgendjemandes Frau zu werden, nicht die seine und nicht die eines anderen. Andererseits, wenn sie ihn hinhielt, konnte sie ihn ihrem Onkel gegenüber als Faustpfand in der Hinterhand behalten. Falls wirklich ein anderer des Weges kam, mochte sie immer noch schüchtern eingestehen, dass sie sich heimlich Baan versprochen habe. Das war etwas, für das ihr Onkel Verständnis haben würde, ja, mit etwas Glück würde er ihre Wahl gar begrüßen.

»Nun gut«, sagte sie schließlich, »so hört mich an.«

Wieder blitzte Heiterkeit in seinen Augen. Vielleicht sollte sie nicht ganz so gewichtig tun. Blitzschnell entschied sie, die Sache anders anzugehen.

Sie beugte sich vor, und – ehe er sich versah – gab sie ihm einen Kuss auf die Lippen. Ganz kurz nur, ganz leicht, aber sie spürte das Beben, das durch seinen Körper raste, vor Überraschung, aber auch vor Erregung.

»Heißt das –«, begann er, doch sie unterbrach ihn mit einem sanften Kopfschütteln.

»Habt Geduld«, sagte sie leise und nicht ohne Zärtlichkeit. »Wusstet Ihr, dass heute mein Geburtstag ist?«

»Ich –«

»Psst«, machte sie und legte ihren schmalen Zeigefinger an seine Lippen. »Hört mir zu. Heute ist mein Geburtstag. Gebt mir ein Jahr. Ein einziges Jahr. Heute in zwölf Monden will ich Euch meine Entscheidung mitteilen.«

Sogar im Schatten erkannte sie die Enttäuschung auf seinen Zügen. Aber auch das hoffnungsvolle Glitzern in seinem Blick.

»Ein Jahr ist eine lange Zeit«, sagte er und seine Stimme klang heiser. Himmel, sie hätte nicht gedacht, dass es ihr tatsächlich gelingen würde, ihn aus der Fassung zu bringen!

»Eine lange Zeit, vielleicht«, sagte sie. »Aber so wie Ihr eine Frau wollt, die Euch freiwillig folgt, so will ich genug Zeit, um mir über meine Zuneigung für Euch klar zu werden.«

Sein Blick ließ sie nicht mehr los. Selbst wenn sie gewollt hätte, sie hätte ihn nicht abstreifen können.

»Ihr seid eine gerissene junge Dame«, sagte er leise.

»Und wenn du Glück hast, ein gutes Eheweib.« Sie wählte mit Absicht die vertraute Anrede. Ein heißes Lodern floss durch ihre Glieder. Nur der Triumph, beruhigte sie sich.

»In einem Jahr?«, fragte er noch einmal.

»An meinem siebzehnten Geburtstag. Wirst du so lange warten können?«

»Du spielst mit mir.«

»Willst du es denn anders?«

Damit sank sie zurück auf ihr Kissen und schloss zufrieden die Augen. Sie hörte ihn neben sich atmen und wusste, dass er in dieser Nacht keinen Schlaf finden würde.

Sie kam sich sehr berechnend vor.

Und sehr erwachsen.

6. Kapitel

Vier Tage nach Baans Ankunft und drei nach seiner Abreise fieberten Ailis und Fee dem Sonnenaufgang mit solcher Spannung entgegen, als erhofften sie sich von ihm eine geheime, lang erwartete Botschaft. Kaum glühten die ersten Strahlen durch die Baumwipfel, da sprangen die beiden schon auf ihre gesattelten Pferde, ließen sie ungeduldig und unter den wachsamen Augen von Fees Zofen durch das Tor traben und dann, sobald sie außer Sichtweite waren, in wilden, ungezügelten Galopp ausbrechen.

Sie preschten jubelnd den Waldweg entlang, auf dem Ailis einst dem Langen Jammrich gefolgt war, und bei jedem Zweig, den sie streiften, rieselten Eiskristalle von den Bäumen und hüllten sie in weiße, glitzernde Wolken. In den vergangenen Tagen hatte es fast ununterbrochen geschneit, eine kniehohe Schneeschicht bedeckte das Land. Der Weg durch den Wald jedoch war ausgetreten von Burgjägern auf der Pirsch, sodass sich den beiden Pferden kaum Widerstand bot.

Die Mädchen klammerten sich tief gebückt an die Hälse der Tiere, die wehende Mähne kitzelte Ailis an der Nase. Nach dem, was auf dem Lurlinberg geschehen war, hätte sie nicht gedacht, dass sie je wieder so fröhlich, so ausgelassen sein könnte. Doch obwohl die Ereignisse am Schachtgitter erst wenige Tage zurücklagen, war ihr, als verschwimme ihre

Erinnerung daran mit jedem Atemzug ein wenig mehr, die Bilder verloren an Klarheit, die Worte und Klänge verwehten.

Fee gegenüber hatte sie erklärt, sie könne sich an nichts mehr erinnern. Und sie hatte tatsächlich Mühe, sich die Dinge ins Gedächtnis zu rufen, obwohl sie keineswegs völlig verschwunden waren. Allein ihr Entsetzen, ihr Ekel und ihre Trauer fanden nichts mehr, an dem sie sich festhalten konnten, so als verschiebe sich tief in ihr das Maß dessen, was diese Gefühle hervorrief.

Nachts, in der Dunkelheit ihrer Kammer, fragte sie sich seither, ob etwas von ihr verloren gegangen war, ein Stück ihrer Seele, ihres Herzens vielleicht – oder aber, ob etwas in sie hineingefahren war, ein Teil dieses Wesens im Felsenschacht. Dann öffnete sie geschwind die Augen und starrte zum Fenster, angstvoll den Schlaf fortblinzelnd, denn sie wusste, wenn er zurückkäme, würde er Träume mit sich bringen, Träume, die nicht ihr, sondern einer anderen gehörten. Träume von Blut und Wahnsinn und Stacheln aus Stahl.

Fee war zwei Pferdelängen vor ihr und kreischte vergnügt, als sie im Vorbeireiten an einem Ast zog und sich aus den Baumkronen eine gewaltige Ladung Schnee über Ailis und ihre Stute ergoss. Es war ihr erster Ausritt seit Einbruch des Winters und die Gräfin hatte ihn nur gestattet, weil der Himmel in der Nacht klar und wolkenlos gewesen war. Es sah nicht aus, als sei an diesem Tag neuer Schnee zu erwarten und ein Ausflug in die Umgebung schien keine Gefahren zu bergen. Räuber und Wegelagerer wagten sich nicht in die Nähe der Burg und das eisige Wetter tat ein übriges, sie in ihre Unterschlüpfe zu treiben.

Ailis wusste, dass Fee ihr die Geschichte von der fehlenden Erinnerung nicht glaubte, nicht wirklich, aber sie sah auch, dass Fee Zweifel an ihren eigenen Empfindungen hatte. Misstraute sie Ailis, weil sie tatsächlich spürte, dass sie die Unwahrheit sagte, oder tat sie es, weil sie viel zu neugierig war, um eine so vage Erklärung zu akzeptieren? Ailis war insgeheim froh über Fees Zwiespalt, lenkte er sie doch von weiteren Fragen ab.

Doch auch Fee hatte ein Geheimnis, das Ailis allzu gern erfahren hätte. Was war in jener Nacht in Baans Kammer geschehen? Wie ein Lauffeuer hatte sich die Nachricht in der Burg verbreitet, dass Fee das Bett mit dem Ritter hatte teilen müssen, und jedermann mutmaßte über das, was vorgefallen war. Dienerinnen hatten am nächsten Tag die Laken untersucht und, wie bald jeder wusste, keine Spuren von Blut entdeckt. Selbst Ailis, die sonst nie am Gerede der Leute teilhatte, kam nicht umhin, einiges mitanzuhören – und die Nachricht, dass augenscheinlich nichts Verfängliches zwischen Fee und Baan geschehen war, hatte sie vor Erleichterung mit stummem Jubel erfüllt. Um nichts in der Welt wollte sie ihre Freundin noch einmal verlieren, dessen war sie sich spätestens seit dem verunglückten Wiedersehen mit ihren Eltern bewusst. Fee war der einzige Mensch, der ihr wirklich etwas bedeutete, und die Vorstellung, dass sie für einen fremden Mann Zuneigung, gar Liebe empfinden könnte, tat Ailis weit mehr weh als die schmerzliche Erinnerung an ihre Eltern.

Ailis war so in Gedanken versunken, dass sie kaum wahrnahm, welche Richtung Fee einschlug. Sie entfernten sich von der Burg und vom Rhein und damit auch vom Lurlinberg am anderen Ufer. Alleinsein, irgendwo im Wald, fern allem Vergangenen, wo geisterhafte Mädchen in Brunnenschächten und Ritter auf Brautschau keine Bedrohung bedeuteten. Einsam in einer Landschaft, die schweigend unter Schnee und Eis schlummerte, wo ihre Geräusche und Stimmen ganz anders klangen als sonst. Unschuldiger.

Sie ritten einen Hang hinab, der nur spärlich mit Fichten bewachsen war. Die Spuren der Jäger blieben allmählich zurück und die Pferde hatten in dem hohen Schnee merkliche Mühe voranzukommen. Vor ihnen breitete sich ein bewaldetes Tal aus, eine Mulde zwischen den Hängen, über deren Wipfeln ein Bussard kreiste. Ailis war noch nie hier gewesen – sie hatte die Burg ohnehin kaum jemals verlassen –, aber Fee schien sich in dieser Gegend auszukennen. Ausritte waren für eine junge Dame ihres Standes keine Seltenheit, wenn sie auch zumeist in Begleitung ihrer Zofen, des Grafen oder einiger Soldaten stattfanden.

»Ich glaube, wir müssen bald umkehren«, rief Fee über ihre Schulter nach hinten. »Die Pferde schaffen es nicht weiter. Der Schnee ist zu hoch.«

Ailis deutete mit ausgestrecktem Arm auf etwas, das ihr schon von der Bergkuppe aus aufgefallen war. »Was ist das da unten?«

»Meinst du die Lichtung?«

»Das, was darauf steht.« Die Sonne brach sich auf der Schneedecke und blendete Ailis. Sie blinzelte, um besser sehen zu können. »Sind das Ruinen?« Dunkle Formen erhoben sich auf der freien Fläche inmitten des Waldes, fast genau im Zentrum des Tals.

Fee zügelte ihr Pferd und wartete, bis Ailis' Stute aufgeschlossen hatte. »Das war ein Dorf. Es ist abgebrannt, schon vor Jahren.«

»Das ganze Dorf?«

»Sieht so aus.«

»Daran kann ich mich gar nicht erinnern«, wunderte sich Ailis. Gewiss hätte sich die Nachricht eines solchen Unglücks auf der Burg herumgesprochen.

Fee beschattete die Augen mit ihrer behandschuhten Rechten. »Wir waren damals noch Kinder«, sagte sie schulterzuckend.

Das Gewirr schwarzer Balken unten im Tal übte eine sonderbare Anziehungskraft auf Ailis aus. Windhosen wirbelten Schnee von den Baumkronen, weiß und funkelnd tanzten sie wie Geister über dem Wald. Der kreisende Bussard entdeckte etwas am Boden der Lichtung, schoss steil herab und verschwand hinter den Bäumen. Ailis sah ihn nicht wieder auftauchen.

»Warum wurden die Häuser nicht wieder aufgebaut?«, fragte sie.

Fee lächelte, aber es lag keine große Heiterkeit darin. »Du weißt doch, wie die Leute sind.«

»Wie sind sie denn?«, fragte Ailis ehrlich verwirrt.

»Tanzt ihnen der rote Hahn auf dem Dach, suchen sie die Schuld gleich beim Teufel.«

Ailis sah Fee von der Seite an und betrachtete ihr fein geschnittenes Profil. Wie ein Giftpfeil durchfuhr sie der Neid: Vor dem weißen Panorama der Winterlandschaft war Fee beinahe schmerzhaft schön.

»Du redest wie dein Onkel«, bemerkte sie düster.

Fee schaute sie an. »Ja, vielleicht.« Es klang ein wenig traurig.

Ailis löste sich von ihrem Anblick und sah wieder hinab ins Tal. »Der Teufel also?«, fragte sie zweifelnd.

»Es soll nicht der Teufel selbst gewesen sein, sondern etwas, das diese Leute mindestens ebenso fürchten.« Fee schnitt eine Grimasse, hielt sich die Zeigefinger wie Hörner vor die Stirn und lachte. »Kobolde, sagen sie. Und Waldgeister. Ein paar Elfen, die auf Schabernack aus waren.«

Ailis grinste. »Das sind doch Märchen.«

»Meine Tante meint, Märchen sagen immer die Wahrheit.«

»Dass gerade sie das meint, wundert mich nicht. Bei dem, was man über sie redet.«

Fee ließ sich nicht beirren. »Sie sagt, alles, wovon die alten Märchen erzählen, ist die Wahrheit. Nicht, weil sie behaupten, dass es Drachen wirklich gibt, sondern weil sie einem zeigen, dass man Drachen besiegen kann, selbst die größten und schrecklichsten.«

»So was sagt deine Tante?« Ailis verzog anerkennend das Gesicht. »Klingt klug.«

»Sie ist vielleicht eine Hexe, aber sie ist nicht dumm.«

»Sie wäre bestimmt gerührt, wenn sie dich hören könnte.«

»Bei ihr bin ich mir da nie ganz sicher.«

»Dass sie gerührt wäre, oder –«

»Dass sie zuhört. Sogar jetzt. Oder weißt du, was sie wirklich in ihrer Kammer tut, wenn sie allein ist und man trotzdem mehr als eine Stimme hinter ihrer Tür hört?«

Ailis rückte sich unruhig im Sattel zurecht. »Frag die Alten. Sie können dir eine Antwort darauf geben.«

»Gerede«, sagte Fee abfällig, »nichts als Gerede. Einige von denen würden meine Tante am liebsten im Burghof brennen sehen.«

»Du hast gerade erst selbst gesagt, dass sie eine Hexe ist.«

»Das habe ich anders gemeint, das weißt du.«

Ailis seufzte. »Vergiss deine Tante. Lass uns runter zu dieser Lichtung reiten. Ich will mir das ansehen.«

Sie versuchte, abenteuerlustig zu klingen, aber sie hatte selbst das Gefühl, dass ihr das gründlich misslang. Sie fragte sich, ob es wirklich ihr eigener Wille war, der sie zu solchen Entscheidungen hinriss. Sie war gewiss nicht feige, aber Leichtsinn war ihr ebenso fremd. Falls tatsächlich Kobolde und Elfen das Dorf niedergebrannt hatten, war es gewiss nicht ratsam, Bekanntschaft mit ihnen zu schließen.

Fee schienen die gleichen Gedanken durch den Kopf zu gehen. »Wir können nicht dahin«, sagte sie und fügte dann schnell hinzu: »Die Pferde –«

»Haben es bis hierher geschafft«, unterbrach Ailis sie, »da schaffen sie auch noch den Rest.«

»Du bist verrückt.«

Ailis hob lächelnd eine Augenbraue. »Wer legt sich denn zu fremden Männern ins Bett, du oder ich? Und nun sag mir noch einmal, wer von uns beiden verrückt ist.«

»Das war nicht –«

Mehr verstand Ailis nicht mehr, denn sie hieb ihrer Stute die Stiefel in die Flanken und preschte in einer Wolke aus Eiskristallen den Hang hinab. Die Oberfläche des Schnees war gefroren, und so kam das Pferd schneller voran als Ailis befürchtet hatte. Sie schaute nicht zurück, aber sie hoffte von ganzem Herzen, dass Fee ihr folgte. Die Vorstellung, alleine diesen Wald zu betreten, behagte ihr nicht. Und doch war ihr, als hätte sie gar keine andere Wahl – ob mit oder ohne Fee, sie würde sich diese Ruinen ansehen.

Die Stelle, an der die Bäume enger beieinander standen, kam immer näher, schien sich wie eine stumme Armee auf sie zuzubewegen. Ihr Herzschlag raste, und einmal horchte sie sogar in sich hinein, suchte nach Anzeichen des gefürchteten Lockgesangs. Doch der Lurlinberg und das, was er barg, waren weit entfernt, und es war lächerlich anzunehmen, sie könnte hier auf etwas Ähnliches stoßen – noch einen Schacht, noch ein kleines Mädchen, das in Wahrheit etwas ganz anderes war.

Blutperlen, die auf einem weißen Gesicht zerplatzten.

Das Pferd wurde langsamer, schnaubte unruhig, wollte

sich aufbäumen. Ailis schwankte im Sattel, plötzlich drehten sich Feuerräder vor ihren Augen.

Leises Lachen. Und ein Vogel, nur noch Federn und Feuchtigkeit, ganz warm in ihren Händen.

Ein Arm schoss vor, packte Ailis' Stute an den Zügeln. Fee war plötzlich neben ihr, hielt das Pferd fest, während ihr eigenes unruhig tänzelte.

»Das war dumm«, schimpfte Fee. »Das Tier hat Angst, das siehst du doch.«

Ailis war schwindelig, sie hatte Mühe, sich im Sattel zu halten. »Du hast Angst, sei doch ehrlich.«

»Na und?« Auf Fees Stirn erschien eine Zornesfalte. »Ich weiß nicht, ob hier wirklich Kobolde am Werk waren, aber mir liegt nicht viel daran, es herausfinden. Ist das so schlimm?«

Ailis kam zur Besinnung, schüttelte verstört den Kopf. »Nein – natürlich nicht«, stammelte sie. »Ich weiß nicht, was mit mir los ist. Ich –«

Eine Stimme unterbrach sie. Ein lauter Ruf, weit hinter ihnen auf dem Berg: »Fräulein! Fräulein Fee!«

Sie fuhren herum. Ein Reiter kam den Hang herab, dick vermummt, doch sie erkannten ihn beide. Es war ein berittener Bote des Grafen und er war außer sich vor Aufregung. Ailis spürte, wie sich ihr Magen zusammenzog.

Schweigend warteten die Mädchen, bis der Mann herangekommen war. Der Waldrand erhob sich finster hinter ihnen wie die anbrechende Nacht, es knisterte und raschelte im Geäst und einmal hörten sie weit in der Ferne das Heulen eines Wolfes.

Der Reiter brachte sein Pferd vor ihnen zum Stehen, verharschter Schnee stob auf. Als er sprach, klang er so atemlos, als hätte er den ganzen Weg zu Fuß zurückgelegt.

»Fräulein Fee!«, rief er noch einmal aus und würdigte Ailis mit keinem Blick. »Ihr müsst sofort umkehren. Euer Onkel hat mich gesandt.«

»Was ist geschehen?«, fragte Fee. Ailis bemerkte erstaunt, wie mühelos es ihrer Freundin gelang, einen herrischen Unterton in ihre Stimme zu legen.

»Er ist zurück«, brachte der Mann unter stoßweisem Atem hervor.

»Ritter Baan?«, fragte Fee eine Spur zu aufgeregt.

Ailis warf ihr einen scharfen Blick zu, doch ihre Freundin bemerkte es gar nicht.

»Baan?«, wiederholte der Bote, einen Augenblick lang überrumpelt. »Nein, Fräulein.« Er straffte seinen Oberkörper, um die Botschaft mit der nötigen Würde zu verkünden. »Es geht um Euren Vater«, sagte er. »Er ist zurückgekehrt.«

Der Rückweg schien sich unendlich in die Länge zu ziehen. Es hatte nicht mehr geschneit, der Himmel war immer noch stahlblau, aber Fee kam es vor, als läge der Schnee mindestens doppelt so hoch wie zuvor. Die Pferde waren erschöpft und verweigerten den Galopp. Fees Kleidung war von innen durchgeschwitzt und ihr wurde allmählich empfindlich kalt.

Während des ganzen Ritts brachte Fee kaum ein Wort hervor. Sie starrte auf den Rücken des Boten, der ihren kleinen Tross jetzt anführte, und versuchte verzweifelt, sich über bestimmte Dinge klar zu werden.

Die wichtigste Frage: Wie würde sie ihrem Vater entgegentreten? Sie wusste nicht einmal, wie er aussah, geschweige denn, was für ein Mensch er war. Er hatte sie in der Obhut seines Bruders zurückgelassen, als sie ein Neugeborenes war, gleich nach dem Tod ihrer Mutter. Fee besaß nicht die leiseste Erinnerung an ihn, und das Bild, das sie von ihm hatte, war eine Schöpfung ihrer Fantasie, zusammengesetzt aus den spärlichen Beschreibungen ihres Onkels und einiger Bediensteter.

Noch weniger wusste sie über sein Wesen, seine Art, seine Gefühle. Sie machte ihm keine Vorwürfe, wie die meisten anderen in der Burg. Er hatte ihre Mutter abgöttisch geliebt, dessen war sie sicher, und nach ihrem Tod hatte er sich von allem, was ihn an sie erinnerte, lösen wollen. Von der Burg, seinem Bruder und von seiner Tochter, die er nie kennen gelernt hatte.

Würde er enttäuscht sein, wenn sie ihm gegenüberstand? Was erwartete er? Sicher, sie war hübsch, von anmutiger Gestalt und gewiss nicht dumm, aber war es wirklich das, worauf es ihm ankam? Was, wenn er sich eine Tochter wie Ailis wünschte, ein Mädchen zum Pferde stehlen? Nach all den Jahren in der Fremde musste er ein harter, weltgewandter Mann sein. Erwartete er die gleichen Eigenschaften auch von ihr und musste sie ihn dann nicht maßlos enttäuschen?

Aber noch hatte sie ihn ja nicht einmal zu sehen bekommen. Vielleicht war alles auch nur ein Irrtum. Aus welchem Grund sollte er nach so langer Zeit zurückkehren? Bestimmt hatte er anderswo ein zweites Leben begonnen, hatte ein neues Weib, vielleicht sogar Kinder. Hier hingegen erwartete ihn nichts, keine Reichtümer, keine Anerkennung, nicht einmal eine Familie, die Wert auf ein Wiedersehen mit ihm legte.

Fee war es, als beobachtete sie sich selbst von außerhalb ihres Leibes. Sie sah eine Fremde, die all diese wirren Gedanken dachte, die sich vor Aufregung kaum aufrecht im Sattel halten konnte und Mühe hatte, eine Antwort zu finden, wenn das Wort an sie gerichtet wurde. So vieles brach über sie herein, so viele Empfindungen, echte und erträumte Erinnerungen, Wunschvorstellungen und, ja, Schuldgefühle – die Ahnung einer Schuld, die ihr Vater ihr zuweisen mochte, denn ohne sie wäre ihre Mutter noch am Leben. Würde er so ehrlich – aber auch so grausam – sein, das auszusprechen? Sie würde es in seinen Augen lesen können, ganz gleich, was er sagte. Plötzlich erkannte sie, dass sie viel mehr Angst als Freude empfand, und sie fragte sich, ob es das wirklich wert war.

Die drei erreichten die Burg, als die Sonne bereits ihren höchsten Stand überschritten hatte. Über den Bergen am anderen Ufer zogen neue Schneewolken auf und das Knirschen der Eisschollen auf dem Rhein drang bis zum Tor herauf.

Das ist das furchtsame Flehen der Flussweiber, sagten die Alten in jedem Winter, ihr Jammern und Weinen, wenn die Kälte kommt und sie unter einer Decke aus Eis begräbt.

Lebendig begraben, durchfuhr es Fee, als sie zum Rhein hinabsah; im Augenblick schien ihr das fast verlockend im Vergleich zu dem, was ihr selbst bevorstand.

Ailis redete beruhigend auf sie ein, aber Fee hörte kaum, was sie sagte. Sie spürte die Blicke der Menschen im Hof wie Spitzen in einem Nadelkissen, stechend und von allen Seiten auf einmal. Mit dem Rest von Anmut, den sie noch zu Stande brachte, glitt sie vom Pferd und drückte die Zügel einem Stallknecht in die Hand. Ailis streichelte ihren Arm, und Fee gelang es immerhin, ihr einen dankbaren Blick zuzuwerfen, dann löste sie sich von ihr und trat durch eine Gasse aus Menschen zum Portal des Haupthauses. Es stand offen und wurde von zwei Männern bewacht. Aus dem Inneren drang kein Laut. Alle Türen mussten geschlossen sein, damit nichts nach außen drang von dem, was ihr Onkel und ihr Vater zu besprechen hatten.

»Wie lange sind die schon da drin?«, fragte Fee leise, als sie Amrei in der Menge entdeckte.

Die Zofe zitterte vor Aufregung. »Nicht lange. Euer Vater ist eben erst eingetroffen. Der Bote wurde gleich ausgesandt, als die ersten Nachrichten vom Näherkommen Eures Vaters die Burg erreichten.«

Fee hätte sie gerne gefragt, wie er aussah, welchen Eindruck sie von ihm hatte, doch dann wurden ihr die Gesichter all der anderen Menschen bewusst, die sie umstanden, und sie zog es vor zu schweigen. Ohne ein weiteres Wort trat sie an den Wachen vorbei ins Haus und ließ die atemlose Neugier der Menge hinter sich.

Zögernd und mit weichen Knien näherte sie sich dem Eingang des Rittersaals. Das Doppeltor war geschlossen, zwei weitere Soldaten hielten davor Wache, augenscheinlich um wissbegierige Diener zu vertreiben.

»Meldet meinem Onkel ...« – sie verbesserte sich – »... meinem Vater, dass ich hier bin.« Ihre Stimme schwankte.

Der Wächter verschwand im Inneren des Rittersaals, und sie hörte, wie er sie ankündigte. Keine Musikanten spielten zur Begrüßung ihres Vaters, und da wusste sie mit Gewissheit, dass es auch später keine Feierlichkeiten geben würde. Kein Wiedersehensbankett, kein gemeinsames Festtagsmahl. Ihr Onkel hatte seinem Bruder nie verziehen, dass er vor seiner Trauer davongelaufen war. Für dergleichen war im Herzen Graf Wilhelms kein Platz.

Der Wächter kehrte zurück und schob den rechten Türflügel zu voller Weite auf. Fee trat hindurch, den Blick mühsam nach vorne gerichtet, aufrecht und erfüllt von falschem

Stolz, der nichts war als eine Maskerade zu ihrem eigenen Schutz.

Der Graf und die Gräfin saßen auf ihren angestammten Plätzen an der Tafel und blickten ihr entgegen, ihr Onkel finster, als sei er gerade in einem Zornesausbruch gestört worden, ihre Tante mit sanftem Lächeln, das vielleicht ernst gemeint, vielleicht auch gekünstelt war; bei ihr war das schwer zu sagen. Im Kamin brannte ein Feuer, es war sehr warm im Saal, und Fee wünschte sich, sie hätte erst ihre Winterkleidung abgelegt, bevor sie hierher gekommen war.

Ein Mann – dein Vater, Fee, dein Vater! – saß mit dem Rücken zu ihr am vorderen Ende der Tafel und drehte sich jetzt langsam um. Er hatte hellblondes Haar, fast weiß. Er sah sie ohne ein Wort über die Schulter hinweg an, dann erhob er sich und trat um den Stuhl auf sie zu.

Fees Lächeln flackerte wie die Flammen im Kamin. Sie versuchte, es aufrechtzuerhalten, aber es wollte ihr nicht völlig gelingen. Zu viele Gefühle, zu viele Befürchtungen, Hoffnungen, Wirrnisse in ihrem Kopf.

Eberhart von Katzenelnbogen war einige Jahre jünger als ihr Onkel, doch sein Gesicht verriet auf den ersten Blick, dass er in seinem Leben viel durchgestanden und großes Unrecht erlitten hatte. Seine Züge waren eingekerbt, spröde, und die Falten um seine Augen und Mundwinkel rührten gewiss nicht vom Lachen. Er war sehr groß; Fee hatte das Gefühl, jetzt schon zu ihm aufschauen zu müssen, obwohl er noch einige Schritte entfernt war. Seine Augen waren blau wie ihre eigenen, noch schöner, fand sie, und sein Nasenrücken verlief schmal und gerade wie eine Dolchklinge. Von der Kälte während der Reise waren seine Lippen gesprungen, auch das war ihm und Fee gemeinsam. Seine Wangen waren von kurzen, weißgrauen Stoppeln bedeckt, sein Kinn hatte ein leichtes Grübchen. Er sah aus wie jemand, den man mögen könnte, wenn man das Schicksal hinter dieser Fassade verstand, wenn man sicher war, dass die Geheimnisse, die sein Äußeres verhießen, mehr waren als die Schrullen eines Einzelgängers und Abenteurers.

»Vater«, grüßte Fee ihn und deutete eine Verbeugung an. Vielleicht war das ein Fehler. Höflichkeit und Etikette würden ihn nicht beeindrucken. »Ich bin Fee«, fügte sie hinzu, »deine Tochter.« Das klang, als müsse sie ihn erst davon überzeugen, so als sei sie sich selbst nicht ganz sicher darüber.

Er schaute sie an, sein Gesicht halb im Schatten, schweigend, vielleicht erstaunt. Was immer er erwartet hatte – sie verkörperte nichts davon.

Ich habe es gewusst, dachte sie gekränkt. Er hatte sich jemanden ganz anderes erhofft, jemanden wie er selbst, rau und kühn und ohne das zierliche Gebaren einer Hofjungfer. Kein Püppchen mit langem Goldhaar, schmalen Hüften und viel zu dünnen Beinen.

»Wie deine Mutter«, sagte er leise. Kaum mehr als ein Flüstern.

Hatte er sich das gewünscht? Das Ebenbild ihrer Mutter?

»Du siehst aus wie sie«, fügte er hinzu, tief in Gedanken.

Sie überlegte, was sie darauf erwidern könnte, doch er ließ ihr gar keine Gelegenheit dazu. Mit einem Ruck fuhr er herum, schaute zurück zu seinem Bruder und dessen Weib.

»Wo ist –«, begann er, doch im selben Augenblick sprang die Gräfin auf und fegte ihren Weinkelch vom Tisch. Das tönerne Gefäß barst lautstark am Boden, dunkelroter Wein spritzte sternförmig in alle Richtungen.

Es soll aussehen wie ein Versehen, dachte Fee, aber das war es nicht. Pure Absicht.

»Fee«, sagte die Gräfin bestimmt, »lass uns noch einen Augenblick allein. Dein Vater und wir haben einiges zu besprechen.« Sie schaute ihren Gatten Hilfe suchend an, etwas, das sie sonst nie tat.

»Warte vor der Tür, Fee«, sagte der Graf geschwind und stand auf. »Wir rufen dich, wenn es soweit ist.«

Sie wollte protestieren, die beiden anschreien, ihnen ins Gesicht brüllen, dass es nicht ihre Sache war, ob und wann und wie lange sie mit ihrem Vater zusammen war; dass sie ihr nichts mehr zu befehlen hatten, jetzt nicht mehr, denn nun war ein anderer da, der über sie entschied.

Über mich entscheidet!, durchfuhr es sie. War es wirklich das, was sie wollte?

Doch alles, was sie einzuwenden hatte, blieb ihr im Halse stecken, als sie sah, wie ihr Vater sich umdrehte und zurück zur Tafel ging. Keine Umarmung. Kein freundliches Wort. Er hatte sie nicht einmal begrüßt!

Wie deine Mutter.

Pah, darauf konnte sie verzichten. Sollte er sich doch ein Bild ihrer Mutter malen lassen! Ein Gemälde würde nicht erwarten, dass er es in den Arm nahm, dass er mit ihm sprach, sich mit ihm freute. Dass er es als lebenden, denkenden, fühlenden Menschen akzeptierte, nicht als das Spiegelbild einer Toten.

Fee fuhr auf der Stelle herum und verließ stumm den Saal. Sie zog die Tür so heftig hinter sich zu, dass die Flügel krachend erbebten, und als einer der Wachtposten – vielleicht mitfühlend, vielleicht auch nur neugierig – das Wort an sie richten wollte, schenkte sie ihm einen so eisigen Blick, dass er ohne einen Laut die Lippen aufeinander presste und stur an ihr vorüber sah.

Sie lief durch das ganze Haupthaus der Burg, durch jeden Gang, an jeder Kammertür vorbei, und niemand begegnete ihr. Alle hatten sich bei Eberharts Eintreffen im Hof versammelt; der Eintritt ins Haus aber war ihnen von den Wächtern verwehrt worden. Fee war dankbar dafür. Sie wollte allein sein, keinen sehen, mit niemandem sprechen. Nicht einmal mit Ailis.

Schließlich aber führte ihr Weg sie zurück zum Rittersaal, mit versteinertem Gesicht und unterdrückten Tränen. Sie verstand sich selbst nicht. Was lag ihr schon an diesem Fremden? Ob er ihr Vater war oder nicht, sie kannte ihn doch nicht einmal. Und wie es schien, würde sie ihn auch niemals wirklich kennen lernen. Er legte keinen Wert darauf, gut, dann sollte es ihr nur recht sein. Was dachte er sich eigentlich dabei, hier aufzutauchen, aus dem Nichts, ein Schatten aus der Vergangenheit, und sie mit seiner Gleichgültigkeit zu beleidigen?

Die Wachtposten zuckten mit den Achseln, als sie Fee kommen sahen, und sie verstand sofort, was sie meinten: Keine Veränderung. Nichts hatte sich gerührt, niemand hatte den Saal verlassen.

Schon wollte sie sich abwenden, irgendwohin gehen, wo sie sich nicht selbst als die Unterlegene, als Geschlagene fühlen musste, als plötzlich die Tür des Rittersaals aufgerissen wurde. Flackernder Feuerschein vom Kamin raste als breiter werdender Streifen über den Boden des düsteren Flurs, dann wurde der Türspalt von einer Silhouette verdunkelt.

Ihr Vater trat aus dem Portal, die Stirn glänzend vom Schweiß der Erregung, die Furchen in seinem Gesicht noch tiefer und dunkler vor Zorn. Mit weiten Schritten lief er an den beiden Wächtern vorbei, achtete nicht auf die Stimme der Gräfin, die ihm von drinnen etwas nachrief, achtete auch nicht auf Fee, die ihm erst entgegen- und dann hinterherschaute. Ohne ein Wort, ohne einen Blick ging er an ihr vorüber, den Korridor hinunter.

Er sieht mich nicht an, dachte Fee wie betäubt.

Sieht mich nicht einmal an.

Ailis erwachte vom Bersten der Eisschollen auf dem Rhein, Geräusche wie von Schiffen, die während einer Seeschlacht ineinander rasten, den Rammsporn voraus, krachend und knirschend durch die Bordwand der Feinde.

Wenige Augenblicke später aber erkannte sie, dass es nicht die Geräusche waren, die sie geweckt hatten. Es war der Lockgesang vom Lurlinberg. Unwiderstehlich überkam sie das Verlangen aufzustehen, hinauszugehen, im kalten Mondlicht auf den Zinnen zu stehen und den Blick zum anderen Ufer zu wenden.

Sie streifte ihre wärmste Kleidung über, selbst überrascht, dass sie ihre Sinne soweit beieinander hatte. Schlüpfte in ihre Fellstiefel, warf sich den Mantel um die Schultern. Im Schatten der Kapuze war ihr nicht nur wärmer, sie fühlte sich auch sicherer. Vielleicht, weil der Stoff so eng an den Ohren anlag, den Gesang des Mädchens dämpfte und seine Macht über sie verringerte.

Als sie aber hinaus auf den Gang trat, wurde ihr plötzlich etwas klar. Was sie hier tat, tat sie aus eigenem Willen! Sie hörte zwar die ferne Stimme des Mädchens, doch es waren nicht die geisterhaften Töne und Melodien, die sie lenkten. Sie war aufgestanden, weil sie selbst es so wollte und sie konnte ebenso gut zurück in ihre Kammer gehen und sich wieder ins Bett legen. Das blieb, so unglaublich es schien, allein ihr selbst überlassen, und diese Erkenntnis vertrieb sogar die eisige Kälte aus ihren Gliedern.

Doch wenn der Gesang des Mädchens in dieser Nacht tatsächlich nicht an sie gerichtet war, wem galt er dann?

Um das herauszufinden, musste sie weitergehen, musste hinauf auf die Zinnen klettern, hinabschauen in den Hof oder zum Fluss und beobachten, wer die Burg verlassen und den Lurlinberg erklimmen würde.

Es dauerte nicht lange, ehe sie den Wehrgang erreichte. Der Schnee hier oben war seit dem Abend erneut überfroren, seine Oberfläche spiegelglatt. Ailis musste Acht geben, wohin sie ihre Füße setzte. Zur Hofseite hin gab es kein Geländer, das sie halten würde, falls sie ausrutschte. Außerdem wollte sie nicht, dass irgendwer sie hier oben bemerkte. Falls es wirklich noch jemanden in der Burg gab, der den Gesang des Mädchens hören konnte, musste sie wissen, wer es war. Möglich, dass das unheimliche Wesen sie aufgegeben und sich einen anderen gefügig gemacht hatte. Jemand, der nicht zögern würde, den Schlüssel aus Erlands Schmiede zu entwenden und das Stachelgitter zu öffnen.

Im Schutze eines Fasses voller Asche, eigentlich gedacht, um damit den vereisten Wehrgang zu bestreuen und nun selbst unter einer Schneehaube begraben, blickte Ailis hinüber zum Tor. Die Wächter hatten sich um ein Feuer versammelt, vermummt und frierend, von den Schwaden ihres eigenen Atems umwölkt. Sie schienen den Gesang nicht wahrzunehmen, kauerten nur still beieinander und tranken heißes Gebräu aus einem Kessel über dem Feuer.

Ein leises Knirschen ertönte, als die Tür des Haupthauses einen Spaltweit geöffnet wurde. Ein dunkler Schemen stahl sich ins Freie. Im Hof brannten keine Fackeln, und so war es zu finster, um Genaueres zu erkennen. Erst als die Gestalt den Platz überquerte, sich an der alten Linde vorbei hinüber zum Tor stahl und in den Schein des Lagerfeuers trat, sah Ailis, dass es sich um einen Mann handelte. Hoch gewachsen, mit weißblondem Haar. Nicht warm genug gekleidet für eine Nacht wie diese, als hätte er seine Kammer in größter Eile verlassen.

Ohne dass Ailis ihn am Nachmittag mit eigenen Augen gesehen hatte, wusste sie doch, dass dies Eberhart von Katzenelnbogen war. Von Fee hatte sie erfahren, dass er sich in seiner Kammer verkrochen und die Tür verriegelt hatte, ohne Antwort zu geben auf Fees verzweifelte Fragen.

Ich hoffe, er verfault da oben, hatte Fee gesagt. Sie hatte Ailis unendlich Leid getan, doch es gab nichts, das sie für ihre Freundin hätte tun können. Ailis kannte sich aus mit Eltern, die ihre Töchter verstießen, aber auch sie hatte bisher kein Geheimrezept dagegen gefunden. Außerdem wollte sie nicht, dass Fee und sie sich in gegenseitigem Mitleid ergingen; dafür war ihre Freundschaft zu kostbar.

Als die Wachen den Bruder des Grafen erkannten, ließen sie ihn anstandslos passieren, mit dem wohl gemeinten Rat, sich nicht allzu lange in dieser Kälte aufzuhalten.

Von ihrem Versteck aus konnte Ailis nicht sehen, in welche Richtung Eberhart sich wandte, deshalb schlich sie gebückt den Wehrgang entlang und näherte sich dem Tor. Hier schaute sie verstohlen über die Zinnen hinweg und sah, wie Fees Vater den verschneiten Weg zum Ufer hinab lief. Gleich würde er zu weit entfernt sein, um ihn länger zu beobachten. Ihr blieb keine Wahl: Sie musste ihm folgen.

Es war unmöglich, die Posten ungesehen zu passieren. Sie

schlich auf der anderen Seite des Hofes die Treppe hinunter, gab ihr Versteckspiel auf und näherte sich mit gespielter Gelassenheit dem Tor, so als sei das um diese Nachtzeit eine völlige Selbstverständlichkeit. Prompt vertrat ihr einer der Wächter den Weg und befahl ihr, näher ans Feuer zu treten. Als die Männer sie erkannten, meinte einer:

»Wohin willst du, Ailis?«

»Was geht dich das an?«, erwiderte sie scharf. Die Wachen hatten ihr nichts zu befehlen, sie hatte sich schließlich nichts zuschulden kommen lassen.

»Wir sind heute Nacht wohl besonders guter Laune, was?«, fragte ein anderer.

»Es ist fast Vollmond«, entgegnete sie. »Ich kann nicht schlafen.«

»Und da hast du dir gedacht, du wanderst ein bisschen im Wald umher, nicht wahr?«

»Ganz genau.«

Jener, der ihr den Weg verstellt hatte, machte einen Schritt auf sie zu. »So eine Nacht ist nichts für kleine Mädchen. Da draußen heulen die Wölfe. Und es heißt, die Wasserleute sind wegen des Eises aus dem Fluss gekrochen und schleichen am Ufer umher.«

Einer der Soldaten am Feuer schnitt eine Grimasse. »Ach, hör schon auf. Damit machst du ihr bestimmt keine Angst.«

Ailis nickte und warf dem Witzbold einen bösen Blick zu. »So ist es.«

»Geh zurück ins Haus«, wies der Wächter vor ihr sie an. »Es ist zu gefährlich da draußen.«

Sie hätte schreien mögen vor Zorn über die Willkür dieses Kerls. Genau genommen hatte er kein Recht – und vor allem keinen Grund –, ihr den Durchgang zu verweigern.

Andererseits gab es niemanden, bei dem sie sich beschweren konnte.

Da kam ihr eine Idee.

»Hat der Bruder des Grafen gesehen, was ihr da über dem Feuer kocht?«, fragte sie und deutete auf den dampfenden Kessel. »Was wird wohl euer Hauptmann sagen, wenn er davon erfährt?«

Schweigen war die Antwort. Gereizte Blicke aus verkniffenen Augen. Einer ließ langsam den Becher mit dem heißen Met sinken. Gleich würden sie ihr Prügel androhen, Ailis konnte es von ihren Gesichtern ablesen. Was würde sie dann tun?

Schließlich aber fragte jener, der vor ihr stand: »Woher weißt du überhaupt, dass der Bruder des Grafen hier vorbeigekommen ist?«

Sie hatte inständig gehofft, dass er das fragen würde. »Hat er euch nicht gesagt, dass wir verabredet sind?« Falls sich das, was sie da andeutete, herumsprach, gar bis zu Fee vordrang, würde sie einiges zu erklären haben.

»Verabredet?«, murmelte einer der Männer.

Zwei andere tuschelten miteinander. »Dann hat er uns deshalb Stillschweigen befohlen«, sagte einer von ihnen schließlich ein wenig lauter.

Der Wächter, der in Ailis' Weg getreten war, starrte sie argwöhnisch von oben bis unten an. Sie sah genau, was in ihm vorging. Äußerlich war sie gewiss die Art von Mädchen, die dem Bruder des Grafen gefallen mochte: rau und stark wie er, dabei von kühler Schönheit. Zugleich aber sank sie in den Augen des Mannes von einer verschrobenen Verrückten auf die Stufe einer Metze herab, die ihre Reize für ein paar Vergünstigungen feilbot.

Zögernd trat er zur Seite. »Geh«, sagte er abfällig und deutete durchs Tor. »Und sei dem Herrn nach seinen Wünschen zu Diensten.«

Einer der anderen lachte, doch der Rest blieb still.

Ailis beeilte sich, von hier fortzukommen. Nicht nur, weil sie Angst hatte, Eberharts Spur zu verlieren, sondern viel mehr, weil sie die Blicke der Männer nicht länger ertragen konnte. Sie sandte ein Stoßgebet zum Himmel, dass die Kerle Eberharts Schweigebefehl befolgten und dass am nächsten Tag nicht die ganze Burg von ihrem Ausflug wissen würde.

Sie lief schlitternd den Weg zum Ufer hinab. Im Dorf regte sich nichts, auch nicht an der Anlegestelle der Fähre. Um diese Jahreszeit gab es für den Fährmann nichts zu tun, das Eis hätte seine Fähre wie brüchiges Herbstlaub zermalmt.

Wo aber war Eberhart?

Sie entdeckte ihn, als sie angestrengt über den zugefrorenen Strom schaute. Im hellen Mondlicht stolperte er über das Gewirr der schaukelnden Eisschollen. Die glitzernden Platten rieben schabend gegeneinander. Was er da tat, war Wahnsinn! Ein falscher Schritt, eine unbedachte Bewegung, und die Schollen würden unter ihm nachgeben. Wenn ihn erst die Strömung unter das Eis zog, gab es für ihn keine Rettung mehr. Man würde nicht einmal seinen Leichnam finden.

Stocksteif blieb sie am Ufer stehen, blickte ihm nach. Um nichts in der Welt würde sie ihm auf die treibenden Schollen folgen. Siedend heiß durchzuckte sie die Vorstellung, was wohl wäre, wenn der Lockgesang ihr gelten würde; auch sie hätte dann nicht gezögert, das tödliche Eis zu betreten.

Eberhart schwankte, taumelte und fiel hin. Ailis sah mit angehaltenem Atem, wie er in die Knie brach und sich gerade noch mit den Händen auffing. Auf allen vieren kauerte er auf einer wippenden Eisscholle, vom Mondschein in frostiges Weiß getaucht, als sei er selbst zu einer Figur aus Eis erstarrt.

Ailis wusste nicht, was sie tun sollte. Hilflos sah sie zu, wie er sich aufrappelte, ganz langsam, ganz vorsichtig, und sich suchend nach einer festeren Scholle umschaute. Ganz in seiner Nähe trieb die Strömung zwei Bruchstücke übereinander; das eine Stück barst in Dutzende Splitter und ein Beben lief durch die ganze Eisfläche. Abermals drohte Fees Vater zu stürzen, konnte sich nur mit Mühe halten.

Plötzlich drehte er sich um und warf einen Blick zurück über die Schulter. Ailis zuckte zusammen, sprang geschwind hinter den verlassenen Unterstand des Fährmanns. Er musste sie dennoch gesehen haben, den einzigen Menschen am Ufer, beschienen vom Mond, ein scharfer Umriss vor der schimmernden Schneeböschung. Hatte er sie erkannt? Was würde sie ihm sagen, wenn er sie später zur Rede stellte?

Im Augenblick aber schien er ganz andere Sorgen zu haben. Sein Stand auf den schwankenden Schollen wurde immer unsicherer. Er versuchte einen Schritt nach rechts, dann einen nach links, beides vergeblich. Es gab kein Weiterkommen.

Ailis traute ihren Augen nicht, als sie sah, was dann geschah: Eberhart drehte sich um und kam zurück – obwohl doch der Lockgesang des Mädchens noch immer in der eisigen Winterluft vibrierte! Wie war das möglich? Warum vermochte er den Bann der Melodie zu brechen, etwas, das Ailis nicht gelungen war?

Er wurde jetzt schneller, lief genau auf sie zu, und je näher er dem Ufer kam, desto fester wurde das Eis unter seinen Füßen. Schließlich sah sie, dass er rannte, und da erst überwand sie ihre Verblüffung, warf sich herum und lief zurück ins

Dorf, zwischen den Hütten und windschiefen Häusern hindurch, schließlich den Pfad zur Burg hinauf.

Aber er war schneller als sie! Er war größer, kräftiger, und er würde sie auf jeden Fall einholen. Die Vorstellung, wie er sie unter den Blicken der Wächter durchs Burgtor zerrte, erfüllte sie mit Panik. Es gab nur eine Möglichkeit, dem zu entkommen.

Sie wich vom Pfad ab und schlug sich ins Gehölz oberhalb der Wegböschung. Die Spuren im Schnee würden sie verraten, falls er wirklich danach suchte.

Es dauerte nicht lange, da kam er den Weg herauf, keuchend vor Anstrengung, leicht vornübergebeugt. Sein Haar klebte ihm schweißnass an der Stirn, und seine Wangen glitzerten im Mondlicht.

Himmel, durchfuhr es sie, er weint!

Eberhart von Katzenelnbogen vergoss Tränen, sein ganzes Gesicht glänzte davon, und nun, da er näher kam, hörte sie ihn leise schluchzen. Ailis hatte nie zuvor einen Mann weinen sehen. Es war ein sonderbares Gefühl, ihn dabei zu beobachten, gerade ihn, der aussah, als habe er viel zu viel erlebt, um noch von irgendetwas derart berührt zu werden. Und doch sprach Verzweiflung aus seinen rauen Zügen, echte, tief empfundene Trauer.

Der Gesang des Mädchens schwebte immer noch über dem Berghang, einlullend, aber nicht besitzergreifend. Ailis' Gedanken überschlugen sich. Wenn die Klänge nicht an sie gerichtet waren, und augenscheinlich auch nicht an Eberhart, wem galten sie dann?

Sie war jetzt überzeugt, dass Fees Vater einen anderen Grund gehabt hatte, hinunter zum Ufer zu laufen. Wenn ihn wirklich der Lockgesang getrieben hätte, wäre es ihm nicht möglich gewesen, einfach kehrtzumachen. Versuchte das

Mädchen also, einen ganz anderen auf den Lurlinberg zu locken? Einen oder gar mehrere? Ailis hätte einen Finger ihrer rechten Hand dafür gegeben zu erfahren, was in den Ruinen auf dem Bergplateau vor sich ging. Wer stand in diesem Augenblick am Gitter, wer starrte hinab in den schwarzen Schacht, wer erlag dem säuselnden Flüstern des Mädchens?

Fees Vater passierte ihr Versteck, ohne auch nur einen Blick an ihre Fußspuren im Schnee zu verschwenden. Er rieb sich mit dem Handrücken über Augen und Wangen wie ein kleines Kind, das weinend vom Spiel in die Arme seiner Mutter läuft. Der Anblick traf Ailis so tief, dass sie trotz aller Furcht das Bedürfnis überkam, zu ihm zu gehen, ihn zu trösten wie einen Freund.

Aber Eberhart von Katzenelnbogen war niemandes Freund, gewiss nicht der eines fremden Mädchens, das ihn bei Nacht durch den Schnee verfolgte und zusah, wie er weinte, ihm nachstellte in einem Augenblick, in dem er sich gänzlich allein und unbeobachtet fühlte. Ailis kam sich schuldig und abgefeimt vor.

Eberhart verschwand hinter einer Wegkehre. Sie lauschte noch eine Weile länger auf sein leiser werdendes Stapfen im Schnee, dann verließ sie ihr Versteck und ging langsam hinterher. Verborgen hinter einem Baumstamm sah sie, wie er das Tor passierte, ohne den Wächtern Beachtung zu schenken.

Sie ließ ihm genug Zeit, um ins Haus zu treten, dann lief auch sie hinauf zur Burg. Keiner der Wachen sprach sie an, aber sie bemerkte ihre höhnischen, wissenden Blicke, ahnte, wie sie ihr mit den Augen die Kleider vom Leib rissen und sich in der Vorstellung ihres Körpers in den Armen Eberharts ergingen.

Es war ein Gefühl, als müsse sie nackt an ihnen vorübergehen, und doch zuckte sie mit keiner Wimper, schritt vielmehr erhobenen Hauptes und ohne einen Seitenblick an ihnen vorbei, spürte die Wärme des Lagerfeuers kommen und gehen, passierte den Schatten der Linde und betrat das stille Haupthaus.

Hinter ihr begann es erneut zu schneien.

7. Kapitel

Zwei Tage lang versuchte Fee, nicht an ihren Vater zu denken. Zwei Tage, in denen sie allen anderen Bewohnern der Burg aus dem Weg ging, sogar Ailis, nur damit niemand sie auf den rätselhaften Besucher ansprach.

Er hielt sich seit seinem Eintreffen in seiner Kammer auf, hinter verriegelter Tür, und war für niemanden zu sprechen. Fees Mühen, ihn zu vergessen, waren vergeblich, natürlich, aber sie hätte es nicht ertragen, mit irgendwem darüber reden zu müssen, am wenigsten mit ihrer Tante, die mehrfach den Versuch unternahm, sie in ihrer Kemenate zu besuchen.

Am Abend des zweiten Tages aber wurde Fee klar, dass sie sich genauso aufführte wie ihr Vater, und das gab ihr die Kraft, ihren verletzten Stolz zu überwinden. Sie verließ ihr Gemach, streifte durch die Gänge der Burg, ließ sich im Hof und in der Küche sehen, entzog sich aber jedem Gespräch durch eilige Ausreden. Sie betrat sogar Erlands Werkstatt, was sie selten tat, erntete von dem Schmied nur einen mürrischen Seitenblick, sah aber sogleich die Erleichterung in Ailis' Augen.

Draußen wurde es bereits dunkel, doch gerade heute gab es in der Schmiede viel zu tun, und Erland weigerte sich, sein Lehrmädchen ziehen zu lassen – nicht, bevor sie nicht ein halbes Dutzend weiterer Schwertgriffe mit Darm umwickelt und einen besonders kunstfertigen Dolch für den Grafen persönlich geschärft hatte. Ailis wollte protestieren, aber Fee winkte ab und verabredete sich mit ihr für den nächsten Tag.

Immerhin, ein neuer Anfang war gemacht, und Fee wurde klar, dass es im Grunde keine Bedeutung hatte, was ihr Vater tat oder dachte. Ihr Leben ging weiter wie bisher, ob er nun dort oben in seiner Kammer saß oder nicht. Sollte er doch grübeln, wenn ihm der Sinn danach stand. Sollte er tun, was er wollte – schmollen, trauern, vor Weltschmerz vergehen. Ihr war es gleichgültig.

Ja, dachte sie, gleichgültig! Es war ein großartiges Gefühl, diese Freiheit in sich zu entdecken, das zu denken, was sie für richtig hielt, egal, wer dieser Mann in der Kammer auch war. Ob ihr Vater oder ein vollkommen Fremder, es berührte sie nicht mehr.

Sie wollte zurück in ihre Kemenate gehen, vielleicht eine Stickerei beenden, vielleicht auch einfach nur ein wenig dasitzen und hinaus über die abendliche Winterlandschaft schauen, als ihr auf dem Gang ein Bediensteter entgegenkam.

»Fräulein Fee«, hielt er sie zurück, als sie an ihm vorbeigehen wollte, »ich habe Euch gesucht.«

»Was gibt es?«

»Euer Vater schickt mich. Er will mit Euch sprechen.«

Das war nicht gerecht. Einfach nicht gerecht. Was dachte er sich dabei? Gerade erst hatte sie sich abgefunden mit seiner Ablehnung und Halsstarrigkeit. Worüber, zum Teufel, wollte er nur mit ihr reden? Darüber, dass sie ihr Haar anders tragen sollte, damit sie ihrer Mutter noch ähnlicher sah?

Sie schickte den Diener fort, betrat ihre Kammer und machte sich an der Wasserschüssel frisch. Dann kämmte sie ihr Haar, rötete ihre Wangen und Lippen mit dem Saft zerstoßener Rosenblüten und legte ein schlichtes, aber kostbares Geschmeide aus Gold um ihren Hals.

Das alles tat sie nicht, um ihm zu gefallen – ganz im Gegenteil, sie wollte ihm mit jenen Waffen gegenübertreten, die die Natur ihr geschenkt hatte. Sie betonte ihre Anmut, das Edle ihrer Erscheinung, und sie nahm sich vor, ruhig, klar und betont zu sprechen. Sie war als Mündel eines Grafen erzogen worden, und diese Eigenschaften waren es, die sie blind beherrschte. Wenn ihr Vater sich eine Tochter in Reithosen, mit aufgeschürften Ellbogen und Schwielen an den Fingern wünschte, sollte er sie anderswo suchen.

Fee war jetzt ganz sie selbst: das Edelfräulein, die Nichte des Grafen Wilhelm von Katzenelnbogen, bald vielleicht schon eine Dame bei Hofe oder die Gemahlin eines Ritters – und ganz gewiss nicht die Tochter eines Herumtreibers, eines gekränkten Dummkopfs, der sich wunderte, dass nach sechzehn Jahren Abwesenheit in seiner Heimat nicht mehr alles so war, wie er es zurückgelassen hatte. Entschuldige, Vater, dass ich größer geworden bin! Verzeih, dass ich kein Kind mehr bin und dass sogar Ritter um meine Hand anhalten! Verzeih dies und alles andere, das dir nicht gefällt, aber lass mich bitte, bitte in Frieden mit dem, was du darüber denken magst! Verschwinde am besten ebenso plötzlich von hier, wie du aufgetaucht bist.

Sie verließ ihre Kammer und das Weiberhaus, ging mit äußerster Ruhe über den Hof und hinüber zum Haupthaus. Viele schauten ihr nach, doch sie gab vor, es nicht zu bemerken. Sie wusste, dass sie jetzt schöner war als jede andere Frau in der Burg, zumindest fühlte sie sich so, und sie fand, dass sie jeden anerkennenden Blick, jedes geheime Verlangen redlich verdiente.

Es dauerte nicht lange, da stand sie vor der Kammertür ihres Vaters, klopfte laut, aber nicht überhastet. Er sollte nur nicht denken, sie hätte diese Begegnung kaum erwarten können.

Er öffnete, und ihn jetzt so vor sich zu sehen, genau wie das Abbild in ihrer Erinnerung und doch ganz anders, lebendiger, menschlicher, nahm ihr ein bisschen von ihrer vorgefertigten Ablehnung. Dennoch ließ sie sich nichts anmerken, ging mit kühlem Nicken an ihm vorbei, trat ans Fenster und blickte durch das milchige Glas nach draußen.

»Du wolltest mich sprechen?«, fragte sie, ohne ihn anzusehen.

Er machte einige Schritte auf sie zu, wollte wohl neben sie treten, überlegte es sich dann aber anders.

»Ich möchte, dass wir uns kennen lernen«, sagte er hinter ihrem Rücken. Seine Stimme klang ruhig, gefasst, aber keineswegs überlegen.

Sie schloss für einen kurzen Moment die Augen. War sie ihm nicht doch dankbar für diese Worte, ganz tief in ihrem Innern?

Nun, falls dem so war, würde sie es ihm nicht zeigen.

»Die Möglichkeit hatten wir schon einmal, glaube ich. Vor zwei Tagen.« Sie drehte sich um und schaute ihm geradewegs in die Augen. Es war, als sähe sie in einen Spiegel. Das da waren ihre Augen, ebenso blau, ebenso klar und leuchtend. Einen Moment lang kam es ihr vor, als würde sie ihn schon seit Jahren kennen. Da war ein Stück von ihr in ihm. Oder eher noch – so schwer es auch fiel, das zuzugeben – ein wenig von ihm in ihr. Was, wenn es noch mehr Übereinstimmungen gab? Wenn sie sich in Wahrheit viel ähnlicher waren, als Fee je für möglich gehalten hatte?

»Was vor zwei Tagen vorgefallen ist«, sagte er langsam, »das tut mir –«

»Leid?«, unterbrach sie ihn scharf. »Das ist nicht dein Ernst, oder?«

Er schwieg für einen Moment, überrumpelt vielleicht oder verärgert. Dann erkannte sie, dass er nichts von beidem war. Er fühlte sich schuldig, das konnte sie jetzt fast riechen. Die Frage war, schuldig gegenüber wem – ihr selbst oder dem Abbild ihrer Mutter?

»Ich will dich nicht anlügen«, sagte er, löste sich aus ihrem Blick und ging langsam im Zimmer auf und ab. »Ich werde dir jetzt nicht erzählen, dass alles, was mir in den vergangenen Jahren widerfahren ist, mich davon abgehalten hat, dich zu besuchen. Das, was du sicher längst vermutet hast, ist wahr: Ich wollte dir nicht begegnen. Um keinen Preis der Welt.«

»Natürlich nicht«, erwiderte sie gehässig. »Du hattest Angst davor.«

»Angst, ja«, gab er zu ihrem Erstaunen zu. Solche Eingeständnisse passten nicht zu seinem harten, wettergegerbten Gesicht. »Aber nicht vor Schuldgefühlen. Ich hatte Angst um dich, Mädchen.«

»Mein Name ist Fee.«

»Das ist nicht der Name, den deine Mutter und ich dir geben wollten.«

Noch eine Überraschung. Sie hatte sich nie Gedanken darüber gemacht, wer ihren Namen ausgewählt hatte.

»Dazu hattest du wohl keine Zeit mehr, bevor du dich davongemacht hast.«

Einen Herzschlag lang blitzte Zorn in seinen Augen, dann aber nickte er. »Wenn es dir hilft, greif mich nur an.«

»Es macht dir nichts aus, nicht wahr? Weil du dir noch immer nicht eingestanden hast, dass ich deine Tochter bin.« Sie rief sich zur Ruhe, vergeblich. »Anderen Vätern gefällt es gewiss nicht, wenn ihre Kinder schlecht von ihnen denken.«

»Du hast ja allen Grund dazu.«

Die Milde erschien ihr wie Schwäche, und das machte sie nur noch wütender. »Das ist wirklich rührend. Du bist nach all den Jahren zurückgekehrt, du siehst deine Fehler ein und bereust sie. Gleich werden wir uns in die Arme fallen und fortan glücklich und zufrieden unter einem Dach leben.«

»Nein.« Er sah müde aus, als hätte er während der letzten zwei Tage kaum geschlafen. »Ich weiß nicht, wie lange ich hierbleiben werde. Aber es wird keine Ewigkeit sein. Ich werde genauso schnell aus deinem Leben verschwinden, wie ich erschienen bin, Fee. Und ich denke, das ist genau das, was du willst.«

Sie durchschaute ihn. Er wollte ihr die Schuld dafür geben, dass er wieder von hier fortging. Das hatte er schon früher getan, als ihre Mutter während der Geburt gestorben war; auch damals war in seinen Augen Fee die Schuldige gewesen. Doch so einfach würde sie es ihm heute nicht machen.

Nur deshalb, nur aus diesem einzigen Grund, sagte sie: »Mir ist es recht, wenn du bleibst. Immerhin bist du mein Vater.«

Er lächelte. »Du würdest solch eine Einladung nicht so unbedacht aussprechen, wenn du mich besser kennen würdest.«

»Sagtest du nicht, dass du mich deshalb hast rufen lassen – damit wir uns kennen lernen?«

Ihr Vater deutete auf einen verzierten Lehnstuhl neben dem Fenster. »Setz dich, bitte.«

»Ist es so schlimm?«, fragte sie boshaft. »Was bist du, Vater? Ein Räuber? Ein Mörder?«

»Beides. Und Schlimmeres.«

Sie setzte sich tatsächlich, aber nicht, weil seine Worte sie überraschten. Sie hatte befürchtet, dass das, was er zu sagen hatte, nichts Erfreuliches sein würde.

Er ging langsam auf und ab, hinter sich das prachtvolle Gästebett, auf dem seine halb leeren Satteltaschen lagen. Er musste sie bei seiner Ankunft dorthin geworfen haben. Das Bett war seither nicht benutzt worden.

»Nach dem Tod deiner Mutter ging ich gleich von hier fort, das weißt du«, begann er. »Ich hatte kein Ziel, keine Bestimmung, nicht einmal Wünsche oder Hoffnungen. Bei meinem Abschied hatte ich allen Besitz, den mein Vater mir hinterlassen hatte, meinem Bruder übereignet. Wilhelm war ohnehin der Ältere von uns, ich hatte kein Anrecht auf die Burg oder auf die Ländereien. Das wenige, das ich besaß, ließ ich hier, mit der Bitte, es für dein Wohlergehen aufzuwenden. Als ich fortging, hatte ich nur ein paar Münzen in den Taschen, die Kleider, die ich am Leibe trug, ein Schwert und einen Dolch. Das war ein Fehler, aber ich glaubte damals, mit den Dingen, die ich zurückließ, würde auch meine Erinnerung zurückbleiben. Ich dachte, wenn ich alles hier lasse, das mir bis dahin etwas bedeutet hatte, könnte ich ganz von vorn anfangen. Ich war jung damals, jung und einfältig. Aber mit den Jahren lernt man, sich die eigene Torheit zu verzeihen. Man begreift ein wenig mehr über sich selbst. Vor allem wenn man sich auf gewisse Dinge einlässt, wie ich es getan habe.«

Er machte eine kurze Pause, und nach wenigen Herzschlägen fragte Fee: »Was für Dinge waren das?«

»Hast du je von den Aposteln gehört? Oder von ihrem Anführer, Fra Dolcino?«

Fee schüttelte den Kopf.

»Die Apostler waren ein Bund von Glaubensbrüdern,

ein selbst ernannter Orden, den die Kirche mit Feuer und Schwert verfolgte.«

»Mönche?«

»Wir haben uns selbst als Mönche verstanden, ja, aber unsere Gelübde wurden nicht vor päpstlichen Pfaffen abgelegt, sondern vor Gott allein.«

»Wir?« Sie hatte mit vielem gerechnet, mit Geschichten über Räuber und Mordbrenner, niemals aber damit, dass ihr Vater ein Mönch sein könnte.

»Das Ideal der Apostler war die Armut, die völlige Besitzlosigkeit«, sagte er. »Als ich auf sie traf, einige Monde nachdem ich von hier fortgegangen war, war ich vollkommen mittellos. Und ich war verzweifelt. Beides die besten Voraussetzungen, den Worten eines Mannes wie Fra Dolcino Glauben zu schenken.« Er hielt kurz inne, als müsse er sich seiner eigenen Beweggründe entsinnen – für sein Handeln damals, aber vielleicht auch für die verwirrende Tatsache, dass er Fee sein Geheimnis offenbarte. Denn dass es ein Geheimnis war, daran zweifelte sie nicht, ansonsten hätte sie schon viel früher davon gehört.

»Dolcino war nicht der erste Führer der Apostelbrüder«, fuhr er schließlich fort. »Vor ihm war da ein Mann namens Gherardo Segarelli, ein gutgläubiger Tor, der um Aufnahme bei den Franziskanern gebeten hatte, von ihnen jedoch abgelehnt worden war. Gherardo war überzeugt vom Gebot der Armut, von den Leidensmienen der Gläubigen auf den großen Altargemälden, ihren zerschlissenen Kleidern und nackten Füßen. Wie Franz von Assisi suchte er die Nähe zu Gott im Rückzug von allem Weltlichen und er wollte den Aposteln der Heiligen Schrift so ähnlich sein wie nur möglich. Er ließ sich beschneiden wie die Juden, denn immerhin waren die Apostel einmal Juden gewesen, und er verschenkte all seinen Besitz. Predigend zog er durch die Lande, und viele folgten ihm, Arme wie Reiche, und alle wurden gleich, beteten nackt zu Gottes Sohn und gaben ihr früheres Leben auf. Bald predigten auch andere in Gherardos Auftrag, sogar Frauen, und spätestens damit war der Punkt gekommen, an dem der Papst und die Kirche ihn verdammen und seine Anhänger als Ketzer brandmarken mussten. Gherardo wurde vom Bischof von Parma ins Verlies geworfen und nach einer Weile im Auftrag des Papstes verbrannt.

Doch damit war die Bewegung, die er in Gang gesetzt hatte, noch lange nicht am Ende. Ein junger Mann, eben jener Dolcino, von dem ich sprach, setzte Gherardos Weg fort. Er behauptete nicht länger, er und seine Brüder und Schwestern seien die Nachfolger der biblischen Apostel, nein, er nannte sich selbst den einzigen wahren Apostel, und alle anderen seien ihm unterstellt.«

Fee verzog das Gesicht. »Und von dem hast du dich bekehren lassen?«

»Hör mir weiter zu. Unter Dolcinos Führung wurde die Gemeinschaft der Apostelbrüder zur Räuberbande. Damals sah ich das freilich anders. Ich glaubte ihm, wenn er von gottgewollter Armut sprach und davon, dass man sie zur Not auch mit Gewalt durchsetzen müsse. Wie gesagt, ich war verzweifelt und allein und –«

»Und das entschuldigt alles?«, warf Fee ein.

»Nein«, entgegnete er scharf. »Nichts entschuldigt das. Aber es vermag zu erklären, weshalb ich mich Dolcino und den Seinen anschloss. Du kannst mich dafür verurteilen« – er lächelte, ohne Heiterkeit – »oder setz es einfach auf die Liste all der anderen Dinge, für die du mich verabscheust, mein Kind. Aber, glaube mir, ich bin nicht stolz darauf, Dolcino vertraut zu haben. Ändern kann ich allerdings auch nichts mehr daran. Also hör zu! Was ich dir jetzt erzähle, weiß kein anderer. Niemand, hörst du?«

Sie wollte ihm versichern, dass sie nicht taub sei, und wenn er noch so oft darauf bestand, dass sie ihn anhörte. Aber schließlich nickte sie nur und wartete darauf, dass er weitersprach.

»Vor fünfzehn Jahren ließ sich in Lyon ein neuer Papst ins Amt einführen, Clemens. Es gab einige Aufregung darüber, dass er eine Stadt so fern von Rom ausgewählt hatte. Viele böse Worte fielen und es floss Blut zwischen seinen Anhängern und ihren Feinden. Dolcino gehörte natürlich zu letzteren, aber er war viel zu klug, sich und uns zwischen überlegenen Gegnern aufreiben zu lassen. Er wählte wie immer den geraden Weg – er beschloss, Clemens zu ermorden.«

»Ihr habt versucht, den Papst zu töten?« Fee hatte geglaubt, dass er sie nach seinen ersten Worten nur noch schwerlich überraschen könne, doch jetzt war sie viel mehr als das: Sie war entsetzt. Burg Rheinfels war kein ausgesprochen christliches Haus – kein Wunder, bei einer Gräfin, die mehr oder minder offen dem Alten Glauben huldigte –, und Fee fühlte in sich keine Nähe zum Heiligen Stuhl oder dem, für das er stand. Aber ein Attentat auf den höchsten Würdenträger der Kirche, auf den Stellvertreter Gottes, das vermochte sie trotz allem zu erschüttern.

Doch da war auch noch etwas anderes, etwas, das sie fast mit noch größerem Schrecken erfüllte: Sie fühlte einen Anflug von Stolz. Ihr Vater war weit verwegener, als alle angenommen hatten. Und sie war die Einzige, die davon wusste. Er vertraute ihr!

»Clemens' Bruder war der Erzbischof von Lyon«, erklärte er. »Clemens hielt sehr viel von ihm, und das war einer

der Gründe, weshalb er gerade diese Stadt für die Krönungs-
zeremonie auswählte. Dolcino, ich und einige andere trafen
schon Tage vor den Feierlichkeiten dort ein, wir erfuhren
den genauen Weg der Festtagsprozession und schritten ihn
ungezählte Male ab. Viele Pläne wurden geschmiedet, verrückte, waghalsige Heldenstücke, doch am Ende verwarfen
wir sie alle und entschieden uns für die einfachste Möglichkeit.

Am Tag der Krönung versteckten sich Dolcino und ein
paar andere hinter einer alten Mauer, während andere, darunter ich selbst, zwischen den Schaulustigen am Straßen-
rand warteten. Als der neue Papst und sein Tross die Stelle passierten, brachten meine Gefährten die Mauer zum
Einsturz – sie war morsch und windschief, und es kostete
wenig Mühe, sie zur Waffe unseres Anschlags zu machen.
Clemens' Bruder, der Erzbischof, und einer der Kardinäle
wurden von den Trümmern erschlagen, doch der Papst entkam dem Tod um Haaresbreite. Wohl aber entfiel ihm seine Tiara, die man ihm eben erst aufs Haupt gesetzt hatte,
und einer ihrer größten und schönsten Edelsteine brach aus
seiner Fassung und ging in all dem Aufruhr verloren. Ich
selbst und der Rest unserer Leute, die sich unter das Volk ge-
mischt hatten, wollten dem Heiligen Vater inmitten der Aufregung, der Verschütteten und Verletzten, den Garaus machen, doch wir kamen nicht an ihn heran. Er war mit weit
mehr Beschützern angereist, als wir erwartet hatten, und so
mussten wir unser Vorhaben aufgeben. Keiner der unseren
wurde gefasst, und noch am selben Tag machten wir uns davon, unerkannt und auf den schnellsten Rössern, die wir finden konnten.«

»Stehlen konnten, meinst du.«

Er hob die Schultern. »Wir ritten Tag und Nacht, gönnten

den Tieren und uns selbst kaum Rast. Und schließlich, nach ein, zwei Wochen, erreichten wir Novara in der Lombardei, wo der Orden Quartier bezogen hatte.«

»Das wird eine feine Räuberhöhle gewesen sein«, sagte Fee abfällig.

»Du musst mir nicht ständig vor Augen halten, was ich falsch gemacht habe. Das weiß ich längst. Damals aber wusste ich es nicht und dementsprechend habe ich gehandelt.«

Die naive Art und Weise, mit der er seine Vergangenheit rechtfertigte – es ist lange her, und niemand kann mehr etwas daran ändern –, verwunderte Fee. Dann aber begriff sie. Er maskierte die Ereignisse mit den Jahren, die seither verstrichen waren; er hatte erkannt, dass das, wenn überhaupt, die einzige Möglichkeit war, die Vergangenheit zu verschleiern.

»Nach einer Weile verließ mich das Vertrauen in Dolcino und seine zweischneidigen Ideale und ich nahm Abschied von seinem Lager auf dem Monte della Parete Calva.« Er trat an eine hohe Truhe neben der Tür. Darauf standen ein Wasserkrug und mehrere Tonbecher. Er goss sich etwas ein und fragte Fee, ob sie ebenfalls Durst habe. Als sie verneinte, trank er einen Schluck und fuhr fort: »Wie sich bald herausstellte, hatte ich das einzig Richtige getan. Nur wenige Wochen später flohen Dolcino und seine engsten Getreuen aus der Gegend von Novara und schlugen ihr Lager auf einem anderen Berg auf, nahe Trivero. Lange blieben sie dort nicht, denn Kirche und König hatten längst Soldaten gegen sie in Marsch gesetzt. Dolcino und seine Gefährtin Margaretha wurden in Ketten gelegt und beide endeten auf dem Scheiterhaufen.«

Fee sah lange in das Gesicht dieses Mannes, der von Scheiterhaufen sprach, als seien sie etwas ganz Alltägliches. Und sie erinnerte sich auch an das, was Ailis gesagt hatte, darüber, dass viele die Gräfin gerne würden brennen sehen. Zum ersten Mal wurde ihr bewusst, dass die Umgebung, in der sie aufgewachsen war, sich von jener der übrigen Edeldamen am Königshof deutlich unterschied. Wie ein Blitz durchzuckte sie die Erkenntnis, dass sie nicht geschaffen war für das luxuriöse Leben bei Hofe. Etwas in ihr würde immer dagegen aufbegehren. Vielleicht, weil sie mehr Blut von ihres Vaters Seite in sich trug, als sie bisher hatte wahrhaben wollen.

»Das alles ist dreizehn Jahre her«, sagte er.

Bevor er fortfahren konnte, kam sie ihm lächelnd zuvor: »Und seitdem hast du dich verändert. Das willst du doch sagen, oder?«

»Gewiss.«

»Du bist also ein redlicher Mann geworden.«

»Willst du mich verspotten?«

Gegen ihren Willen und dem Augenblick kaum angemessen prustete sie los und schlug verschämt die Hand vor den Mund. »Tut mir Leid«, presste sie hervor. »Ich glaube, ich habe einfach jemanden ganz anderes erwartet.«

»Enttäuscht?«

Sie schüttelte den Kopf. »Meine Zofen würden in Ohnmacht fallen, wenn sie mich hören könnten. Aber, nein, ich bin nicht enttäuscht. Entweder ist mein Vater ein Verrückter oder aber ein großartiger Lügner. Beides macht ihn ... nun, ungewöhnlich.«

»Ist es das, was Töchter sich wünschen – dass ihre Väter ungewöhnlich sind?«

»Ich weiß nicht. Ich hatte noch keinen.«

Er legte den Kopf leicht schräg, als forsche er in ihren Augen, ob sie tatsächlich traurig darüber war. Dann ging er hinüber zu den Satteltaschen auf dem Bett. An einer öffnete er eine verborgene Lasche und steckte die Hand in einen Schlitz im Leder, der eben noch unsichtbar gewesen war.

»Verrückt mag ich sein«, sagte er, als er sich wieder zu Fee umdrehte. »Aber ich bin kein Lügner.«

Mit diesen Worten hielt er ihr seine Hand entgegen, deren Finger etwas umschlossen hielten.

»Hier«, sagte er auffordernd.

»Was ist das?«

»Komm näher und sieh es dir an.«

Mit wenigen Schritten überwand sie die Distanz zwischen ihnen und streckte zögernd die Hand aus. Ihr Vater legte seine Faust hinein und öffnete die Finger. Etwas Hartes, Kaltes fiel auf ihre Handfläche.

Es war ein Edelstein, und er war etwa zweimal so groß wie eines ihrer Fingerglieder, ein dunkelroter Rubin, in dem sich das Licht vom Fenster brach. Mit großen Augen starrte sie ihn an.

»Der Stein aus der Tiara des Papstes«, sagte ihr Vater. »Ich war derjenige, der ihn damals aufhob.«

Das glitzernde Juwel war leichter als ein gewöhnlicher Flusskiesel, und doch hatte Fee das Gefühl, er zöge ihre Hand langsam nach unten.

»Du hast ihn all die Jahre aufgehoben?«

Er nickte. »Wenn ich sterbe, möchte ich, dass er meiner Tochter gehört.«

Sie löste ihren Blick widerwillig von dem Stein und betrachtete ihren Vater zweifelnd. »Er ist für mich?«

»Noch nicht. Aber irgendwann wird er dir gehören.«

»Aber du ... du bist arm«, stammelte sie. »Onkel wird dir nichts von all dem hier abgeben, so gut kenne ich ihn. Wenn du den Stein verkaufst, könntest du –«

»Reich sein?« Er nahm den Rubin vorsichtig aus ihrer Hand und hielt ihn zwischen Daumen und Zeigefinger, hob ihn blinzelnd vor sein rechtes Auge. Ein roter Lichtstrahl tauchte seinen Augapfel in Blut. »Ich hätte mehr als einmal reich sein können, wenn ich es gewollt hätte. Auch ohne das Erbe meiner Tochter anzurühren.«

»Aber –«

»Nein. Lass mich ausreden. Ich habe mich von Dolcino getrennt, weil ich begriff, wie verlogen all seine Predigten waren. Er pries die Armut als höchstes Glück, verstieß aber gegen seine eigenen Regeln. Dolcino war ein Räuberhauptmann, keine Frage. Doch obwohl ich ihn ablehnte, bin ich immer noch überzeugt, dass die Armut uns viel mehr gibt als sie uns vorenthält. Die Gedanken, die Dolcinos und Gherardos Reden zugrunde lagen, waren gute Gedanken. Wilhelm soll in seiner Burg sitzen, in seinem Rittersaal, und aus goldenen Schüsseln essen – das alles bedeutet mir nicht das Geringste. Die Bauern dort draußen hungern, und lieber lebe ich unter ihnen und höre meinen Magen knurren, als ein Leben lang das Schicksal meines Bruders zu teilen.«

»Du fürchtest dich vor der Verantwortung.«

»Sicher. Ich will sie nicht geschenkt, aber ich will auch sonst nichts von ihm. Weißt du, was er mir angeboten hat? Oh, nicht, weil er plötzlich großzügig geworden wäre – nein, weil er Angst vor mir hat! Vor mir und meinen Ansprüchen. Er will mir die Hälfte seiner neuen Burg überlassen.«

»Reichenberg?«, fragte Fee erstaunt. »Aber die ist sein ganzer Stolz.«

»Und von mir aus soll sie es bleiben. Ich will nichts davon. Sag mir, was soll ich mit einer Burg, egal ob ganz oder halb, oder auch nur mit einem einzigen Mauerstein davon?« Er steckte den Rubin zurück in die Satteltasche. »Nein, Fee,

Wilhelm soll mit dem, was er hat, glücklich werden. Er hat längst einen viel zu hohen Preis dafür bezahlt.«

Fee horchte auf. »Was für einen Preis meinst du?«

Er zögerte, dann winkte er ab. »Nichts. Vielleicht seine Freiheit oder sein reines Gewissen. Das ist weit mehr, als ich zu geben bereit wäre.«

Sie hatte das Gefühl, als hätte er eigentlich auf etwas anderes hinausgewollt, aber sie bohrte nicht weiter. Nicht jetzt.

Stattdessen fragte sie: »Was hast du seit deiner Trennung von diesem Dolcino getan? Dreizehn Jahre sind eine lange Zeit.«

»Eine Weile lang war ich Schüler des Marsilius in Paris, ging dann bei Meister Eckhart in Köln in die Lehre.«

Fee hatte keinen dieser Namen je gehört.

Ihr Vater lächelte nachsichtig. »Beides kluge Männer, wenn auch von sehr unterschiedlichem Gemüt. Und beide verfechten die Armut, wie bereits Dolcino, Gherardo und vor ihnen Franz von Assisi. Nur dass beide keine verbohrten Narren sind, keine Besserwisser und religiösen Eiferer.« Er fasste Fee plötzlich an den Schultern. »Verlange nie wieder von mir, den Stein zu verkaufen, Fee. Irgendwann wird er dir gehören. Er ist alles, was ich dir geben kann.«

»Du musst mir nichts geben«, sagte sie leise und ließ zu, dass er sie an sich zog. »Ich bin meinem Vater begegnet, das ist mehr, als ich mir je erhofft habe. Keiner hat wirklich geglaubt, dass du noch am Leben bist.«

Er drückte sie fest an seine Brust, küsste sanft ihren Scheitel. »Dem einen oder anderen wäre es lieber gewesen, wenn ich nie wieder aufgetaucht wäre.«

Sie schaute auf. »Glaubst du, Onkel könnte versuchen –«

»Mich loszuwerden? Das wird er bestimmt. Aber Messer im Dunkeln sind nicht seine Art, etwas Derartiges zu handhaben. Er wird mir weitere Angebote machen, Gold und Pferde und Ländereien, und irgendwann wird er feststellen, dass ich auch ohne all das wieder verschwunden bin.«

Fee lehnte sich an ihn. »Er wird sehr überrascht sein.«

Ihr Vater gab keine Antwort, und in der Stille konnte sie hören, wie sein Herz schlug.

8. KAPITEL

Ailis kämpfte gegen die Schatten an der Wand von Erlands Schmiede. Spielerisch wirbelte sie das Schwert in ihrer Hand vor und zurück, ließ es um ihren Oberkörper kreisen, machte Ausfälle gegen den dunklen Umriss des Schmiedes an der Wand, wich unsichtbaren Attacken aus, drehte sich blitzschnell um sich selbst, sprang schließlich vor und rammte die Klinge mitten in Erlands Schatten. Vibrierend blieb das Schwert in einer Mauerfuge stecken.

»Wenn du so weitermachst, wird die Klinge stumpf und schartig sein, bevor sie zum ersten Mal einen echten Gegner gesehen hat«, brummte Erland hinter Ailis' Rücken.

Sie wandte sich um und grinste. »Wenigstens hat sie jetzt schon jemanden gesehen, der mit ihr umgehen kann.«

»Werd mir nicht übermütig, Fräulein.« Der Schmied drohte ihr mit dem Hammer. »Sonst wirst du mal einen echten Gegner erleben.«

Ailis zog das Schwert aus der Mauer und betrachtete die Klinge. »Nicht einmal ein Kratzer. Es mag schlechtere Schmiede geben als dich, Erland.«

»Du brauchst mir nicht zu schmeicheln. Du wirst den Dolch des Grafen trotzdem schleifen, bevor du durch diese Tür gehst.« Er deutete zum Ausgang. Draußen war es stockdunkel, der Burghof hatte sich geleert.

Ailis seufzte. »Vielleicht hast du recht. Vielleicht bin ich doch keine so großartige Schwertkämpferin. Schließlich ist der Schatten, mit dem ich es zu tun hatte, ungewöhnlich groß und fett und –«

Erlands grölendes Lachen schnitt ihr das Wort ab. Es geschah viel zu selten, dass er so fröhlich war. »Was würde ich nur ohne dich machen, Mädchen!«

Es war das erste Mal, dass er so etwas zu ihr sagte. Verwundert sah sie ihn an. Meinte er das ernst?

»Nun glotz nicht so«, knurrte er, lächelte aber dabei. »Es stimmt schon, du hast dich gut gemacht, Ailis. Ich könnte mir keinen besseren Gesellen wünschen.« Er runzelte die Stirn. »Na ja, vielleicht wenn deine Arme ein wenig dicker und kräftiger wären ...«

»Die Leute sagen jetzt schon, ich sähe aus wie ein Mann.«

»Wer das sagt, ist dumm. Schau dir nur die dürren Weiber an, die den ganzen Tag im Hof auf und ab marschieren. Pfui Teufel! Deine Freundin, das edle Fräulein, liebe Güte ... nur Haut und Knochen! Die würde so ein Schwert nicht mal hochheben können.«

»Fee ist wunderschön«, widersprach Ailis, und Trotz funkelte in ihrem Blick.

»Nicht für mich.«

»Du bist auch kein normaler Mann.«

Einen Moment lang fürchtete sie, ihre Worte könnten ihn beleidigt haben. Doch Erland lachte schon wieder.

Dann sagte er: »Mach dich wieder an die Arbeit. Oder willst du heute überhaupt nicht mehr fertig werden?«

Ailis legte das Schwert zu den fünf anderen, deren Griffe sie am Nachmittag mit gegerbten Darmschlingen umwickelt hatte. Alles hervorragende Waffen, fand sie. Jede einzelne hatte sie in der Hand gewogen und auf Schärfe und Härte geprüft. Die Soldaten und Ritter, für die sie gedacht waren, durften sich glücklich schätzen.

Sie nahm den neuen Dolch des Grafen zur Hand und begann, die Schneide mit einem Stein zu schärfen. Dazu setzte sie sich auf einen Hocker, ganz in der Nähe von Erlands Schmiedefeuer. Hier war es warm wie an einem der Kamine im Haupthaus, und sie spürte, wie sich Behaglichkeit in ihr breitmachte. Sie fühlte sich heute ausgesprochen wohl in der Gesellschaft des Schmiedes. So musste es sein, wenn man eine Familie hatte, die einen liebte und für einen sorgte. Erland war ihre Familie, zumindest eine Hälfte davon. Die andere war Fee.

Schmerzhaft überkam sie die Erinnerung an ihren Vertrauensbruch, an den Diebstahl der Münze. Was würde Erland tun, falls er je davon erfuhr? Wahrscheinlich gar nichts. Er würde sie nur traurig aus seinen dunklen Hundeaugen anblicken und schweigend den Kopf schütteln. Und er würde wissen, dass das eine viel schlimmere Strafe für sie wäre als eine Ohrfeige oder Standpauke. Er kannte sie mittlerweile besser als jeder andere, Fee vielleicht ausgenommen, und trotz seiner bärbeißigen, groben Art wusste er sehr wohl um ihre Empfindlichkeiten. Was sie erfreute, was ihr zuwider war und womit er jeden Gefallen aus ihr herauskitzeln konnte – Erland durchschaute sie. Eigenartigerweise fühlte sie sich gerade deshalb so wohl in seiner Nähe. Nicht einmal jene Nacht, als sie ins Gebälk der Schmiede geklettert war und befürchtet hatte, von ihm entdeckt zu werden, hatte daran etwas ändern können.

»Erland?«, fragte sie leise.

Der Schmied sah von dem unbehauenen Stück Eisen auf, das er gerade im Schein der Glut auf seine Tauglichkeit als Klinge untersuchte. »Hm?«, knurrte er.

»Du weißt doch, dass Fees Vater zurückgekehrt ist, nicht wahr?«, fragte sie, ohne ihre Arbeit zu unterbrechen.

»Hältst du mich für blind? Oder für schwerhörig?«

Sie lächelte sanft. »Was weißt du über ihn?«

Erland machte eine wegwerfende Handbewegung, als gäbe es nichts zu sagen, was den vergeudeten Atem wert wäre. »Was soll ich schon über ihn wissen?«

»Du musst ihn noch aus der Zeit kennen, als er und der Graf junge Männer waren. Noch bevor Fees Mutter starb.«

Die plötzliche Falte auf seiner Stirn unterstrich sein Unbehagen. »Ich war damals noch ein Lehrjunge, genau wie du. Und wenn ich zu viele Fragen stellte, schlug mir der alte Bodmar mit der Faust auf den Mund.«

»Das würdest du doch nicht tun, oder?«

Er stöhnte gedehnt. »Du würdest ja doch keine Ruhe geben.« Er warf das Eisenstück zurück zu einigen anderen am Boden. Das helle Klirren versetzte Ailis' Ohren einen Stich.

»Also«, sagte er ungeduldig, »was willst du wissen?«

Sie hörte nicht auf, den Dolch des Grafen zu bearbeiten. Schleifend glitt der Stein über die Schneide, ein ums andere Mal.

»Was war Eberhart damals für ein Mann?«, fragte sie.

Erland brummte etwas Unverständliches, dann räusperte er sich. »So was kann nur eine Frau fragen.«

»Nun sag schon, wie war er?«

»Die meisten mochten ihn recht gern. Er hatte ständig irgendwelche Flausen im Kopf. Stand nachts auf dem Turm und zählte die Sterne, verrücktes Zeug eben. Irgendwer wollte ihn mal gesehen haben, als er Honig für die Feen am Waldrand verteilte und zwei Tage lang im Gebüsch darauf wartete, dass irgendein Elfling seine Nase zeigte. Am Ende haben's wahrscheinlich die Füchse aufgeleckt.«

»Wie alt war er da?«

»So alt wie du heute. Er war immer voller Hirngespinste und seltsamer Ideen. Der alte Graf hat, glaube ich, nie besonders viel von ihm gehalten. Wilhelm war immer sein Lieblingssohn. War ja auch der Ältere.«

»Und Eberharts Frau? Wie hat er sie kennen gelernt?«

»So'n Kram hat mich nie gekümmert.«

»Aber du weißt es doch.«

»Ich hab vielleicht mal was drüber gehört. Warum willst du das eigentlich alles wissen?«

»Ich bin nur neugierig.«

»Kinder sollten nicht neugierig sein.«

»Ich bin ja auch kein Kind mehr.« Einen Moment lang ließ sie den Dolch sinken. »Nun komm schon, erzähl's mir.«

»Er muss ihr während seiner Zeit als Knappe begegnet sein, irgendwo im Norden. Sie sah aus wie deine Freundin, wenigstens hab ich sie so in Erinnerung – ich war ja selbst noch fast ein Kind, damals. Sie hatte Kraft. Nicht in den Armen, aber hier« – er deutete auf seine Stirn, dann auf sein Herz – »und hier. Sie wusste, was sie wollte, das kannst du mir glauben! Ich hab gesehen, wie sie um ihr Leben gekämpft hat.«

Ailis starrte ihn verwundert an. »Du warst dabei, als Fee geboren wurde?«

Er verdrehte die Augen. »Ich hätte besser mein loses Mundwerk gehalten, scheint mir.«

Ailis sprang auf und lief zum Eingang der Schmiede. Hastig zog sie die Tür zu und drehte sich wieder zu Erland um. »Keiner hört zu. Du kannst es mir sagen. Was ist damals passiert?«

»Nichts, was heute noch von Bedeutung wäre.«

»Erland, bitte! Du musst es mir sagen!«

»Jeder würde sofort wissen, dass ich es war, der dir davon erzählt hat.«

»Du kennst Fee – sie hat es verdient, die Wahrheit zu erfahren.«

»Nicht von mir.«

»Erland, verdammt! Keiner in dieser Burg spricht je von ihrer Geburt. Warum?«

Er strich sich durch seinen Bart. »Weil es Dinge gibt, die nach all den Jahren besser vergessen wären. Und damit meine ich nicht nur die Geburt des Fräuleins, sondern auch manches andere.«

»Aber all das zu verschweigen macht es doch nicht ungeschehen.«

»Ach nein?« Seine gute Laune schwand, und Ailis hatte den Eindruck, als würden seine Augenbrauen auf einen Schlag noch buschiger und dunkler – das war immer so, wenn er zornig wurde.

Er kam hastig auf sie zu, blieb aber einen Schritt vor ihr stehen und deutete auf das zerfetzte Gitter, das über ihrem Kopf an der Wand hing. »Es gäbe eine Menge ungeschehen zu machen auf Burg Rheinfels. Eine Menge, Ailis! Aber ich will mich nicht mit Vergangenem abgeben. All das ist vorbei, und wenn Gott auf unserer Seite steht, wirklich auf unserer Seite steht, wird es auch für immer dabei bleiben.«

War es nur ein Zufall, dass er Fees Geburt und das Gitter miteinander in Verbindung brachte?

»Erland«, sagte sie beschwörend und blickte zu ihm auf, »das ist nicht gerecht! Du weißt das alles, und du sagst mir nichts davon. Wovor hast du Angst? Vor dem Grafen?«

Er stieß ein abfälliges Schnauben aus. »Wenn es nur der Graf wäre! Er braucht mich. Es gibt weit und breit keinen Schmied, der so schnell und gut arbeitet wie ich. Wenigstens, seit das da passiert ist!« Er zeigte wieder auf das Gitter, dann wandte er sich ab und ging zurück zum Feuer.

Fee wusste, dass ihr jetzt nur noch eine Überraschung helfen würde. Etwas, womit er nicht rechnete. Vielleicht gelang es ihr, ihn zu überrumpeln.

»Wer hat Fees Mutter getötet?«, fragte sie. Sie kam sich vor wie jemand, der einen Abgrund hinabstürzt und versucht, sich an leerer Luft festzuklammern. Wahrscheinlich war es nicht einmal den Versuch wert.

»Wer schon?«, zischte er, ohne sich umzudrehen. »Der Bruder des Grafen. Fees Vater. Er hat ihr den Bauch aufgeschlitzt, mit dem Messer, das mein Meisterstück sein sollte. Er verlangte die allerschärfste Klinge und ich gab sie ihm. Und was für eine Waffe das war! Wahrscheinlich ist mir danach keine mehr so gut gelungen wie jene. Sie wurde mit dem Leichnam begraben.«

Ailis spürte, wie ihr das Blut vom Kopf hinab in die Beine sackte. Ihr war schwindelig.

»Eberhart hat seine Frau ermordet?«

»Nicht ermordet«, erwiderte Erland kopfschüttelnd. »Sie wollte es so. Sie hat ihn angefleht, es zu tun. Hier, gleich vor der Tür der Schmiede, mitten auf dem Burghof.«

Sie wagte nicht, sich zu bewegen, aus Furcht, jede Regung könnte ihn in seinem Redefluss stören, ihn aufwecken wie aus einem Traum. »Erland, was ist damals passiert?«

»Es gab ein Unglück. Ein Feuer in den Stallungen, nur ein paar Flammen, die rasch gelöscht waren. Aber die Pferde gerieten in Panik. Sie preschten aus dem Tor in den Burghof. Hast du dich nie gewundert, warum das Burgtor heutzutage immer geöffnet ist, Tag und Nacht? Nun, damals war es geschlossen, die Tiere konnten nirgendwo hin, sie galoppierten im Kreis durch den Hof, und sie trampelten mindestens ein

Dutzend Menschen nieder, ehe sie sich beruhigten. Mehrere Männer und Frauen starben, andere wurden schwer verletzt, darunter Eberharts Frau. Sie stand kurz vor der Geburt. Man musste sie nur ansehen, um zu wissen, dass es mit ihr zu Ende ging. Inmitten all des Blutes, der schreienden Menschen und der Toten, flehte sie Eberhart an, er solle das Kind retten. Gott hilf mir, ich will nicht wissen, was damals in ihm vorgegangen ist! Kein Wunder, dass er gleich darauf verschwand. Aber zuerst ließ er sich das Messer geben, dann küsste er sein Weib ein letztes Mal und schnitt ihr den Bauch auf. Sie lebte noch, verstehst du? Es musste geschehen, bevor der Tod sie holte. Er schlitzte ihr den Bauch von einer Seite zur anderen auf und schnitt die Kinder aus ihrem Leib heraus!«

»Du sagst –«

»Die Kinder, ja. Deine Freundin und ihre Schwester. Es waren Zwillinge.«

Ihr kam ein verrückter Einfall. Sie hörte wieder all das Gerede der Leute, über die Ähnlichkeit zwischen ihr selbst und Fee, über das hellblonde Haar, das ihnen beiden gemeinsam war, über ihre hübschen Gesichter, damals, als sie noch klein waren.

»Bin ich Fees Schwester?«

Erlands Augen weiteten sich. Einen Moment lang schien er sprachlos.

Dann aber schüttelte er sich plötzlich vor Lachen.

»Du, Ailis? Nein, so Leid es mir tut – wäre ja auch noch schöner, wenn edles Blut in deinen Adern flösse! Du meine Güte! Du könntest mir Befehle geben!« Er beruhigte sich und trat vor sie hin. »Fees Schwester ist schon lange tot. Sie starb als kleines Mädchen, an irgendwelchen späten Folgen dieser unglücklichen Geburt.« Er zögerte. »Aber vielleicht hast du doch nicht ganz Unrecht.«

»Nicht ganz?«

»Als die Kleine starb, war Fee noch viel zu jung, als dass sie sich heute an den Tod ihrer Schwester erinnern könnte. Der Graf entschied – aus Gründen, die nur er und die Gräfin kennen –, dass Fee nie erfahren sollte, was mit ihrer Schwester geschehen ist. Ebenso, wie es unter Strafe verboten ist, von ihrer Geburt zu sprechen.« Er trat unruhig von einem Fuß auf den anderen. »Du weißt hoffentlich, was das bedeutet? Kein Wort zu irgendwem, dass ich dir davon erzählt habe.«

»Sicher. Aber was hast du damit gemeint, dass ich nicht ganz unrecht habe?«

»Der Graf fürchtete, Fee würde sich vielleicht irgendwann an eine kleine blonde Spielgefährtin erinnern und dann würde sie gewiss Fragen stellen. Um dem vorzubeugen, wandte er sich an einen der Jäger – den Vater eines bezaubernden Mädchens, klein und blond wie Fee und ihre tote Schwester. Ein Handel wurde geschlossen. Dein Vater, Ailis, erhielt den Posten des Ersten Jägers, und dafür wurdest du der Obhut der Gräfin unterstellt. Du und Fee, ihr wurdet unzertrennlich, weil man euch gar keine andere Möglichkeit ließ! Ihr hattet nie die Wahl einer anderen Freundin, schon von klein an. Und wenn Fee sich heute an ein kleines Mädchen erinnert, muss sie immer glauben, das seist du gewesen – auch wenn sie in manchen dieser Erinnerungen nicht mit dir, sondern mit ihrer Schwester spielt.«

Ailis hatte nicht einen Augenblick lang Zweifel an dem, was er sagte. All die Vorzüge, die sie während ihrer Kindheit genossen hatte, die eigene Kammer im Weiberhaus, unweit von Fees Kemenate, die Ausflüge mit der Gräfin und ihren Zofen, die Teilnahme an den Festtagsmahlzeiten im Rittersaal, ihr ungestraftes Ein- und Ausgehen im Haupthaus, all das waren mehr Beweise als nötig. Fee und sie waren nichts als Marionetten gewesen, deren Schnüre von übermächtigen Puppenspielern miteinander verknotet worden waren. Es war unglaublich und doch so einfach nachzuvollziehen.

»Und alle haben es gewusst?«, fragte sie. »Jeder in der Burg?«

»Alle, die damals schon hier waren. Aber es wurde nie darüber gesprochen. Ich muss den Verstand verloren haben, gegen den Befehl des Grafen zu verstoßen!« Er blickte wieder auf zu dem zerstörten Gitter über dem Tor. »Aber vielleicht ist es an der Zeit, wenigstens einen Teil der vielen Lügen aufzudecken. Ich glaube, du bist es wert, Ailis.«

Sie sank zurück auf ihren Hocker beim Feuer. »Willst du wirklich, dass ich das alles vor Fee geheim halte?«

Er zuckte mit den Schultern, als sei ihm mit einem Mal alles gleichgültig. »Tu was du willst. Aber verrate ja keiner Menschenseele, dass du das alles von mir gehört hast.«

Beide wussten genau, dass ohnehin kein anderer infrage kam. Niemand sprach mehr als das Nötigste mit Ailis, und ganz gewiss würde keiner ihr ein Geheimnis anvertrauen, wenn der Graf dies unter Strafe gestellt hatte.

Andererseits galt Erland als verschlossen und sonderbar, einer, der keinen an sich heranließ. Als er Ailis als Lehrmädchen angenommen hatte, hatten viele in der Burg die Stirn gerunzelt – zwei Sonderlinge von morgens bis abends unter einem Dach, das konnte nicht gut gehen. Doch es war gut gegangen und mancher beäugte die Kameradschaft der beiden mit Argwohn. Die meisten warteten nur darauf, dass ein Unglück geschah. Einige hatten Ailis vor dem Schmied gewarnt, hatten ihr prophezeit, dass er ihr eines Tages mit seinem Hammer den Schädel einschlagen würde.

Würde ein solcher Mensch seine Stellung, vielleicht sogar seine Freiheit aufs Spiel setzen, nur um die Neugier eines jungen Mädchens zu befriedigen? Damit konnte niemand rechnen.

Ailis stand auf, und ehe Erland sich versah, fiel sie ihm um den Hals, barg ihr Gesicht an seiner Schulter und weinte. Alles stieg wieder in ihr auf, der Diebstahl der Münze, ihr Einbruch bei Nacht in die Werkstatt, aber auch die Wärme, die dieser Koloss von einem Mann ihr entgegenbrachte, und die Liebe, die sie für ihn empfand.

Erland zögerte einen Moment, dann hob er zögernd die Hand und tätschelte sanft ihren Rücken.

»Ist ja gut«, flüsterte er sanft, »ist schon gut.«

Sie wollte irgendetwas sagen, um ihm klarzumachen, was sie für ihn empfand und wie dankbar sie ihm war, doch alles, was sie hervorbrachte, waren leise Schluchzer. Sie wünschte sich, alle könnten sie so sehen, könnten erfahren, was für ein guter Mensch Erland war, wie unrecht ihm all jene taten, die ihn für einen Unhold hielten, mit dem man die Kinder erschreckte. Sei still, sonst kommt Erland und holt dich. Iss deine Schale leer, sonst wirft Erland dich ins Schmiedefeuer. Wenn all diese Narren nur wüssten, wie er in Wirklichkeit war! Aber Ailis verstand auch, dass Erland froh war über das Bild, das die anderen von ihm hatten. Sie ließen ihn in Ruhe, und das war für ihn das Wichtigste.

Er streichelte ungeschickt ihr Haar, viel zu grob, und doch voller Zuneigung, etwas, das er vielleicht noch bei keinem anderen Menschen getan hatte. Und dann, als er sah, dass Ailis sich kaum beruhigen ließ und immer noch nach Worten rang, sagte er leise:

»Nun geh schon zu deiner Freundin und erzähl ihr die ganze Wahrheit.«

Ailis löste ihr Gesicht von seiner gewaltigen Schulter und sah mit tränenverschleiertem Blick zu ihm auf. Ihre Lippen bebten, doch er kam ihr zuvor:

»Kümmere dich nicht um mich. Tu das, was du für richtig hältst. Du allein! Wenn es einen einzigen Rat gibt, den ich dir geben kann, dann diesen: Schere dich niemals um das, was andere sagen. Niemals.«

Sie lachte, obwohl immer noch Tränen über ihre Wangen rollten. »Aber daran hältst du dich doch selbst nicht.«

»Ich werde alt. Ich darf gegen meine eigenen Ratschläge verstoßen, wenn mir danach ist.«

»Du bist großartig.«

Er schüttelte den Kopf. »Nur dumm. Und nun lauf endlich!«

Sie ließ ihn nur widerwillig los, zögerte noch einen Moment, hielt seinen Blick so lange fest wie nur möglich, dann hauchte sie ihm einen Kuss auf die bärtige Wange und rannte zur Tür. Im Dunkeln lief sie über den menschenleeren Burghof, ins Weiberhaus, vorbei an ihrer Kammer und hinüber zu Fees Kemenate.

Fee sah nicht aus, als hätte sie bereits geschlafen. Ihr Bett war unberührt.

Ailis drängte atemlos an ihr vorbei ins Zimmer. »Mach die Tür zu und komm her. Setz dich. Hier, neben mich. Und jetzt hör mir ganz genau zu.«

Fee schlug mit der Faust gegen die Tür ihres Vaters, bis ihre Knöchel schmerzten. Selbst als sie es im Inneren rascheln hörte und der Riegel zurückgeschoben wurde, hämmerte sie weiter.

Sie wartete nicht, bis er die Tür ganz aufgezogen hatte,

schob sich einfach durch den Spalt, fuhr herum und sah ihm fest in die Augen.

»Ich dachte, du bist ehrlich zu mir!«, brüllte sie ihn an. »Ich habe dir geglaubt. Verdammt, ich dachte wirklich, wir vertrauen einander!«

Seine Überraschung schwand schlagartig. Er wurde bleich und schloss erst einmal die Tür.

»Du hast mich angelogen!« Sie war so aufgebracht wie nie zuvor in ihrem Leben. Als sie ihn am Abend verlassen hatte, war sie so glücklich, so gelöst gewesen. Sie hatte geglaubt, alles habe sich zum Besten entwickelt. Er war ihr Vater, und sie war endlich bereit gewesen, das zu akzeptieren. Ihn zu akzeptieren.

»Ich habe nicht gelogen«, sagte er ruhig. »Nicht ein einziges Wort war gelogen.«

»Du hast mir das Wichtigste verschwiegen!«

»Wer hat es dir gesagt?«

»Du warst es nicht – und das ist das Schlimme daran!«

Diesmal ging er nicht im Zimmer auf und ab, er wich ihr auch nicht mehr aus. Offenbar war er bereit, sich den Gespenstern seiner Vergangenheit ein für allemal zu stellen.

»Was hat man dir erzählt?«, fragte er.

»Mehr als genug. Dass ich eine Schwester hatte. Und auf welche Weise meine Mutter gestorben ist.« Sie spürte, wie eine Hitzewelle an ihrem Körper emporrollte gleich einem Ring aus Feuer. »Zum Teufel, du hättest es mir sagen müssen!«

»Dein Onkel hat mich gebeten, es nicht zu tun.«

»Und ausgerechnet du respektierst seine Wünsche?«

Er wurde jetzt zornig; das sah sie ihm deutlich an, aber es kümmerte sie nicht.

»Du hast ja keine Ahnung, wie sehr ich ihn verachte für das, was er getan hat!«, fuhr er sie an.

»Was er getan hat?«, fragte sie mit aufgerissenen Augen. »Mein Gott, ich glaube um deinen Bruder geht es hier am allerwenigsten!«

»So? Dann hat man dir offenbar nur die Hälfte erzählt.«

Verunsichert legte sie den Kopf schräg. »Was meinst du?«

»Du weißt, dass du eine Zwillingsschwester hattest. Und du weißt, wie ihr zur Welt kamt, ja?«

Fee nickte stumm.

»Hat dir auch jemand erzählt, was mit ihr geschehen ist?«

»Sie ist gestorben.«

»O ja, Fee, ich bete zu Gott, dass sie tot ist! Aber ich fürchte, er erhört mich nicht.« Seine Stimme drohte sich einen Moment lang zu überschlagen, so erregt war er. Mühevoll mäßigte er seine Wut. »Deine Schwester, Fee, ist nicht gestorben. Zumindest weiß niemand das mit Sicherheit. Du willst die Wahrheit wissen? Willst du das wirklich?«

Sie hatte plötzlich Angst, ein wenig vor seinem rasenden Zorn, aber vielmehr noch vor dem, was er sagen würde. Trotzdem nickte sie erneut.

»Sie wurde geopfert«, sagte er hart. »Man hat sie der Grünen Königin als Opfer dargebracht – Titania, der Herrscherin der Elfen.«

Fee blinzelte ihn an. »Du meinst, sie wurde ermordet?«, fragte sie langsam.

»Nicht ermordet. Wenigstens nicht mit Dolch oder Schwert. Aber als die Feenkönigin ein Opfer verlangte, gab man ihr deine Schwester. Es hätte ebenso dich treffen können. Du hast Glück gehabt.« Er schnaubte abfällig. »Niemand war da, der euch hätte schützen können.« Plötzlich schien er in sich zusammenzusinken. Er lehnte sich mit dem Rücken gegen die Wand, als könne er kaum noch auf seinen Füßen stehen. »Ich war nicht da, um euch zu schützen.«

Nur eine Person, die Fee kannte, kam infrage, etwas derartiges zu veranlassen. Nur eine behauptete von sich, mit Geistern, Elfen und Feen zu sprechen.

Er kam ihrer Anschuldigung zuvor. »Deine Tante hat die Bedingungen des Pakts ausgehandelt. Heute sagt sie, sie hätte keine andere Wahl gehabt.« Er barg sein Gesicht in beiden Händen und massierte seine Lider, so als könne er damit die schrecklichen Bilder aus seinen Gedanken tilgen. Dann, als er Fee aus geröteten Augen ansah, fügte er hinzu: »Und ich glaube sogar, sie hat Recht.«

»Du verteidigst sie auch noch?«

»Ich kenne die Gefahr, die vom Feenreich ausgeht.«

»Aber Feen und Kobolde und Geister ... das sind doch –«

»Hirngespinste? Leere Drohungen für ungezogene Kinder? O nein, Fee, denk über mich, was du willst, aber über eines sei dir immer im Klaren: Deine Tante weiß genau, wovon sie spricht. Sie und ich, wir haben uns einmal gut verstanden. Vielleicht, weil wir beide die Wahrheit kannten.«

Fee wich einige Schritte zurück. Sie stieß mit den Waden gegen die Bettkante und setzte sich auf die Decke.

»Was ist geschehen?«, wollte sie wissen. »Und, bitte, von Anfang an!«

»Es begann vor ... ich weiß nicht, vielleicht vor zwanzig Jahren. Auf jeden Fall, kurz bevor ich deine Mutter zur Frau nahm. Die Leute aus dem Dorf, vor allem die Fischer und Waschweiber, erzählten, sie hätten sonderbare Gestalten gesehen. Elfen, sagten einige, Kobolde und Teufel, meinten die anderen. Ich war damals kaum älter als du heute, und ich nahm mir vor, einige dieser Wesen zu beobachten, vielleicht sogar eines zu fangen. Was wusste ich schon über sie? Nur das, was sich die Alten hinter vorgehaltener Hand erzählten oder hin und wieder, wenn sie genug Met und Wein getrunken hatten, am Kaminfeuer preisgaben. Keine Märchen, sondern Überlieferungen, schon durch Dutzende, Hunderte Münder gewandert, immer ein wenig mehr ausgeschmückt, ein wenig weiter verfälscht. Aber es hat diese Wesen damals gegeben und es gibt sie auch heute noch.«

»Hast du sie denn gesehen?«

»Kein einziges. Und wenn doch, dann habe ich es nicht erkannt. Deine Tante aber besitzt das Talent, zu ihnen zu sprechen. Sie rief Titania an und bat sie um Hilfe, als eines Tages ein paar abgelegene Höfe, schließlich sogar ein ganzes Dorf in Flammen aufgingen. Alle, die überlebten, waren sich einig, dass es keine Menschen gewesen waren, die diese Feuer gelegt hatten. Man hatte kleine, dürre Umrisse gesehen, Kreaturen mit Fingern so lang wie sie selbst, andere mit geschwungenen Hörnern, mit Bocksfüßen und Libellenflügeln. Ich war zu diesem Zeitpunkt schon fort, wenige Monde nach deiner Geburt. Vielleicht hätte ich verhindern können, was mit deiner Schwester geschah.« Er schlug die Augen nieder und starrte zu Boden. »Aber wahrscheinlich hätte ich mich gefügt wie all die anderen, die davon wussten.«

»Du hättest deine Tochter geopfert? Einer ... einer Teufelin?« Tränen schossen Fee in die Augen, ohne dass sie etwas dagegen tun konnte.

»Titania ist keine Teufelin. Sie ist die Königin der Feen und Geister, sie gebietet über alles, was jenseits unserer Welt existiert. Sie herrscht über Faerie, und sie bestraft all jene, die von dort ausbrechen und unter den Menschen ihr Unwesen treiben.«

»Faerie ist –«

»Das Feenreich. Seine Tore sind verschlossen und werden von mächtigen Wächtern behütet. Und doch gelang damals einigen der Übertritt in unsere Welt, gleich hier, auf unseren Ländereien.«

»Und der Preis, den Titania verlangte, um sie zurückzurufen, war das Leben eines Kindes? Warum, um Himmels willen?«

»Sie hat diesen Preis gewiss nicht unbedacht gewählt. Und sie hat nicht das Leben des Mädchens gefordert. Herrscherblut musste in seinen Adern fließen, und wenn sie es nur hätte töten wollen, wäre ihr gewiss auch jedes andere Mädchen recht gewesen. Titania verlangt keine Blutopfer, zumindest habe ich nie davon gehört. Wer weiß, was aus deiner Schwester geworden ist, Fee. Vielleicht wandelt sie heute selbst über Faeries grüne Hügel, an der Seite irgendeines Elfenprinzen.«

Sie verzog das Gesicht zu einer angewiderten Grimasse. »Du hast gesagt, dass du hoffst, sie sei tot. Das klang nicht, als würdest du glauben, es ginge ihr gut, wo immer sie auch sein mag. Grüne Hügel und Elfenprinzen – Herrgott, Vater, du machst dir doch nur selbst etwas vor!«

Er zuckte unter jedem ihrer Worte zusammen. »Tatsache ist, dass die Überfälle aufhörten. Keine zerstörten Gehöfte mehr, keine ausgebrannten Dörfer. Das Opfer deiner Schwester hat das Tor wieder geschlossen.«

»Dann darf ich mich wohl glücklich schätzen, dass es bis heute dabei geblieben ist«, entgegnete sie bösartig. »Sonst würde ich selbst wahrscheinlich auch schon längst über grüne Hügel wandeln, nicht wahr?«

Darauf wusste er keine Antwort. Er starrte nur schweigend an ihr vorbei zum Fenster, hinter dem verschwommen die nächtliche Schneelandschaft im Mondschein zu erkennen war.

»Eines noch«, sagte sie schließlich. »Du warst doch schon fort, als all das geschah. Wie kannst du so sicher sein, dass das, was Onkel und Tante dir erzählt haben, die Wahrheit ist?«

Er betonte seine Worte wie ein Schuldbekenntnis: »Ich habe deine Tante einmal geliebt, Fee. Sie würde mich niemals belügen. Ich hätte um ihre Hand angehalten, wenn Wilhelm nicht auf seinem Recht als Älterer bestanden hätte.«

Fee wollte ihn dafür hassen, ihn verachten. Doch sie spürte in sich nichts als Leere. Wie hatte sie je annehmen können, ihn nach so kurzer Zeit zu kennen? Und wie hätte sie Mitleid empfinden können für ihre Mutter, die einem Mann zur Frau gegeben worden war, der eigentlich eine andere liebte – wo doch Fee nicht die leiseste Erinnerung an sie besaß? So sehr Fee auch versuchte, um ihrer Mutter willen verletzt zu sein, es gelang ihr nicht. Das alles waren Geschichten über Fremde, über Menschen, die vor vielen Jahren gelebt hatten. In gewisser Weise galt das auch für ihren Vater. Der Mann, der sie gezeugt hatte, war zusammen mit seiner Frau gestorben. Und mit der Schwester, von der Fee nichts wusste, nicht einmal den Namen.

»Deine Mutter war der wichtigste Mensch in meinem Leben«, sagte er. »Ich habe sie geliebt, ehrlich und aufrichtig. Auf andere Art als deine Tante. Auf eine bessere Art, glaube ich.«

Fee verstand nicht, was er damit meinte, und es war ihr auch gleichgültig.

Er versuchte nicht, sie zurückzuhalten, als sie zur Tür ging und sie öffnete.

»Gute Nacht, Vater«, sagte sie im Hinausgehen. Sie sah

aus dem Augenwinkel, wie traurig und einsam er dastand. Jetzt tat er ihr Leid, so wie sie selbst sich leid tat, aber sie brachte nicht die Kraft auf, sich noch einmal zu ihm umzudrehen.

Sie zog die Tür hinter sich ins Schloss und lief davon, lief, so schnell ihre Beine sie trugen, doch sie konnte nicht verhindern, dass etwas von ihr zurückblieb, bei ihm, bei der Vergangenheit. Irgendwo in Faerie.

Am nächsten Abend trat Ailis voller Unruhe durch das Portal des Haupthauses. Mägde und andere Bedienstete eilten über die Gange, trugen hölzerne Platten mit gebratenem Wild, Gemüse und eingemachten Früchten. Ailis folgte ihnen zum Rittersaal. Die Wohlgerüche der Speisen waren betörend und beinahe verdrängten sie Ailis' Unbehagen. Doch je näher sie dem Saal kam, desto größer wurden ihre Sorgen.

Dabei hätte sie nicht einmal zu sagen vermocht, über was genau sie sich sorgte. Fee hatte ihr mittags von einer ihrer Zofen ausrichten lassen, dass man sie zur Teilnahme am abendlichen Mahl der Grafenfamilie einlud. Seit der vergangenen Nacht hatte Ailis ihre Freundin nicht mehr gesehen, und ihr Gefühl sagte ihr, dass es vielleicht doch falsch gewesen war, Fee alles zu erzählen. Was, wenn der Graf tatsächlich zu Fees Bestem gehandelt hatte, als er die Ereignisse geheim hielt? Er war schon einmal im Recht und Ailis im Unrecht gewesen, damals, als er das Mädchen auf dem Lurlinberg einkerkern ließ. Er hatte gewusst, welche Macht dieses Wesen besaß. Und doch hatte Fee gegen seinen Befehl verstoßen und war dorthin zurückgekehrt, und wer weiß, was geschehen wäre, wenn sie sich nicht aus dem Bann des Mädchens hätte lösen können.

Indem sie Fee nun die Wahrheit erzählt hatte, hatte sie sich zum zweiten Mal gegen den Willen des Grafen aufgelehnt, und abermals bereute sie es. Sie war nahe daran, sich einzugestehen, dass er in manchen Dingen vielleicht ein weiserer Mann war, als sie wahrhaben wollte.

Sie wunderte sich vor allem, dass Fee nicht selbst in die Schmiede gekommen war, um sie einzuladen. Das passte überhaupt nicht zu ihr. Was dachte sie sich dabei, Ailis wie einen Lakaien herbeizubestellen? Auf das Essen an der Tafel des Grafen konnte sie gut und gerne verzichten, aber sie konnte nicht von dem Gedanken lassen, dass es einen wichtigen Grund geben musste, wenn Fee solchen Wert auf ihre Anwesenheit legte. Ailis hatte seit Ewigkeiten an keinem Bankett der Grafenfamilie mehr teilgenommen, und Fee wusste, dass sie es nicht vermisste.

Nein, kein Zweifel, Fee hatte irgendetwas vor.

Als Ailis sie in ihrer Kemenate aufgesucht und ihr alles erzählt hatte, war Fee sehr ruhig gewesen. Zu ruhig. Ihr Gesicht war starr, ihre Augen glasig geworden, als sähe sie durch Ailis und die Mauern der Burg hindurch an einen anderen, weit entfernten Ort. Ailis hatte erwartet, dass sie verzweifelt sein würde oder zornig, doch diese sonderbare Verschlossenheit war ihr unheimlich. Erst als sie gegangen war, hatte sie im Hinausgehen bemerkt, dass Fees Abwesenheit in Wut umschlug. Ailis hatte sie beruhigen wollen, doch Fee hatte sie fortgeschickt. Sie wolle jetzt allein sein, hatte sie gesagt. Bald darauf hatte Ailis beobachtet, wie Fee ihre Kemenate verließ und zum Haupthaus lief. Sie konnte sich vorstellen, wen sie dort aufsuchen wollte.

Der Graf und sein Weib saßen bereits auf ihren hochlehnigen Stühlen an der Stirnseite der Tafel. Ailis verbeugte sich vor beiden, grüßte ehrerbietig und ließ sich von einem Diener einen Platz am anderen Ende des langen Tisches zuweisen. Sie spürte, wie ihr die Blicke der beiden auf dem Weg dorthin folgten, und auch als sie endlich saß, beobachteten sie der Graf und die Gräfin unverhohlen.

»Fee hat uns mitgeteilt, dass sie deine Anwesenheit wünscht, Ailis«, sagte die Gräfin. »Versäumt hat sie allerdings, uns den Grund zu nennen. Es ist lange her, seit du zuletzt mit uns gegessen hast.«

Ailis überlegte fieberhaft, was sie darauf erwidern könnte, als im selben Augenblick Fees Vater den Saal betrat. Er wirkte unausgeschlafen, hatte dunkle Ringe unter den Augen, aber sein Haar war frisch gekämmt, seine Kleidung sauber und straff. Ailis sprang sofort auf, verbeugte sich und ließ sich ihm von der Gräfin vorstellen. Eberhart bedachte sie mit einem flüchtigen Lächeln, dann setzte er sich auf seinen Platz und beachtete sie nicht weiter.

Also hat er mich in der Nacht am Ufer nicht erkannt, dachte Ailis erleichtert. Ihr Herz schlug so schnell, dass sie das Gefühl hatte, jeder hier müsse es bemerken.

Fee kam zu spät, aber noch hatte der Graf nicht das Zeichen zum Beginn des Mahls gegeben. Ailis' Blick wanderte über die aufgetragenen Speisen. In der Mitte der Tafel dampfte ein Topf mit Hühnersuppe. Unweit davon türmten sich mehrere Steinbrotfladen, daneben stand eine Schüssel mit Griebenschmalz. Als Hauptgericht gab es Krustenrippe mit ausgebackenen Eierteigstäbchen und Rosenkohl, zudem Kapaunenpastete mit Pflaumensauce. Ein Teller mit weißem Schafskäse stand nahe der Mandeltorte, die vor allem für die Damen gedacht war.

Ailis erinnerte sich an die ausgehungerten Bauern, die den gräflichen Tross auf dem Weg zur Burg Reichenberg aufgehalten hatten, und ein Schauder lief ihr über den Rücken. Sie hatte kein wirklich schlechtes Gewissen angesichts der aufgetafelten Schlemmereien, dennoch verspürte sie leichtes Unwohlsein. Vielleicht lag das auch nur daran, dass Fee noch immer nicht aufgetaucht war und Ailis' Anspannung mit jedem Atemzug größer wurde.

Sie sah dem Grafen an, dass auch er allmählich ungehalten wurde, doch gerade, als sie dachte, er werde die Tafel auch ohne seine Nichte eröffnen, erschien Fee im Portal. Sie hatte ihr schönstes Kleid angelegt. Unter einem eng anliegenden Obergewand mit weit geschnittenen Ärmeln, die bis über ihre Hände reichten, trug sie einen Rock mit Schleppe, eierschalenfarben und mit goldenen Stickereien durchwirkt. Ihr langes Haar war zu Zöpfen geflochten, die sie in engen Schlingen am Hinterkopf aufgesteckt hatte. Ihre Wangen hatte sie mit Rosenpuder leicht gerötet, ebenso ihre Lippen. Sie sah älter aus als sonst, eine reife, strahlend schöne Frau.

Ailis kam sich in ihrer Anwesenheit klein und unbedeutend vor, obgleich auch sie ihre beste Kleidung trug – lederne Reithosen und ein dunkelgrünes Wams, denn einen Rock besaß sie nicht. Fee hatte ihr einmal angeboten, sich eines ihrer edlen Kleider als Geschenk auszusuchen, doch Ailis hatte abgelehnt. Sie hätte sich darin nicht wohl gefühlt, und auch ihrem Stand als Lehrmädchen eines Schmiedes wäre es schwerlich angemessen gewesen.

Fee warf ihr ein verschwörerisches Lächeln zu, aber es wirkte fahrig, so als beschäftigten sie in Wahrheit ganz andere Gedanken. Ailis erwiderte die Geste mit einem angedeuteten Schulterzucken; es ärgerte sie ein wenig, dass ihre Freundin sie derart im Ungewissen ließ.

Die Gräfin beobachtete den Auftritt ihrer Nichte mit einer hochgezogenen Augenbraue, nicht missbilligend, vielmehr verwundert über den feierlichen Aufputz.

Fee nahm ihren Platz ein, drei Stühle von Ailis entfernt. Ihr Vater saß ihr genau gegenüber. Er musterte sie neugierig, sagte aber nichts. Wie Ailis schien er abzuwarten, bis Fee ihr Verhalten von sich aus erklärte.

Graf Wilhelm sprach das Tischgebet. Ailis entging keineswegs, dass die Gräfin sich weder dem gemeinsamen ›Amen‹ anschloss, noch das Kreuzzeichen schlug. Niemand störte sich daran.

Das Gespräch bei Tisch verlief schleppend und wurde von Nichtigkeiten bestimmt. Der Graf erzählte von neuen Pferden, die aufgrund des hohen Schnees nicht eingeritten werden konnten, und sein Bruder bot seine Hilfe an, da er, wie er sagte, einige Erfahrung in derlei Dingen habe. Die Gräfin warf immer wieder verstohlene Blicke zu Fee hinüber, die schweigend ihre Mahlzeit einnahm. Sie aß wenig, als hätte sie in Wahrheit keinen Hunger und wolle nur höflich sein. Auch Ailis brachte kaum einen Bissen herunter, so aufgeregt war sie.

Das Mahl neigte sich dem Ende entgegen, ohne dass Fee ein einziges Wort verloren hatte. Dann aber schien sie sich plötzlich ein Herz zu fassen. Sie legte ihren hölzernen Löffel mit einem vernehmlichen Laut neben ihrer Schale ab und ließ ihren Blick durch die Runde schweifen, vorbei an Ailis, ihrem Vater und der Gräfin, bis sie schließlich den Grafen ansah.

»Onkel«, sagte sie, »ich habe eine Bitte.«

»Dann sprich sie aus, mein Kind«, sagte er gönnerhaft. Seine Ruhe war so betont wie unecht, er brannte ebenso vor Neugier wie alle anderen. Ailis dachte, dass es ein großer Triumph für Fee sein musste, die Älteren in solcher Unruhe zu sehen.

»Ich möchte, dass du einen Boten ausschickst. Noch heute, und zwar auf dem schnellsten Pferd im Stall.«

Ailis konnte ihren Blick nicht von der Freundin nehmen. Jede Regung ihrer Lippen, jedes Beben ihrer festgeschnürten Brüste schien ihr ein geheimes Zeichen zu sein, nur für sie allein bestimmt. Aber warum verstand sie nicht, was Fee ihr damit sagen wollte? Oder entsprangen solche Vertraulichkeiten nur Ailis' Wunschdenken?

»Wohin soll ich den Boten denn senden?«, fragte der Graf.

Fees Tonfall war fest, beinahe trotzig. »Zu Ritter Baan von Falkenhagen. Ich will ihn wissen lassen, dass ich gedenke, sein Angebot anzunehmen.«

»Welches Angebot?«, fragte die Gräfin, aber in ihren Augen stand jähes Begreifen.

»Ritter Baan hat um mein Hand angehalten. Mit Eurem Segen möchte ich seine Frau werden.«

Fees Vater saß da wie versteinert, während sich der Graf und die Gräfin einen unsicheren Blick zuwarfen.

Ailis lachte auf. Es war ein Scherz, ganz gewiss. Fee, die Frau eines Ritters! Das musste ein Streich sein, mit dem sie ihre Familie erschrecken wollte.

Aber warum hatte sie gewollt, dass Ailis an diesem Schauspiel teilnahm? Hoffte sie wirklich, Ailis würde ihr auch nur ein Wort glauben? Und wenn ja, was bezweckte sie damit?

»Nun«, sagte der Graf gedehnt, »Ritter Baan ist ein prächtiger Mann, ohne Zweifel. Und er ist der Sohn und Erbe meines besten Freundes. Ich wüsste nicht, was –«

»Fee ist meine Tochter!«, fiel Eberhart ihm scharf ins Wort. »Deine Meinung, verehrter Bruder, dürfte daher wohl von minderem Gewicht sein.« Sein Blick wanderte von dem sprachlosen Grafen zu Fee. »Trotz ist nicht der beste Anlass, sich auf eine Ehe einzulassen.«

»Das solltest gerade du nicht allzu laut sagen.« Sie hielt seinem gekränkten Blick mühelos stand, als hätte sie diesen Augenblick in Gedanken schon hunderte Male durchlebt.

Ailis dachte benommen: Was geschieht hier? Sie sah die Gesichter der anderen wie durch einen Schleier. Sie müssen alle verrückt geworden sein, dachte sie wie betäubt. Am liebsten hätte sie es auf das Essen geschoben, vielleicht war es verdorben.

Aber natürlich ging es nicht um schlecht gewordenes Schweinefleisch. Auch nicht um den Scherz eines jungen Mädchens, das Aufmerksamkeit erregen wollte.

Fee wollte von hier fortgehen! Wollte die Burg verlassen und das Weib eines fremden Ritters werden!

Ailis hatte das Gefühl, vor Empörung laut aufschreien zu müssen. Das durfte doch alles nicht wahr sein! War das etwa ihre Schuld? Hatte Fee diese Entscheidung getroffen, weil Ailis ihr von ihrer toten Schwester und dem jahrelangen Betrug erzählt hatte? Aber darüber wären sie doch hinweggekommen, sie beide gemeinsam! Was kümmerten sie die Intrigen der anderen? Sie waren beste Freundinnen, sie hatten doch einander. Warum genügte das plötzlich nicht mehr?

Tausend Gedanken, tausend Gefühle. Enttäuschung und Wut. Überraschung und Unverständnis. Und die Angst, plötzlich allein zu sein.

Warum nur tat Fee ihr das an?

»Baan wäre dir gewiss ein guter Mann«, sagte die Gräfin. »Aber, sei bitte aufrichtig, hat er dich in jener Nacht –«

»Angerührt? Natürlich nicht.«

»Sei ehrlich«, verlangte der Graf.

»Ich bin ehrlich!«, entgegnete Fee empört. »Baan ist ein tugendhafter Mann, und er würde nie –«

Diesmal wurde sie von Eberhart unterbrochen. »Ich kannte seinen Vater. Nicht so gut wie du, Wilhelm, aber ich kannte ihn. Wie ähnlich ist ihm sein Sohn?« Sein Tonfall verriet deutlich, dass er weit weniger von dem alten Falkenhagen hielt als sein Bruder.

»Er ist aufrichtig«, schleuderte Fee ihm kalt ins Gesicht. »Er würde mich niemals anlügen. So viel weiß ich.«

Plötzlich drehte sie sich um und schaute Ailis an. Einen Herzschlag lang sah es aus, als wollte sie etwas sagen, dann aber schlug sie nur für einen Moment die Augen nieder und wandte sich wieder an die anderen. »Was ist nun, Onkel? Wirst du den Boten losschicken?«

Der Graf nahm seinen Weinkelch zur Hand, starrte einen Augenblick lang hinein, dann reckte er ihn blitzschnell empor und sprach: »Darauf trinke ich. Der Bote soll reiten. Und Baan wird deine Hand bekommen, wenn er sie immer noch will.« Er trank einen Schluck, sah, dass sein Bruder etwas einwenden wollte, und nahm den Kelch schnell wieder vom Mund. »Vorausgesetzt«, setzte er dann hinzu, »dein Vater, Fee, hat nichts dagegen.«

Eberhart schwieg kurz, dann schüttelte er den Kopf und sah seine Tochter eindringlich an. »Du weißt, was du tust, nicht wahr?«

»Gewiss«, sagte sie kühl, doch der eigentümliche Glanz in ihren Augen verhieß etwas anderes. Es war, als wollte sie mit Blicken sagen: Haltet mich doch davon ab! Ich wollte euch nur verletzen, aber ich will doch keinen Mann!

Das zumindest las Ailis darin und es schnürte ihr fast den Atem ab. Sie hatte das Gefühl, schnellstens von hier fort zu müssen, heraus aus dieser Halle, aus der Burg, irgendwohin, wo die Luft klar und rein und nicht voller Hass und stummer Anschuldigungen war.

Aber sie blieb sitzen, eine schweigende Zuschauerin, gebannt von dem, was vor ihren Augen geschah. Es war ihr nicht gestattet, sich einzumischen, doch je länger sie zusah, desto drängender wurde ihr Wunsch, Fee anzubrüllen, ob sie den Verstand verloren habe. Und was ihr einfalle, sie hier zurückzulassen. Ob sie überhaupt einen einzigen Gedanken daran verschwendet hatte, was sie Ailis damit antat?

»Dann steht es also fest?«, fragte Fee.

Die Gräfin gab keine Antwort, doch der Graf nickte. »Was mich betrifft, sicher.«

»Vater?«, wandte Fee sich an Eberhart.

Er packte seinen Weinkelch, jedoch nicht, um damit auf den Beschluss anzustoßen. Vielmehr krallten sich seine Finger darum, als wollte er ihn in seiner Hilflosigkeit zerdrücken.

»Es ist deine Entscheidung«, sagte er, ohne Fee anzusehen. »Du hast das Recht dazu. Ich werde dir nicht im Wege stehen.«

Fee erhob sich, eine fließende, fast majestätische Bewegung. »Was glaubst du, Onkel, wann können wir Baans Antwort erwarten?«

Der Graf lächelte. »Wenn ich Baan richtig einschätze, wird er in wenigen Tagen hier sein. Trotz des Wetters. Er wird schon einen Weg finden, dessen bin ich sicher.« Er prostete seiner Nichte anerkennend zu. »Und wer sollte ihm das verübeln, bei einer so hübschen Braut?«

Keiner der anderen ließ sich von seiner Ausgelassenheit anstecken, auch nicht die Gräfin. Sie schaute Fee nur lange an, als wollte sie ihre Gedanken lesen, dann legte sie die Stirn in Falten und wandte sich wieder ihrem Essen zu. Sie speiste weiter, als sei nichts geschehen, doch ihr Blick verriet, dass es in ihrem Inneren arbeitete. Vielleicht, weil sich die Dinge anders entwickelt hatten, als sie vorhergesehen hatte.

Fee wandte sich um und ging zur Tür. Ailis kam es vor,

als bewege sie sich unnatürlich steif, so als hätte sie Mühe, ihren Körper, vor allem aber ihren Stolz länger aufrechtzuerhalten.

Ich muss mit dir reden, flehten Ailis' Augen sie an, aber Fee vermied es, ihren Blick zu kreuzen.

Du hast Angst, dachte Ailis. Angst wovor? Vor deiner Zukunft, die du dir selbst ausgesucht hast? Oder Angst vor mir, deiner besten Freundin, die du gerade betrogen hast?

Fee öffnete das Portal und ging hinaus.

Ailis hielt es nicht mehr auf ihrem Stuhl. Sie sprang auf, kümmerte sich nicht länger um Sitte und Anstand, verließ den Tisch ohne Abschied und rannte Fee hinterher.

»Warte!«, rief sie ihr draußen auf dem Gang nach. »Fee, warte auf mich!«

Fee blieb stehen, drehte sich aber nicht zu ihr um. »Bitte«, sagte sie sehr leise, und ihre Stimme klang belegt. »Lass mich. Nicht jetzt.« Und dann ging sie einfach weiter.

Doch damit gab Ailis sich nicht zufrieden. Sie lief an ihr vorbei und verstellte ihr den Weg. Fackellicht von den Wänden spiegelte sich auf ihren Zügen, tauchte beide Mädchen in zuckenden Feuerschein. Die Wächter am Eingang des Rittersaals spitzten die Ohren, aber sie waren zu weit entfernt, um zu verstehen, was gesprochen wurde.

»Bitte«, sagte Fee noch einmal, und stummes Flehen lag in ihrem Blick. Eine Träne hatte eine glitzernde Spur über ihre Wange gezogen, funkelte jetzt an ihrem Kinn wie ein Edelstein.

»Sag mir, warum du es tust«, verlangte Ailis und sah in Fees Schmerz das Spiegelbild ihrer eigenen Empfindungen.

Fee lachte verbittert auf, blinzelte eine weitere Träne aus ihrem Auge und wies mit übertriebener Gestik auf die steinernen Wände des Flurs. »Hast du von all dem nicht genug?

Von diesem Gemäuer und den Lügen, all dem falschen, hinterhältigen Gerede?«

»Du gibst einfach auf«, gab Ailis zurück. »Du gibst auf und verschwindest von hier. Das ist keine Lösung, sondern nur eine Flucht!«

»Und das findest du armselig, nicht wahr?«

»Ich finde es ungerecht. Mir gegenüber.«

Fee nickte traurig. »Ich weiß. Aber ich kann nicht mehr anders. Ich gehe zu Baan.«

»Glaubst du, er wird dich nicht belügen?« Ailis hörte sich selbst immer lauter werden, immer verzweifelter. »Man sagt, alle Männer tun das.«

Fee lächelte milde. »Was wissen wir beide denn schon von Männern, Ailis?« Dann drängte sie sich sanft an ihr vorbei und ließ sich von einem herbeieilenden Diener ihren Fellumhang reichen.

Ailis riss ihn ihr wütend aus der Hand. »Versteck dich nicht vor mir! Und schau mich gefälligst an!«

Fee nahm sie an den Händen, beugte sich vor und küsste sie auf den Mund. Sehr zärtlich, sehr lange. »Ich bin jetzt eine Braut, Ailis«, sagte sie sanft. Sie warf sich den Mantel um die Schultern. »Jemand wartet auf mich. An einem anderen Ort. Ich kann dir gar nicht sagen, was für ein Gefühl das ist.«

Und damit ließ sie das Portal zum Hof öffnen und trat hinaus in den Schneesturm.

9. Kapitel

Der Himmel war so weiß, dass sich die verschneiten Bergkuppen kaum mehr von ihm abhoben. Trotzdem fiel seit zwei Tagen kein Neuschnee. Die Luft war bitterkalt, und ein feiner, kaum spürbarer Wind wirbelte Eiskristalle vom Boden und von den Bäumen, fegte sie in sanften Wogen über den Berghang.

Ailis kämpfte sich allein durch den Schnee bergauf, vorüber an schwarzen Baumgerippen, die mit knotigen Ästen aus dem blendenden Weiß ragten. Von hier aus hatte sie freie Sicht auf den Fluss; er war völlig vereist, seine Oberfläche unter einer Schneedecke begraben. Ein Fremder hätte ihn für den verschneiten Boden einer breiten Schlucht halten können, kein Anzeichen wies mehr darauf hin, dass unter dem Schnee die Wassermassen tobten. Lediglich die Stromschnellen unterhalb des Lurlinberges hatte das Eis nicht bändigen können, sie sprudelten noch heftiger als sonst durch eine graue Öffnung im Schnee.

Ein voll beladener Hundeschlitten jagte den Verlauf des Stroms entlang nach Süden, machte um den Fuß des Lurlinberges einen Bogen und verschwand dann aus Ailis' Blickfeld; offenbar ein wackerer Flößer, der sich vom Winter nicht unterkriegen ließ. Ailis beneidete ihn um die Leichtigkeit, mit der er von einem Ort zum anderen zog. Sie wünschte sich mit jedem Tag mehr, selbst eine Reisende zu sein, die mal hier, mal dort unterschlüpfte, aber nie lange genug blieb, um Wurzeln zu schlagen. Denn mit den Wurzeln kamen Vertrautheiten, kamen Menschen, die einem etwas bedeuteten. Menschen, die einen verletzten, wenn man nicht Acht gab.

Es war nicht wie damals, als sie und Fee einander die Freundschaft aufgekündigt hatten. Ailis spürte keinen wirklichen Groll, und insgeheim stellte sie sich oft die Frage, ob sie es nicht genauso wie Fee gemacht hätte, wenn sich ihr die Möglichkeit geboten hätte. Früher oder später, sagte sie sich, wäre es ohnehin so gekommen: Fee wäre an den Hof des Königs gegangen, um dort zur Gesellschafterin erzogen zu werden.

Doch die Ehe mit Baan war etwas anderes. Er würde sie besitzen, ihr langes Haar und ihren Leib unter seinen Händen spüren. Ihre zarten Lippen küssen.

Ailis war eifersüchtig, so viel gestand sie sich ein. Sie liebte Fee mehr als jeden anderen Menschen auf der Welt. Liebte sie mehr, als sie je auszusprechen wagte.

Acht Tage waren seit jenem unseligen Abendmahl vergangen und seither hatten Ailis und Fee kaum ein Wort gewechselt. Hin und wieder waren sie einander kurz begegnet, aber Ailis spürte, dass Fee ihr aus dem Weg ging. Sie kannte auch den Grund: Fee fürchtete, Ailis könnte ihr ihre Entscheidung ausreden. Möglich, dass Fee ihren Schritt ohnehin längst bereute. Doch sie war viel zu sehr Dame, als dass sie ihre Selbstzweifel offen zur Schau getragen hätte.

Der Bote war zurückgekehrt, mit der Nachricht, dass Baan auf dem Weg hierher war, um seine Braut in Empfang zu nehmen. Alles, was Ailis blieb, war den beiden viel Glück zu wünschen. Dabei wünschte sie in Wahrheit zumindest dem Ritter die Pest an den Hals.

Der Weg durch den hohen Schnee war beschwerlich, zumal sie nie sicher sein konnte, was sich darunter befand. Hier oben, auf den Bergkuppen südlich der Burg, gab es keinen Pfad, dem sie folgen konnte. Mitunter hörte sie unter ihren Füßen Zweige brechen, einmal wäre sie fast in ein Loch gestürzt, das der Schnee verborgen hatte. Es war ein närrischer Einfall gewesen, hierher zu kommen, und anfangs bereute sie ihn bei jedem Schritt. Doch je näher sie ihrem Ziel kam, desto zuversichtlicher wurde sie, dass ihre Mühen vielleicht doch einen Sinn hatten. Es blieb verrückt, gewiss, aber irgendeinen wahren Kern mussten die alten Legenden doch haben.

Du klammerst dich an ein Ammenmärchen, mahnte ihre innere Stimme sie. Aber, immerhin, sie stellte sich ihrem Kummer, statt wie Fee einfach davonzulaufen.

Wenn es irgendeine Möglichkeit gab, die Dinge zum Guten zu wenden, dann wollte sie sich darauf einlassen. Im Augenblick fand sie das mutig und kühn, aber sie wusste auch, dass es ihr später albern und ausgesprochen kindisch vorkommen würde. Noch aber war jetzt, und dementsprechend handelte sie.

Das Weiße Pferd musste nun ganz in der Nähe sein. Das Große Weiße Pferd, eingelassen in den Berg, ein gewaltiger Umriss aus Flusskieseln, größer als ein Haus und doch gut versteckt. Vom Rhein aus war es nicht zu erkennen, das verhinderten die Wipfel des bergabwärts gelegenen Waldes. Auch die Möglichkeit, durch Zufall darauf zu stoßen, war gering, denn die Felsen, die das Pferd zu drei Seiten hin begrenzten, waren schroff und verhießen dahinter weder Weideland noch Anbauflächen für Wein oder Getreide. Wanderer verschlug es gar nicht erst in diese abgelegene Gegend, sie nahmen meist den geraden Weg zur Burg und erkundeten nicht die Umgebung.

Die Menschen, die hier lebten, kannten das Pferd natürlich. Jeder war zumindest als Kind schon einmal hier oben gewesen, denn es galt weithin als Mutprobe, sich dem unheimlichen Kieselfeld zu nähern, das in grauer Vorzeit in Gestalt einer schlanken Schimmelstute angelegt worden war. Wer es geschaffen hatte und aus welchem Grund, war längst vergessen. Nicht einmal die Ältesten wussten darauf eine Antwort. Geister, vermuteten die einen, Hexen, sagten andere. Und mancher machte gar die alten Götter selbst dafür verantwortlich.

Vielleicht, dachte Ailis, hatten sie ja alle Recht, jeder ein wenig. Eine sonderbare Stimmung lag über diesem Teil der Uferberge, das ließ sich nicht abstreiten. Der Wind flüsterte in einem Labyrinth aus Felsen, die sich mehr als mannshoch aus den Bergwiesen erhoben, und an Sonnentagen schienen die Schatten dieses versteinerten Waldes ein geisterhaftes Eigenleben zu entwickeln, wenn sie mal in die eine, mal in die andere Richtung wanderten, scheinbar unbeeinflusst vom Licht am Himmel. Erst wer die Rückseite der Felsen erreichte, sah das Pferd auf einer Wiese vor sich liegen.

Ailis durchquerte den steinernen Irrgarten ohne Furcht vor Teufeln und Wiedergängern, die manche schon hier oben gesehen haben wollten. Sie war mehr als einmal hier gewesen, auch mit Fee, und die Felsen schreckten sie nicht länger. Gewiss, das Säuseln der Winde war beeindruckend in seiner Klarheit, und die steinernen Gebilde – manche scharf und spitz wie Dolchklingen aus Basalt, andere bucklig wie verwachsene Fabelwesen – konnten einem einen gehörigen Schrecken einjagen, wenn man unvermittelt zu ihnen aufblickte. Ailis wusste das und schaute daher die meiste Zeit zu Boden. Wenn außer ihr jemand hier oben wäre, müsste sie Spuren entdecken. Doch der Schnee war unberührt. Sie war völlig allein.

Sie ließ die Felsen hinter sich und hätte das Pferd jetzt eigentlich sehen müssen. Insgeheim hatte sie gehofft, es habe den Schnee zum Schmelzen gebracht, denn das wäre vielleicht ein Beweis jener Kräfte gewesen, die man ihm nachsagte.

Doch die Wiese erstreckte sich vor ihr als weites Schneefeld und nicht der winzigste Hinweis verriet die genaue Lage des Pferdes unter der Eisdecke. Ailis stapfte dorthin, wo sie den Schädel vermutete, doch als sie den Schnee mit den Händen beiseite schaufelte, fand sie darunter nichts als plattgedrücktes, gefrorenes Gras. Sie ging einige Schritte bergab, näher an den Waldrand heran, und hier hatte sie nach mühsamem Graben mehr Glück: Der Boden bestand aus faustgroßen weißen Steinen, viele Schichten übereinander, die wer-weiß-wie-tief in die Erde reichten. Sie grub ein wenig weiter, bis sie erkennen konnte, dass sie sich auf dem hinteren Teil des Pferdes befand. Sie versuchte, sich seine genaue Lage unter dem Schnee vorzustellen, wie ein gewaltiger, weißer Schatten, der aus geheimnisvollen Gründen am Boden haften geblieben war.

Sie entschied, dass es nicht nötig war, das ganze Pferd freizuräumen, und so schuf sie lediglich ein Loch, groß genug, um sich darin im Kreis zu drehen.

Die Überlieferung besagte, dass die alten Götter demjenigen, der sich auf dem Körper des Pferdes dreimal um sich selbst drehte, einen von sieben Wünschen erfüllten.

Ailis sah sich ein letztes Mal nach heimlichen Beobachtern um, dann tat sie, weswegen sie hergekommen war. Sie drehte sich einmal, zweimal, dreimal, sehr langsam und mit Bedacht, weil sie annahm, dass übermäßige Hast die

Götter ungnädig stimmen würde. Dann ging sie in dem Loch im Schnee in die Hocke und legte beide Hände auf die Kieselsteine am Boden; sie waren mit einer dünnen Eisschicht überzogen, die hoffentlich die Wirkung des Zaubers nicht schmälern würde – falls es denn wirklich ein Zauber war.

Sie sprach in Gedanken siebenmal denselben Wunsch aus und war sich dabei durchaus bewusst, dass dies ein recht offenkundiger Betrug war. Der Haken der ganzen Sache war schließlich, dass man nicht wusste, welcher der sieben Wünsche erfüllt wurde, und man daher gezwungen war, besonnen zu wählen.

Ailis aber hatte nur einen einzigen Wunsch: Fee sollte schnellstmöglich zu ihr zurückkehren.

Ihr war klar, dass an Fees Abreise nichts mehr zu ändern war – es sei denn, das Eis irgendeines Flusses gab unter den Hufen von Baans Pferd nach und riss ihn in die Tiefe, was sicher ein verlockender Gedanke war, wenn auch keiner, der bei dieser Kälte Erfolg versprechend schien.

Nein, Fee würde bald schon an der Seite ihres Bräutigams davonziehen. Doch wer vermochte schon mit Sicherheit zu sagen, dass die beiden sich nicht bald streiten, einander gar hassen würden? Würde Fee dann nicht auf schnellstem Wege heimkehren?

Dumm, raunte es in Ailis' Gedanken. Dumm und geradezu boshaft. Warum gönnst du Fee nicht das Glück, das sie sucht? Schließlich ist sie deine beste Freundin.

Weil sie es anderswo sucht, war die simple Antwort. Nicht bei mir!

Du bist so eifersüchtig wie die Konkubinen des Königs. Und ebenso heimtückisch. Ein böses, kindisches Weibsstück ist aus dir geworden.

Ailis formte zornig einen Schneeball und schleuderte ihn mit aller Kraft gegen einen der Felsen. Er zerbarst in einer weißen Wolke.

Kindisch, hallte es in ihrem Kopf.

Und wie ein Kind sank sie in den Schnee und heulte, bis ihr die Luft wegblieb.

Baan erreichte Burg Rheinfels noch am selben Abend, und Ailis beobachtete mit grimmem Blick, wie er mit Fee und ihrer Familie im Haupthaus verschwand.

Bald darauf schien bereits alles besprochen zu sein, denn ein Bote erschien und verkündete lautstark im Burghof, dass das Brautpaar schon am nächsten Morgen abreisen werde. Die Hochzeitsfeier werde in der Burg des Bräutigams abgehalten, wie es bei denen von Falkenhagen Sitte sei.

Viele nahmen diese Nachricht mit Enttäuschung auf, hatten sie sich doch bereits auf ein tagelanges Fest und viele Fässer mit Wein und Bier gefreut. Ailis aber hielt es für eine ausgesprochene Gnade der Götter. Sie war froh, nicht mitansehen zu müssen, wie sich Fee und Baan zur Hochzeitsnacht zurückzogen, um am nächsten Morgen stolz das blutbefleckte Laken zu präsentieren.

Es war kein Neid, den sie spürte, darüber war sie sich mittlerweile im Klaren. Eifersucht, ja, aber das war etwas anderes. Sie neidete Fee nicht den Gatten und alles, was damit zu tun hatte – o nein, ganz gewiss nicht. Alles, was sie wollte, war ihre Freundin für sich zu behalten, und sie wusste sehr wohl, wie eigennützig und gemein das war.

Aber was sollte sie tun? Sie konnte nicht über ihren eigenen Schatten springen. Falls ihr Marsch zum Weißen Pferd ohne Wirkung blieb, musste sie sich mit den Umständen abfinden. Und sie glaubte nicht wirklich, dass das Pferd Zauberkräfte besaß.

Immerhin hatte niemand mitangesehen, wie sie sich im Schnee um sich selbst gedreht hatte. Vielleicht war es ja doch den Versuch wert gewesen. Aber bis sich das zeigen würde, konnten Monde vergehen. Sie würde Geduld aufbringen müssen – und vielleicht, so hoffte sie, würde die Zeit bis dahin einige ihrer Wunden heilen.

In der Nacht lag sie lange wach und horchte auf Fees leichte Schritte auf dem Gang. Sie konnte sie unter einem Dutzend anderer heraushören, und sie würde wissen, wann sie endlich zu Bett ging. Doch nur einige der anderen Frauen kamen hin und wieder an der Tür vorbei, auf dem Weg in ihre eigenen Kammern. Nichts erklang, das auf Fee schließen ließ. Sie blieb lange mit ihrer Familie und Baan im Rittersaal, feierte wahrscheinlich das bevorstehende Ereignis. Ob sie dabei gelegentlich an Ailis dachte? Wahrscheinlich hatte sie anderes im Kopf. Wie sie ihrem Ritter am besten zu Diensten sein konnte, zum Beispiel. Wie sie ihn Abend für Abend im Bett erwarten, seinen verschwitzten, nach Pferden stinkenden Körper verwöhnen und liebkosen würde.

Ailis wurde ganz schlecht bei diesen Gedanken, aber sie wusste auch, dass sie sich damit nur selbst weh tat. Himmel, nie in ihrem Leben hatte sie sich so erbärmlich gefühlt, und je höher der Mond stieg, und je länger Fees Schritte ausblieben, desto verzweifelter wurde sie.

Am Morgen erwachte sie, erstaunt, dass sie offenbar doch noch eingeschlafen war. Im Licht des anbrechenden Tages hob sich ihre Stimmung ein wenig, doch dann kehrten wieder all ihre Gedanken vom Vorabend zurück und ihr Herz wurde schwer vor Kummer. Heute also war es so weit. Fee würde Abschied nehmen und aus ihrem Leben verschwinden.

Abschied! Ihr fiel ein, dass sie sich beeilen musste, wenn sie ihrer Freundin noch Lebewohl sagen wollte. Das Brautpaar wollte früh abreisen. Wieder sah sie die beiden in Gedanken vor sich, sah sie im Pferdeschlitten ihrem vermeintlichen Glück entgegengleiten, lächelnd, scherzend und frisch verliebt.

Woher willst du wissen, wie das ist?, stichelte ihre innere Stimme. Du warst noch nie verliebt, oder?

Oder?

Sie würde einfach in ihrer Kammer bleiben, bis die beiden fort waren. Warum die Klinge in der eigenen Wunde umdrehen, wenn es sich vermeiden ließ?

Sie hatte gerade Hose und Wams übergestreift, als ein Klopfen an der Tür sie aufschrecken ließ.

»Ailis?«, erklang es dumpf durch das Holz. »Ich bin's, Fee.«

Einen Augenblick lang erwog sie, einfach vorzugeben, sie sei nicht da. Aber dann würde Fee nachsehen, und der Riegel war nicht vorgeschoben.

»Komm rein«, sagte sie.

Fee trug ein Kleid mit Fellbesatz, darunter feste Winterstiefel. Ein Fuchsfell lag um ihren Hals, um sie während der langen Schlittenfahrt zu wärmen. Ihr Haar war zu einem festen Knoten am Hinterkopf hochgesteckt und wurde von einem Netz gehalten, in das winzige Edelsteine eingewebt waren. Sie schloss leise die Tür hinter sich und lächelte zaghaft.

»Ich bin hier, um mich zu verabschieden.«

»Ja«, sagte Ailis nur. Ein Kloß, so groß wie eine Männerfaust, schien in ihrer Kehle festzustecken.

»Du bist mir böse.« Fee trat auf sie zu, blieb aber einen Schritt vor ihr stehen. »Und ich weiß nicht, was ich dagegen tun kann.«

»Ich bin nicht böse.«

»Sicher bist du das.« Wieder lächelte sie. »Und ich wäre ganz schön beleidigt, wenn du es nicht wärst.«

»Wie lange wird die Reise dauern?«, fragte Ailis mit spröder Stimme.

»Wenn es nicht weiter schneit, etwa vier Tage.«

Ailis fiel nichts mehr ein, was ihr noch zu sagen blieb. Deshalb meinte sie nur: »Ziemlich lange.«

»Die Hochzeitsfeier findet in zwei Wochen statt. Ich habe meinen Onkel gebeten, dich mitzunehmen, falls du es möchtest.«

»Nein, ich glaube nicht.«

Fee sah sehr verletzlich aus, wie sie so dastand, trotz ihrer wertvollen Kleidung. »Ailis, was kann ich nur tun, damit wir Freundinnen bleiben?«

Ailis spürte, dass ihre Lider flatterten. »Wir könnten immer vor dem Einschlafen aneinander denken«, sagte sie spöttisch.

Fee zuckte unmerklich zusammen. »Wahrscheinlich habe ich deine Wut verdient.«

»Nein.« Ailis taten ihre Worte sofort leid. »Nein, hast du nicht.« Sie versuchte zu lächeln und hätte fast Fees Hand ergriffen. »Es ist … na ja, vielleicht bin ich nur neidisch.«

»Vielleicht«, meinte Fee, aber ihr war anzusehen, dass sie nicht daran glaubte. Sie wusste genau, was in Ailis vorging. »Mir würde es umgekehrt genauso gehen«, sagte sie leise.

Ailis' Mundwinkel zuckten. »Aber ich bin ja nicht diejenige, die Baan heiratet.«

»Das meine ich nicht«, sagte Fee. »Nicht den Neid auf

Baan. Aber die Enttäuschung.« Sie legte beide Hände auf Ailis' Schultern und zog sie noch näher heran. Ihre Gesichter waren nur noch eine Handbreit voneinander entfernt.

»Ich ...«, begann Ailis, aber dann gingen ihr einfach die Worte aus.

Fees Atem roch nach Kamille. »Du musst mir versprechen, Baan nicht zu hassen. Er hat nichts damit zu tun.«

»Nichts damit –«

»Nein. Nicht er nimmt mich zur Frau, sondern ich ihn zum Mann.«

Ailis nickte, aber sie verstand noch nicht wirklich, was Fee damit sagen wollte. Für sie war das im Moment alles einerlei. Sie wünschte plötzlich, Fee würde gehen.

Fees Lippen berührten fast die ihren, als sie sagte: »Was auch geschieht, Ailis, ich habe es so gewollt. Verstehst du? Ich allein! Und das ist alles, was wirklich zählt.«

»Wir bleiben ... Freundinnen.«

»Die besten.«

»Und du kommst zurück. Zu Besuch.«

»So oft es nur geht.«

Und dann küssten sie sich, und Fee ging tatsächlich fort, ließ sie zurück in ihrer kleinen Kammer, deren Wände aufeinander zu rückten, bis Ailis nicht mehr atmen konnte und beinahe panisch ins Freie stürzte.

Auf dem Hof sah sie den Pferdeschlitten durchs Tor gleiten, eskortiert von zwei Dutzend Reitern, und alle waren draußen, der Graf, die Gräfin und Fees Vater, alle Zofen und Bediensteten, und viele unterdrückten Tränen oder weinten freiheraus.

Ailis weinte nicht mehr. Lief nur hinter dem Schlitten und dem Reitertross her, sah zu, wie er den Weg über die Berge einschlug, ins Hinterland und weiter, weiter fort, dorthin, wo in blauer, dämmriger Ferne Baans Burg und Fees Zukunft lagen und von wo der Wind heranwehte und leise, tröstende Worte wisperte. Und fast hätte er sogar den Gesang übertönt, der plötzlich in der Winterluft schwebte, und den niemand hörte außer Ailis.

Der Weg über den Rhein fiel ihr diesmal leicht. Ailis spürte nicht einmal, dass der uralte Strom unter ihren Füßen dahinschoss, so dick war das Eis und so hoch lag der Schnee.

Am anderen Ufer kletterte sie den Lurlinberg empor, ungeduldig wie ein Kind in der frohen Erwartung, den Hang auf einem Stück Holz oder einer gefetteten Tierhaut hinabzurutschen.

Sie hörte den Lockgesang des Mädchens, aber sie wusste auch, dass er nicht ihr galt. Sie kam aus freiem Willen hierher. Wenigstens sagte sie sich das ein ums andere Mal, während sie dem Bergplateau entgegen stieg.

Du bist hier, weil du es willst!

Das eintönige Weiß des Schnees gaukelte ihr vor, sich schon auf ebenem Untergrund zu befinden, als sie noch immer den Hang hinaufkletterte. Der Weg nach oben schien ihr länger als je zuvor. Eis glitzerte im Licht der aufgehenden Sonne, funkelnde Gestirne, die vom Himmel zu Boden gesunken waren.

Endlich kam sie oben an und näherte sich den Ruinen der alten Wehranlage. Mauern und Erdwälle waren ebenso unter Schnee begraben wie die kahlen Baumgerippe und das dürre, tote Buschwerk. Alles weiß. So unschuldig. Und zugleich so bedrohlich.

Was war es nur, das verschneite Landschaften so Angst einflößend machte? Sie waren wunderschön, gewiss. Und auch Ailis genoss die Stille, die der Schnee mit sich brachte. Dennoch blieb ein Rest von Furcht. Der Winter schien das Land abzutöten, vielleicht war es das. Nahm ihm alles Lebendige, die Tiere und die Töne. Alles wurde hart, steif. Wie Leichenstarre.

Sie überwand den letzten Wall und die Mauerreste auf seinem Kamm und dann hätte sie eigentlich das Gitter sehen müssen.

Aber das Gitter war fort.

Am Ende des Plateaus, wenige Schritte vor der Steilwand, erhob sich ein kleiner Hügel, genau über dem Brunnenschacht. Auch er war mit Schnee bedeckt, doch an vielen Stellen stachen dürre, knorrige Formen hervor.

Äste, dachte Ailis. Dann aber sah sie den toten Fuchs am Fuß des Hügels. Sein Fell war vereist, aber nicht zugeschneit.

Je näher Ailis dem Hügel kam, desto mehr steifgefrorene Körper entdeckte sie. Maulwürfe, Igel, Marder – Tiere, die der Lockgesang des Mädchens aus dem Winterschlaf gerissen hatte. Noch mehr Füchse und Vögel, dann die eingeschneite Form eines Hundes oder, wahrscheinlicher, die eines Wolfes.

Ailis war wie betäubt, setzte trunken vor Entsetzen einen Fuß vor den anderen. Schließlich ging sie am Rande der Erhebung in die Hocke, schob vorsichtig die obere Schneeschicht beiseite. Bald schon stieß sie auf gefrorenes Blut und hartgewordene Fellborsten, auf bizarr abstehende Vogelschwingen und verkrampfte Krallen, aufgerissene Schnäbel und gefletschte Fänge. Pfoten und Tatzen ragten willkürlich abgewinkelt aus dem Gewirr der Kadaver, dazwischen der Schwanz eines Wolfes, aufgerichtet, leicht gebogen, als sei er während des Wedelns festgefroren. Die unteren Tiere hatten sich in blindwütiger Befolgung des Lockrufs selbst auf den Stahldornen des Gitters aufgespießt, oftmals mehrere auf einer Spitze; jene, die später gekommen waren und keinen Platz mehr auf den furchtbaren Stacheln gefunden hatten, waren einfach sitzen geblieben, bis der Tod sie holte. Sie waren erfroren, während sie geduldig auf das warteten, was der Gesang ihnen verheißen hatte. Traurige, verlorene Geschöpfe, blind und taub von einer Sehnsucht, die ihnen die Kreatur im Schacht in ihre arglosen Gedanken gepflanzt hatte.

»So so«, erklang gedämpft eine Stimme durch den Kadaverwall. »Verloren geglaubt und endlich heimgekehrt.«

Ailis stolperte auf die Beine und atmete scharf aus. Eine weiße Wolke verdampfte vor ihrem Gesicht. Sie hatte nicht wirklich erwartet, dass das Mädchen sich mit ein paar toten Tieren zufrieden geben würde. Einen Augenblick lang war es, als käme die Stimme geradewegs aus den aufgerissenen Mäulern und Schnäbeln.

»Denk jetzt bitte nicht schlecht über mich«, sagte das Mädchen, doch falls es falsche Betroffenheit und Hohn in seinen Tonfall legte, so gingen sie auf dem Weg ins Freie verloren.

Ailis hatte die Verlogenheit dieser Kreatur niemals stärker empfunden. »Warum hast du das getan?«, fragte sie.

»Warum versammelt der Pfaffe seine Schäfchen um sich? Oder der Christengott die Seelen?« Ein eisüberzogenes Wolfsauge schien Ailis eindringlich anzustarren. »Wir schenken Erlösung, Ailis. Frieden. Das Ende der Hoffnungslosigkeit.«

Ailis schüttelte den Kopf. »Die Wahrheit ist, du warst einsam.« Sie hörte sich reden wie eine Fremde. »Und weil du von dir selbst nicht weißt, ob du wirklich lebst oder tot bist, ist es dir gleichgültig, was mit den anderen geschieht, die dir Gesellschaft leisten.« Sie wies mit einer Handbewegung über die Kadaver. Dann erst fiel ihr ein, dass das Mädchen sie durch die Körper gar nicht sehen konnte. Oder etwa doch?

»Ich bin sehr froh, dass du lebst«, erwiderte die dumpfe Kinderstimme.

»Tote lassen sich schwerlich dazu bewegen, Schlüssel zu stehlen«, entgegnete Ailis höhnisch.

»Ach, das ist alles so mühsam«, sagte das Mädchen ungeduldig. »Tote sind so schrecklich dumm. Ohne eigenen Willen. Der Tod frisst Gehirne, hast du das gewusst? Außerdem neigen sie dazu, unterwegs Körperteile zu verlieren. Es sei denn, sie sind sehr frisch, und sie –«

»Warum bin ich hier?«, unterbrach Ailis sie.

»Das weiß ich nicht. Ich habe dich nicht gerufen.«

»Aber du hast gewusst, dass ich den Gesang für die anderen höre. Schon seit Wochen. Du wusstest, dass ich irgendwann herkommen würde.«

»Schon möglich.«

»Also, warum?«

»Du hast dir die Antwort doch schon selbst gegeben. Ich war einsam.«

Ailis' Blick wanderte erneut über die Kadaver. Verkrümmte Läufe, weiß gefrorene Zungen. Und überall geweitete Augen. Alle sahen Ailis an. Vorwurfsvoll. Warum bist du nicht früher gekommen? Dann hätten wir nicht sterben müssen. In Wahrheit hat sie das nur getan, um deine Neugier zu wecken. Damit du freiwillig zu ihr kommst. FREIWILLIG!

»Du warst doch auch einsam, oder?«, sagte das Mädchen. »Ich kann das fühlen. Deine Freundin ist fortgelaufen. Hat dich alleingelassen. So ein Luder!«

»Fee ist kein Luder!«, gab sie zornig zurück.

»O, sind wir heute ein wenig empfindlich?« Die Kleine

machte eine Pause und fuhr dann fort: »Ist es zu viel verlangt, wenn ich dich bitte, die Tiere beiseite zu schaffen? Das Blut ist auf meiner Haut gefroren. Mir ist kalt.«

»Du wirst schon nicht erfrieren. Und falls doch, werde ich nicht dabei zusehen.«

»Bedeutet das, du willst wieder gehen?« Die Stimme wurde jetzt ein wenig leiser, als steige das Wesen tiefer in den Schacht hinab. Ailis war einen Moment lang versucht, sich weiter vorzubeugen, doch dann begriff sie, dass es genau das war, was das Mädchen wollte: Ailis sollte ihre Abscheu überwinden und sich den toten Herren nähern.

Sie blieb stehen und bald schon sprach die Kreatur wieder lauter. »Was kann ich tun, um dich hier zu halten?«

»Erzähl mir etwas. Von dir.« Da war sie wieder, ihre Neugier! War sie wirklich bereit, all das auf sich zu nehmen, nur um zu erfahren, was sich wirklich hinter dem Engelsgesicht der Kleinen verbarg?

Noch ein wenig, dachte sie. Nur ein wenig.

»Ich kann noch mehr tun«, sagte die Mädchenstimme. »Ich kann dich dorthin bringen, wo ich herkomme.«

»Ich glaube nicht, dass ich darauf Wert lege.«

»Du glaubst, es sei die Hölle, nicht wahr? Hältst du mich wirklich für einen Teufel?«

»Etwas in der Art kam mir in den Sinn.«

»Ailis, Ailis! So jung und so schön, und doch voll mit solch schlechten Gedanken! Dabei könnte ich dir Dinge zeigen ...«

»Erzähl mir davon.«

Selbst durch die Leichen hindurch zischte die Stimme wie ein Peitschenhieb: »Lass mich ausreden!«

Ailis tat unbeeindruckt, aber sie wusste, dass die Kreatur ihre Aufregung wittern konnte, jeden winzigen Schweißtropfen, der irgendwo aus ihrem Körper trat, jedes noch so leichte Zucken, jeden schnellen Atemzug.

»Ich sagte, ich könnte dir Dinge zeigen«, begann das Wesen von neuem, und abermals fiel Ailis ihm – bewusst gegen den Befehl verstoßend – ins Wort: »Wenn ich nur das Gitter öffne. Ich weiß.«

Eine Pause entstand, dann sagte das Wesen langsam: »Du hast Verstand, Ailis. Das ist einer der Gründe, weshalb ich dich diesen Vierbeinern vorziehe.«

»Wenn ich das Gitter aufschließe, kommst du heraus. Was sollte mich daran reizen?«

»Ich könnte es dir befehlen!«

»Aber das willst du nicht. Dir liegt viel daran, dass ich dir aus freien Stücken helfe. Also?«

»Nun«, meinte die Kreatur, »wer sagt denn, dass ich herauskomme? Viel besser, Ailis: Du könntest hereinkommen! Dieser Brunnen hier ist gar kein Brunnen. Aber das hast du dir gewiss schon denken können.«

»Er ist ein Kerker. Für dich. Das war er schon immer.«

»Falsch! Kein Kerker. Vielleicht im Augenblick, das muss ich wohl eingestehen. Aber früher, da war er etwas anderes. Ein Tor, Ailis! Überlege doch – ein Tor!«

»Ein Tor wäre ich, würde ich dir ein Wort glauben.«

Das Wesen lachte. »Du erheiterst mich. Ich liebe ein kluges Wortspiel.« Dann sagte es: »Dieser Schacht sieht aus wie ein gewöhnliches Loch im Berg, das ist wahr. Aber wo führt er hin? In die Erde? O ja, kein Zweifel daran. Aber wohin noch?«

»Sag es mir.«

»Können wir vielleicht einen kleinen Preis aushandeln für diese ... Auskunft?«

»Nein.«

»Du bist hartherzig. Gemein. Unanständig.«

»Wohin führt der Schacht?«

Wieder ertönte leises Gelächter. »Der Schacht führt einfach nur in den Fels. Aber das Tor, Ailis, das führt nach Faerie!«

Sie erinnerte sich, dass der lange Jammrich diesen Namen erwähnt hatte. Und dass er sie davor gewarnt hatte, wie vor so vielem anderen.

»Was ist das?«, fragte sie.

»Liebe Güte, seit Jahrtausenden fragen die Menschen, wo es ist. Aber die Frage, was es ist, höre ich zum ersten Mal. Jeder Mensch kennt Faerie, Ailis! Und jeder war, wenigstens im Traum, schon einmal dort.«

»Ich habe meine eigenen Träume. Ich brauche keine, die du mir verschaffen könntest.«

»Nicht so ungeduldig! Menschen besuchen Faerie im Traum, aber es ist kein Traumland. Faerie ist Wirklichkeit.«

»Und?«

»Es ist das Reich von Titania.«

»Der Königin der Feen?«

»Ah, dieser Pfeil ging ins Schwarze!« Das Wesen kicherte. »Ich weiß, was du jetzt denkst. Du wärest lieber mit einer einzigen, ganz besonderen Fee zusammen als mit vielen, die du gar nicht kennst.«

»Lass Fee aus dem Spiel. Sie hat nichts mit dir zu tun.«

»Wie wahr, wie wahr. Sie ist fortgegangen, aber du bist hier. Und du wirst für immer hier bleiben, wenn dich nicht irgendwer aus dieser Burg, diesem Leben herausholt.«

»Und du glaubst, dieser jemand bist du?«

»Wer sonst? Dir liegt nichts an Märchenprinzen, das wissen wir doch beide. Und deine Märchenprinzessin ist auf und davon!«

»Sie wird zurückkommen.«

»So? Auf einem weißen Pferd vielleicht?«

Ailis zuckte zusammen. Gab es irgendetwas, das sich vor dieser Kreatur geheimhalten ließ?

»Nicht viel«, sagte die Stimme, bevor Ailis die Frage laut aussprechen konnte. »Deine Gedanken verraten vieles über dich. Alles, fürchte ich.«

Das Wesen log, dessen war Ailis sicher. Hätte es wirklich ihre Gedanken lesen können, hätten sich viele seiner Fragen erübrigt. Und es schien bereits lange genug zu existieren, um von dem Weißen Pferd gehört zu haben. Viele Menschen aus dieser Gegend gingen dorthin, wenn sie Sorgen hatten, das war kein Geheimnis.

Aber Ailis sprach ihre Zweifel nicht aus. Sie versuchte, ihre Gedanken im Zaum zu halten, nur für den Fall, dass ihre Vermutung falsch war.

»Was ist nun?«, fragte das Wesen ungeduldig. »Möchtest du, dass ich dich nach Faerie bringe? Du wärest dort nie allein.«

Als ob sie das reizen könnte! Sie war mehr als glücklich, wenn alle sie in Frieden ließen.

»Du würdest dort mehr als nur einer Fee begegnen«, säuselte die Stimme des Mädchens. »Vielen schönen Feen!«

»Hör auf damit!«, verlangte Ailis wutentbrannt und schalt sich selbst eine Närrin. Sie durfte dem Wesen nicht zeigen, dass es sie aus der Fassung zu bringen vermochte. Sie musste ruhig wirken, überlegen, dann war sie vielleicht sicher. Solange sie eine Herausforderung darstellte, würde die Kreatur versuchen, sie ohne den Lockgesang auf ihre Seite zu ziehen. Doch was, wenn Ailis ihre Geduld überschätzte? Dieses Wesen war schon zu lange in dem Schacht gefangen, um sich länger als nötig auf irgendwelche Spielchen einzulassen.

»Was bist du?«, fragte sie leise.

»Ich bin der Wächter des Tors. Oder die Wächterin, ganz wie du willst. Ich bin das Echo.«

Hüte dich vor dem Lurlinberg und seinem Echo, hatte der Lange Jammrich gesagt. Besonders vor dem Echo!

»Ruf von diesem Berg aus in die Tiefe, und was zurückschallt, ist meine Stimme«, sagte das Wesen stolz. »Ich bin der Diener der Stimmen, der Knecht des Geräuschs. Und es gibt viele wie mich.«

»Aber wie –«

»Wie ich lebe, wie ich mit dir reden kann? Jedes Echo könnte das, wenn es den Mut dazu besäße.«

»Aber dein Körper ...«

»Ist eben das – nur ein Körper.«

Ailis warf sich herum und floh. Sie dachte nicht nach über das, was geschehen mochte, oder über das, was sie gerade gehört hatte. Sie lief davon und stolperte, sprang wieder auf, rannte weiter. Fiel erneut, als sie den Hang erreichte, stürzte in die Tiefe wie eine Lawine. Sie schrie vor Überraschung und vor Schmerzen, und als sie sich wieder aufrappelte, hallte ihr Schrei noch immer von den Berghängen wider, brach sich zwischen den Felsen, vibrierte über dem Schnee.

Mein Schrei, meine Stimme!, dachte sie verzweifelt.

Hörst du, Echo? Meine Stimme ganz allein!

Doch von heute an wusste sie es besser.

10. Kapitel

Die Schneeschmelze setzte in diesem Jahr erst spät ein. In der Schmiede erfuhr Ailis von durchreisenden Händlern, dass in den umliegenden Dörfern viele Menschen an Hunger und Kälte gestorben waren. Sie erinnerte sich an die Gesichter der Männer auf dem Weg nach Burg Reichenberg, und sie fragte sich, ob einige von ihnen oder ihre Frauen und Kinder unter den Toten waren. Wie groß musste der Hass dieser Menschen auf Graf Wilhelm und die Bewohner der Burg sein! Denn selbst bei diesem Wetter ließ der Graf die Arbeiten an der neuen Feste fortsetzen, und man erzählte, dass es auch dort schon Tote gegeben hatte.

In der siebten Woche nach Fees Abreise und Ailis' letztem Besuch auf dem Lurlinberg wurde es plötzlich wärmer. Der mannshohe Schnee auf den Bergen taute über Nacht fast zur Hälfte fort, und zwei Tage später verrieten nur noch vereinzelte Flecken aus besonders widerspenstigem Eis, dass hier bis vor kurzem der Winter mit all seiner Macht gewütet hatte.

Erland musste jetzt häufiger die Schmiede verlassen und sich wie alle anderen Männer an den zahlreichen Ausbesserungsarbeiten an der Burg beteiligen. Neben vielen beschädigten Fenstern hatte auch das Haupttor der Burg Schaden davongetragen, und Erland verbrachte drei volle Tage damit, alle Metallteile des Tores zu überprüfen und zu vermessen.

Ein Großteil musste ersetzt werden, und so war abzusehen, dass in den kommenden Wochen viel Arbeit auf ihn und sein Lehrmädchen wartete.

Während Erland im Freien beschäftigt war, versuchte Ailis so gut es ging den Betrieb in der Schmiede aufrecht zu halten. Sie schmiedete ihre ersten Hufeisen und brachte sie selbst an den Hufen der Pferde an, obgleich ihr die Arbeit an den Tieren nach wie vor zuwider war.

Sie versuchte sich auch an der Herstellung eines Schwertes, und obwohl ihr bald schon der ganze Oberkörper weh tat und sie sicher war, dass ihr rechter Arm am nächsten Tag vor Schmerzen steif sein würde, geriet ihre erste Waffe nicht einmal schlecht. Erland jedenfalls lobte sie überschwänglich und bemängelte lediglich, dass die Spitze zu dünn und damit zu zerbrechlich war. Trotzdem zeigte er ihr, wie sie die Waffe noch verfeinern konnte, und nachdem Ailis das Schwert fertig gestellt hatte, hängte er es neben den Eingang der Schmiede und wies jeden Besucher stolz darauf hin. Ailis fühlte sich großartig, auch wenn sie es nicht offen zugeben wollte, und sie begann allmählich zu akzeptieren, dass ein Leben ohne Fee vielleicht nicht ganz so schlimm war, wie es zuerst den Anschein gehabt hatte.

Gewiss, sie vermisste sie noch immer, horchte in Gedanken auf ihre Stimme, stellte sich ihre Berührung und den Duft ihres Haars vor. Aber da war auch etwas in ihr, das ihr sagte, Fee sei jemand aus ihrer Vergangenheit, und es sei an der Zeit, sich von Vergangenem zu trennen und die Zukunft ins Auge zu fassen.

Wie sie es sich vorgenommen hatte, war Ailis nicht mit zur Trauung von Fee und Baan gereist, und sie hatte auch darauf verzichtet, sich von einem der Teilnehmer einen Bericht geben zu lassen. Sie hatte nur gehört, dass die Feier ganz nach Plan verlaufen sei und dass der Graf während des Heimritts den Wunsch geäußert hatte, bald Großonkel eines kleinen Jungen zu werden. Fees Vater, so hieß es, habe während der ganzen Reise kaum ein Wort gesprochen, und seit der Heimkehr verbrachte er wieder die meiste Zeit in seinem Gemach. Hin und wieder sah man ihn mit der Gräfin über die Zinnen wandern, mit gerunzelter Stirn und düsterem Blick, und hinter vorgehaltener Hand begannen die ersten einander zu fragen, warum Eberhart wohl noch immer nicht abgereist sei, wie er es doch ursprünglich vorgehabt hatte.

Schließlich waren elf Wochen vergangen, seit Fee an Baans Seite fortgezogen war. Allmählich machte sich der Frühling bemerkbar. Die ersten Knospen brachen auf, heimkehrende Vogelschwärme zogen über den Himmel und auf dem Rhein waren Flöße und Fischerboote zu sehen. Der Salmenfang am Ufer wurde wieder aufgenommen und es kamen vermehrt fahrende Händler zur Burg und brachten Waren und Geschichten aus der Ferne.

»Habt Ihr schon gehört, was man sich erzählt?«, fragte einer dieser Händler. Er hatte mit Erland über eine silberne Spange verhandelt, die er in einer der großen Städte – fraglos für den vielfachen Preis – weiterverkaufen wollte.

Erland schüttelte den Kopf. Die Dinge, über die man sich andernorts das Maul zerriss, bedeuteten ihm nichts.

Ailis aber horchte sogleich auf. Sie freute sich, Geschichten über Menschen von weither zu hören, und so fragte sie: »Was erzählt man sich denn, Herr?«

Der Händler lächelte, zufrieden, jemanden gefunden zu haben, vor dem er sich mit seinem Wissen brüsten konnte. »Es heißt, dunkle Ereignisse werfen ihre Schatten voraus.«

»Weibergeschwätz«, bemerkte der Schmied abfällig, während er in einer Kiste nach weiteren Schmuckstücken suchte.

»Erland!«, rügte Ailis ihn vorwurfsvoll. Und zum Händler sagte sie: »Bitte, fahrt fort.«

»Nun, es wird allerlei geredet«, sagte er vage und schien abzuwägen, ob seine Schwatzhaftigkeit das Geschäft mit Erland beeinträchtigen könnte. Dann aber sprach er weiter: »Vieles ist gewiss nur Gerede, da hat dein Meister recht, Mädchen. Aber an manchem scheint auch ein wenig Wahres zu sein.«

Erland grunzte etwas Unverständliches, doch der Händler ließ sich nicht beirren. Mit unheilschwangerer, an tausend Lagerfeuern erprobter Schicksalsstimme verkündete er: »Man sagt, die Naddred seien zurückgekehrt.«

»Die was?«, fragte Ailis verwundert.

Erland blickte verärgert von seiner Schmuckkiste auf. »Naddred«, sagte er. »Schlangengezücht.«

»Naddred ist das alte Wort für Nattern«, sagte der Händler.

»Aber Schlangen gibt es überall. Was sollte so Besonderes daran sein?«, fragte Ailis.

»Die Naddred sind keine Tiere, sondern Menschen wie du und ich«, erklärte Erland und funkelte den Händler an, wütend darüber, dass der Mann überhaupt die Sprache darauf gebracht hatte. »Sie sind Priester des Alten Glaubens.«

»Wie die Gräfin?«, entfuhr es Ailis.

Die beiden Männer wechselten einen Blick. »Das solltest du nicht allzu laut sagen, Mädchen«, meinte der Händler.

Aber Erland sagte mit gesenkter Stimme: »Selbst wenn alles der Wahrheit entspräche, was man sich über die Gräfin erzählt, so wäre sie doch noch lange keine Naddred. Was immer sie in ihren Gemächern tun mag, kann nichts Böses sein. Das würde der Graf nicht dulden.«

Der Händler nickte zustimmend. »Die Naddred dagegen sind durch und durch verderbt. Sie huldigen den furchtbarsten unter den alten Göttern. Tausende sind einst auf ihren Altären gestorben, geopfert, um ihre Gottheiten gnädig zu stimmen.«

»Aber das ist lange her«, warf Erland ein. »Weder unsere Väter noch deren Väter haben dergleichen mit eigenen Augen mitangesehen. Es muss Hunderte Jahre her sein, dass die Naddred zuletzt in Erscheinung traten.«

»Trotzdem haben sie nie aufgehört, ihre finsteren Pläne zu schmieden«, sagte der Händler. »Zumindest erzählen sich das die Leute.«

»Und wenn schon?«, fragte Erland. »Kirche und König werden schon dafür sorgen, dass sie nie wieder so mächtig werden wie einst.«

»Ihr habt großes Vertrauen in Eure Oberen, Meister Schmied«, entgegnete der Händler. »Darum beneide ich Euch.«

»Ihr macht meinem Lehrmädchen Angst, das ist alles. Besser, Ihr geht jetzt.«

Ailis fuhr empört auf. »So ein Unsinn! Ich habe keine Angst. Bestimmt nicht vor ein paar alten Priestern.«

»Brauchst du auch nicht«, sagte Erland beschwichtigend, »weil es die Naddred nicht mehr gibt. Und falls doch, werden sie sich hüten, aus ihren Löchern zu kriechen.«

»Aber warum dieser Name?«, fragte sie wissbegierig. »Warum nennen diese Leute sich Nattern?«

Der Händler wickelte die Schmuckstücke, die er Erland abgekauft hatte, in ein Tuch und schob das Bündel vorsichtig in eine Satteltasche. »Für uns mag das wie ein Schimpfwort klingen. Die Naddred aber glauben, dass sie durch ihre Rituale gereinigt und wiedergeboren werden. So, wie die Schlange ihre Haut abstreift und zurücklässt, lassen die Naddred ihr altes Leben hinter sich.«

Erland streckte dem Händler seine Hand entgegen. »Wenn Ihr so weitermacht, werdet Ihr mir nicht nur den Schmuck, sondern auch ein neues Lehrmädchen bezahlen müssen.«

Der Händler zählte einige Münzen ab und legte sie in Erlands Pranke. »Das ist mehr, als ausgemacht war. Ich mache gerne Geschäfte mit Euch. Und dabei soll es bleiben.«

Erland brummte etwas und nickte grimmig.

»Aber die Naddred –«, begann Ailis und wollte den Händler zurückhalten. Der aber schüttelte den Kopf und ging zur Tür. »Frag deinen Meister danach, er wird wissen, was er dir erzählt und was nicht. Lebt wohl, Meister Schmied.« Mit einem Lächeln setzte er hinzu: »Und du, Mädchen, sei wachsam.«

Dann war er fort, und die Tür fiel hinter ihm zu.

»Erland«, empörte sich Ailis, »was sollte das?«

»Dieser Kerl erzählt Lügen, wenn er nur den Mund aufmacht«, entgegnete der Schmied. »Ich kenne ihn schon viele Jahre, und nichts von dem, was er je erzählt hat, war die Wahrheit.«

Sie spürte, dass er versuchte, um etwas herumzureden. »Ich bin kein kleines Kind mehr«, sagte sie erbost.

»Nein«, antwortete er, »ein großes. Und ich weiß nicht, was schlimmer ist.«

»Sei doch nicht so verdammt stur!«

Er seufzte. »Es gibt keine Naddred mehr, Ailis. Soll der Kerl reden, was er will, es ändert nichts daran. Sie haben irgendwann an Bedeutung verloren, schon vor langer, langer

Zeit. Ich bin nur ein Schmied, und ich weiß nicht viel über das, was vergangen ist, aber so viel ist sicher: Die Naddred lebten zu einer Zeit, als es noch keine Kirchtürme und Pfaffen und vor allen Dingen keine Heilige Inquisition gab.«

»Aber warum sprichst du so ungern darüber? Und warum sollte ich Angst haben? Das ist doch albern!«

Er hob eine Hand und strich damit über ihr blondes Stoppelhaar. »Du bist ein kluges Mädchen, Ailis. Und du bist stärker und geschickter, als du aussiehst, dein neues Schwert hat das bewiesen. Aber du lässt dich auch zu schnell von irgendwelchen Ideen auf dumme Gedanken bringen.«

»Was hat das mit den Naddred zu tun?«

Er atmete tief durch, ein Zeichen dafür, dass er sich geschlagen gab. »Falls es wirklich noch – oder wieder – Naddred geben sollte, dann werden sie herkommen. Zu uns, Ailis.«

»Aber warum –«

»Es ist der Lurlinberg«, unterbrach er sie. »Er war ihr Allerheiligstes, das Herz ihrer Macht. Falls die Naddred tatsächlich zurückgekehrt sind, werden sie dorthin gehen.« Sein Blick wanderte zu dem zerfetzten Gitter über der Tür. »Und spätestens dann werden wir alle uns fragen müssen, was wohl dort oben ist, das sie herbeigelockt hat.«

In der Nacht träumte Ailis vom Lurlinberg.

Im Mondlicht sah sie ihn vor sich, eine steile Felsnase, finster vor einem pechschwarzen Himmel. Über ihm, im Abgrund der Nacht, regte sich etwas. Ein dunkler Umriss schoss aus dem Dunkel zwischen den Gestirnen heran, flügelschlagend und gewaltig, mit einem Schnabel so groß wie ein Schiffsrumpf. Immer größer wurde der Riesenvogel, sein Gefieder sträubte sich flatternd im Nachtwind, seine

Krallen öffneten und schlossen sich, auf und zu, immer wieder. Die Spitze des Lurlinberges reckte sich ihm entgegen, verjüngte sich wie ein steinerner Dorn. Der Vogel raste heran, kam näher, immer näher, und als der Mond in seinen Augen glitzerte, riss er die riesigen Schwingen empor und rammte mit der gefiederten Brust auf den Stachel des Berges, spießte sich auf und blieb mit schlaffen Gliedern auf der Spitze stecken.

Ailis erwachte am frühen Morgen, aber es war nicht der Traum, der sie aufgeweckt hatte. Wieder war es der Gesang. Und sie wusste, heute galt er ihr. Ihr ganz allein.

Sie schwang ihre nackten Beine über die Bettkante. Ihre bloßen Fußsohlen berührten den Boden, doch ihr war nicht kalt. Eine geisterhafte Wärme erfüllte ihren ganzen Körper, sogar ihre Gedanken. Der Traum war nicht länger schrecklich. Er war eine Einladung, zum Berg zu kommen, genau wie der große Vogel.

Der Gesang des Mädchens war angenehm. Er nahm Ailis alle Entscheidungen ab, er sagte ihr, was zu tun sei. Das machte alles so einfach. Sie fühlte sich sehr leicht, sehr unbeschwert, ganz wie ein Kind, das von seinen Eltern an der Hand geführt wird.

Ihre Eltern hatten sie nie an der Hand geführt. Das Mädchen aber war ihre Freundin, daran bestand nun kein Zweifel mehr. Ailis war sehr glücklich, jemanden zu haben, der sich so um sie kümmerte. Es gab ihr das Gefühl, gebraucht zu werden. Sie hatte einen Auftrag zu erfüllen, der über alle Maßen wichtig war.

Sie zog sich an und schlich die Treppen des Weiberhauses hinunter. Hinter manchen Türen regten sich schon einige der Bewohnerinnen. Die Zofen mussten aufstehen, um die Kleidung der Gräfin bereitzulegen.

In Windeseile überquerte Ailis den Hof und lief zum Eingang der Schmiede. Es war noch dunkel, aber es würde nicht mehr lange dauern, bis die Dämmerung über die Zinnen kroch. Ohne einen Laut öffnete sie die Tür der Werkstatt. Die Glut in der Esse verbreitete Wärme, wohlig und einladend. Hinter dem Vorhang an der Rückseite erklang Erlands heiseres Atmen. Er schlief.

Diesmal war alles ganz einfach. Flugs kletterte sie die Balken hinauf. Sie fand die kleine Kiste noch genau dort, wo sie schon beim letzten Mal gestanden hatte. Ailis öffnete sie ohne Ehrfurcht, nahm den Schlüssel heraus und klappte den Deckel wieder zu. Dann hangelte sie sich vorsichtig nach unten, bis sie wieder festen Boden unter den Füßen spürte. An der Tür horchte sie noch einmal auf Erlands Atemzüge. Sie klangen unverändert. Ailis überlegte nur einen Herzschlag lang, dann lief sie wieder zurück, fand zielsicher die Kiste mit den Schmuckstücken und nahm willkürlich eine kunstvolle Brosche heraus. Schließlich verließ sie die Schmiede, ohne entdeckt zu werden.

Draußen erwartete sie eine Überraschung.

Vorhin, als sie vom Weiberhaus zur Werkstatt gelaufen war, war der Hof noch menschenleer gewesen. Doch das hatte sich schlagartig geändert. Ein Trupp von Reitern war am Tor eingetroffen.

Seltsam, dachte Ailis benommen, dass sie die Pferde nicht gehört hatte, als sie den Weg heraufgekommen waren.

Einer der Wächter vom Burgtor kam aufgeregt auf sie zugelaufen. Einen Augenblick lang fürchtete sie, ihr Diebstahl sei entdeckt worden, und obgleich die Gesänge des Mädchens sie vor aller Unbill behüteten, sie einlullten und ihre Gedanken frei von Zweifeln hielten, durchlief sie ein eiskaltes Schaudern.

Der Wächter aber warf ihr nur einen kurzen Blick zu und stürmte weiter zum Portal des Haupthauses.

Ailis riss sich zusammen und trieb auf den Wogen des Gesangs zum Tor, auf die drei verbliebenen Wächter zu, die jetzt zur Seite traten, um die Reiter einzulassen. Schnaubend trabten die Rösser in den Hof, das Klappern ihrer Hufe brach sich an den Mauern. Hinter einigen Fenstern wurden Kerzen entzündet, aus anderen blickten verschlafene Gesichter.

Ailis hatte Mühe, ihre Gedanken beisammen zu halten. Ihr war schwindelig, und einen Moment lang spürte sie ganz deutlich, dass sie nicht mehr sie selbst war. Das Tor war durch die Reiter versperrt, und es fiel ihr ungemein schwer, mit der neuen Lage umzugehen. Bisher hatte alles so einfach ausgesehen: den Schlüssel holen, zum Ufer laufen, den Fährmann mit der Brosche bezahlen, und dann hinauf zum Lurlinberg.

Unerwartete Schwierigkeiten verstießen gegen den Plan, warfen sie aus der Spur, die der Gesang ihr vorgezeichnet hatte. Sie zauderte, versuchte zu überlegen, eine eigenständige Entscheidung zu treffen. Das war schwer, so unsagbar schwer.

Im selben Moment verließ der vordere Reiter den Schatten der Burgmauer und ließ sein Pferd in den Lichtkreis einiger Fackeln an der Wand des Haupthauses traben. Ailis erkannte ihn. Einen Moment lang war sie wie gelähmt.

Baan von Falkenhagen schwang sich aus dem Sattel, fasste sein Ross beim Zügel und blickte sich um zum Burgtor. Einen Atemzug später wusste Ailis, nach was er Ausschau hielt: Eine Kutsche schaukelte in den Hof. Die vom Ritt durch die Nacht erschöpften Reiter lenkten ihre Pferde beiseite, um Platz für das Gefährt zu schaffen.

Ailis wartete nicht ab, um sich zu vergewissern, wer aus der Kutsche steigen würde. Der Gesang sagte ihr, dass dazu keine Zeit blieb. Vergiss es, säuselten die Klänge vom Lurlinberg, denk nicht daran, wer es sein könnte. Es ist dir gleichgültig. Sie hat dich im Stich gelassen. Schon vergessen?

Sie drängte sich zwischen den Pferden hindurch, sah noch, wie der Vorhang eines Kutschenfensters beiseite geschlagen wurde und ein Gesicht herausschaute. Ein Gesicht unter langem, hellblondem Haar.

Dann war Ailis vorüber und passierte geschwind die Wachen am Tor, die in all dem Trubel viel zu beschäftigt waren, um ihr Beachtung zu schenken.

Ailis rannte den Berg hinab. Irgendwo, weit, weit in ihrem Hinterkopf, war die eherne Gewissheit, dass ihre Freundin sie bemerkt hatte. Fee würde sich wundern. Würde ihr vielleicht sogar folgen.

Aber das durfte sie nicht! Der Gesang galt nur ihr, nur Ailis. Keinem anderen.

Über den Bergen dämmerte der Tag heran, hellblaue Schlieren am Rande der Nacht. Der Fährmann kehrte Pferdedung von seiner Fähre ins Wasser.

Schnell, spornte die Stimme des Mädchens Ailis an. Nimm die Brosche. Gib sie ihm.

Bald darauf glitt die Fähre erneut über das Wasser. Der Gesang wurde lauter, kraftvoller, doch nur Ailis konnte ihn hören. Wie eine Schlafwandlerin stand sie an der Reling und starrte zum Himmel empor, zum Lurlinberg, der schwarz und steil vor ihr aufragte. Ihr Herz schlug so schnell, dass es weh tat, wie ein Stachel aus Stein, der sich langsam in ihren Brustkorb bohrte.

Fee sprang aus der Kutsche und schaute sich aufgeregt um. Es war Ailis gewesen, ganz bestimmt. Aber sie wäre doch nicht einfach fortgelaufen, ohne sie zu begrüßen! Nein, unmöglich.

Mittlerweile strömten Bedienstete und Stallburschen aus den Häusern auf den Hof, um die Pferde der Ankömmlinge zu versorgen. Der Trupp war fast die ganze Nacht hindurch geritten und die Tiere waren so ausgelaugt wie ihre Reiter. Fee hatte darauf bestanden, ihre Familie mit dem Besuch zu überraschen, und Baan, der ihr jeden Wunsch von den Lippen ablas, hatte sich bereitwillig darauf eingelassen. Hätten sie sich der Burg tagsüber genähert, hätte man sie schon von weitem entdeckt. So aber war die Überraschung gelungen. Ein wenig zu gelungen vielleicht.

Baan war bereits im Haupthaus verschwunden und eigentlich hätte Fee ihm folgen müssen. Stattdessen aber bahnte sie sich durch die Menge der Menschen und Pferde einen Weg zum Weiberhaus, sprang eilig die Stufen hinauf und klopfte an die Tür von Ailis' Kammer.

Drinnen rührte sich nichts. Fee drückte die schwere Klinke nach unten und trat ein. Die Kammer war verlassen. Decke und Kissen auf dem Bett waren zerwühlt, und als Fee ihre Hand darauf legte, spürte sie, dass die gesteppte Auflage noch warm war. Ailis war eben erst aufgestanden.

Noch immer konnte sie nicht glauben, dass ihre Freundin nach so langer Zeit einfach an ihr vorübergestürmt war. Hastig lief Fee zurück auf den Hof und betrat Erlands Werkstatt. Der Schmied zog sich gerade ein Wams über den massigen, behaarten Oberkörper.

»Fräulein Fee!«, entfuhr es ihm erstaunt.

»Hast du Ailis gesehen?«, fragte sie barsch, was ihr gleich darauf Leid tat. Aber seit sie den Haushalt eines Ritters führte, hatte sie sich notgedrungen einen schärferen Ton im Umgang mit Bediensteten angewöhnt. »Verzeih«, setzte sie versöhnlicher hinzu, »ich wollte nicht –«

Erland unterbrach sie mit einer wegwerfenden Handbewegung. »Sie war noch nicht hier. Aber wenn du es so wenig erwarten kannst, sie wiederzusehen, warum weckst du sie dann nicht auf?«

»Hab ich schon versucht, aber sie ist nicht in ihrer Kammer.«

Erland zuckte mit den Schultern. »Vielleicht musste sie mal raus.«

»Ja, vielleicht«, entgegnete Fee nachdenklich. Keineswegs überzeugt wandte sie sich zur Tür. »Danke, Erland.«

Draußen sah sie sich noch einmal aufmerksam um. Keine Spur von Ailis. Wenn sie noch lange hier herumstand, würde eine ihrer früheren Zofen sie entdecken. Oder, schlimmer noch, ihr Vater. Falls sie also Ailis wirklich suchen wollte, musste sie es gleich tun.

Fee hielt einen Stallburschen auf, der zwei Pferde zur Tränke führte, und ließ sich eines der Tiere aushändigen. Ehe irgendwer sie zurückhalten konnte, schwang sie sich in den Sattel und preschte an der Kutsche und den erstaunten Wachen vorbei durchs Burgtor. Der Saum ihres Wollkleides war bis zu den Hüften hochgerutscht und die Kälte biss empfindlich in ihre bloßen Schenkel. Trotzdem trieb sie das Pferd eilig bergab.

Grauer Dämmer lag über der Landschaft. Im anbrechenden Tageslicht war Ailis nirgends zu entdecken. Einen Moment lang war Fee versucht, die Abzweigung zum Waldrand zu nehmen und dort nach ihr zu suchen, doch ein dumpfes Gefühl sagte ihr, dass dies die falsche Richtung war. Sie hatte Ailis bisher nur ein einziges Mal so sonderbar erlebt. Damals hatte Fee sie am anderen Ufer entdeckt, völlig verwirrt, mit einem zerfetzten Vogel in Händen.

Fee erreichte das Dorf, preschte zwischen den Häusern und Hütten hindurch. Die ersten Bewohner waren schon auf den Beinen, doch Ailis war nicht unter ihnen.

Am Fluss fiel ihr erster Blick auf die Anlegestelle. Die Fähre war fort. Es war noch zu düster, um das gegenüberliegende Ufer deutlich erkennen zu können, doch falls ihre Augen sie nicht trogen, hatte die Fähre gerade dort drüben losgemacht und war auf dem Weg zurück zum Dorf.

Fee stieg vom Pferd. Ein kalter Wind strich über den Rhein, drang durch ihre Kleidung und überzog ihren Körper mit einer Gänsehaut. Das hier war nicht das Willkommen, das sie sich ausgemalt hatte. Und doch – so einfach würde sie Ailis nicht aufgeben. Was war nur in den vergangenen drei Monden hier geschehen?

Fee fühlte sich schuldig, ohne den wahren Grund dafür zu kennen. Vielleicht, weil sie ihre beste Freundin sich selbst überlassen hatte. Aber Ailis war genauso alt wie sie und noch dazu weit robuster in ihrer Art, mit den Mühen des Lebens fertig zu werden.

Mochte Fee sich insgeheim auch noch so viele Vorwürfe machen – sie hatte Ailis nicht im Stich gelassen! Sie hatte nur versucht, ihr Schicksal selbst in die Hand zu nehmen. Und wer konnte ihr das verübeln?

Die toten Tiere waren verschwunden. Nicht einmal Spuren waren zurückgeblieben. Es war, als wären mit dem Schnee auch die Kadaver geschmolzen. Das Gitter war jetzt wieder in all seiner Hässlichkeit zu sehen. Mit seinen zahllosen Stacheln wirkte es wie eine bizarre Krone aus schwarzem Stahl, die sich der Lurlinberg in dämonischer Überheblichkeit selbst aufgesetzt hatte.

Der Gesang des Mädchens machte es leichter, den Anblick zu ertragen. Was Ailis an Widerstand in sich spürte, war machtlos gegen den Sog dieser Klänge, gegen den Zwang zu gehorchen – und es gerne zu tun.

Die letzten Schritte bis zum Rand des Schachtes waren die leichtesten. Sie war so von den magischen Tönen durchdrungen, dass es keine Frage mehr war von Wollen oder Nichtwollen. Sie durfte näher kommen, durfte sich vorbeugen, um das Wesen dort unten zu sehen, dieses furchtbare Ding im Körper eines Kindes.

Das Mädchen saß auf dem Vorsprung über dem Abgrund und schaukelte mit seinen nackten Füßen. Sie waren so schmutzig wie die eines Kindes, das vom Spielen nach Hause kommt, nur dass dies kein gewöhnlicher Schmutz war – ebenso wenig wie der Rest der braunen Kruste, die den Körper der Kleinen als hautenger Kokon umgab. Das Blut der Tiere war getrocknet und von einem Netz heller Risse durchzogen, wo die harte Oberfläche aufgesprungen war. Das zerfetzte Kleid des Mädchens war ebenso davon durchtränkt wie sein einstmals blondes Haar. Sein Gesicht sah aus wie eine dunkle Maske, aus der nur die Augen hell hervorstrahlten.

Die Lippen der Kleinen waren leicht geöffnet, einen engen, schwarzen Spalt breit, und dahinter sang die Kreatur ihr betörendes Zauberlied. Jetzt lächelte die Kleine sogar, strahlte geradezu vor Glück darüber, Ailis wiederzusehen.

Dann aber, von einem Augenblick zum nächsten, brach der Gesang unvermittelt ab.

Für Ailis war die Stille ohne Bedeutung. Sie war zu schwach, um sich aus dem Bann der Kreatur zu befreien. Noch immer hallte die Melodie in ihr nach, zart und verlockend, und sie hörte sie selbst dann noch im Hintergrund, als das Echo zu ihr sprach:

»Ich fürchte, ich habe unser kleines Spiel verloren, Ailis. Ich hatte gehofft, du würdest Vernunft annehmen. Und ich bin selbst jetzt noch sicher, dass es irgendwann so gekommen wäre. Aber« – das Echo legte kindliches Bedauern in seine Züge – »wichtige Ereignisse kündigen sich an. Ich habe schon zu lange darauf gewartet, dass du mir entgegenkommst. Auch meine Geduld ist nicht grenzenlos. Hundert eurer Jahre sind für mich wie ein Tag, aber manchmal wollen Entscheidungen schnell getroffen werden. Ich hoffe, du bist nicht wütend. O nein, das bist du nicht, ich seh's dir an.«

Ailis blinzelte wie betäubt durch das Gewirr der Stahlspitzen in die Tiefe. »Wo ... wo sind all die Tiere?«

»Wölfe haben sie geholt«, sagte das Echo gelangweilt.

»Aber Wölfe fressen kein Aas.«

Eine Zornesfalte teilte die Stirn des Mädchens und ließ Blutschuppen in den Abgrund rieseln. »Musst du denn immer alles besser wissen? Natürlich fressen Wölfe kein Aas! Ich habe ihnen befohlen, es dennoch zu tun. Und, du siehst, es ist nichts übrig geblieben.«

»Das muss ein ganzes Rudel gewesen sein.«

Das Mädchen hob gelangweilt die Schultern. »Hundert, zweihundert Wölfe. Sie waren gerade in der Nähe.« Mit einem Lächeln fügte es hinzu: »Aber sie sind fort. Du brauchst keine Angst zu haben.«

Es fiel Ailis unsagbar schwer, die richtigen Worte zu finden. »Alle sagen ständig, ich soll keine Angst haben.«

»Vielleicht, weil sie dich besser kennen als du dich selbst.«

Der Gesang verhallte, doch Ailis schien es, als bliebe dennoch ein Teil davon zurück. Ein leichtes, fernes Echo, eher zu fühlen als zu hören, trotz ihrer guten Ohren. Als hätte etwas die Tür zu ihren Gedanken einen Spaltbreit aufgeschoben und wartete nun darauf, dass sich der Eingang zu voller Weite öffnete.

Sogar durch den Schleier, der über ihrem Bewusstsein lag, begann sie allmählich zu begreifen, was das Echo wirklich vorhatte.

»Ich will in dir sein«, sagte das Wesen. »Lass uns teilen, was dir gehört, und genauso sollst du Anteil an mir haben. Denk doch, wie es sein könnte! Du und ich, vereint in einem Körper!«

Ailis wollte etwas sagen, den Kopf schütteln, sich wehren. Aber das alles war zwecklos.

»Du verstehst nicht«, fuhr die Kreatur fort. »Es wird ganz anders sein als du glaubst. Du wirst mich nicht einmal bemerken. Ich werde die Entscheidungen für dich treffen, und du wirst glauben, es seien deine eigenen. Für dich wird es sein, als wärest du weiter du selbst. Dabei bin ich immer bei dir, als deine beste Freundin. Ich würde dich niemals verlassen, würde dich immer beschützen, egal was geschieht.«

Ailis brachte ein gequältes Stöhnen hervor, nichts sonst. Keinen Widerspruch.

»Nimm jetzt den Schlüssel und steck ihn ins Schloss«, sagte das Mädchen, das keines mehr war.

Der Nachhall des Gesangs ließ Ailis gehorchen, obgleich alles in ihr dagegen rebellierte. Sie konnte nicht anders. Sie musste tun, was das Echo von ihr verlangte.

Mit bebenden Fingern zog sie den Schlüssel aus ihrem Wams. Sie zitterte so stark, dass sie ihn fallen ließ. Mit einem dumpfen Laut prallte er auf den bemoosten Felsboden.

»Gib doch Acht!«, keifte das Echo. »Los jetzt, heb ihn auf!«

Ailis bückte sich, nahm den Schlüssel widerstrebend zwischen Daumen und Zeigefinger. Sie ging in die Knie und suchte zwischen den Spitzen und Streben nach dem Vorhängeschloss.

Ein wildes Leuchten stand in den Augen des Mädchens; beinahe täuschte es darüber hinweg, dass diese Augen längst tot waren.

»Weiter, weiter«, forderte es atemlos.

Ailis fand das Schloss und versuchte, den Schlüssel in die Öffnung zu schieben. Schmutz und Moos hatten sich an den Rändern verfangen, und sie stocherte eine ganze Weile lang mit dem Schlüsselbart darin herum, bis der Widerstand nachgab; ihr eigener dagegen wuchs mit jedem Herzschlag.

»Passt er?«, fragte das Echo voller Ungeduld. »Sag schon, ob er passt!«

»Er passt«, erwiderte Ailis. »Aber das Schloss scheint zu klemmen.«

»Versuch es weiter.«

Sie drehte den Schlüssel ein Stück, dann verhakte er sich abermals. Sie fragte sich plötzlich, was geschehen würde, wenn er abbrach. Sie würde sterben, gewiss, aber was würde aus dem Echo werden? Ailis bezweifelte, dass es irgendeine andere Möglichkeit gab, dieses Schloss zu öffnen. Erland mochte es hergestellt haben, doch den Plan dafür hatte kein Menschenhirn erdacht.

Ja, dachte sie, wenn der Schlüssel zerbrach, war das Echo gefangen. Vielleicht für immer.

»Du bist doch ehrlich zu mir?« Plötzlich lag Argwohn in der Stimme des Mädchens.

Der Gesang brandete abermals auf und vernebelte Ailis' Denken. Es gab keinen Widerstand. All ihre Hoffnungen waren ein einziger großer Betrug.

Da – der Schlüssel ließ sich drehen! Nur ein Stück! Erst im letzten Augenblick blockierte das Schloss erneut. Dort, wo sein Erfinder herkam, schien es so etwas wie Rost nicht zu geben. Der Mechanismus war zu filigran, um so vielen Wintern standzuhalten.

»Ailis!«, zischte die Kreatur. »Öffne – das – Schloss!«

»Es geht nicht.«

Ein schriller Ton stach wie eine Lanzenspitze in ihr Gehör. In ihrer Agonie ließ Ailis den Schlüssel los, sank zurück, schlug beide Hände vor die Ohren. Aber der Ton wurde nur noch stärker, fraß sich in ihr Gehirn wie eine glühende Klinge, mit der man eine Wunde ausbrennt. Sie schrie jetzt vor Pein und Verzweiflung, doch das Geräusch übertönte alles andere, ein kreischendes Fanal, das ihren ganzen Körper in Flammen setzte.

Dann verstummte der Ton.

Ailis konnte sich kaum bewegen. Alles tat weh, sogar das Denken. Unendlich langsam öffnete sie ihre Augen.

Jemand stand vor ihr. Starrte aus weit aufgerissenen, hellblauen Augen auf sie herab. Blickte dann hinüber zum Gitter. Sah das kleine Mädchen, das darunter auf dem Felsvorsprung saß und herzzerreißend weinte. Bückte sich.

»Fee?«

Meine Stimme, dachte Ailis trübe. Das war meine Stimme!

Fee gab keine Antwort. Sie schaute nur wie versteinert auf das jammernde, blutverkrustete Kind im Schacht. Ailis' Blick war zu verschwommen, als dass sie hätte erkennen können, was in Fee vorging. Aber selbst in ihrem Zustand war es nicht schwer, es sich auszumalen.

Mit einem aber hatte sie nicht gerechnet.

»Warst du das?«, flüsterte Fee und sah sie an.

Ailis öffnete den Mund, um zu widersprechen, aber kein Ton drang aus ihrer Kehle. Sie versuchte, eine Hand zu heben, dann den Kopf zu schütteln – nichts gelang. Der Schmerzstoß, den das Echo ihr versetzt hatte, lähmte sie noch immer. Sie versuchte aufzustehen, doch der Boden schien unter ihr wegzukippen, sie verlor den Sinn für oben und unten, sackte zusammen. Es war zwecklos.

Eine einzige Hoffnung blieb ihr: Wenn das Echo auch Fee beeinflussen konnte, warum hatte es das dann nicht schon viel früher getan? Nein, dachte sie triumphierend, sie selbst, Ailis, musste das Opfer sein. Irgendetwas war an ihr, das die Kreatur reizte. Ihr Gehör! Das musste es sein. Ihre Fähigkeit, Dinge wahrzunehmen, die keiner sonst hören konnte.

Aber das Echo wollte nicht nur aus seinem Gefängnis befreit werden – es brauchte auch einen neuen Körper, um sich frei unter den Menschen zu bewegen. Ailis war seine bevorzugte Wahl, vielleicht weil es glaubte, dass es eine Art Verwandtschaft zwischen ihnen gab – Ailis' Gehör und die Stimme des Echos, eine Verbindung, wie sie machtvoller kaum sein konnte.

Doch Ailis' Widerwille war zu groß. Das Echo würde sie niemals völlig in Besitz nehmen können. Deshalb brauchte es jemanden, der leichter zu locken, leichter zu beherrschen war.

Ailis sah, wie Fee das Vorhängeschloss entdeckte – und den Schlüssel, der immer noch darin steckte.

»Fee!«, krächzte sie noch einmal. Vergeblich.

Das Echo hatte wieder zu singen begonnen. Ganz leise, sanftmütig, fast wie ein Kinderlied.

Die Töne hatten keine Wirkung auf Ailis. Sie wusste, dass sie nicht ihr galten. Panik stieg in ihr auf. Sie spannte all ihre Muskeln an, bis die Schmerzen sie fast um den Verstand brachten, und langsam, sehr langsam ließ die Lähmung nach. Es gelang ihr, sich herumzuwälzen und mit unendlich schwerfälligen Bewegungen auf das Gitter und den Schlüssel zuzukriechen.

Fee war schneller. Sie machte einfach einen Schritt über sie hinweg und ging vor dem Schloss in die Hocke. Eine wabernde Unschärfe schien um ihr Gesicht und ihr Haar zu liegen, als stecke ihr Schädel in einer Luftblase.

Ailis streckte eine Hand nach ihr aus, bekam aber nur eine der Stahlspitzen zu fassen. Sie zog sich noch näher an das Gitter heran, bis sie durch die Stäbe und Stacheln das Gesicht des Mädchens erkennen konnte. Es starrte sie aus großen Augen an, und der Triumph darin war so überschwänglich und zugleich so kalt, dass Ailis ihren Blick rasch abwenden musste.

Fee! Ihr allein mussten Ailis' Anstrengungen gelten, nicht diesem Ungeheuer im Schacht. Wieder und wieder musste sie sich das ins Gedächtnis rufen, als bedrohe sie von außerhalb des Türspalts, den der Gesang in ihr aufgestoßen hatte, eine Gefahr, die kaum geringer war als die Bosheit des Echos – völliges Vergessen!

Fee hatte eine Hand um den Schlüssel gelegt und versuchte, ihn zu drehen. Er klemmte noch immer im Schloss, und als ihr das klar wurde, begann sie wie eine Furie daran zu rütteln.

Er wird abbrechen!, durchfuhr es Ailis. Bitte, Gott, lass ihn abbrechen!

Der eingerostete Mechanismus gab nach, der Schlüssel drehte sich. Ein Schnappen, und der eiserne Bügel sprang auf. Fee zerrte daran. Das Schloss löste sich aus den Metallschlaufen, die es bisher zusammengehalten hatte. Ein Knirschen und Wimmern ging durch das ganze Gitter, wie das

Aufstöhnen von etwas Lebendigem, das in seiner Ruhe gestört wird. Es bewegte sich, verschob sich, scheinbar aus eigener Kraft, als hätte der Schlüssel viel mehr als nur den Mechanismus des Schlosses in Gang gesetzt.

Der Stahldorn, den Ailis in der Hand hielt, schien für einen Augenblick zu erglühen, nicht sichtbar und doch so heiß, dass sie erschrocken die Finger zurückriss.

Fee erhob sich, packte willkürlich zwei der Stacheln und zog das Gitter daran zur Seite, als hätte es nur das Gewicht eines Reisigbündels.

Hilflos und voller Entsetzen sah Ailis zu, wie die Öffnung über dem Schacht breiter und breiter wurde, ein Schlund mit Zähnen aus schwarzem Stahl. Dann lag der Abgrund offen vor ihr.

Das Mädchen auf dem Vorsprung streckte die Hand empor, und Fee ergriff sie. Die Kreatur schloss ihre Augen, und dann war es, als würden ihre Lider nach innen gesaugt, als ob die Augäpfel dahinter verdampften und mit ihnen alles, was jemals in diesem Schädel gewesen war. Die Risse in der Blutkruste verästelten sich weiter, ein helles Spinnennetz auf dunklem Grund, das sich über den ganzen Körper der Kleinen ausbreitete. Getrocknete Blutsplitter zerstäubten in alle Richtungen. Verklebte goldene Haarsträhnen lösten sich von der Kopfhaut, schwebten schaukelnd in die Tiefe. Die Wangen des Mädchens verzogen sich ebenso nach innen wie die Augenlider, ihre Lippen verdorrten, brachen auf. Ihr Hals schrumpfte zusammen, bis ihr Schädel nur noch auf einem vertrockneten Ast zu sitzen schien. Die kleinen Arme und Beine wurden faltig, spröde, von Spalten durchzogen, und dann war kaum mehr zu erkennen, wo die Haut aufhörte und der zerschlissene Stoff des Kleides begann.

Ein leises Rascheln ertönte, das allmählich zu einem Bersten wurde, so als bräche etwas mit Gewalt durch das Unterholz eines Waldes und käme näher, immer näher. Ailis erkannte, dass die Laute aus dem mumifizierten Körper des Mädchens drangen, und sie begriff, dass es der Tod war, der all die Zeit über im Inneren dieses Leibes zurückgehalten worden war. Jetzt eilte er heran und forderte sein Recht.

In einer Wolke aus Staub barst das Mädchen auseinander. Ein Orkan aus Haut und Knochensplittern und geronnenem Blut fauchte aus dem Schacht empor, verteilte sich über dem Plateau, hing einen Moment lang wie ein mannsgroßer Pilz in der Luft, sank dann in sich zusammen und war spurlos verschwunden.

Ailis schaute kraftlos zu Fee auf, die am Rande der Steilwand stand, den Rücken zum Rhein gekehrt. Stumm erwiderte sie Ailis' Blick. Ein Lächeln lag auf ihren Zügen, aber es ähnelte keinem, das Ailis je zuvor an ihr gesehen hätte. Nichts sonst verriet die Veränderung, die mit ihr vorgegangen war, keine glühenden Augen, kein Atem, der nach Verwesung roch. Nur dieses Lächeln. Dieses furchtbare, betörende Lächeln, viel zu schön, um menschlich zu sein, Zeichen einer Grausamkeit, die älter war als der Berg und der Fluss und das ganze Land.

Fee breitete die Arme aus, als wollte sie die Welt umfassen. Sie legte den Kopf in den Nacken, schloss ihre Augen. Ein Windstoß raste vom Rhein herauf, fuhr in ihr Haar und wirbelte es als goldenen Stern auseinander, eine zweite Sonne, die vor dem Dämmerhimmel aufging und Fees Gesicht wie eine Aureole umspielte. Nie zuvor war sie herrlicher gewesen und niemals entsetzlicher.

Ailis spürte, wie der Gesang sie als Welle aus Leid und Bedauern überkam, wie er sie blendete vor Pein und mit Traurigkeit betäubte. Sie fühlte, wie die Klänge sie packten und wie die Melodie aus den Tiefen ihrer Verbannung emporstieg, sie schüttelte und würgte und gleich einer Lumpenpuppe beiseite warf. Sie sah das Loch im Berg auf sich zurasen, ein gezahnter Kreis aus Dunkelheit, und obgleich sie nicht hineinfiel, sondern am Felsrand daneben aufschlug, sprang die Finsternis sie an und saugte sie hinab in einen Abgrund, der nur in ihrem Kopf existierte.

»Sie ist wieder abgereist«, sagte die Gräfin, als sie ihre Gemächer im Obergeschoss des Weiberhauses betrat. »Fee ist fort.«

Sie spürte, dass sich noch jemand in diesen Räumen aufhielt, obwohl keiner die Befugnis dazu hatte. Nicht einmal ihr Mann, Graf Wilhelm, kam hierher. Er respektierte ihren Wunsch, in diesen Wänden ungestört zu bleiben. Möglicherweise fürchtete er sich vor dem, was er hier finden mochte.

Die Gräfin wusste natürlich, was über sie geredet wurde. Das meiste entsprach der Wahrheit, obgleich sie selbst die Dinge anders bewertete, nicht das Teuflische darin sah, sondern vielmehr die Möglichkeiten des Guten, die sich ihr dadurch boten.

Eine Hexe, flüsterten die Alten hinter vorgehaltener Hand. Eine Schülerin Satans. Wenn sie alle doch nur begreifen könnten, was sich wirklich hinter solchen Wörtern verbarg!

Die Gräfin war keine Hexe im eigentlichen Sinne. Und Satan war für sie nichts als eine weitere Lüge des Christentums. Er war eine Erfindung der Kirche, ein Zerrbild des Gehörnten Gottes, dem Oberhaupt des Alten Glaubens, im Ursprung weder verderbt noch darum bemüht, andere zum Bösen zu verführen. Er existierte überall, in den Wäldern und Bergen, den Feldern und Weiden und Flüssen und Seen. Er war der Eine und das Alles, er bewohnte jeden Menschen, jede Pflanze, jedes Tier.

Doch nicht der Gehörnte Gott war es, dem die Gräfin sich verpflichtet fühlte.

»Es ist schlimmer, als ich befürchtet habe«, sagte eine sanfte weibliche Stimme.

Die Frau, der sie gehörte, saß in einem hölzernen Armsessel, dessen hohe Lehne zur Tür wies. Die Gräfin konnte die Sprecherin von ihrem Standort aus nicht sehen, doch sie bemerkte das schwache grüne Leuchten, das sich auf den glasierten Oberflächen der Schalen und Tiegel brach, die überall auf Tischen und Regalen standen, zwischen uralten Folianten, manche aufgeschlagen, andere hoch übereinander gestapelt.

»Wie könnte es noch schlimmer sein?«, fragte die Gräfin müde.

Die Frau im Sessel erhob sich und drehte sich mit mädchenhaftem Schwung zur Tür. Ihr Anblick verschlug der Gräfin selbst heute noch den Atem, obgleich sie ihr schon so oft gegenübergestanden hatte.

Über der hellen Haut der Frau lag der grünliche Schimmer von frischem Gras. Nicht ihr Fleisch war grün; vielmehr kam diese Färbung von außen, wie der Schein einer Lichtquelle, selbst dann, wenn kein Licht in der Nähe war. Ihr dunkelbraunes Haar floss am Rücken hinab bis zu ihren Hüften, voll und gelockt, als befänden sich darunter eine Vielzahl winziger Vogelnester. Manchmal umflatterten sie Irrlichter, jedes nicht größer als ein Leuchtkäfer, und die Gräfin hatte die kleinen Wesen manches Mal im Haar der Feenkönigin verschwinden sehen; vielleicht hatten sie dort wirklich ihre Nester.

Titanias Gesicht war ungemein schmal und ebenmäßig. Ihre großen, rehbraunen Augen standen leicht schräg, ihre Wimpern waren so lang wie Libellenflügel. Locken kräuselten sich spiralförmig neben ihren Wangen, und sie sah jung aus, nicht älter als Fee. Eine Täuschung, natürlich; in Wahrheit war Titania so alt wie das geheimnisvolle Land, das sie regierte.

Sie trug ein kirschrotes Kleid, das bis zum Boden reichte. Der Saum aber schwebte eine Fingerbreite über den Dielen, als würde er von einer Heerschar unsichtbarer Winzlinge auf den Schultern getragen. Die Ärmel waren lang und eng, fielen nur um die Hände fächerförmig auseinander. Der Stoff war nicht verziert, ganz ohne Stickereien und Näharbeiten, und doch schien es manchmal, als lege sich je nach Laune seiner Trägerin ein feines Muster darüber. Ob Titania Schuhe trug, vermochte die Gräfin nicht zu sagen; noch nie hatte sie Füße unter dem Saum des Kleides hervorschauen sehen. Die Schritte der Königin waren völlig lautlos, so als würde auch sie selbst von einer rätselhaften Macht über dem Boden gehalten.

»Das Echo ist frei«, sagte die Herrscherin der Feen. »Es hat seinen Kerker verlassen, viel früher, als wir gehofft haben.« Mit ›wir‹ meinte sie nur sich selbst, nicht etwa die Gräfin.

»Das Tor ist jetzt ohne Wächter«, fuhr sie fort. »Jeder, der sich darauf versteht, kann es öffnen.«

»Der alte Glaube an Faerie ist geschwunden«, wandte die Gräfin ein. »Niemand kennt mehr seine Gesetzmäßigkeiten und Rätsel. Es gibt keinen, der das Tor in Euer Reich aufstoßen könnte. Nicht einmal ich selbst vermag das.«

»Nicht einmal du?«, wiederholte Titania mit mildem Lächeln. »Glaub mir, es gibt Mächtigere als dich. Und ich spüre, dass jene bereits wissen, was geschehen ist.«

»Die Naddred?«

Die Königin nickte und machte gedankenverloren eine fahrige Bewegung mit ihrer schmalen, grün schimmernden Hand. Die Finger stießen durch die massive Holzlehne des Sessels, als wäre sie aus Nebel.

Titania war nicht wirklich hier, sie hatte nur ein Abbild ihrer selbst gesandt, dem sie ganz nach Belieben Substanz verlieh, mal mehr, mal weniger, dann wieder überhaupt keine.

»Die Druiden wissen viel über uns«, sagte sie. »So lange sie in deiner Welt bleiben, kann ich nichts gegen sie ausrichten. Sie werden nicht den Fehler begehen, nach Faerie zu kommen. Aber sie werden dafür sorgen, dass Bewohner von Faerie hierher überwechseln. Und dafür werden die Naddred einen Preis verlangen.«

»Völligen Gehorsam.«

Titania nickte abermals. »Eine Weile lang werden meine Untertanen bereit sein, diesen Preis zu zahlen. Die Naddred werden sehr mächtig werden. Bis schließlich der Tag kommt, an dem die Wesen von Faerie der Sklaverei überdrüssig werden. Sie sind nicht zum Dienen geschaffen. Sie lieben Scherze und Schabernack. Und sie werden das Antlitz eurer Welt nach ihrem Gutdünken gestalten.«

»Und Ihr könnt das Tor nicht schließen?«

»Nur ein Echo vermag das. Echos sind alte Wesen, und es gibt nicht mehr so viele von ihnen wie einst. Jedes bewacht eines der verborgenen Tore nach Faerie, dazu wurden sie geschaffen. Ich kann kein anderes Echo hierherbefehlen. Sie alle haben ihre Aufgaben, seit vielen, vielen Zeitaltern.« Titania trat an eines der Regale und betrachtete mit kindlicher Neugier die Schriftzeichen auf den Gefäßen. Dabei sprach sie weiter: »Das Echo vom Lurlinberg ist auf der Flucht. Es ist nicht das erste seiner Art, das über seine Einsamkeit den Verstand verloren hat, aber keines vor ihm hat je so viel

Eigenleben entwickelt. Die anderen sind träge, müde Kreaturen, aber dieses hier ... Es ist vielleicht noch viel gefährlicher, als wir bisher geglaubt haben.«

Die Gräfin versuchte vergeblich, den vorwurfsvollen Klang ihrer Stimme zu unterdrücken. »Damals habt Ihr versprochen, das Gitter würde es festhalten.«

»O ja. Das hätte es auch. Die Magie des Gitters ist groß, es hält nicht nur das Echo, sondern auch seinen Gesang gefangen. Das Wenige, das hindurchdringt, ist nicht stark genug, um die Ohren eines gewöhnlichen Menschen zu erreichen. Wer hätte ahnen können, dass es dennoch jemanden geben würde, dessen Ohren empfindlich genug sind, um selbst einem harmlosen Hauch des Gesangs zu verfallen! Nicht einmal ich vermag in die Zukunft zu sehen. Wir haben versucht, das Echo zu bändigen und wir sind gescheitert. So etwas passiert.«

»Auf Kosten meiner Nichte! Vielleicht gar auf Kosten aller Menschen!«

Titania zuckte gleichgültig mit den Achseln. Das Schicksal der Menschheit berührte sie nicht. Hätte die Gräfin sie nicht herbeigerufen und um Hilfe gebeten, hätte sie nur aus der Ferne zugesehen, eine amüsante Episode zwischen Spielen mit ihren Gefährten und dem Regieren ihres Reiches. Nach den Maßstäben von Faerie war sie eine weise und würdige Herrscherin, doch in den Augen eines Menschen wirkte sie wie ein verspieltes, albernes Kind, leichtfertig und nur auf das Vermeiden von Langeweile bedacht.

»Ich kann nichts tun«, sagte sie und beobachtete dabei ihre Finger, mit denen sie verträumt kleine, flatternde Bewegungen vor ihren Augen machte. »So lange niemand die Grenze zu meinem Reich übertritt, bin ich machtlos. So sind die Gesetze.«

»Aber Ihr seid die Königin!«, entfuhr es der Gräfin verzweifelt. »Ihr macht die Gesetze!«

»Der beste Grund, sie nicht zu brechen.«

Eine Weile lang schritt die Gräfin erregt in ihrer Kammer auf und ab. Schließlich blieb sie stehen. »Und was soll Eurer Meinung nach als Nächstes geschehen?«

»Wir werden sehen.« Titania lächelte noch einmal, bevor ihr Körper zerfaserte wie grüner Rauch. »Aber die Zeichen deuten darauf hin, dass wir alle eine Menge Spaß haben werden. Und das ist doch die Hauptsache, meinst du nicht auch?«

ZWEITER TEIL

Immer dem Faden nach

1. Kapitel

Die Pferde trugen ihre Reiter durch eine karge, unwirtliche Landschaft. Der Pfad führte sie entlang eines Kraterrandes, dessen Hänge mit Gras und dürrem Besenginster bewachsen waren. Im Zentrum des Kraters befand sich ein kreisrunder See, auf dessen Oberfläche sich der graue, regnerische Himmel spiegelte. Die Ränder des Gewässers liefen in einem sumpfigen Uferring aus, umstanden von Schilf und farblosem Heidekraut.

Baans Heimat war eine trostlose Gegend. Vor Jahrtausenden, so erzählte man sich, waren all die runden Felsbecken, die es hier zu Dutzenden gab, feuerspeiende Berge gewesen. Die Hölle, so hieß es, sei durch den Boden gebrochen und habe den wenigen Menschen, die hier lebten, einen Vorgeschmack auf das gegeben, was sie dereinst erwarten mochte. Noch heute kündeten erstarrte Lavafelder von diesen Ereignissen, bucklige Felsgebilde, die aussahen wie die Ruinen fantastischer Schlösser.

Doch hier, darin waren alle sich einig, hatte es niemals Schlösser gegeben. Die Schafhirten und Torfstecher, die sich zwischen Mooren und Hochwäldern angesiedelt hatten, lebten abgeschieden in einsamen Hütten und Gehöften, die wenigsten hatten sich zu kleinen Dorfgemeinschaften zusammengefunden. Zwischen einzelnen Siedlungen lagen Entfernungen von einem Tagesritt und mehr, und wer hier oben, auf den Hochebenen der Eifelberge, vom Weg abkam, der konnte wochenlang umherirren, ohne einer Menschenseele zu begegnen.

Reisende mieden diese Gegend und benutzten lieber die alten Heerstraßen, die diesen Landstrich weitläufig umgingen. Jene aber, die hier lebten, verspürten nur selten das Bedürfnis, ihre Heimat zu verlassen, denn kaum ein Hirte oder Köhler besaß ein Pferd, das ihn hätte forttragen können. Zu Fuß aber war der Weg zur nächsten Stadt kaum zu bewältigen.

Dementsprechend unscheinbar und überwuchert war der Pfad, dem Baans Reitertrupp folgte. Sie hatten das Heim des Ritters fast erreicht. Es lag jenseits des Kraterwalls, dort wo der Hang in eine weite, baumlose Hochebene hinabführte.

Das Anwesen derer von Falkenhagen bestand nur aus einem einzigen Bergfried, einem klotzigen, viergeschossigen Turm, dessen flaches Dach von einem verwitterten Zinnenkranz umschlossen wurde. Es gab keine Wehrmauer und folglich keinen Hof. Lediglich einige Stallgebäude lehnten windschief an der Wand des Turmes. Zudem erhob sich neben dem Bergfried eine Kapelle mit winzigem Glockenturm, längst nicht so alt wie der Rest des Gebäudes; Baans Großvater hatte sie errichten lassen, nachdem er seine beiden Brüder im Heiligen Land verloren hatte.

Die Männer und Frauen, die auf dem Gut des Ritters arbeiteten, lebten in einem Dutzend kleiner Hütten, unweit des Bergfrieds in einer windgeschützten Bodensenke gelegen. Schafe bevölkerten die Wiesen rund um den Turm, dazwischen grasten einige Milchkühe. Der Wind, der über die Hochebene fegte, war eiskalt, und die Menschen, die hier lebten, starben meist jung an den Folgen häufiger Erkältungen. Sogar Baans Vater, Heilmar von Falkenhagen, ein verdienter Kämpfer in zahllosen Schlachten, war hier vor einigen

Jahren einem Fieber erlegen. Zwischen Hustenanfällen hatte er seinem Sohn aufgetragen, das Gut weiterzuführen und sich nicht von der rauen Landschaft vertreiben zu lassen. Dabei hatte Baan doch auch vorher nie mit dem Gedanken gespielt, von hier fortzugehen – dies war das Land seiner Väter, und es würde auch das seiner Söhne sein.

Die Kutsche schaukelte leer am Ende des Reiterzuges. Fee hatte zum Erstaunen aller darauf bestanden, die Rückreise im Sattel eines Pferdes anzutreten. Sie ritt gleich neben Baan und saß auf ihrer Stute wie ein Mann, mit gespreizten Beinen, nicht seitwärts, wie es Sitte der Frauen war. Fee hatte den Saum ihres langen Kleides bis hinauf über die Schenkel geschoben. Ihre nackte Haut war mit einer Gänsehaut überzogen und doch spürte sie keine Kälte. Auch die verstohlenen Blicke, die ihr die Männer regelmäßig zuwarfen, waren ihr nicht unangenehm; im Gegenteil, zum ersten Mal in ihrem Leben genoss sie die Begierde, mit der andere sie beobachteten.

Baan war alles andere als glücklich über ihr Benehmen. Doch Fee fand plötzlich Gefallen daran, ihn herauszufordern, in die Schranken zu weisen und vor all seinen Männern zu demütigen. Seit ihrer Rückkehr vom Lurlinberg spürte sie in sich den Drang, ihn zu verletzen. Dieser Wunsch war jetzt ebenso ein Teil von ihr wie das Andere, das sie in sich spürte.

Den ersten Vorgeschmack ihrer Überlegenheit hatte Fee Baan noch im Burghof ihrer Familie gegeben, wo sie ihn – kaum vom Lurlinberg zurückgekehrt – aufgefordert hatte, umgehend die Rückreise anzutreten.

Baan hatte gelächelt, auf seine jungenhafte, gewinnende Art. »Das ist nicht dein Ernst, oder?«

»Wir können hier stehen und uns streiten«, hatte sie kühl

entgegnet, »oder du gibst gleich den Befehl zur Abreise. Am Ende tun wir ja doch das, was ich sage.«

Sie schlug mit diesen Worten in eine Wunde, derer er selbst sich kaum bewusst war. Schon seit ihrer Hochzeit kursierte unter seinen Leuten die Rede, dass der Ritter seiner jungen Frau mit Haut und Haar verfallen war. Er bezog sie in wichtige Entscheidungen ein und befolgte jeden ihrer Wünsche. Manche spotteten verstohlen, er sei wohl plötzlich zum Schwächling geworden. Die meisten aber akzeptierten, dass mit ihm dasselbe geschah, was viele von ihnen irgendwann einmal durchgemacht hatten, auf die eine oder andere Weise: Baan war hoffnungslos verliebt.

Der Vorfall im Burghof war das erste Mal, dass Fee diese Tatsache offen ausspielte. Baans Männer mochten bisher nur geahnt haben, welche Macht sie über ihn besaß – jetzt aber wussten sie es genau. Denn Baan beging den größten nur möglichen Fehler: Statt sein aufsässiges Weib in aller Öffentlichkeit zu maßregeln, gab er ihr ohne Zögern nach.

Niemandem war die kurze Folge von Tönen aufgefallen, die Fee zwischen ihren Lippen hervorgepresst hatte. Und wenn doch, hätte kaum einer sich Gedanken darüber gemacht. Denn die Wirkung des Gesangs traf nur Baan, traf ihn hart und überraschend wie ein Armbrustbolzen im Dunkeln.

Die Wesenheit, mit der Fee sich ihren Körper teilte, war ungeduldig. Sie hatte das Gefallen an Spiel und gemächlichem Necken verloren. Sie kannte ihre Macht über die Menschen und würde sie von nun an unbarmherzig nutzen. Die Tage des Wartens, des langsamen Herantastens waren endgültig vorüber.

Fee bemerkte, dass eine Veränderung mit ihr vorging, eine Verschiebung ihrer Ansichten und Gefühle. Sie hatte keine

Erklärung dafür, wusste nur, dass dieser Vorgang oben auf dem Lurlinberg begonnen hatte. Sie besaß keine Erinnerung an Ailis' Rolle in all dem, ebenso wenig an das Gitter und das kleine Mädchen im Schacht. Aber etwas sagte ihr, dass alles, was geschah und noch geschehen mochte, allein zu ihrem Besten war – dasselbe Etwas, das ihr Gewissen mit einem einzigen Schlag beseitigt und ihr Wesen nach seinem Willen umgeformt hatte.

Fee war nach wie vor sie selbst und doch eine andere, und während der viertägigen Rückreise lernte sie schnell, diesen Zwiespalt in ihrem Inneren zu überbrücken. Besser noch: Bald verstand sie es, die unterschiedlichen Talente ihrer beiden Hälften beliebig auszuspielen, ganz nach Bedarf die alte oder die neue Fee herauszukehren oder aber eine nützliche Mischung aus beiden.

Sie dachte und handelte auf eine Weise, die sie früher als schlecht, als abscheulich empfunden hätte. Jetzt aber kannte sie solche Skrupel nicht mehr. In ihrem Herzen wurde sie wie ein Raubtier, das jede seiner Handlungen auf reinen Nutzen ausrichtet – der Wolf mag seine Jungen behüten und ihr Fell lecken, aber er tut es, weil er damit das Rudel stärkt, nicht etwa aus Liebe, und wenn er ein anderes Lebewesen zerfleischt, so empfindet er dabei keinen Hass, sondern nur Hunger, der gestillt werden will.

Genauso empfand auch Fee. Die Wünsche des Anderen in ihr wurden für sie zum selbstverständlichen Bedürfnis. Sie trank, wenn sie Durst hatte, und sie demütigte Baan, wenn das Andere darin einen Vorteil sah. An keines von beidem verschwendete sie mehr als einen flüchtigen Gedanken. Essen, trinken, dem Anderen gehorchen – all das hatte für sie denselben Stellenwert. Das eine war so unentbehrlich zum Überleben wie das andere, und da sie keine Gewissensbisse mehr verspürte, ging es ihr gut dabei, und sie erblühte trotz der anstrengenden Reise zu etwas Neuem und gänzlich Vollkommenem.

Ein leichter Nebel lag über der Hochebene, als sie vom Kraterrand hinab zum Stammsitz derer von Falkenhagen ritten. Der Bergfried erwartete sie hoch und grau im Dunst, verschwommen wie eine Erscheinung, geisterhaft in seiner archaischen Majestät.

Die Schafe auf den umliegenden Wiesen blickten ihnen starr hinterher, bewegungslose weiße Flecken, so als hätte sich der Nebel an einigen Stellen zusammengezogen und Gebilde von wolliger Dichte erschaffen. Von irgendwo erklang Hundegebell, und ganz in der Nähe stieß eine Kuh lang gezogene, weinerliche Laute aus.

Niemand hatte mit einer so schnellen Heimkehr des Herrn und der Herrin gerechnet und so liefen am Fuß des Turmes zahlreiche Gestalten aufgeregt durcheinander. Aus den Ställen wehte den Reitern der Geruch von Tierdung entgegen, doch Fee war sicher, dass niemand außer ihr selbst ihn wahrnahm; die anderen hatten ihr ganzes Leben hier verbracht, und selbst Baan, der jahrelang in der Fremde als Knappe gedient hatte, störte sich nicht am groben Gestank des Mists.

Der Platz vor der Treppe, die hinauf zum Eingang des Bergfrieds führte, war schlammig und von den Furchen der Karren durchzogen, mit denen die Bediensteten mehrmals am Tag Wasser vom Kratersee herbeischafften. Man hatte den Boden zu Beginn des Frühjahrs weiträumig mit Stroh bedeckt, doch zahllose Füße hatten die gelben Halme achtlos in den Schmutz getrampelt. Längst hatten sich Morast und Stroh zu einer weichen, hässlichen Schicht vermischt.

Guntram, Baans Verwalter, ein kleiner, kräftiger Mann, dem schon in der Jugend das Haupthaar ausgegangen war, trat ihnen mit freundlicher, aber auch neugieriger Miene entgegen.

»Herr, seid gegrüßt! Und Ihr, meine Dame! Wir haben Euch nicht so früh zurückerwartet.« Fee bemerkte sehr wohl, dass sein Blick eine Spur zu lange auf ihren nackten Schenkeln verharrte, und sie schenkte ihm ein Lächeln voll falscher Scham.

»Tatsächlich«, setzte der Verwalter errötend hinzu, »nahmen wir an, Euch nicht vor Ablauf eines Mondes wiederzusehen.«

»Wir mussten unsere Entscheidung überdenken«, entgegnete Baan vage, als könne er sich plötzlich selbst nicht mehr ganz an den Sinn dieser Entscheidung erinnern. Er warf Fee einen kurzen Blick zu, aus dem sie deutlich seine Verwirrung ablas. Auch sie war überrascht: Konnte es sein, dass er tatsächlich erst jetzt, nach vier vollen Tagen, begann, das Geschehene zu begreifen? Doch mit dieser Frage zapfte sie zugleich das Wissen des Anderen an, und sogleich wurde sie beruhigt: Alles geschah, wie es geschehen musste.

»Ich hoffe«, sagte Guntram, »Ihr hattet keine Unannehmlichkeiten.«

Baan zögerte einen Moment. »Nein«, antwortete er dann. »Alles verlief bestens.« Ein wenig überhastet stieg er vom Pferd und gab den übrigen das Zeichen zum Absitzen. Als er sich umsah, stand Fee bereits neben ihm, lächelte sanft und schwieg, wie es sich für das Weib eines Edelmannes geziemte.

»Versorgt die Tiere«, wies Baan seinen Verwalter an, »und reicht den Männern eine kräftige Mahlzeit. Schenkt an jene, die es wünschen, Wein aus – die anderen werden sicher so schnell wie möglich ihre Weiber wiedersehen wollen. Fee und ich werden in unseren Gemächern speisen. Wir wünschen keine Störungen.«

Guntram verbeugte sich und machte sich sogleich auf, das Gewünschte zu veranlassen. Baan nahm Fee bei der Hand und führte sie hastig ins Innere des Bergfrieds. Schnell stiegen sie die steinerne Wendeltreppe zum oberen Stockwerk hinauf. Dort oben befanden sich ihre Räumlichkeiten: eine große Schlafkammer, die sie teilten, und eine zweite, kleinere, die fest benutzt werden würde, sobald sich ein Stammhalter ankündigte.

Fee spürte, dass etwas in Baan vorging. Er war wütend, und er schien selbst nicht genau zu wissen, weshalb. Die Tür der Schlafkammer fiel hinter ihnen zu, ein wenig zu heftig, und sie waren kaum einige Schritte ins Zimmer getreten, als Baan schon herumfuhr und Fee in die Augen sah.

»Sag mir, was geschehen ist!«, verlangte er.

Sie hob mit Unschuldsmiene ihre Augenbrauen. »Was meinst du?«

Die Ungewissheit zehrte an ihm, das verriet jede seiner Bewegungen, vor allem aber das unruhige Flackern in seinen Augen. Irgendetwas war nicht, wie es sein sollte, das war ihm klar, aber er konnte sich nicht entsinnen, was es war. Es hatte mit der Reise zu tun, mit Fee und mit dem überstürzten Aufbruch. Er hatte etwas getan, das nicht richtig war, aber er wusste nicht, ob er die Schuld dafür bei sich selbst oder bei Fee suchen sollte.

Es ist, erfuhr Fee vom Anderen, als fehle ihm ein Stück seiner Erinnerung. Aber er kann die entsprechende Lücke nicht finden. Alles ist da: der Ritt, die Ankunft, die Abreise, der Heimweg. Auch seine Entscheidung, nicht einmal einen halben Tag auf Burg Rheinfels zu verweilen. Aber er kann diesen Entschluss nicht mehr nachvollziehen. In seiner Erinnerung fehlt kein Zeitraum, sondern eine Motivation. Das ist es, was ihn so verunsichert.

Er starrte sie noch einen Augenblick länger an, dann fuhr er schlagartig herum und ging an dem großen Baldachinbett vorbei zum Fenster. Das Glas war gelb und undurchsichtig, nicht das feine Material, das auf Burg Rheinfels verwendet wurde. Der einfallende Lichtschimmer verlieh Baans Gesicht eine ungesunde, gelbliche Färbung.

»Irgendetwas stimmt nicht mit mir«, sagte er, ohne Fee anzusehen.

»Vielleicht hast du Fieber«, sagte sie mit falscher Besorgnis. »Der anstrengende Ritt –«

»Nein!«, unterbrach er sie scharf und drehte sich um. Ein Lichtkranz lag um sein langes, dunkles Haar. Zum ersten Mal erlebte sie ihn wütend. Vor allem auf sich selbst, gewiss, aber jetzt war da auch eine Spur von Argwohn, der gegen Fee gerichtet war.

»Warum wolltest du gleich wieder abreisen?«, fragte er und beobachtete aufmerksam jede ihrer Regungen.

Sie sah beschämt zu Boden. »Ich weiß nicht, ob du das verstehen kannst. Ich habe mein ganzes Leben auf Burg Rheinfels verbracht, und es war bestimmt nicht immer einfach, das weißt du.« Sie hatte ihm noch vor der Hochzeit erzählt, wie ihr Onkel ihre Freundschaft mit Ailis geplant und gesteuert hatte. Und sie hatte auch über ihren Vater gesprochen, der äußerlich hart und unnahbar wirkte, im Inneren aber ein gebrochener Mann war. Verschwiegen hatte sie ihm freilich, dass es vor allem das Verhalten dieser beiden gewesen war, das sie bewogen hatte, sein Werben anzunehmen.

»All die Erinnerungen«, fuhr sie fort, »waren auf einen Schlag wieder da, als wir durch das Tor ritten. Es war, als hätte mir jemand mit einem Strick den Hals zugeschnürt. Ich musste dort weg, verstehst du?« Sie schenkte ihm ein verschämtes Lächeln und einen Augenaufschlag, der weit mehr als nur Reue verhieß.

Doch sie hätte ahnen müssen, dass Baan zu schlau war, um sich so leicht übertölpeln zu lassen. »Während der Hochzeitsfeier schien dir die Anwesenheit deiner Familie keine solchen Sorgen zu bereiten.«

»Was willst du damit sagen?«

»Dass da noch etwas anderes gewesen sein muss. Ich verstehe nicht, weshalb du dort weg wolltest, ehe du überhaupt irgendwem aus deiner Familie begegnet bist.« Sie sah ihm an, dass er in Gedanken hinzusetzte: Und ich verstehe nicht, warum ich mich darauf eingelassen habe!

Sie trat auf ihn zu und legte ihre Hände an seine Hüften. »Du wolltest von Anfang an nicht dorthin. Mehr als einmal hast du gesagt, dass du diese Reise nur mir zum Gefallen antrittst.«

»Aber das hat nichts –«

»Du hast es gesagt«, wiederholte sie beharrlich. »Das kannst du nicht abstreiten.«

»Nein«, erwiderte er unsicher. »Natürlich nicht.«

»Du magst meinen Onkel nicht, auch das hast du gesagt.«

»Er war immerhin der beste Freund meines Vaters.«

»Verpflichtet dich das zu irgendetwas?«

»Zu Höflichkeit. Und ein überstürzter Aufbruch wie der unsere war ganz gewiss alles andere als höflich!«

»Und wenn schon? Diese Leute sind meine Familie. Sie werden nicht böse sein.«

»Sie halten mich gewiss für einen Narren.«

»Unsinn. Mein Onkel hat dich gelobt, sobald auch nur

dein Name fiel. Wir hätten ihm keine größere Freude als unsere Hochzeit machen können.«

Er zog sie an sich und gab ihr einen Kuss auf die Stirn.

Gewonnen!, dachte sie triumphierend.

Er aber löste sich abrupt von ihr. Ein Blick in seine Augen zeigte ihr, dass ihm noch etwas eingefallen war, so als würde seine Erinnerung Schicht für Schicht freigelegt und mit ihr ein Misstrauen, das er selbst nicht völlig durchschauen konnte.

»Du hättest in der Kutsche reisen sollen«, sagte er verwirrt. »Stattdessen bist du –«

»Auf einem Pferd geritten. Na und? Ich mag Pferde.«

»Deine Beine waren nackt.«

Sie hob ihren Rock bis zur Hüfte und ihr Lächeln war jetzt beinahe gehässig. »So nackt, meinst du? Im Bett hattest du bisher nichts daran auszusetzen. Ganz im Gegenteil!«

Einen winzigen Augenblick lang sah es aus, als wollte er sie schlagen, und Fee machte sich bereit, den Gesang anzustimmen. Eigentlich hatte sie das vermeiden wollen. Im Moment war ihr weder nach einem Kampf noch nach Unterhaltung zu Mute. Sie wünschte einfach nur, dieses alberne Gespräch wäre endlich zu Ende.

Aber Baan griff sie nicht an. Er stand da, als wäre er sich plötzlich des ganzen Ausmaßes seiner Unterlegenheit bewusst geworden.

»Großer Gott«, flüsterte er, »ich ...« Er brach ab, straffte sich und begann von neuem. »Ich muss schlafen. Kann sein, dass du recht hast – vielleicht habe ich wirklich Fieber.«

Fee ließ den Saum ihres Kleides fallen, nahm ihn sachte am Arm und führte ihn zum Bett. »Leg dich hin. Schlaf ein wenig. Morgen wird es dir besser gehen.«

»Morgen«, wiederholte er wie betäubt, »ja.«

Sie wollte ihm beim Ausziehen helfen, doch er streifte die verschwitzte Kleidung selbst ab, bis er splitternackt vor ihr stand. Eine überwältigende Lust, die ihr früher in solch einer Lage völlig fremd gewesen wäre, überkam sie, und sie trat vor und schmiegte sich an ihn. Er war nicht so geschwächt, dass sein Körper nicht sogleich auf ihre Nähe reagiert hätte. Fee ließ ihre Hand an ihm herabgleiten, streichelte ihn.

»Du hast gesagt, ich sei krank«, flüsterte er.

»Nicht krank genug.«

Er grinste. »Deshalb also konntest du kein ganzes Jahr mehr warten.«

»Vielleicht.«

Sie presste ihn zurück auf das Bett. Die Decken waren eiskalt; das Feuer im Kamin war erst geschürt worden, als die Diener den Trupp auf dem Kraterkamm hatten auftauchen sehen. Erregt, aber immer noch ein wenig verwirrt, blieb er auf dem Rücken liegen. Fee beugte sich über ihn.

»Du fragst gar nicht mehr, warum«, bemerkte sie lächelnd.

»Warum was?«

»Warum ... nun, ich weiß nicht.« Ihre Lippen berührten seinen Bauch, küssten ihn. »Warum ich bin, wie ich bin.«

»Ich glaube, das finde ich gerade heraus.«

Sie ließ zu, dass er das Haar auf ihrem Rücken teilte und die Knöpfe und Haken ihres Kleides öffnete. Jetzt war sie froh, auf den Gesang verzichtet zu haben. Sie genoss es, ihn sich auch ohne den Zauber der Melodie gefügig zu machen. Bisher hatte sie – ohne das Andere in ihr – nicht gewusst, dass Frauen zu etwas Derartigem fähig waren. Genauso, wie sie früher einmal nicht gewusst hatte, dass sie auch ohne eine Wunde Blut vergossen.

Von der Entdeckung aber, die sie gerade machte, versprach

sie sich weit größere Vorteile. Und sie war begierig, alles darüber zu erfahren, alle Möglichkeiten, jedes winzige Detail. Natürlich war es nicht das erste Mal, dass sie und Baan sich im Bett vergnügten, und sie wusste genau, welche Worte, Gesten und Handgriffe nötig waren, um ihn und sich selbst zu erfreuen. Doch erst jetzt wurde ihr wirklich klar, welche Macht ihr dadurch geschenkt wurde, so als hätte sie vorher nie wirklich darüber nachgedacht.

Sicher, sie hatte es genossen, doch die Bedeutung des Ganzen war ihr verborgen geblieben. In gewisser Weise war dies hier noch besser als der Gesang, denn Baan unterlag ihr aus freien Stücken. Einen Moment lang fragte sie sich, was wohl geschehen wäre, wenn sie Ailis auf diese Weise gelockt hätte. Hätte sie ihren Willen ebenso schnell brechen können wie Baans?

Er streifte ihr Kleid ab, bewunderte atemlos ihren makellosen Körper. Fee war fasziniert, von sich selbst, aber auch von ihm. Sie hockte auf seinem Oberkörper und genoss die Berührung seiner Rippen an ihren Schenkeln, das leichte Reiben und Kitzeln, das sie dabei verspürte. Sie sah ihm an, dass er ganz genauso empfand und dass zugleich eine tiefe Ungeduld in ihm brannte. Er wollte nicht, dass dieser Moment ein Ende hatte, zugleich aber verlangte es ihn nach mehr. Die Begierde in seinem Blick machte ihn so schwach, so verletzlich. So formbar.

Die Macht des Fleisches über den Geist war neu für sie – war das Andere in ihr –, wie überhaupt das Bewusstsein, Fleisch zu sein, für sie in diesen Augenblicken eine neue Bedeutung erhielt. Es war, dachte sie, ein Feld, das sich gewiss zu erforschen lohnte.

Hatte sie früher Skrupel gehabt bei dem, was sie gerade tat? Sie konnte sich nicht erinnern. Jetzt, da ihr jeder Skrupel fremd war, da die Zwänge ihrer Erziehung, ja, des reinen Menschseins von ihr abgefallen waren, bedauerte sie das Versäumnis, diese Dinge nicht bereits viel früher genossen zu haben. Jeden Knappen, jeden Fischerjungen aus dem Dorf hätte sie haben können, doch sie hatte sich ihnen verweigert! Wie grenzenlos dumm von ihr! Sie hätte längst über eine Armee von Männern verfügen können, die ihr willenlos folgte.

Wie gut aber, dass jetzt das Andere da war, um ihr solche Nachlässigkeiten vor Augen zu führen. Keine Fehler mehr, keine Nachsicht. Kein erbärmliches Gewissen.

Sie presste ihn mit Armen und Beinen in die Decken, fühlte ihn unter sich erbeben, pulsieren wie ein gewaltiges Herz. Er hatte Fieber, o ja, aber es war keines, das mit Krankheit oder Schwäche zu tun hatte. Er bewies es ihr, als er seine Arme mühelos aus ihrer Umklammerung befreite, ihre Schultern packte und sie zu sich herabzog. Ihre Lippen, ihre Zungen trafen sich. Fee öffnete die Augen, sah, dass seine Lider geschlossen waren. Sie löste ihr Gesicht von seinem.

»Schau mich an!«, verlangte sie. »Schau mich immer an!«

»Aber –«

»Nein, egal, was ich früher gesagt habe. Schau mich an!«

Und damit er jeden weiteren Widerspruch vergaß, reckte sie sich über ihm in die Höhe, berührte ihre Brustwarzen, ließ ihre Hände an sich hinabwandern und zerzauste mit den Fingerspitzen ihr Schamhaar, tastete weiter, tiefer, und dabei war ihr in jedem Augenblick bewusst, dass er zusah, dass er sich um nichts in der Welt auch nur eine einzige ihrer Bewegungen entgehen lassen würde.

Es ist so leicht, dachte sie. So unglaublich leicht! Dann durchfuhr sie ein Schwall von Erregung und sie ließ von sich ab, widmete sich stattdessen ihm und seinen Wünschen. Jeden einzelnen las sie von seinen Augen ab, küsste sie unausgesprochen von seinen rauen, vor Erstaunen geöffneten Lippen.

»Bist du noch böse auf mich?«, wisperte sie einmal.

Seine Augen blitzten, und da wusste sie, dass er sie durchschaute oder wenigstens glaubte, es zu tun, doch dann schüttelte er nur den Kopf und schwieg voller Ergebenheit, wie ein junger Hund, der seine Kehle zum Biss offenbart.

Es reizte sie zu erfahren, wie weit sie gehen konnte, aber noch scheute sie sich davor. Es war ein waghalsiges Spiel, und sie ahnte, dass sie ihn verlieren würde, wenn sie es übertrieb. Heute würde sie noch keine Versprechungen aus ihm herauskitzeln, keine Schwüre, die er vielleicht allzu schnell bereuen würde. Sein Verlangen musste auf kleiner Flamme weiterlodern, und allein in ihrer Macht musste es stehen zu entscheiden, wann der richtige Zeitpunkt gekommen war, um neue Nahrung hinzuzugeben, ihn zu besitzen, zu benutzen und ihn fortzuwerfen, wenn er für sie an Reiz verlor.

Sie rollte sich von ihm ab, ließ ihn über sich und genoss seine Berührungen und Küsse, das Tasten seiner Zunge und Finger. Eine Weile lang gestattete sie ihm, mit ihr zu tun, was er wollte, doch dann entschied sie, dass sie mehr Spaß haben würde, wenn sie das Sagen hätte, und sie erklomm ihn erneut, reizte und neckte ihn, spielte mit ihm, und dabei umklammerte sie ihn wie ein langgliedriges Spinnenweibchen, das seine Beute festhält, aussaugt und schließlich verschlingt.

2. Kapitel

Drei Tage lang bemühte Ailis sich vergeblich um ein Gespräch mit Fees Vater. Am vierten endlich gestattete er ihr, ihr Anliegen durch die geschlossene Tür seiner Kammer vorzubringen. Daraufhin ließ er sie nach kurzem Zögern ein.

»Fee war also auf dem Lurlinberg?«, fragte er, als er die Tür hinter ihr verriegelt hatte. »Wie kommst du darauf?«

Ailis wagte nicht, sich im Zimmer umzuschauen, aus Angst, er könne sie gleich wieder fortschicken. »Weil ich mit ihr dort oben war«, erwiderte sie, einen Augenblick lang unsicher. »Oder sie mit mir. Aber eigentlich jede von uns für sich allein.«

Verwundert starrte er sie an.

»Es tut mir Leid«, stammelte sie und wusste eigentlich selbst nicht genau, weshalb er sie so durcheinander brachte. »Ich habe seit vier Nächten kaum geschlafen. Alle sagen, ich bin krank, und vielleicht haben sie recht. Ich kann nicht in der Schmiede arbeiten, und ich habe immer noch Mühe, einen klaren Gedanken zu fassen.«

Er kam ihr vor wie ein Betrunkener, dem es schwer fiel, seine Umgebung wahrzunehmen. Aber sein Atem roch weder nach Wein noch nach Bier, einfach nur säuerlich. Kränklich.

»Und wie könnte ich dir helfen?«, fragte er.

»Mir?«, fragte sie überrascht. »Mir muss niemand helfen. Es geht nur um Fee. Sie braucht wahrscheinlich mehr Hilfe als irgendjemand ihr geben könnte.«

»Was ist auf dem Berg geschehen?«, fragte er, aber er klang weder zornig noch allzu bewegt von dem, was Ailis zu berichten hatte. Er verbreitete eine solche Aura von Gleichgültigkeit, dass Ailis am liebsten einen Schritt zurückgetreten wäre, um sich nicht anzustecken.

Sie zögerte noch, ihm die ganze Wahrheit zu erzählen. Doch dann wurde ihr klar, dass dies der Moment war, auf den sie seit vier Tagen gewartet hatte, und sie sagte sich, dass sie irgendwem schließlich alles erzählen musste, wenn sie nicht verrückt werden wollte.

Ailis holte tief Luft, dann berichtete sie ihm alles, was vorgefallen war. Sie begann mit dem Tag, an dem sie den Grafen, ihren Vater und die anderen Männer beim Einsperren des kleinen Mädchens beobachtet hatte. Dann schilderte sie vage ihre weiteren Besuche auf dem Lurlinberg, obgleich sie sich an keine Einzelheiten erinnern konnte. Nach einigem Zögern erwähnte sie auch, dass sie gesehen hatte, wie Eberhart in jener Winternacht versucht hatte, den vereisten Strom zu überqueren. Doch selbst dabei blieb sein Gesichtsausdruck starr wie eine Maske. Wenn der Gleichmut in seinen Zügen wirklich ein Abbild dessen war, was in ihm vorging, dann war ohnehin jedes Wort umsonst. Tatsächlich schien es, als hörte er ihr kaum zu, fast so, als wüsste er das meiste ohnehin längst und brauchte niemanden, der ihm davon erzählte.

Erst als sie beschrieb, wie sie vor vier Tagen ein letztes Mal zu den Ruinen hinaufgestiegen und Fee ihr heimlich gefolgt war, horchte Eberhart auf. Noch immer wirkte er, als blicke er geradewegs durch sie hindurch, doch in seinen Augen erschien etwas, das stummem Entsetzen zumindest nahe kam.

Nachdem sie ihren Bericht beendet hatte, zuletzt mit zunehmend stockender Stimme, sagte sie: »Ich weiß nicht mehr, wie ich vom Lurlinberg zur Anlegestelle am Ufer gekommen bin. Auf jeden Fall hat mich am Nachmittag der Fährmann gefunden. Er hat mich ins Dorf gebracht, und irgendwer half mir, zurück zur Burg zu gelangen. Da waren Fee und Baan schon seit einem halben Tag fort.« Sie hielt kurz inne und setzte dann noch hinzu: »Seitdem versuche ich, mit Euch zu sprechen.«

Sein Blick war trübe wie tote Fischaugen. Er hätte niemals hierher zurückkehren sollen, dachte Ailis. Er hat weder sich noch Fee damit einen Gefallen getan. Im Gegenteil – hätte Fee sich nicht mit ihm gestritten, wäre sie nie mit Baan fortgegangen. Und es wäre niemals zu diesem furchtbaren Wiedersehen mit Ailis auf dem Lurlinberg gekommen.

Doch in Wahrheit machte sie es sich damit zu einfach. Hätte sie Fee nicht erzählt, was sie von Erland erfahren hatte, hätte es keine Hochzeit gegeben. Mochte sie es auch noch so oft von sich weisen: Tief im Inneren wusste sie, dass sie allein die Schuld trug an dem, was geschehen war. Ohne sie wäre Fee immer noch daheim und die Kreatur im Schacht würde unverändert ihre Pläne schmieden.

Ein weiterer Blick in Eberharts eingefallene, graue Züge genügte, um ihr klar zu machen, dass sie von ihm keine Hilfe erwarten konnte. Nicht einmal eine Auskunft. Sie begriff, dass der Gleichmut, mit dem er sich vor seiner Umgebung zu schützen suchte, viel mehr war als nur das – dahinter steckte eine tiefe, unstillbare Trauer.

Ja, dachte sie, er trauert tatsächlich. Um Fee, aber auch um sich selbst. Eberhart hatte mit seinem Leben abgeschlossen. Er würde wieder von hier fortgehen und alles, was gewesen war, hinter sich lassen. Auf dem Bett lagen sogar schon seine Satteltaschen.

Am liebsten hätte sie ihn an den Schultern gepackt und durchgeschüttelt. Wenn nicht er, wer sonst konnte Fee noch helfen? Und gab es überhaupt eine Rettung? Vielleicht war Fee längst tot, und alles, was noch lebte, war ihr Körper, der jetzt etwas Neues, Schreckliches beherbergte.

Plötzlich überkam Ailis solche Verzweiflung, dass sie beinahe in Tränen ausbrach. Doch sie durfte jetzt nicht aufgeben, durfte nicht wie Eberhart die Flucht ergreifen. Das war sie Fee schuldig.

Eberhart ging zum Fenster und schob die Riegel zur Seite. Kühle Frühlingsluft wehte herein. Der Himmel war wolkenverhangen, feiner Nieselregen fiel.

Ailis schaute von Eberharts Rücken zu den gepackten Taschen auf dem Bett. Sie ertrug das Schweigen nicht länger. »Ihr werdet wieder fortgehen?«, fragte sie.

»Ja«, sagte er knapp.

»Dann wollt Ihr nicht versuchen, Fee zu helfen?«

»Das habe ich schon«, sagte er und schaute aus dem Fenster hinab in den Hof. Wahrscheinlich wurde dort unten gerade ein Pferd für ihn gesattelt.

»Wie meint Ihr das?«

»Ich habe alles getan, was in meiner Macht steht. Ich habe der Königin von Faerie ein Opfer angeboten.«

»Der Königin –?«

»Titania.«

Noch nie war Ailis einem so widersprüchlichen Menschen begegnet. Nichts, was er sagte oder tat, passte irgendwie zusammen. Zudem spürte sie, wie seine krankhafte Niedergeschlagenheit auf sie abfärbte, und gerade das wollte sie vermeiden. Sie hatte auch so schon genug Kummer.

»Was für ein Opfer soll das sein?«, fragte sie und war sich durchaus bewusst, dass jeder andere Mann seines Standes sie für ihre Neugier augenblicklich hinausgeworfen hätte.

Aber Eberhart war längst an einem Punkt angelangt, an dem derlei Erwägungen keine Rolle mehr spielten. »Einen Edelstein«, sagte er.

Ailis legte verwundert den Kopf schräg. »Gewiss besitzt die Königin des Feenreiches mehr Edelsteine als Sterne am Himmel stehen.«

»Aber keiner davon ist wie meiner. Es ist mehr als ein Stein. Er ist das Wertvollste, das ich je besessen habe.«

»Dann habt Ihr ihn ihr schon gegeben?«

»Ich war gestern Abend auf dem Lurlinberg und habe den Stein in das Tor geworfen.« Er hob die Schultern, doch zum ersten Mal wirkte seine Gleichgültigkeit unecht. »Ich kann nur hoffen, dass Titania ihn annimmt.«

»Und wenn schon? Glaubt Ihr denn, sie kann etwas gegen das Echo ausrichten?«

»Ich weiß es nicht.« Er drehte sich um und ihre Blicke kreuzten sich. »Aber Fee ist es wert, meinst du nicht?«

»Dann habt Ihr die ganze Zeit gewusst, was dort oben auf dem Berg war?«

»Nicht die ganze Zeit.« Mehr schien er dazu nicht sagen zu wollen, so als hätte er längst damit abgeschlossen.

»Der Stein«, begann Ailis »was macht ihn so besonders?«

»Er gehörte einst dem größten von Titanias menschlichen Gegnern – dem Papst. Niemanden hasst sie so sehr wie die Oberhäupter des christlichen Glaubens, der sie und ihr Volk in Vergessenheit geraten ließ.«

»Woher wisst Ihr das alles?«

Er zuckte nur mit den Schultern, gab keine Antwort. Aber Ailis ahnte es auch so: die Gräfin!

»Der Stein war Bestandteil der päpstlichen Tiara«, sagte Eberhart gedankenverloren. »Doch die Päpste waren nicht die ersten, die ihn trugen. Vor ihnen gab es andere, von denen die Popen ihn raubten, um ihn als Geste des Hohns ihrem Ornat einzuverleiben. Der Stein ist ein Relikt des Alten Glaubens. Ein Schlangenauge, so hat man ihn früher genannt. Es gab nur eine Hand voll davon.«

»Hat Euch das die Gräfin erzählt?«

Einen Augenblick lang wirkte er überrascht, doch dann floss wieder Gleichmut über sein Gesicht wie eine Schicht aus flüssigem Glas. »Wenn du Fee wirklich helfen willst, dann bete, dass Titania das Opfer annimmt.«

Ailis überlegte noch, was sie darauf sagen sollte, als er auf sie zutrat und sie zur Tür schob. »Geh jetzt«, sagte er müde. »Und komm nicht wieder her.«

Sie versuchte gar nicht erst zu widersprechen. Ohne ein Wort verließ sie seine Kammer und blickte nicht zurück, als er die Tür hinter ihr verriegelte. Ein verzweifelter Plan nahm in ihr Gestalt an, zu verrückt, um lange das Für und Wider abzuwägen. Dinge wie diese mussten getan werden, bevor einem Zweifel am eigenen Verstand kamen.

Sie lief hinunter auf den Hof. Hinter der geschlossenen Tür von Erlands Schmiede erklang blechernes Hämmern. Mägde eilten von einem Gebäude zum anderen, und aus der Küche roch es nach gebratenem Speck.

Ailis hatte noch nicht das Tor erreicht, als hinter ihr ein Aufschrei ertönte. Erschrocken fuhr sie herum. Der Schrei mündete in eine Vielzahl von Entsetzenslauten aus allen Winkeln des Hofes. Überall waren die Menschen stehen geblieben und blickten an der Wand des Haupthauses empor. Ailis musste einige Schritte zurücklaufen, damit die Linde nicht ihre Sicht verdeckte.

Fees Vater hatte seine letzte Reise angetreten.

Aus einem der oberen Fenster hing ein straff gespannter Strick. Eberharts Körper zuckte noch, während sich die Schlinge um seinen Hals zusammenzog. Seine Finger öffneten und schlossen sich. Ein dunkler Fleck in seinen Beinkleidern verriet, dass sich seine Blase entleerte. Er war längst tot, als die ersten aschfahlen Köpfe wie Gespenster über ihm im Fenster erschienen.

Ailis blieb ganz ruhig. Sie konnte nur sein Gesicht ansehen, sein totes, weißes Gesicht, das sich durch nichts von dem unterschied, das er vorhin zur Schau getragen hatte, als er im Zimmer auf und ab ging und mit leiser, müder Stimme zu ihr sprach.

Ein Sperling saß auf einer Strebe des schwarzen Gitters, nicht aufgespießt, nicht angelockt vom Gesang des Echos; er hockte einfach da, putzte sich die Flügel und stieß gelegentlich hohe, spitze Töne aus.

Der Anblick des Abgrunds, durch den sich der Rhein zwischen den Felsen dahinschlängelte, war überwältigend. Ausgerechnet heute wurde Ailis die Majestät dieser Aussicht zum ersten Mal bewusst. Der kleine Vogel und der Rhein in seinem grünen Bett verbreiteten eine so friedliche Stimmung, dass selbst Eberharts Tod in weite Ferne rückte. Nur einen Augenblick lang wollte sie stehen bleiben und den Zauber der Landschaft genießen, wollte durchatmen und die Schatten der Vergangenheit für einen kurzen Moment vergessen.

Dann aber sah sie die Fußspuren rund um den Schacht,

sah das niedergetrampelte Gras, die zerbrochenen Sträucher. Jemand war hier gewesen.

Natürlich!, dachte sie, teils erleichtert, teils besorgt – der Graf und seine Männer. Vielleicht war sogar Erland bei ihnen gewesen, schließlich hatte er das Gitter geschmiedet. Sie hoffte, dass man den Ausbruch des Echos nicht ihm anlastete, denn seine Schmiedearbeit war fehlerlos gewesen. Nur den Schlüssel hätte man ihm nicht anvertrauen dürfen. Bis heute verstand Ailis nicht, weshalb man den Schlüssel nicht im tiefsten Kerker der Burg eingemauert hatte, wo keiner ihn finden konnte – vor allem kein dummes, junges Ding, das dem Zauber der gefangenen Kreatur nichts entgegenzusetzen hatte. Wie hatte der Graf die Gefahr nur derart unterschätzen können?

Sie schaute sich aufmerksam um, entdeckte aber niemanden. Es wäre ohnehin zu spät gewesen, um jetzt noch Wächter aufzustellen.

Ob Graf Wilhelm wusste, in wessen Körper das Echo entkommen war? Ahnte er, dass ausgerechnet Fee diejenige war, die das Wesen in sich trug? Zumindest die Gräfin musste es wissen.

Das Gitter lag unverändert einen halben Schritt von der Öffnung entfernt, dort, wo Fee es vor vier Tagen hingezerrt hatte. Es fiel Ailis schwer, sich nicht von all den bösen Erinnerungen überwältigen zu lassen, die sie mit diesem Ort verband. Zögernd ging sie neben dem Schacht in die Hocke, zum ersten Mal ganz nahe an seinem Rand, und blickte hinab in die Tiefe.

Ganz deutlich war der Vorsprung zu erkennen, auf dem das kleine Mädchen gesessen hatte. Er wirkte jetzt vollkommen unscheinbar, nur eine graue, schroffe Felsnase. Der Schacht verlief nicht gerade, sondern erstreckte sich schräg ins Innere des Berges, fort von der Steilwand. Auch waren seine Wände nicht glatt behauen. Die Kanten und Risse würden Ailis' Händen und Füßen ausreichend Halt bieten.

Bevor sie sich endgültig über die Kante schob und mit den Füßen in die Stille des Berges tauchte, stellte sie sich noch einmal Eberhart vor, wie er am vergangenen Abend an dieser Stelle gestanden und gehofft hatte, ein Edelstein könne die Dinge ungeschehen machen; wie er den Stein in die Tiefe geworfen hatte, in der Hoffnung, Titania würde das Juwel als Opfer akzeptieren. Hatte er geweint? Oder waren seine Züge schon da so ausdruckslos gewesen wie heute in seiner Kammer?

Aber Ailis hatte jetzt keine Zeit mehr, sich Gedanken über ihn oder seine Beweggründe zu machen. Was ihr bevorstand, erforderte ihre ganze Aufmerksamkeit. Falls sie abrutschte, würde sie sich alle Knochen brechen. Und niemand war da, der sie wieder heraufzog. Man würde annehmen, sie sei fortgelaufen, während sie in Wahrheit hier oben im Fels verrottete.

Schluss damit! Auf diese Weise fand sie gewiss nicht den Mut, ihren Plan in die Tat umzusetzen. Da unten, so sagte sie sich, lag Faerie – und mit ihm seine Herrscherin. Und wenn der Stein Titania nicht überzeugen konnte, dann musste Ailis eben selbst mit ihr reden.

Noch vor ein paar Tagen hätte sie sich selbst für verrückt erklärt, über so etwas auch nur nachzudenken. Aber sie hatte seither einiges dazugelernt. Wo Echos waren, die sprachen und töteten, da mochte es auch Feenköniginnen und sagenhafte Länder jenseits des Regenbogens geben.

Der Abstieg fiel anfangs leichter als sie erwartet hatte. Zwar war der Fels vom Nieselregen der vergangenen Tage feucht und rutschig, doch die Vorsprünge und Spalten waren so stark ausgeprägt, dass kaum Gefahr bestand, den Halt zu verlieren.

Ailis hatte nie darüber nachgedacht, ob Gestein einen eigenen Geruch besaß, aber jetzt nahm sie ihn ganz deutlich wahr. Es roch nach nasser Erde, nach Wurzelwerk und getrocknetem Torf. Das Licht wurde mit jeder Mannslänge, die sie nach unten stieg, schwächer, bald würde sie sich nur noch durch Tasten weiterbewegen können.

Auf manchen Steinkanten klebte ein dünner, fettiger Film, der an ihren Fingerspitzen nach Asche roch. Waren das die Überreste des Mädchens, das vor ihren Augen zu Staub zerfallen war? Sie weigerte sich, allzu lange über diese Möglichkeit nachzudenken. Immerhin fand sie keine Knochensplitter oder Haarsträhnen.

Manchmal schien es ihr, als wehte ihr von unten ein kalter Luftzug entgegen. Gab es Winde im Inneren der Erde? Und lebten hier unten vielleicht noch andere Wesen, weitere Wächter, die das Feenreich vor Eindringlingen schützten? Zwei- oder dreimal glaubte sie Geräusche zu hören, tief, tief unter sich, doch sie beruhigte sich, dass sie vom Wasser stammen mussten, das an den Felswänden herablief. Auch die sonderbaren Laute, die wie heiseres Atmen klangen, ließen sich auf diese Weise erklären. Gewiss wurden sie von den unterirdischen Luftströmen verursacht, ähnlich wie das Flüstern des Windes in den Giebeln der Burg.

Je finsterer es wurde, desto enger erschien ihr der Schacht. Sie hatte vergeblich gehofft, dass ihr aus der Tiefe Licht entgegenscheinen würde. Doch nichts deutete darauf hin, dass dort unten mehr war als feuchtes, kaltes Gestein.

Die Dunkelheit wurde undurchdringlich. Auch das graue Rund des Himmels über ihr war verschwunden. Ihr Gehirn spielte ihr Streiche, gaukelte ihr Bilder von Wesen im Schatten vor, augenlose, molchartige Kreaturen mit knochenfarbener Haut, die noch nie vom Licht des Tages berührt worden waren. Aber wohin sie auch mit ihren Händen fasste, immer stieß sie nur auf blanken Fels. Es gab keine Höhlen, keine Quergänge oder Spalten ohne Rückwand. Nur den schmalen, schier endlosen Schacht, dem sie tiefer und tiefer in die Schwärze folgte.

Sie verlor jegliches Gefühl für die Entfernung zur Oberfläche. Waren es fünf Mannslängen oder fünfzehn? Sie wusste es nicht. Mittlerweile waren die Wände so eng zueinander gerückt, dass sie immer wieder mit dem Rücken anstieß. Einen Moment lang überkam sie Panik. Was, wenn sie hier unten stecken blieb, sich weder vor noch zurück bewegen konnte? Plötzlich zitterte sie am ganzen Körper und spürte einen scharfen Schmerz in der Brust. Doch der furchtbare Augenblick verging.

Wenn sie sich zusammenriss, vielleicht an etwas anderes dachte, mochte es ihr gelingen, ihre Angst zu unterdrücken. Nur für wie lange? Gleichgültig. Sie musste sich beherrschen. Durfte jetzt ihren Ängsten nicht nachgeben. Musste weitermachen, tiefer nach unten klettern, immer tiefer, tiefer, tiefer.

Und dann erreichte sie das Ende.

Erst stieß ihr rechter Fuß auf Widerstand, wo eigentlich Leere hätte sein sollen, und als sie den linken vorsichtig nachzog, fand auch er festen Untergrund. Eine Wasserpfütze hatte sich auf dem Fels angesammelt, nicht einmal knöchelhoch, was bedeutete, dass es einen Ablauf geben musste. Doch so angestrengt sie auch mit Händen und Füßen nach Öffnungen in den Wänden oder im Boden tastete, so wenig Erfolg hatte sie. Der Schacht war tatsächlich zu Ende.

Sie hätte enttäuscht sein müssen, niedergeschmettert nach all der Anstrengung, die es sie gekostet hatte, bis hierher zu gelangen. Doch in Wahrheit fühlte sie sich nur leer, wie ausgebrannt. Fees Vater war für ein Trugbild gestorben.

Sie versuchte, in die Hocke zu gehen, stieß schmerzhaft gegen kantigen Fels und sah für einen Augenblick nur gleißende Funken, die vor ihren Augen tanzten. Dann aber machte sie einen zweiten Versuch, diesmal vorsichtiger. Mit beiden Händen patschte sie durch das eiskalte Wasser am Boden. Sie fand allerlei Geröll und ein paar Würmer. Schließlich aber entdeckte sie etwas mit glatter, facettenförmig geschliffener Oberfläche, etwa so groß wie eine reife Pflaume. Einen Moment lang wog sie es unschlüssig in der Hand, dann steckte sie es in den Schaft ihres rechten Stiefels und richtete sich auf. Durchgefroren und mit schmerzendem Rücken machte sie sich an den Aufstieg.

Sie hatte das Gefühl, dass der Weg nach oben die zehnfache Zeit des Abstiegs in Anspruch nahm. Der schräge Verlauf des Schachts machte es ihr ein wenig leichter, doch sie kam trotz allem immer näher an die Grenzen ihrer Kraft. Sie spürte ein Ziehen in Armen und Beinen, und in ihrer linken Wade kündigte sich ein Krampf an. Sie versuchte es mit Strecken und Schütteln, doch der Schmerz blieb. Also kletterte sie weiter und versuchte sich vorzugaukeln, alles sei in Ordnung. Das ging genau so lange gut, bis der Schmerz sich um ihr Bein schloss wie das zuschnappende Maul eines Ungeheuers, und sie eine Weile lang überhaupt nichts mehr tun konnte, außer sich mit Rücken und Knien zwischen die Felswände zu klemmen, leise zu wimmern und den erstarrten Wadenmuskel mit beiden Händen zu massieren.

Irgendwann schob sie sich weiter, jetzt noch langsamer,

und bald schon fiel ihr von oben Tageslicht entgegen. Beim Anblick des schwachen Schimmers verspürte sie eine Erleichterung, die sie fast hätte losjubeln lassen.

Sie kam dem Ausstieg jetzt immer näher. Das letzte Stück dehnte sich schier ohne Ende, und endlich fehlte nur noch eine Armlänge bis zum Rand der Öffnung.

Sie zog sich gerade auf den Vorsprung, auf dem das Echomädchen gesessen hatte, als sie von oben Geräusche vernahm.

Diesmal war es keine Einbildung wie unten im Berg. Sie hörte tatsächlich etwas. Schritte auf glattem Fels. Flüsternde Stimmen. Dann das Quieken eines kleinen Tieres in Todesangst. Einen Augenblick später wurde ihr etwas entgegengeschleudert, traf sie feucht und strampelnd im Gesicht, riss ihr mit seinen Klauen die Wange auf und verschwand dann unter ihr im Abgrund. Zitternd hob sie ihre Hand, streifte mit den Fingerspitzen über ihr Gesicht und betrachtete sie dann im fahlen Licht des Tages.

Blut. Zu viel, um ihr eigenes zu sein. Jemand hatte das Tier – eine Katze vielleicht – bei lebendigem Leibe aufgeschlitzt und in den Schacht geworfen.

Ein, zwei Herzschläge lang wurde ihr ganzer Körper so starr wie der Fels. Nichts gehorchte ihr, nicht einmal ihr Denken. Alles flackerte durcheinander, Bilder des Mädchens im Schacht, das genauso dagesessen hatte wie jetzt sie selbst, Eindrücke aus der Dunkelheit, Gesten und Momente daheim in der Burg, und dann die Stimme des Händlers: Man sagt, die Naddred seien zurückgekehrt. Immer wieder dieses Wort. Naddred!

Jeden Augenblick würde irgendwer über den Rand der Öffnung blicken und sie entdecken. Ailis schloss die Augen, zählte bis zehn. Nichts geschah. Kein Ausruf der Überraschung. Kein Befehl, sie ins Freie zu zerren und aufzuschlitzen wie das Opfertier.

Ihr Herz raste. Sie versuchte zu lauschen, doch alles was sie hörte, war ihr eigener Puls, der in ihren Ohren klopfte. Unendlich langsam richtete sie sich auf dem Vorsprung auf, wagte aber nicht, sich dabei an der Schachtkante festzuhalten, aus Furcht, jemand könnte ihre Finger bemerken.

Der Krampf in ihrer Wade war noch immer nicht ganz geschwunden, und sie hatte Mühe, auf dem Vorsprung das Gleichgewicht zu behalten. Wenn sie sich auf die Zehenspitzen stellte und ihren ganzen Körper streckte, würde sie um Haaresbreite über den Rand der Öffnung hinwegschauen können. Damit aber würde auch sie selbst zu sehen sein, und sie war nicht sicher, ob sie dieses Wagnis eingehen wollte. Vielleicht sollte sie einfach wieder hinabklettern und warten, bis die Leute dort oben verschwunden waren.

Was aber, wenn sie blieben? Oder gar das Gitter wieder über die Öffnung zogen? Ailis wusste ja nicht einmal, wer diese Menschen waren, geschweige denn, was sie vorhatten. Nur dass eine Gefahr von ihnen ausging, daran zweifelte sie nicht im geringsten.

Sie hatte keine Wahl. Sie bückte sich und zog den Stein – ein blutroter Rubin, wie sie jetzt sah – aus ihrem Stiefel. Eine armselige Geste, sicher, aber sie hatte nichts anderes dabei, das ihr als Waffe hätte dienen können. Zugegeben, der Stein war ein ungewöhnliches Wurfgeschoss, aber er war hart wie Stahl und seine Kanten scharf geschliffen.

Vorsichtig streckte sie sich, stützte sich dabei mit einer Hand an der Felswand ab. Ihr verkrampftes Bein schien zu beben, doch als sie an sich hinabsah, stand es völlig sicher und reglos da. Nun ließen sie also auch noch ihre Empfindungen im Stich!

Zaghaft spähte Ailis über den Rand.

Der Himmel war noch grauer geworden. Jenseits der Wolkendecke näherte sich die Sonne den Bergkämmen, der Abend brach an. Krähen kreisten über dem Lurlinberg. Aus dem Tal ertönte das Tosen der Stromschnellen.

Im Dämmerlicht erkannte sie acht Gestalten, die schweigend einen weiten Ring um den Schacht bildeten. Sie trugen bodenlange Kapuzenmäntel aus dunklem Stoff. Die Ränder der Kapuzen waren ausladend und warfen pechschwarze Schatten über die Gesichter der Männer; nur ihre Kinnpartien stachen hell hervor und wirkten auf den ersten Blick weiß wie Knochenschädel.

Keiner machte die geringste Bewegung. Allein die Mäntel flatterten sachte im Wind, ihre Säume wellten sich wie Schlangen über dem Felsboden.

Alle acht hatten ihre Gesichter dem Schacht zugewandt. Alle acht schauten Ailis an.

Einige Herzschläge lang war sie vor Panik wie gelähmt. Stumm vor Entsetzen unterdrückte sie den Drang, zurück in die Tiefe zu springen, wieder hinab in den Berg, wo die Männer sie nicht erreichen konnten.

Dann aber, als ihr Blick sich an das Dämmerlicht gewöhnte, sah sie, dass die unheimlichen Gestalten ihre Augen geschlossen hatten. Noch hatten sie Ailis gar nicht bemerkt!

Die Lippen der Männer bewegten sich langsam, murmelten etwas, eine stille Litanei, und jetzt erkannte Ailis im Säuseln des Windes noch ein anderes Geräusch: leises Flüstern aus menschlichen Kehlen, nahezu unhörbar. Nun, da sie erst einmal darauf aufmerksam geworden war, schien es aus allen Richtungen zugleich zu kommen, leise und schneidend. Angst einflößend.

Ailis bewegte sich, ohne nachzudenken. Sie hob beide Arme, legte den Rubin auf den Felsrand und zog sich lautlos aus dem Schacht.

Ich kann es schaffen!, hämmerte sie sich wieder und wieder ein. Muss nur leise sein! Kein Geräusch!

Die acht Gestalten beteten weiter, ohne die Augen zu öffnen. Ailis sah, wie sich ihre Kutten über den Brustkörben hoben und senkten. Menschen, immerhin. Keine Gespenster.

Naddred.

Das Wort allein erfüllte sie mit abgrundtiefem Schrecken, und sie nun vor sich zu sehen, von krankhafter Enthaltsamkeit knöchern geworden und mit einer Haut so weiß wie jene der Kreaturen, über die sie im Schacht fantasiert hatte, beraubte Ailis fast ihrer Sinne.

Mit eckigen Bewegungen stellte sie sich am Schachtrand auf die Füße, packte im Aufstehen den Rubin und schob sich vorwärts. Kein Geräusch! Kein Laut! Atemlos näherte sie sich der nächstbesten Lücke im Ring der Druiden.

Die geisterhaften Gestalten standen etwa vier Schritte vom Schacht entfernt, zwischen ihnen klafften Schneisen von einer Mannslänge Breite. Ihre Lippen flüsterten unablässig, ihre Lider blieben geschlossen. Das Gebet schien sie in eine Art Wachschlaf zu versetzen. Ailis hatte von Mönchen gehört, die während der Andacht in solche Zustände verfielen, hatte es aber nie mit eigenen Augen mit angesehen. Sie wünschte sehnlichst, die Erfahrung wäre ihr erspart geblieben.

Langsam setzte sie einen Fuß vor den anderen, umklammerte dabei den Rubin wie einen Glücksbringer. Sie sah jetzt, dass einer der beiden Druiden, zwischen denen sie dem Ring entweichen wollte, ein blutverschmiertes Messer hielt. Er musste derjenige sein, der das Tieropfer dargebracht hatte. Wahrscheinlich der Anführer. Er war groß und dürr; an den Rändern seines Kapuzenschattens quoll langes schneeweißes Haar hervor.

Etwas warnte sie, ihm nicht zu nahe zu kommen. Im letzten Moment wechselte sie die Richtung, nahm einen geringfügigen Umweg in Kauf und näherte sich zwei anderen Männern. Beide flüsterten mit geschlossenen Augen unverständliche Silben. Hätte Ailis jetzt den Arm ausgestreckt, hätte sie einen von ihnen berühren können. Allein die Vorstellung jagte ihr einen Schauder über den Rücken.

Noch zwei Schritte, dann war sie mit den Naddred auf einer Höhe. Beide hatten verschlossene, hellhäutige Gesichter, in die sich tiefe Falten gegraben hatten, nicht unbedingt vom Alter. Ailis war viel zu angespannt, um sie näher zu betrachten. Ihr fiel lediglich auf, dass unter dem Kinn des einen ein faustgroßes Geschwür wuchs. Sein Flüstern klang heiserer als das der anderen.

Noch einen Schritt.

Sie bemerkte, dass sich die gemurmelten Silben und Sätze der Männer voneinander unterschieden. Sie schienen ihre Litanei leicht versetzt zu beten, wie beim Gesang eines Kanons in der Burgkapelle.

Etwas veränderte sich. Plötzlich klang das Flüstern eine Spur schwächer. Hinter Ailis beendete der erste sein Gebet. Einen Augenblick später ein zweiter, dann jener neben ihm. Die Naddred verstummten reihum, einer nach dem anderen.

Ailis machte einen hastigen Satz nach vorne. Keine Zeit mehr zum lautlosen Schleichen. Keine Zeit mehr für irgendetwas. Nur fort von hier. Fort!

Acht Augenpaare öffneten sich. Acht Blicke trafen Ailis mit flammender Schärfe.

Eine Hand packte sie an der Schulter. Ailis schüttelte sie

ab. Mit einem Keuchen stolperte sie vorwärts. Kein Blick zurück. Nur nicht umschauen! Nur nicht sehen müssen, wer sie verfolgte!

Das Flattern weiter Gewänder erfüllte die Luft. Aus den Augenwinkeln erkannte sie dunkle Formen, die ihr wie Schatten nachsetzten, blitzartig vorstießen, mit dürren weißen Knochenfingern nach ihren Armen und Schultern griffen, ins Leere packten.

Vier, fünf Schritte hastete sie über den Fels, während sich der Ring der Naddred nach außen wölbte, aufriss, ihr in Form eines Hufeisens nachsetzte. Die Äußeren waren die schnellsten, vielleicht weil der Boden der Festungsruine dort ebener war, nicht von Spalten und niedrigen Mauern durchzogen. Ailis sprang über einen kniehohen Wall aus losen Steinen, rannte weiter. Sie dachte nicht nach, konzentrierte alle Kraft auf ihre Beine, hetzte so schnell sie konnte durch die überwucherten Trümmer nach Norden, dorthin, wo der Rand des Plateaus in den Hang überging.

Sie war schneller als die Naddred und gerade das machte den Sturz so ungerecht: Plötzlich verfing sich ihr linker Fuß in einer Efeuranke, sie stolperte, taumelte, schlug schreiend auf Knie und Handflächen. Der Rubin flog aus ihren Fingern und blieb weithin sichtbar auf dem blanken Felsboden liegen.

Ein Raunen ging durch die Reihe ihrer Verfolger. Einer stürzte vor, aber er packte nicht Ailis, sondern den Edelstein.

Sie nutzte den Augenblick allgemeiner Verblüffung, um sich aufzurappeln. Ohne Zögern lief sie weiter, ließ den Stein zurück, stürzte nur vorwärts zum Rand des Plateaus, sprang von einer Felskante zwei Schritte tief nach unten, fing sich, jagte den Hang hinunter.

Auf halber Strecke zum Ufer schaute sie sich zum ersten Mal um, erst direkt hinter sich, und dann, als dort niemand war, weiter hinauf zum Hochplateau.

Acht dunkle Schemen standen am Rande der Felsen, acht reglose Silhouetten vor dem Dämmergrau des Abendhimmels. Stumm, mit wirbelnden Gewändern, schauten sie Ailis nach. Sahen zu, wie sie weiter den Berg hinabstürmte. Sahen zu, wie ihr Opfer entkam.

3. KAPITEL

Rauch drang aus dem Tor der Schmiede, als Ailis in den Burghof stürzte. Erland war noch bei der Arbeit.

Ailis kümmerte sich nicht um die verwunderten Blicke, die sie verfolgten, auch nicht um die spöttischen Bemerkungen, die man ihr nachrief. Sie rannte wie von Teufeln gehetzt über den Hof und riss den Eingang zur Schmiede auf.

Erland schaute verwundert von der Glut in seiner Esse auf. Er war gerade dabei, mit einem Schürhaken die restliche Kohle zusammenzuschieben, eine Aufgabe, die sonst Ailis erledigte.

»Ich denke, du bist krank?«, begrüßte er sie mürrisch. Dann aber sah er die Panik in ihren Zügen.

»Liebe Güte«, entfuhr es ihm, »was ist denn passiert?«

Sie gab keine Antwort, stürzte einfach auf ihn zu und fiel in seine Arme. Sie schluchzte leise, doch falls sie Tränen vergoss, blieben sie unsichtbar auf ihrem von Schweiß, Blut und Schmutz verschmierten Gesicht.

»Sachte, sachte«, flüsterte der Schmied und streichelte ihr kurzes Haar. Seine Umarmung war unbeholfen wie die eines Bären, der etwas mit seinen Tatzen umfängt, doch Ailis fühlte sich in seiner Nähe sicherer als hinter den stärksten Mauern.

Diese Werkstatt, dieser rußige, düstere Verschlag, war ihr Zuhause, das hatte sie niemals stärker empfunden als in diesem Augenblick. Sie kam sich vor wie ein Kind, das sich die Decke über den Kopf zieht, aber das machte ihr nichts aus. Erland war hier, und bei all seiner Grobheit verstand er es wie kein anderer, sie zu beruhigen.

Schließlich löste sie ihr Gesicht von seinem Wams und sah zu ihm auf. »Ich habe sie gesehen«, flüsterte sie heiser und dachte voller Entsetzen, dass ihre Stimme dabei klang wie die der betenden Druiden. Magie? Ein böser Zauber? Nein, nur Heiserkeit. Kein Wunder, so erschöpft wie sie war.

»Wen hast du gesehen?«, fragte er.

»Die Naddred!«, stieß sie krächzend aus. »Oben auf dem Berg. Der Händler hatte recht.«

Erlands Augen verrieten, dass er ihr nicht glaubte. Vielleicht nicht glauben wollte. »Wo hast du dich nur herumgetrieben, Mädchen?«

»Aber ich sag's doch. Ich war auf dem Lurlinberg. Und ich habe die Naddred gesehen.«

Er schüttelte sanft den Kopf. Sein mächtiger Bart kitzelte ihre Stirn. »Beschreib mir genau, was du gesehen hast.«

»Druiden! Zauberer! Was weiß ich ...« Sie löste sich von ihm, taumelte einen Schritt zurück und wäre fast gestürzt. Gerade noch gelang es ihr, sich an der Kante eines Tisches festzuhalten. »Es waren Naddred, Erland. Ich konnte es spüren!«

»Wie haben sie ausgesehen?«, fragte er zweifelnd.

Haarklein beschrieb sie ihm jede Einzelheit, ihre Gesichter, die weiten schwarzen Kapuzenmäntel. Und sie gestand ihm auch, dass sie in den Schacht gestiegen war.

»Als ich wieder hochkletterte, waren sie da«, sagte sie schließlich. »Sie wollten mich fangen, aber ich bin ihnen entkommen.«

Noch einmal schüttelte er verständnislos den Kopf. »Wären es tatsächlich Naddred gewesen, hätten sie dich gefangen. Ganz bestimmt sogar. Sie haben andere Kräfte als gewöhnliche Männer.« Er beugte sich vor, bis ihre Gesichter ganz nahe beieinander waren. »Was, zum Teufel, hattest du überhaupt in diesem Loch verloren?«

Er sagte ›Loch‹, obwohl er natürlich die Wahrheit kannte. Sie fragte sich, warum er sich immer noch so viel Mühe gab, das Geheimnis zu bewahren. Schämte er sich so sehr für seinen Anteil daran?

»Ich weiß alles«, sagte sie. »Über das Mädchen. Über das Echo. Ich weiß es schon lange.«

Er packte sie an den Schultern, so ungestüm, dass sie vor Schmerz das Gesicht verzog. Trotzdem lockerte sich sein Griff nicht. »Ailis«, fuhr er sie scharf an. »Warst du es, die den Schlüssel genommen hat?«

Einige Herzschläge lang war sie so starr vor Angst, dass sie nicht einmal mit dem Kopf nicken konnte.

»Ja«, presste sie dann hervor, »ja, das war ich. Aber ich habe nicht aufgeschlossen. Fee hat das getan.«

Das war dumm von ihr und feige. Die Schuld auf Fee abzuwälzen war keine Lösung. Hätte sie selbst nicht den Schlüssel gestohlen, hätte Fee gar nicht erst die Möglichkeit gehabt, das Gitter zu öffnen.

»Das Echo hat es mir befohlen«, sagte sie leise und konnte Erland nicht mehr in die Augen sehen. »Ich habe versucht, mich zu wehren, aber es ging nicht. Vielleicht« – sie stockte – »ich weiß nicht, vielleicht liegt es an meinen Ohren. Ich bin empfindlicher als andere.«

Ausreden, nichts als Ausreden. Aber sie hatte plötzlich solche Angst, Erland könnte sie verstoßen, dass ihr alles andere gleichgültig wurde. Die Vorstellung, er könne enttäuscht von ihr sein, tat entsetzlich weh.

Erland sank zurück auf einen Hocker. Mit absurder Klarheit bemerkte Ailis, dass sie ihn kaum jemals zuvor hatte sitzen sehen. Für ihn bedeutete Sitzen Schwäche.

»Es ist meine Schuld«, murmelte er tonlos. »Ich hätte den Schlüssel besser verstecken müssen.« Er barg das Gesicht in den Händen und rieb sich die Augen, bis sie feuerrot waren. »Es war immer nur eine Frage der Zeit, bis irgendwer ihn finden würde.«

Sie hatte das Gefühl, zu ihm gehen, ihn beruhigen zu müssen, doch ihre Angst, zurückgewiesen zu werden, war zu groß. So blieb sie einfach nur stehen und suchte nach Worten.

Plötzlich stand Erland wieder auf, mit einem solchen Ruck, dass der Hocker nach hinten polterte. »Komm mit«, sagte er und wandte sich zur Tür.

»Wohin?«

»Wir gehen zum Grafen.«

Sie sah sich wieder auf dem Lurlinberg, sah Graf Wilhelm vor sich stehen, wie er beschwörend auf sie einredete: Du wirst vergessen, dass du mit uns hier oben warst. Du wirst niemals, niemals darüber sprechen!

»Ich kann nicht«, entgegnete sie. »Er wird mich bestrafen.«

Erland starrte sie einen Augenblick lang schweigend an, dann sagte er: »Ich trage die Verantwortung. Wenn es irgendwen zu bestrafen gibt, dann mich.«

»Aber das will ich nicht!«

»Der Graf muss erfahren, was du gesehen hast. Wenn es wirklich die Naddred waren, muss er etwas unternehmen.«

Langsam setzte sie sich in Bewegung und ging mit ihm zur Tür. In ihr tobte eine so vage, verschwommene Furcht, dass sie kaum hätte sagen können, was es eigentlich war, das sie fürchtete. Ihr ganzer Körper war in Aufruhr, ihr Magen schmerzte, ihre Beine zitterten. Der Krampf in ihrer Wade war verschwunden, aber das machte kaum einen Unterschied. Auch so fiel ihr jeder Schritt unendlich schwer. Am liebsten hätte sie sich einfach in einer Ecke verkrochen und so getan, als hätte die Welt um sie herum aufgehört zu existieren.

Der Graf empfing sie widerwillig und in fürchterlicher Laune. Der Tod seines Bruders schien ihn weniger betroffen als wütend zu machen. Ailis wusste im selben Augenblick, da sie ihn sah, dass dies der denkbar schlechteste Moment war, um ihm zu gestehen, was passiert war.

Sie überließ das Reden Erland, obwohl er dabei alles andere als wortgewandt vorging. Aus seiner tiefen, brummigen Stimme war seine Unsicherheit deutlich herauszuhören. Er vermied es, den Grafen anzusehen, und so war es Ailis, die immer wieder Wilhelms Blicke kreuzte, um festzustellen, wie er die Worte des Schmiedes aufnahm. Was sie sah, machte ihr wenig Hoffnung auf einen guten Ausgang dieser Begegnung.

Erland berichtete von Ailis' Entdeckung, erwähnte aber weder, dass sie hinab in den Schacht gestiegen war, noch dass sie diejenige war, die den Schlüssel gestohlen hatte.

Nachdem Erland zum Ende gekommen war – stockend, holprig und nicht besonders einfühlsam –, richtete der Graf seine Augen auf Ailis.

»Naddred!«, sagte er voller Abscheu, aber sie wusste nicht, ob diese Abneigung ihr oder den Druiden galt. »Glaubt ihr wirklich, ich hätte keine anderen Sorgen, als mich mit solchen Hirngespinsten abzugeben?«

»Aber, Herr, Ihr –«

»Unterbrich mich nicht!«, fuhr er sie an. »Du liebe Güte,

weißt du, wie lange es her ist, dass man zuletzt Naddred gesehen hat? Meine Großeltern haben mir davon erzählt, und sie hatten die Geschichten von ihren Großeltern, und der Teufel allein weiß, wo jene davon gehört hatten!«

Erland wollte etwas sagen, doch Ailis kam ihm zuvor. Trotz ihrer Angst spürte sie Zorn in sich aufsteigen. »Herr, ich habe sie mit eigenen Augen gesehen!«

»Was hast du gesehen?«, entgegnete er und beugte sich mit finsterer Miene vor. »Ein paar Männer in Kutten. Na und? Es mögen Mönche gewesen sein. Es gibt mehr als ein Kloster in der Nähe.«

»Und sie beten ausgerechnet auf dem Lurlinberg?«, fragte sie zweifelnd.

Der Blick des Grafen wurde kalt und berechnend. Sie hatte ihn erst ein einziges Mal so erlebt und sie erinnerte sich nicht gerne daran.

»Ich habe dir schon damals gesagt«, sagte er scharf, »dass du auf dem Berg nichts zu suchen hast.«

»Gilt das auch für Naddred?«, gab sie schnippisch zurück.

Er machte ein paar schnelle Schritte auf sie zu, blieb aber zwei Mannslängen vor ihr stehen, als scheute er ihre Nähe. Vielleicht ahnte er längst, was sie dort oben getan hatte.

»All die Jahre hast du weit mehr Aufmerksamkeit bekommen, als dir gebührt«, fauchte er. »Fehlt dir das, nun da Fee nicht mehr hier ist? Erfindest du solche Geschichten, um dich wichtig zu machen?«

Sein Hohn berührte sie nicht. Stattdessen sagte sie mit betonter Ruhe: »Wollt Ihr behaupten, es sei Fee gewesen, die mir die ganze Zeit über solche Vorteile verschafft hat? Ihr wisst es besser, Herr Graf, und ich ebenfalls. Alles, was geschehen ist, geschah auf Euren Wunsch. Ihr habt Fee und mich am selben Zügel geführt, wie ein Gespann Ackergäule.« Und dann, ohne dass sie etwas dagegen hätte tun können, rutschte es ihr heraus: »Sagt, war ich wenigstens ein guter Ersatz für Fees tote Schwester?«

Er starrte sie an, als hätte sie ihn einen Muttermörder geschimpft. »Was sagst du da?«, zischte er leise und in so bedrohlichem Tonfall, dass Erland schützend eine Hand auf Ailis' Schulter legte.

Sie aber ließ sich jetzt nicht mehr beruhigen. »Fee hat Euch nur aus einem einzigen Grund verlassen«, sagte sie gehässig. »Sie hat erfahren, was Ihr getan habt. Sie hat Euch durchschaut, Graf. Zuletzt wusste sie endlich, dass Ihr sie all die Jahre belogen habt. Nur deshalb hat sie das Angebot dieses Ritters angenommen.«

Der Graf trat auf sie zu und gab ihr eine schallende Ohrfeige. »Wenn du kein Weib wärest, würde ich dich ins tiefste Verlies werfen lassen.«

Sie hörte sich selbst nur noch reden, ganz ohne nachzudenken. »Seit wann so zimperlich? Vor ein paar Jahren noch habt Ihr ein kleines Mädchen in ein Verlies geworfen, wie es tiefer kaum sein könnte.« Der Vorwurf war ungerecht, da sie nur zu gut wusste, was für eine Kreatur der Körper des Mädchens beherbergt hatte, aber sie war längst jenseits vernünftiger Erwägungen. Sie wollte ihn beleidigen, ihn verletzen, und in diesem Augenblick war jede Androhung von Strafe bedeutungslos. Die Art, wie seine Züge zur Grimasse erstarrten, entschädigte für vieles.

»Du warst es!«, schrie er plötzlich. »Du hast das Gitter geöffnet!«

»Nein!« Erlands Stimme klang so scharf und klar wie nie zuvor. »Ailis hat nichts damit zu tun. Sie war an jenem Tag von morgens bis abends bei mir in der Schmiede.«

»Du verteidigst sie?«

»Ich verteidige eine Unschuldige, Herr.«

Der Blick des Grafen raste von Erland zu Ailis, dann wieder zurück zum Schmied. »Bist du dir dessen vollkommen sicher?«

»Völlig, Herr.«

Was Erland tat, war ein Spiel mit dem Feuer. Wenn irgendwer sich erinnerte, dass Ailis bei Fees Ankunft aus dem Tor gelaufen war, war es um ihn ebenso geschehen wie um sie selbst. Sie war nicht sicher, ob sie wirklich wollte, dass er für sie log.

»Ich habe die Naddred gesehen«, sagte sie ruhiger und hoffte, dass auch der Graf wieder zur Besinnung kam. »Ich war auf dem Berg, das ist wahr. Und ich habe gegen Euer Verbot verstoßen. Doch nur deshalb kann ich Euch vor der Gefahr warnen, die sich dort oben zusammenbraut.«

Hatte sie schon wieder zu viel gesagt? Offenbar wusste der Graf nicht, was mit Fee geschehen war; die Gräfin musste ihm die Wahrheit verschwiegen haben, aus Gründen, die nur sie selbst kannte. War es da klug, dass Ailis zugab, mehr über die Gefahren des Berges zu wissen als sie eigentlich wissen durfte?

»Mit Verlaub, Herr«, schlug Erland vor, »warum schickt Ihr nicht ein paar Männer dort hinauf, um nach dem Rechten zu sehen?«

Der Graf stieß einen Seufzer aus, der allzu deutlich machte, dass sein Zorn vor allem eine Folge seiner Hilflosigkeit war. Erst der Ausbruch des Echos, dann der Freitod seines Bruders. Im Grunde war ihm wahrscheinlich längst gleichgültig, dass Ailis gegen sein Verbot verstoßen hatte. Er hatte mit weit größeren Sorgen zu kämpfen.

»Geht jetzt«, befahl er, ohne auf Erlands Vorschlag einzugehen.

Doch als sie den Rittersaal verließen, hörten sie, wie der Graf den Befehlshaber der Burgwache zu sich bestellte, und bald darauf marschierte ein halbes Dutzend Männer durchs Burgtor, gerüstet und bewaffnet, den steilen Weg zum Ufer hinab.

Ailis stand allein hinter den Zinnen, als die Männer zurückkehrten. Es war bereits dunkel. Durch einen Riss in der Wolkendecke glänzte die Mondsichel. Windstöße jammerten in den Dächern der Türme, und auf dem Wehrgang kämpften zwei Katzen.

Eine Kette aus sechs lodernden Fackeln schob sich den Burgberg herauf. Daran, dass dies ohne Eile geschah, erkannte Ailis, dass der Marsch zum Lurlinberg erfolglos gewesen war.

Sie war nicht enttäuscht, denn sie hatte nichts anderes erwartet. Wenn die Naddred auch nur halb so mächtig waren, wie der Händler und Erland behauptet hatten, gehörte gewiss mehr dazu, sie aufzuspüren, als eine Hand voll Männer, deren schepperndes Rüstzeug ihr Kommen schon von ferne ankündigte.

Immerhin hatte Ailis den Grafen gewarnt. Mehr konnte sie nicht tun. Das hatte auch Erland gesagt, bevor er sich in seine Schmiede zurückgezogen hatte. Sie fragte sich, ob er noch wütend auf sie war. Doch auch dagegen war sie jetzt machtlos. Was sie getan hatte, ließ sich nicht ungeschehen machen.

Sie sah zu, wie die Männer durchs Tor marschierten und ein paar Worte mit den Wachhabenden wechselten. Der Befehlshaber des kleinen Trupps machte sich auf den Weg zum Haupthaus, um dem Grafen Bericht zu erstatten, die übrigen zogen sich in ihre Quartiere zurück. Ailis hörte, wie jemand ihren Namen erwähnte, gefolgt von hämischem Gelächter. Vielleicht war es wirklich an der Zeit, dass sie von hier fortging.

Kaum hatte sie diesen Gedanken gefasst, als sie etwas hörte. Eine leise, säuselnde Melodie drang durch die Nacht, schien an der Burgmauer emporzuschweben und sich um Ailis' Gehör zu legen wie eine federleichte, streichelnde Hand. Erschrocken schaute sie noch einmal zum Tor, doch die Männer dort unten schienen nichts zu bemerken.

Ihr erster Gedanke war, dass das Echo zurückgekehrt war. Doch die Melodie, die sie hörte, war kein Gesang. Vielleicht eine List der Naddred, um sie hinaus ins Dunkel zu locken? Das war durchaus denkbar, und sie schauderte, als das Bild der Druiden aus ihrer Erinnerung trat und beinahe greifbar vor ihr stand – acht Männer in flatternden schwarzen Gewändern, stumm und abwartend, mit leichenhaft weißen Gesichtern in den Schatten ihrer Kapuzen.

Aber die Naddred konnten nichts von ihrer Hellhörigkeit wissen. Hätten sie Ailis wirklich locken wollen, hätten sie es gewiss auf andere Weise versucht.

Die Melodie klang sanft und traurig, wurde aber immer wieder von kurzen, ausgelassenen Passagen unterbrochen. Und da bemerkte Ailis, dass unter der ersten Musik eine zweite Tonfolge lag, die an manchen Stellen an die Oberfläche brach, dann wieder untertauchte und nur für den hörbar blieb, der ihr Geheimnis kannte.

Jetzt, da Ailis einmal darauf gestoßen war, vernahm sie die Melodie deutlicher, und sie spürte, dass sie nach ihr rief. Sie schien ihren Namen zu summen, nicht aus Silben geformt, sondern allein aus Musik, wie ein Wort, das trotz verschiedener Sprachen dasselbe meint. Es war ihr Name, dessen war sie jetzt ganz sicher, aber er lautete nicht mehr Ailis, sondern setzte sich aus Bruchstücken der Melodie zusammen, die sich mit menschlichen Lippen nicht nachahmen ließen.

Das Instrument, auf dem die Musik gespielt wurde, war eine Sackpfeife, und Ailis kannte nur einen Menschen, der damit umgehen konnte.

Sie zog ihren Überwurf enger um ihre Schultern, dann lief sie aufgeregt die Stufen vom Wehrgang hinunter in den Hof, eilte hinüber zur Schmiede.

Erland starrte grübelnd auf einen grob behauenen Dolch, aber sie sah ihm an, dass es nicht die Klinge war, die ihm Kopfzerbrechen bereitete. Er blickte auf und sah, wie sie das Schwert, das sie geschmiedet hatte, von der Wand nahm.

»Du gehst fort«, stellte er leise fest. Er wirkte nicht überrascht.

»Ich will nur noch einmal hinaus in den Wald«, erwiderte sie und trat neben ihn.

»Du wirst fortgehen, ich weiß es.«

»Glaubst du, ich habe eine andere Wahl?«

»Der Graf ist zornig. Er wird dich zur Rede stellen. Vielleicht, wenn du eine Weile verschwindest –«

»Ich habe keine Angst mehr vor ihm«, unterbrach sie ihn wahrheitsgemäß. »Wenn er noch einmal mit mir reden will, gut, dann soll er es tun. Aber er hat selbst gesagt, dass er vorerst anderes im Kopf hat. Wann soll Fees Vater bestattet werden?«

»Morgen. Aber dann wirst du schon fort sein.«

Sie lächelte. »Erland, ich will wirklich nur in den Wald. Und ich bin alt genug, um ein Schwert zu tragen.«

»Es ist deines, du hast es geschmiedet. Aber gib auf die

Klinge acht, sie könnte leicht zerbrechen. Willst du nicht lieber ein anderes? Such dir eines aus, wenn du magst.«

Ihr Blick wanderte über die zahllosen Waffen, die an den Wänden lehnten, doch dann sagte sie: »Ich danke dir, Erland. Aber ich glaube, ich sollte mein eigenes Schwert tragen. Es wird zu würdigen wissen, dass ich es war, die es geschmiedet hat.«

»Du redest, als hättest du einmal zu oft nach einer Schlacht bei den Kriegern am Lagerfeuer gesessen. Ich habe diesen Unsinn von der Seele einer Waffe nie verstanden. Wunschdenken, nichts sonst. Und ich sollte es wissen!«

Ihr Lächeln wurde noch breiter, doch mit einem Ohr horchte sie immer noch auf die Melodie, die sogar durch die Mauern der Burg drang. »Wenn die Klinge zerbricht, werde ich jedem erzählen, wer mein Lehrherr war.«

»Solltest du dann noch zurückkommen, wirst du dein Leben lang Hufeisen schmieden, das verspreche ich dir.«

Sie küsste ihn auf beide Wangen, nahm eine lederne Scheide, steckte ihr Schwert hinein und hängte sie sich über den Rücken.

»Leb wohl, Ailis«, sagte Erland, als sie zur Tür ging.

»Wart's nur ab«, gab sie zurück. »Du siehst mich früher wieder als dir lieb ist.«

Der Schmied lächelte, aber durch seinen buschigen Bart war es kaum zu sehen.

Ailis trat ins Freie, lief an den Wachen vorbei durchs Tor und dann weiter hinaus in die Nacht. Sie nahm den Pfad, der zum Wald führte, und bald schon umgab sie tiefstes Dickicht. Das Spiel der Sackpfeife klang jetzt näher und klarer, hier im Wald hätte auch jeder andere sie hören können. Doch niemand, der seine Sinne beisammen hatte, verirrte sich um diese Zeit so tief ins Unterholz.

Die Melodie brach ab.

»Sei gegrüßt«, sagte der Lange Jammrich und trat hinter einer mächtigen Eiche hervor. Die Mondsichel schien schwach durch das Blätterdach und legte ein schwarzes Schattenraster über die Züge des Gauklers. Die Nacht nahm seiner sonst so bunten Kleidung alle Farbe, er wirkte genauso unscheinbar grau wie die Umgebung.

»Ich habe gehofft, dass du mich hörst«, sagte er lächelnd, als sie vor ihm stehen blieb. Seine honigfarbenen Augen strahlten. »Und du hast ein Schwert mitgebracht! Was für ein tapferes Mädchen.«

»Warum hast du mich gerufen?«, fragte sie und versuchte, in der Dunkelheit sein Gesicht mit jenem in ihrer Erinnerung zu vergleichen. Soweit sie erkennen konnte, hatte er sich kaum verändert. Ungewöhnlich groß und dünn, mit langen Gliedern wie eine Grille. Ein spitzes, vorstechendes Kinn unter schmalen Lippen, dahinter ein makelloses Gebiss.

»Du bist in Gefahr«, sagte er. Dass er als Freund großen Geschwafels so eilig zur Sache kam, zeigte, wie ernst es ihm war.

»Ich hatte also recht«, entgegnete Ailis leise. »Es waren tatsächlich die Naddred.«

»Dann weißt du schon alles?«

»Nein«, entgegnete sie rasch. »Nicht wirklich. Was wollen sie hier? Und was ausgerechnet von mir?«

»Du wunderst dich nicht, dass ich über alles Bescheid weiß?«

»Ich habe mich damals nicht über dich gewundert, und heute werde ich es erst recht nicht tun. Eine Menge ist seitdem geschehen.«

Er nickte kummervoll. »Das meiste davon habe ich gehört. Wir müssen von hier verschwinden.«

Sie rührte sich nicht. »Sag mir erst, was die Naddred ausgerechnet von mir wollen. Sie haben das Schlangenauge. Weshalb sind sie immer noch hinter mir her?«

Er lachte auf, leise und höhnisch. »Das Auge! Das hat nicht das Geringste zu bedeuten, wie so vieles, an das diese Narren glauben. Es ist nur ein einfacher Edelstein, egal, was alle behaupten. Seit unzähligen Jahren ziehen allerlei Dummköpfe durch die Welt und suchen nach den verschollenen Augen. Das tun sie gerne, weißt du? Rotten sich zusammen und begeben sich auf ihre Große Suche, wie sie es nennen. Dabei ist es im Grunde ganz egal, nach was sie suchen. Die einen zieht es zu irgendwelchen Schwertern, die magisch sein sollen, die nächsten zu verzauberten Ringen und Kronen und glitzerndem Tand. Narren sind sie alle! Glauben, sie seien Helden oder verwegene Abenteurer. Pah! Lassen wir sie suchen, Ailis. Wen kümmert es, ob sie etwas finden oder dabei sterben. Irgendein Chronist wird sich schon erbarmen, ihre Erlebnisse aufzuschreiben, und irgendwer wird sie irgendwann lesen und sagen: Liebe Güte, was für verwegene Hunde! Von mir aus. Hast du geglaubt, ich bin hier, um dich zu irgendeiner dieser dummen Suchen anzustiften? O nein! Ich will dich nur warnen. Und dein Leben retten, falls dir daran liegt.«

Sie schluckte, dann nickte sie langsam. »Das klingt ... nun, vernünftig, schätze ich.«

»Dann kommst du mit mir?«

»Wohin?«

»Dorthin, wo dich die Naddred nicht finden können.«

»Du hast mir noch immer nicht gesagt, warum sie es auf mich abgesehen haben.«

»Sie glauben, du warst in Faerie. Du bist während ihres Rituals dem Tor entstiegen. Wer kann ihnen verübeln, dass sie daraus ihre Schlüsse ziehen?«

»Und?«

»Und, und!«, äffte er sie ungeduldig nach. »Sie selbst werden noch bis zum nächsten Vollmond in zwei Wochen brauchen, um das Tor zu öffnen. Sie glauben, du kennst einen schnelleren Weg.«

»So ein Unsinn!«

»Natürlich. Du kannst gerne zu ihnen gehen und ihnen das sagen.«

Ailis verzog das Gesicht: »Lieber nicht.«

»Wirst du also mit mir kommen?«

Sie zögerte einen Augenblick lang, dann sagte sie: »Hier gibt es nichts, das mich hält.« Sie dachte an Erland, und der Gedanke schmerzte. Sie verdrängte ihn hastig. »Wissen die Naddred, dass du hier bist?«

Er hob die Schultern. »Vielleicht spüren sie es. Mit ziemlicher Sicherheit sogar. Aber es wird eine Weile dauern, ehe sie den genauen Ort herausfinden. Und auch dann müssen sie erst über den Fluss kommen. Sie sind keine wirklichen Magier. Sie fliegen nicht oder springen von einem Ort zum anderen. Zumindest habe ich noch nichts davon gehört.«

»Anders als du.«

»Ich – ein Magier?« Er lachte leise. »Nein, ein Magier bin ich nicht. Falls es tatsächlich so etwas wie Zaubersprüche gibt, so kenne ich keinen einzigen davon.«

»Aber du verschwindest! Die Melodie lässt dich verschwinden. Ich habe es gesehen, damals.«

Er tätschelte seine Sackpfeife wie ein Schoßtier. »Magisch ist nur die Melodie, nicht der, der sie spielt.«

»Macht das einen Unterschied?«

»Du wirst all das erfahren, sobald wir von hier fort sind.«

»Mit Hilfe der Melodie?«

»So ist es.«

»Warum willst du mir überhaupt helfen?«

Er sah zu Boden, und Ailis fragte sich erstaunt, ob er tatsächlich verlegen war. »Nun«, begann er zögernd, »ich fürchte, das Auftauchen der Naddred ist meine Schuld.«

»Wieso das?«

Er machte einen Schritt auf sie zu und nahm ihre Hand. »Bitte, Ailis! Ich erkläre dir alles, aber nicht jetzt. Und nicht hier. Es gibt einen Ort, der besser geeignet ist für solche Gespräche.«

»In Faerie?«, fragte sie aus dem Bauch heraus.

»Gott bewahre!«, stieß er aus. »Ich kenne weder den Weg dorthin, noch habe ich den Wunsch, ihn jemals zu gehen.« Er schüttelte vehement den Kopf. »Nein, Faerie ist kein Ort für uns Menschen.«

»Warum brauchen die Naddred überhaupt so viel Zeit, um das Tor zu öffnen?«, fragte sie und zog ihren Überwurf enger, als ein eiskalter Luftzug durch die Wälder strich. »Das Echo ist fort, es gibt keinen Wächter mehr.«

»Ich denke, du bist hinuntergestiegen? Dann hast du gesehen, dass es so einfach nicht ist. Es gehören aufwändige Rituale dazu, das Tor von dieser Seite aus aufzustoßen. Die Naddred kennen sie, aber es dauert eine Weile, sie auszuführen.«

»Kann denn Titania nicht einfach einen neuen Wächter schaffen?«

»Das Tor ist fest an seinen Wächter gebunden. So lange das Echo existiert, existiert auch das Tor. In gewisser Weise ist das Echo das Tor und umgekehrt. Es ist schwierig. Titania kann kein neues Echo erschaffen, denn es ist die Welt selbst, die sie erschafft. Tausende von Jahren können vergehen, ehe ein neues entsteht. Wenn sich die Berge verschieben, wenn sich neue Täler und Schluchten und Gipfel bilden, dann reißt manchmal das Gefüge unserer Welt auf, und es entsteht ein solches Tor und mit ihm sein Wächter. Niemand kann eines von beidem auslöschen, nicht einmal die Zauberkraft der Feen.« Er raufte sich ungeduldig das Haar. »Aber wir sollten später darüber –«

»Nein«, sagte Ailis mit fester Stimme. »Ich will es jetzt wissen. Bevor ich dir folge, will ich verstehen, warum ich das überhaupt tue.«

Er seufzte und ließ seinen Blick besorgt über die Schatten zwischen den Bäumen wandern. »Schon vor Jahren kündigte sich an, dass sich das Echo vom Lurlinberg veränderte. Etwas geschah mit ihm – in menschlichen Begriffen ausgedrückt könnte man sagen, es verlor nach all den Äonen seiner Existenz den Verstand. Es öffnete die eine Seite des Tors, und einigen Bewohnern von Faerie gelang es, hindurchzugehen und Unheil zu stiften. Höfe und Dörfer gingen in Flammen auf, mehrere Familien kamen ums Leben. Für die Eindringlinge war das alles nur ein Spiel, alberne Streiche, die sie den Menschen spielten. Die Wesen von Faerie sind nicht weise genug, um die Folgen ihrer Taten zu begreifen, und sie verstehen nicht, dass die Auswirkungen ihres Treibens hier ganz andere sind als daheim im Feenreich. In ihrer Not wandte sich die Gräfin an Titania und bat sie um Hilfe. Die Königin erklärte ihr das Gleiche, was ich dir eben sagte – dass sie nämlich ein Echo nicht vernichten kann, und ebenso wenig liegt es in ihrer Macht, das Tor für immer zu schließen. Allerdings ersann sie einen Ausweg: Es könne ihr gelingen, so sagte sie, das Echo in einem menschlichen Körper zu bannen. Dadurch würde es zwar nicht zerstört, immerhin aber erheblich in seiner Macht eingeschränkt. Allerdings erfordere dies einen Körper von edlem Geblüt. Ich weiß nicht, ob das wirklich die Wahrheit war oder ob Titania sich nicht vielmehr einen ihrer Späße mit der Gräfin erlaubte – schließlich ist sie die Herrscherin aller Feen, und ihr Sinn für Schabernack ist ungleich größer als der ihrer Untertanen. Jedenfalls verlangte sie, dass die Gräfin eines ihrer beiden Mündel für den Zauber hergebe, den Titania wirken wollte. Die Wahl fiel auf Fees Schwester.«

Ailis hatte das Gefühl, als schwanke der Boden unter ihren Füßen. »Aber es hieß doch, sie sei –«

»Gestorben. In gewisser Weise ist das auch die Wahrheit. Du hast gesehen, was aus der Kleinen wurde. Das Echo wurde in ihren Leib gesperrt, und beide gemeinsam im Torschacht auf dem Lurlinberg eingekerkert. Nach Titanias Vorgaben wurde ein Gitter geschmiedet, das die Macht des Gesangs über Menschenohren aufhob. Doch die Königin hatte die Kraft des Echos unterschätzt, und so gelang ihm die Flucht.«

»Das war an dem Tag, als ich ihm begegnete, nicht wahr?«

»Ja. Der Graf und seine Männer fingen es mit einem Feennetz ein, ohne das Echo dabei selbst zu berühren, damit es nicht unbemerkt in einen von ihnen überwechselte. Schon vorher hatte Titania ein neues Gitter schmieden lassen, vielleicht weil sie ahnte, dass das alte nicht machtvoll genug war. Auf jeden Fall kam es gerade rechtzeitig, denn nun wurde das Echo erneut in den Schacht gestoßen und die Öffnung mit dem neuen Gitter verschlossen. Es war stärker als das erste, wenn auch noch immer nicht stark genug, um den Gesang völlig zu unterdrücken. Besonders empfindliche Ohren – wie die von Herren oder die deinen, Ailis – konnten ihn trotz allem noch hören.«

»Aber warum das Schloss?«

»Eine kleine Bosheit Titanias. Sie wollte sich wohl die

Möglichkeit offen halten, das Echo eines Tages zu befreien, falls ihr einmal der Sinn danach stünde. Du verstehst noch immer nicht die Natur dieser Wesen. Sie sind wie Kinder, denen Spiele und verschrobene Späße wichtiger sind als alles andere. Vielleicht hat Titania dies alles geplant. Vielleicht wollte sie sogar, dass irgendwer den Schlüssel findet und das Gitter öffnet. Gut möglich, dass sie gerade in diesem Augenblick in ihrem Palast sitzt, uns beobachtet und mit ihren Untergebenen Wetten abschließt, wie dein nächster Schritt aussehen wird.« Er überlegte kurz, dann sagte er: »Wahrscheinlich war sogar sie diejenige, die die erste Flucht des Echos ermöglicht hat. Ich nehme an, ihr war vollkommen klar, dass das erste Gitter das Echo nur eine Weile lang aufhalten würde. Warum sonst hätte sie schon vor dem Ausbruch ein neues in Auftrag gegeben? Dieses Biest wusste genau, was geschehen würde! Du, Ailis, ich selbst, der Graf und die Gräfin, deine Freundin Fee, die Naddred, ja sogar das Echo – wir sind alle nur Figuren im Spiel Titanias. Sie schreitet ein, wenn sie es für nötig hält, sie gewährt Wünsche, wenn es ihr klug erscheint, doch die meiste Zeit über schaut sie nur zu und erfreut sich an unseren Bemühungen.«

Noch während sie versuchte, ihre Verwirrung zu meistern, fragte Ailis: »Dann wirst du mir helfen, Fee zu retten?«

»Den Teufel werde ich tun!«, entgegnete der Spielmann scharf. »Die Naddred sind hier, weil ich einen Fehler gemacht habe. Deshalb helfe ich dir zu verschwinden. Aber alles andere ...« – er schüttelte entschieden den Kopf – »... nein, nein, das ist nicht meine Angelegenheit.«

Wütend ballte sie die Fäuste. »Aber du scheinst alles darüber zu wissen. Wie kannst du da so gleichgültig bleiben?«

»Nenn es gleichgültig, wenn du magst. Ich nenne es vernünftig. Mir reichen die Feinde, die ich bereits habe. Warum sollte ich mich auch noch mit den Naddred anlegen?«

»Aber wenn sie das Tor öffnen, wird das Gleiche passieren wie damals.«

»Oh«, meinte er und gestikulierte fahrig, »es wird sehr viel schlimmer kommen. Aber wer bin ich schon, dass ich etwas dagegen ausrichten könnte?«

Sie spürte Verzweiflung in sich aufsteigen, versuchte aber, es sich nicht anmerken zu lassen. »Die Naddred werden wissen, dass du mir geholfen hast. Sie werden dich auch so nicht zu ihren Freunden zählen.«

»Du meinst, ich sollte dich lieber hier lassen?« Jammrich runzelte die Stirn, als sei diese Möglichkeit tatsächlich eine erneute Überlegung wert.

»Das habe ich nicht gesagt.«

»Gut. Dann komm!«

Und damit trat er hinter sie, sodass sie Rücken an Rücken standen. Ehe sie noch abwägen konnte, ob das, was sie im Begriff war zu tun, nicht ein schrecklicher Fehler war, entlockte Jammrich der Sackpfeife die ersten Töne, und dann, im nächsten Augenblick, verlor alles andere an Bedeutung.

Sie waren unterwegs.

4. Kapitel

Was ist das?, fragte Ailis, aber kein Wort drang über ihre Lippen. Um sie war eine Vielzahl von Lichtern und Farben, als reise sie durch einen Tunnel im Herzen des Regenbogens.

Der Lange Jammrich spielte angestrengt auf seiner Sackpfeife, und obwohl das Mundstück des Instruments zwischen seinen Lippen steckte, hörte sie deutlich seine Antwort: *Du würdest es nicht verstehen, selbst wenn ich versuchen würde, es dir zu erklären.*

Sie wäre wohl abermals wütend geworden, hätte nicht die Flut der tosenden Eindrücke all ihre Sinne betäubt. Es war schwierig, einen klaren Gedanken zu fassen, und es schien beinahe unmöglich, Worte für ihre Gefühle zu finden.

Du bist verwirrt, ertönte Jammrichs Stimme in ihrem Kopf, *das ist immer so beim ersten Mal.*

Konnte er ihre Gedanken lesen?

Darauf erhielt sie keine Antwort, und so folgerte sie, dass er es nicht vermochte. Das beruhigte sie ein wenig – soweit man unter diesen Umständen überhaupt von Beruhigung sprechen konnte.

Sie kam sich vor wie in einem Traum. Nicht wegen dem, was sie empfand, sondern vielmehr aufgrund der Art und Weise, wie sie empfand. Ihre Wahrnehmung war weder eindeutiges Hören noch Sehen, vielmehr eine verrückte Mischung aus beidem. Was sie im ersten Moment für Farben gehalten hatte, mochten ebenso gut Töne sein. Es gelang ihr nicht, sich auf einen einzigen Eindruck zu konzentrieren, und sie wusste nicht einmal, ob sie tatsächlich ihre Augen und Ohren benutzte.

Gewiss, der Lange Jammrich war neben ihr und spielte auf der Sackpfeife. Aber sie war plötzlich nicht mehr so sicher, ob sie ihn tatsächlich sah oder ob sie nicht eher fühlte, dass er da war.

Ja, so mochte es sein: Sie spürte seine Nähe und etwas schuf dazu in ihrem Geist die entsprechenden Bilder. Denn als sie versuchte, ihre Augen zu schließen, da wollte es ihr nicht gelingen. Sie empfand dabei weder ein Brennen, wie sonst, wenn man sich Mühe gab, den nächsten Wimpernschlag zu unterdrücken, noch bereitete es ihr Sorge. Überhaupt schien alles in ihr, das normalerweise Ängste und Widerwillen schuf, wie betäubt. Wahrscheinlich, weil sie sonst vor Furcht längst wahnsinnig geworden wäre, schon im ersten Augenblick, als der Spielmann seine Melodie angestimmt hatte.

Doch ihre Neugier ließ ihr keine Ruhe. Sie musste Fragen stellen, musste Erklärungen fordern, auch wenn sie keine Angst empfand.

Sag mir, wo wir sind, forderte sie und war überrascht, dass es ihr plötzlich so mühelos gelang. Sie lernte schnell dazu, und sie fragte sich unwillkürlich, wie viel Zeit derweil wohl in der wirklichen Welt verging.

Du gibst niemals Ruhe, nicht wahr? entgegnete er, ohne den Mund zu öffnen. Trotzdem war sein Tonfall nicht ohne Feinheiten; ihr war gar, als höre sie ihn seufzen. Kein Wunder, dass deine Eltern dich zurückgelassen haben.

Gibt es irgendetwas, das du nicht über mich weißt?

Verzeih, bat er zu ihrer Überraschung, *das war grob.*

Also, wo sind wir?

Genau genommen nirgendwo.

Warum nur habe ich geahnt, dass du so etwas sagen würdest?

Er lachte, aber sein Gesicht blieb unbewegt. *Es ist die Wahrheit. Wir sind nicht an einem bestimmten Ort, sondern vielmehr zwischen mehreren.*

Sie versuchte, über seine Worte nachzudenken, doch der Wirbel aus Eindrücken, der von überallher auf sie einstürzte, verhinderte das. *Erklär's mir.*

Wir bewegen uns, sagte er, *auch ohne dass du einen Fuß vor den anderen setzt. Wir befinden uns auf einer Reise, auf einer Art Weg, den die Musik für uns erschafft.*

Und?

Dein ewiges ›Und?‹ ist eine schlechte Angewohnheit, weißt du das?

Genau der richtige Zeitpunkt, um mich darauf hinzuweisen.

Abermals lachte er, erwiderte aber nichts.

Du hast gesagt, das hier sei kein Ort, fuhr sie fort. *Aber auch eine Straße ist ein Ort.*

Nicht diese hier. Ich wusste, dass du es nicht verstehen würdest.

Gibt es einen Namen dafür?

Viele, gab er zurück. *Wir Musikanten nennen es Spielmannswege. Andere haben andere Namen dafür.*

Und wohin führen diese Wege?

An viele Orte. An jeden, den man wünscht – so lange man nicht die Orientierung verliert. Und, glaub mir, es ist leicht, sich hier zu verirren. Leicht und sehr gefährlich.

Was würde geschehen, fragte sie, *wenn du aufhören würdest zu spielen?*

Der Einzige, von dem ich weiß, dass er es versucht hat, wurde niemals wiedergesehen. Die Musik hat hier ein Eigenleben. Sie duldet es nicht, wenn man sich gegen sie auflehnt. Er seufzte erneut. *Es ist schwierig, das alles in Worte zu fassen. Es lässt sich nicht einfach so erklären. Viel Erfahrung ist nötig dazu. Und sehr viel Geduld.*

Ailis gab auf. Entweder konnte er tatsächlich nicht darüber reden oder aber er wollte es nicht. Beides machte es zwecklos, ihn länger auszufragen. Zumal ihr im Augenblick wahrlich genug anderes im Kopf umherging – Farben, Klänge, und vor allem immer noch das Unvermögen, beides voneinander zu unterscheiden.

Wir sind gleich da, sagte er plötzlich.

Vor ihnen schälte sich etwas aus dem Wirrwarr der Eindrücke. *Ich kann es sehen*, sagte Ailis.

Du kannst es hören, widersprach er. *Aber du hast wahrscheinlich gemerkt, dass das hier ein und dasselbe ist.*

Die Zusammenballung vor ihnen gewann an Form, erst wabernd und unscharf, dann immer klarer. Schließlich konnte Ailis erkennen, was es war. Mauern, Fenster, darüber ein Dach. Über dem Eingang ein Schild aus bemaltem Holz.

War es möglich, dass man den Umriss eines Gasthauses hören konnte?

Der Schankraum war riesig, so groß wie drei Rittersäle, doch den meisten Menschen, die sich hier aufhielten, hätte dieser Vergleich wenig bedeutet. Sie hatten nie mit eigenen Augen einen Rittersaal gesehen, was teils daran lag, dass viele von ihnen eilig einen Bogen schlugen, sobald sie hinter Baumwipfeln und Berggipfeln die Zinnen einer Burg entdeckten. Und das aus gutem Grund.

Gesindel aus allen Teilen des Reiches, aber auch aus Gegenden, die fern seiner Grenzen lagen, zechte an den Tischen, schöpfte Suppe und Eintopf aus hölzernen Schalen oder saß einfach nur da und schaute einander beim Reden und Debattieren zu, beim Schmeicheln, Streiten und Stehlen, Saufen, Raufen und Betrügen. Dralle Schankmädchen tänzelten zwischen den Tischen umher, Bierkrüge und Weinkelche in Händen und dabei stets bemüht, den frechen Fingern der Kundschaft zu entgehen. Dichter Pfeifenrauch hing in der Luft, es roch nach schalem Bier, gekochtem Gemüse und leeren Stiefeln, die zum Lüften unter den Tischen standen.

So weitläufig der Saal auch angelegt war, so niedrig hing seine Decke. Manch ein Gast, dem die Natur einen hohen Wuchs beschert hatte, musste sich unter den verzweigten Stützbalken bücken, wenn er von einem Tisch zum anderen ging. Nicht wenige, die häufiger hier einkehrten, behaupteten, der Gasthof sei während der vergangenen Jahre in sich zusammengesunken. Tatsächlich wurden immer wieder einzelne Stühle und Hocker entdeckt, die aussahen, als seien sie für Kinder gefertigt, obgleich doch der Wirt jeden Eid schwor, dergleichen nie in Auftrag gegeben zu haben. Denn das Schrumpfen der Schenke – so es denn tatsächlich stattfand und nicht nur eine Ausgeburt weinumnebelter Sinne war – ging keineswegs gleichmäßig vonstatten. Vielmehr fand sich mal hier, mal dort ein Hinweis darauf; sei es, dass ein Fenster zu klein für seinen Rahmen wurde, ein Tisch von einem Tag zum nächsten zwei kurze Beine hatte oder ein Bierfass im einen Jahr für fünfzig Krüge reichte, im nächsten nur für fünfundvierzig.

Die größte Besonderheit dieses Wirtshauses aber war weder sein mysteriöses Schrumpfen noch sein schmackhafter, nach geheimem Rezept gefertigter Erbseneintopf. Wirklich wundersam war vielmehr die Vorliebe des Gastwirts für Spinnen. Kein Winkel im ganzen Schankraum, in dem sich nicht dichte Gewebe spannten, keine Wand, an der nicht Dutzende der kleinen Kletterer saßen und aus einer Vielzahl schwarzer Augen das Treiben der Gäste beobachteten. Spinnen, so hieß es, waren hier heilig. Wer eine zerschlug oder versehentlich unter dem Absatz zertrat, wurde mit Hausverbot bestraft, und das hatte selbst mancher Gast, dem der Münzbeutel locker saß, erfahren müssen. Wer Spinnen tötete, ihre Beine in Kerzenflammen hielt oder sie scherzhaft in das Essen anderer mischte, hatte zu verschwinden. Ausnahmslos.

Einmal, so besagte ein Gerücht, hatte eine Schankmagd einige Spinnen von einem Tisch entfernt, weil sich Gäste beschwerten, sie seien in ihre Krüge gekrochen. Als der Wirt davon erfuhr, warf er die Zecher hinaus. Auch die Schankmagd sah keiner jemals wieder. Es hieß, am folgenden Tag habe die Küche Fleischpasteten angeboten. Niemand wagte offen, sie mit der verschwundenen Magd in Verbindung zu bringen, doch hinter vorgehaltener Hand munkelte mancher, dass Fleisch an diesem Ort gewiss höchst selten sei. Allerdings mundeten die Pasteten jedermann vorzüglich, abgesehen von dem armen Kerl, der in seiner einen Fußnagel fand. Später hieß es, eine der Köchinnen habe ihn beim Krautstampfen verloren. Da der Gasthof der einzige seiner Art war, kümmerte man sich nicht weiter darum. Doch immer dann, wenn ein Gast auf ein Stück Knorpel biss, war irgendwer schnell mit der alten Geschichte zur Hand. Selbst den Halsabschneidern und Weitgereisten lief in solchen Momenten ein Schauder über den Rücken.

Aus allen Ecken der riesigen Schänke ertönten Musik und

Gesang, denn kaum einer war unter den Gästen, der nicht ein Instrument sein eigen nannte. Man sah Mandolinen und Drehleiern, Flöten, Schlagwerk und Cistern, Krummhörner, Lauten und Sackpfeifen – und die meisten davon trällerten und pfiffen, blökten, brummten und trommelten wahllos durcheinander.

Als sich die Tür öffnete und ein langer, dürrer Spielmann in Begleitung eines jungen Mädchens eintrat, wandte kaum jemand den Kopf nach ihnen. Hier war ein ständiges Kommen und Gehen, und es gab seltsamere Gestalten und wunderlichere Paare als dieses.

An einem Tisch in der Ecke aber wurde jemand aufmerksam. Er unterbrach die Gespräche jener, die mit ihm zechten, und wies mit ausgestrecktem Arm zur Tür. Dann sprang er auf, drängte sich zwischen vollbesetzten Tischen hindurch und eilte den Neuankömmlingen entgegen.

»Buntvogel!«, rief der Lange Jammrich, als er den Mann erkannte.

Ailis hörte es kaum. Sie war vollauf damit beschäftigt, die Wunder dieses merkwürdigen Ortes zu bestaunen: den unverhofften Anblick all dieser Menschen, die ebenso grotesk gekleidet waren wie ihr Begleiter; die Vielzahl der Stimmen und Sprachen und Lieder; die abstoßenden und anziehenden Gerüche; und nicht zuletzt die Tatsache, dass sie sicher war, dies alles hier wirklich zu sehen.

Es war, als sei inmitten des Tumults, der bis eben noch ihre Sinne überflutet hatte, eine Art Luftblase aufgetaucht, in der all ihre Empfindungen in den üblichen Bahnen verliefen. Sie sah, sie hörte, sie roch. Klare, deutlich zu unterscheidende Wahrnehmungen.

»Ailis«, sagte der Lange Jammrich und nahm sie bei der Hand, »das hier ist ein guter Freund von mir.«

Der Mann zog seinen spitzen Hut und verbeugte sich tief. Dabei spielte ein Lächeln um seine Mundwinkel, das nicht einmal spöttisch wirkte.

»Buntvogel nennt man mich hier und anderswo, junges Fräulein«, sagte er. »Und du musst Ailis sein. Wir alle haben schon viel von dir gehört.«

»Wir alle?«, fragte sie zögernd.

Buntvogel nickte. »Wir verdienen unser Brot mit Geschichtenerzählen. Und keine Geschichte wird an diesen Tischen derzeit lieber und häufiger erzählt als deine.«

Er hatte kurze schwarze Locken, und seine Haut war dunkel, fast wie die eines Mohren. Ein Mischling, vermutete sie. Er war jünger als der Lange Jammrich, aber immer noch einige Jahre älter als sie selbst. Seine Kleidung war farbenfroh, und er trug hohe Stiefel, die bis weit über die Knie reichten. Durch jedes seiner Ohren waren mehrere goldene Ringe gezogen, an denen Glitzersteine und winzige Glöckchen baumelten. Sein Lächeln und seine hellgrünen Augen verhießen Freundlichkeit und Witz. Selbst durch die Schleier ihrer Verwirrung wurde Ailis sofort klar, dass sie ihn mochte.

»Kommt mit«, forderte er sie auf, »die anderen sitzen dort drüben.« Er deutete zu einem großen Tisch, fast voll besetzt, von dem aus ihnen fünf Gesichter neugierig entgegenblickten.

Das unharmonische Spiel der Instrumente war ohrenbetäubend, wenngleich es an diesem Ort nicht nötig zu sein schien, die Zaubermelodie aufrechtzuerhalten. Die Sackpfeife des Langen Jammrich hing unbenutzt über seiner Schulter. Als Ailis durch eines der Fenster blickte, sah sie draußen nichts als Dunkelheit. Waren sie wieder in der wirklichen Welt oder war dieses merkwürdige Gasthaus ein Teil der Spielmannsmagie?

Während sie sich noch mühsam zu Buntvogels Tisch vorkämpften, rief Jammrich über den Lärm hinweg: »Dieses Wirtshaus steht an einem Kreuzweg mehrerer Spielmannswege. Früher war es ein ganz gewöhnlicher Gasthof, irgendwo an einem abgelegenen Ort auf den Inseln der Angelsachsen. Er wurde zu einem beliebten Treffpunkt all jener, die die Wege benutzten, und je öfter es angesteuert wurde, desto mehr verlagerte es sich aus der wirklichen Welt hierher. Die Stelle, an der es einst stand, gibt es heute nicht mehr. Sie existiert auf keiner Karte, das Land hat sich dort zusammengezogen wie Haut, die eine Wunde schließt. Deshalb ist es wichtig, die Spielmannswege nicht allzu oft zur Reise zum gleichen Ort zu benutzen – ansonsten könnte er sich in Luft auflösen und hier wieder auftauchen, irgendwo im Netz der Wege.«

Wenn Ailis ehrlich zu sich war, verstand sie nicht viel von dem, was er da erklärte, aber sie sagte sich, dass sie es irgendwann schon noch begreifen würde. Selbst Jammrich hatte offenbar Mühe, die Gesetzmäßigkeiten dieser seltsamen Zwischenwelt mit Worten zu beschreiben. Vielleicht war das auch gar nicht möglich – und, genau genommen, auch nicht unbedingt nötig. Verstand Ailis denn, was die Sterne am Himmel hielt? Oder warum Fische im Wasser atmen konnten? Ebenso wenig musste sie alles über diesen Ort und die Wege wissen, die hierher führten. Es reichte, wenn sie sich merkte, wie man Nutzen daraus zog.

Als sie den Tisch erreichten, standen die Männer daran der Reihe nach auf und umarmten Jammrich. Einige lächelten Ailis aufmunternd zu, wahrscheinlich, weil sie noch aus eigener Erfahrung wussten, wie verwirrend es war, zum ersten Mal hierher zu kommen.

»Ailis«, sagte der Lange Jammrich schließlich, nachdem er alle begrüßt hatte und sie wieder auf ihren Hockern saßen, »ich will dir meine Freunde vorstellen.« Sogleich deutete er auf jenen, den er zuletzt umarmt hatte, und sagte:

»Springsfeld, der Mann mit den längsten Beinen der Welt.« Der Spielmann sprang vom Stuhl, und tatsächlich, seine Beine waren noch länger und dünner als die Jammrichs. Da der Rest seines Körpers jedoch von gewöhnlichem Bau war, wirkte er auf groteske Weise verwachsen. Er trug Kleidung in verschiedenen Brauntönen, aus Leder und Leinen, und um seinen Hals baumelte ein Instrument, das Ailis nie zuvor gesehen hatte. Es bestand aus zahlreichen Röhrchen, längsseitig aneinander gesetzt, die zur einen Seite hin immer kürzer wurden.

»Samuel Auf-und-Dahin«, nannte Jammrich den Nächsten am Tisch. Einstmals war er wohl ein blond gelockter Jüngling gewesen, der mit seinem Saitenspiel zahlreiche Frauenherzen betört hatte. Blond gelockt war er zwar noch immer, doch die Zeiten, in denen sein Anblick die Herzen der Damen hatten höher schlagen lassen, waren längst vorüber. Ailis schätzte sein Alter auf gut fünfzig Jahre. Sein Gesicht war faltig und wie aus Leder, und um sein rechtes Auge war ein faustgroßer Stern gezeichnet. Er verbeugte sich vor Ailis, nahm ihre Hand und führte sie galant an seine Lippen.

»Die Brüder Wirrsang und Feinklang«, sagte Jammrich und wies auf zwei Männer, die sich wie Zwillinge ähnelten, obgleich der eine gewiss zehn Jahre älter war als der andere. Nur seine Falten um Mund- und Augenwinkel unterschieden ihn von seinem Bruder. Beide hatten nussbraunes Haar und kurz geschnittene Kinnbärte. Ihre Kleidung leuchtete gelb in den unterschiedlichsten Tönen, von dotterfarbenen Westen bis hin zu Beinkleidern in der Farbe reifer Zitronenschalen. Zwei Handharfen hingen an Riemen um ihre Stuhllehnen.

»Sankt Suff«, stellte Jammrich den letzten Mann am Tisch vor. »Keiner erzählt bessere Heiligengeschichten als er. Zumindest, wenn er betrunken ist.« Der Mann lachte dröhnend und wirkte geschmeichelt. Er war ungemein dick und musste weiter vom Tisch entfernt sitzen als die anderen, weil sein mächtiger Bauch im Wege war. Er hatte buschige Augenbrauen und einen dichten, wolligen Vollbart, der ihm bis auf die Brust reichte. Sein Schädel hingegen war vollkommen kahl. Um seinen baumdicken Hals hing ein silbernes Kreuz, so groß wie Ailis' Hand.

Buntvogel gab einer Schankmagd ein Zeichen, und bald darauf wurden über die Köpfe der Menge zwei Stühle heranbalanciert. Nachdem Ailis und Jammrich Platz genommen hatten, schob Sankt Suff ihnen zwei gefüllte Bierhumpen herüber.

Auch jetzt hatte er immer noch vier davon vor sich stehen. Jammrich trank seinen in zwei Zügen leer, danach war sein Gesicht bis über die Wangenknochen mit Schaum bedeckt. Ailis dagegen nippte nur höflich an ihrem Krug, sie hatte Bier noch nie allzu gerne gemocht.

»Du also bist Ailis«, sagte Springsfeld, der zu ihrer Linken saß.

Sie nickte, wusste aber nichts darauf zu erwidern. Ihre unerwartete Bekanntheit unter diesen merkwürdigen Gestalten überraschte und beunruhigte sie. Warum wussten sie alle, was ihr widerfahren war? Vor allem aber: Weshalb hatte keiner von ihnen eingegriffen bei all den Fehlern, die sie im

Umgang mit dem Echo begangen hatte? Waren sie nur erheiterte Zuschauer wie Titania?

Sankt Suff hob seinen Krug, prostete dem Langen Jammrich zu, schaute dabei aber Ailis an. »Diese Bohnenstange hat dir eine ganz schöne Suppe eingebrockt, was, Mädchen?«

Ailis blickte zu Jammrich hinüber, der wiederum seinem dicken Freund einen finsteren Blick zuwarf. »Halt du dich da raus«, brummte er ungehalten.

Samuel Auf-und-Dahin deutete Jammrichs Worte goldrichtig. »Du hast es ihr noch gar nicht gesagt, oder?« Als Jammrich keine Antwort gab, fügte Samuel in Ailis' Richtung hinzu: »Hat er dir verraten, dass er es war, der dir die Naddred auf den Hals gehetzt hat?«

Ehe sie etwas erwidern konnte, kam Jammrich ihr zuvor. »Natürlich hab ich's gesagt.«

»Ja, ja«, brummte Sankt Suff durch die Schaumkrone auf seinem Bier, »wer seinen Mund nicht halten kann ... Aber nimm's ihm nicht übel, Kleine, das Reden ist es, das unsere Münzbeutel füllt. Wir können halt nicht davon lassen.« Er sah Feinklang an, den jüngeren der beiden Brüder. »Na ja, wenigstens die meisten von uns.«

Feinklang schnitt ihm eine Grimasse, während Wirrsang sich an Ailis wandte. »Mein Bruder ist stumm. Aber er spielt besser auf der Harfe als jeder andere. Bestimmt besser als manch unhöflicher Fettsack an diesem Tisch.«

Sankt Suff stieß wieder ein donnerndes Lachen aus und schob dem stummen Feinklang als Wiedergutmachung einen seiner Bierkrüge zu, den jener mit breitem Grinsen annahm. Ailis dachte, dass diese Männer sich gut und lange kennen mussten, um so offen miteinander zu scherzen, ohne dass einer von ihnen zornig wurde.

Neben Ailis' Bierkrug kroch eine fette Kreuzspinne über

den Tisch. Sie wollte nach dem Tier schlagen, doch Springsfeld hielt sie zurück. »Nicht! Spinnen sind hier heilige Tiere. So will es der Wirt.«

»Wieso das?«

Buntvogel lachte. »Weil Kerle wie Springsfeld so viel Ungeziefer einschleppen, dass man seiner anders nicht Herr wird.«

»Das alles sind Nachkommen jener Spinnen, die schon immer in diesem Haus lebten«, sagte Springsfeld. »Neue können keine dazukommen – es sei denn, sie könnten Flöte oder Harfe spielen! Weil aber mit den Besuchern so viele Läuse und Flöhe und weiß der Teufel was hier reinkommen, sind die Spinnen wichtig. Wer eine erschlägt, war zum letzten Mal hier.«

Ailis sah zu, wie die Kreuzspinne am Rande der Tischkante verschwand, als plötzlich Jammrich das Wort ergriff. Offenbar fühlte er sich endlich genötigt, ihr die Wahrheit über sich und die Naddred zu erzählen.

»Das war eine dumme Sache«, begann er. »Es passierte hier, in diesem Wirtshaus. Hin und wieder nehmen einige von uns Aufträge an, die nichts mit Musizieren oder Geschichtenerzählen zu tun haben. Eine reiche Kaufmannsfamilie bat mich –«

Sankt Suff grölte dazwischen. »Bat ihn! Habt ihr das gehört? Sag, was haben sie dir gezahlt, Langer?«

Jammrich blieb gelassen. »Mehr als du in einem Jahr verfressen könntest.«

»Da hört ihr's«, gab Sankt Suff zurück. »Unser Jammrich ist ein reicher Mann!«

Jammrich wartete geduldig, bis das Lachen des Dicken abgeklungen war, dann fuhr er fort: »Einer aus dieser Familie, der zweitälteste Sohn des Patriarchen, war während einer Handelsreise im Badischen am Fieber verreckt. Man hatte die Leiche dort in einer Gruft aufgebahrt, da man wusste, dass die Verwandtschaft dieses Mannes über einigen Reichtum verfügte, und man hoffte, ein paar Münzen mit dieser Unterbringung verdienen zu können. Ein Bote war zur Familie im Norden geschickt worden, um die traurige Nachricht zu überbringen und die baldige Abholung des Leichnams zu erbitten.« Die Erinnerung brachte ein breites Grinsen auf Jammrichs Züge. »Nun ist das alte Oberhaupt dieser Familie nicht nur ein ungemein reicher Sack, sondern dazu einer der übelsten Geizhälse, die mir je über den Weg gelaufen sind.«

»Trotzdem bot er dir so viel Geld an?«, fragte Wirrsang, der die Geschichte noch nicht zu kennen schien.

»Hör erst weiter!«, verlangte Jammrich und beugte sich mit Verschwörermiene über den Tisch. »Der geizige Kerl war der Meinung, das Geld für den Transport seines Sohnes sparen zu können, und so gab er dem Boten die Nachricht mit auf den Rückweg, er werde den Leichnam in Kürze abholen lassen. In Wahrheit aber dachte er gar nicht daran. Sein Weib, die Mutter des Toten, war nicht mehr am Leben, und von seinen anderen Söhnen wagte keiner, ihm zu widersprechen, aus Furcht, nach dem Tod des Alten nichts von all dem Reichtum abzubekommen. So blieb der Leichnam also in der Gruft liegen, fern der Heimat im Badischen, während der Wirt, in dessen Gasthof der Kerl verreckt war, vergeblich auf den Abtransport und seine Auslösesumme wartete.

Dann, nach zwei, drei Monden, geschah etwas Sonderbares. Tische begannen in dem Wirtshaus zu beben und umherzurücken, dann schlugen wie von Geisterhand alle Fässer leck. Erst zerbrach ein einzelnes Fenster, ein paar Tage später alle übrigen. Ein Feuer im Dachstuhl wurde gerade noch gelöscht, bevor das ganze Anwesen in Flammen aufgehen konnte. Der Wirt, ein frommer, ehrlicher Mann, wandte sich an seinen Pfaffen, aber der wusste keinen Rat. Man kam lediglich überein, dass es wohl der Geist des Toten war, der aus Wut über den Geiz seiner Familie im Gasthof umging. Erst erwog man, den Leichnam einfach zu verbrennen, doch das, so entschied man, hätte vielleicht den Zorn des Geistes auf immer und ewig über das Haus gebracht! Nein, es gab nur einen Weg: Der Leichnam musste nach Hause, um in Heimaterde bestattet zu werden.«

Ailis war so gespannt auf den Ausgang der Geschichte, dass sie beinahe vergaß, sich zu fragen, wann wohl die Naddred ins Spiel kamen.

»Nun begab es sich«, sprach Jammrich weiter, »dass auch ich eine Nacht in jenem Wirtshaus verbrachte, freilich ohne zu wissen, was dort vorging. Voller Bescheidenheit muss ich eingestehen, dass mein guter Ruf mir mancherorts vorauseilt, und so kam es, dass der Wirt mich um Rat fragte.«

Buntvogel kicherte spöttisch. »Da ist er ja an den Richtigen geraten.«

»In der Tat«, sagte Jammrich ernsthaft, »denn natürlich erbot ich mich gleich, den in Not geratenen Leuten hilfreich zur Seite zu stehen. Erst bat ich den Wirt, eine Liste aufzustellen von allen Dingen, die zu Bruch gegangen waren, außerdem von allen Verdiensten, die ihm durch den ruinierten Ruf seines Hauses entgangen waren. In meinem Auftrag ließ er das Papier vom Vorsteher der Stadt mit Siegel und Namenszug beglaubigen. Dann nahm ich das Dokument an mich und machte mich über die Spielmannswege auf zur Familie des Toten. Glaubt mir, es verschlug mir den Atem, als ich all des Reichtums ansichtig wurde, in dem diese Leute lebten wie die Maden im Speck! Sogleich trat ich vor den Patriarchen, einen wahrlich unangenehmen Menschen, so viel lasst mich sagen. Ich unterbreitete ihm die Liste des Wirtes und bat ihn höflich, die Kosten, die durch das Zerstörungswerk seines toten Sohnes entstanden waren, umgehend zu begleichen. Gewiss könnt ihr euch vorstellen, wie vergrätzt der alte Sack darüber war, mehr noch, als ich ihm erklärte, dass der Betrag sich in Windeseile verdoppeln und verdreifachen könne, falls der Leichnam nicht umgehend abgeholt und bestattet werde. Denn mit jedem Tag, der verging, zerbrachen weitere Krüge und Tische im Wirtshaus, neue Fenster zersprangen und Türen barsten. Da wurde der Alte ganz verzweifelt, jammerte steinerweichend und rechnete mir vor, wie viele Tage es mindestens dauern würde, ehe der Tote geholt werden könne, und was ihn diese Verzögerung kosten werde. Obgleich meine Reise auf den Spielmannswegen nicht einmal eines Nachmittages bedurft hatte, würde ein Karren auf der Straße mehrere Tage brauchen – und jeder Tag trieb die Rechnung höher und höher.

Ihr wisst, ich kann einen reichen Mann nicht leiden sehen, und so bot ich ihm meine Dienste an. Ich versprach ihm, den Leichnam binnen zweier Tage herbeizuschaffen, vorausgesetzt, er zahle dem Wirt den ausstehenden Betrag und mir ein gewisses Sümmchen, das mich für meine Bemühungen entschädige. Er war, ihr ahnt es schon, nur zu gerne bereit, sich auf diesen Handel einzulassen. Geschwind unterzeichnete er einen Schuldschein, der ihn verpflichtete, den Wirt fünf Jahre lang mit allem Nötigen zu beliefern, denn der Alte hatte seinen Reichtum durch den Handel mit edlen Früchten, Weinen und allerlei teuren Süßspeisen gescheffelt, Dinge, mit deren Hilfe der Wirt den Ruf seines Hauses innerhalb weniger Wochen wiederherstellen konnte.

Ich überbrachte den Schuldschein dem glücklichen Gastwirt, der mir übrigens daraufhin sogleich die Hand seines drallen Töchterchens anbot.«

Die Spielleute am Tisch buhten und winkten ungläubig ab.

»Doch, doch, so war es«, sagte der Lange Jammrich beharrlich. »Aber das tut hier nichts zur Sache. Ich ließ mir eine Bahre anfertigen, die ich an meinen Schultern befestigen konnte, und darauf wurde der Tote gebunden. Bei Gott, wie der Kerl stank! Aber ihr wisst, ich pflege meine Versprechen zu halten« – erneutes Grölen und Lachen am Tisch – »und so zog ich fort und betrat mit meiner Last die Spielmannswege. In kluger Voraussicht hatte ich dem Alten zugesagt, die Leiche innerhalb zweier statt eines Tages abzuliefern, und so blieb mir genügend Zeit, einen kleinen Abstecher hierher zu machen. Dort drüben, an jenem Tisch saß ich, ich selbst auf der einen Seite, und mein toter Gefährte auf der anderen. Ich muss gestehen, wenn je ein zorniger Geist in ihm gehaust hatte, so bemerkte ich nicht das Geringste davon. Er saß einfach nur da, roch schlecht und starrte aus gelbstichigen Augen vor sich hin, wie es unter diesen Umständen wohl Sache eines jeden Leichnams gewesen wäre. Ich trank an jenem Tag viel Bier, schließlich galt es die Aussicht auf einen erheblichen Münzbetrag zu feiern, und auch für den Toten bestellte ich ein paar Krüge. Natürlich vermochte er sie nicht selbst zu trinken, und so half ich ihm dabei. Kurzum, ich muss wohl so an die sechs, sieben Krüge geleert haben, und dabei erzählte ich meinem Begleiter so manche Geschichte aus meinem bewegten Leben.« Er machte eine kurze Pause und sah Ailis schuldbewusst an. »Darunter war leider auch die deine.«

»Meine ... Geschichte?«, entfuhr es ihr verwundert.

Er nickte. »Das, was du mir bei unserer ersten Begegnung erzählt hast. Über das, was du auf dem Lurlinberg beobachtet hattest, das Treiben des Grafen und deines Vaters und so weiter. Das alles ist schon eine Weile her und damals wusste ich noch nichts über dich oder deine Freundin Fee. All das sprach sich erst später herum.«

»Aber was hat das mit den Naddred zu tun?«

»Die Naddred kennen die Spielmannswege, und einige von ihnen vermögen sogar, sie zu benutzen. An jenem Tag war einer von ihnen hier im Wirtshaus. Wohl trug er keine Kutte, sonst hätte ihn der Wirt gewiss gleich hinausgeworfen. Auf jeden Fall muss er mit angehört haben, was ich dem Toten erzählte, denn nach einer Weile sprach er mich an. Offenbar hielt er mich für derart betrunken, dass er glaubte, mir jede Einzelheit entlocken zu können. Ha, nicht mit dem Langen Jammrich! Ich verdrosch ihn heftig für seine Neugier, bis er schließlich offenbarte, ein Druide zu sein, und mir schreckliche Rache schwor. Da ließ ich ihn laufen und dachte mir vorerst nichts mehr dabei. Ich lieferte wie versprochen den Leichnam bei dem alten Geizhals ab und erhielt meinen Lohn.

Da staunt ihr, nicht wahr? Dachtet wohl, die Geschichte liefe darauf hinaus, wie er mich übers Ohr haut! Da muss ich euch leider enttäuschen. Ich strich das Geld ein und brachte es an einen sicheren Ort.« Er hob die Hand und bestellte bei einer Schankmagd einen neuen Krug. »Erst Monde später erfuhr ich, dass die Naddred aus ihren Verstecken im Süden gekrochen waren und nordwärts zogen. Zum Lurlinberg.« Bedrückt sah er Ailis an. »Es tut mir Leid.«

Das Mädchen zwang sich zu einem halbherzigen Lächeln. »Es lässt sich ja nicht mehr ändern.«

Sankt Suff hob seinen Bierkrug so heftig, dass Schaumflocken wie Schnee über der Tischplatte schwebten. »Freut mich, dass du bei uns bist, Kleine. Nach allem was man hört bist du ein tapferes Mädchen.«

Sie schüttelte traurig den Kopf. »Tapfer? Ich trage die Schuld daran, dass meine einzige Freundin vom Echo besessen ist. Dabei war ich es, die den Schlüssel gestohlen hat. Mit Tapferkeit hat das wohl kaum etwas zu tun.«

Samuel Auf-und-Dahin zwinkerte ihr aufmunternd mit seinem ummalten Auge zu. »Es geschieht nur das, was Titania geplant hat. Sie bewegt die Spielfiguren auf dem Brett, und sie bestimmt, was war, was ist und sein wird.«

»Und dich hat sie unserer Obhut anvertraut«, setzte Buntvogel hinzu.

Jammrich pflichtete ihnen bei. »Bleib bei uns, Ailis. An unserer Seite bist du sicher. Wenigstens vorerst.«

»Wenn die Naddred wirklich glauben, ich sei dem Tor nach Faerie entstiegen, werden sie gewiss nach mir suchen.«

»Ja«, sagte Springsfeld mit einem Kopfnicken. »Und sie werden sogar hier, in diesem Wirtshaus, Ausschau halten. Doch bis dahin sind wir längst anderswo. Und du mit uns, wenn du willst.«

Sie sah die Spielleute reihum an, und ihr Herz schlug schneller, als sie erkannte, dass das Angebot ihrer Freundschaft von allen gleichermaßen unterstützt wurde.

»Ich muss versuchen, Fee zu retten«, sagte sie. »Werdet ihr mir dabei helfen?«

Darauf schwiegen sie, und Ailis beschloss, ihnen ein wenig Zeit zu geben. Vielleicht gelang es ihr ja später, sie zu überzeugen, spätestens dann, wenn die Männer in ihr ein gleichwertiges Mitglied ihrer Gruppe sahen.

»Gut«, brach sie schließlich das verlegene Schweigen, »wenn ihr es wirklich wollt, dann bleibe ich bei euch.« Alle jubelten und klatschten in die Hände. Die Schankmagd brachte neues Bier.

5. Kapitel

Fee lag mit geschlossenen Augen im Bett und tat, als schliefe sie. Sie wusste, dass Baan neben ihr längst wach war. Hin und wieder bewegte er sich unter der Decke. Sie spürte, dass er sie betrachtete, eine ganze Weile schon.

Sie lag auf dem Rücken, trug kein Nachtgewand und hatte den Deckensaum nur knapp bis zu ihren Brüsten heraufgezogen. Die rosigen Höfe ihrer Brustwarzen schauten wie aufgehende Sonnen unter dem Stoff hervor, und in die sanfte Senke zwischen den beiden Hügeln hatte sie ein gekräuseltes Schamhaar gelegt. Sie konnte fühlen, wie erregt er war, während er sie ansah, und beinahe war ihr, als könne sie seine Gedanken lesen: War das Haar von ihr oder von ihm? Gleich würde er sich über sie beugen um sie wach zu küssen, erst auf Stirn und Wangen, dann oberhalb ihrer Brüste.

Sie genoss es, von ihm begehrt zu werden, und sie reizte und neckte ihn, wo sie nur konnte. Auf weitere Demütigungen hatte sie verzichtet, seit sie entdeckt hatte, welche Macht über ihn in ihren Hüften und Brüsten und Lippen lag. Er war ihr längst in jeder Hinsicht unterlegen, ihr Spielgefährte bei Nacht, eine liebesblinde Marionette am Tag.

Das Andere in ihr war immer weniger ein Fremdkörper. Es schien sich zurückzuziehen, wenn es sah, dass alles zu seiner Zufriedenheit verlief. Oder aber, was ihr noch wahrscheinlicher erschien, es verschmolz allmählich mit ihrem eigenen Selbst. So wurde aus zwei Wesen eines, mächtig und verführerisch. Sie hieß jede Regung des Anderen willkommen, lernte von seiner Weisheit und erfreute sich an seiner heiteren Natur. Heimlich lachte sie über Baans Ergebenheit und die tölpelhafte Dummheit der Bauern und Diener, berauschte sich dabei an der eigenen Überlegenheit.

Das Leben im Turm war eintönig, die Tage erfüllt von Langeweile. Baan gab sich Mühe, sie mit Überraschungen zu erfreuen, mit Ausritten über seine öden Ländereien, sogar mit Gedichten, die er für sie schrieb. Einmal hatte er sie zu einer warmen Quelle geführt, die aus dem Boden eines winzigen Felskraters sprudelte. Fee hatte sogleich ihre Kleidung abgestreift, ohne auf die Blicke der Wachen zu achten, und sich in den erquickenden Fluten vergnügt. Baan hatte ihre Begleiter fortgeschickt, sich ausgezogen und war zu ihr ins Wasser gestiegen. Eine neue, faszinierende Erfahrung.

Aber es gab viel zu wenige solcher Momente. Baan war oft fort, um die abgelegenen Höfe seiner Leibeigenen zu besuchen, und obwohl er ihr angeboten hatte, ihn zu begleiten, verließ sie den Turm nur ungern für längere Zeit. Insgeheim fürchtete sie die karge, weite Landschaft der Hochebene mit ihren gewaltigen Gras- und Heidemeeren, fürchtete den Himmel, an dem Stürme die Wolken in die Unendlichkeit trieben.

Früher hatte sie diese Furcht nicht gekannt, und tief im Inneren wusste sie, dass es in Wahrheit die Furcht des Anderen war, die sich auf sie übertragen hatte. Demütig hatte sie auch dieses Geschenk entgegengenommen und sich gesagt, dass es gewiss einen guten Grund dafür gab. Bald schon hatte sie überhaupt nicht mehr daran gedacht, hatte den Gedanken vergessen wie so vieles andere, das einst Teil von ihr gewesen war.

Baan beugte sich über sie und küsste ihre Stirn, dann ihre Wangen, genauso wie sie es vorhergesehen hatte. Er war so durchschaubar in seiner Verliebtheit, so schwach, so verletzlich.

»Guten Morgen«, flüsterte sie und schlug die Augen auf.

Er lächelte und küsste ihre Lippen. »Du hast heute Nacht geträumt.«

»So?« Sie konnte sich an keine Träume erinnern.

»Ich habe dich im Schlaf reden hören.«

Sie löste sich aus seinem Arm, schob die Decke zurück und stand auf. Das Licht, das durch das gelbe Fensterglas hereinfiel, übergoss ihre Haut mit Gold, ließ ihr Haar noch heller leuchten. Sie wusste genau, wie sie sich zu bewegen hatte, um gewisse Wirkungen bei ihm hervorzurufen. Ihre Nacktheit war ebenso Berechnung wie die Art, in der sie ihr Haar über die Schultern schüttelte.

»Was habe ich denn gesagt?«, fragte sie und gab sich Mühe, ihren Tonfall leicht und sorglos klingen zu lassen.

»Etwas über Felsen«, sagte Baan. »Über ein Verlies, glaube ich. Es klang, als hättest du Angst, eingesperrt zu werden.« Er setzte sich auf und strich sich die dunklen Haarsträhnen aus dem Gesicht. »Träumst du so was häufiger?«

Sie überspielte den Schauder, der ihr durch die Glieder lief, mit einem gekünstelten Lächeln. »Nicht seit ich bei dir bin.«

Sie sah ihm an, dass er sich über diese Worte freute.

»Da war noch etwas«, sagte er. »Etwas über Tiere, die zu dir kommen. Du hast nach ihnen gerufen.« Er stand auf, gleichfalls unbekleidet, und umarmte sie sanft. »Möchtest du, dass ich dir einen der Hundewelpen aus den Ställen bringen lasse? Du könntest ihn aufziehen, wenn du willst.«

Sie mochte den Geruch seiner Haut am Morgen und lehnte ihre Wange fest an seine Brust. »Ich glaube nicht, dass ich dafür die Richtige wäre.«

»Irgendwann werden wir Kinder haben. Dann wirst du ums Aufziehen nicht mehr herumkommen.«

Kinder! Am liebsten hätte sie ihm geradeheraus gesagt, dass es so weit nie kommen würde. Sein Gerede über Söhne und Töchter brachte sie noch um den Verstand.

Aber sie ließ sich nichts anmerken und drückte sich weiterhin eng an ihn. »Habe ich noch mehr gesagt?«

Er schüttelte den Kopf. »Nichts. Es war ja auch nur ein Traum.«

Im selben Augenblick begann draußen die Glocke der Kapelle zu läuten. »Du liebe Güte!«, entfuhr es Baan. Schlagartig ließ er sie los. »Die Messe fängt gleich an. Die Leute werden sich wundern, wenn wir nicht die Ersten sind, die da sind.«

Es klopfte an der Tür, und eine Zofe erkundigte sich dumpf durchs Holz, ob Fee Hilfe beim Ankleiden benötige. Baan rief zurück: »Das Fräulein schafft das heute allein.« Die Schritte der Zofe entfernten sich, und während Baan in seine Beinkleider schlüpfte, blickte er zu Fee herüber. »Das war doch in deinem Sinne, oder? Du hast selbst gesagt, dass du schneller mit dem Anziehen fertig bist, wenn keine Zofen um dich herum sind.«

Der Zorn in ihrem Blick überraschte ihn. »Ich würde es vorziehen«, sagte sie scharf, »solche Entscheidungen selbst zu treffen.«

»Verzeih«, entgegnete er erstaunt. »Ich wusste nicht –«

»Nein, du weißt nichts!«, fuhr sie ihn an.

»Wenn ich dich beleidigt habe, tut mir das Leid.« Er lächelte unsicher. »Ist es vielleicht möglich, dass du ein wenig übertreibst?«

Mit schnellen Schritten trat sie auf ihn zu und legte eine Hand um seinen Nacken, zog sein Gesicht zu ihrem herab. »Falls ich übertreibe, dann habe ich allen Grund dazu.« Eine Spur versöhnlicher fügte sie hinzu: »Ich hasse es, wenn du mich bevormundest. Du redest dann wie mein Onkel.« Plötzlich küsste sie ihn heftig auf den Mund, tastete nach seiner Zunge und schob zugleich eine Hand in seinen offenen Hosenbund.

Zu ihrem Erstaunen löste er sich nach kurzem Zögern von ihr. »Das geht jetzt nicht. Die Messe ...«

»Was bist du?«, fragte sie mit unterschwelligem Hohn. »Ein Pfaffensohn?«

Sein Blick verdüsterte sich. »Ich wurde zum Ritter geschlagen, Fee. Ich habe gelernt, den Herrn zu lieben und zu achten.«

»Liebst du ihn mehr als mich?« Sie trat so nah an ihn heran, dass ihre aufgerichteten Brustwarzen seine Haut berührten.

»Das ist etwas anderes, und das weißt du.« Er schob sie sanft von sich und tastete auf der Bank hinter sich nach seinem Wams.

»Hat er dich je so berührt, wie ich es tue? Hat er dich je so geküsst?«

»Fee, was soll das?« Baan zog das Hemd über und legte seinen Gürtel um. »Zieh dich an. Die Messe kann jeden Augenblick beginnen. Die Leute erwarten von uns, dass wir pünktlich sind.«

»Eben war es noch deine Achtung vor Gott, jetzt sind es plötzlich die Leute.« Fee stand immer noch nackt vor ihm und machte keine Anstalten, seiner Aufforderung nachzukommen. Die Heilige Messe wurde zweimal wöchentlich in der Kapelle neben dem Turm gelesen, von einem Einsiedlermönch, der einen halben Tagesritt entfernt in einer winzigen

Hütte hauste. Dies war die erste Messe seit ihrer Rückkehr von Burg Rheinfels. Fee erinnerte sich verschwommen, dass sie vorher tatsächlich stets an Baans Seite daran teilgenommen hatte; heute aber stieg bei dem Gedanken heftige Übelkeit in ihr auf.

»Wenn du willst, können wir später darüber reden«, sagte Baan. Er nahm Fees Kleid von der Bank und hielt es ihr entgegen. »Hier! Wir haben keine Zeit mehr.«

Sie beachtete weder seine Hand noch das Kleid darin. Stattdessen drehte sie sich um und ging zum Fenster. »Die Sonne scheint. Es wird bestimmt ein schöner Tag.«

»Was hast du nur plötzlich?«, fragte er hinter ihrem Rücken. »Du hast doch früher nichts an der Messe auszusetzen gehabt.«

Verträumt hielt sie ihr Gesicht in das einfallende Sonnenlicht, schloss dabei langsam die Augen. »Meinungen ändern sich. Auch meine.«

Das Glockenläuten brach ab.

Sie hörte das Kleid rascheln, als es zurück auf die Bank fiel. Baan ging mit hastigen Schritten zur Tür. »Ich werde dich entschuldigen. Ich werde sagen, du bist krank und musst das Bett hüten.«

»So ein schöner Tag«, flüsterte Fee noch einmal. »Ich denke, ich werde ein wenig schwimmen.«

Baan hatte es nicht gehört. »Bleib wenigstens im Zimmer, wenn du nicht willst, dass die Leute reden.« Er öffnete die Tür und trat auf den Flur. Noch immer schaute sie sich nicht zu ihm um.

»Die heiße Quelle ist heute bestimmt wunderbar«, sagte sie, aber da war Baan schon fort und hatte die Tür zugezogen.

Sie drehte sich um und ging zur Bank, auf der ihre Kleidung lag. Das Kleid ließ sie liegen – sie würde es im Wasser ohnehin nicht brauchen. Stattdessen warf sie sich nur einen Umhang über, verließ dann barfuss die Kammer.

Das Treppenhaus war menschenleer, die meisten Bediensteten nahmen an der Messe teil. Erst draußen vor dem Turm traf sie auf zwei Stallburschen. Die beiden starrten sie aus großen Augen an, als sie ihre blanken Beine unter dem Überwurf bemerkten. Kühl befahl Fee ihnen, ihr Lieblingspferd zu satteln.

Bald darauf trug das Tier sie aus dem Schatten des Turmes. Schon nach den ersten Schritten ließ sie den Umhang von den Schultern gleiten.

Sie hatte sich schon immer gewünscht, einmal nackt zu reiten.

Die sieben Spielleute taten ihr Möglichstes, damit Ailis sich in ihrer Gegenwart wohl fühlte. Die Tage rasten nur so dahin, Langeweile oder Stillstand schien es im Leben dieser Männer nicht zu geben. Die Benutzung der Spielmannswege war bald nichts Ungewöhnliches mehr, und Ailis wurde vertraut mit dem bizarren Zusammenspiel aus Klängen und Bildern, jenem wundersamen Strudel, der jene, die die Wege benutzten, von einem Ort zum anderen saugte.

Obwohl sie sich dem Geheimnis der Melodie hinter der Melodie schon so nahe gefühlt hatte, begriff sie nun, dass die wahre Bedeutung dieses Mysteriums für sie noch immer in weiter Ferne lag. Sie versuchte mühsam, sich die Klangfolge einzuprägen, welche die Spielmannswege öffnete, doch nicht ein einziger Ton blieb ihr im Gedächtnis. Mochte ihr Gehör noch so ausgereift sein, dem Zauber der rätselhaften Melodie war es nicht gewachsen.

Ailis folgte den sieben Spielleuten zurück in die wirkliche Welt, sah zu, wie sie in Gasthöfen und bei Bauernhochzeiten aufspielten, lernte von Springsfeld das Tanzen und von Sankt Suff, wie man log, ohne rot zu werden. Beim Tanzen stellte sie sich geschickter an als beim Lügen, doch der fette Spielmann versicherte ihr, sie werde schon bald dahinter kommen, wie man es richtig mache.

Besonders bemüht um sie war auch der dunkelhäutige Buntvogel, und binnen weniger Tage lernte sie seinen Rat, aber auch seinen klugen Witz zu schätzen. Einmal, als der Gauklertrupp in einem Badehaus für Männer aufspielen sollte, ersann Buntvogel einen Plan, wie man Ailis hineinschmuggeln könne, obwohl Frauen der Zutritt strengstens verboten war. Auf dem Marktplatz kaufte er ein altes Bärenfell, vernähte es mit einigen groben Nadelstichen zu einer Art Anzug und ließ Ailis unter dem Gelächter der anderen hineinschlüpfen. Der Schädel des Tieres war ausgehöhlt, roch dementsprechend, bot aber genug Platz für Ailis' Kopf. Als sie sich entrüstete, jeder Dummkopf würde diese Verkleidung durchschauen, wiegelte Buntvogel ihre Einsprüche ab und erklärte ihr, dass man bei all dem Wasserdampf im Badehaus kaum den Boden vor Augen sehen, geschweige denn einen echten Tanzbären von einem falschen unterscheiden könne.

Er sollte recht behalten. Der Auftritt im Badehaus verlief reibungslos, und Ailis sah zum ersten Mal in ihrem Leben so viele nackte und hässliche Männer auf einmal. Einer fragte gar, ob er den Kopf des Bären streicheln dürfe, und Buntvogel gestattete es ihm für ein beträchtliches Entgelt in Münzen und Wein. Am Ende war Ailis nass vor Schweiß und völlig entkräftet, aber sie fand, dass es die Mühe wert gewesen war. Mehr als einmal hatte sie in ihrer Maskerade so laut lachen müssen, dass Sankt Suff fester auf seine Pauke schlug, um die rätselhaften Laute aus dem Bärenmaul zu übertönen.

War das Gauklerleben für sie bis dahin voller Spaß und Leichtsinn gewesen, lernte sie zwei Tage später auch den Ernst ihres neuen Daseins kennen. Sie erfuhr, dass es unter den einzelnen Trupps von Spielleuten üble Streitigkeiten gab, manchmal gar offene Kämpfe.

Es begann damit, dass sie die anderen eines Abends am Lagerfeuer fragte, weshalb sie eigentlich keine echten Tanzbären mit sich führten. Sie erinnerte sich gut an Gauklertruppen, die ihr Publikum auf Burg Rheinfels mit waghalsigen Bärenkunststücken unterhalten hatten; dabei hatten den begeisterten Zuschauern die Münzen besonders locker gesessen.

Jammrich nahm einen glimmenden Zweig aus dem Feuer und entzündete damit seine geschwungene Pfeife. »Unter uns Spielleuten gelten solche, die Bären halten, als Abschaum«, erklärte er und paffte Rauchwolken in den Nachthimmel. »Die alten Götter müssen einen Grund gehabt haben, warum sie die Bären größer und stärker als uns Menschen machten, und es darf in keines Mannes Macht liegen, sich diese Tiere untertan zu machen. Verstehst du, was ich meine?«

Ailis zuckte mit den Schultern, und so fuhr Jammrich fort: »Glaubst du, die Bären tanzen, weil sie Spaß daran haben? Schon den Jungtieren werden Ringe durch die Nasen gezogen, man bindet ihnen die Kiefer zu, manchen werden die Augen ausgestochen. Danach quält der Gaukler den Bären jahrelang mit weiß glühenden Eisen, mit Messern und Schwertern und Lanzen, während andere dabei musizieren. Irgendwann ist der Verstand des Bären ausgelöscht, und er wiegt sich auch ohne Torturen hin und her, sobald nur jemand auf einem Instrument spielt. Für die Zuschauer sieht es aus, als tanze er – tatsächlich aber erleidet das Tier noch einmal all die Qualen, die es seit seiner Geburt erdulden musste.«

Sankt Suff nickte bestätigend. »Mit so was wollen wir nichts zu tun haben. Wir reiten ja nicht mal auf Pferden.«

»Ihr habt ja auch die Spielmannswege«, wandte Ailis ein, obwohl sie die Haltung der Männer zu schätzen wusste.

»Auch ohne die Wege würde keiner von uns ein Ross besteigen«, sagte Buntvogel und blickte in die Runde. Alle nickten. »Wenn dir von jung an alle Menschenwürde abgesprochen wird, so wie uns, dann lernst du die Würde anderer zu respektieren. Kein Tier soll mir je dienen, und den anderen geht es genauso.« Zustimmendes Gemurmel ertönte.

Jammrich beugte sich an Sankt Suffs Ohr und flüsterte etwas hinein. Ein Lächeln huschte über die feisten Züge des Dicken, dann gab er die Botschaft an Buntvogel weiter. Bald war das Flüstern reihum gewandert. »Warum nicht?«, fragte schließlich Samuel Auf-und-Dahin, der die Worte als letzter vernommen hatte.

Ailis, die sich über die Geheimnistuerei der Männer ärgerte, sah einen nach dem anderen finster an. »Hättet ihr die Güte, mir zu verraten, was –«

Jammrich unterbrach sie. »Willst du sehen, was wir mit jenen machen, die sich an Bären und anderem Getier vergreifen?«

»Diese Kerle haben sowieso längst mal wieder eine Abreibung verdient«, brummte Springsfeld.

Wirrsang pflichtete ihm bei. »Ich habe gehört, dass sie sogar am Hofe König Ludwigs aufgetreten sind.«

Sein stummer Bruder nickte.

»Gewiss im Gesindehaus«, knurrte Sankt Suff.

»Der König schätzt den Bärentanz«, widersprach Jammrich.

Sankt Suff rülpste lautstark. »Möge er an seinem königlichen Fraß ersticken.«

»Also?«, fragte Buntvogel Ailis. »Willst du dabei sein?«

Ailis seufzte. »Ganz wie ihr wollt.«

Schon sprangen alle auf. Springsfeld trat mit seinen langen Beinen das Feuer aus. Wenig später erklangen die ersten Instrumente. Ailis stellte sich zwischen Jammrich und Buntvogel. Sankt Suff, der auf seiner Pauke keine Melodie spielen konnte, hielt sich an die Brüder Wirrsang und Feinklang.

Die Spielmannswege trugen sie davon, rissen sie von ihrem Lagerplatz und schleuderten sie nach einer Weile im Chaos der Farben und Töne hinaus auf eine mondbeschienene Bergkuppe.

Ailis taumelte schwindelig nach vorne, und sie wäre gestürzt, hätte Buntvogel sie nicht im letzten Moment festgehalten. Der Augenblick, in dem sie wieder festen Boden unter den Füßen spürte, war stets wie ein heftiger Schlag unter ihre Fußsohlen, und die ersten zwei, drei Schritte taten entsetzlich weh. Dann aber verging der Schmerz, und auch der Schwindel ließ nach.

Von dem Berg aus blickte man hinab in ein bewaldetes Tal, durch dessen grünschwarzen Grund sich ein Fluss schlängelte. Nicht der Rhein, wie Ailis sogleich feststellte, dafür war dieser Strom zu schmal.

An der Rückseite des Berges führte der Hang seicht abwärts. Hohes Gras bog sich raschelnd im Nachtwind. Die Schräge ging nach einigen Schritten in ein kleines Plateau über, das wie eine umgedrehte Nase aus der Bergflanke stach. Von oben kommend war es leicht zu begehen, zum Tal hin aber wurde es durch eine steil abfallende Felswand geschützt. Ein hervorragender Lagerplatz, wenn man auf eine weite Aussicht und leichte Verteidigung Wert legte – vorausgesetzt freilich, der Feind war einem nicht überlegen. Dann nämlich wurde das Plateau zur Falle, deren einziger Zugang sich mühelos blockieren ließ.

Augenscheinlich rechnete die kleine Gruppe, die dort im Dunkeln lagerte, nicht mit einem Angriff. Ihr Feuer war nahezu heruntergebrannt. In seinem schwachen Schein lagen mehrere Gestalten, gekrümmt und in Decken gerollt. Ein einzelner Umriss saß leicht vornüber gebeugt an der Steilwand und spähte in die entgegengesetzte Richtung, hinaus über das dunkle Land.

Ailis hörte ein leichtes Schnauben, konnte aber erst nicht erkennen, woher es rührte. Dann erkannte sie fünf schwarze Silhouetten, einige Schritte von den Schläfern am Feuer entfernt. Die Bären lagen auf den Seiten, die mächtigen Pranken von sich gestreckt. Feuerschein glänzte auf dem Gewirr von Ketten, mit dem die Tiere an einen toten Baumstumpf gefesselt waren.

»Die sieben Zwerge«, flüsterte Jammrich Ailis zu.

»Die was?«

»So nennen sie sich. Die Sieben Zwerge und ihre hungrigen Bestien. Unter diesem Namen ziehen sie durchs Land und gaukeln den Menschen vor, die armen Kreaturen an ihren Ketten würden nur darauf warten, den einen oder anderen zu verschlingen.« Er schüttelte traurig den Kopf. »Ich bezweifle, dass diese Tiere überhaupt noch einen Zahn im Maul haben.«

»Sie reißen ihnen die Zähne aus?«, fragte Ailis erschüttert.

Jammrich nickte. »Es wäre nicht das erste Mal.«

Buntvogel beugte sich zu ihr herüber. »Wir haben sie bestimmt schon ein halbes Dutzend Mal aufgerieben und ihre Tiere befreit. Aber sie lassen nicht davon ab. Keiner von denen versteht sich gut genug auf sein Instrument, um die Spielmannswege zu benutzen, und so ziehen sie umher und hoffen, dass wir anderen sie nicht bemerken. Aber irgendwer läuft ihnen immer über den Weg, und Nachrichten wie diese sprechen sich im Wirtshaus schnell herum. Wir sind nicht die einzigen, die ihnen hin und wieder die Leviten lesen.«

»Wir sollten ihnen ein für allemal die Schädel einschlagen«, meinte Sankt Suff grimmig und hieb sich mit der Faust in die offene Hand. »Das hab ich schon beim letzten Mal gesagt, aber es hört ja keiner auf mich.«

»Ailis«, sagte der Lange Jammrich, »wenn du willst, dann warte hier oben auf uns. Wir erledigen das besser ohne dich.«

Sie schüttelte den Kopf, wenn auch widerwillig. »Ihr habt gesagt, ich sei jetzt eine von euch«, sagte sie mit betont fester Stimme. »Also will ich dabei sein.«

»Ha!«, machte Sankt Suff begeistert. »Ich wusste, dass du Mumm in den Knochen hast.« Und dabei schlug er ihr mit seiner gewaltigen Pranke so hart auf die Schulter, dass beinahe ihre Knie nachgaben.

In einer Reihe schlichen sie den Hang hinunter. Das Gras reichte den Männern bis zu den Hüften, Ailis sogar bis zum Bauchnabel. So lange der Wächter dort unten in die andere Richtung schaute, würde sie ohnehin keiner bemerken.

Einmal wandte Ailis sich flüsternd an Buntvogel: »Warum benutzt eigentlich keiner die Spielmannswege, um in die königlichen Schatzkammern zu gelangen?«

Der Mischling sah sie entrüstet an. »Vielleicht sehen wir nicht so aus, aber auch wir haben unsere Ehre.«

Sie fragte nicht weiter, denn sie wollte ihn und die anderen

nicht beleidigen. Außerdem waren sie dem Lager der Bären-
bändiger nun so nahe, dass jedes Wort ihre Ankunft verraten
hätte. Der Wind trieb ihnen den scharfen Geruch der Tiere
entgegen; ein Glück, denn so wurden auch die Geräusche ihrer Schritte davon geweht.

Je näher sie kamen, desto deutlicher erkannte Ailis, wie
klein die schlafenden Gestalten am Feuer waren. Es waren in
der Tat Zwerge. Nicht etwa die wuchtigen, langbärtigen Wesen aus den Legenden, sondern kleingewachsene, ziemlich
schmächtige Männer mit schwarzem Haar und buschigen
Schnauzbärten. Der Wächter sang leise vor sich hin, in einer
Sprache, die Ailis nicht verstand. Jammrich hatte erwähnt,
dass ein Großteil der Tanzbärentreiber aus Ungarn stamme,
einem Königreich im Osten, wo wilde Tiere hinter jedem
Busch und Baum lauerten.

Die Spielleute hatten sich ihre Instrumente auf die Rücken
gebunden. Sankt Suffs Pauke war fast so groß wie sein mächtiger Leib; auf seinem Rücken sah sie aus wie ein Schildkrö-
tenpanzer. Sein Umriss im Dunkeln war ein groteskes Zerrbild, halb Mensch, halb Ungetüm. Die Spielmänner hatten
ihre Dolche gezogen, auch Ailis hatte zögernd nach ihrem
Schwert gegriffen. Ihr war mehr als nur unwohl zu Mute.
Ihre Freunde wollten doch nicht tatsächlich um der Bären
willen Blut vergießen?

»He!«, rief da der Lange Jammrich aus. »Aufwachen, ihr
faulen Säcke!«

Der Wächter fuhr herum und wäre vor Schreck fast die
Felswand hinabgepurzelt, hätte Springsfeld nicht einen
Satz nach vorne gemacht, um den kleinen Mann am Kragen zu packen. Lachend hielt er den zappelnden Kerl über
den Abgrund, während die übrigen aus dem Schlaf auffuh-
ren und sogleich in unverständliches Gebrabbel verfielen.

Einer fuchtelte mit einem langen Messer, doch Sankt Suff schenkte ihm einen so mörderischen Blick, dass der Kleine die Waffe sogleich wieder sinken ließ. Feinklang nahm sie ihm mit einem freundlichen Lächeln ab und schleuderte sie über die Felskante. Klirrend schlug sie irgendwo in der Tiefe auf.

Jammrich beugte sich zu einem der Männer vor, kleinwüchsig wie die anderen, aber mit stolzem, hartem Gesicht. »Ihr wisst, weshalb wir hier sind«, sagte der Spielmann zu dem Zwerg.

Der Bärentreiber stemmte die Hände in die Hüften und erwiderte Jammrichs Blick mit hasserfüllten Augen. »Ich kenne dich, Musikant«, sagte er mit starkem Akzent. »Wie habt ihr uns diesmal gefunden?«

»Der Geruch!«, entgegnete Jammrich mit breitem Grinsen. »Wir haben Wetten abgeschlossen, ob ihr oder eure Bären so stinken.«

Die Faust des kleinen Mannes war unverhältnismäßig groß für seinen verkümmerten Körperwuchs, und sie traf Jammrich mit solcher Wucht und Schnelligkeit in den Magen, dass einen Augenblick alle vor Überraschung erstarrten. Jammrich brach mit einem Keuchen zusammen und blieb verkrümmt am Boden liegen.

Sankt Suff stiefelte entrüstet auf den Anführer der Zwerge zu, doch Samuel Auf-und-Dahin hielt ihn zurück. »Nicht!«, sagte er scharf. »Das wird Jammrich eine Lehre sein, den Mund nicht so voll zu nehmen.«

Der Bärentreiber stieg ungerührt über den keuchenden Jammrich hinweg, würdigte die anderen Spielleute keines Blickes und ging hinüber zu den Bären. Die Tiere hatten sich in ihren Kettengeschirren aufgesetzt und dem Geschehen über die Ränder ihrer Maulkörbe hinweg zugesehen. Der

Zwerg zog einen langen Schlüssel aus seinem Wams und öffnete mehrere Vorhängeschlösser. Rasselnd glitten die Ketten durch die Stahlringe an den Halsbändern der Tiere. Dann öffnete er die Halsringe, zuletzt die Maulkörbe. Schließlich wurden die Tiere von keinen Fesseln mehr gehalten. Verwirrt blickten sie zu den Menschen herüber und rührten sich nicht von der Stelle.

Der Ungar kehrte zurück ans Feuer, wo Jammrich sich gerade aufsetzte. Er stöhnte noch immer und hielt sich den Bauch. Sein Gesicht und das des Zwerges waren jetzt auf einer Höhe. »Die Tiere sind frei«, sagte der kleine Mann in höhnischem Tonfall. »Nehmt sie mit, wenn ihr könnt.«

Die Spielleute blickten einander fragend an, sogar Sankt Suff war um eine Antwort verlegen.

»Was habt ihr früher mit ihnen gemacht?«, wisperte Ailis in Buntvogels Ohr.

Der Spielmann zuckte mit den Schultern. »Sie sind immer sofort fortgelaufen, sobald sie frei waren.«

»Ihr seid wirklich wahre Helden«, bemerkte sie spitz, steckte ihr Schwert ein und ging an den Männern vorbei hinüber zu den Bären. Buntvogel wollte sie zurückhalten, aber sie schüttelte seine Hand einfach ab.

»Ailis!«, keuchte ihr Jammrich hinterher. »Geh nicht hin! Die werden dich zerfleischen!«

»Ohne Zähne?«, entgegnete sie spöttisch und trat allein vor die Tiere.

Der vorderste der fünf Bären riss das Maul auf und stieß einen markerschütternden Schrei aus. Fänge, so lang wie Ailis' Daumen, blitzten im Mondlicht.

Vor Schreck war sie einen Augenblick lang wie gelähmt. Keine Zähne, hatte Jammrich gesagt. So weit sie sehen konnte, fehlte diesem hier nicht ein Einziger. Im Gegenteil: Die

Kiefer des Bären sahen aus, als wären sie mit weißen Klingen bestückt, und jede einzelne wirkte scharf und lang genug, um einem Menschen den Garaus zu machen.

Sie hatte Angst, gewiss, spürte sogar Panik in sich aufsteigen. Aber sie konnte jetzt nicht mehr umkehren. So viel zumindest hatte sie von ihrem Vater gelernt: Dreh keinem Tier jemals den Rücken zu, sonst erkennt es sofort die Beute in dir. Aber ihr Vater war Jäger, und er ging auf die Tiere zu, um sie zu töten; sie hingegen wollte den Bären helfen. Sie setzte all ihr Vertrauen in die Hoffnung, dass die Tiere dies auf irgendeine Weise wittern würden.

Hinter sich hörte sie den Anführer der Ungarn lachen, einige seiner Männer fielen leise mit ein. Buntvogel und die anderen zischten ihnen zu, sofort etwas zu unternehmen, doch der Ungar kicherte nur und sagte, er habe die Tiere befreit, werde sich aber lieber schlagen lassen, als sich ihnen noch einmal zu nähern.

Ailis' Augen kreuzten den Blick des vorderen Bären. Auch die vier anderen Tiere regten sich, erhoben sich als schwarze Kolosse aus Pelz und Klauen über dem Rand des Plateaus.

Jemand in ihrem Rücken rief ihren Namen, doch sie erkannte nicht, wer es war. Rund zehn Schritte lagen zwischen ihr und dem Feuer, und mit einem Mal wusste sie selbst nicht mehr, was in sie gefahren war, geradewegs auf diese Bestien zuzugehen.

Aber waren sie das denn wirklich – Bestien?

Ailis presste die Lippen aufeinander. Etwas stieg in ihr auf, verdrängte ihre Furcht, brachte Gleichmut und – ja, Gewissheit. Sie konnte es schaffen!

Leise begann sie, eine Folge von Tönen zu summen. Die Klänge schienen sich ganz von selbst zu bilden, als wachse etwas in ihr heran, von dessen Existenz sie bislang nichts gewusst hatte. Es war eine Melodie, ohne Zweifel.

Und plötzlich begriff sie auch, woher sie stammte. Wer sie gesungen hatte. Was sie bewirkte.

Die Bären stiegen auf die Hinterbeine, alle fünf zugleich.

Ailis versuchte, sich auf die Augen der Tiere zu konzentrieren. Sie blickte tief hinein in diese dunklen, schimmernden Pupillen, jede so groß wie eine Münze. Sie sah Erkennen darin, ein Gefühl von Zusammengehörigkeit. Die Melodie bewirkte etwas in diesen Tieren, ließ sie alle Befehle und Foltern vergessen, löschte die Dressur aus ihrem Denken, sogar jene letzte grausame Order, die sie zwang, selbst ohne Ketten nicht fortzulaufen.

Schwankend kamen die fünf Giganten auf Ailis zu, bildeten einen Kreis um sie, setzten sich. Senkten die mächtigen Schädel. Fünf feuchte Nasen berührten Ailis Hände und Beine, schnüffelten den Geruch ihres Körpers, erkundeten ihre Haut.

Die Melodie schien sich aus sich heraus zu erschaffen, aber tief in ihrem Inneren wusste Ailis, dass sie selbst diejenige war, die ihren Verlauf bestimmte. Sie hatte gehört, wie das Echo die Tiere zum Lurlinberg rief. Nun musste sie die Töne umkehren, den Lockgesang und seine Wirkung ins Gegenteil wenden. Und obgleich sie nicht wusste, wie es zu tun war, tat sie es doch einfach! Es geschah fast ohne ihr Zutun, als erinnere sich etwas in ihr an längst vergessene Gesetze und Regeln. Ihr war, als höre sie, wie eine andere diese Töne ausstieß, dieses leise, lang anhaltende Summen, das zugleich so traurig und so hoffnungsvoll klang.

Die Bären setzten sich in Bewegung, glitten in ihrem unbeholfen wirkenden Schlendergang den Hang hinauf, hoch zur Bergkuppe, gewaltige Silhouetten vor dem klaren Sternenhimmel. Sie überschritten den höchsten Punkt des Berges und trotteten auf der anderen Seite wieder hinunter, verschmolzen mit der Nacht und dem Boden und der Dunkelheit der Wälder.

Vor Ailis schien die Wirklichkeit einen Vorhang aufzureißen, schlagartig, und plötzlich war sie wieder sie selbst, einfach nur ein Mädchen, das nichts von dem völlig begriff, was um es herum geschah. Hinter ihr begannen die Spielleute zu jubeln.

Jammrich war als Erster heran, obwohl er vor Schmerzen noch immer leicht gebeugt lief.

»Liebe Güte«, keuchte er atemlos. »Wie, bei allen Göttern, hast du das gemacht?«

Auch die anderen eilten zu ihr. Buntvogel hob sie auf Sankt Suffs breite Schultern. Von dort oben, über dem Beifall und den Fragen und dem befremdlichen Gefühl von Triumph schwebend, sah sie, wie die sieben Zwerge davonliefen, Hals über Kopf flüchteten, ohne ihre Sachen zu packen.

Das war ich, dachte sie wie betäubt, und abermals bekam sie Angst. Nicht vor den Bären. Nicht vor der magischen Melodie.

Jetzt hatte sie nur noch Angst vor sich selbst.

Am Abend kündigte Baan seiner Gemahlin den Besuch eines alten Freundes an. »Er heißt Ortolt«, sagte er. »Ich bin sicher, du wirst ihn mögen.«

Fee schenkte ihm ein Lächeln. »Wenn er dein Freund ist, wird er auch meiner sein.«

»Er will dich kennen lernen, seit ich zum ersten Mal von dir sprach.«

»Du hast mir nie von ihm erzählt.«

»Wir haben uns eine Weile nicht mehr gesehen, zum letzten Mal kurz nach meinem ersten Besuch auf der Burg deines Onkels.«

»Warum war er nicht hier, als wir Hochzeit feierten?«

Baan zögerte einen Augenblick. »Ortolts einziger Sohn starb, als er seinem Vater beim Turnier die Waffe reichte. Ortolt verlor die Gewalt über sein Pferd, es scheute und trampelte den Kleinen nieder. Er war erst sechs. Seitdem hat Ortolt das Feiern verlernt.«

»Wie traurig«, sagte Fee und versuchte, betroffen zu klingen.

Baan nickte. »Ich habe die Mägde bereits angewiesen, das Gästezimmer für dich zu bereiten.«

Fee hob die Augenbrauen. »Für mich?«

»Die Gastfreundschaft gebietet es, dass Ortolt in einem Bett mit dem Gastgeber schläft.«

Sie legte ihren Löffel ab, schob abrupt den Stuhl zurück und sprang auf. »Dein Freund soll in unserem Ehebett liegen? An deiner Seite?«

Baan sah verwundert zu, wie sie wutentbrannt um den Tisch herum auf ihn zukam. »Ich habe diese Regel nicht gemacht«, entgegnete er, sichtlich erstaunt über ihre Erregung.

»Dann haben wir ja keinen Grund, uns daran zu halten«, gab sie scharf zurück und blieb neben ihm stehen.

Er wollte nach ihrer Hand greifen, doch sie entzog sie ihm. »Fee, bitte! Du weißt, dass du Unsinn redest. So sind nun einmal die Gesetze der Gastfreundschaft, und ich gedenke nicht, gerade vor einem meiner besten Freunde dagegen zu verstoßen.«

»Du willst einen Mann in dein Bett holen!«

»Du liebe Güte!«, entfuhr es Baan aufgeregt. »Es ist eine Geste, sonst nichts.«

In Fee brodelte ein so unbändiger Zorn, dass sie sich kaum noch zurückhalten konnte. Sie war drauf und dran, den Gesang einzusetzen, um Baan umzustimmen. Dann aber kam ihr ein besserer Gedanke.

Einen Augenblick lang erstarrten ihre Züge, dann atmete sie scharf aus, drehte sich mit einem Ruck um und ging zurück zu ihrem Stuhl.

»Wann wird dein Freund hier sein?«, fragte sie und setzte sich wieder.

Baan seufzte, erleichtert, dass sie zur Vernunft gekommen war. »Morgen früh. Sein Bote sagte, Ortolt und seine Männer wollen ein letztes Mal am Südrand des Hochmoors lagern, um bei ihrer Ankunft ausgeruht zu sein. Falls sie bei Sonnenaufgang dort aufbrechen, sollten sie noch vor dem Mittagsmahl hier sein.«

Fee nickte. »Dann werde ich schon heute Nacht im Gästezimmer schlafen.«

Er verzog das Gesicht. »Du bist trotzig wie ein alter Ziegenbock.«

»Vielleicht tut es dir ganz gut, mich ein wenig zu vermissen.«

»Was erwartest du? Dass ich auf Knien an dein Bett gekrochen komme?«

Sie schenkte ihm ein aufreizendes Lächeln. »Nicht die übelste Vorstellung.«

Er grinste. »Wir werden sehen, wer wen vermisst!«

Auch Fee verzog die Mundwinkel. »Das werden wir.«

Baan erhob sich und prostete ihr mit seinem Weinbecher zu. »Sei versichert, dass ich nicht an deine Tür klopfen werde.«

Genau das will ich ja, du Narr!, dachte sie hämisch, sagte aber stattdessen: »Ich wäre untröstlich.«

Baan kam um die Tafel herum zu ihr, küsste sie mit siegessicherem Lächeln und zog sich dann zurück ins Schlafgemach. Fee saß noch eine Weile länger da und nippte gedankenverloren an ihrem Wein. Er stammte von den Ländereien ihres Onkels und erinnerte sie an zu Hause.

Schließlich erhob sie sich und überprüfte, ob die Mägde die Gästekammer zu ihrer Zufriedenheit hergerichtet hatten. Sie befahl, ihre Kleiderkiste aus dem Schlafgemach zu holen, und verlangte zudem eine zweite Decke, um alle zu überzeugen, dass sie tatsächlich gewillt war, die Nacht hier zu verbringen.

Später, die Sonne war längst untergegangen und der Mond glänzte kalt am schwarzen Himmel, entkleidete sie sich, zog ihre ledernen Reithosen über, dazu ein dickes, wollenes Wams und einen langen Umhang mit Kapuze. Sie öffnete die Tür einen Spaltbreit und horchte hinaus. Stille lag über dem Turm. Die meisten Bediensteten waren daheim in den Hütten ihrer Familien. Baans Leibdiener und Fees Zofe, die einzigen, die Kammern im Turm bewohnten, hatten sich längst zurückgezogen. Fee hoffte, dass auch Baan mittlerweile eingeschlafen war.

Sie trat hinaus auf den Flur und zog leise die Tür hinter sich zu. Lautlos schlich sie die steinerne Wendeltreppe hinab und schob den Riegel des Hauptportals beiseite. Die Nacht war kühl, Windstöße fegten über die Hochebene. Fee huschte über den Vorplatz wie der Schatten eines Vogels im Mondlicht. Nahezu unsichtbar eilte sie hinüber zum Pferdestall.

Ein paar Rösser schnaubten leise, als Fee an ihnen vorüberging. Hastig sattelte sie ihre weiße Stute und führte sie am Zügel ins Freie. Noch einmal schaute sie hinauf zum Fenster des Gemachs, das sie sonst mit Baan teilte, und erkannte zufrieden, dass dahinter kein Kerzenlicht brannte.

Der Schimmel trug sie hinaus in die Ebene, nach Nordosten, durch windgepeitschtes Gras im weißen Schein des Mondes, fort vom Turm und dem mächtigen Wall des Kratersees.

Sie ritt fast die halbe Nacht hindurch und änderte zweimal die Richtung, weil sie befürchtete, in der endlosen Einöde ihr Ziel zu verfehlen. Das Hochmoor, an dessen Rand Baans Freund lagerte, war gewaltig, und bald schon erkannte sie es in der Ferne vor sich, ein weit verzweigtes Netz aus Wasseradern und Tümpeln, zwischen denen sich winzige Inseln erhoben. Der Mond entzog der Szenerie alle Farben. Verkrüppelte Sumpfbäume beugten sich vornüber, grau und blattlos wie eine Heerschar versteinerter Gerippe. Der Wind trieb leichten Schwefelgeruch heran, vermischt mit dem Duft von Moos und feuchtem Gras.

Fee zügelte ihr Pferd und schlug die Kapuze zurück, um sich besser umschauen zu können. Rechts von ihr, zwanzig, dreißig Speerwürfe weiter östlich, glühte ein heller Punkt in der Dunkelheit. Nach einer Weile erkannte sie dahinter die schwarzen Umrisse von Zelten. Drei, wenn sie sich nicht täuschte.

Fee musste nicht mehr in ihr Inneres lauschen, um den Ratschlag des Anderen zu erfragen; endlich waren sie ineinander aufgegangen, untrennbar verwoben, und seine Gedanken waren die ihren. Sie wusste genau, was zu tun war.

Sie hieb ihrem Ross die Fersen in die Flanken und ließ das Tier galoppieren, bis sie die halbe Strecke zum Lager Ortolts zurückgelegt hatten. Dann verringerte sie die Geschwindigkeit, trabte noch ein Stück weiter, sprang schließlich aus dem Sattel und führte das Pferd zu Fuß weiter. Der weiche, wasserdurchtränkte Boden dämpfte ihre Schritte, schluckte sogar die Laute der Pferdehufe. Hin und wieder huschten kleine Tiere vor ihr durchs Gras, aus dem Schlaf geschreckt oder auf der Jagd nach Beute.

Sie konnte das Lagerfeuer jetzt deutlich vor sich sehen, auch die drei hohen, mit Wappen geschmückten Zelte. Zwei Männer saßen unweit der Flammen und flüsterten miteinander. Fee band ihr Pferd an einen Strauch und legte das letzte Stück allein zurück.

Ehe die beiden Wächter sie entdecken konnten, stieß sie eine spitze Tonfolge aus, so hoch, dass sie mit menschlichen Ohren kaum zu vernehmen war. Die Männer fassten sich an die Schläfen, Entsetzen erschien auf ihren Gesichtern. Blutige Rinnsale schossen aus ihren Augen, den Ohren und Nasenlöchern. Als einer den Mund aufriss, quoll ein solcher Blutschwall hervor, dass sein Schrei in einem grässlichen Gurgeln erstickte. Gleichzeitig sackten die Männer zusammen und blieben reglos am Boden liegen. Einer fiel mit der Hand ins Feuer, doch er spürte nicht mehr, wie die Flammen nach seinen Fingern leckten und an seinem Ärmel hinauf zur Schulter krochen. Bald loderte der ganze Leichnam lichterloh.

Zeltplanen flogen zur Seite und mehrere Männer sprangen ins Freie, brüllten aufgeregt durcheinander, packten Schwerter und Speere, blickten suchend ins Dunkel. Einer entdeckte Fee in der Dunkelheit, ein schwarzer, regloser Schemen mit wehendem Umhang. Er hob den Arm in ihre Richtung und wollte die anderen warnen, doch da färbten sich seine Augen schon dunkelrot wie reife Kirschen, seine Hand ließ das Schwert fallen, fuhr an seine Brust. Etwas in ihm zerriss, zerplatzte wie ein übervoller Weinschlauch. Röchelnd sank er zu Boden, genauso wie all seine Gefährten. Das Feuer griff um sich, sprang auf weitere Körper über, setzte eines der Zelte in Brand.

Ein einzelner Mann trat aus einem der unversehrten Zelte, mit Brustharnisch und weitem Mantel, auf seinem Kopf ein Helm mit blauem Federbusch. Ortolt hatte sich gerüstet, bevor er sich den vermeintlichen Gegnern stellte; für einen Ritter gehörte es sich nicht, im Nachtgewand zu kämpfen.

Rotgelber Feuerschein spiegelte sich im Visier seines Helmes und auf dem Metall seines Brustpanzers – es sah aus, als stünde er selbst in Flammen. Er blickte auf die Leichen seiner Begleiter herab, und Fee vermochte nur zu erahnen, was in ihm vorging. Ein dumpfer Aufschrei aus Zorn und Trauer drang unter dem Helm hervor, übertönte das Knistern der Flammen und sogar das angstvolle Wiehern der Pferde auf der anderen Seite der Zelte.

Fee ließ Ortolt genug Zeit, um sie zu bemerken. Er zögerte einen Augenblick, suchte vergeblich nach weiteren Angreifern. Dann machte er zwei, drei überhastete Schritte auf sie zu und blieb abermals stehen, nur noch drei Mannslängen von ihr entfernt.

»Wer bist du, Hexe?«, brüllte er.

Fee antwortete mit der Stimme eines kleinen Jungen. »Vater?«, fragte sie unschuldig.

Ortolt legte den behelmten Kopf schräg, lauschte.

Abermals erklang die Stimme seines Sohnes. »Töte diese Hexe für mich, Vater! Sie hält meine Seele gefangen!«

Ortolt stürmte los, mit lang gezogenem Kampfschrei und erhobenem Schwert. Fee lachte ihm ins Gesicht, höhnisch und kalt, und als er seine Schwertklinge kreisen ließ, stieß sie einen spitzen, scharfen Ton aus.

Blut explodierte aus den Sehschlitzen des Helmes. Das

Schwert flog in weitem Bogen davon. Ortolt brach im Laufen zusammen, schlug der Länge nach auf den Bauch. Sein Helm rollte in einem unmöglichen Winkel beiseite, als säße nichts mehr auf seinen Schultern, das ihm Halt gab. Der Körper des Ritters zuckte noch einen Augenblick lang, seine Finger öffneten und schlossen sich, dann erstarben seine Bewegungen.

Fee raffte den Saum ihres Umhangs hoch und stieg über den Toten hinweg. Das zweite Zelt hatte ebenfalls Feuer gefangen und die Kleidung der meisten Leichen brannte. Fee nahm einen lodernden Ast aus dem Feuer, entzündete auch das letzte Zelt und die unversehrten Toten, hob einen Dolch auf und ging hinüber zu den Pferden. Die Tiere standen kurz vor einer Panik, stampften mit den Hufen, stießen schnaubend Luft aus ihren Nüstern. Fee zerschnitt ihre Zügel und sah zu, wie die Rösser hinaus in die Finsternis preschten, fort vom Moor, als witterten sie, dass dort der Tod auf sie lauerte.

Zuletzt ging sie zurück zu ihrem Schimmel, schleuderte den Dolch in ein Wasserloch und zog sich in den Sattel.

Das Fanal des brennenden Lagers wütete hinter ihr am Horizont wie ein feuriger Sonnenaufgang, doch als der Tag tatsächlich anbrach, lag sie längst in ihrem Bett und träumte. Träumte von Felsen und Gittern und von Baans zärtlicher Berührung.

Der Pfeiferkönig hatte zur großen Versammlung geladen und die meisten Spielleute folgten ergeben seinem Ruf.

Das Treffen fand auf einem Hügel statt, irgendwo im Odenwald, wo es weithin nichts gab als dichtes, unwegsames Dickicht. Nur ein einziger Pfad führte hierher, für jene, die sich nicht auf die Benutzung der Spielmannswege verstanden. Alle anderen aber erschienen nach und nach wie aus dem Nichts, standen plötzlich da, vom Hauch einer verklingenden Melodie umgeben.

Der Hügel bildete eine große, nahezu kreisrunde Lichtung. Auf seiner Kuppe war aus frisch gefällten Bäumen ein Podest errichtet worden, auf dem der Pfeiferkönig saß und Hof hielt. Nach und nach trat jeder der Anwesenden vor ihn und entrichtete einen gewissen Münzbetrag als jährlichen Tribut an die Zunftgemeinschaft. Manche baten auch um Ratschläge oder Freundschaftsdienste, andere, die krank oder verletzt waren, um Zuwendungen aus dem Zunftvermögen.

Ailis und ihre Begleiter erreichten den Hügel am frühen Morgen. Sieben Tage war es her, dass Ailis Burg Rheinfels verlassen hatte, und keine Nacht war vergangen, in der sie nicht wachgelegen und an Fee, Erland und die Naddred gedacht hatte. Sie kam sich vor wie eine Verräterin, schuldig an Fees Schicksal, schuldig auch am Auftauchen der Druiden und der Gefahr, die von ihnen ausging.

Und was tat sie derweil? Zog mit einem Haufen Verrückter durchs Land, hörte ihrem wirren, wenn auch lustigen Geschwätz zu und gab sich nebenbei alle Mühe, das Musizieren zu erlernen. Buntvogel hatte ihr eine Flöte geschenkt, fast so lang wie ihr Arm, und wann immer sie Zeit dazu fand, versuchte sie, Melodien darauf zu spielen.

Die sieben Spielmänner hatten einiges Aufheben um die Bändigung der Bären gemacht. Dutzende Fragen hatten sie gestellt, doch im Grunde liefen sie alle auf das Gleiche hinaus: Woher kannte Ailis die Melodie, mit der sie die Bären besänftigt hatte?

»Sie war einfach in mir«, gab sie immer wieder zur Antwort, obgleich sie damit selbst nicht zufrieden war. Sicher, es war die Melodie des Echos gewesen, doch zugleich war sie auch etwas vollkommen anderes. Denn Ailis hatte nicht einfach das Gehörte wiedergegeben; stattdessen hatte sie es nach ihrem eigenen Willen neu geformt und so angewendet, wie sie es für richtig hielt.

Nachdem sie wieder zur Besinnung gekommen war, hatte sie eine Weile lang befürchtet, vielleicht sei doch ein Teil des Echos in sie geschlüpft, ohne dass sie selbst es bemerkt hatte. Der Gedanke war entsetzlich, und – sie konnte nicht anders – sie musste ihn mit den anderen teilen. Jammrich und die übrigen Spielmänner beruhigten sie: Trotz all seiner unheilvollen Fähigkeiten war das Echo gewiss nicht in der Lage, sich nach Belieben in Stücke zu teilen. Mochte auch wenig über das Wesen der Echos bekannt sein, etwas Derartiges hätte sich fraglos längst herumgesprochen.

Dennoch ließ sich nicht leugnen, dass irgendetwas mit Ailis geschehen war.

Schon einmal war sie zu dem Schluss gekommen, dass das Echo sie vor allem wegen ihrer scharfen Ohren als Opfer ausgewählt hatte. Aber da musste mehr sein als nur das. Was, wenn sie nicht nur über ein ungewöhnlich gutes Gehör verfügte, sondern zudem über ein Gefühl für Töne und Klänge, das anderen Menschen fehlte? Vielleicht war sie deshalb so anfällig für die Gesänge des Echos.

Kehrte sich damit ein bisheriger Nachteil zu ihrem Vorteil um? Konnte sie, wenn sie nur lange genug an sich arbeitete, das Echo mit seinen eigenen Waffen schlagen?

»Unmöglich«, entmutigte Jammrich sie, als sie den Hügel zum Thron des Pfeiferkönigs hinaufstiegen. »Das Echo ist Äonen alt. Selbst wenn du wirklich über einige seiner Fähigkeiten verfügtest, müssten sie jahrtausendelang weiterentwickelt werden, um sie zur selben Reife zu bringen.« Er legte ihr freundschaftlich eine Hand auf die Schulter. »Doch davon jetzt genug. Der Pfeiferkönig erwartet uns. Wenn du wirklich eine von uns werden willst, wirst du vor ihm den Eid ablegen müssen.«

Das Oberhaupt der Spielmannszunft war ein großer Mann, älter als Jammrich und die anderen, mit sanften, wachsamen Augen. Sein Blick fiel schon von weitem auf Ailis und ihre Begleiter. Er empfing sie freundlich, und es lag kein Spott in seiner Stimme, als er sagte: »Da bist du ja, Ailis Toröffner. Hast du gewusst, dass man dich so nennt?«

Sie schüttelte den Kopf. »Ich habe das Tor nicht geöffnet.«

»Natürlich nicht«, entgegnete er mit verständigem Nicken. »Aber die Naddred glauben, dass du es getan hast. Sie denken, du warst drüben, in Faerie, und bist von dort zurückgekehrt. Sie suchen überall nach dir, und die Kunde von dir und deinen Taten wandert von Mund zu Mund und macht dich mit jedem Mal ein wenig mutiger und heldenhafter.«

»Daran liegt mir nichts«, entgegnete sie mit erhobenem Haupt.

»Auch davon hörte ich«, sagte der Pfeiferkönig. »Bescheidene Menschen begegnen mir leider nur noch selten. Die meisten, die sich hier herumtreiben, sind unverbesserliche Großmäuler.« Mit einem Lächeln blickte er zum Langen Jammrich hinüber. »Nicht wahr, mein Freund?«

Jammrich grinste lausbübisch. »Du bist nicht der Erste, der mein wahres Wesen verkennt.«

»Wohl kaum«, sagte der König der Spielleute und lachte. »Der Letzte hat dir die Nase gebrochen, wie ich hörte.«

Jammrich machte eine Handbewegung, als wollte er die

Worte des Pfeiferkönigs beiseite fegen. »Das ist fast zehn Monde her. Alte Geschichten taugen nichts in unserem Gewerbe, das weißt du.«

»Wohl gekontert, mein Freund«, meinte der König schmunzelnd und schaute dann Ailis an. »Du willst also eine von uns werden?«

»Ja«, kam Buntvogel ihr zuvor und trat aus dem Pulk der Spielleute an ihre Seite.

»Ich kann für mich selbst sprechen«, zischte sie ihm zu.

Er sah sie an und flüsterte: »Das weiß ich. Trotzdem brauchst du einen Fürsprecher. Als Nächstes wird er dich nämlich fragen –«

»Welches Instrument spielst du?«, unterbrach ihn der Pfeiferkönig.

»Flöte, Herr«, erwiderte sie.

»Nenn mich nicht Herr, denn das bin ich nicht. Ich bin ein Spielmann wie alle anderen hier. Glaub nur nicht, dass ich das ganze Jahr auf diesem verfluchten Thron herumsitze, hart und hölzern wie er ist! Morgen werde ich wieder wie der Rest von uns durch die Lande ziehen und mit meiner Musik um ein paar Münzen betteln.«

Ailis nickte schweigend. Die anderen hatten ihr von dem Wettstreit erzählt, mit dessen Hilfe alle fünf Jahre der neue Pfeiferkönig bestimmt wurde. Wer sein Instrument am besten beherrschte und sich zudem durch Klugheit und Geschick mit Worten hervortat, auf den fiel die Wahl der Spielmannszunft.

»Du spielst also Flöte«, sagte der Pfeiferkönig ernst. »Wie gut?«

»Nicht sehr, fürchte ich.« Tatsächlich konnte von Spielen kaum die Rede sein. Bislang war sie schon froh, wenn ihre Finger auf der Flöte die richtigen Öffnungen trafen.

Buntvogel griff abermals ein. »Wir werden sie alles lehren, was nötig ist.«

»So, so«, sagte der Pfeiferkönig, und seine Augen verrieten Heiterkeit. »Feine Lehrmeister hast du dir da ausgesucht, Ailis.«

»Mir sind gute Freunde wichtiger als gute Lehrer«, gab sie zurück. Buntvogel zwinkerte ihr zu, und irgendwo hinter ihr räusperte sich Sankt Suff.

Der Pfeiferkönig schien einen Augenblick nachzudenken, dann hellten sich seine Züge abermals auf. »Mir scheint«, verkündete er lächelnd, »dann steht einer Aufnahme in unsere Gemeinschaft nichts entgegen. Wie alt bist du, Ailis?«

»Sechzehn Jahre.«

»Du hast das Schmiedehandwerk gelernt, nicht wahr?«

»Bei Meister Erland auf Burg Rheinfels.«

»Dann hast du das Schwert, das du auf deinem Rücken trägst, selbst gefertigt?«

»Ja.«

»Glaubst du, du wirst eines Tages ebenso gut mit der Flöte umgehen können wie mit einem Schmiedehammer?«

»Gewiss.«

Er schaute sie einen weiteren Moment lang prüfend an, dann nickte er. »Ich glaube, du könntest Recht haben. Du siehst aus, als wüsstest du, was du willst.«

Meine Freundin vor dem Echo retten, dachte sie, sagte aber nur: »Ich denke schon.«

»Du willst deine Freundin vor dem Echo retten«, sagte er zu ihrer Überraschung.

Erstaunt fragte sie: »Welches Instrument spielst du, Pfeiferkönig?«

»So manches«, gab er zurück und lächelte geheimnisvoll.

»Das dachte ich mir. Am besten gewiss auf den Saiten in den Köpfen der Menschen.«

Buntvogel knuffte sie gegen den Unterarm, aber der König lachte ein weiteres Mal. »Du gefällst mir, Ailis Toröffner. Schwörst du mir, dass du niemals gegen die Gesetze unserer Zunft verstoßen wirst?«

»Ich schwöre es.«

»Und schwörst du, nie etwas zu tun, das der Zunft schaden könnte?«

»Ich schwöre.«

»Wirst du in jedem Jahr den zwanzigsten Teil deines Verdienstes an den Pfeiferkönig zahlen, damit er davon jene unserer Brüder und Schwestern, die vom Schicksal mit Siechtum gestraft wurden, unterstützen kann?«

»Das werde ich.«

»So sei es. Ailis Toröffner, du bist nun Mitglied der Spielmannszunft.« Er schenkte ihr noch ein herzliches Lächeln, dann winkte er sie und ihre Begleiter weiter. »Der Nächste.«

Sogleich rückten andere Spielleute nach.

Buntvogel führte Ailis an eines der Feuer, die die Lichtung in weitem Kreis umgaben. Die sechs anderen mischten sich unter das bunte Volk. Einmal noch sah Ailis Sankt Suff, der ein halbes Dutzend Bierkrüge umherschleppte, dann waren bis auf Buntvogel alle verschwunden.

Der Halbmohr setzte sich mit ihr ins Gras, einige Schritte abseits des Feuers. Er verschränkte die Hände in seinem Schoß und blickte sie aufmerksam an.

»Warum starrst du so?«, fragte sie unwirsch.

»Ich frage mich, was in dir vorgeht.«

»Ist das so schwer zu erraten?«

Feuerschein glänzte in seinen Augen. »Du siehst nicht

aus, als wärest du besonders glücklich darüber, jetzt zu uns Spielleuten zu gehören.«

Sie seufzte leise. »Die anderen wollten es gerne. Ich hab's ihnen zuliebe getan.«

»Das weiß ich. Und zumindest Jammrich weiß es auch. Aber das ist nicht wirklich das, was dich beschäftigt, oder?«

»Nein. Natürlich nicht.«

Er nickte. »Es ist wegen deiner Freundin.«

Tränen traten in ihre Augen, obwohl sie dagegen ankämpfte. »Ich habe keine Ahnung, was aus ihr geworden ist. Ich bin hier bei euch, in Sicherheit, aber Fee ...? Ich habe gesehen, wozu das Echo im Stande ist, und ich ... ich –«

»Du hast ein schlechtes Gewissen«, unterbrach er sie.

»Ja, sicher.«

»Und du weißt nicht, was du jetzt tun sollst.«

»Was könnte ich allein schon unternehmen?«

Buntvogel spielte nachdenklich mit einem der Glöckchen an seinen Ohren. »Wir sind deine Freunde, Ailis. Wenn du unsere Hilfe brauchst, sind wir für dich da. Jetzt noch mehr als zuvor. Deshalb war ich dafür, dass du zum Mitglied der Zunft wurdest. Die anderen können sich jetzt nicht länger sträuben.«

»Du meinst –«

Abermals fiel er ihr ins Wort. »Ja«, sagte er lächelnd und nickte. »Wir werden dir helfen zu erfahren, wie es deiner Freundin ergangen ist.«

Sie fiel ihm vor Freude um den Hals, sodass er im Sitzen nach hinten kippte und sie mit sich ins Gras zog. Einen Augenblick lang waren ihre Gesichter ganz nah beieinander und sie schauten einander überrascht an, dann löste Ailis sich verlegen von ihm und sank zurück in den Schneidersitz. »Wann?«, fragte sie nur.

»Ich werde mit Jammrich und den anderen reden«, sagte Buntvogel und rappelte sich ebenfalls auf. »Wenn nichts dazwischen kommt und Sankt Suff sich mit dem Bier zurückhält, können wir morgen früh aufbrechen.«

»Ihr wisst, was das Echo anrichten kann.«

»Gewiss. Und noch spricht niemand davon, es herauszufordern. Aber wir wollen doch wenigstens einen Blick auf deine Freundin werfen.« Sein Lächeln verblasste, als er leiser hinzufügte: »Vorausgesetzt, sie ist noch deine Freundin.«

6. Kapitel

Die Melodie riss sie aus der Wirklichkeit und schleuderte sie in das magische Chaos der Spielmannswege. Ailis fühlte, dass die anderen bei ihr waren, sah auch Bilder von ihnen, aber mittlerweile wusste sie, dass es nur Erinnerungen waren, die der Zauber der Melodie in ihrem Kopf wachrief und neu für sie zusammensetzte.

Der Tunnel aus Farben und Lichtern, der rund um sie vorüberglitt, war nichts als ein schlichtes, unvollkommenes Bild für etwas, das sich in Wahrheit gar nicht bebildern ließ, eine Zwischenwelt aus Tönen, die andere Menschen nicht wahrnehmen konnten. Die Melodie hinter der Melodie gerann hier zu etwas Räumlichem, wenn auch nicht Greifbarem, und Ailis begriff mehr und mehr, was Jammrich gemeint hatte, als er ihr bei einem ihrer Sprünge durch die Spielmannswege erklärt hatte: Alles, was uns hier umgibt, ist reiner Klang. Nur indem wir ein Teil davon werden und lernen, welche Töne das Netz der Wege öffnen und uns zurück in die Wirklichkeit bringen, können wir versuchen, es zu nutzen.

Was, wenn ich euch auf den Wegen verliere?, hatte sie gefragt.

Du würdest bis in alle Ewigkeit umherirren, unfähig, die Klangfolge der Melodie alleine zu Ende zu führen und einen Ausgang zu finden. Die Melodie muss stets einen Anfang und ein Ende haben. Hat sie das nicht, erklingt sie weiter bis in alle Ewigkeit und reißt den, der in ihr gefangen ist, mit sich ins Unendliche.

Doch die anderen ließen nicht zu, dass Ailis von ihnen getrennt wurde. Mit ihren Instrumenten schufen die Spielmänner einen Wall aus Musik, der sie vorwärts trieb und zugleich beschützte wie der Rumpf eines Schiffes im Sturm.

Sie verließen die Spielmannswege am Rande eines Sees. Die Töne verklangen, die Farben verblassten, und Ailis Füße fühlten sich wieder einmal an, als hätte ein Riese versucht, sie in den Boden zu rammen. Doch der Schmerz verging geschwind, und nach einem weiteren Augenblick hatte sie sich soweit in der Gewalt, dass sie sich aufmerksam umschauen konnte.

Der See war kreisrund, wie mit einem Zirkel gezogen, und rundherum wuchs ein grasbewachsener, von Felsen durchbrochener Hang in die Höhe.

»Was ist das für ein sonderbarer Ort?«, erkundigte sich Ailis.

Springsfeld ging am Ufer in die Hocke und hielt einen Finger ins Wasser. »Eiskalt«, murmelte er.

Der Himmel über ihnen war hellgrau, fast weiß. Die Sonne stand unsichtbar über dem Dunst und brachte ihn zum Leuchten. Vereinzelte Krähen segelten auf Windstößen dahin, die am Boden kaum zu spüren waren. Die Oberfläche des Sees war nahezu unbewegt. Sie reflektierte die Helligkeit des Himmels und gab sich trotz der Jahreszeit den Anschein einer Eisfläche.

»Ich kenne Orte wie diesen«, sagte Wirrsang, und sein Bruder Feinklang nickte bestätigend. »Es gibt nicht viele davon in unseren Landen. Es heißt, diese Seen seien einst die

Schlünde Feuer speiender Berge gewesen. Irgendwann, vor tausend oder noch mehr Jahren, sind sie versiegt und haben sich mit Wasser gefüllt.«

Ailis blickte über die Wasseroberfläche, die so glatt und unscheinbar vor ihnen lag, und sie schauderte. »So tief!«, flüsterte sie, beeindruckt, aber auch ein wenig beunruhigt. Wer wusste schon, was für Wesen in solchen Gewässern lauerten?

»Man erzählt sich, der Grund reiche hinab zum Herzen der Welt«, erklärte Wirrsang unheilschwanger. »Wenn also jemand ein Bad nehmen will ...«

Sankt Suff schüttelte den Kopf und seine zahllosen Kinnwülste bebten. »Ich meine, wir sollten rasch wieder von hier verschwinden.«

»Kommt nicht infrage«, widersprach Buntvogel. »Wir sind hier, weil wir es Ailis versprochen haben.«

Sie suchte immer noch nach einem Hinweis auf ein Gebäude oder gar eine Stadt. »Aber was, um alles in der Welt, sollte Fee denn hier zu suchen haben?«

Jammrich beruhigte sie. »Das Anwesen des Ritters liegt auf der anderen Seite der Hänge.« Er schaute sich einen Moment lang um und wies dann nach Südwesten, über den Kraterrand hinweg. »Dort, wenn ich mich nicht täusche.«

»Du warst schon hier?«, fragte Ailis erstaunt.

Er grinste. »Es gibt wenige Orte, an denen ich noch nicht war, Kindchen.«

»Stolzer Gockel!«, rügte ihn Buntvogel.

Jammrich lächelte nur und machte sich auf den Weg. Die anderen folgten ihm. Ailis ging an seiner Seite.

»Vielleicht solltest du dem Turm des Ritters lieber fernbleiben«, sagte er nachdenklich. »Wenn das Echo dich erkennt, und das wird es zweifellos, wird es gewiss nicht allzu erfreut sein.«

Sie schüttelte entschlossen den Kopf. »Kommt nicht infrage. Ich bin hier, um nach Fee zu sehen, und dabei bleibt es. Das bin ich ihr schuldig.«

»Ihr vielleicht, aber nicht dem Echo«, widersprach der Spielmann. »Deine Freundin ist längst nicht mehr sie selbst.«

Sie lächelte gezwungen. »Du verstehst es, einem Hoffnung zu machen.« Entschlossen fügte sie hinzu: »Ich komme trotzdem mit.«

Sie wusste, dass sie damit wahrscheinlich einen dummen Fehler beging, der nicht nur ihr selbst, sondern auch ihren Freunden Ärger einhandeln mochte. Aber die sieben Spielleute wussten, auf was sie sich eingelassen hatten, und Ailis hatte das Gefühl, als genössen die meisten von ihnen den Kitzel der Gefahr.

Die sieben Männer hielten ihre Instrumente, als seien sie Waffen. Ailis' Hände hingegen waren frei. Sie hatte mehrere Schlaufen an ihrer Schwertscheide befestigt und die Flöte hineingesteckt; wer nicht genau hinsah, konnte sie für einen Bestandteil der Scheide halten.

Mühsam stiegen sie den Hang hinauf, und endlich sahen sie vom Kamm des Kraterrandes aus den Bergfried des Ritters Baan. Knechte und Mägde liefen zwischen den Schuppen am Fuß des Turmes umher, ein Schäfer trieb gerade seine Herde vorüber. Vor der riesigen Hochebene im kargen Herzen der Eifel wirkte das Anwesen wie ein letzter Außenposten am Rande völliger Leere. Das Land war so weit und unwirtlich, dass sich die Vorstellung, Fee müsse hier leben, wie eine Faust um Ailis' Herz krallte.

Aber Fee lebt vielleicht gar nicht mehr, schalt sie sich.

Und wieder erinnerte sie sich an das Mädchen im Schacht,

das zu einer Wolke aus Staub zerfallen war, als das Echo seinen Leib verlassen hatte. Da war nichts mehr gewesen, was das Kind hätte weiter am Leben halten können. Nichts von seiner früheren Persönlichkeit. Nur totes, unbeseeltes Fleisch.

Gepeinigt von solchen Gedanken und umgeben von all dieser Ödnis, kam Ailis der einsame Turm beinahe einladend vor. Kein Anzeichen sprach für die Anwesenheit des Echos, kein Hauch von Verderbtheit, keine aufgespießten Tiere auf Giebeln und Fahnenstangen. Ein leiser Hoffnungsschimmer glomm in ihr auf, als sie das arglose Treiben der Bediensteten beobachtete. Der Schäfer pfiff im Vorbeiziehen ein Lied, das der Wind den Hang herauftrug. Stallburschen bürsteten Pferde und führten sie zur Tränke. Ein Knecht kniff einer kichernden Magd ins Hinterteil.

»Seid ihr sicher, dass wir hier richtig sind?«, fragte sie misstrauisch.

»Was hast du erwartet?«, gab Jammrich zurück. »Einen Höllenpfuhl voller Leichen, über dem deine Freundin auf einem Thron aus Knochen Hof hält?«

»Irgendetwas zwischen dem Pfuhl und« – sie zeigte mit einer Grimasse den Hang hinab – »dem da!«

Buntvogel drückte seine Sackpfeife an sich wie ein Neugeborenes. »Sei froh, dass es wenigstens auf den ersten Blick friedlich wirkt. Meine Knie fühlen sich auch so schon an, als wären sie aus Reisig.«

Von ihm hatte sie ein solchen Geständnis am wenigsten erwartet. Sogleich schwand ihre zarte Hoffnung dahin. Wenn ein Tausendsassa wie Buntvogel Angst hatte, dann war Sorge zweifellos angebracht.

Der Trupp machte sich auf den Weg den Hang hinab, und einer nach dem anderen stimmten die Spielmänner eine fröhliche Melodie an, einen harmlosen Bauerntanz, der den Mägden und Knechten dort unten gefallen mochte. Bald wurden die ersten auf sie aufmerksam, zeigten auf sie und lachten. Ein paar Kinder, zu jung, um selbst schon mitzuarbeiten, lösten sich aus einer der Stallungen und stürmten ihnen entgegen, hüpften freudig um sie herum und zupften an der bunten Kleidung der Spielleute. Eine Magd kam auf sie zu, machte vor Buntvogel einen spöttischen Knicks und steckte ihm eine getrocknete Blume hinters Ohr. Der Musikant zwinkerte ihr zu, war ansonsten aber vollauf damit beschäftigt, die Sackpfeife zu bedienen.

Ailis ging schweigend zwischen ihren Gefährten. Sie sang nicht und spielte nicht. Inmitten all dieses Frohsinns starrte sie mit finsterem Blick zum Eingang des Turms und erwartete jeden Moment, Fee zu sehen, die sich aus der dunklen Öffnung löste und ins Tageslicht trat.

Aber Fee zeigte sich nicht. Statt ihrer kam ein junger Mann die Stufen herunter, gekleidet wie ein Landadeliger, mit langem Haar und Reitstiefeln – Baan. Er trug weder Umhang noch Hut, wie es die Edelleute in den Städten taten, wenn sie sich unter ihre Untertanen mischten. Tatsächlich hob er sich kaum von seinen Bediensteten ab, mit dem einzigen Unterschied, dass seine Kleidung reinlich und seine Sprache gewählt und deutlich war.

»Spielleute in unserer Gegend?«, rief er ihnen erfreut entgegen. »Das ist ein seltenes Glück.«

Die Musikanten beendeten ihren Tanz und verbeugten sich tief.

»Wie lange gedenkt ihr, uns zu beehren?«, wollte Baan wissen.

Ailis fragte sich, ob er sich an sie erinnern würde. Aber nein, sie war ihm nur einmal über den Weg gelaufen, man hatte sie ihm niemals vorgestellt. Er würde sie für eine einfache Spielmannsgöre halten.

»Wir bleiben so lange Ihr in Euren Ställen ein Plätzchen für uns findet«, entgegnete Jammrich, der sich wieder einmal eilig zum Wortführer der Gruppe emporschwang.

»Macht euch darum keine Sorgen«, entgegnete Baan höflich. »Wollt ihr uns heute Abend zum Tanz aufspielen? Wir alle wären hocherfreut.«

Jammrich verbeugte sich ein zweites Mal. »Es kommt nicht oft vor, dass wir so freundlich aufgenommen werden, Herr.«

»Nach dem langen Weg, den ihr hinter euch gebracht habt?« Baan schüttelte lachend den Kopf. »In weitem Umkreis gibt es keinen Ort, der sich für euch und euer Spiel lohnen würde. Sagt, ist es Zufall, dass es euch gerade hierher verschlagen hat?«

»Wir bereisen jeden Teil des Landes, Herr, und dieser hier ist so gut wie jeder andere. Gibt es keinen, der uns ein warmes Mahl anbietet, so essen wir eben Beeren oder jagen ein Kaninchen. Oh, verzeiht«, meinte er und tat erschrocken, »ich hoffe, Ihr haltet uns nicht für Wilderer.«

»Wegen eines Kaninchens? Gott bewahre!« Baan wandte sich an seine Bediensteten, die sich mittlerweile in großer Zahl hinter ihm versammelt hatten. Nur von Fee gab es noch immer keine Spur. »Verbreitet die Kunde, dass Musikanten unter unserem Dach verweilen. Heute Abend soll ein Fest stattfinden.« Er legte seinem Verwalter vergnügt die Hand auf die Schulter. »Guntram, lass ein neues Weinfass anschlagen! Heute wollen wir feiern!«

Jubel antwortete ihm aus dem Pulk der Knechte und Mägde, und sogleich lief alles aufgeregt auseinander. Auch Guntram verschwand im Eingang des Turmes.

»Man wird ein warmes Fleckchen im Stall für euch herrichten«, sagte Baan und schaute die Spielleute reihum an. Dabei fiel sein Blick auch auf Ailis, doch sie sah kein Erkennen in seinen Augen. »Ihr sollt es euch bei uns zwei, drei Tage lang wohl ergehen lassen, wenn eure Reise nicht eilt.«

»Gewiss nicht, Herr«, erwiderte Jammrich und zog im Verein mit den anderen die Mütze.

»Wohlan«, sagte Baan und winkte angesichts der Dankesbezeugung beiläufig ab, »mir scheint, dann ist alles gesagt. Ich werde gleich gehen und meinem Weib von eurer Ankunft berichten.«

Bei diesen Worten kroch Ailis eine Gänsehaut über den Rücken. Vielleicht war es doch falsch gewesen, es auf eine Begegnung mit Fee anzulegen. Es hätte völlig ausgereicht, wenn die anderen ihr beschrieben hätten, wie sie aussah und wie sie sich verhielt.

Doch nein, niemand konnte beurteilen, ob Fee sich verändert hatte. Keiner der anderen kannte sie, und Ailis hätte nie sicher sein können, ob die Schilderungen der Spielleute wirklich zutrafen. Sie musste Fee selbst gegenübertreten, musste ihr in die Augen blicken und ihre Stimme hören. Dann erst, vielleicht, würde sie Gewissheit haben!

Zu ihrem Erstaunen ging Baan nicht zum Turm, in dem sie Fee vermutet hatte, sondern ließ sich von einem Stallburschen ein Pferd bringen. Augenblicke später galoppierte er davon, hinaus in die Ebene.

Die Spielleute folgten einem anderen Burschen zu einer der Scheunen. Er wies ihnen eine windgeschützte, nicht einmal ungemütliche Ecke zu, halb verborgen hinter einem Rübenberg vom letzten Herbst. Der Boden war hier hoch mit weichem Heu bedeckt, und in der Nähe stand ein offenes Wasserfass, an dem sie sich waschen konnten.

Ehe der Bursche fortlaufen konnte, hielt Ailis ihn zurück.

»Verzeih«, sagte sie, »aber wohin reitet dein Herr? Sagte er nicht, er wolle seinem Weib von uns berichten?«

Der Knecht, ein Junge noch, nicht älter als sie selbst, druckste einen Augenblick lang unschlüssig herum, dann überwand er seine Scheu. »Wisst ihr«, sagte er, »die Herrin liebt es, in einer heißen Quelle zu baden, nicht weit von hier. Sie verbringt manchmal ganze Tage dort, ganz allein und ... nun, ganz nackt.«

Sein Gesicht war rot angelaufen, und obwohl er sich gleich umdrehte und fortlief, hatte Ailis ihm an der Nasenspitze ansehen können, dass er mehr als einmal heimlich beim Bad seiner Gebieterin zugeschaut hatte.

Fee war stets sittsam und schüchtern gewesen, nie hätte sie etwas Derartiges zugelassen. Allein die Möglichkeit, beobachtet zu werden, hätte sie von einem solchen Bad abgehalten. Das Echo hingegen schien weniger Skrupel zu haben, den Leib, den es erbeutet hatte, vorzuzeigen. Ailis schüttelte sich vor Verachtung.

Den anderen waren ihre Gedanken nicht verborgen geblieben. Sie alle hatten aus Ailis' Mund genug über Fee erfahren, um auf Anhieb erkennen zu können, dass an diesem Ort trotz des freundlichen Empfangs einiges im Argen lag. Alle wussten genau, weshalb sie hier waren, und alle zogen die richtigen Schlüsse.

»Das Echo macht sich einen Spaß daraus, den Körper deiner Freundin nach seinem Gutdünken zu benutzen«, sagte Buntvogel düster.

»Wer weiß«, wandte Jammrich ein, »vielleicht hat es auch Gefallen an seinem neuen Dasein gefunden. Die Frage ist doch: Was ist überhaupt sein Ziel? Irgendetwas muss es doch mit all dem bezwecken.«

Wirrsang zuckte die Achseln. »Es lässt sich treiben, scheint mir. Vielleicht wartet es ab, was als Nächstes geschieht. Warum sonst sollte es an einem so abgeschiedenen Ort wie diesem hier bleiben?«

Sankt Suffs Kinnfalten zuckten, was bedeutete, dass er nickte. »Ich hätte eher vermutet, dass es auf schnellstem Wege zum Königshof reitet, um in einen hohen Würdenträger, vielleicht sogar in den König selbst zu fahren.«

Jammrich wiegelte den aufbrandenden Aufruhr unter seinen Freunden ab. »Ich glaube nicht, dass es so hochgesteckte Absichten hat. Mag sein, dass es irgendwann erkennen wird, wie weit reichend seine Macht tatsächlich ist. Und, ja, vielleicht wird es dann versuchen, den König in seine Gewalt zu bringen. Aber im Augenblick scheint es mir doch recht zufrieden mit dem zu sein, was es hier vorgefunden hat. Warum sonst sollte es sich die Ruhe gönnen, ein Bad zu nehmen – oder gleich mehrere, wie unser junger Freund zu berichten wusste?«

»Könnte nicht ein Rest von Fee dafür verantwortlich sein?«, fragte Ailis leise.

Springsfeld wehrte den Einwurf mit einem Kopfschütteln ab. »Es wird Zeit, dass du deine Hoffnungen fahren lässt, Ailis«, sagte er sanft. »Alles, was noch an deine Freundin erinnert, ist ihr Körper. Das Echo wird nicht zulassen, dass etwas anderes von ihr am Leben bleibt. Es war in all den Jahrtausenden seiner Existenz immer allein. Von dieser Vorliebe wird es nicht ablassen.«

»Aber wenn gerade diese Einsamkeit es um den Verstand gebracht hat«, entgegnete Ailis, »könnte ihm dann nicht erst recht daran liegen, Gesellschaft zu haben? Sogar in ein und demselben Körper?«

Sankt Suff seufzte. »Wunschträume, mein Kind. Nichts sonst.«

Auch Jammrich klang betreten. »Ich fürchte, du wirst dich ein für allemal mit dem Gedanken abfinden müssen, dass deine Freundin verloren ist. Sie ist tot, Ailis, so Leid es mir tut.«

Ailis ließ sich ins Heu fallen und starrte finster vor sich hin. Buntvogel warf ihr einen besorgten Blick zu, sprach sie aber nicht an. Dann machte er sich wie die anderen daran, einen Platz im Heu zu suchen und sein Instrument zu reinigen.

Schließlich fragte Ailis in die Runde: »Und wie wollen wir nun vorgehen?«

»Lass uns das Fest abwarten«, sagte Jammrich. »Wein und Bier werden die Zungen der Leute lösen. Außerdem bekommen wir deine Freundin zu sehen, und das ist es doch, was du willst, oder?«

»Vor allem will ich ihr helfen.«

»Nur Geduld«, erwiderte Jammrich, und Buntvogel nickte.

»Ich glaube auch, dass es das Beste ist, abzuwarten«, sagte er und fuhr sich durch seine schwarzen Locken. »Wir können nichts tun, bevor wir nicht genau wissen, was uns hier erwartet.«

Ailis rang mit sich selbst um Gelassenheit. Ihre Freunde hatten natürlich recht. Je länger sie darüber nachdachte, desto unwohler wurde ihr bei dem Gedanken, Fee gegenüberzustehen.

Sankt Suff, Samuel Auf-und-Dahin und die Brüder Wirrsang und Feinklang hatten sich zur Ruhe gelegt und waren gerade eingeschlafen, als Ailis' gespitzte Ohren das Klirren von Metall vernahmen. Alarmiert sprang sie hoch. Jammrich und Buntvogel schauten überrascht zu ihr auf, doch bevor sie noch etwas sagen konnte, erschien ein Dutzend Silhouetten im hellen Scheunentor.

Männer strömten herein. Alle waren zum Kampf gerüstet, mit ledernen Brustharnischen und Schwertern. Sie mochten keine echten Soldaten sein, sondern Knechte und Bauern, die sich als Krieger ausstaffiert hatten, aber das machte ihre scharfen Klingen nicht weniger bedrohlich. Ailis erkannte unter ihnen den Stallburschen, der Baans Pferd gebracht hatte. Der Ritter selbst war nirgends zu sehen.

»Steht auf!«, rief einer der Männer ihnen zu. Die Schlafenden wurden wachgerüttelt und bald standen die Spielleute inmitten eines Rings Bewaffneter.

»Was soll das?«, fragte Jammrich. »Wir sind Gäste Ritter Baans.«

Der Anführer der Männer nickte. »So ist es. Er hat uns beauftragt, euch eure neue Bleibe zu zeigen. Kommt mit!« Er deutete mit seinem Schwert zum Scheunentor.

Alles Murren und alle Widersprüche blieben zwecklos. Die Spielleute mussten ihre Instrumente und Waffen zurücklassen und die Scheune verlassen. Auch Ailis hatte ihr Schwert abgegeben, behielt die leere Scheide aber auf dem Rücken. An der Flöte, die daran befestigt war, nahm niemand Anstoß.

Baan ließ sich noch immer nicht blicken. Mägde und Kinder schauten aus einiger Entfernung zu, wie die Spielleute zum Eingang des Turms geführt wurden. Enttäuschung stand in ihren Gesichtern. Sie alle hatten sich auf die versprochene Feier gefreut, doch keiner wagte Einspruch zu erheben.

Die Bewaffneten ließen nicht zu, dass die Spielleute miteinander sprachen. Als Sankt Suff dennoch den Versuch unternahm, schlug ihm einer mit der Breitseite seines Schwertes auf das dicke Hinterteil. Einige der Männer grinsten verstohlen, doch die meisten schienen ebenso verstört über die überraschende Wendung zu sein wie ihre Gefangenen.

Ailis hatte keine Ahnung, was genau geschehen war. Dass aber Fee hinter all dem steckte, schien ihr sicher zu sein: Hunderte Bilder rasten durch ihr Gehirn, die Ereignisse auf dem Lurlinberg, die toten Tiere auf den Stacheln des Gitters, Tierblut im Gesicht des kleinen Mädchens. Hatte sie all das heil überstanden, um jetzt doch noch Opfer des Echos zu werden? Jammrich hatte recht gehabt – sie hätte niemals hierher kommen dürfen.

Zwei der Bewaffneten entzündeten an einem Kohlebecken Fackeln, dann führte man die Gefangenen eine breite Wendeltreppe hinab in den Keller des Turmes. Die Stufen endeten in einem sechseckigen Raum, von dem mehrere Türen abgingen. Zwei davon waren vergittert, bei dem Rest handelte es sich offenbar um die Eingänge zu Vorratsräumen. Eines der Gitter wurde geöffnet und die Spielleute hindurchgetrieben. Der Kerker war feucht und kalt, der Boden mit altem Stroh bedeckt.

Ein Schlüssel knirschte in dem rostigen Schloss, als die Gittertür hinter den Gefangenen verschlossen wurde. Zur Sicherheit legten die Männer noch eine schwere Kette um die Stangen und verkeilten sie. Die beiden Fackeln wurden in Halterungen im Vorraum gesteckt, dann zogen sich die Bewaffneten zurück.

»Immerhin halten sie uns nicht für gefährlich genug, um eine Wache zurückzulassen«, knurrte Jammrich.

»Kann mir einer sagen, was hier überhaupt los ist?«, fragte Sankt Suff.

Springsfeld zuckte mit den Schultern. »Der Ritter hat seinem Weib von dir erzählt, und sie hat ihm gesagt, dass sie fette Männer nicht ausstehen kann.«

Keiner lachte.

Buntvogel trat an das Gitter und rüttelte prüfend daran.

»Ebenso gut hätten sie uns einmauern können«, bemerkte er resigniert.

»Kommt vielleicht noch, wart's ab«, spottete Springsfeld unverdrossen.

»Ich hab gleich gesagt, wir sollen uns nicht mit diesem verdammten Echo anlegen«, fluchte Sankt Suff.

Ailis holte tief Luft und ergriff das Wort. »Es tut mir Leid. Das alles ist meine Schuld.«

»Erstmal mit der Ruhe«, beschwichtigte Buntvogel die anderen. »Noch deutet nichts darauf hin, dass sie uns ans Leben wollen.«

»Na, das beruhigt mich wirklich!«, bemerkte Samuel Auf-und-Dahin, und seine Stimme troff vor Hohn. »Sollte ich mir etwa die Schwerter, dieses Kerkerloch und nicht zuletzt die unfreundlichen Gesichter dieser Kerle nur eingebildet haben?«

Buntvogel warf ihm einen zornigen Blick zu, erwiderte aber nichts.

Sankt Suff seufzte schwer. »Also, ich für meinen Teil setze mich erstmal hin. Ich glaube, das sollten wir alle tun.«

Die meisten folgten seinem Vorschlag, nur Ailis und Buntvogel blieben stehen und starrten durch das Gitter hinaus in den Vorraum. Der Fackelschein geisterte über die Mauern, schuf Bewegung und den Anschein von Leben, wo keines war. Der Zugang zur Treppe lag in tiefschwarzem Schatten.

»Ich habe noch meine Flöte«, sagte Ailis. »Können wir damit nicht ein Tor zu den Spielmannswegen öffnen und von hier verschwinden?«

Jammrich schüttelte den Kopf. »Einer könnte gehen und noch einen zweiten mitnehmen. Mehr Macht besitzt ein einzelnes Instrument nicht. Der Rest müsste hier bleiben.«

»Kommt gar nicht infrage«, sagte Buntvogel. »Entweder

alle gehen oder keiner.« Und wieder senkte sich Schweigen über die Truppe.

Sie schienen bereits den ganzen Tag hier unten zu kauern, als plötzlich hastige Schritte auf den Stufen ertönten. Eine Gestalt trat aus der Dunkelheit ins Licht der Fackeln und kam herüber zum Gitter. Es war Baan. Er kam allein, ohne seine bewaffneten Wächter.

Buntvogel blickte ihm kalt entgegen. »So viel also bedeuten Euch die Gesetze der Gastfreundschaft.«

Auch einige der anderen begannen zu murren, sprangen auf und drängten sich ans Gitter.

Baan beschwichtigte sie mit einer fahrigen Handbewegung.

»Wartet«, sagte er, »seid still!« Er wandte das Gesicht zurück zur Treppe und lauschte. Seine Anspannung war nicht zu übersehen.

»Wenn ihr hier raus wollt, dann verhaltet euch ruhig!«, zischte er ihnen zu.

»Wovor habt Ihr Angst?«, flüsterte Jammrich zurück. »Seid denn nicht Ihr der Herr dieses Turmes?«

Er lächelte bitter. »Ich sollte es sein, nicht wahr?« Aus seinem Wams zog er einen Schlüssel und schob ihn in die Öffnung des Vorhängeschlosses. »Ihr müsst von hier verschwinden, auf der Stelle!«

Er löste die Kette, dann schwang das Gitter auf. Ailis wurde von den nachdrängenden Spielleuten wie von einer Wasserwoge in den Vorraum gespült.

»Leise!«, befahl Baan noch einmal. »Keinen Ton, falls euch eure Freiheit etwas wert ist!«

Die Gaukler wechselten erstaunte Blicke, doch keiner sprach mehr ein Wort. Ailis war erleichtert und ratlos zugleich. Was, zum Teufel, ging hier vor?

Baan lief voran, huschte lautlos die Stufen hinauf. Die Spielleute folgten ihm und gaben sich alle Mühe, so leise wie möglich zu sein. Vor allem Sankt Suff war ungeübt im Schleichen, und seine plumpen Schritte schienen Ailis im ganzen Turm widerzuhallen.

Sie erreichten das Portal des Turms. Es stand einen Spaltbreit offen. Draußen war die Nacht hereingebrochen, nur ein paar Fackeln rechts und links der äußeren Treppe spendeten Licht.

Baan blieb an der Tür stehen. »Wenn ihr eure Sachen zurückhaben wollt«, raunte er ihnen zu, »dann holt sie euch. Sie liegen noch alle in der Scheune. Aber beeilt euch. Wenn jemand bemerkt, dass ihr flieht, werde ich euch kein zweites Mal helfen.«

Es war keiner unter den Spielmännern, der nicht früher schon das zweifelhafte Vergnügen gehabt hätte, in einem Kerker zu sitzen, und sie alle wussten, dass der Fluchtweg, den Baan ihnen bot, einzigartig war. Verwirrt, aber ohne weitere Fragen zu stellen, eilten sie hinaus ins Dunkel. Nur Ailis blieb einen Moment länger stehen.

»Du bist Ailis, nicht wahr?«, flüsterte der Ritter.

Dann hatte er sie also doch erkannt. »Ihr müsst mir sagen, wie es Fee geht«, verlangte sie eindringlich.

Er wandte einige Herzschläge lang den Blick ab, als könne er ihr plötzlich nicht mehr in die Augen sehen. »Äußerlich wirkt sie gesund«, gab er schließlich zurück. Plötzlich packte er Ailis an den Schultern. »Was weißt du über sie, Mädchen? Rede!«

»Ihr würdet mir doch nicht glauben«, sagte sie leise. »Was ist geschehen, dass Ihr uns laufen lasst?«

Er atmete tief durch, als fiele ihm jedes Wort unsagbar schwer. Da begriff Ailis, dass er noch immer im Zweifel war, ob er tatsächlich das Richtige tat. Er fühlte sich wie ein Verräter.

»Ich bin zur heißen Quelle geritten, um ihr von euch zu erzählen«, sagte er. »Auf dem Weg dorthin begegneten mir zwei meiner Schäfer, die offenbar gerade von dort kamen. Sie wirkten verlegen, als sie mich erkannten, aber ich fragte nicht, was sie dort zu suchen hatten. Stattdessen ritt ich weiter zur Quelle, und dort fand ich Fee in der Umarmung eines dritten Mannes, eines alten Einsiedlers, der in unserer Kapelle die Messe liest!« Abscheu und Unglauben standen Baan so deutlich ins Gesicht geschrieben, dass Ailis einen Moment lang fürchtete, er würde kein weiteres Wort mehr herausbringen. Dann aber fuhr er stockend fort: »Fee sah mich an, über die Schulter des Alten hinweg, und schreckliche Wut sprach aus ihren Augen. Nie zuvor habe ich sie so gesehen. Und dann begann sie zu singen! Das Nächste, was ich weiß, ist, dass der Alte plötzlich verschwunden war und Fee neben mir auf den Felsen kauerte, nackt, offenbar gerade erst aus dem Wasser gestiegen, und mich voller Sorge ansah. Sie sagte, ich sei plötzlich bewusstlos geworden. Als ich sie wegen des Einsiedlers zur Rede stellen wollte, meinte sie, ich müsse wohl den Verstand verloren haben, ihr so etwas zu unterstellen. Sie sei die ganze Zeit über allein gewesen, und was immer ich gesehen hätte, sei nur in meiner Vorstellung da gewesen.«

Wieder horchte er hinauf in das Dunkel des Treppenhauses, dann erzählte er im Flüsterton weiter: »Ich war bereit, ihr zu glauben. O ja, das war ich wirklich! Ich wollte ihr von euch Spielleuten erzählen, doch sie unterbrach mich schon nach den ersten Worten. Erneut war dieser furchtbare Zorn in ihren Augen, den ich gerade erst als Hirngespinst abgetan hatte. Aber da war er wieder, genau wie zuvor, als ich den Einsiedler bei ihr gesehen hatte! Sie fragte mich, ob eine Frau bei den Spielleuten sei, und sie gab mir eine Beschreibung, die haargenau mit jener übereinstimmte, mit der sie mir früher ihre beste Freundin Ailis geschildert hatte! Es war fast, als hätte sie erwartet, dass du mit einem Haufen Gaukler hier bei uns auftauchst! Auf jeden Fall wurde mir sofort klar, dass irgendetwas nicht stimmte. Erst die Schäfer und der Einsiedler und dann das. Ich sagte, nein, eine Frau sei nicht dabei. Und sofort wurde sie vollkommen gleichgültig und stieg zurück ins Wasser. Es war ihr egal, verstehst du? Ich hatte geglaubt, die Ankunft einiger Musikanten würde ihr Freude bereiten, aber sie wollte nichts mehr davon hören. Also ritt ich zurück, erklärte meinen Männern, ich hätte euch als Diebesbande erkannt, und ließ euch in den Kerker werfen. Als Fee später nach Hause kam, erzählte ich ihr, ich hätte euch beim Stehlen ertappt und eingesperrt. Das war für sie wohl der letzte Beweis, dass es sich bei euch um gewöhnliche Spielleute handelt, und, wie ich gehofft hatte, verlangte sie nicht einmal mehr, euch zu sehen.«

Draußen kehrten die Gaukler aus der Scheune zurück, ihre Instrumente und Bündel im Arm. Buntvogel trug Ailis' Schwert und winkte ihr aufgeregt zu.

Sie wollte nach draußen laufen, doch Baan hielt sie am Oberarm zurück. »Du musst mir sagen, was mit Fee geschehen ist! Du weißt es doch, oder?«

Sie nickte und überlegte noch, was sie antworten könne, als sie plötzlich etwas hörte. Leise Schritte, weiter oben im Turm. Ein Blick in Baans Gesicht verriet ihr, dass er nichts bemerkt hatte.

Aber da, sie hörte es genau! Jemand kam auf nackten Sohlen die Stufen herab!

In einem Anflug von Panik löste sie sich von Baan und huschte durch den Türspalt ins Freie. Der Ritter setzte ihr zwei Schritte weit nach, aber da war sie schon die Stufen an der Außenseite hinabgesprungen und rannte so schnell sie konnte über den Vorplatz.

Die Spielleute blickten ihr ungeduldig entgegen, Jammrich gestikulierte aufgebracht. Alle hatten bereits ihre Instrumente angesetzt und warteten darauf, dass Ailis sie endlich erreichte. Niemand verschwendete auch nur einen Gedanken an das geheime Gesetz, die Spielmannswege niemals vor den Augen Uneingeweihter zu öffnen. Alle spürten, dass es in diesem Moment um ihr Leben ging.

Hinter sich hörte Ailis Baans Stimme. »Fee!«, entfuhr es ihm überrascht.

Ailis blieb auf halber Strecke zwischen der Tür und den Spielleuten stehen. Sie fuhr herum, ihr Blick raste zurück zum Turm.

Ein heller Schemen stand im Dunkel hinter dem Türspalt. Eine zierliche Gestalt in weißem Nachtgewand.

»Die Gefangenen fliehen!«, schrie Baan erregt, und Ailis hatte den Eindruck, dass sein Entsetzen nicht gespielt war – nur, dass nicht ihre Flucht seine Panik hervorrief.

Die Tür wurde weiter aufgerissen.

»Ailis!«, brüllte Jammrich, und die anderen fielen mit ein. Jemand spielte die ersten Töne auf einer Harfe, Wirrsang oder Feinklang.

»Ailis, komm her, verflucht!«, schrie Buntvogel.

Aber Ailis konnte nur wie betäubt zum Eingang des Turmes starren.

Fee stand reglos im Türrahmen. Ihr Gewand flatterte im Wind. Sie trug nichts darunter und ihre Haut war unnatürlich weiß. Ihr langes goldenes Haar wurde von einem

Windstoß emporgewirbelt, tobte wie ein Fächer um ihr Haupt.

Sie lächelte.

Lächelte mit solchem Liebreiz, dass Ailis alles andere zu vergessen drohte.

Jammrich schrie erneut ihren Namen, während ein zweites Instrument die Melodie der Harfe aufnahm. Springsfelds Panflöte.

Fee streckte einen Arm aus und winkte Ailis heran. Noch immer sagte sie kein Wort.

Baan war fort, aber einen Augenblick später ertönte von der Spitze des Turms eine mächtige Glocke. Der Ritter gab Alarm! Er hatte nicht gelogen, als er sagte, er würde sie kein zweites Mal retten.

Es war zu absurd: Baan war der Herr dieses Anwesens, ein Ritter des Königs noch dazu, und doch tat er alles, um seine Befreiung der Gefangenen zu verschleiern!

Ailis machte schlafwandlerisch einen Schritt zurück in Richtung des Turmes.

Fee öffnete die Lippen und begann zu singen.

Ein Arm legte sich von hinten um Ailis' Brustkorb, riss sie heftig zurück. Buntvogel!

Im nächsten Augenblick klärte sich ihr Denken. Sie rannte los, an Buntvogels Seite, und die Melodie quoll ihr entgegen wie eine Flüssigkeit, die ihre Ohren gegen jedes andere Geräusch versiegelte.

Einmal noch schaute sie über die Schulter zurück, sah, dass Fee plötzlich zurückschrak, das Gesicht verzerrt, als hätte sie Angst vor irgendetwas. Ihr Mund war immer noch aufgerissen, aber kein Ton drang hervor.

Dann stolperten Ailis und Buntvogel in den Pulk der Gaukler, Klänge und Farben brachen über sie herein, und die Spielmannswege saugten sie hinweg an einen sicheren Ort.

Das Wirtshaus im Netz der Spielmannswege war heute nicht so überfüllt wie bei Ailis' erstem Besuch. Zwar waren die meisten Tische besetzt, aber an manchen saßen nur vereinzelte Spielleute, löffelten schweigend ihren Eintopf oder tranken Bier. Auch die Schankmägde wirkten heute gelassener, sogar fröhlich. Als sie Ailis bemerkten, lächelten sie freundlich; junge Mädchen kamen nicht oft hierher.

Vor Ailis auf dem Tisch stand ein tönerner Becher, den Sankt Suff nun schon zum dritten Mal mit Branntwein füllte.

Jammrich schob das Gesöff aus Ailis' Reichweite. »Lass das!«, fuhr er den fetten Spielmann an, der grinsend und mit einem Schulterzucken zurück auf seinen Platz sank.

Ailis protestierte nicht. Derzeit war es ihr gleichgültig, ob Jammrich sie bevormundete. Die beiden Becher, die sie bisher leer getrunken hatte, waren für sie die ersten überhaupt gewesen und sie spürte überdeutlich die Wirkung des scharfen Trunks. Ihr war glühend heiß, sie schwitzte. Auch fiel es ihr immer schwerer, mit Worten auszudrücken, was in ihr vorging. Eigentlich war sie darüber ganz froh. Mochten die anderen noch so sehr aufeinander einreden und versuchen, das Erlebte in allen Einzelheiten zu besprechen – Ailis hatte kein Bedürfnis danach.

Sie wollte nur ihre Ruhe. Wollte nachdenken. Über sich und über Fee. Über das Echo.

»Kennst du eigentlich den Ursprung des Echos und aller anderen Wesen von Faerie?«, fragte Jammrich.

Sie schüttelte benommen den Kopf. Sie war hin und her gerissen zwischen dem Drang, einfach loszuheulen, und dem Gefühl, sich diese Blöße vor den anderen nicht geben zu dürfen. Sie hielt ihre Tränen zurück, so gut sie nur konnte, und vielleicht war es gar keine schlechte Idee, sich eine von Jammrichs Geschichten anzuhören. Möglich, dass sie das ablenkte.

»Natürlich erzählen sich die Leute viele verschiedene Fassungen dieser Geschichte«, begann der Lange Jammrich und setzte grinsend hinzu: »Und wie immer ist meine die einzig wahre.« Er lehnte sich zurück, zog an seiner Pfeife und wurde ernst. »Die Pfaffen predigen von ihren Kanzeln, dass einst Adam und Eva die ersten Kinder zeugten und so das Menschengeschlecht begründeten. Aber das ist nicht die ganze Wahrheit. Eva, musst du wissen, war nämlich Adams zweite Frau.«

»So?«

»Allerdings«, sagte Jammrich nickend. »Vor ihr gab Gott Adam ein anderes Weib zur Seite. Ihr Name war Lilith. Wie später Eva erlag auch Lilith einer Versuchung, allerdings nicht jener des Apfels und der Schlange. Nein, Lilith war nach fleischlichen Gelüsten zu Mute, und obwohl Gott es ihr verboten hatte, legte sie sich in der Nacht an Adams Seite und verführte ihn. Denn Lilith war ein herrliches Weibsbild, tausendfach schöner als Eva, und kein Mann hätte ihr je widerstehen können.« Er grinste. »Aber, wie wir wissen, gab es ja nur den einen, und so war sie, als sie Zuwendung suchte, auf den schlafenden Adam angewiesen. Pech, könnte man sagen!«

Die Spielleute lachten, nur Ailis war nicht nach Heiterkeit zu Mute.

»Mit Hilfe einer List gelang es Lilith, Gottes Blick von sich abzuwenden und Adam eine ganze Nacht ungestraft beizuliegen. Doch bald schon spürte sie, dass etwas in ihrem Leib heranwuchs. Auch der Schöpfer bemerkte es, und in seinem Zorn verbannte er Lilith aus dem Garten Eden an einen Ort, über den heute niemand mehr etwas weiß. Die Kinder aber, die sie gebar, wurden zu wundersamen Wesen, die Jahrtausende lang unsichtbar zwischen den Menschen wandelten. Sie brachten eigene Kinder zur Welt, Generation um Generation, und so entstand das Volk der Feen. Und als Gott sich immer weniger um die Menschen und seine anderen Schöpfungen kümmerte, schwang sich eines dieser Wesen zum Herrscher empor und eröffnete seinem Volk den Weg nach Faerie. Nur einige der Ältesten blieben in unserer Welt, um die Tore zum Feenreich zu beschützen – das waren die Echos. Man sagt, einige von ihnen seien noch von Lilith selbst geboren worden, so unsagbar alt sind sie.«

Ailis griff nach dem Becher, den Jammrich ihr weggenommen hatte, und drehte ihn nachdenklich zwischen den Fingern. »Ich dachte, Titania sei die Herrin der Feen. Wer aber ist dann dieser Herrscher, von dem du gesprochen hast?«

»Titania war nicht immer die Königin von Faerie. Vor ihr herrschte Oberon, und vor ihm viele andere Könige und Königinnen. Der erste in dieser Reihe aber war der Erlkönig, und er war es, der den Weg nach Faerie schuf. Keiner, der ihm folgte, wurde jemals wieder so mächtig wie er, und auch Titania besitzt nur einen Bruchteil seiner Macht.«

»Du meinst also«, sagte Ailis stockend, »unser Echo existiert schon seit Anbeginn der Zeit?«

Jammrich nickte mit düsterer Miene. »Falls es eines von Liliths ersten Kindern ist, und das vermute ich, dann ist es fast so alt wie die Welt selbst.«

Buntvogel mischte sich ein. »Aber wir wissen noch immer

nicht, was es eigentlich bezweckt. Es kann nicht auf ewig Gemeinheiten aushecken, die zu nichts führen.«

Der Lange Jammrich paffte eine Rauchwolke aus seiner Pfeife, so groß, dass Ailis einen Moment lang um Atem rang. »Und wenn es«, begann er nachdenklich, »ich meine, nur einmal angenommen, wenn es also versuchen will, die Macht über Faerie an sich zu reißen?«

»Wie kommst du darauf?«, fragte Ailis. »Bisher treibt es doch nur auf unserer Seite des Tors sein Unwesen.«

»Überleg doch! Warum hat es wohl vor Jahren schon einmal den Durchgang geöffnet und Wesen aus Faerie in unsere Welt schlüpfen lassen?«

Ailis zuckte die Achseln. »Ich denke, es hat den Verstand verloren?«

»Das habe ich bisher auch angenommen«, entgegnete Jammrich. Alle am Tisch hörten ihm aufmerksam zu. »Doch allmählich bin ich anderer Meinung. Es könnte ein Sinn dahinter stecken. Tatsache ist doch, dass manche Kreaturen aus Faerie darauf brennen, uns einen Besuch abzustatten, weil sie es lieben, mit den Menschen ihre grausamen Scherze zu treiben. Also erfüllte das Echo einigen von ihnen diesen Wunsch. Fortan standen sie in seiner Schuld, und schon hatte es seine ersten Getreuen. Doch Titania zerschlug diesen Plan, als sie das Echo in den Körper von Fees Zwillingsschwester verbannte. Daraus hat es gewiss eine Lehre gezogen. Denn wer trug die Schuld an dieser Niederlage? Wer hat Titania überhaupt erst zur Hilfe gerufen?«

»Die Gräfin«, sagte Ailis.

»Wir Menschen!«, bestätigte Jammrich. »Ohne uns hätte Titania vielleicht nie bemerkt, was geschehen war. Auch sie hat ihre Augen nicht überall. Das Echo weiß also, dass es uns unterschätzt hat. Heute, da es erneut seine Intrigen spinnt, wird es seine Fehler von damals nicht wiederholen. Bevor es versuchen kann, Einfluss auf Faerie auszuüben, muss es erst sicherstellen, dass ihm nicht wieder von ein paar eifrigen Menschlein ins Handwerk gepfuscht wird.«

»Dann glaubst du«, sagte Buntvogel, »es wird zuerst versuchen, uns Menschen zu unterjochen?« In seinem dunkelhäutigen Gesicht wirkten seine geweiteten Augen besonders groß und weiß.

Jammrich verzog das Gesicht. »Ich weiß nur, dass ich es an seiner Stelle versuchen würde. Denn wenn es uns Menschen erst in seiner Gewalt hat, dann kann es mühelos das Tor öffnen und alte Wesen von Faerie hereinlassen. Sie werden hier eine einzige große Spielwiese für ihre bösartigen Streiche und Späße vorfinden.«

Ailis verstand allmählich, worauf Jammrich hinauswollte. Das alles mochte noch so verrückt klingen, tatsächlich aber war es blutiger Ernst. »Aus Dankbarkeit werden diese Kreaturen sich auf die Seite des Echos stellen«, folgerte sie. »Und wenn es schließlich an ihrer Spitze nach Faerie zieht, wird es Titania mühelos vom Thron fegen.«

»Das Gleiche tun unsere Herren seit jeher«, knurrte Springsfeld. »Versprich dem Volk Wein statt Wasser, und es wird dir überallhin folgen. Wir Menschen und unsere Welt sind der Wein, mit dem das Echo sich seine Gefolgschaft sichert.«

»Früher oder später wird es Hilfe brauchen«, meinte Buntvogel. »Menschliche Hilfe. Mit seinem Gesang mag es einzelne von uns in seine Gewalt bringen, aber niemals ein ganzes Volk. Es wird Statthalter benötigen, Menschen, die es auf seine Seite ziehen kann.«

»Niemand würde solch ein Wesen unterstützen, nicht einmal die gemeinsten Verbrecher«, sagte Wirrsang überzeugt.

»Ganz im Gegenteil«, widersprach Ailis. »Es würde dem Echo nicht einmal schwer fallen, sie für sich zu gewinnen.«

Jammrich verstand sogleich, wen sie meinte, und auch Buntvogel und Springsfeld nickten erschrocken.

»Wer?«, fragte Sankt Suff, und Samuel Auf-und-Dahin pflichtete bei: »Wen meinst du, Ailis?«

Sie stellte den Becher ab und schaute sich aufmerksam in der Wirtsstube um. Dann sagte sie leise:

»Die Naddred.«

Fee stand am offenen Fenster der Gästekammer und beobachtete, wie die Sonne über dem Rand der Hochebene aufging. Vogelschwärme erhoben sich aus dem wogenden Grasmeer. Aus der Talsenke, in der sich die Hütten der Schäfer und Bediensteten aneinanderkauerten, stiegen vereinzelte Rauchfahnen zum Himmel empor. Morgenkälte wehte ins Turmzimmer, aber Fee spürte sie nicht.

Hinter ihrem Rücken flog die Tür auf, knallte krachend gegen die Wand. Ah, dachte sie, endlich! Sie hatte schon viel früher mit Baans Besuch gerechnet. Er hatte die ganze Nacht auf sich warten lassen. Sie lächelte; er musste über vieles nachgedacht haben. Nun, er hatte gewiss allen Grund dazu.

Langsam drehte sie sich zu ihm um. Er stand breitbeinig im Türrahmen, eine Hand gegen die Wand gestützt. Sein Blick funkelte irr, sein langes Haar hing ihm strähnig über Stirn und Schultern.

»Wo ist dein Schwert, Ritter?«, fragte sie kalt. »Du siehst aus, als wärest du hier, um ein Weib zu schänden.«

»Spar dir deine Häme, Fee!«, zischte er. »Ich bin nicht hergekommen, um Witze zu machen.«

»Was willst du?«

Einen Augenblick lang wurden seine Züge weich und verletzlich. »Sag mir, was mit dir geschieht«, verlangte er. »Was mit uns geschieht.«

»Du hast mich aus unserer Kammer geworfen. Schon vergessen?«

»Das ist drei Tage her. Seitdem bist du nicht zurückgekehrt.«

»Ich hatte nicht das Bedürfnis danach. Seit dieser schrecklichen Sache mit deinem Freund, diesem Räuberüberfall –«

»Räuber!«, entfuhr es Baan verächtlich. »Es hat in den letzten fünfzig Jahren keine Räuber hier im Hochland gegeben.«

»Wer hat Ortolt und seine Männer dann getötet?«, fragte sie unschuldig. »Vielleicht ich?«

Er tat die Bemerkung mit einer Handbewegung ab. »Ich weiß nicht, warum du dich über diese Sache auch noch lustig machst.«

»Das tue ich nicht«, entgegnete sie und gab sich wütend. »Aber du kommst hier herein, mit dem Gesichtsausdruck eines Wahnsinnigen, und man sollte annehmen, du hast einen guten Grund dafür.« Sie lehnte sich mit dem Rücken an die Fensterbank. »Ich habe Angst vor dir, Baan.«

»Du vor mir?« Er lachte auf, humorlos, fast hysterisch. »Fee, um Gottes willen, was sollte dieser Auftritt gestern Abend? Wenn es wirklich Ailis war, die du gesehen hast, warum bist du dann nicht zu ihr gegangen?«

»Sie war mit diesen schrecklichen Männern zusammen. Und sie war auf der Flucht. Sie ist vor mir davongelaufen, nicht ich vor ihr.«

»Und warum? Was weiß sie über dich, Fee? Weshalb fürchtet sie sich vor dir?« Er fuhr sich mit beiden Händen durchs

Gesicht, völlig übermüdet und verwirrt. »Herrgott, warum fürchte ich mich vor dir?«

Gemächlich setzte sie sich in Bewegung und ging auf ihn zu. Ein Lächeln spielte um ihre Mundwinkel. »Aber du bist doch ein Mann, Baan, und ich nur eine schwache Frau.«

Er zögerte, die Tür hinter sich zu schließen, obwohl sich um diese Zeit außer ihren beiden Leibdienern niemand im Turm befand. »Weißt du, was die Alten über dich erzählen?«

Sie blieb zwei Schritte vor ihm stehen. »Dass ich eine Hexe bin?«

»Du hast es schon gehört?«

»Nein«, entgegnete sie kopfschüttelnd. »Aber es gehört nicht viel dazu, sich das zusammenzureimen.«

»Sie behaupten, du beschwörst Unglück herauf. Bist mit dem Teufel im Bunde. Sie sagen, du könntest nicht mehr zur Messe gehen, weil sich sonst der Boden der Kapelle unter dir auftun und dich in die Hölle reißen würde.«

»O«, meinte Fee und erzitterte gekünstelt, »heißt das, sie wollen mich auf den Scheiterhaufen stellen?«

»Glaubst du immer noch, dies sei die Zeit für Scherze?«

Sie trat vor ihn und ergriff seine Hände. »Dann traust auch du mir nicht mehr?«, fragte sie sanft.

Er schüttelte ihre Hände ab, ging an ihr vorbei und blieb erst am offenen Fenster stehen. »Ich weiß es nicht, Fee. Ich weiß nicht, was ich denken soll. Die Sache mit dem Einsiedler –«

Sie unterbrach ihn scharf, ihr Blick war finster. »Das habe ich dir schon ein dutzend Mal erklärt! Du bist gestürzt, mit dem Kopf aufgeschlagen und hast dir diese ganze Geschichte eingebildet. Ich habe keine Schäfer gesehen, und ganz bestimmt keinen alten Einsiedler. Liebe Güte, wie kannst du nur glauben, ich könnte mit einem Greis solche Dinge tun?«

Seine Hand fuhr hinauf zu der Abschürfung an seinem Hinterkopf. Er hatte sie dort vorgefunden, als er in den Felsen am Rande der Quelle wieder zu sich gekommen war. Fee hatte sich über ihn gebeugt und ihm zärtlich das Blut abgetupft.

Jetzt griff er fröstelnd nach dem Fenster und verriegelte es. »Ich ... es tut mir Leid, Fee«, brachte er mühsam hervor. »Aber all diese Dinge ... ich meine, irgendetwas geht hier vor. Und es hat etwas mit dir zu tun.«

»Würdest du dich besser fühlen, wenn ich die Leute beruhigen könnte?«

»Es geht nicht nur um die Leute.«

»Aber auch um sie.«

»Sicher.«

»Was soll ich tun? Vor ihren Augen einen Eimer Weihwasser trinken?«

»Du machst dich schon wieder darüber lustig.«

»Entschuldige.« Sie ging zu ihm und strich ihm die dunklen Haarsträhnen aus dem Gesicht. »Was hältst du davon? Lade diesen Einsiedler ein, heute Abend eine Messe zu lesen. Sag ihm und allen Leuten, du möchtest deines Freundes Ortolt und seiner Männern gedenken. Befiehl allen, anwesend zu sein. Ohne Ausnahme. Auch ich werde an der Messe teilnehmen, vom Anfang bis zum Ende. Ich werde beten und fromme Lieder singen. Glaubst du, das würde den Gerüchten ein Ende setzen?«

Er sah ihr in die Augen und plötzlich lächelte er traurig. »Es wäre immerhin ein guter Anfang. Willst du das wirklich tun?«

Sie nickte ernsthaft. »Natürlich. Für dich.«

»Für uns«, sagte er, beugte sich vor und küsste sie zärtlich.

Ja, dachte sie, für uns.

Baan blieb bei ihr, bis die Sonne eine Handbreit über dem Horizont stand. Danach schwor er ihr, dass er sie liebe, und sie erwiderte den Schwur. Als er ging, um einen Boten zum Einsiedler zu schicken, schaute sie ihm lange nach, auch noch, als er längst die Tür hinter sich geschlossen hatte.

Natürlich wusste Fee genau, was er am Abend getan hatte. Als er zur Quelle gekommen war und sie überrascht hatte, hatte sie ihn gefragt, ob eine Frau unter den Spielleuten sei. Er hatte das verneint. Später, nach der Flucht der Gefangenen, hatte sie ihn zur Rede gestellt. Baan hatte behauptet, sich die Spielleute nicht genau angeschaut zu haben, und immerhin sähe Ailis mit ihrem Stoppelhaar und dem drahtigen Körper ausgesprochen männlich aus. Doch Fee hielt ihn nicht für so einfältig, den Unterschied zu übersehen. Baan hatte die Gefangenen einsperren lassen, damit sie ihr nicht begegneten, und später, als es dunkel war, hatte er sie befreit und entkommen lassen. Mochte er es auch noch so oft abstreiten, sie wusste, dass es so gewesen war.

Was die Messe anging, so bereitete sie ihr keine Sorgen. Gewiss, Kirchen und Kapellen galten nicht umsonst als sichere Zuflucht vor den Wesen von Faerie. Was die meisten Menschen jedoch nicht ahnten, war die Tatsache, dass nicht das Gotteshaus selbst die Gefahr darstellte – vielmehr war es dem Volk der Feen verboten, das Portal der Kirche zu durchschreiten. Was dahinter lag, spielte keine Rolle, es war so wenig ein Teil des Christengottes wie alles andere auf dieser Welt. Die Schwelle aber stellte eine unüberwindliche Grenze dar. Hier ließen die Menschen den Glauben an die alten Götter zurück, und, schlimmer noch, ihre Furcht vor den Kreaturen der Nacht. Einen kurzen Augenblick lang streiften sie ihr Vertrauen in alles Übersinnliche ab, bevor sie sich, jenseits der Schwelle, einer anderen Seite des Übernatürlichen hingaben, dem Glauben an ihren einzigen, lächerlichen Gott. Auf diesem winzigen Stück, genau unter dem Torbogen, konnte nichts existieren, das nichtmenschlich war.

Freilich gab es eine Lösung, und es gab sie in den großen Kathedralen ebenso wie in der Kapelle am Fuße des Turms. Nach dem Glauben der Druiden und alten Völker, lange bevor das Christentum Verbreitung fand, war der Norden die Richtung der Macht. Im Norden stand das Sternbild des Drachen am Himmel, und der Drache war seit jeher der Wächter der Weisheit und der Mysterien. Nachts zuckten rätselhafte Lichter über den nördlichen Horizont, und nirgends hatten die alten Kulte länger fortbestanden als in den wilden Ländern des Nordens.

Daher besaß jedes Gotteshaus an seiner Nordseite einen zweiten Zugang. Meist handelte es sich um einen schmalen Seiteneingang oder eine unscheinbare Hintertür. Aber sie war da, war es immer. Durch sie war es den Wesen von Faerie gestattet, die Kirchen zu betreten. Fee wusste nicht, wer dieses Gesetz aufgestellt hatte; wahrscheinlich war es ein Zeichen des Respekts der Baumeister vor Mächten, die sie nicht verstanden, ein Zugeständnis, um sich während der Bauarbeiten vor Unfällen und Missgeschicken zu schützen – ein Opfer.

Häufig schmückten kleine, halb verborgene Reliefe die Pfosten dieser Türen, Abbildungen der vergessenen Götter, aus einer Zeit, als das Symbol des Gehörnten noch Hoffnung, nicht Verdammnis versprach.

Diese Tür war es, durch die Fee am Abend die Kapelle betrat.

Baan erwartete sie bereits, er war der erste Besucher. Sie kniete neben ihm auf der reich verzierten Gebetbank nieder, die seit Jahrzehnten den Mitgliedern der Familie zustand. Allmählich strömten auch Diener und Leibeigene herein, und obwohl Fee ihnen den Rücken zuwandte, demütig vorgebeugt und mit gefalteten Händen, spürte sie die Blicke der Menschen in ihrem Nacken wie glühende Eisen. Sie hatte ihr Haar zu einem züchtigen Knoten gebunden und am Hinterkopf aufgesteckt. Ihr Kleid war schlicht, der Kragen hoch und eng geknöpft. Es gab nichts an ihr, das hätte Anstoß erregen können – schließlich konnte niemand in ihren Kopf blicken und ihre Gedanken lesen.

Ihr Triumph ließ sich nicht mehr überbieten, als eine alte Frau vor sie trat, ihren Daumen am Docht einer Kerze rieb und mit rußiger Fingerspitze ein kleines Kreuz auf Fees Stirn zeichnete. In stillschweigender Übereinkunft sprachen sie gemeinsam ein Gebet. Die Frau lächelte ihr zu und zog sich in die hinteren Reihen zurück.

Baan stieß sie zaghaft mit dem Ellbogen an. Als sie ihn ansah, lächelte er sanft.

Seine Zweifel schwinden, dachte sie zufrieden. Einen Moment lang sehnte sie sich nach seiner Umarmung, nach dem Druck seiner Lenden, dem Augenblick der Vereinigung.

Er ist glücklich, dachte sie, er vertraut mir. Das ist gut. Es ist schön, dass er glücklich stirbt.

Sie alle sollen glücklich sterben, in Gedanken bei ihrem armseligen Gott der Fischer und Zimmermänner.

Der alte Einsiedler hinter dem Altar brachte es nicht über sich, ihren Blick zu kreuzen. Heiser stimmte er das erste Lied an. Die Menge fiel in seinen Gesang mit ein.

Fee sang mit ihnen, sang lauter und kräftiger als alle anderen. Aber ihr Lied folgte einer fremden Melodie, und die Worte stammten aus keiner bekannten Sprache.

Es dauerte nicht lange, da sang sie allein.

7. Kapitel

Vollmond.

Weißes Licht ergoss sich über den Lurlinberg. Erhaben lag er in nächtlichem Schlummer, blickte stumm auf die Stromschnellen und das dunkle, bewaldete Ufer hinab.

Glühende Augen starrten aus Sträuchern und Unterholz, in der Finsternis raschelten Krallen auf Fels. Das Leben war hierher zurückgekehrt, aber es war Leben, das nur im Dunkeln gedieh. Nächtliche Jäger auf der Pirsch, eine Eule im Geäst eines Baumes. Käuzchen schrien, Grillen schnarrten, und der Wind flüsterte leise in Zweigen und Laub.

Am Ostrand des Hochplateaus schien die Luft zu gerinnen. Der Hauch einer rätselhaften Melodie verwehte. Acht Gestalten standen plötzlich am Fuß einer Fichte.

Ailis spürte, wie der Schmerz durch ihre Beine raste, verschwendete aber keinen Gedanken daran. Diesmal geriet sie nicht mehr aus dem Gleichgewicht, vielleicht, weil ihr Körper gespannt war wie die Sehne eines Katapults.

In den vergangenen Tagen hatte sie abwechselnd mit Schwert und Flöte geübt. Das Schwert führte sie besser als jeder der sieben Spielleute, obgleich Springsfeld und Buntvogel ihr mit ihren kurzen Dolchen überlegen waren.

Was ihr Flötenspiel anging, so hatte sie dazugelernt. Sie wusste jetzt, welcher Ton mit welchem Griff erzeugt wurde, und es gelang ihr, aus dem Kopf eine einfache, kindliche Melodie zu spielen. Dennoch brachte sie die Töne nur langsam und stockend zu Stande und viel zu oft verspielte sie sich. Was Temperament und Tempo anging, würde sie nie mit ihren Gefährten mithalten können.

Wer weiß, dachte sie, vielleicht wirst du nicht einmal diese Nacht überleben. Und du machst dir Gedanken übers Flötespielen!

Die Ruinen auf der Westspitze des Berges waren etwa zweihundert Schritte entfernt. Mondlicht schimmerte wie Schnee auf den Rändern der Mauerreste und Felsblöcke. Im Hintergrund, an der äußersten Kante des Plateaus, flackerte Feuerschein, aber er war zu weit weg, um Genaueres auszumachen.

»Was tun die da?«, fragte Springsfeld.

Sankt Suff schnaubte und rieb sich den Bauch. »Braten sich wahrscheinlich ein paar Hammelbeine.«

»Kannst du an irgendetwas anderes denken als ans Fressen und Saufen?«, zischte Buntvogel in die Richtung des Dicken.

»Ich könnt's dir sagen«, brummte Sankt Suff. »Aber es ist eine Dame in unserer Mitte.«

»Seid still!«, fuhr Jammrich die Männer im Flüsterton an. Er hatte sich bis zuletzt gegen einen Sprung zum Lurlinberg gewehrt, und obwohl die anderen ihn schließlich überredet hatten, war ihm anzusehen, wie unwohl er sich fühlte. Während die übrigen sich die Instrumente auf den Rücken banden und nach ihren Waffen griffen, war Jammrich sichtlich unentschlossen. Er hielt die Sackpfeife fest umklammert, um notfalls schnell von hier verschwinden zu können; zugleich aber schien er sich nach seiner Klinge zu sehnen, auch wenn er keineswegs überzeugt war, damit etwas gegen die Naddred ausrichten zu können. Letztlich war es eine Entscheidung zwischen Verteidigung und Angriff, und im Umgang mit den Druiden glaubte er weder an das eine noch das andere, daran hatte er während der endlosen Gespräche im Wirtshaus keinen Zweifel gelassen.

Obwohl Ailis von Anfang an vor den Naddred gewarnt hatte, war nicht sie es gewesen, die vorgeschlagen hatte, sich den Druiden entgegenzustellen. Buntvogel hatte die anderen überzeugt, und mit Ausnahme Jammrichs waren alle sogleich Feuer und Flamme gewesen. Für die Spielmänner war das alles nur ein Abenteuer mehr, von dem sie hofften, es später auf ihren Reisen besingen zu können.

Im Gegensatz zu ihnen wusste Jammrich um die Macht der Naddred, und so waren Ailis und er die einzigen, denen die Furcht fast den Atem abschnürte. Ailis hatte die Notwendigkeit der Reise zum Lurlinberg eingesehen, aber die Vorstellung, den unheimlichen Männern in ihren Kapuzenmänteln noch einmal gegenüberzutreten, verwandelte ihr Blut in Eiswasser. Sie fror am ganzen Körper, und das lag nicht allein an der kühlen Nachtluft und dem Wind, der über die Bergkämme blies.

Es gab keinen Plan. O, natürlich, sie hatten sich die Köpfe über Strategien zerbrochen, hatten allerlei Taktiken ersonnen und voreilige Beschlüsse gefasst, doch am Ende hatten sie alle Ideen wieder verworfen. »Wir gehen hin«, hatte Sankt Suff entschlossen verkündet, »schlagen ihnen die Schädel ein und verschwinden wieder.« Ailis dachte, dass Schädel einschlagen Sankt Suffs Lieblingsbeschäftigung sein musste, so oft wie er davon sprach.

Acht gegen acht, darauf lief es hinaus. Ailis und die sieben Spielleute auf der einen Seite, die acht Druiden auf der anderen. Es war lächerlich, und es verstörte Ailis, dass niemand außer Jammrich den Irrwitz des Ganzen zu erkennen schien, nicht einmal Buntvogel, den sie bislang für den Vernünftigsten von allen gehalten hatte. Aber der Halbmohr fühlte sich offenbar zum Helden berufen, und Ailis hatte die üble Befürchtung, dass er glaubte, ihr damit imponieren zu können.

Wie konnten sie nur alle so blind sein?

Der Trupp setzte sich in Bewegung, gebückt, jeden Busch und jede Bodensenke als Deckung ausnutzend. Die Quelle des Feuerscheins war noch immer nicht zu erkennen, zu viele Reste der alten Festungsanlage verwehrten die Sicht. Ailis bemerkte einen fremdartigen Geruch, nicht einmal unangenehm, der sie an exotische Kräuter erinnerte, die einmal von Händlern im Burghof feilgeboten worden waren. Die Erinnerung an einst, an ihr früheres Leben, versetzte ihr einen Stich, und das verstörte sie nur noch mehr – sie hätte nie gedacht, dass sie ihrem Dasein auf der Burg einmal nachtrauern würde. Aber alles war besser als das hier.

Sie wechselte einen Blick mit Jammrich. Er war bleich, seine Züge eingefallen. Seine Sackpfeife war noch immer vor seinen Bauch geschnallt; er hatte eine Hand auf dem unförmigen Balg liegen. In der anderen hielt er jetzt ein schmales Kurzschwert. Ailis wusste nicht, wie gut er damit umzugehen verstand. Er hatte sich geweigert, mit ihr zu üben, und das ließ darauf schließen, dass er nicht gerade ein Meister im Kampf mit der Klinge war.

Sie erreichten den Ostrand des Ruinenfeldes. Die Spitze der Felszunge, auf der sich einst die vorzeitliche Wehranlage erhoben hatte, lag höher als der Rest des Plateaus, was die Sicht darauf erschwerte.

Buntvogel und Springsfeld waren die Ersten, die die niedrige Böschung erklommen, über die früher eine Verteidigungsmauer gewacht hatte. Von der Mauer waren heute nur noch Trümmer übrig. Hinter zweien dieser Überbleibsel gingen die beiden Spielmänner in Deckung, winkten die anderen lautlos heran.

Ailis blieb an Jammrichs Seite. Eilig bückten sie sich hinter ein efeuumranktes Stück Mauerwerk. Sie sprachen nicht miteinander; jeder wusste auch so, was der andere empfand – Furcht und Hilflosigkeit. Natürlich musste etwas gegen die Naddred unternommen werden, aber warum waren ausgerechnet sie diejenigen, die das in die Hand nehmen sollten?

Die Frage war ebenso überflüssig wie alle anderen, die Fügungen des Schicksals in Zweifel stellten. Zufall, war die Antwort. Eine Kette entsetzlicher Zufälle.

Einmal berührte der spindeldürre Spielmann ganz kurz ihre Hand, und die Geste mochte alles Mögliche bedeuten: Aufmunterung, Beruhigung, vielleicht auch einen Abschied. Ailis fragte sich, ob Jammrich fliehen würde, falls die Lage zu gefährlich wurde. Ja, dachte sie überzeugt, natürlich wird er fliehen. Und wenn ich klug bin, mache ich es genauso. Nur, dass ich nicht in der Lage bin, das Tor der Spielmannswege zu öffnen.

Buntvogel hob den Kopf und spähte über den Mauerrand zum Feuerschein hinüber. Dann warf er Ailis einen Blick zu und gab ihr mit einem Nicken zu verstehen, gleichfalls hinzuschauen. Irgendetwas war da, das er nicht verstand.

Ailis zögerte nur für einen Moment, dann erhob sie sich langsam aus den Knien in die Hocke, streckte ihren Oberkörper. Ein paar Schritte vor ihr erhob sich eine hüfthohe Steinformation, mit Moos und Pilzen überwuchert, die ihr einen Teil der Sicht versperrte. Dennoch erkannte sie, was Buntvogel so verwirrte.

Aus der Öffnung des Felsenschachts, in dem sich angeblich das Tor nach Faerie befand, loderten nach wie vor Flammen. Mannshoch und ungewöhnlich weiß, so als wäre dies kein gewöhnliches Feuer. Und was hatte Ailis auch erwartet? Dass die Naddred über einem Lagerfeuer Hammelfleisch brieten, wie Sankt Suff es vermutet hatte? Liebe Güte!

Die acht Druiden standen im Kreis um das lodernde Spektakel, als hätten sie sich seit damals nicht von dort fortbewegt. Alle hatten die Arme vorgestreckt und starrten mit weit geöffneten Augen in das zuckende Licht. Fauchend leckten die weißen Flammen zum Himmel empor, geradewegs auf den Vollmond zu, der genau über ihnen in der Schwärze glühte. Es sah aus, als wollte das Feuer ihn mit flirrenden Tentakelarmen umschlingen und hinab auf den Boden ziehen.

»Ich weiß nicht, was sie da tun«, murmelte Jammrich, der nun gleichfalls hinsah, »aber es sieht aus, als wären sie fast am Ziel.«

»Der Mond«, flüsterte Ailis gedankenverloren. »Er strahlt das gleiche Licht aus wie diese Flammen. Als gehöre beides irgendwie zusammen.«

Jammrich hob die Schultern. »Zauberzeug«, bemerkte er abfällig, aber es klang nicht so gelassen, wie er beabsichtigt hatte.

Der Mondschein brach sich auf den Klingen der Gefährten, auch auf Ailis' Schwert, und sie hatte plötzlich die schreckliche Befürchtung, dass das Licht die Waffen damit irgendwie auf seine Seite zog – auf die Seite der Naddred. Es hätte sie kaum verwundert, wenn die Klingen sich plötzlich gegen ihre Besitzer gerichtet hätten. Aber das waren Gedanken, die ihr die Angst eingab. Sie durfte nicht darauf hereinfallen. Wem konnte sie überhaupt noch vertrauen, wenn nicht sich selbst und dem Schwert in ihrer Hand?

Buntvogel wechselte Blicke mit allen Spielmännern und

einer nach dem anderen nickte knapp. Nur Jammrich nicht. Sein Gesicht blieb starr, er rührte sich nicht. Ailis stieß ihn leicht an und verzog die Mundwinkel. Es hatte ein zuversichtliches Lächeln sein sollen, aber sie spürte, dass es missglückte.

Grundgütiger, durchfuhr es sie lakonisch, ich habe nicht einmal mehr Gewalt über mein Gesicht. Wie soll ich da erst eine Waffe führen?

Ihre Finger krallten sich um den Schwertgriff. Je fester sie zupackte, desto weniger zitterte sie. Am liebsten hätte sie die Waffe in ihrer Hand zerquetscht, nur damit ihr Körper endlich Ruhe gab.

Keiner wusste, wie die Naddred auf einen Angriff reagieren würden. Schleuderten sie Blitze wie die Götter in den alten Legenden? Riefen sie Zaubersprüche, die die Angreifer lähmten und ihnen das Blut abschnürten? Oder aber – und darauf hofften die Gefährten – beanspruchte die Beschwörung des Tores so viel von ihrer Kraft, dass sie zu gewöhnlichen Gegnern wurden? Allein deshalb hatten die Freunde mit ihrem Überfall bis zur Vollmondnacht gewartet.

Alles in allem aber war es müßig, darüber nachzudenken. Nicht mehr lange, und sie würden die Antwort auf ihre Fragen bekommen.

Die Luft um Ailis schien sich zusammenzuziehen und wieder auszudehnen, wie ein Atemzug der schlafenden Welt.

Buntvogel gab das Zeichen zur Attacke.

Mit einem wilden Aufschrei sprangen die Spielmänner aus ihren Verstecken, schwangen ihre Klingen hoch über den Köpfen, brüllten Verwünschungen und Drohungen, stürmten vorwärts durch die Ruinen.

Jammrich und Ailis schrien nicht, aber sie waren mitten unter ihren Gefährten, und auch ihre Klingen blitzten angriffslustig. Lärmend stürzte die Meute auf die Naddred zu, während die weißen Flammen aus dem Schacht immer höher züngelten, dem Mond und der Vereinigung mit seinem Licht entgegen. Was würde geschehen, wenn die Spitzen des Feuers ihn berührten? Wurde dadurch eine magische Verbindung geschaffen, ein Pakt zwischen Himmel und Erde, der die Tore zwischen den Welten aufriss, auch das nach Faerie?

Das Wie hatte längst an Bedeutung verloren. Es ging nicht mehr darum zu verstehen, was die Naddred taten. Alles, worauf es ankam, war, ihr Vorhaben zu vereiteln. Wenn es gelang, sie davon abzuhalten, das Tor zu öffnen, würde es gewiss kein Bündnis mehr zwischen ihnen und dem Echo geben.

Noch fünf Schritte, dann würden Buntvogel und Springsfeld an der Spitze der Gaukler die vorderen Naddred erreichen. Der Kreis der Druiden war auseinander gebrochen. Die Vermummten fuhren mit flatternden Kapuzenmänteln herum, wandten sich den Angreifern entgegen. Ailis erkannte jenen mit dem Geschwür am Hals wieder. Aus seinem Blick sprach die Gewissheit grenzenloser Überlegenheit.

Einer, wohl der Anführer, riss beide Arme hoch, streckte sie hinauf zum Himmel, hinauf zum Mond! Seine Lippen murmelten stumme Worte, Beschwörungen.

Buntvogel stieß seinen Dolch vor, rammte ihn in die Kutte eines Naddred. Ailis hatte vieles erwartet – dass die Klinge ohne Widerstand durch den Mann hindurchfahren oder der Stahl bei der Berührung zu Staub zerfallen würde –, aber niemals hätte sie angenommen, dass der Naddred einfach zusammenbrechen würde. Und doch – der Druide kreischte gequält auf, seine Kapuze glitt zurück und entblößte einen kahlen, weißen Schädel, der sich kaum von der knochigen Kugel des Mondes unterschied. Dann sank er zusammen, während dunkles Blut über Buntvogels Finger spritzte.

Springsfeld hatte weniger Glück. Sein Gegner tauchte unter seinem Schwerthieb hinweg und packte den Spielmann am Gürtel. Springsfeld schrie, als der Druide ihn wie eine Strohpuppe vom Boden riss. Das Schwert entglitt seiner Hand, er strampelte mit Armen und Beinen. Der Naddred hob ihn hoch über seinen Kopf, als besäße er nicht das mindeste Gewicht, und drehte sich mit ihm zum Schacht und dem unheimlichen Mondfeuer um. Gerade wollte er Springsfeld in die lodernde Glut schleudern, als der stumme Feinklang seinen Dolch zwischen die Schulterblätter des Druiden rammte. Der Gaukler fiel schreiend zu Boden, verfehlte nur knapp den Schacht und die Flammen. Feinklang sprang zurück, während der Naddred vorwärts taumelte, geradewegs ins Feuer. Das Licht schloss sich um ihn wie ein Vorhang. Dann raste plötzlich etwas Dunkles aus dem Schacht empor zum Himmel, durch das Innere der tobenden Flammen wie durch einen Tunnel aus gleißender Helligkeit. Die Spitzen des Feuers spien etwas hinaus in die Nacht, einen wabernden Schatten wie ein Vogel, der so blitzschnell davonglitt, dass das menschliche Auge ihm nicht zu folgen vermochte.

Einige Herzschläge lang waren alle Kämpfe zum Erliegen gekommen, während Spielleute und Naddred hinauf zum Nachthimmel blickten und sahen, wie die Flammen mit einem dumpfen Zischen höher schossen, ein heftiger Schub, der sie ihrem Ziel, dem Mond, noch näher brachte.

Ailis war gewiss nicht die Einzige, die begriff, was die Naddred planten – auf alle Fälle aber war sie die erste, die den anderen eine Warnung zuschrie:

»Sie wollen sich opfern! Sie wollen sterben! Ohne sie werden die Flammen niemals den Mond erreichen. Ihr müsst sie vom Feuer fernhalten!«

Sie schwang ihr Schwert, vergaß alle Zweifel und Ängste und drang entschlossen auf einen Druiden ein, der sie um fast zwei Haupteslängen überragte. Ihre Klinge zuckte vor, verfehlte seinen Bauch, schnitt aber durch die Falten der Robe und wurde einen Moment lang von dem Stoff behindert. Die Faust des Naddred raste vor und traf Ailis' Wange. Sie stolperte zurück, riss dabei ihr Schwert aus dem Stoff und fiel nach hinten. Vor Schmerzen schreiend kam sie auf einer Felskante auf.

Der Naddred setzte nicht nach. Stattdessen drehte er sich um und machte zwei, drei rasche Schritte auf das Feuer zu. Die Flammen zischten, als der Mann darin verschwand. Dann sauste erneut ein Schemen in die Höhe, verpuffte in der Dunkelheit, während das Feuer dank neuer Nahrung abermals himmelwärts loderte.

Mehrere Druiden wollten es den beiden ersten gleichtun, doch die Spielleute rannten nur noch heftiger gegen sie an, jetzt klar in der Überzahl.

Der Anführer, der die Arme noch immer zum Mond erhoben hatte, war bisher unbehelligt geblieben, doch nun nahm sich Buntvogel seiner an. Der Halbmohr stieß einen fremdländischen Kampfruf aus, dann sprang er um das Feuer herum und trieb den Naddred mehrere Schritte zurück. Ailis konnte nicht sehen, was geschah, befanden sich doch die Flammen genau zwischen ihr und den beiden Kämpfenden. Dann aber ertönte ein gellender Schrei und Buntvogel taumelte zur Seite. Sein eigener Dolch, lang und fein geschliffen, steckte ihm in der Kehle wie ein exotisches Schmuckstück. Mit gurgelnden Geräuschen brach er in die Knie, Blut schoss zwischen seinen Lippen hervor, sprühte ins Feuer.

Die Flammen leckten danach, pflückten jeden Tropfen mit gleißenden Fingern aus der Luft. Eine Woge schien durch das Feuer zu rasen, dann brach eine helle Schliere zur Seite aus, berührte den sterbenden Buntvogel und setzte ihn in Brand. In einem blendenden Fanal sprangen die Flammen auf den ganzen Körper des Spielmanns über, verzehrten ihn wie einen trockenen Zweig. Innerhalb eines Atemzuges war er verschwunden.

Und wieder loderten die Flammen höher, dem stummen, reglosen Mond entgegen.

Ailis schrie auf. Zorn und Schmerz übernahmen ihre Reaktionen, trieben sie vorwärts, um das Feuer herum, an Wirrsang und Feinklang vorüber, die einen Naddred in ihre Mitte genommen hatten und auf seine bloßen, abwehrend hochgerissenen Arme einhackten.

Der Anführer stand da, als sei nichts geschehen, die Hände erhoben, als wollte er den Mond mit gekrümmten Fingern aus der Schwärze reißen. Ailis holte mit dem Schwert aus, wollte zuschlagen, als sie einen Schwall glühender Hitze in ihrem Rücken spürte. Etwas atmete in ihren Nacken!

Doch als sie herumfuhr, um sich dem Gegner zu stellen, war da nichts als weiße Glut, die sie blendete und ihr fast die Augen aus dem Schädel brannte. Sie war zu nahe ans Feuer geraten! Aber wie konnte das sein? Sie hatte doch einen großen Bogen um die Flammen geschlagen!

Egal, sie musste es nicht verstehen, musste nur entkommen! Sie taumelte zur Seite, entging um Haaresbreite einer heranfauchenden Feuerlohe, ließ sich zu Boden fallen und schlug zugleich mit ihrer Klinge in die andere Richtung. Die Schneide biss in Widerstand, hieb ins Schienbein des Naddred-Anführers. Der Mann brüllte auf, und sogleich zogen sich die Flammen, die nach Ailis geleckt hatten, zurück. Der Druide brach in die Knie, starrte Ailis an, fiel dann nach vorne auf Brust und Gesicht. Seine Hand schoss vor, bekam Ailis' rechten Unterarm zu fassen und hielt ihn fest. Sie versuchte sich loszureißen, von panischer Angst erfüllt, doch der Griff des Naddred war zu stark. Mit der Linken riss sie das Schwert aus der gefangenen Hand, holte unbeholfen aus und ließ die Klinge auf den Arm des Druiden herabfahren. Die Schneide drang durch Haut und Muskeln, ließ die morschen Knochen zerbersten. Die Finger des Mannes lösten sich, doch noch immer schrie er nicht, hob nur den Kopf vom Boden und sah sie aus unendlich traurigen Augen an. Kein Zorn, kein Hass. Nur Trauer.

Überrascht wich Ailis zurück. Mit schwankenden Bewegungen kroch sie auf Knien und Händen rückwärts, entfernte sich von dem Naddred. Sie hätte ihn in diesem Moment erschlagen können, ohne jede Mühe, aber sie brachte es nicht über sich. Sie hatte noch nie einen Menschen getötet, und sie war völlig arglos in dieses Abenteuer geschlittert, ohne einen Gedanken daran zu verschwenden, ob sie überhaupt die Kraft besaß, das Leben anderer zu vernichten.

Aber, durchfuhr sie die Erkenntnis, der Naddred hatte Buntvogel getötet. Mochte jetzt auch noch so große Wehmut in seinen Augen stehen, er hatte ihren Freund ermordet!

Noch immer schaute der Anführer sie an, bewegte sich nicht. Er würde in Kürze an seinen Wunden verbluten. Aus seinem Armstumpf ergoss sich eine dunkelrote Flut und versickerte in haarfeinen Spalten im Felsboden. Immer wieder lösten sich fingerlange Flammen aus dem Feuer, tanzten wie Irrlichter über den Felsboden, erreichten die Blutpfütze, loderten gierig auf und vergingen in ihrer eigenen Glut.

Ailis dachte an Buntvogels fassungsloses Gesicht. An den Dolch in seiner Kehle. Das Grauen in seinen Augen.

Sie packte das Schwert fester und traf eine Entscheidung. Kraftlos schleppte sie sich erneut auf den Naddred zu, holte aus -

Hinter ihr ertönten in kurzem Abstand zwei Schreie. Als sie herumfuhr, sah sie nacheinander zwei dunkle Schemen durch die Flammen gen Himmel rasen. Das Feuer zuckte höher. Es würde den Mond bald erreichen.

Drei erschlagene Naddred lagen auf der anderen Seite des Schachts am Boden. Ailis' Blick raste über die Gesichter ihrer Gefährten. Zwei fehlten. Samuel Auf-und-Dahin und Wirrsang waren von ihren Gegnern in die Flammen gestoßen worden.

Tränen liefen über Ailis' Wangen, als sie sich wieder dem sterbenden Anführer zuwandte. Er hatte jetzt auch seine gesunde Hand nach ihr ausgestreckt, doch statt nach ihr zu greifen, hielt er ihr mit schwindenden Kräften etwas entgegen. Erst dachte sie, eine Blutpfütze hätte sich in seiner Hand gesammelt. Dann erkannte sie den Rubin. Das Schlangenauge. Eberharts Vermächtnis.

Einen Augenblick zögerte sie, danach zu greifen, doch als sie es schließlich tat, schlossen sich die Finger des Druiden darum. Sie verstand. Er bot ihr einen Handel an. Für sie den Stein, für ihn den freien Weg in die Flammen. Selbst im Tod wollte er noch seiner Sache dienen.

Ailis riss das Schwert hoch und enthauptete ihn.

Das Leben in den traurigen Augen erlosch. Der Stein fiel aus seiner zuckenden Hand, rollte über den Fels auf Ailis zu. Sie hob ihn auf, holte aus und schleuderte ihn über den

Rand des Plateaus, hinab in die Fluten des Rheins. Sie sah das funkelnde Kleinod im Dunkeln einen weiten Bogen ziehen, dann verschwand es in der Tiefe.

Jammrich und Sankt Suff setzten einem Gegner nach, der versuchen wollte, sich über das Ruinenfeld in Sicherheit zu bringen; offenbar war der Glaube an ihr Ziel nicht in allen Naddred gleich tief verwurzelt.

Feinklang war die Trauer um seinen toten Bruder deutlich anzusehen. Erbittert rang er mit einem Gegner, hatte beide Hände um dessen Hals gekrallt, während der Druide versuchte, ihn mit Hieben gegen Brust und Bauch von sich fortzudrängen.

Soll das die gefürchtete Macht der Naddred sein?, dachte Ailis fassungslos. Schläge und Davonlaufen?

Sie sprang auf und lief erneut um das Feuer, um Feinklang zu Hilfe zu kommen. Der Hass verlieh dem stummen Spielmann übermenschliche Kräfte, doch auch der Naddred verfügte über enorme Stärke. Noch während Ailis auf die beiden zutaumelte, gelang es dem Druiden, Feinklangs Umklammerung zu sprengen und den Musikanten von sich zu stoßen. Feinklang riss den Mund auf, als wollte er einen zornigen Schrei ausstoßen, doch kein Ton kam über seine Lippen. Statt seiner brüllte Ailis auf, als sie sah, wie ihr Gefährte auf dem glatten Fels ausrutschte, das Gleichgewicht verlor und rückwärts in Richtung des Feuers schlitterte. Auch der Naddred sah die Schwäche seines Feindes. Ein böses Grinsen flackerte über seine verhärmten Züge.

Ailis und der Druide sprangen im selben Moment vorwärts – sie, um Feinklang zurückzuhalten, er, um ihn in die Flammen zu stoßen.

Im Laufen holte sie mit dem Schwert aus, hieb damit nach dem heranstürmenden Druiden. Die Klinge verfehlte ihn, zwang ihn jedoch, sich zur Seite zu werfen und von Feinklang abzulassen. Ailis aber geriet durch den Schlag ihrerseits aus dem Gleichgewicht. Ihre Hand, nach dem Spielmann ausgestreckt, griff ins Leere, und mit von Grauen geweiteten Augen musste sie zusehen, wie Feinklang von den Flammenarmen ins Innere des Feuers gerissen wurde. Er verblasste zu einem Schatten, der durch die Lichtsäule himmelwärts raste.

Ihr blieb keine Zeit, um den Freund zu betrauern. Denn schon stürzte sich der Naddred auf sie, mit ausgestreckten Armen, die Finger gekrümmt wie Vogelkrallen. Ailis wich seinen zupackenden Klauen aus und ließ das Schwert auf Höhe seiner Hüfte herumwirbeln. Die Schneide riss ihm den Unterleib auf. Der Mann klappte zusammen wie ein zerbrochener Ast. Er starb, bevor er die Flammen erreichen und sich opfern konnte.

Ailis stand da, breitbeinig, das blutige Schwert erhoben, und atmete rasselnd ein und aus. Das Feuer hatte sich ein letztes Mal dem Mond entgegengestreckt, als Feinklang hineingestürzt war. Nun aber, da kein Naddred mehr da war, um die Beschwörung aufrechtzuerhalten, verlor es allmählich an Höhe. Ailis konnte zusehen, wie es in sich zusammensank und dabei geisterhafte Laute verursachte, fast wie ein enttäuschtes Stöhnen. Entsetzt stolperte sie einige Schritte zurück.

Aus der Dunkelheit in ihrem Rücken erklang ein gellendes Kreischen. Sie drehte sich um und sah einen Moment später Jammrich und Sankt Suff aus der Finsternis treten. Jammrich musste den Dicken stützen, er blutete aus einer Wunde an der Stirn. Zudem drohte sein linkes Knie bei jedem Schritt nachzugeben. Im Näherkommen entdeckte Ailis, dass ein tiefer Schnitt in seinem Oberschenkel klaffte.

»Wir haben ihm ... den Schädel eingeschlagen«, keuchte Sankt Suff und grinste schmerzverzerrt. Die Bespannung seiner Pauke, die er noch immer auf dem Rücken trug, war zerrissen und mit Blut bespritzt. Es sah aus, als hätte das Instrument selbst aus seiner Wunde geblutet.

Jammrich half dem Freund, sich auf den Boden zu setzen. Sein Blick irrte über das Ruinenfeld, sah die Leichen der erschlagenen Naddred und suchte vergeblich nach Feinklang.

Ailis schüttelte stumm den Kopf, sagte kein Wort. Er verstand.

Die Flammen hatten jetzt fast den Rand des Schachts erreicht, senkten sich immer tiefer. Schließlich drang nur noch ein schwaches Schimmern aus dem Abgrund herauf, das bald erlosch. Der Mond glühte unverwandt am Himmel, gänzlich unberührt von den Ereignissen am Boden.

»Ist es offen?«, fragte Ailis beklommen und deutete auf die Öffnung, auf das Tor nach Faerie.

Jammrich zuckte nur mit den Schultern. Sankt Suff wollte mit der Faust auf den Fels schlagen und irgendetwas sagen, doch seine Hand fiel nur schlaff herab, und er war zu schwach, um die richtigen Worte zu finden.

Jammrich ging neben ihm in die Hocke und legte eine Hand auf seine Schulter. »Wir müssen ihn ins Wirtshaus am Spielmannsweg bringen. Dort kann man ihm helfen.«

Ailis gab keine Antwort. Zögernd trat sie näher an den Schacht heran. Das Feuer hatte keine Spuren hinterlassen, nicht einmal Ruß. Der kühle Geruch des Felsinneren schlug ihr entgegen. Sie wusste nicht, wie ein offenes Tor nach Faerie aussah – ob es dabei überhaupt etwas zu sehen gab –, aber ihr Gefühl sagte ihr, dass dieses hier verschlossen war. Es musste verschlossen sein. Fünf ihrer Freunde waren dafür gestorben.

Plötzlich gaben ihre Knie nach, sie sank kraftlos zu Boden. Die Erkenntnis, dass sie die anderen nie wiedersehen würde, dass sie alle für etwas gestorben waren, das sie, Ailis, ausgelöst hatte, brach mit schrecklicher Gewalt über sie herein. Sie konnte nicht einmal mehr klar genug denken, um sich wirklich schuldig zu fühlen. Aber sie machte sich nichts vor: Die Schuldgefühle würden sie noch schnell genug ereilen. Bis dahin musste sie diese ganze Sache zu einem Ende bringen.

Jammrich kam zu ihr, streichelte ihr über den Kopf.

»In deinem Haar klebt Blut«, murmelte er. »Ist das von dir?«

Sie verneinte stumm, sah aber nicht zu ihm auf.

»Ich muss Sankt Suff zum Wirtshaus bringen«, sagte er. »Er verliert zu viel Blut und er schafft den Weg nicht allein.«

Abgesehen von Ailis war Sankt Suff der einzige unter den Gauklern gewesen, der die Spielmannswege nicht aus eigener Kraft benutzen konnte. Auf seiner Pauke ließ sich keine Melodie spielen und ein anderes Instrument beherrschte er nicht.

»Ich kann nur einen von euch mitnehmen«, sagte Jammrich und legte eine Hand auf seine Sackpfeife, die wie durch ein Wunder unversehrt geblieben war. »Warte hier auf mich, Ailis. Sobald Sankt Suff in Sicherheit ist, komme ich zurück und hole dich.«

Ailis schüttelte den Kopf. »Ich gehe zu Fee«, sagte sie mit schwacher Stimme. »Ich töte sie.«

»Du allein? Sei keine Närrin!«

»Vielleicht gibt es einen Weg.«

»Ja, vielleicht. Aber du kennst ihn nicht.« Er legte die Stirn in Falten und Zorn blitzte in seinen Augen. »Ich will nicht noch jemanden verlieren. Und wenn ich dich weich prügeln muss, damit du zur Vernunft kommst!«

Sie schenkte ihm ein bitteres Lächeln. »Sankt Suff verblutet. Also kümmere dich um ihn, nicht um mich.«

Er packte sie grob am Oberarm und zerrte sie auf die Füße. »Du kannst das Echo nicht vernichten. Vielleicht gelingt es dir, deine Freundin zu töten, ihren Körper, das, was von ihr übrig geblieben ist. Aber niemals das Echo!«

Jetzt war sie es, die die Geduld verlor. »Und das alles hier?«, schrie sie ihn an und deutete wütend über das Schlachtfeld. »Für was sind die anderen gestorben, wenn wir diese Sache jetzt nicht zu Ende bringen? Was glaubst du, wie lange es dauern wird, bis das Echo hier ist und das Tor selbst öffnet? Das Unheil ist das gleiche, egal, wer dafür verantwortlich ist. Ich muss das Echo vernichten!«

Sein Blick bohrte sich scharf in ihre Augen. »Ich habe all diese Männer viele Jahre lang gekannt. Sie waren meine besten Freunde. Sag du mir nicht, ich wüsste ihren Tod nicht zu würdigen!«

Hinter seinem Rücken ertönte eine keuchende Stimme. »Sie hat recht, Jammrich! Die Kleine hat recht!«

Jammrich fuhr herum und war mit zwei schnellen Sätzen bei Sankt Suff. »Recht oder nicht, es wird ihr kaum helfen, wenn das Echo sie erst in Stücke reißt.« Er beugte sich über das verletzte Bein des Freundes und sein Blick wurde noch sorgenvoller. Die Wunde war aufgeklafft wie eine überreife Pflaume und das Blut floss jetzt noch schneller.

»Bring mich auf die andere Seite des Flusses«, bat Ailis. »Und dann komm zurück und sorge dafür, dass Sankt Suff geholfen wird.«

»Tu, was sie sagt«, forderte Sankt Suff mit ersterbender Stimme.

Einen Augenblick lang war Jammrich hin und her gerissen zwischen den beiden. Ein Sprung zum anderen Ufer würde nur einige Herzschläge dauern. Ailis starrte ihn flehend an.

»Gut«, sagte Jammrich und packte die Sackpfeife. »Komm her.«

Ailis wechselte einen letzten Blick mit Sankt Suff, der ihr aufmunternd zunickte, dann ertönten die ersten Klänge.

Es ging so schnell, dass sie die Lichter und Töne der Spielmannswege kaum wahrnahm. Sie spürte den üblichen Schlag unter die Fußsohlen, dann standen sie und Jammrich auf dem Weg, der vom Dorf hinauf zu Burg Rheinfels führte.

»Danke«, sagte sie, und fügte dann hinzu: »Und jetzt verschwinde! Sankt Suff braucht deine Hilfe.«

Jammrich nickte und hob das Mundstück der Sackpfeife an die Lippen. »Versprich mir«, verlangte er, bevor er hineinblies, »dass du nichts Dummes tust.«

Ailis lächelte nur und trat einen Schritt zurück.

Dann ertönte die Melodie der Spielmannswege und zerrte Jammrich davon.

Einen Moment lang kämpfte sie mit Schwindel und Übelkeit, dann schob sie mit zitternder Hand das Schwert in die Scheide auf ihrem Rücken und machte sich auf den Weg zur Burg.

8. KAPITEL

Zwei Tage lang ritt sie fast ohne Unterbrechungen. Wenn sie doch einmal Halt machte, konnte sie nicht schlafen. Sobald sie einnickte, sah sie die Leichengesichter ihrer toten Freunde vor sich, schrak mit einem Schrei auf den Lippen hoch und starrte zum Himmel hinauf, als gäbe es dort eine Antwort auf all ihre Fragen.

Der Pferderücken zwischen ihren Schenkeln fühlte sich an wie scharfe Klingen, die ihr die Haut von den Knochen schälten. Der Weg, dem sie folgte, führte immer tiefer ins Herz der Eifelberge. Je höher sie kam, desto kühler wurde es. Hier oben waren Jahreszeiten ohne Bedeutung. Der Wind schnitt unerbittlich durch ihre Kleidung und war immer wieder von Nieselregen durchsetzt. In den Tälern war es erträglicher gewesen, dort hatten Bergflanken und Wälder sie vor den Winden geschützt. Seit sie aber die Ausläufer der Hochebene erreicht hatte, war es schlimmer geworden. Viel schlimmer.

Wie sehr sie sich wünschte, das verfluchte Flötenspiel zu beherrschen! Bei jeder noch so kurzen Rast setzte sie das Instrument an die Lippen und versuchte zu spielen. Sie machte Fortschritte, o ja, aber es reichte noch immer nicht aus, um die Spielmannswege zu öffnen. Erst jetzt wusste sie wirklich zu würdigen, wie mühelos die Reisen an der Seite der Gaukler gewesen waren.

Nachdem Jammrich sie am Fuß des Burgberges abgesetzt

hatte, war sie hinaufgestiegen und hatte schnurstracks Erlands Schmiede aufgesucht. Als sie die Tür öffnete und ihr der Geruch von Ruß und heißem Eisen entgegenschlug, war ihr, als wäre sie nie fort gewesen. Sie musste sich ins Gedächtnis rufen, dass es gerade einmal zwei Wochen her war, seit sie zuletzt das Hämmern des Schmiedes vernommen hatte. Es kam ihr vor wie zwei Jahre. Hier in der Burg hatte sich nichts verändert, aber in ihr selbst, in Ailis' Kopf, hätte die Wandlung kaum größer sein können. Sie kam sich vor wie eine Fremde.

Erland blickte auf, als sie eintrat. Er ließ fallen, was er in Händen gehalten hatte, und schloss sie in seine Arme. Er wollte wissen, wo sie sich herumgetrieben hatte und wie es ihr ergangen war. Sie erzählte ihm in aller Kürze von Spielleuten, denen sie sich angeschlossen hatte, und wie gut es ihr gefallen habe, ein wenig von der Welt zu sehen. Sein Blick war voller Zweifel, und erst nach einer Weile wurde ihr klar, dass sie das Blut in ihrem Haar und auf ihrer Kleidung vergessen hatte. Erland glaubte ihr kein Wort von all ihrem überschwänglichen Gerede über die Vorzüge des Vagantenlebens.

Er stellte Fragen, sicher, aber er gab bald auf, als er merkte, dass sie nicht gekommen war, um zu reden. Sie wollte etwas von ihm, und er wäre nicht der Erland gewesen, den sie kannte, hätte er nicht gleich alles in Bewegung gesetzt, um ihr zu helfen.

Als sie ihn bat, ihr ein Pferd und Verpflegung zu besorgen, griff er mit beiden Händen in seine Münzkiste und ging mit ihr hinüber zu den Pferdeställen. Es war mitten in der Nacht, aber ein paar Fußtritte des Schmiedes brachten die Stallburschen eilig auf die Beine. Erland schleuderte ihnen die Münzen verächtlich ins Gesicht, doch nach dem ersten

Schrecken konnten die beiden Jungen ihr Glück kaum fassen. In Windeseile war eines der besten Pferde gesattelt und reisebereit, die Satteltaschen mit Brotfladen, derber Wurst und einem Wasserschlauch gefüllt.

Erland begleitete Ailis bis hinaus vor das Burgtor, und er sorgte dafür, dass keiner der Wachtposten sie aufhielt, obwohl sie ohne Pferd angekommen war und nun auf einem der schnellsten davonritt.

»Ist das ein Abschied für immer?«, fragte Erland sie, bevor sie dem Pferd in die Flanken trat.

»Wenn ich das wüsste«, rief Ailis zurück, und dann trug das Ross sie davon, die Berge hinauf und darüber hinweg nach Westen.

Jetzt, zwei Tage später, wusste sie, dass es endgültig an der Zeit war, eine längere Rast einzulegen. Die kurzen Pausen, die sie sich bisher gegönnt hatte, halfen weder ihr noch dem Pferd, und – Träume hin oder her – sie musste versuchen zu schlafen. Was half es, Fee gegenüberzutreten, wenn die Müdigkeit allein sie fast von den Beinen warf?

Die Hochebene wirkte nur aus der Ferne vollkommen glatt. Obwohl der Horizont schnurgerade wie ein straff gespannter Faden verlief, war der Boden beim Näherkommen leicht gewellt, an manchen Stellen gar von kleinen schroffen Tälern durchbrochen.

Gerade hatte sie sich entschlossen, in der nächsten dieser Senken Halt zu machen, als sie dort unten eine Gestalt entdeckte. Es war früh am Abend, die Dämmerung schob sich ihr entgegen und tauchte das weite Land in Halblicht. Hell genug, um zu erkennen, dass dort unten jemand war, aber zu düster, um Einzelheiten auszumachen. Dennoch zweifelte sie nicht, dass sie erwartet wurde.

Ihr erster Gedanke war, sofort davonzureiten. Dann aber

dachte sie, dass eine Flucht sinnlos war. Falls es Fee war, die dort unten wartete, konnten sie es ebenso gut hier wie an jedem anderen Ort beenden. Falls aber nicht sie es war, sondern –

»Jammrich!« Sie erkannte ihn, als die Wolken einen Moment lang aufrissen und ein letzter Sonnenstrahl hinab in den Talgrund fiel. Sie trieb das Pferd zum Galopp.

Der Spielmann saß am Wegrand und blickte ihr entgegen. Vor ihm im Gras befand sich eine erkaltete Feuerstelle. Augenscheinlich hatte er gerade erst vergeblich versucht, die Flammen ein weiteres Mal zu entfachen.

»Endlich!«, entfuhr es ihm seufzend, als sie aus dem Sattel sprang. »Und ich dachte schon, du kämest gar nicht mehr.«

Sie grinste, obwohl ihr eigentlich nicht danach zu Mute war. »Ich bin so schnell geritten wie es eines der besten Pferde aus dem Stall des Grafen vermag.«

»Du hast es gestohlen?«

»Ein Freund hat es für mich bezahlt.«

»Der Schmied?«

Sie nickte. »Wie geht es Sankt Suff?«

»Besser. Er hat schon wieder nach Bier verlangt. Ein gutes Zeichen.«

Ein Augenblick verging, in dem beide vor Verlegenheit nichts zu sagen wussten. Dann brach Ailis das Schweigen. »Du hast es dir also anders überlegt?«

»Ich ...« Er verstummte, schüttelte dann nach kurzem Zögern den Kopf. »Nein, Ailis. Ich bin hergekommen, um dich zur Vernunft zu bringen.«

Ihre Hoffnungen zerstoben. »Du kannst mich nicht aufhalten«, sagte sie niedergeschlagen.

»Und ich kann dir nicht helfen. Niemand kann das. Was du vorhast, ist zwecklos. Du wirst sterben, das ist alles.«

»Es ist meine Entscheidung.«

»Warum tust du das?«

Sie antwortete mit einer Gegenfrage. »Warum wohl sind die anderen gestorben?«

»Nicht um die Welt zu retten, wenn du das meinst«, erwiderte er düster. »Sie waren Abenteurer. Sie haben sich von den Geschichten ernährt, die sie erlebten. Und von denen, die sie erfanden.«

»Ebenso gut hätten sie diese hier erfinden können. Sie hätten nicht sterben müssen. Ihr alle habt es mir selbst erklärt: Niemanden kümmert, ob die Geschichten eines Spielmannes wahr oder erlogen sind.«

»Ich kannte diese Männer«, sagte er beharrlich. »Keiner von ihnen war ein Held, der darauf aus war, die Menschen vor den Wesen aus Faerie zu retten. Es ging ihnen immer nur um sich selbst. Um ihren Spaß.«

»Sie sind tot, Jammrich. Und du hast nichts Besseres zu tun, als ihr Andenken in den Schmutz zu ziehen.«

»Ihr Andenken?«, rief er aus und lachte bitter. »Es gibt kein Andenken, Ailis. Niemand erinnert sich ihrer. Nur du und ich und Sankt Suff. Und keiner von uns sollte sie als Weltenretter in Erinnerung behalten.«

Sie wusste nicht, ob sie zornig sein oder verzweifeln sollte. Irgendwie schien ihr beides angebracht. »Vielleicht geht es aber mir um die Welt«, sagte sie voller Trotz.

»Ist es das, was du dir einredest? Du armes Kind!«

Sie griff nach den Zügeln ihres Pferdes und schwang sich wieder in den Sattel. »Lass mich in Ruhe, Jammrich. Dies alles ist auch ohne dein Gerede schwer genug.«

Blitzschnell sprang er auf und packte ihr Ross am Zaumzeug. »Es geht dir nicht um die Welt, und du weißt es. Es geht nur um dich, um deine Wut darüber, dass das Echo dir deine Freundin weggenommen hat. Das ist es doch, nicht wahr? Du hast die Hoffnung noch immer nicht aufgegeben. Aber glaub mir, Ailis, Fee ist nicht mehr. Sie ist« – er schnippte mit den Fingern – »einfach fort.«

Wütend hieb sie ihre Stiefel in die Flanken des Pferdes. Jammrich musste zur Seite springen, um nicht von den donnernden Hufen überrannt zu werden. Sie wollte nicht, dass er ihre Tränen sah; sie wollte auch nicht, dass er ihr noch einmal folgte oder gar auf den Spielmannswegen zuvorkam. Was sie zu tun hatte, wollte sie allein tun.

Dabei hatte er doch recht. Es ging nicht um die Welt, dieses grenzenlose, unfassbare Ding, das in all seiner Seltsamkeit weder von ihr noch von irgendwem sonst verstanden, geschweige denn gerettet werden konnte. Aber es ging auch nicht um gekränkte Eitelkeit. Nicht einmal um Rache.

Alles, was sie tat, tat sie für Fee.

Und das war der beste Grund, den sie sich vorstellen konnte.

Als die Nacht vollends hereingebrochen war, zügelte Ailis ihr Pferd unter einer knorrigen, windgebeugten Eiche und stieg aus dem Sattel. Nicht lange vorher hatte sie das Ross an einem kleinen Tümpel trinken lassen, und jetzt gönnte sie sich selbst einen großen Schluck aus dem Wasserschlauch, aß die Hälfte dessen, was von Brot und Wurst noch übrig war, und spülte beides mit einem weiteren Schwall Wasser hinunter.

Die Eiche stand einsam unter der gewaltigen Kuppel des Sternenhimmels. Wie kommt es, dachte Ailis, während sie sich erschöpft im Gras niederlegte, dass der Himmel am Tag noch so verhangen sein kann und trotzdem des Nachts klar genug ist, um all die Sterne herableuchten zu lassen? War es, weil die Götter den Menschen beim Schlafen zuschauten und dabei entschieden, in welche Bahnen sie das Schicksal ihrer arglosen Schöpfungen lenkten?

Dabei war im Verlauf all der Ereignisse, der Fluchten und Niederlagen, die sie durchlebt hatte, nie die Rede von Göttern gewesen. Wir sind alle nur Figuren im Spiel Titanias, hatte der Lange Jammrich damals gesagt.

Keine Götter, nur die Königin von Faerie.

»Wenn du mich hören kannst, du Miststück«, schrie Ailis zornig in die Nacht hinaus, »dann lass dir sagen, dass ich nichts gebe auf dein Spiel und seine Regeln! Ich lasse mich nicht von dir von einem Feld aufs andere ziehen! Alles, was ich tue, geschieht nach meinem eigenen freien Willen!«

Sie fühlte sich entsetzlich hilflos. Eigentlich kein neues Gefühl. Mochte sie sich auch ihr ganzes Leben lang noch so hart und eigenwillig geben, in Wahrheit hatte sie sich immer nur nach anderen gerichtet, nach dem, was sie taten, dachten, bestimmten. Sie hatte nie eine eigene Wahl gehabt. Erst ihre Eltern, die sie spüren ließen, wie wenig sie für sie empfanden, und sie schließlich ganz aufgaben. Dann der gute Wille der gräflichen Familie, der sie zu Dankbarkeit für Dinge zwang, an denen ihr nichts lag. Schließlich das Echo, dem sie sich nur entziehen konnte, weil Fee an ihre Stelle trat. Nichts davon war ihre eigene Entscheidung gewesen.

Um so wichtiger, dass sie gerade jetzt das tat, was sie für das Richtige hielt. Sie würde sich keine weiteren Vorschriften machen lassen, nicht von Jammrich, nicht einmal von ihrer Vernunft. Sie verließ sich nur noch auf ihre Gefühle. Endlich würde sich zeigen, ob sie in der Lage war, ihr Geschick selbst in die Hand zu nehmen. Götter? Titania? Zum Teufel mit ihnen!

Im matten Licht der Sterne schlief sie ein, und falls sie abermals träumte, erinnerte sie sich nach dem Aufwachen nicht mehr daran. Es war schon hell als sie die Augen aufschlug. Sie fühlte sich immer noch müde und schwach. Das erste, worauf ihr Blick fiel, waren ihre Schwertscheide und die Flöte, die daran befestigt war.

Im feuchten Gras setzte Ailis sich auf und zog das Instrument aus den Halteschlaufen. Zögernd führte sie es an die Lippen. Ihre Finger tasteten erst zaghaft, dann immer geschickter über die Öffnungen. Verspielte, hauchzarte Töne wehten über die Ebene, erst ohne jede Harmonie, dann aber, ganz allmählich, als eindringliche Folge melodischer Klänge.

Einen Augenblick lang setzte Ailis die Flöte ab und starrte sie überrascht an. Warum konnte sie ihr plötzlich solche Töne entlocken?

Zögernd spielte sie weiter. Spielte eine Melodie, die sie eben noch nicht gekannt hatte. Es war genau wie in jener Nacht, als sie den Tanzbären gegenübergestanden hatte. Irgendetwas schien sich selbstständig zu machen, aus ihr hervorzuquellen. Aber sie glaubte nicht mehr, dass es etwas Übernatürliches war. Kein Schatten des Echos, der in ihr zurückgeblieben war.

Nein, ihr neues Vertrauen in sich selbst gab ihr die Kraft, Teile ihrer selbst zu wecken, die bis dahin brachgelegen hatten. Ihr empfindliches Gehör war nur ein Glied dieser Kette. Da waren andere: ihr Sinn für Musik und die Schärfe, mit der sie Melodien, die sie einmal gehört und vergessen geglaubt hatte, plötzlich wieder hervorholen und einsetzen konnte.

Sie spielte und spielte, Melodien, die fremd klangen und doch in ihr waren, irgendwann gehört und verdrängt, jetzt zu neuem Leben erwacht.

Nachdem sie eine Weile lang musiziert hatte, vollkommen unbewusst in der Wahl ihrer Tonfolgen und Harmonien, beschloss sie, ein wenig gezielter vorzugehen. Erst versuchte sie es mit einem einfachen Tanz, den sie während ihrer Reise mit den Spielleuten gehört hatte. Obwohl sie ihn sich nie bewusst eingeprägt hatte, spielte sie ihn nun von vorne bis hinten, fast ohne Fehler. Anschließend versuchte sie es mit zwei, drei schwierigeren Stücken. Hin und wieder verspielte sie sich, wenn ihre Finger den Botschaften aus ihrem Inneren nicht schnell genug gehorchten, doch insgesamt war sie mehr als zufrieden mit sich selbst. Scheinbar über Nacht war sie zu einer passablen Musikantin geworden.

Natürlich wusste sie, dass dieser Anschein trog – tatsächlich hatte diese Entwicklung Jahre in Anspruch genommen, in denen ihre Ohren und ihr musikalisches Empfinden ohne ihr Zutun geschult worden waren. Erst an der Seite der Spielleute hatte sie mehr über Musik und damit über sich selbst erfahren.

Zuletzt versuchte sie sich an die Melodie hinter der Melodie zu erinnern, an das Tor der Spielmannswege. Einen Augenblick lang bekam sie Angst. Um so heftiger sie versuchte, sich konkreter Töne zu entsinnen, desto verschwommener wurden sie. Erst als sie begann, ihren Instinkten zu vertrauen, und nach eigenem Gutdünken spielte, gewann der Nebel aus Klängen in ihrem Kopf an Gestalt.

Lichter. Töne. Die Melodie hinter der Melodie.

Der Sog riss sie fort, ein Strudel ins Irgendwo. Im selben Moment, da sie spürte, wie die Welt um sie im Chaos der Farben und Klangkaskaden verging, setzte sie die Flöte ab. Gerade noch rechtzeitig.

Der Schlag unter die Fußsohlen war so stark, dass er sie von den Beinen riss. Benommen blieb sie mit dem Gesicht im Gras liegen, einige Atemzüge lang fast betäubt vom Anprall der Eindrücke auf ihr ungeschütztes Bewusstsein.

Als sie sich auf den Rücken rollte und langsam den Oberkörper aufrichtete, waren die Eiche und ihr Pferd verschwunden. Erst nachdem sie auf die Füße sprang, aufgebracht und am Rande einer Panik, entdeckte sie beides am Horizont, klein und verloren in der schieren Unendlichkeit der Hochebene. Unfassbar – die wenigen Töne hatten ausgereicht, Ailis über eine so große Entfernung zu tragen!

Es war ein erster Schritt, gewiss. Allerdings wusste sie weder, wie sie die Richtung bestimmen konnte, in der sie die Spielmannswege davontrugen, noch wie sie auf diese Weise je ein bestimmtes Ziel ansteuern sollte. Sie hatte den Eingang aufgestoßen, nicht mehr. Sie kam sich vor wie jemand, dem es nach vielen Versuchen endlich gelingt, ein Pferd zu besteigen, der aber den Kopf nicht vom Hinterteil unterscheiden kann und keine Ahnung hat, wie er den Gaul dazu bewegen soll zu gehorchen. Dabei hatte sie noch Glück gehabt, sich nicht zu verirren. Wäre sie erst einmal führerlos auf den Spielmannswegen dahingetrieben, hätte nichts sie mehr zurückbringen können.

Wut überkam sie, Wut auf ihre Unfähigkeit. In einer Aufwallung von Zorn schleuderte sie die Flöte weit von sich, sah sie irgendwo im hohen Gras verschwinden.

Es dauert eine Weile, ehe sie sich wieder in der Gewalt hatte. Sie suchte die Stelle, an der die Flöte aufgeprallt war, und entdeckte sie zu ihrer Erleichterung unbeschädigt zwischen den Halmen. Missmutig hob Ailis sie auf und machte sich auf den Weg zu ihrem Lagerplatz.

Sie brauchte fast den ganzen Vormittag, ehe sie ihr Pferd erreichte. Es erwartete sie geduldig am Fuß der knorrigen Eiche. Sogleich band sie sich Flöte und Schwert auf den Rücken, schwang sich in den Sattel und ließ das Ross unter wolkigem Himmel gen Westen galoppieren.

Erst sah sie den Kraterwall, dann, nachdem sie einen leichten Bogen geritten war, den wuchtigen Umriss des Turmes.

Ihr erster Besuch an diesem Ort lag nur wenige Tage zurück, doch schon war ihr, als stiege beim Anblick des Bergfrieds eine uralte, halb vergessene Erinnerung in ihr auf.

Hatte sie nicht gerade erst beschlossen, sich ganz auf ihre Gefühle zu verlassen? Deshalb war sie hergekommen. Doch was nun, da ihre Furcht ihr befahl, auf schnellstem Wege von hier zu verschwinden? Sollte sie auch dieser Empfindung gehorchen? Oder kam jetzt doch noch so etwas wie Vernunft oder wenigstens Pflichtgefühl ins Spiel?

Es war müßig, daran auch nur einen weiteren Gedanken zu verschwenden. Sie war hier. Sie hatte Angst, das war alles.

Die Sonne sank dem westlichen Horizont entgegen. Es würde bald dunkel werden. Der Turm warf einen schwarzen Schatten über den Vorplatz und die Stallungen. Schafe, Ziegen und Schweine irrten unbeaufsichtigt zwischen den Schuppen umher. Aus dem Pferdestall ertönte lautes Wiehern, das Ähnlichkeit mit menschlichen Schreien hatte. Ailis spürte, wie unruhig ihr eigenes Ross wurde, und schließlich stieg sie ab und band es an einem der äußeren Stallgebäude an. Als sie sich von dem Tier entfernte, stand es stocksteif da, mit aufgerichteten Ohren und geweiteten, angsterfüllten Augen. Es witterte etwas, und es war gewiss nichts, vor dem sich nur Pferde fürchten mussten.

Nirgends war ein einziger Mensch zu sehen. Nur die grunzenden, schnüffelnden und blökenden Tiere liefen auf wirren Wegen durch den Schlamm am Fuß des Turmes, seltsam ziellos und verloren, so als suchten sie nach etwas, zugleich aber ohne Hoffnung, es jemals zu finden.

Die Dächer kamen Ailis vor, als duckten sie sich vor Anspannung, in der Erwartung irgendeiner Wandlung. Hinter der nächsten Bodenwelle, dort wo die Behausungen der Leibeigenen und Bediensteten standen, regte sich nichts. Keine Rauchfahne stieg zum Himmel auf, kein Laut ertönte. Totenstille lag über der Ansiedlung. Ailis überlegte kurz, ob sie hinlaufen und sich umsehen sollte, verwarf den Gedanken aber gleich wieder. Die Gewissheit überkam sie, dass sie auch dort auf niemanden treffen würde, der ihr sagen konnte, was geschehen war.

Die dunklen Tore und Fensterluken der Stallungen wirkten sonderbar blass und flach, als verberge sich dahinter keinerlei Tiefe, nur eine pechschwarze Oberfläche. Von den Rändern der Dächer wuchsen geronnene Schatten wie Eiszapfen aus Finsternis. Der Boden des Vorplatzes, eine nachgiebige Masse aus Morast und ausgestreutem Stroh, schien geheimnisvollen Veränderungen unterworfen; jedes Mal wenn Ailis auf ihn herabsah, schienen sich die festgetretenen Halme verschoben zu haben, als wollten sie rätselhafte Muster und Zeichen bilden, Symbole für irgendetwas, das sie nicht verstand.

Du machst dich selbst verrückt, schalt sie sich. Es gibt keine Muster und keine tropfenden Schatten.

Aber da, sieh doch! Du musst nur hinsehen. Hinhören!

Da war etwas, tatsächlich. Sie konnte es hören. Es klang weit entfernt, vielleicht auch nur gedämpft durch die dicken Mauern. Ja, natürlich, es kam aus dem Inneren des Turmes. Jemand sang.

Ailis schaute die Stufen zum Portal des Turmes hinauf.

Das Doppeltor stand offen. Auch dort: vollkommene Dunkelheit, flächig wie schwarzes Glas, Einladung und Abschreckung zugleich. Wenn du es wirklich willst, komm her, schienen Tor und Schatten ihr zuzuflüstern. Aber dann gibt es kein Zurück mehr. Für keinen von uns.

Im Gehen bückte Ailis sich und schöpfte eine Hand voll Schlamm vom Boden. Sie formte kleine Kugeln daraus, weich wie Brei, und presste sich eine in jedes Ohr. Sie wusste nicht, ob das überhaupt einen Sinn hatte, ob der Gesang des Echos nicht trotzdem zu ihr durchdringen würde. Auch auf den Spielmannswegen hatte sie Klänge als Farben und Lichter wahrgenommen, und selbst das waren nur Bilder gewesen, um das Unbegreifliche greifbar zu machen. Wenn all die unterschiedlichen Sinneswahrnehmungen in Wahrheit in einem einzigen Sinn gebündelt wurden, der nicht mehr zwischen Hören, Sehen, Schmecken, Riechen und Tasten unterschied, dann war es lächerlich, sich die Ohren zu verstopfen. Ebenso gut hätte sie sich die Zunge herausschneiden oder die Augen ausstechen können. Das wahre Hören wurde durch nichts von all dem beeinträchtigt.

Statt die Stufen zum Turmportal hinaufzusteigen, lief sie weiter durch den Schlamm, von Stall zu Stall, und warf vorsichtige Blicke hinein. Aus allen Öffnungen schlugen ihr entsetzliche Gerüche entgegen. In einem Schweinepferch, der im Gegensatz zu allen anderen verriegelt war, waren drei ausgehungerte Sauen übereinander hergefallen. Eine lag zerfleischt im Dreck, eine zweite kauerte blutend in einem Winkel und leckte sich die Wunden. Die dritte aber, Siegerin des Kampfes, thronte triumphierend über dem Kadaver, die Schnauze bis hinauf zum Hinterkopf mit Blut und Innereien verschmiert. Aus ihren kleinen glitzernden Augen starrte sie Ailis herausfordernd an: Komm herein, wenn du es wagst!

Im Pferdestall waren die angebundenen Tiere nahe daran, den Verstand zu verlieren. Ailis zerschnitt die Lederriemen einen nach dem anderen mit ihrem Schwert und sah eng an die Wand gepresst zu, wie die hungrigen Tiere hinaus in die Ebene preschten.

Zuletzt wandte sie sich der Kapelle zu.

Die Türflügel des Haupttors waren geschlossen. Die Kapelle war groß genug, um allen, die hier lebten, Platz zu bieten. Die Menschen dieses abgelegenen Landstrichs mussten sehr gläubig sein; zuletzt aber, dessen war Ailis sicher, hatte auch ihr Gott sie nicht mehr beschützen können. Was immer über sie hereingebrochen war, lag außerhalb seiner Gerichtsbarkeit.

Nur eine einzige hohe Stufe führte zum Portal der Kapelle. Ein widerlicher Geruch hing in der Luft. Der Torbogen war halbrund und ohne Verzierungen. Darüber hatte man ein geschmiedetes Kreuz in die Mauer eingelassen. Die Türklinke war so lang wie Ailis' Unterarm und besaß an ihrem breiten Ende einen enormen Umfang. Erst beim zweiten Hinsehen erkannte sie, dass es sich dabei um einen eisernen Streitkolben handelte, den man seinem ursprünglichen Zweck entfremdet hatte. Die Vorrichtung musste noch aus der Zeit der Kreuzzüge stammen, als Ritter wie Baans Vorfahren sich als Streiter Gottes gefühlt hatten.

Sie legte beide Hände auf die Klinke, um sie herunterzudrücken, als sie plötzlich etwas hörte. Kein Gesang. Einen Ruf.

»Ailis!«

Da, noch einmal!

Sie nahm die Hände von der Klinke und wandte sich der Wand des Turmes zu. Vier Stockwerke über ihr befand sich ein offenes Fenster. Niemand war darin zu sehen. Trotzdem wusste sie, wer dort oben war. Keinen anderen Ruf hätte sie durch die Schlammpfropfen in ihren Ohren vernehmen können.

Wenigstens hatte sie jetzt Gewissheit: Der Schlamm vermochte die Stimme des Echos nicht abzuhalten. Sie entfernte ihn wieder aus ihren Ohren und fühlte sich gleich viel wohler. Wenn es auch nur die Laute der umherstreifenden Tiere waren, die sie jetzt hörte, so gaben sie ihr doch zumindest das Gefühl, wieder von etwas umgeben zu sein. Erst jetzt wurde ihr klar, wie sehr die unnatürliche Stille in ihrem Kopf sie verunsichert hatte.

Aber unsicher war sie auch so. Verängstigt. Es wäre dumm gewesen, sich irgendetwas anderes einzureden.

Zögernd trat sie zurück auf den Platz. Sie musste den Turm ein Stück umrunden, um wieder zum Portal zu kommen. Weit geöffnet erwartete es sie.

Sie zog das Schwert aus der Scheide. Eine alberne Geste. Gegen das Echo half keine Klinge. Nicht einmal eine ganze Heerschar Bewaffneter hätte etwas ausrichten können. Was also tat sie hier?

Langsam stieg sie die wenigen Stufen zum Tor hinauf und trat ein. Sie hatte erwartet, dass es auch hier nach irgendetwas riechen würde. Muffig und abgestanden. Nach Verwesung, so wie draußen auf dem Platz und vor der Kapelle. Aber die Luft hier drinnen war kühl und klar. Es roch nicht, als wäre hier jemand gestorben. Allerdings sprach nichts dagegen, dass sie die erste sein würde.

Ihr Blick fiel nach links. Stufen führten hinab in den Keller, in dem sie und ihre Freunde gefangen gewesen waren. War das wirklich erst zehn Tage her?

Sie wandte sich nach rechts, die Treppe hinauf. Vorsichtig setzte sie einen Fuß vor den anderen, stieg höher in den

Turm. Nach jeder zweiten Stufe hielt sie an und horchte. Von ihrem rasenden Herzschlag abgesehen herrschte völlige Stille.

Das Fenster, aus dem Fees Stimme erklungen war, lag im oberen Stockwerk. Ein letztes Mal zögerte sie: Sollte sie nicht lieber unten warten, bis Fee zu ihr kam? Hinaus ins Freie, wo es Fluchtwege in alle Richtungen gab?

Aber vor dem Gesang des Echos gab es keine Flucht. Ebenso gut konnte Ailis sich ihr im Inneren des Turmes stellen, es machte keinen Unterschied.

Sie erreichte den oberen Treppenabsatz. Ein kurzer Gang führte geradeaus an zwei Türen vorbei zu einer dritten, die sich genau am Ende des Flurs befand. Alle standen offen. Ein kalter Luftzug pfiff um die Mauerwinkel, die Fenster aller drei Zimmer mussten geöffnet sein. In welchem Raum war Fee?

»Ich bin hier«, sagte eine Stimme. Ailis glaubte, sie käme aus der hinteren Kammer. Durch den Ausschnitt der Tür sah sie ein Stück von einem reich verzierten Bett. Das Schlafgemach.

Der Gang schien sich vor ihr in die Länge zu ziehen, zu schwanken und sich zu biegen wie ein Ort aus einem Albtraum. Sie passierte die erste Tür, schaute nicht hinein. Ihr Blick war fest auf den Durchgang am Ende des Flurs gerichtet.

Sie kam an die zweite Tür. Die Schwertspitze zitterte leicht. Das ist keine Angst, log sie in Gedanken, nur Aufregung. Dem Wiedersehen zweier alter Freundinnen angemessen. Fast hätte sie darüber gelacht.

Sie hatte den zweiten Türrahmen noch nicht passiert, als etwas ihre Wange berührte. Ganz zart nur, unschuldig. Kein Angriff.

Ailis wirbelte herum, schaute in das zweite Zimmer.

Fee stand lächelnd in der Mitte der kleinen Kammer, hinter sich das geöffnete Fenster. Sie trug ein langes, weißes Gewand. Es war aus federleichten Seidenbahnen gewirkt, am Oberkörper hauteng, aber unterhalb der Hüften weit auseinander fließend. Sie hatte Ailis beide Hände entgegengestreckt. Die Ärmel des Kleides hatten mehr als die doppelte Länge ihrer Arme, der Luftstrom wirbelte sie Ailis entgegen. Einer von ihnen hatte ihr Gesicht gestreift. Auch die losen Seidenbahnen am Saum des Kleides tanzten geisterhaft auf den Winden, wie Ranken einer Wasserpflanze.

»Das Kleid habe ich bei meiner Vermählung getragen«, sagte Fee leise. Ihr Lächeln war maskenhaft starr. Inmitten der wirbelnden Seide schien es das Einzige zu sein, das nicht von rasender, taumelnder Bewegung erfüllt war.

Ailis hatte sich während des langen einsamen Ritts vom Rhein hierher allerlei Sätze zurechtgelegt, mit denen sie Fee hatte entgegentreten wollen. Jetzt aber schien ihr keiner mehr angemessen.

»Freundinnen«, wisperte Fee. Nur das eine Wort. Es klang nachdenklich. »Und du warst nicht einmal bei meiner Hochzeit.«

Die Worte waren so klar, so einfach, und trotzdem musste Ailis einen Augenblick lang überlegen, bis sie sie wirklich verstand. Machte Fee ihr tatsächlich einen Vorwurf, weil sie nicht zu ihrer Vermählungsfeier gereist war?

Sie will mich nur verunsichern, dachte sie. Immerhin – das war ihr gelungen.

»Warum bist du vor mir davongelaufen, als du mit deinen Freunden hier warst?«, fragte Fee.

Ailis versuchte, das Lächeln zu erwidern, aber es gelang

ihr nicht. »Darauf willst du nicht wirklich eine Antwort, oder?«

Sollte sie das Schwert senken? Die Klinge zitterte noch immer, sie verriet ihre Anspannung. Aber es half, sich hinter der Waffe zu verstecken. Sie gab ihr das Gefühl, dass da irgendetwas Schützendes zwischen ihr und Fee war, nicht nur flatternde Seide und die Stille des Turms. Wie leicht es war, sich selbst zu betrügen.

»Wen kümmert schon, was gewesen ist? Du bist zurückgekommen.« Fee legte eine Trauer in ihre Stimme, die nicht zu dem Lächeln auf ihren Zügen passte. Das Echo kannte zwar die Macht menschlicher Regungen, aber es scheiterte an ihrem Zusammenspiel. Etwas Ähnliches war Ailis schon an dem Mädchen im Schacht aufgefallen.

»Kannst du mir sagen, warum ich hier bin?«, fragte Ailis.

»Wenn du selbst es nicht weißt ...«

»Was glaubst du denn, weshalb ich hergekommen bin?«

»Freundinnen besuchen sich gegenseitig«, sagte Fee, und das schreckliche Lächeln wurde noch breiter, noch falscher. »Und manchmal töten sie einander.«

»Ist es das, was du willst? Mich töten?« Ailis war erschöpft. Selbst jetzt spürte sie noch, wie schwach sie war. Ihre Geduld war am Ende. Sie hatte gehofft, sie würde wissen, was zu tun war, wenn der Moment kam, in dem sie Fee gegenüberstand. Doch in Wahrheit wusste sie gar nichts.

»Dich töten!«, wiederholte Fee und lachte leise. »Als ob es mir je um deinen Tod gegangen wäre. Aber wie steht es mit dir, Ailis? Ist es nicht dein Wunsch, mich zu töten?«

»Ich weiß nicht einmal, wer du wirklich bist, Fee oder das Echo.« Tatsächlich wusste sie es sehr genau, und dieses Eingeständnis war schmerzhaft. Nicht, dass es sie überraschte.

Alle hatten sie davor gewarnt. Es tat weh, die Wahrheit zu akzeptieren. Fee war tot. Ailis spürte die Leere hinter den Worten des Echos wie einen gähnenden Abgrund.

»Ich bin Fee. Ich bin das Andere. Wir sind wir.«

Ailis blinzelte ein Träne fort. »Wo ist Baan? Und wo sind all die Menschen, die hier leben?«

»Sie beten.«

»Du hast sie getötet.« Kein Vorwurf, nur eine Feststellung. Ailis war längst über den Punkt hinaus, an dem Anklagen verlockend erschienen, trügerische Mittel, um von der eigenen Schwäche abzulenken.

Fee ließ die Arme sinken, als hätte sie den Gedanken an ein freundschaftliches Wiedersehen endgültig aufgegeben. Mit Gesten hatte das Echo sich schon immer schwer getan. Es schien ihren Sinn nicht zu verstehen, es imitierte sie nur, wie jemand, der Sätze aus einer fremden Sprache vorliest, ohne ihren Inhalt zu begreifen.

»Du bist besessen vom Töten, wie mir scheint«, sagte Fee mit finsterer Heiterkeit. »Dieser lästige Aufruhr, den du um alles machen musst, was mit dem Ende der Dinge zu tun hat! Alles endet irgendwann. Alles Sterbliche.«

»Du nicht?«

»Nein«, sagte das Echo mit Fees Stimme. »Ich nicht.«

»Dann weißt du nicht, was das Wort Ende überhaupt bedeutet.«

»Wie kommst du darauf?«

»Hast du je das Ende von irgendetwas erlebt?«

Das Echo überlegte. »Ich sah den Untergang von Imperien. Ich sah unzählige Leben enden.«

»Aber was ist mit dir selbst? Bist du je an etwas gelangt, das einem Ende auch nur nahe kam?«

»Du meinst den Tod?«

Ailis schüttelte den Kopf »Das Ende eines Weges. Eines Strebens.«

Das Echo lächelte böse. »Das Ende einer Freundschaft.«

»Du täuschst dich. Fee und ich werden noch Freundinnen sein, wenn du längst wieder in irgendeinem Felsenloch sitzt.« Und plötzlich begriff sie, warum sie unbedingt hatte herkommen müssen: um zu verstehen, dass Freundschaft etwas war, das den Tod überdauerte. Alles, was dazu nötig war, war die Gewissheit, dass nichts mehr übrig war von jener Fee, die sie geliebt hatte. Nur Fleisch, ein Körper. Das Werkzeug eines Puppenspielers.

»Ich wollte immer nur dich«, sagte das Echo und machte einen Schritt nach vorne. Die Seidenbahnen flatterten jetzt zu beiden Seiten von Ailis' Gesicht. Sie fühlten sich an, als streiften eiskalte Atemzüge ihre Haut. »Immer nur dich«, wiederholte das Echo verträumt. »In dir ist so vieles, von dem du nichts ahnst, kleine Ailis. So viel Talent. Wir haben einiges gemeinsam, weißt du das? Dies hier« – es zeigte mit beiden Händen an Fees Körper hinab – »ist nichts dagegen. Nur eine Hülle. Wie ein Kleid, das ihr Menschen anzieht und fortwerft, wenn es verschlissen ist. Ich kann zerstören in diesem Körper, aber ich kann nichts erschaffen. Ich bin gefangen in der Vernichtung.«

Ailis handelte aus purem Instinkt. Ehe das Echo sie abhalten konnte, hatte sie das Schwert in ihrer Hand herumwirbeln lassen und setzte die Spitze unter ihr eigenes Kinn.

»Du willst meinen Körper?«, fragte sie und schaute dabei so kalt und gehässig, wie sie nur konnte. »Vielleicht wirst du früher erfahren, was es bedeutet, tot zu sein, als du denkst. Bist du je in einen Leichnam gefahren? Wie fühlt es sich an, in etwas lebendig zu sein, das selbst nicht mehr lebt? Du kannst es erfahren, wenn du willst.«

Das Echo ließ Fee die Augenbrauen heben, ein Ausdruck höflichen Erstaunens. Es wirkte nicht wirklich überrascht. »Du weißt, dass du mich nicht überlisten kannst, nicht wahr? Es steckt so manches in dir, Mädchen, aber das nicht!«

Ailis drückte die Klinge entschlossener in ihr Fleisch, bis der Schmerz ihren ganzen Unterkiefer entflammte. Sie vermutete, dass sie blutete, konnte aber nichts sehen. Blut wäre nicht schlecht, dachte sie kühl, es würde das Echo von ihrer Ernsthaftigkeit überzeugen.

Aber war sie das denn überhaupt – ernsthaft? Würde sie sich wirklich selbst töten, wenn das Echo näher käme?

Obwohl sie sich wehrte, gaukelte ihr Hirn ihr vor, was geschehen würde: Die Klinge würde erst ihre Haut durchstoßen, dann in ihren Rachen fahren, die Zunge an der Wurzel durchbohren, ihren Gaumen zertrümmern, um endlich – wenn sie dann noch in der Lage war, weiter zuzustoßen – ihr Gehirn aufzuspießen.

Und das sollte sie sich selbst antun?

»Ich tue es«, flüsterte sie entschlossen, nicht nur um das Echo, sondern auch um sich selbst zu überzeugen. »Lieber sterbe ich, als das gleiche durchzumachen wie Fee!«

»Es hat ihr gefallen, glaub mir«, entgegnete das Echo. »Sie hat viel Neues durch mich entdeckt. Du hättest sie sehen sollen, dort drüben, nur eine Kammer weiter, mit Baan im Bett. Es steckte eine Menge mehr in diesem zarten Fräulein, als du dir –«

»Hör auf!«, fauchte Ailis und erkannte sogleich ihren Fehler.

»Ah, es gefällt dir nicht, solche Dinge über deine süße Freundin zu hören«, frohlockte die Kreatur. »Ich kann dir noch mehr erzählen. Viele Dinge. Viele Einzelheiten. Sie hat es nicht nur mit Baan getan, weißt du? Da waren noch andere. Schäfer, draußen auf den Weiden. Und dieser entsetzliche alte Mann, dieser Prediger. Kein schöner Anblick, wahrlich! Aber Fee hat es dennoch genossen mit ihm. Sein Fleisch war alt und fleckig, aber er war ein Mann, Ailis. Er hatte etwas, das du ihr nie hättest geben können. Lieber hat sie die zitternden Gichtfinger eines Greises an ihre Haut gelassen als dich, Ailis, eine Frau! Das ist es doch, was du bedauerst, oder? Und soll ich dir noch etwas sagen? Sie hat immer gewusst, wie sehr du sie liebst – und auf welche Weise. Und sie hat dich trotzdem verschmäht. Macht dich das traurig? O ja, ich kann es sehen! Gleich wirst du weinen!«

Das Schwert bebte in Ailis' Hand, schrie stumm in ihren Gedanken, endlich vorzustoßen, aber nicht gegen sie selbst, sondern gegen dieses Wesen dort vor ihr!

Doch genau darauf wartete das Echo. Es wollte, dass sie diesen Fehler beging, die Schwertspitze von ihrem Kinn fortzog, und wenn es nur für einen Augenblick war. Ganz gleich wie kurz – es würde genügen, um seinerseits zuzustoßen. Nicht mit einer Klinge aus Stahl, sondern mit reinem, messerscharfem Klang, mit der ganzen Macht des Lockgesangs. Wenn es ihm erst gelang, ihr den Willen zu rauben, und sei es nur einige Herzschläge lang, dann war der Kampf entschieden.

Sie musste fort, irgendwohin, wo sie eine Weile lang sicher vor ihm war. Wo sie nachdenken konnte, nun, da sie wusste, womit sie es zu tun hatte. Bisher hatte sie sich auf Vermutungen, auf ihre Vorstellungskraft verlassen müssen. Jetzt aber kannte sie die Waffe des Echos – sie steckte längst in ihrem Inneren. Ihre Liebe zu Fee hatte sie wie ein Dolch durchbohrt, und alles, was das Echo zu tun hatte, war, die Waffe ein paar Mal in der Wunde herumzudrehen, bis der Schmerz sie um den Verstand brachte.

Die Kapelle!, durchfuhr es sie. Das Echo war ein Verwandter der Wesen von Faerie. In die Kapelle würde es ihr nicht folgen können. Dort war sie fürs erste in Sicherheit. Auch vor dem Gesang? Das würde sich zeigen.

Entschlossen machte sie einen Schritt rückwärts, dann einen zweiten. Die Schwertspitze hielt sie dabei fest unter ihr Kinn gerichtet. Bei jeder Bewegung schien sich die Klinge ein wenig tiefer zu bohren, aber Ailis spürte den Schmerz jetzt kaum noch.

Das Echo sah reglos zu, wie sie rückwärts auf den Gang trat. »Was willst du jetzt tun?«, fragte es. »Glaubst du wirklich, du kannst mir entkommen?«

»Das bin ich schon einmal«, erwiderte Ailis.

»Aber du bist doch nicht hergekommen, um einfach davonzulaufen! Sag es ruhig: Du willst einen Kampf!«

Ailis gab keine Antwort. Rückwärtsgehend wandte sie sich auf dem Gang der Treppe zu, löste sich aus dem Blickfeld des Echos. An den Seidenbahnen, die ihr durch den Türrahmen nachwehten, erkannte sie, dass das Echo sich vorwärts bewegte. Es folgte ihr.

Ihre rechte Ferse ertastete die obere Stufe. Das Treppenhaus war dunkel, die Fackeln, die es einst erhellt hatten, waren längst heruntergebrannt. Niemand war mehr hier, der sie erneuert hätte. Wenn Ailis versuchte, die Stufen rückwärts hinabzugehen, lief sie Gefahr, in der Finsternis zu stolpern und das Schwert zu verlieren. So entsetzlich der Gedanke war, dem Echo den Rücken zuzukehren, so schien es doch die einzige Möglichkeit zu sein, heil nach unten zu gelangen.

Noch immer sah sie nur weiße Seide, die durch den Türrahmen flatterte. Blitzschnell fuhr sie herum, das Schwert fest an die Brust gepresst. Wenn sie die Stufen zu hastig herabsprang, würde sie sich mit der Waffe aufspießen. Sie musste langsam gehen, vorsichtig einen Fuß vor den anderen setzen.

Sich selbst zu beherrschen und die Angst vor dem Ding in ihrem Rücken zu überwinden fiel unendlich schwer. Die Vorstellung, das Schwert abzusetzen und die Treppe hinunterzuspringen, war verlockend. Sie würde schneller sein, schneller in Sicherheit, wenn sie einfach loslief. O ja, sie sollte es tun, sollte es wirklich tun ...

Ein sanftes Summen lag in der Luft. Es war das Echo, das ihr solche Gedanken eingab!

Ailis blieb wie angewurzelt stehen, drehte sich um. Ihre Augen waren jetzt auf einer Höhe mit dem Boden des Flurs. Das Echo bog um die Ecke, trat durch die Tür auf den Korridor. Fees Lippen waren fest zusammengepresst, ihre Augen trüb. Der Luftstrom brach nicht ab, er zog sich durch den ganzen Turm. Die Seide trieb auf dem Wind wie die Gewänder eines Geistes, Strahlen einer weißen Sonne, in deren Zentrum Fees Körper leuchtete. Ihr leerer, geschundener, wunderschöner Körper.

»Hör auf damit!«, brüllte Ailis. »Glaubst du, ich weiß nicht, was du tust?« Um ihre Worte zu unterstreichen, stach sie die Schwertspitze tiefer in ihre Haut, und jetzt konnte sie das Blut spüren, unten am Griff. Warm und klebrig rann es die Klinge hinab. Es gelang ihr nicht, den Schmerz noch länger zu unterdrücken, und sie schrie auf. Dennoch ließ sie das Schwert nicht sinken.

Das Summen brach ab. Der Blick des Echos wurde wieder klar und boshaft. Grinsend schaute es auf Ailis herab, schüttelte dann langsam den Kopf. »Ich bin neugierig«, flüsterte es. »Neugierig, was du tun wirst, kleine Ailis. Wie lange willst du mir deinen Körper noch vorenthalten?«

Ailis ging weiter nach unten. »Du hättest ihn schon damals haben können, als Fee das Gitter geöffnet hat.«

»Aber sie war die Schönere von euch beiden. Ich wollte wissen, wie es ist, so schön zu sein. Ich habe einiges von ihr gelernt. Oder besser durch sie! Was hättest du mir schon bieten können? Schwerter, Hufeisen und einen tumben Schmied.« Das Echo lachte gehässig. »Ich hätte ihn dazu bringen können, das gleiche mit dir zu tun, was all diese Männer mit Fee getan haben. Hätte dir das gefallen?«

Ailis versuchte, nicht hinzuhören. Das Echo wollte sie nur noch weiter reizen, sie zur Unaufmerksamkeit verleiten. Aber noch war sie stark genug, ihm zu widerstehen.

Sie tastete sich nun doch rückwärts von Stufe zu Stufe. Die steinerne Mittelsäule der Wendeltreppe verdeckte ihre Sicht auf das Echo, nur die Enden der flatternden Seidenbahnen schauten dahinter hervor. Sie verrieten, dass das Echo ihr weiterhin folgte.

Endlich erreichte sie die kleine Eingangshalle am Fuß des Turmes. Die Abenddämmerung war hereingebrochen. Die Geräusche der umherirrenden Tiere schienen nachzulassen, die meisten suchten sich bereits geschützte Winkel für die Nacht. Nur aus dem Schweinekoben drang noch immer das laute Grunzen und Schmatzen der Mastsau, die sich an ihren toten Stallgenossinnen gütlich tat.

Ailis trat ins Freie, wandte sich rückwärts zum Portal der Kapelle. Hier draußen, auf dem ebenen Vorplatz, konnte sie schneller gehen. Ihre Finger waren jetzt völlig von ihrem eigenen Blut verklebt, das langsam an der Schneide herablief. Übelkeit rumorte in ihren Eingeweiden, und nur ihre feste Entschlossenheit, die Kapelle zu erreichen, hielt ihre Angst im Zaum.

Auch das Echo verließ den Turm. Der Luftzug, der durch

das Gemäuer gerast war wie durch einen Kaminschacht, ließ nach, die blütenweißen Seidenenden sanken zu Boden. Achtlos wurden sie durch den Schlamm gezogen, wurden braun, dann schwarz. Auch der Saum des Kleides verfärbte sich. Es sah aus, als fräße sich eine Woge von Fäulnis an Fees Körper empor.

Ihre Blicke trafen sich. Das Echo lächelte nicht mehr, aber es machte auch keinen weiteren Versuch, Ailis aufzuhalten. Dabei musste es längst erkannt haben, wohin es sie zog. War ihre Hoffnung vergebens? War es nichts als Altweibergeschwätz, dass die Wesen von Faerie kein Haus Gottes betreten durften?

Denk nicht an so was! Schieb solche Gedanken ganz weit von dir, achte nicht auf sie!

Ailis' Fersen stießen gegen die Stufe des Kapellenportals. Beinahe wäre sie gestolpert und nach hinten gestürzt.

Ein Schaf starrte sie aus dem Schatten einer Scheune an, völlig bewegungslos. Der teilnahmslose Blick aus dunklen Augen irritierte Ailis einen Moment lang, dann berührte ihr Rücken das halbrunde Doppeltor. Mit der rechten Hand hielt sie weiterhin das Schwert, mit der linken tastete sie nach der schweren Türklinke. Der Kolben fühlte sich kalt an wie der Arm eines Toten.

Es war nicht einfach, die Klinke mit nur einer Hand nach unten zu drücken. Die Doppeltorhälfte ächzte, als Ailis sich mit ihrem ganzen Gewicht dagegen stemmte, um sie nach innen zu schieben. Der Türflügel gab einen Spaltbreit nach, dann stieß er auf Widerstand. Irgendetwas blockierte ihn von der Innenseite.

Das Echo kam näher. Noch einmal fuhr ein Windstoß aus den Weiten der Hochebene in die Seidenschleier, wirbelte sie umher wie Schlangen eines Medusenhauptes. Die Augen des Echos waren weit geöffnet, wie bei einer Wahnsinnigen. Zum ersten Mal fiel Ailis auf, dass sie niemals blinzelten. Sah das Echo überhaupt noch etwas mit diesen Augen, oder war ihre Oberfläche längst ausgetrocknet und erblindet? Ein Schauder durchlief sie.

Noch einmal warf sie sich mit einem Ruck gegen das Kapellentor. Es gab ein weiteres Stück nach, kaum mehr als einige Fingerbreit. Aus dem Spalt drang grauenvoller Verwesungsgestank. Nur mit Mühe unterdrückte Ailis den Drang, sich die Nase zuzuhalten.

Der Spalt war noch immer nicht so breit, als dass sie hätte hindurchschlüpfen können. Angesichts des Gestanks war es ohnehin fraglich, wie lange sie sich in der Kapelle würde aufhalten können. Dennoch blieb ihr kein anderer Weg. Sie musste ins Innere.

Noch zehn Schritte lagen zwischen ihr und dem Echo.

»Bleib stehen!«, rief sie ihm zu, doch das Wesen gehorchte nicht. Fees große Augen, die einst zahllose Männer in ihren Bann geschlagen hatten, waren jetzt so starr und leblos wie Kugeln aus schwarzem Glas.

»Du sollst stehen bleiben!«, brüllte Ailis noch einmal und warf sich zugleich ein weiteres Mal gegen die Tür. Der Flügel rückte noch ein Stück nach innen.

Das Echo gab keine Antwort, als hätte es endgültig die Lust am Reden verloren. Ailis wusste, dass sie ihrer Drohung Gewicht verleihen musste. Wenn sie es nicht tat, würde das Echo den Gesang einsetzen. Offenbar nahm seine Bereitschaft zu, die Möglichkeit ihres Todes in Kauf zu nehmen.

Zum vierten Mal krachte ihr Rücken gegen die Tür. Im Inneren polterte etwas, dann gab der Türflügel nach und glitt knirschend mehrere Handbreit zurück.

Der Spalt war jetzt breit genug. Der Gestank drohte sie

zu betäuben, als sie sich mit der Schulter zuerst hindurchzwängte, bemüht, das näher kommende Echo nicht aus den Augen zu lassen.

Dann war sie im Inneren der Kapelle. Mit letzter Kraft hämmerte sie den Türflügel wieder nach vorne. Krachend rastete der Riegel ein.

Gleich würde sich zeigen, ob ihr Plan aufging. Ihr Blick blieb fest auf die Innenseite des Portals gerichtet, während sie in Gedanken die Schritte des Echos zählte.

Sechs, fünf, vier ...

Ailis' Fuß stieß gegen etwas Weiches, das hinter ihr am Boden lag. Sie wollte nicht sehen, was es war.

Drei, zwei, eins.

Das Echo hätte das Portal jetzt erreichen müssen. Ailis starrte die Klinke an, wartete angstvoll darauf, dass sie sich bewegte.

Der Eisenkolben rührte sich nicht.

Sie sandte ein Stoßgebet an jeden, der bereit war, sie anzuhören. Aber ihr war auch klar, dass sie sich zu früh freute. Das Echo würde nicht einfach aufgeben. Sein Gesang vermochte auch durch die Mauern der Kapelle zu dringen, daran zweifelte sie nicht; die Frage war nur, ob die Wirkung hier drinnen die gleiche war. Ailis hatte nie eine Verbundenheit zum Christengott verspürt, ebenso wenig wie zu all den alten Göttern, deren Kulte im Geheimen blühten. Machte sie das verletzlicher, nun da sie sich in die Obhut einer Kirche begab?

Wenn sie Pech hatte, würde die Antwort auf diese Frage nicht lange auf sich warten lassen.

Sie nahm all ihre Kraft zusammen und drehte sich um.

Im Grunde hatte sie geahnt, was sie erwartete; trotzdem übertraf der Anblick ihre schlimmsten Befürchtungen.

Die Kapelle war voller Menschen. Männer, Frauen, Kinder. Alte und junge.

Alle waren tot.

Sie füllten die Lücken zwischen den Gebetbänken, zum Teil übereinander liegend, manche sogar noch auf Knien. Arme, Beine und flehend erhobene Hände ragten aus der Masse der Leichen. Jene aber, die gespürt hatten, was mit ihnen geschah, waren in der Minderzahl. Die meisten waren ahnungslos gestorben, versunken in Gebet oder Gesang. Einige hielten sogar jetzt noch die Hände gefaltet.

Alle hatten blutige Tränen geweint. Ihre Augen waren mit braunen Krusten überzogen. Ein paar hatten sich in ihren letzten Momenten übergeben, Blutfontänen, die sich über Vorder- und Nebenmänner ergossen hatten. Der Gestank war entsetzlich, und nicht weniger furchtbar war der Anblick des wimmelnden Ungeziefers auf den verwesenden Kadavern.

Ailis senkte ihr Schwert, riss den Arm vors Gesicht und vergrub ihre Nase im Winkel ihres Ellbogens. Mit steifen, abgehackten Bewegungen lief sie den Mittelgang entlang, stieg über verkrümmte Tote, ekelte sich vor jeder Berührung ihrer Füße mit grauem, farblosem Fleisch.

Baan lag auf dem Steinboden vor der ersten Bankreihe. Fee musste unmittelbar neben ihm gekniet haben. Wegen seiner Nähe zum Quell des Gesangs war er besonders schlimm zugerichtet. Einige andere, die sich in der Reihe hinter Fee befunden hatten, sahen nicht minder schrecklich aus.

Der Prediger war über dem Altar zusammengebrochen, mit dem Gesicht nach unten. Rund um seinen Kopf hatte sich ein Stern aus getrocknetem Blut ausgebreitet, ein grotesker Heiligenschein.

Zuletzt fiel Ailis' Blick auf eine schmale Tür in der Rückwand, links neben dem Altar. Sie war geschlossen, aber man hatte den Riegel nicht vorgeschoben. Ailis musste über drei weitere Tote steigen, um dorthin zu gelangen.

Sie wollte gerade eine Hand auf den Riegel legen, als die Tür abrupt nach innen gestoßen wurde.

»Sieh an«, wisperte das Echo mit blutleeren Lippen, »wolltest du diesen heiligen Ort etwa schon verlassen?« Seine aufgerissenen Augen schienen Ailis wie zwei zahnlose Schlünde verschlingen zu wollen. »Hast du dein Gebet schon gesprochen, Mädchen?«

Ailis' Überraschung währte nur einen Atemzug. Mit einer hastigen Bewegung wollte sie die Klinge hochreißen und gegen sich selbst richten, doch diesmal kam ihr das Echo zuvor. Nur eine Armlänge trennte sie voneinander, als das Wesen vorsprang, ein Taumel aus weißer Seide und strähnigem Haar. Kraftvoll schlug es Ailis das Schwert aus der Hand. Die Waffe schepperte über den Steinboden, prallte gegen einen Leichnam.

Ailis wich zurück, stolperte über einen der Toten und stürzte. Ein kalter Körper dämpfte ihren Aufprall, ihre Hand fasste in etwas Feuchtes, Nachgiebiges. Ihre Finger rutschten aus, ihr Oberkörper sackte nach hinten. Mit dem Hinterkopf schlug sie hart auf den Steinboden.

Wie lange sie nichts sah außer taumelnden Farbschlieren und leuchtenden Funken, hätte sie nicht zu sagen vermocht. Was sie schließlich wieder zur Besinnung brachte, war eine Melodie. Eine, die sie nur zu gut kannte.

Ein Jubelruf brauste in ihr auf. Sie hatte gewusst, dass er kommen würde!

Sie hob den Kopf und schaute sich um. Etwas lag unter ihr, ein Leichnam. Der Bereich zwischen ihr und der Hintertür war frei. Das Echo war nicht fort, es war nur einige Schritte zur Seite gewichen, hinter den Altar und den toten Prediger in seiner Aureole aus geronnenem Blut. Es stand da und warf abwechselnd hasserfüllte Blicke auf Ailis und die Tür. Das blonde Haar, fettig und verschmutzt, war ihm ins Gesicht gefallen, seine Augen starrten zwischen den Strähnen hindurch wie ein Raubtier aus dem Unterholz. Lauernd, gierig nach Beute.

Im steinernen Rahmen der Hintertür erschien eine unförmige Silhouette gegen das Dämmerlicht des Abends. Der schwache Lichtschimmer, der durch die schmalen Kapellenfenster fiel, reichte kaum noch aus, die Konturen der Leichen aus der Dunkelheit des Bodens zu schälen. Nur das Echo in seinem weißen Kleid schien in der Finsternis zu glühen wie eine Heilige auf einem Altargemälde.

Der Umriss blieb in der Tür stehen. Die schnarrenden Klänge einer Sackpfeife hallten im Inneren der Kapelle wider. Ailis erkannte den Langen Jammrich, auch ohne in der Finsternis seine Züge sehen zu können. Er schien ihr zuzunicken, konnte aber nicht mit ihr sprechen, ohne sein Spiel abzubrechen.

Und gerade sein Spiel war es, das das Echo zurücktrieb, fort von der Tür, in den Schutz des Altars.

Ailis rappelte sich hoch. Ein stechender Schmerz pochte in ihrem Kopf. Suchend schaute sie sich nach dem Schwert um, vergebens. Das Innere der Kapelle war jetzt zu dunkel, um Einzelheiten zu erkennen.

Wieder blickte sie zum Echo. Es stand etwa sieben oder acht Schritte von ihr entfernt und wagte sich aus irgendeinem Grund nicht näher an sie heran. Allerdings schien es nicht wirklich bedroht zu sein, denn dann hätte es längst zurückgeschlagen.

Es sei denn, dachte Ailis plötzlich, die Melodie schützt einen vor dem Gesang!

Sie erinnerte sich schlagartig an ihre Flucht aus dem Turmkeller, an Fees Gesicht, als die Musikanten auf dem Vorplatz die Melodie angestimmt hatten. Den Schrecken, die Panik in den Zügen der jungen Frau. Und an ihren aufgerissenen Mund, aus dem kein Ton zu dringen schien.

Ailis gab die Suche nach ihrer Waffe endgültig auf. Stattdessen tastete sie hastig nach der Schwertscheide auf ihrem Rücken, nach der Flöte, die daran befestigt war. Sie riss das Instrument aus den Halteschlaufen und setzte es ohne nachzudenken an die Lippen.

Der erste Ton war hoch und schräg, aber schon nach wenigen Augenblicken fand sie wie von selbst die richtigen Töne. Leise fiel sie in Jammrichs Spiel mit ein. Sie war nicht sicher, was er da spielte, aber ihre Instinkte ließen sie die gleichen Tonfolgen finden wie schon draußen in der Ebene und früher im Lager der Bärentreiber.

Es war die Melodie hinter der Melodie, daran bestand kein Zweifel, aber sie schien abgeschwächt zu sein, durchsetzt von einfachen Klangmustern, die dem Zauber seine Macht nahmen. Ailis spürte, wie sich in ihrem Rücken der Zugang der Spielmannswege öffnete, aber er saugte sie nicht fort, schien vielmehr abzuwarten. Auch hinter Jammrich flirrte die Dunkelheit wie ferne Nordlichter, die ein Streich des Augenlichts näher herangerückt hatte.

Das Echo riss den Mund auf, aber wieder drang kein Laut über seine Lippen.

Nein, dachte Ailis, natürlich singt es, aber die Melodie übertönt es. Sie ist wie ein Schild, der uns umgibt.

Aber das konnte doch unmöglich schon alles sein! Das Echo würde nicht in Panik verfallen, nur weil sein Gesang wirkungslos blieb. Stattdessen schien es vor den Spielmannswegen zurückzuschrecken, die sich nun schon an zwei Stellen geöffnet hatten, ohne die Musikanten fortzutragen. So lange Jammrich im Türrahmen stand und auf seiner Sackpfeife spielte, war das Echo im Inneren der Kapelle gefangen. Auch an Ailis wagte es sich nicht heran, nun, da auch hinter ihr der Schlund der Spielmannswege klaffte.

Ailis spielte mit all ihrer Kraft. Sie war nicht geübt genug, um die Flöte wirklich zu beherrschen, und bald schon wurde ihre Atmung unregelmäßig. Immer wieder musste sie das Instrument ein, zwei Herzschläge lang absetzen, um Luft zu holen. Lange konnte sie nicht mehr so weitermachen. Was immer auch zu tun war, es musste schnell getan werden!

Fieberhaft rief sie sich ins Gedächtnis, was Jammrich über die Spielmannswege gesagt hatte. Sie waren endlos, so viel schien sicher, ein Wirrwarr aus Schleifen, die zu allen Orten der Welt führten. Wer kein Meister der Melodie war, dem drohte die Gefahr, sich darin zu verirren, ohne jemals wieder in die Wirklichkeit zurückzugelangen.

War es das, was das Echo fürchtete?

Aber niemand verstand sich besser auf die Zauberei der Klänge und Töne als das Echo selbst!

Ailis spielte. Überlegte weiter. Und plötzlich kam ihr noch ein Gedanke, und mit ihm eine Erkenntnis.

Ein Echo! Natürlich!

Was war ein Echo anderes als etwas, das aus purem Klang geschaffen war, aus dem Widerhall von Lauten, Geräuschen und Stimmen, dem irgendetwas – vielleicht Götter, vielleicht nur der Zufall – eigenes Leben eingehaucht hatte? In ihm brachen sich Töne und wurden zurückgeworfen, verzerrt, aber erkennbar.

Und die Spielmannswege – sie waren selbst nichts als Klänge, Gestalt gewordene Musik! Wenn das Echo in diese Musik hineingeriet und sie sich in ihm brach, immer und immer wieder, die ganze endlose Schleife der Spielmannswege, musste es dann nicht darin gefangen sein?

Das war es! Die Lösung, endlich!

Und im selben Augenblick, da sie begriff, was das Echo so fürchtete, nahm sie all ihren Mut zusammen und näherte sich dem Altar. Das Echo wich weiter zurück, stieß mit dem Rücken gegen die Wand.

Auch Jammrich verließ seinen Platz im Türrahmen und kam heran, immer darauf bedacht, auf einer Linie zwischen Echo und Ausgang zu bleiben, damit es nicht an ihm vorbeihuschen konnte.

Ailis schlug einen leichten Bogen, und dann schritten sie von zwei Seiten auf das Echo zu, hinter ihren Schultern die wabernden Klangstrudel der Spielmannswege.

Die Kreatur wich in eine Ecke zurück, rutschte dort in heilloser Panik an der Wand herab. Schützend schlug es die Arme vors Gesicht – noch eine sinnlose Geste, die es den Menschen abgeschaut hatte.

Zwei Schritte trennten Jammrich und Ailis noch von dem verängstigten Wesen. Hinter den verschränkten Armen konnte Ailis den Mund der Kreatur erkennen, immer noch weit aufgerissen, um ihnen seine tödlichen Gesänge entgegenzuschleudern. In seiner Hilflosigkeit und Verzweiflung vergaß es alle Gesetze des Menschseins, riss den Kiefer immer weiter auf, bis die Mundwinkel einrissen und sich dunkelrote Verästelungen über seine Wangen bis zu den Ohren zogen. Und immer noch gab es nicht auf, in der leeren Hoffnung, doch noch den Schutzschild der Melodie zu durchstoßen. Fees ganzer Schädel brach auseinander, als das Echo den Mund weiter und weiter aufriss.

Jammrich gab mit einem Nicken das Signal zum finalen Vorstoß. Ailis folgte seinem Spiel jetzt ohne Mühe. Aus der vagen Tonfolge, die sie bisher gespielt hatten, schälte sich die Melodie hinter der Melodie, klar und rein und gnadenlos.

Die Klänge rissen sie fort wie die Ausläufer eines Wirbelsturms, hinfort ins Reich der Musik, geronnen zu Farben und Lichtern. Irgendwo vor ihnen trudelte der zerstörte Leib des Echos davon und mit ihm das, was darin gefangen war. Sie sahen, wie sich die Kreatur in Fees Körper entfernte, unfähig, sich den Tönen, die von allen Seiten auf sie einstürmten, zu verweigern, ein vollkommenes Echo, in dem die Melodie der Spielmannswege auf ewig widerhallen würde, ohne sein Zutun und gegen seinen Willen, immer und immer und immer.

Jammrichs Spiel änderte sich und mit ihm das von Ailis, und Augenblicke später waren sie zurück in der Wirklichkeit, nur sie beide allein.

Als Ailis langsam zu sich kam, lag sie im weichen Schlamm vor dem Turm, und Jammrich stand neben ihr, in seiner Hand die Zügel ihres Pferdes und über ihr der Schädel des Tieres, seine raue Zunge auf ihrer Haut und in ihren Augen. Endlich erwachte sie vollends.

Sie versperrten die Türen der Kapelle mit schweren Ketten, die sie im Kellergewölbe des Turms gefunden hatten.

»Ich wusste es nicht«, sagte Jammrich, »wirklich nicht. Ich kam her, um nach dir zu sehen, und als ich euch beide in der Kapelle verschwinden sah, folgte ich dem Echo und begann zu spielen, nur zur Vorsicht, um möglichst schnell verschwinden zu können, falls es nötig sein sollte. Da erst erkannte ich, welche Angst die Melodie diesem Miststück einflößte.« Er lachte erleichtert, aber ohne echte Heiterkeit. »Ich weiß nicht, was ich getan hätte, wenn du die Flöte nicht bei dir gehabt hättest.«

Ailis blickte sich nicht zu ihm um, als sie ein Vorhängeschloss durch die Kettenglieder steckte. »Du wärest gestorben«, sagte sie trocken und drehte den Schlüssel herum. »So wie alle anderen.«

Er nickte stumm und schwieg, während sie sich von dem Grab entfernten, zu dem die Kapelle geworden war. Sie hatten alle Tiere, die noch in den Schuppen gefangen gewesen waren, befreit, auch die Mastsau, die ihre Gefährtinnen zerfleischt hatte.

»Was ist jetzt mit den Spielmannswegen?«, fragte Ailis, nachdem sie sich im Sattel ihres Pferdes zurechtgerückt hatte. Sie hatte geschworen, die Wege niemals wieder zu benutzen, und nicht einmal Jammrich wagte, diesen Entschluss infrage zu stellen. »Wird das Echo dort nicht einen anderen finden, den es in seine Gewalt bringen kann?«

Der Gaukler schüttelte den Kopf. »Es braucht einen Körper, aber den wird es dort nicht finden. Es gibt nichts Körperliches innerhalb der Spielmannswege, nur Schemen aus Klängen und Tönen, in die die Melodie uns verwandelt. Außerdem bezweifle ich, dass es dort einen klaren Gedanken fassen kann; die Musik wird in ihm widerhallen, bis diese und alle anderen Welten längst vergangen sind, und selbst dann wird es noch irgendwo Klänge und Töne geben.« Er zog sich in den Sattel eines Schimmels, den sie in einem der Ställe inmitten eines Haferberges entdeckt hatten. »Wenn nicht Titania selbst es befreit, gibt es für das Echo keine Rettung. Und ich bezweifle, dass die Feenkönigin es allzu sehr vermisst.«

»Nicht heute«, meinte Ailis gedankenverloren und tätschelte den Hals ihres Pferdes.

»Nicht heute«, bestätigte Jammrich. »Und morgen ist noch eine ganze Nacht entfernt – und viele Lieder, wenn du mich fragst.«

Sie gab keine Antwort, blickte nur zum Nachthimmel empor und horchte hinauf in die Leere zwischen den Sternen. Horchte auf Laute im Nichts, auf Melodien, die ins Nirgendwo führten, Wege, die immer wieder in sich selbst endeten.

Du kannst es hören, sagte sie sich. Kannst alles hören, was du nur willst. Den Himmel, die Sterne, sogar das, was dahinter liegt.

Was hätte wohl Fee zu all dem gesagt?

Frag den Mond, dachte Ailis, frag ihn und horche auf seine Antwort. Er wird dir eine geben, irgendwann.

Frage ihn alles, was du wissen willst. Er kann dich hören, so wie du ihn.

Horch nur, da! Hör ganz genau hin!

Nachwort des Autors

Der schroffe Berg, den man heutzutage Loreleyfelsen nennt, trägt diesen Namen noch nicht lange. Aus dem Mittelalter sind verschiedene Bezeichnungen überliefert, darunter Lurlinberg, Lurleberg und Lorberg. Erstmals erwähnt wird der Fels in den Fuldaer Annalen aus dem neunten Jahrhundert.

Bis heute streiten sich die Gelehrten, worauf der Begriff Loreley in seinen unterschiedlichen Schreibweisen zurückzuführen ist. Einig ist man sich nur über die Endung ›ley‹, die so viel heißt wie Fels, im rheinischen Sprachraum Schieferfels. Die Bedeutung der ersten Silbe aber bleibt ungewiss. Die einen führen sie auf das mittelhochdeutsche Wort für ›lauern‹ zurück, ›lur‹ oder ›lure‹. Andere behaupten, sie stehe im Zusammenhang mit der Flussgöttin Lohra, die einst von den Anwohnern des Rheins verehrt wurde.

Mir persönlich gefällt vor allem die Deutung, die Silbe verweise auf den König der Zwerge, Laurin, und andere verschollene Elfennamen. Die Loreley wird dadurch zum Zwergen- und Elfenfels, was wunderbar zu dem alten Aberglauben passt, im Inneren des Berges sei ein Zugang zum Feenreich verborgen – eine Annahme, die der Fels wohl seinen zahlreichen Spalten und höhlenartigen Löchern verdankt.

Auch das starke Echo, das einem aus den Felsklüften des Berges entgegenschallt, hat Anlass zu vielerlei mystischen

Deutungen gegeben. Schon im dreizehnten Jahrhundert kündete ein Sänger von einem ›cleines getwerc‹ – einem kleinen Zwerg –, der aus den Felsen des Lurlinberges geantwortet habe, als der Spielmann lautstark sein Elend beklagte. Zweihundert Jahre später sang ein anderer Musikant von seinem Versuch, das Echo des Berges wie ein Orakel um Rat zu befragen. Der Heidelberger Professor Marquard Freher berichtete 1613 in seiner Geschichte der Pfalz, in früheren Zeiten habe man rund um den Berg an Pane und Bergnymphen geglaubt, denn das Echo erschöpfe sich nicht allein in der einfachen Wiederholung von Tönen, sondern vervielfältige und verzerre sie. In Reiseführern des neunzehnten Jahrhunderts ist von bis zu fünfzehnfachen Wiederholungen die Rede, was darauf schließen lässt, dass das Echo der Loreley damals stärker war als heute.

Während meiner Recherchen stellte ich fest, dass die Sage von der blonden Jungfrau, die vorbeifahrende Bootsleute durch ihren Gesang ins Verderben lockt, keinesfalls altüberliefert ist wie die meisten derartigen Legenden. Tatsächlich hat sie ihre Wurzel in einer Ballade des Dichters Clemens Brentano, die er 1802 in seinen Roman ›Godwi‹ einarbeitete. Erzählt wird die Geschichte des Mädchens Lore Ley, das alle Männer mit seiner Schönheit betört. Als ausgerechnet jener, den sie selbst über alle Maßen liebt, sie betrügt, verlangt sie vom Bischof ihren eigenen Tod, da ihr Anblick alle Männer verderben müsse. Der Bischof aber schickt sie als Nonne in ein Kloster. Auf dem Weg dorthin bittet sie ihre Bewacher, noch einmal vom Felsen aus einen Blick auf die Burg ihres Geliebten werfen zu dürfen. Sie entdeckt den jungen Mann in einem Boot auf dem Rhein, und blind vor Liebe stürzt sie sich den Berg hinab in die Fluten und stirbt.

Viele andere Autoren, darunter Joseph von Eichendorff und natürlich Heinrich Heine, haben Brentanos Dichtung aufgegriffen und abgewandelt, einige ganz gezielt in der Absicht, die Geschichte als mittelalterliche Legende auszugeben. Das Original wurde dabei zahllosen Veränderungen unterworfen, und so wurde mit den Jahren aus dem tragisch verliebten Mädchen die Nixengestalt Loreley, nicht selten gar eine böse Hexe.

Die im Roman angesprochenen historischen Ereignisse haben wie beschrieben stattgefunden. Die Geschichte des Ketzers Fra Dolcino ist verbürgt, ebenso das Attentat auf Papst Clemens, in dessen Verlauf ein Edelstein aus seiner Tiara verloren ging.

Unter adligen Gastgebern war es zeitweise tatsächlich Sitte, einem befreundeten Besucher die Tochter oder Ehefrau mit ins Bett zu geben. Man darf annehmen, dass es dabei nicht immer so sittsam wie vorgesehen zuging. Auch kam es vor, dass eine Frau ihre Hälfte des Ehebettes räumen musste, um Platz für einen Gast zu schaffen. Was heute schwer vorstellbar erscheint, war damals weder unüblich noch anstößig.

Gang und gäbe war es auch, Spielleute einer eigenen Gesetzgebung zu unterwerfen. Nicht überall waren die bunten Gecken gern gesehen. Von einer Schattenköpfung, ähnlich der im Roman beschriebenen, ist in einer Glosse des ›Sachsenspiegels‹ die Rede. Kein Wunder, dass sich mehr und mehr Musikanten zu einer – den Handwerkszünften nachempfundenen – Gemeinschaft zusammenschlossen, die dem so genannten Pfeiferkönig unterstand. Auch die Spielmannswege oder Gauklerstraßen gab es tatsächlich – als geheime Pfade im Unterholz, deren Verlauf nur Eingeweihten bekannt war. Sie dienten der schnellen Flucht vor der verhassten Obrigkeit. Oft boten Köhler, Müller und andere, deren Broterwerb zur Einsamkeit verdammte, an den Kreuzwegen dieser Pfade Unterkünfte und Mahlzeiten an, im Austausch gegen ein geringes Entgelt, Gesellschaft und Unterhaltung.

Die Burgen Rheinfels und Reichenberg können besichtigt werden. Der Bau der letzteren wurde 1320 unter Graf Wilhelm von Katzenelnbogen begonnen, jedoch nie beendet. Tatsächlich war ein Trakt davon für seinen Bruder Eberhart vorgesehen. Die Ruine gilt heute als eine der kunstgeschichtlich bedeutsamsten Burganlagen im Rheingebiet.

Die Bedeutung der Nordtore mittelalterlicher Kirchen, vor allem auf den britischen Inseln, vereinzelt aber auch auf dem europäischen Festland, wird wahrscheinlich nie gänzlich geklärt werden. Tatsache ist, dass viele dieser Türen mit heidnischen Motiven geschmückt sind, etwa Darstellungen des Grünen Mannes, einer Waldgottheit, oder – besonders in Irland – der Sheila-na-Gig, einem recht offenherzigen Abbild einer Vagina, dem Symbol des Urmutterglaubens. Hinzu kamen Reliefs gehörnter Kreaturen, die von der Kirche als Dämonen missdeutet wurden, in Wahrheit aber Verkörperungen heidnischer Naturgeister sind. Von ihnen wurde der Begriff ›Teufelstor‹ abgeleitet. Es heißt, dass während der Anfänge des Christentums Angehörige der verbotenen Heidenkulte die Kirche nur durch diese Türen betraten; aus Angst vor Verfolgung nahmen sie am Gottesdienst teil, distanzierten sich aber durch ihr Eintreten von Norden her unauffällig vom Inhalt der Predigten und Gebete. Verblüffend, in wie vielen alten Kirchen man heute noch Nordtüren findet, die im Laufe der Jahrhunderte zugemauert wurden.

Texte folgender Autoren waren mir bei meinen Recherchen große Hilfen: Gerhard Bürger, Hartwig Büsemeyer, Doreen Valiente, Johann Nepomuk Cori, Murry Hope, Hermann Schreiber und M. J. Mehs. Ohne ihre Vorarbeit hätte dieses Buch nicht geschrieben werden können.

Kai Meyer, Dezember 1997

Was geschah mit den Kindern
von Hameln?

Kai Meyer
DER RATTENZAUBER
Roman
368 Seiten
ISBN 3-404-15265-4

1284. Ein beunruhigendes Gerücht hat den Hof zu Braunschweig erreicht: In Hameln sind auf unheimliche Weise einhundertdreißig Kinder verschwunden. Der junge Robert von Thalstein soll nun Licht in die Sache bringen. Doch er stellt fest, dass seine Vaterstadt einem religiösen Wahn verfallen scheint. Vermeintliche Ketzer werden gefoltert, und die geistlichen Herren kümmern sich nur um ihre Eitelkeiten. Einzig der Italiener Dante Alighieri hilft Robert und berichtet ihm von einem Rattenzauber, der die Kinder in einen nahen Berg gelockt haben soll ...

Bastei Lübbe Taschenbuch

»Die Sünde des Malers ist es, die Wahrheit zu verbergen.«

Belinda Rodik
DER TRIUMPH
DER VISCONTI
Historischer Roman
416 Seiten
ISBN 3-404-15331-6

Mailand 1447. Ein Blitz schlägt in den Turm des Palastes. In derselben Nacht stirbt der greise Herzog Filippo Maria Visconti. Seine Erbin ist die junge Bianca Maria, heimlich verehrt von dem Maler Bonifazio Bembo. Doch Bianca Marias Liebe gehört dem viel älteren Söldnerführer Francesco Sforza. Als die Bürger von Mailand die Republik ausrufen, rüstet Sforza ein Heer, um das Recht seiner Frau auf ihr Erbe zu erzwingen. Bald steht er vor den Toren der Stadt. Wie wird das Volk von Mailand sich entscheiden? Dies alles und mehr erzählt Bonifanzio Bembo in den prachtvollen Spielkarten, die er für Bianca Maria entwirft. Darin verschlüsselt ist die wahre Geschichte zu lesen von Tod, Verrat und Verschwörung und dem letzten Triumph der Visconti.

Bastei Lübbe Taschenbuch

»Eine herrliche Schauergeschichte von furiosem Tempo« FAZ

Unruhige Zeiten im ehrwürdigen Weimar von 1805. Erst bricht ein Schauspieler tot zusammen, als Goethe seinen »Faust« aufführt, dann liegt Schiller sterbenskrank danieder. Und mitten in der Szenerie die Brüder Grimm, die den beiden Dichterfürsten ihre Aufwartung machen wollen – und stattdessen in ein finsteres Komplott um ein geheimnisvolles Manuskript geraten.

ISBN 3-404-14842-8

BASTEI LÜBBE